C. S. LEWIS

Além do universo mágico de Nárnia

C. S. LEWIS

Além do universo mágico de Nárnia

Organizado por Robert MacSwain e Michael Ward

Traduzido por Jeferson Camargo

martins fontes
selo martins

© 2015 Martins Editora Livraria Ltda., São Paulo, para a presente edição.
© 2010 Cambridge University Press.
Esta obra foi originalmente publicada em inglês sob o título *The Cambridge Companion to C. S. Lewis* por The Syndicate of the University of Cambridge, Inglaterra.

Publisher	Evandro Mendonça Martins Fontes
Coordenação editorial	Vanessa Faleck
Produção editorial	Susana Leal
Capa	Fernando Campos
Preparação	Ana Paula Girardi
Revisão	Paula Passarelli
	Ellen Barros
	Paula Piva

Dados Internacionais de Catalogação na Publicação (CIP)
(Câmara Brasileira do Livro, SP, Brasil)

C.S. Lewis / organizado por Robert MacSwain e Michael
 Ward ; traduzido por Jeferson Camargo.– São Paulo :
Martins Fontes - selo Martins, 2015.

Título original: The Cambridge Companion to C. S. Lewis
Vários colaboradores.
Bibliografia.
ISBN: 978-85-8063-217-0

1. Autores ingleses - Século 20 - Biografia
2. Lewis, C.S. (Clive Staples), 1898-1963
3. Teólogos - Biografia I. MacSwain, Robert.
II. Ward, Michael.

15-01242   CDD-823.912

Índices para catálogo sistemático:
1. Autores ingleses : Século 20 : Biografia 823.912

Todos os direitos desta edição reservados à
Martins Editora Livraria Ltda.
Av. Dr. Arnaldo, 2076
01255-000 São Paulo SP Brasil
Tel.: (11) 3116 0000
info@emartinsfontes.com.br
www.emartinsfontes.com.br

Para Simon Barrington-Ward

Sumário

Colaboradores   IX
Abreviações   XVII
C. S. Lewis: cronologia   XXI

Introdução   1
ROBERT MACSWAIN

Primeira parte – O erudito

O crítico literário   19
JOHN V. FLEMING

O teórico da literatura   37
STEPHEN LOGAN

O historiador intelectual   55
DENNIS DANIELSON

O classicista   73
MARK EDWARDS

Segunda parte – O pensador

Sobre as Escrituras   93
KEVIN J. VANHOOZER

Sobre teologia   111
PAUL S. FIDDES

Sobre o naturalismo   131
CHARLES TALIAFERRO

Sobre o conhecimento moral   149
GILBERT MEILAENDER

Sobre o discernimento   165
JOSEPH P. CASSIDY

Sobre o amor CAROLINE J. SIMON	183
Sobre gênero ANN LOADES	201
Sobre o poder JUDITH WOLFE	219
Sobre a violência STANLEY HAUERWAS	237
Sobre o sofrimento MICHAEL WARD	255

Terceira parte – O escritor

The Pilgrim's Regress e *Surprised by Joy* DAVID JASPER	279
The Ransom Trilogy T. A. SHIPPEY	297
The Great Divorce JERRY L. WALLS	315
As crônicas de Nárnia ALAN JACOBS	333
Till We Have Faces PETER J. SCHAKEL	353
Poeta MALCOLM GUITE	369
Bibliografia	393
Índice remissivo	405

Colaboradores

JOSEPH P. CASSIDY é diretor da St Chad's College, Universidade de Durham, e cônego não residente da catedral de Durham. Suas publicações incluem "Who's In and Who's Out", em Mark D. Chapman (org.), *Living the Magnificat* (2008); "Cultural and Spiritual Aspects of Palliative Medicine", com Douglas J. Davies, em Derek Doyle e outros (orgs.), *Oxford Textbooks of Palliative Medicine* (2005); "The Post-Communion Prayer: Living Sacrifice", em Stephen Conway (org.), *Living the Eucharist* (2001); "Directing the Third Week", em David Fleming (org.), *Ignatian Exercises. Contemporary Annotations: The Best of the Review 4* (1996); e "The Is-OUGHT Problem and the Ground of Economic Ethics", em Masudul Alam Choudhury (org.), *Ethics and Economics* (1995). O dr. Cassidy, que foi jesuíta por muitos anos antes de se tornar anglicano, também publicou muitas obras sobre ética social e análise política da América Central.

DENNIS DANIELSON é professor de inglês na Universidade de British Columbia. Suas publicações incluem *Milton's Good God: A Study in Literary Theodicy* (Cambridge University Press, 1982); *The First Copernican: Georg Joachim Rheticus and the Rise of the Copernican Revolution* (2006); *The Cambridge Companion to Milton* (Cambridge University Press, 1989; 2. ed. 1999); e *The Book of the Cosmos: Imagining the Universe from Heraclitus to Hawking* (2000). O professor Danielson também publicou artigos em periódicos como *Mind*, *Nature*, *American Journal of Physics*, *Journal for the History of Astronomy* e *American Scientist*.

MARK EDWARDS é professor de teologia na Christ Church e de patrística na Faculdade de Teologia da Universidade de Oxford. Suas publicações incluem *Catholicity and Heresy in the Early Church* (2009); *Culture and Philosophy in the Age of Plotinus* (2006); *John through the Centuries*

(2003); *Origen against Plato* (2002) e *Neoplatonic Saints* (2000). O dr. Edwards também publicou artigos em periódicos como *Classical Quarterly*, *Journal of Theological Studies*, *American Journal of Philology*, *Downside Review* e *Journal of Ecclesiastical History*.

PAUL S. FIDDES é professor de teologia sistemática na Universidade de Oxford, onde também é professor emérito e pesquisador adjunto do Regent's Park College. Suas publicações incluem *The Promised End: Eschatology in Theology and Literature* (2000); *Participating in God: A Pastoral Doctrine of the Trinity* (2000); *Freedom and Limit: A Dialogue between Literature and Christian Doctrine* (1991); *Past Event and Present Salvation: The Christian Idea of Atonement* (1989) e *The Creative Suffering of God* (1988). Foi presidente do Comitê de Doutrina e Adoração da União Batista da Inglaterra. Em 2005, proferiu as Bampton Lectures sob o título de *Seeing the World and Knowing God: Ancient Wisdom and Modern Doctrine*. O professor Fiddes é responsável pela publicação de uma série intitulada *New Critical Thinking in Religion, Theology and Biblical Studies*.

JOHN V. FLEMING é professor emérito de inglês e literatura comparada na Universidade de Princeton, onde ocupa a cátedra Louis W. Fairchild. Suas publicações incluem *The Roman de la Rose: A Study in Allegory and Iconography* (1969); *Reason and the Lover* (1984); *An Introduction to the Franciscan Literature of the Middle Ages* (1977); *Classical Imitation and Interpretation in Chaucer's "Troilus"* (1990) e *The Anti-Communist Manifestos: Four Books that Shaped the Cold War* (2009). O professor Fleming é ex-presidente da Medieval Academy of America, membro da American Academy of Arts and Letters e da Guild of Scholars of the Episcopal Church.

MALCOLM GUITE é capelão da Girton College na Universidade de Cambridge e capelão adjunto da Igreja de St Edward King and Martyr, Cambridge. Suas publicações incluem *Faith, Hope and Poetry: Theology and the Poetic Imagination* (2010); *What Do Christians Believe?* (2006); "Through Literature", em Jeremy Begbie (org.), *Beholding the Glory: Incarnation through the Arts* (2000) e "Our Truest Poetry is Our Most Feigning... Poetry, Playfulness and Truth", em Trevor Hart, Steven R. Guthrie e Ivan P. Khovacs (orgs.), *Faithful Performances: Enacting*

COLABORADORES

Christian Tradition (2007). O dr. Guite também publicou poemas em periódicos como *The Temenos Academy Review*, *Church Times*, *Second Spring*, *Mars Hill Review* e *The Ambler*. Seu website é <www.malcolmguite.com>.

STANLEY HAUERWAS é professor de ética teológica na Universidade Duke, Carolina do Norte, onde ocupa a cátedra Gilbert T. Rowe. Suas publicações incluem *A Cross-Shattered Church: Reclaiming the Theological Heart of Preaching* (2009); *Christianity, Democracy and the Radical Ordinary*, com Romand Coles (2008); *The State of the University: Academic Knowledges and the Knowledge of God* (2007); *Matthew: A Theological Commentary* (2006) e *Performing the Faith: Bonhoeffer and the Practice of Non-violence* (2004). Em 2001, proferiu as Gifford Lectures na Universidade de St Andrews, sob o título de *With the Grain of the Universe*. O professor Hauerwas é membro-fundador do Ekklesia Project, um círculo de reflexões ecumênicas.

ALAN JACOBS é professor de inglês na Wheaton College, Illinois, onde ocupa a cátedra Clyde S. Kilby. Suas publicações incluem *Original Sin: A Cultural History* (2008); *Looking Before and After: Testimony and the Christian Life* (2008); *The Narnian: The Life and Imagination of C. S. Lewis* (2005); *A Theology of Reading: The Hermeneutics of Love* (2001) e *What Became of Wystan: Change and Continuity in Auden's Poetry* (1999). O professor Jacobs também concluiu uma edição crítica do poema *The Age of Anxiety*, de W. H. Auden, intitulada *The Age of Anxiety: A Baroque Eclogue* (2011).

DAVID JASPER é professor de literatura e teologia na Universidade de Glasgow e professor titular na Universidade Renmin da China. Suas publicações incluem *The Sacred Body: Asceticism in Religion, Literature, Art and Culture* (2009); *The Sacred Desert: Religion, Literature, Art and Culture* (2007); *The Oxford Handbook of English Literature and Theology*, em coedição com Andrew Hass e Elizabeth Jay (2007); *A Short Introduction to Hermeneutics* (2004) e *The Bible and Literature: A Reader*, em coedição com Stephen Prickett (1999). O professor Jasper é membro da Royal Society de Edimburgo e editor-fundador do periódico *Literature and Theology*.

ANN LOADES é professora honorária do St Chad's College e professora emérita de divindade na Universidade de Durham, onde foi a primeira mulher a tornar-se catedrática. Suas publicações incluem *Feminist Theology: Voices from the Past* (2001); *Evelyn Underhill* (1999); *Dorothy L. Sayers: Spiritual Writings* (1993); *Searching for Lost Coins: Explorations in Christianity and Feminism* (1988) e *Kant and Job's Comforters* (1985). Ela vem trabalhando para o Arts and Humanities Research Council desde 1999, particularmente na área de concessão de bolsas de estudos a pós-graduandos. Foi editora do periódico *Theology* de 1991 a 1997. A professora Loades é ex-presidente da Society for the Study of Theology (2005-06) e atualmente é membro do Fórum Cristão-Muçulmano, criado por Rowan Williams, arcebispo de Canterbury.

STEPHEN LOGAN é docente do departamento de inglês da Universidade de Cambridge, tendo iniciado sua carreira como professor na St John's College, Oxford. Suas publicações incluem "Destinations of the Heart: Romanticism in Anglo-Welsh Poetry", *Planet: The Welsh Internationalist 164* (2004); "Hiraeth and the Recoil from Theory", *Planet: The Welsh Internationalist 155* (2002); o best-seller *William Wordsworth: Everyman's Poetry Library* (1998) e "In Defence of C. S. Lewis", *Times Literary Supplement* (21 fev. 1997). Ministra cursos de poesia romântica inglesa e publica regularmente sobre esse tema (sobretudo no que diz respeito às mudanças culturais), bem como sobre os aspectos práticos da atividade crítica. O dr. Logan escreveu três livros de poemas e também trabalha como psicoterapeuta.

ROBERT MACSWAIN é professor assistente de teologia e ética cristã na Faculdade de Teologia da Universidade do Sul, Sewanee, Tennessee. Suas publicações incluem "Imperfect Lives and Perfect Love: Austin Farrer, Stanley Hauerwas, and the Reach of Divine Redemption', em Natalie K. Watson e Stephen Burns (orgs.), *Exchanges of Grace: Essays in Honour of Ann Loades* (2008); *The Truth-Seeking Heart: Austin Farrer and His Writings*, em coedição com Ann Loades (2006); "An Analytic Anglican: The Philosophical Theology of William P. Alston", *Anglican Theological Review* 88 (2006) e *Grammar and Grace: Reformulations of Aquinas and Wittgenstein*, em coedição com Jeffrey Stout (2004). É autor da biografia intelectual de Austin Farrer, intitulada *Scripture, Metaphysics, and Poetry: Austin Farrer's The Glass of Vision with Critical Commentary*

(2013). Ele também publicou artigos, poemas e resenhas de livros em periódicos como *New Blackfriars*, *Journal of Anglican Studies*, *Studies in Christian Ethics*, *Christianity and Literature* e *International Journal of Systematic Theology*.

GILBERT MEILAENDER é professor de ética cristã na Universidade Valparaiso, Indiana, onde ocupa a cátedra Duesenberg. Suas publicações incluem *Neither Beast Nor God: The Dignity of the Human Person* (2009); *The Way That Leads There: Augustinian Reflections on the Christian Life* (2006); *Faith and Faithfulness: Basic Themes in Christian Ethics* (1991); *Friendship: A Study in Theological Ethics* (1981) e *The Taste for the Other: The Social and Ethical Thoughts of C. S. Lewis* (1978; 2. ed. 1998). O professor Meilaender fez parte do Conselho Presidencial de Bioética de 2002 a 2009.

PETER J. SCHAKEL é professor de inglês na Hope College, Michigan, onde ocupa a cátedra Peter C. e Emajean Cook. Suas publicações incluem *Word and Story in C. S. Lewis: Language and Narrative in Theory and Practice*, em coedição com Charles A. Huttar (2007); *Imagination and the Arts in C.S. Lewis* (2002) e *Reason and Imagination in C. S. Lewis: A Study of "Till We Have Faces"* (1984; on-line em http://hope.edu/academic/english/about/facultyprofiles/schakel/cslewis/head-TWHF.htm). O professor Schakel também se interessa pela literatura inglesa do período da Restauração e do século XVIII, especialmente os poemas satíricos e as obras de Jonathan Swift. Suas publicações nesse campo incluem *Critical Approaches to Teaching Swift* (1992) e *The Poetry of Jonathan Swift: Allusion and the Development of a Poetic Style* (1978).

T. A. (TOM) SHIPPEY é atualmente professor emérito, tendo-se aposentado da cátedra Walter J. Ong de Humanidades na Universidade de Saint Louis, Missouri. Suas publicações incluem *Roots and Branches: Selected Papers on Tolkien* (2007); *The Road to Middle-earth* (1982; ed. revista e aumentada 2005); *J. R. R. Tolkien: Author of the Century* (2001); *The Shadow-Walkers: Jacob Grimm's Mythology of the Monstrous* (2005) e *The Critical Heritage: Beowulf*, com Andreas Haarder (1998). O professor Shippey também escreveu e publicou muito sobre estudos medievais e fantasia moderna.

CAROLINE J. SIMON é professora de filosofia na Hope College, Michigan, onde ocupa a cátedra John e Jeanne Jacobson. Suas publicações incluem *The Disciplined Heart: Love, Destiny and Imagination* (1997); "Friendship's Role in Coming to Know as We are Known", *Christian Reflections: A Series in Faith and Ethics* 27 (2008); "What Wondrous Love is This? Meditations on Barth, Love and the Future of Christian Ethics", em George Hunsinger (org.), *For the Sake of the World: Karl Barth and the Future of Ecclesial Theology* (2004); "Seduction: Does How You Get to 'Yes' Still Matter?", em Marya Bower e Ruth Groenhout (orgs.), *Philosophy, Feminism and Faith* (2003) e "Inquiring After God through Our Neighbor", em Ellen T. Charry (org.), *Inquiring after God* (2000). A professora Simon também tem muitas publicações sobre a natureza da educação superior cristã.

CHARLES TALIAFERRO é professor de filosofia na St. Olaf College, Minnesota. Suas publicações incluem *Evidence and Faith: Philosophy and Religions since the Seventeenth Century* (Cambridge University Press, 2005); *Naturalism*, com Stewart Goetz (2008); *Contemporary Philosophy of Religion: An Introduction* (1998) e *Consciousness and the Mind of God* (Cambridge University Press, 1994; reimpresso em 2004). Ele também é um dos colaboradores de *The Chronicles of Narnia and Philosophy: The Lion, the Witch, and the Worldview* (2005). O professor Taliaferro é membro do conselho editorial de periódicos como *Religious Studies, Faith and Philosophy, American Philosophical Quarterly, Ars Disputandi* e *Philosophy Compass*.

KEVIN J. VANHOOZER é professor de teologia na pós-graduação da Wheaton College, Illinois, onde ocupa a cátedra Blanchard. Suas publicações incluem *Remythologizing Theology: Divine Action, Passion, and Authorship* (Cambridge University Press, 2010); *Pictures at a Biblical Exhibition: Theological Scenes of the Church's Worship, Witness, and Wisdom* (2010); *The Drama of Doctrine: A Canonical-Linguistic Approach to Christian Theology* (2005); *Is There a Meaning in This Text?: The Bible, the Reader, and the Morality of Literary Knowledge* (1998); *Biblical Narrative in the Philosophy of Paulo Ricoeur: A Study in Hermeneutics and Theology* (Cambridge University Press, 1990). O professor Vanhoozer, membro do conselho editorial de periódicos como *Interna-*

tional Journal of Systematic Theology e *Pro Ecclesia*, é também o consultor norte-americano do *New Dictionary of Theology*.

JERRY L. WALLS é pesquisador sênior no Center for Philosophy of Religion da Universidade de Notre Dame, Indiana, e autor da trilogia *Hell: The Logic of Damnation* (1992), *Heaven: The Logic of Eternal Joy* (2002) e *Purgatory: The Logic of Total Transformation* (2012). As outras publicações do dr. Walls incluem *The Oxford Handbook of Eschatology* (2007); *C. S. Lewis as Philosopher: Truth, Goodness and Beauty*, em coedição com David Baggett e Gary R. Habermas (2008) e *C. S. Lewis and Francis Schaeffer: Lessons for a New Century from the Most Influential Apologists of Our Time*, com Scott R. Burson (1998).

MICHAEL WARD é capelão da St Peter's College na Universidade de Oxford. Suas publicações incluem *Planet Narnia: The Seven Heavens in the Imagination of C. S. Lewis* (2008); *Heresies and How to Avoid Them*, em coedição com Ben Quash (2007); "The Tragedy is in the Pity: C. S. Lewis and the Song of the Goat", em T. Kevin Taylor e Giles Waller (orgs.), *Christian Theology and Tragedy: Theologians, Tragic Literature, and Tragic Theory* (2011); "C. S. Lewis", em Andrew Atherstone (org.), *The Heart of Faith: Following Christ in the Church of England* (2008) e "Christianity and Film", em Angus J. L. Menuge (org.), *Christ and Culture in Dialogue* (1999). A obra do dr. Ward sobre a imaginação teológica de Lewis foi tema de um documentário da BBC (2009), *The Narnia Code*; um livro com o mesmo título seguiu-se ao documentário (2010). O website de Michael Ward é www.michaelward.net.

JUDITH WOLFE foi bolsista de pós-doutorado na European College of Liberal Arts, em Berlim, e atualmente é professora de teologia na St John's College, em Oxford. O tema de sua tese de doutorado foi a escatologia secular de Heidegger. Suas publicações incluem *C. S. Lewis and the Church*, em coedição com Brendan Wolfe (2012); "'Hineingehalten in die Nacht': Heidegger's Early Appropriation of Christian Eschatology", em J. P. Manoussakis e N. DeRoo (orgs.), *Phenomenology and Eschatology* (2008); "Salvation is in Suffering: Heidegger between Luther and Hölderlin", em George Pattison (org.), *Heidegger and Religion: Colloquia of the Oxford Centre for Christianity and Modern European Thought* (2008); "Acknowledging a Hidden God: A Theological Critique of

Stanley Cavell on Scepticism", *The Heythrop Journal* 48 (2007) e "Like this Insubstantial Pageant Faded": Eschatology and Theatricality in *The Tempest*", *Literature and Theology* 18 (2004). A dra. Tonning é ex-presidente da C. S. Lewis Society da Universidade de Oxford e editora-chefe do *Oxford Journal of Inklings Studies*, um periódico submetido à revisão por pares, de acordo com as normas da Modern Language Association (MLA).

Abreviações

As citações de obras de Lewis nas notas foram extraídas das edições abaixo e aparecem com as seguintes abreviações:

AGO	*A Grief Observed*. Londres, Faber & Faber, 1966.
AMR	*All My Road Before Me: The Diary of C. S. Lewis, 1922-1927*, org. Walter Hooper. Londres, HarperCollins, 1991.
AOL	*The Allegory of Love: A Study in Medieval Tradition*. Oxford: Oxford University Press, 1958.
AOM	*The Abolition of Man*. Glasgow, Collins, 1984.
AT	*Charles Williams and C. S. Lewis, Arthurian Torso*. Londres, Oxford University Press.
CLI	*Collected Letters, Volume I*, org. Walter Hooper. Londres, HarperCollins, 2000.
CLII	*Collected Letters, Volume II*, org. Walter Hooper. Londres, HarperCollins, 2004.
CLIII	*Collected Letters, Volume III*, org. Walter Hooper. Londres, HarperCollins, 2006.
CP	*The Collected Poems of C. S. Lewis*, org. Walter Hooper. Londres, Fount, 1994.
DI	*The Discarded Image*. Cambridge, Cambridge University Press, 1964.
DT	*The Dark Tower and Other Stories*, org. Walter Hooper. Londres, Collins, 1977.
EC	*Essay Collection*, org. Lesley Walmsley. Londres, HarperCollins, 2000.

EIC	*An Experiment in Criticism.* Cambridge, Cambridge University Press, 1961.
EL	*English Literature in the Sixteenth Century, Excluding Drama.* Oxford, Clarendon Press, 1954.
FL	*The Four Loves.* Glasgow, Collins, 1991.
GD	*The Great Divorce: A Dream.* Glasgow: Collins, 1982.
GMA	*George MacDonald: An Anthology.* São Francisco, HarperCollins, 2001.
HHB	*The Horse and His Boy.* Glasgow: Fontana Lions, 1980.
LB	*The Last Battle.* Glasgow, Fontana Lions, 1981.
LTM	*Prayer: Letters to Malcolm.* Londres, Collins, 1983.
LWW	*The Lion, the Witch and the Wardrobe.* Glasgow, Fontana Lions, 1982.
M	*Miracles: A Preliminary Study, revised edn.* Glasgow, Collins, 1980.
MC	*Mere Christianity.* Glasgow, Collins, 1990.
MN	*The Magician's Nephew.* Glasgow, Fontana Lions, 1981.
NP	*Narrative Poems*, org. Walter Hooper. Londres, HarperCollins, 1994.
OSP	*Out of the Silent Planet.* Londres, Pan, 1983.
OTOW	*Of This and Other Worlds*, org. Walter Hooper. Londres, Collins, 1982.
PC	*Prince Caspian: The Return to Narnia.* Glasgow, Fontana Lions, 1981.
Per	*Perelandra.* Londres, Pan, 1983.
PH	E. M. W. Tillyard e C. S. Lewis, *The Personal Heresy: A Controversy.* Londres, Oxford University Press, 1965.
POP	*The Problem of Pain.* Glasgow, Collins, 1983.
PPL	*A Preface to Paradise Lost.* Oxford: Oxford University Press, 1984.
PR	*The Pilgrim's Regress: An Allegorical Apology for Christianity, Reason and Romanticism.* Glasgow, Fount, 1980.
ROP	*Reflections on the Psalms.* Glasgow, Collins, 1984.

ABREVIAÇÕES

SBJ	*Surprised by Joy: The Shape of My Early Life*. Glasgow, Collins, 1982.
SC	*The Silver Chair*. Glasgow, Fontana Lions, 1981.
SIL	*Spenser's Images of Life*, org. Alastair Fowler. Cambridge, Cambridge University Press, 1967.
SIW	*Studies in Words*. Cambridge, Cambridge University Press, 1990.
SL	*The Screwtape Letters*. Glasgow, Collins, 1982.
SLE	*Selected Literary Essays*, org. Walter Hooper. Cambridge, Cambridge University Press, 1980.
SMRL	*Studies in Medieval and Renaissance Literature*, org. Walter Hooper. Cambridge, Cambridge University Press, 1966.
THS	*That Hideous Strength: A Modern Fairy-tale for Grown-ups*. Londres, Pan, 1983.
TST	*They Stand Together: The Letters of C. S. Lewis to Arthur Greeves (1914-1963)*, org. Walter Hooper. Londres, Collins, 1979.
TWHF	*Till We Have Faces: A Myth Retold*. Glasgow, Collins, 1985.
UND	*Undeceptions: Essays in Theology and Ethics*, org. Walter Hooper. Londres, Geoffrey Bles, 1971. Nos Estados Unidos, conhecido como *God in the Dock*.
VDT	*The Voyage of the "Dawn Treader"*. Glasgow, Fontana Lions, 1981.

C. S. Lewis
Cronologia

1898	Clive Staples ("Jack") Lewis nasce em Belfast (29 de novembro), segundo filho de Albert e Florence Lewis, irmão de Warren (nascido em 1895)
1899	Batizado pelo avô, o reverendo Thomas Hamilton, na Igreja de Saint Mark (Igreja da Irlanda), Dundela
1908	Morte da mãe, Florence; matriculado na Wynyard School, Hertfordshire
1911	Matriculado em escolas em Malvern; deixa de identificar-se como cristão
1914	Inicia estudos sob tutela de William Kirkpatrick, Surrey; batizado na Igreja de Saint Mark, Dundela, em "absoluta descrença"; deflagração da Primeira Guerra Mundial
1917	Matriculado na University College, Oxford; ingressa no Corpo de Treinamento de Oficiais (Officers' Training Corps); conhece o cadete Paddy Moore e sua mãe, Jane Moore; serve em trincheiras na França, como segundo-tenente na Infantaria Ligeira de Somerset
1918	Ferido na Batalha de Arras; morte de Paddy Moore; Lewis recupera-se em hospitais ingleses (maio-novembro); fim da Primeira Guerra Mundial
1919	Retorna a Oxford; publicação de *Spirits in Bondage: A Cycle of Lyrics*
1920	Primeiro colocado no Exame Público para o Grau de Bacharel em Letras Clássicas em Oxford
1921	Recebe o Chancellor's Prize para ensaio inglês
1922	Muda-se com Jane Moore e sua filha Maureen para uma casa em Headington, Oxford; primeiro colocado em *Litterae Humaniores*
1923	Recebe distinção acadêmica em Estudos Ingleses
1924	Ensina filosofia na University College

1925	Admitido como professor e tutor de inglês, Magdalen College, Oxford
1926	Conhece J. R. R. Tolkien; publicação de *Dymer*
1929	Torna-se teísta; morte do pai, Albert
1930	Muda-se com Warren Lewis e Jane e Maureen Moore para The Kilns, em Headington Quarry
1931	Passa a acreditar que "Jesus Cristo é o Filho de Deus"
1933	*The Pilgrim's Regress*; primeiros encontros do grupo "The Inklings" na Magdalen College
1936	Conhece Charles Williams; *The Allegory of Love*
1938	*Out of the Silent Planet*
1939	*Rehabilitations*; *The Personal Heresy*; deflagração da guerra contra a Alemanha; crianças evacuadas de Londres chegam a The Kilns; Warren Lewis é reconvocado para o serviço ativo
1940	Maureen Moore se casa e se muda de The Kilns; *The Problem of Pain*
1941	Primeiras palestras para a Força Aérea Real; *The Screwtape Letters* publicado em capítulos; prédica sobre "The Weight of Glory" na University Church, Oxford; fala sobre "Right and Wrong" em programas da rádio BBC
1942	Torna-se presidente do Clube Socrático da Universidade de Oxford; *A Preface to Paradise Lost*
1943	*Perelandra*; *The Abolition of Man*
1944	*The Great Divorce* publicado em capítulos
1945	Fim da Segunda Guerra Mundial; morte de Charles Williams; *That Hideous Strength*
1947	Capa da revista *Time*; *Miracles*
1948	Eleito professor adjunto da Royal Society of Literature
1950	Recebe a primeira carta de Joy Gresham, nascida Joy Davidman; *The Lion, the Witch and the Wardrobe*
1951	Morte de Jane Moore
1952	*Mere Christianity*; conhece Joy Gresham
1954	Eleito professor de literatura medieval e renascentista e professor adjunto da Magdalen College, Universidade de Cambridge; *English Literature in the Sixteenth Century*
1955	Torna-se catedrático em Cambridge; eleito professor adjunto da British Academy; *Surprised by Joy*
1956	Casa-se em segredo com Joy Gresham no Cartório de Registros de Oxford (abril); Joy é hospitalizada com câncer

	(outubro); Lewis torna público seu casamento (dezembro); *Till We Have Faces*; recebe a Medalha Carnegie por *The Last Battle*
1957	Casa-se com Joy Gresham numa cerimônia cristã, em seu leito de hospital; os sintomas de seu câncer perdem intensidade
1958	*Reflections on the Psalms*
1960	*The Four Loves*; morte de Joy Lewis; *Studies in Words*
1961	*A Grief Observed*; *An Experiment in Criticism*
1963	Demite-se de sua cátedra em Cambridge, devido a suas más condições de saúde; morte de C.S. Lewis (22 de novembro)
1964	*Letters to Malcolm*; *The Discarded Image*

Introdução
Robert MacSwain

LEWIS E A ACADEMIA CONTEMPORÂNEA

C. S. Lewis é um fenômeno e uma anomalia ao mesmo tempo. É um fenômeno no sentido de que, quase cinquenta anos após sua morte, continua a ser um dos autores mais famosos e um dos maiores *best-sellers* do mundo. E ele mantém essas qualidades não apenas em um gênero, mas em muitos: literatura infantil, ficção científica, teologia, filosofia, apologética cristã, autobiografia, ensaio, romance e poesia. De modo extraordinário, toda essa produção foi incidental a sua carreira profissional, em Oxford e em Cambridge, como acadêmico de grande renome devido a seu profundo conhecimento das literaturas medieval e renascentista. Apesar das enormes mudanças no modo como a literatura em geral é estudada, e a despeito de mudanças substanciais no panorama acadêmico das áreas em que Lewis foi grande especialista, suas publicações acadêmicas ainda são bastante importantes, tanto para estudantes como para especialistas.

Igualmente estranho, para um personagem tão culto e circunspecto, é o fato de até sua vida pessoal ser um dos componentes do fenômeno. Várias biografias foram escritas sobre ele. *Shadowlands* [Terra das sombras], a história de seu casamento tardio e do luto subsequente, conquistou aclamação popular e crítica como peça de teatro, peça radiofônica e filme para televisão e cinema. Seu livro infantil mais famoso – *The Lion, the Witch and the Wardrobe* [*O leão, a feiticeira e o guarda-roupa*] (o primeiro das Crônicas de Nárnia) – também fez grande sucesso como filme, tornando-se um dos maiores sucessos de bilheteria de 2005. A estreita amizade entre Lewis e J. R. R. Tolkien (um personagem semelhante em vários aspectos, cuja obra de ficção, como se sabe, também foi adaptada para o teatro e o cinema) vem somar-se a esse fascínio. Tanto

as personalidades individuais quanto o caráter coletivo dos "Inklings"*
– seu círculo de amigos literatos – tornaram-se lendários, o que não
deixa de ser surpreendente[1].

Contudo, se Lewis é um fenômeno, ele também é uma anomalia
porque, embora tenha um grande e fiel público leitor, há nos meios
acadêmicos uma forte divisão acerca do valor e da importância de sua
obra. Isso é particularmente verdadeiro no que diz respeito às áreas
dos estudos teológicos e religiosos. Ainda que nos círculos evangélicos a reputação de Lewis seja surpreendentemente alta, a maioria
dos teólogos acadêmicos das correntes predominantes não o considera uma figura "séria". Por exemplo, em 2000, o influente periódico evangélico *Christianity Today* dos Estados Unidos colocou *Mere
Christianity* [*Cristianismo puro e simples*, de Lewis, no topo de sua lista
como o "melhor" livro religioso do século xx, com o volumoso *Church
Dogmatics*, de Karl Barth, ocupando um humilde terceiro lugar, e
outros textos influentes – como os documentos do Concílio Vaticano
II e as obras *Teología de la liberación: perspectivas* [*Teologia da libertação*], de Gustavo Gutiérrez, *The Crucified God* [*O Deus crucificado*], de Jürgen Moltmann, *The Varieties of Religious Experience*
[*As variedades da experiência religiosa*], de William James, e
Attente de Dieu [*Espera de Deus*] , de Simone Weil – em posição
ainda mais baixa[2]. Contudo, qualquer pessoa sintonizada com as tendências teológicas dos círculos acadêmicos contemporâneos não verá
nessas classificações nada além de um absurdo.

Tomemos como exemplo *The Modern Theologians: An Introduction to Christian Theology since 1918*, uma obra de referência de grande
abrangência, de diversos autores, que constitui uma excelente e definitiva pesquisa sobre as personalidades e os movimentos teológicos
desse período[3]. Esse volume não traz uma única menção à obra *Mere
Christianity*, de Lewis (nem mesmo nos capítulos sobre teologia anglicana ou evangélica), e o próprio Lewis não aparece no índice remissivo
(ainda que, na verdade, ele seja mencionado uma vez, como exemplo de
alguém que acreditava em milagres[4]). Os editores certamente têm bons

---

* Grupo informal em que acadêmicos de Oxford se reuniam para discutir literatura. Seus membros defendiam o uso da fantasia nas obras de ficção. *Inkling* significa
"insinuação", "indicação vaga", "sugestão" etc. É como se esses escritores se referissem
a si próprios como "Os sonhadores" ou "Os visionários". (N. T.)

INTRODUÇÃO

motivos para formar seus critérios seletivos, mas ainda cabe perguntar se a importância de um autor é mais bem avaliada por sua posição na academia ou pela influência fora dela. Como argumentarei mais adiante, a teologia acadêmica ignora Lewis por sua própria conta e risco[5].

Lewis, porém, também é anômalo no sentido de que as avaliações e interpretações de sua vida e obra não pertencem apenas à esfera das opções "entusiasmo evangélico" e "apatia acadêmica" acima assinaladas, mas vão muito além delas em ambas as direções. Lewis geralmente inspira reações extremas, tanto positivas quanto negativas, e seus leitores ou se dedicam a ele com uma aceitação passional e acrítica que beira o fanatismo, ou reagem com uma aversão e um desprezo de intensidade muito semelhante. O extremo positivo é em grande parte associado aos evangélicos norte-americanos, e o extremo negativo aos ateus ingleses, mas a verdadeira situação é um tanto mais complexa do que essa dicotomia lapidar entre nacionalidade e ideologia. Sem dúvida, seus detratores não são todos ingleses, e os que consideram suas ideias valiosas e interessantes podem ser encontrados ao longo de todo o espectro teológico, aí incluídos anglicanos ingleses e norte-americanos, católicos romanos e ortodoxos orientais.

Em artigo do jornal *Chronicle of Higher Education*, o estudioso de literatura James Como é citado por sua afirmação de que "C. S. Lewis é um dos escritores que se apoderam do intelecto e da imaginação de uma pessoa e faz o jogo virar a seu favor. [...] A paisagem interior se modifica. Para alguns leitores, essa experiência leva a uma espécie de atitude de posse, um sentimento de que 'ele é *meu*'[6]". Por conseguinte, diferentes escolas de interpretação de Lewis surgiram dos dois lados do Atlântico, algumas de viés acadêmico, outras nem tanto, cada qual promovendo sua própria versão do homem: ora mais católico, ora mais evangélico, ora mais conservador, ora mais liberal; há um turbilhão de teorias conspiratórias; questões relativas ao cânone foram postas na mesa. E, assim como as vozes proprietárias são numerosas e de qualidade variável, o mesmo se pode dizer das acusações dos críticos: Lewis deverá ser condenado por sexismo, racismo, obscurantismo, filistinismo, cristianismo ou por tudo isso ao mesmo tempo?

Isso talvez pareça um começo demasiado jornalístico para um volume da série Cambridge Companion, mas exprime bem o desafio enfrentado por quem quer que pretenda pensar de maneira inteligente sobre C. S. Lewis no contexto contemporâneo. Embora todos os autores talvez desejem obter o resultado acima descrito por Como, essa resposta dificulta inevitavelmente a avaliação acadêmica da obra de Lewis. Em primeiro lugar, ele não se resume a um simples tópico ou objetivo; sua imensa popularidade torna as coisas consideravelmente mais complexas; e aquilo que, sem remorsos, podemos chamar de "Jacksploitation" torna a situação praticamente insolúvel[7]. Longe de ser uma figura "morta", cujo lugar no cânone da literatura inglesa e do pensamento cristão já se encontre "sedimentado", ou de alguém que só interesse a acadêmicos e estudantes, Lewis é objeto de um profundo interesse e uma acirrada controvérsia que extrapolam os limites das discussões acadêmicas habituais[8].

Quase certamente, porém, ele é o mais influente autor religioso do século XX, em inglês ou outra língua qualquer. Para o bem ou para o mal, milhões de pessoas tiveram seu entendimento da cristandade indiscutivelmente moldado por seus escritos. A despeito de sua reação ser positiva ou negativa, a concepção de fé cristã de Lewis é o que elas (sejam quais forem suas razões) aceitam como norma e, portanto, ou aceitam como Verdade Redentora ou rejeitam como Erro Pernicioso. O que leva a esse estado de coisas? Por que Lewis – um ex-ateu que se tornou cristão anglicano, um professor de literatura sem educação teológica formal ou autoridade eclesiástica – assumiu um papel tão importante como intérprete do cristianismo para tantas pessoas? As teorias são abundantes, mas não há uma resposta simples. Como afirmei no começo desta introdução, Lewis é tanto um fenômeno quanto uma anomalia, e, por definição, essas entidades confundem as categorias regulares. Contudo – uma vez mais, por bem ou por mal –, ele é demasiado importante para ser ignorado.

Isso porque, para grande surpresa de muitos, ele tem sido ignorado, pelo menos pelos teólogos do pensamento acadêmico dominante que mencionei há pouco. Não constitui exagero dizer que muitos desses teólogos – mesmo entre seus companheiros anglicanos – vêm esperando, há cerca de meio século, que Lewis saia silenciosamente de cena[9]. Sem dúvida isso não aconteceu, mas até o momento, com raras exceções, os estudos mais importantes da obra de Lewis provêm dos departamentos de literatura das universidades[10]. Fora dos círculos cristãos evangélicos, a maior parte dos teólogos e especialistas em estudos religiosos tem se mantido distante[11]. Embora alguns renomados filósofos da religião tenham feito menções esporádicas a Lewis como uma de suas influências, e ainda que um ou outro artigo sobre algum aspecto geral de seu pensamento

INTRODUÇÃO

possa aparecer em um jornal importante, o que se observa nos meios acadêmicos em geral é uma acanhada e instável adesão a ele e uma quase irrelevante abordagem crítica de sua obra. Na verdade, excetuando-se o falecido Paul Holmer (Faculdade de Teologia de Yale), Wesley Kort (Universidade Duke) e Gilbert Meileander (Universidade Valparaíso), fica difícil lembrar de algum outro docente importante que tenha escrito uma monografia sobre o pensamento teológico e religioso de Lewis[12].

Contudo, como afirmei há pouco, a teologia acadêmica não pode se dar ao luxo de ignorar C. S. Lewis. No mínimo por ele ser tão influente, professores e alunos precisam familiarizar-se com o conteúdo específico de seus vários livros para conhecer (e, se necessário, questionar ou corrigir) seu impacto sobre as massas. Em termos mais positivos, porém, é pelo menos possível que Lewis – apesar de ele mesmo não ter sido um teólogo acadêmico – talvez tenha algo a ensinar aos teólogos acadêmicos sobre o próprio campo de atuação deles. Entre outras coisas, isso pode ter a ver com o modo como Lewis utilizou a imaginação, a razão, o conhecimento histórico, a agudeza de espírito e a razoável competência retórica em um esforço contínuo por transmitir os fundamentos de suas convicções ao maior público possível. Em sua louvável busca de pureza disciplinar e integridade intelectual, a teologia acadêmica encontra-se, na verdade, diante do grande risco de fechar-se dentro de uma câmara de ressonância muito pequena e autossuficiente, na qual especialistas falam a outros especialistas ao mesmo tempo que vão perdendo contato com o mundo exterior. Enquanto isso, Lewis continua a vender milhões de livros por ano e a moldar a crença religiosa de milhares de pessoas.

Clive Staples ("Jack") Lewis: 1898-1963

Este não é o lugar para um retrato biográfico extenso, e o leitor interessado em informações mais abrangentes pode consultar a bibliografia no final deste livro. Contudo, é importante estabelecer os fatos básicos e, então, apresentar pelo menos uma "versão" de Lewis que seja mais ou menos normativa para este volume da série Cambridge Companion.

Clive Staples Lewis nasceu em 29 de novembro de 1898 em Belfast, Irlanda – a separação ainda demoraria algumas décadas –, e foi batizado no ano seguinte na Igreja (Anglicana) da Irlanda. Seus pais – Albert James Lewis e Florence Augusta Hamilton – pertenciam à classe média instruída. Seu único outro filho e irmão mais velho de Lewis, Warren (1895-1973), seria o melhor amigo de Lewis por toda a vida. Ainda jovem, por não gostar de seu nome, Lewis declarou que ele se chamava "Jack", e assim ele passou a ser chamado por sua família e seus amigos até o fim da vida. Lewis morreu em 22 de novembro de 1963, no dia em que John F. Kennedy foi assassinado.

Sua infância foi feliz, mas a morte de sua mãe, por câncer, poucos meses depois de seu décimo aniversário, teve um efeito devastador sobre ele: ele não apenas perdeu a mãe, como também passou a distanciar-se cada vez mais do pai. Por uma provável imprudência familiar, foi mandado para um internato na Inglaterra menos de um mês depois da morte da mãe. A experiência foi horrível, e Lewis também odiou sua experiência educacional seguinte no Malvern College (1913-14). Em 1911, ele se torna ateu, embora no dia 6 de dezembro de 1914 tenha aceitado a crisma na Igreja Anglicana, a mesma em que havia sido batizado. Depois de deixar Malvern, Lewis teve aulas particulares com William Kirkpatrick, ex-diretor da escola de seu pai. Em 29 de abril de 1917 ingressou na Universidade de Oxford.

A devastação causada pela Primeira Guerra Mundial já estava em andamento, e, quase imediatamente após chegar a Oxford, Lewis alistou-se no exército inglês. Foi para a França como segundo-tenente no Terceiro Batalhão de Infantaria Ligeira de Somerset e chegou à linha de frente no dia em que completou dezenove anos. Em 15 de abril de 1918, na Batalha de Arras, foi gravemente ferido pela explosão de uma granada e passou o resto da guerra num hospital. Em janeiro de 1919, retornou a Oxford para dar continuidade a sua educação formal.

Lewis foi um aluno brilhante em todos os aspectos. Obteve três certificados consecutivos de distinção acadêmica: os dois primeiros em duas disciplinas do curso "Greats", em Oxford – *Classical Honour Moderations* (1920) e *Litterae Humaniores* (1922) –, e o terceiro em Estudos Ingleses (1923). O "Greats" tinha como programa "o estudo de língua e literatura greco-romanas e de filosofia e história antigas, oferecendo, portanto, uma formação desenvolvida em três campos: na precisão da linguagem, no aprofundamento dos conceitos e na importância das evidências históricas"[13]. No que diz respeito à filosofia do século xx, Lewis foi educado na tradição metafísica hegeliana do idealismo inglês, então dominante em Oxford, mas que em breve entraria em declínio devido à obra de orientação mais lógica e linguística dos filósofos de Cambridge

INTRODUÇÃO

G. E. Moore, Bertrand Russell e Ludwig Wittgenstein[14]. Ele nunca fez estudos formais de teologia.

O primeiro cargo de Lewis foi como professor de filosofia na faculdade em que estudara ("Univ"*), em substituição a um professor que desfrutava de um ano sabático. Em 1925, foi admitido como professor adjunto na Magdalen College, em Oxford. Embora Lewis certamente fosse competente como professor de filosofia e tivesse qualidades analíticas e dialéticas consideráveis, sua grande paixão era a literatura inglesa, que acabou por se tornar sua área de excelência profissional. Foi tutor na Magdalen College e professor em Oxford por quase trinta anos, e é nesse contexto que a maioria das pessoas o situa. Em janeiro de 1955, porém, tornou-se o primeiro ocupante da cátedra de Literatura Medieval e Renascentista na Universidade de Cambridge, na qual permaneceria até o fim de sua carreira. Em julho daquele ano, também foi admitido como professor adjunto da British Academy.

Como afirmei anteriormente, Lewis tornou-se ateu em 1911. Essa postura não refletiu apenas uma fase passageira de um adolescente rebelde e consternado pela perda da mãe, mas uma rejeição sincera, ponderada e bastante intensa da crença religiosa em bases morais e intelectuais. Os diários, cartas e primeiros escritos de Lewis dão testemunho da consistência e vigor de seu ateísmo. Contudo, como Lewis detalha extensamente em sua autobiografia, *Surprised by Joy* [*Surpreendido pela alegria*], sua concepção ateísta do universo estava em constante tensão com uma experiência recorrente que ele chamava de "Alegria" ("*Joy*") e identificava com o conceito romântico alemão de *Sehnsucht*: "um desejo insatisfeito que é, em si, mais desejável do que qualquer outra satisfação"[15]. Essa experiência persistente, combinada com diferentes dificuldades filosóficas acerca do naturalismo e concomitante à crescente amizade com Tolkien (um católico romano devoto), tornou Lewis cada vez mais – ainda que relutantemente – aberto à possibilidade do teísmo. E, em 1929, ele tornou-se teísta, mas apenas em termos abstratos, impessoais, "idealistas". E foi só em setembro de 1931, depois de uma longa conversa com Tolkien e Hugo Dyson sobre metáfora e mito, que Lewis finalmente aceitou o cristianismo como aquilo que chamou de "um verdadeiro mito; um mito que age sobre nós da mesma maneira

---

* University College, uma das faculdades da Universidade de Oxford. (N. E.)

que o outro, mas com a enorme diferença de que *realmente aconteceu*"[16]. Lewis terminou por reincorporar a tradição anglicana de sua infância e – uma vez que já havia sido batizado e crismado – começou simplesmente a frequentar os serviços religiosos em sua paróquia local da Igreja Anglicana, Holy Trinity, em Headington Quarry, Oxford.

Por ele ser hoje tão fortemente associado ao evangelismo norte-americano, é importante enfatizar o caráter essencialmente anglo-irlandês e anglicano de Lewis. Cultural e socialmente, Lewis era produto consumado de sua infância de classe média do Ulster, da Inglaterra eduardiana, das trincheiras da Primeira Guerra Mundial e dos estudos clássicos em Oxford. E, no prefácio de *Mere Christianity*, Lewis diz: "Não existe mistério sobre minha posição [religiosa]. Sou um leigo muito comum da Igreja Anglicana, não especialmente 'alto', nem especialmente 'baixo', nem especialmente outra coisa qualquer"[17]. Embora tenha terminado por adotar algumas práticas do "Alto Anglicanismo"* – como a orientação espiritual, a confissão e a comunhão frequente –, Lewis nunca foi membro da ala anglo-católica da Igreja Anglicana e tampouco da "ala" evangélica ou de outra qualquer. Ele se manteve fiel ao "mero cristianismo" que encontrara na extensa *via media* anglicana, com sua tentativa de fundir as tendências católicas e protestantes da cristandade ocidental, sua longa tradição de erudição e expressão literária e sua relutância em definir pontos de discórdia entre os cristãos. Apesar de teologicamente tradicional, doutrinariamente ortodoxo e quase sempre conservador em sua interpretação da Bíblia, Lewis ainda assim aceitou alguma forma de evolução cósmica e biológica, não se apegou à infalibilidade das Escrituras e não se comprometeu com nenhuma teoria específica de expiação. Por outro lado, ele tampouco aceitou a infalibilidade papal, os dogmas marianos ou as afirmações de primazia feitas pela Igreja Católica Romana. Para ele, essas questões não eram essenciais ao cristianismo puro e simples.

Se Lewis não tivesse feito essa jornada até a fé cristã, ainda assim é bem possível que ele não tivesse se desviado do caminho que o levou à excelência acadêmica, e hoje ele provavelmente só seria lembrado por alguns especialistas pelo fato de haver escrito algumas obras excepcionalmente

---

* No original, "High Church", isto é, grupo conservador e ritualístico da Igreja Anglicana que tem mais afinidades com o catolicismo apostólico romano. (N. T.)

INTRODUÇÃO

eruditas, porém obscuras. Contudo, a conversão de Lewis deu origem a uma inesperada carreira complementar, ao mesmo tempo que liberava sua força de imaginação, intelecto e persuasão de maneira excepcional. Além de sua respeitada atuação profissional em Oxford e Cambridge, nas três décadas seguintes Lewis escreveu um livro após o outro, em gêneros variados, começando por *The Pilgrim's Regress: An Allegorical Apology for Christianity* e *Reason and Romanticism* (1933) e terminando com uma obra de publicação póstuma, *Letters to Malcolm: Chiefly on Prayer* [*Cartas a Malcolm*] (1964).

Os detalhes de sua vida e carreira, juntamente a diferentes interpretações polêmicas de ambas, são oferecidos em diversas biografias, e os temas de seus livros são examinados nos capítulos que se seguem a esta introdução. Todavia, para concluir esta seção é preciso dizer que, em 1957, Lewis causou grande surpresa a seus amigos – e a si próprio – ao casar-se com Joy Davidman, uma norte-americana divorciada, com dois filhos e uma doença terminal, que era também escritora, ex-marxista ateia e etnicamente judia convertida ao cristianismo: a história que é contada em *Shadowlands*. Lewis, portanto, tornou-se ao mesmo tempo um fenômeno e uma anomalia, e então voltamos para o começo desta introdução.

UM VOLUME DA SÉRIE *CAMBRIDGE COMPANION* DEDICADO A C. S. LEWIS

Não é de modo algum evidente que este volume devesse ser publicado na série dedicada a grandes autores de obras teológicas e religiosas (Cambridge Companions to Religion) e não naquela que se ocupa de autores, períodos e gêneros literários (Cambridge Companions to Literature). Como já afirmei, a obra de Lewis não é religiosa, mas sim literária; grande parte de sua produção publicada pertence a diferentes gêneros literários; e a maior parte do que de melhor se escreveu sobre Lewis veio de estudiosos de literatura. Portanto, é perfeitamente possível argumentar que Lewis deve ser fundamentalmente estudado como uma personalidade literária em si, um escritor de ficção e fantasia, sátira, crítica, poesia e autobiografia – em poucas palavras, como um "homem de letras" e não como um teólogo ou filósofo. Isso ajudaria a explicar sua ausência quase total em textos como *The Modern Theologians* e o descaso geral que lhe dedicam os autores de estudos acadêmicos de teologia e religião, podendo, inclusive, sugerir que um "Cambridge Companion to C. S. Lewis" tivesse de abordar suas realizações a partir de uma perspectiva essencialmente literária.

Contudo, frustrar essa expectativa também é algo que faz parte da natureza anômala de Lewis, e por dois motivos. Primeiro, alguns de seus escritos profissionais realmente adentram o território da teologia e filosofia acadêmicas, e suas obras de ficção e poesia também se ocupam muitas vezes desses assuntos. Na verdade, essa é uma das razões pelas quais é tão comum que Lewis seja criticado ou condenado por estudantes de *literatura*: certo ou errado, ele é percebido como alguém que não é *suficientemente* literário, mas que se encontra basicamente engajado em um objetivo didático ou evangélico mal dissimulado sob um véu de contos de fada ou textos de ficção científica. Para essas pessoas Lewis não é um verdadeiro escritor, apenas um teólogo não assumido – exatamente o contrário da acusação que lhe fazem os teólogos! Portanto, para o bem ou para o mal, até mesmo o Lewis "homem de letras" é inevitavelmente lido como um homem de letras religioso, fazendo qualquer estudo sério de suas obras precisar pelo menos levar em conta esse elemento. Por conseguinte, esperamos que o presente livro seja útil para todos os que tenham por Lewis um interesse basicamente literário, e não religioso.

Segundo, e este é um aspecto mais positivo, também pode ser o caso de que Lewis deva ser justificadamente considerado nesta série específica porque, de fato, ele ampliou o gênero teológico de modo a incluí-lo nas obras imaginativas que o tornaram tão famoso. Sendo assim, em vez de um teólogo amador e diletante que provavelmente não possa fazer parte do mesmo grupo de Barth, Gutiérrez ou Moltmann, por exemplo, talvez Lewis deva ser visto (*à la* Kierkegaard) como um teólogo deliberadamente "indireto", alguém que trabalha por meio de "descrições densas" ou de imagens evocativas, operando em múltiplas vozes e gêneros dos quais emerge uma visão complexa e única, ainda que surpreendentemente sutil. Sim, é evidente o absurdo de comparar *Mere Christianity*, de Lewis, a *Church Dogmatics*, de Barth – mas talvez seja igualmente absurdo permitir que Barth defina a natureza de toda a teologia. E quando a produção de Lewis é considerada como um todo, a comparação talvez não seja tão ridícula, afinal. É possível que Lewis não possa ser considerado um teólogo segundo o modelo barthiano, mas

INTRODUÇÃO

ainda assim ele pode oferecer um modelo de expressão teológica que precisa ser apreciado em seus próprios termos.

Portanto, este Cambridge Companion é uma experiência intencional e, talvez, arriscada. Em primeiro lugar, é impossível aprofundar o exame de cada aspecto da realização de Lewis em um único volume, ainda que tenhamos tentado certa abrangência, pelo menos. Embora este texto faça parte da série Cambridge Companions to Religion e, desse modo, o mais provável é que venha a ser lido sobretudo nesse contexto, também incluímos capítulos introdutórios sobre o saber literário de Lewis e outros de seus interesses profissionais. Esse é um aspecto fundamental de sua carreira, e os que pretendem compreendê-lo devem ao menos familiarizar-se com ele. Os outros capítulos também foram escritos por um grupo mais interdisciplinar do que o habitual para este tipo de volume, mas todos foram compostos intencionalmente, tendo em vista sua inclusão em um *Cambridge Companion to Religion*.

Em segundo lugar, em uma tentativa deliberada de ampliar a discussão do legado de Lewis para além dos "suspeitos habituais", convidamos alguns colaboradores que até o momento não haviam participado desses debates, ou que, ao menos, ainda não o haviam feito publicamente. Embora vários colaboradores já sejam, de fato, bem conhecidos por suas obras sobre Lewis, todos são especialistas provenientes de diferentes áreas que contaram com a colaboração do próprio Lewis (história intelectual, crítica literária, teologia, filosofia). Entre esses colaboradores estão alguns dos mais renomados especialistas contemporâneos nesses campos. Por nossa percepção de que a situação atual da produção intelectual-acadêmica sobre Lewis chegara a uma espécie de impasse, quisemos introduzir novas vozes nessa confabulação. Algumas são evangélicas; outras não. Algumas oferecem seus capítulos como uma contribuição de primeira linha à teologia ou à filosofia; outras o fazem em forma de ensaio acadêmico sobre a interpretação da obra de Lewis. Além disso, procuramos deliberadamente algumas personalidades provocativas que pudessem interagir com aspectos já sedimentados do pensamento de Lewis.

Em todos os casos, porém, os colaboradores deste volume situam-se em algum ponto entre as duas comunidades interpretativas polarizadas que já foram aqui mencionadas. Apesar de muitas divergências e diferenças de opinião, todos nós acreditamos que Lewis deixou algumas contribuições verdadeiramente importantes para um grande e diversificado espectro de disciplinas e gêneros: literário, histórico, filosófico, ético, teológico, espiritual, narrativo e poético. Ele é, sem dúvida, a grande voz do século xx – particularmente quando se considera o conjunto de sua obra –, uma voz que não merece ser ignorada, rejeitada, nem mesmo vilipendiada pela *intelligentsia* atual. Contudo, ele também não ocupa o lugar de importância única, privilegiada e intocável que lhe tem sido atribuído por alguns de seus seguidores. Portanto, seu legado deve ser objeto tanto de comentários criteriosos quanto de escrutínio crítico. Nosso objetivo, aqui, não é oferecer a abordagem definitiva de C. S. Lewis, nem dar respostas conclusivas a seus seguidores e detratores. Em vez disso, nosso objetivo consiste em estimular o debate sobre Lewis na teologia acadêmica e nos estudos religiosos, bem como em propiciar um melhor entendimento de sua obra. Esperamos que este volume esteja à altura dessas expectativas.

Notas

1. Cf. Humphrey Carpenter, *The Inklings: C. S. Lewis, J. R. R. Tolkien, Charles Williams, and Their Friends* (Londres, HarperCollins, 2006).
2. "Books of the Century", *Christianity Today* 44:5 (24 abr. 2000). Para fazer sua lista dos cem melhores e mais influentes livros religiosos do século xx, a revista pediu a cem de seus colaboradores regulares e líderes de igrejas evangélicas para que cada um nomeasse dez títulos. No prefácio, afirma-se: "C. S. Lewis é de longe o autor mais popular, e *Mere Christianity* foi o livro mais frequentemente citado. Na verdade, poderíamos ter incluído outras obras de Lewis, mas ao fim e ao cabo tivemos de dizer 'Já temos o suficiente, vamos dar uma chance a outros autores'". Contudo, eles incluem *As crônicas de Nárnia* (volume único) na lista sem classificação valorativa dos noventa livros que se seguem aos cem principais. Esse artigo e essa lista estão disponíveis em www.christianitytoday.com/ct/2000/april24/5.92.html.
3. David F. Ford (org.) com Rachel Muers, *The Modern Theologians: An Introduction to Christian Theology since 1918*, 3. ed. (Malden, MA, Blackwell, 2005).
4. Cf. Ford (org.), *The Modern Theologians* 346.
5. Embora os dois sejam teólogos ingleses, Ford e Muers são categóricos em privilegiar, em seu volume, a "tradição de teologia acadêmica em língua alemã", do modo como foi desenvolvida nos séculos xix e xx. Sem dúvi-

INTRODUÇÃO

da, dizem eles, trata-se da "melhor tradição para nos pôr em contato com o que significa praticar a teologia cristã e, ao mesmo tempo, estabelecer relações inteligentes com as disciplinas, sociedades e igrejas modernas, bem como com acontecimentos traumáticos" (cf. prefácio, p. VIII-XI, em especial p. IX). E isso explica por que Lewis não é estudado – e quase nem mencionado – nesse livro, uma vez que ele não era um teólogo acadêmico profissional, nem moderno, assim como também nunca se filiou seriamente à tradição teológica em língua alemã. Segundo esses critérios, portanto, não surpreende que ele não seja discutido em *The Modern Theologians*; afinal, ele nunca foi um teólogo moderno. Lewis também está totalmente ausente de Colin E. Gunton (org.), *The Cambridge Companion to Christian Doctrine* (Cambridge, Cambridge University Press, 1997). Paul Fiddes, porém, examina em que medida Lewis pode realmente ser considerado um teólogo – e um teólogo importante – no capítulo 7 do presente volume.

6. Scott McLemee, "Holy War in the Shadowlands: A New Book Revives Old Allegations and the Struggle for the Intellectual Legacy of C. S. Lewis", *Chronicle of Higher Education*, 20 jul. 2001 (http://chronicle.com/article/Holy-War-in-the-Shadowlands/19700).

7. Sem dúvida, um jogo de palavras com o termo "blaxploitation"* e com o apelido de Lewis, "Jack". Eu definiria "Jacksploitation" como uma obra a respeito de Lewis, mas que carece de erudição ou originalidade e é produzida por alguém cuja única credencial está no fato de a obra dizer respeito a Lewis. O mundo está repleto de Jacksploitation. Em sentido mais amplo (e menos culpável), Jacksploitation às vezes também se refere a obras que podem, de fato, ter mérito acadêmico ou credenciais legítimas, mas cujo objetivo primeiro continua a ser "pegar carona" na popularidade de Lewis, em vez de aprofundar significativamente nosso conhecimento da obra desse autor. Minha preocupação com a Jacksploitation não se limita a mero esnobismo acadêmico: acredito tratar-se de um problema real, algo que inibe a apreciação objetiva de seu legado.

8. Outra complicação é que os direitos à obra de Lewis ainda não caíram em domínio público, mas ainda são compartilhados por diversas editoras inglesas e norte-americanas que, naturalmente, estão mais interessadas em vendas do que na reputação acadêmica de Lewis. Por esse

---

* "Blaxploitation" – fusão de *black* (negro) com *exploitation* (exploração) – foi, a partir da década de 1970, um gênero de filme com predomínio de atores afrodescendentes, que se tornou muito popular na época, mas passou a ser criticado pelo uso excessivo de estereótipos. (N. T.)

motivo, seus ensaios são constantemente reagrupados em uma ordenação confusa de novas combinações e títulos. Lewis merece e precisa desesperadamente de uma edição crítica impecável de toda a sua obra, em muitos volumes que mantenham os textos originais – o que não acontecerá tão cedo.

9. Cf., por exemplo, Norman Pittenger, "Apologist versus Apologist", *Christian Century 75* (1958), e a resposta de Lewis, "Rejoinder to Dr Pittenger", *Christian Century 75* (1958), p. 1359-61; reimpressão em UND, p. 177-83.

10. Cf., por exemplo, Bruce L. Edwards (org.), *The Taste of the Pineapple: Essays on C.S. Lewis as Reader, Critic and Imaginative Writer* (Bowling Green, OH, Boowling Green State University Popular Press, 1988); C. N. Manlove, *C. S. Lewis: His Literary Achievement* (Londres, Macmillan, 1987); Doris T. Myers, *C. S. Lewis in Context* (Kent, OH e Londres, Kent State University Press, 1994); Peter J. Schakel (org.), *The Longing for a Form: Essays on the Fiction of C. S. Lewis* (Kent, OH, Kent State University Press, 1977) e George Watson (org.), *Critical Essays on C. S. Lewis* (Aldershot, Scolar Press, 1992). O recente volume de meu coeditor, Michael Ward, também se encaixa basicamente nessa categoria, embora ele recorra a diferentes implicações para o pensamento de Lewis em termos gerais: *Planet Narnia: The Seven Heavens in the Imagination of C. S. Lewis* (Nova York, Oxford University Press, 2008).

11. Há um imenso *corpus* literário sobre Lewis a partir de uma perspectiva evangélica norte-americana, grande o suficiente até mesmo para que comece a ser citado aqui. Boa parte desse material contém boa e sólida erudição, mas a maior parte se limita a expor ou resumir o que Lewis escreveu, em vez de fazer uma abordagem crítica (no sentido positivo, construtivo e erudito de "crítico"). Para algumas exceções a essa regra, cf. os volumes publicados por Baggett, Habermas e Walls; Menuge; Mills, Travers; e Walker e Patrick (todos citados na bibliografia ao final deste volume). Para um estudo de Lewis a partir da perspectiva do catolicismo romano, cf. Joseph Pearce, *C. S. Lewis and the Catholic Church* (São Francisco, Ignatius Press, 2003).

12. Os livros de Holmer, Kort e Meilaender estão arrolados na bibliografia. Observe-se que todos esses três autores são norte-americanos. Os leitores bem podem objetar que, além de imprecisa, minha expressão "acadêmico da corrente dominante" deprecia as excelentes obras evangélicas mencionadas na nota acima, mas não tenho a intenção de criar polêmica. Refiro-me simplesmente à obra de especialistas que, sejam quais forem suas

INTRODUÇÃO

convicções religiosas, escrevem basicamente para um público *geral* (acadêmico), extrínseco à comunidade evangélica cristã, e não *basicamente* para seus irmãos de fé. Nesse sentido, um evangélico também pode ser um "acadêmico da corrente dominante", e muitos o são (alguns, na verdade, contribuíram com textos para este volume). Pretendo apenas dizer que, à parte o tipo de obra literária citado na nota 10, muito pouco se escreveu sobre Lewis que, nesse sentido, possamos chamar de "produção acadêmica da corrente dominante". Os dois maiores filósofos da religião, porém, citam Lewis como influência e inspiração; cf. William P. Alston, *Divine Nature and Human Language: Essays in Philosophical Theology* (Ithaca, Nova York e Londres, Cornell University Press, 1989), 212 n. 18, e Alvin Plantinga, *Warranted Christian Belief* (Nova York, Oxford University Press, 2000), *passim*.

13. Basil Mitchell, "Introduction", em Brian Hebblethwaite e Douglas Hedley (orgs.), *The Human Person in God's World: Studies to Commemorate the Austin Farrer Centenary* (Londres, SCM Press, 2006), 2. Farrer, que mais tarde se tornaria um dos melhores amigos de Lewis, também fez estudos clássicos greco-romanos no curso "Greats" alguns anos depois, de modo que sua descrição também se aplica à experiência de Lewis.

14. Para uma descrição do meio filosófico em que Lewis foi educado e no qual viria posteriormente a ensinar, cf. James Patrick, *The Magdalen Metaphysicals: Idealism and Orthodoxy at Oxford, 1901-1945* (Macon, GA, Mercer University Press, 1985). Pode muito bem ser o caso que – como o idealismo inglês nas mãos de Moore, Russell e Wittgenstein – os diferentes argumentos metafísicos de Lewis não se traduzam bem para o idioma da filosofia anglo-americana contemporânea. Essa afirmação é feita sistematicamente por John Beversluis, mas é contestada por Victor Reppert, ambos filósofos, e não teólogos. Outro filósofo, Erik Wielenberg, ocupa uma posição mais ou menos intermediária (cf. referências na bibliografia). Em parte, o debate gira em torno do que se entende por "razão" e "racionalidade" e de nossa capacidade, como seres humanos, de exercitá-las ou delas participar.

15. SBJ, p. 20.
16. Carta a Arthur Greeves, 18 out. 1931 (CLI, p. 977).
17. MC, p. vi.

Primeira Parte
O erudito

O crítico literário
John V. Fleming

O medievalista profissional deve ficar um tanto confuso pelo fato de o saber acadêmico e a crítica de C. S. Lewis serem tão pouco conhecidos entre a maior parte do seu público leitor, e totalmente desconhecidos a outros. Afinal, o ensino da literatura era o "ganha-pão" de Lewis, e ele consumiu muito talento e energia em seus escritos sobre esse assunto. Depois de um breve período como professor de filosofia[1], ele passou as três primeiras décadas de sua carreira (1925-54) como professor e tutor de inglês na Magdalen College, Oxford, e a maior parte da última década na Universidade de Cambridge, como primeiro ocupante da cadeira de literatura medieval e renascentista, uma disciplina que havia sido criada, em grande parte, para atraí-lo àquela universidade.

Todos os aspectos dos volumosos escritos de Lewis foram influenciados pelas condições e associações do mundo acadêmico em que ele trabalhou, mas, em certo sentido, seus textos acadêmicos foram determinantes. Embora ele às vezes tenha escrito ensaios sobre autores e temas que perpassam toda a extensão da literatura inglesa, aí incluída também a cena contemporânea[2], o que definiu o campo de atividade de Lewis, do qual tratarei neste capítulo, foi o currículo tradicional de Oxford – que privilegiava os textos em inglês antigo e médio (dos anos 1000 a 1400, aproximadamente), e no qual até mesmo autores dos primórdios da modernidade costumavam ser lidos de um ponto de vista essencialmente filológico – ao lado de um interesse especial por Spenser, do século XVI, e Milton, do século XVII.

O corpo docente de literatura inglesa da época, oitenta anos atrás, era muito diferente, em espírito, do que é atualmente. O que podemos chamar de "modelo acadêmico norte-americano", com professores doutores avaliados principalmente com base na quantidade e qualidade da publicação de suas pesquisas, era algo desconhecido em Oxford.

Muitos membros graduados da universidade, inclusive alguns dos mais brilhantes e eruditos, publicavam pouco, ou mesmo nada. A palavra "amador", que remete a alguém que ama um assunto, ainda era usada em sentido positivo; e "amadorismo" ainda não havia sido derrubada por "profissionalismo". Obras reveladoras de grande erudição individual eram frequentemente admiradas, mas "publicação" era algo mais tolerado do que exigido. Em nada nos deve surpreender, portanto, o fato de Lewis estar com quase quarenta anos ao publicar sua primeira obra de fôlego, *The Allegory of Love*, em 1936; tampouco é extraordinário que, ao longo de toda a sua carreira, interesses "amadorísticos" antagônicos (a filosofia, a teologia, a ficção e a poesia abordadas na segunda e terceira partes deste volume) tenham reduzido uma produção acadêmica potencialmente grandiosa a uma produção meramente surpreendente.

THE ALLEGORY OF LOVE

The Allegory of Love [*Alegoria do amor: um estudo da tradição medieval*] começa com um capítulo substancial sobre o amor cortês, o conceito que domina a abordagem lewisiana da alegoria do amor. Ele não foi em absoluto um pioneiro nesse caso, mas seu livro foi muito influente para convalidar o conceito. "Amor cortês" não é um termo medieval. Foi usado pela primeira vez em fins do século XIX, por um medievalista francês, para descrever um "código" artificial de comportamento discernível nas relações entre amantes do sexo masculino e o objeto feminino de seus desejos, como se verifica num vasto *corpus* de poesia amadorística europeia. "Todos já ouviram falar do amor cortês", escreve Lewis, "e todos sabem que esse termo aparece repentinamente, no fim do século XI, na província de Languedoc"[3].

Caracteristicamente, o amante cortês deve "servir" a uma mulher, sempre um modelo de beleza e, geralmente, de virtude, que é distante, arredia e inacessível a ele. Os grandes casos de amor da Idade Média, verdadeiros ou ficcionais – os amores de Dante e Petrarca não menos do que os de Lancelot e Tróilus –, moldam-se, em maior ou menor grau, às "convenções" do amor cortês. Lewis considera que, na verdade, o "sistema" já se encontra codificado em *De amore*, de Andreas Capellanus, que circulou muito pela Inglaterra como *The Art of Courtly Love*. Há uma versão poética nos primorosos "dez mandamentos" ofertados pelo deus do Amor ao Amante no *Roman de la Rose*.

Desde a época de Lewis, o próprio conceito de amor cortês tem sido objeto de grande controvérsia. Alguns estudiosos (ao lado dos quais tenho a franqueza de me declarar perfilado) rejeitaram-no como algo inútil e enganador. Muitos outros nele veem uma maneira útil de abordar a poesia amorosa medieval, na medida em que se reconheça seu caráter puramente literário e imaginativo. Comparativamente, poucos ainda acreditam, como o fez Lewis, que o amor cortês reflete uma verdadeira realidade social e uma importante mudança na história da consciência e dos sentimentos humanos.

O amor cortês, um fenômeno essencialmente representacional e figurativo, tendia naturalmente para a alegoria literária, segundo Lewis, e então ele se volta para esse aspecto em um surpreendente segundo capítulo, que talvez ainda seja a mais requintada, abrangente e sucinta apresentação das variedades da alegoria literária medieval. Ele pode subestimar a importância do modo alegórico na exegese bíblica patrística, mas tem plena consciência disso. Na verdade, seu capítulo termina com os alegoristas da Escola de Chartres, que "em uma época de ascetismo e *Frauendienst** voluntário [...] afirmavam a integridade da natureza do homem"[4]. E agora ele chega a ser verdadeiro tema, que é a fusão da antiga erudição latina com o amor cortês em grandes poetas da Idade Média Tardia e da Renascença: Guillaume de Lorris, Jean de Meun, Chaucer, Gower, Usk e Spenser.

O texto inevitável é o *Roman de la Rose* do século XIII, num estudo em que Lewis deve ter seu pioneirismo para sempre reverenciado. Tendo em vista que o *Roman*, "um livro germinal [...], só ocupa um segundo lugar em relação à Bíblia e a *Consolation of Philosophy*"[5], seu esquecimento por estudiosos anteriores só pode ser explicado por sua grande extensão e, às vezes, por sua excessiva estranheza. O *Roman* teve dois autores. O primeiro, Guillaume de Lorris, deixou uma alegoria do amor de aproximadamente 4 mil versos, aparentemente não concluída, por volta de 1240. Em algum momento do ano de 1280, um intelectual parisiense, Jean de Meun, escreveu uma continuação e uma conclusão de mais 18 mil versos. As duas partes do poema, embora girem em torno da mesma "trama", são extremamente diferentes em estilo. Na opinião

---

*   Termo derivado da trovadoresca obra homônima de Liechtenstein, que pode ser traduzido como "a serviço da senhora", ou seja, um cavalheirismo excessivo em relação às mulheres. (N. E.)

de Lewis, Jean era indiferente às sutilezas psicológicas de Guillaume, ou mesmo claramente hostil a elas.

O capítulo dedicado a Chaucer foi revolucionário em vários aspectos. Lewis começa afirmando que, "para o público leitor, a volumosa obra de Chaucer é simplesmente um pano de fundo para as *Canterbury Tales*[6]. Isso talvez fosse verdadeiro na época e, se deixou de sê-lo, isso só se deve ao fato de Chaucer não ter mais um público leitor. Lewis sugere uma abordagem muito diferente, que consiste em examinar as "primeiras obras" sem referência às *Canterbury Tales*: "Chaucer é um poeta do amor cortês, e ele deixa de ser relevante para nosso estudo quando chega à última e mais aclamada de suas obras"[7]. Ele está ciente de que seu procedimento implicará tanto uma perda quanto um ganho, mas permanece a vantagem de mostrar Chaucer "em seu afã de assimilar as conquistas da poesia francesa e, desse modo, dar a direção a ser seguida pela poesia inglesa por quase dois séculos"[8].

Lewis estabelece uma "leitura" da obra inicial de Chaucer, especialmente de *Troilo e Créssida*, com base em diferentes comentários mais ou menos casuais de alguns contemporâneos ou admiradores de Chaucer: John Gower, Thomas Usk e John Lydgate. "O Chaucer deles era o Chaucer de sonho e alegoria, de amor romanesco e debate erótico, de estilo elevado e doutrina proveitosa"[9]. Essa afirmação é questionável, embora seja improvável questioná-la quando se está sendo levado pelas águas límpidas da prosa de Lewis. A técnica legitima uma interpretação de Chaucer que é radicalmente romântica e desautoriza muito daquilo que a maioria de nós vê em Chaucer. "Poucos concordarão com o crítico que supôs que a gargalhada de Troilo no Céu era 'irônica'; receio, porém, que muitos de nós hoje encontremos na leitura de Chaucer diversos tipos de ironias, dissimulações e malícias que ali não se encontram, e que o louvemos por seu humor quando ele está, na verdade, escrevendo com 'total devotamento e coragem'"[10].

O que se seguiu em *The Allegory of Love* não foi menos revolucionário. Lewis concentrou sua extraordinária capacidade de observação e iluminação em dois poetas – Gower e Usk – que, na época, eram basicamente notas de rodapé em obras de história da literatura inglesa medieval. Em um capítulo intitulado "Allegory as the Dominant Form", ele tratou de escritores ainda mais obscuros, como Guillaume de Guilleville, investindo-os, com sua análise séria e minuciosa, de uma dignidade crítica com a qual eles nunca sonharam. Seu livro termina com um longo, denso e brilhante capítulo sobre Spenser e *Faerie Queene*. Se houver uma harmonia mais feliz entre poeta e crítico do que essa entre Spenser e Lewis, ainda estou por conhecê-la.

O brilhante texto de Lewis, "Study in Medieval Tradition", que era o subtítulo de *The Allegory of Love*, exerceu um efeito dramático imediato no mundo das letras. Durante uma conversa, Nevill Coghill – que foi contemporâneo, colega e amigo de Lewis – comparou sua publicação a uma poderosa explosão, totalmente inesperada, que desconcertou os cursos de literatura por toda a Inglaterra. "Quando nos recuperamos e sacudimos a poeira, começamos a olhar para os lados, tentando ver se alguns dos antigos e reconfortantes pontos de referência ainda estavam de pé". Por "antigos e reconfortantes pontos de referência" ele entendia o consenso informal de ideias sobre a literatura inglesa medieval que havia surgido nas faculdades de literatura de Oxford, Cambridge e Londres na metade do século anterior. Na verdade, alguns desses referenciais ainda estavam ali, para não dizer todos eles. Contudo, as coisas passaram por uma profunda transformação. Chaucer estava lá, mas aquele já não era o Chaucer dos velhos tempos. O Chaucer londrino fora substituído por um Chaucer europeu.

Até o momento dessa "explosão", o estudo da literatura medieval na Inglaterra havia se desenvolvido de maneira bastante peculiar, como um adendo ao estudo da filologia ou como uma decorrência deste. O grande feito acadêmico do século XIX, no que diz respeito aos estudos literários, era o *New English Dictionary*, em geral hoje chamado de *Oxford English Dictionary* (OED). Foi uma realização estupenda. A produção de um dicionário "baseado em princípios históricos" demandava, em primeiro lugar, o acesso a um gigantesco *corpus* de palavras de todos os períodos da história linguística inglesa. A partir dessa necessidade, surgiu a *Early English Text Society* (EETS). Foi nas edições da EETS que a maioria de nossos textos medievais fez sua primeira – e, em muitos casos, única – aparição impressa. Uma edição EETS objetivava mais um aparato filológico do que uma introdução crítica ou interpretativa. E, sem dúvida, a ênfase incidia sobre a língua inglesa e, portanto, sobre "anglicidade" em geral. Até mesmo o grande editor de Chaucer no século XIX, W. W. Skeat, homem muito versado na literatura teológica em latim medieval e dotado de sólidos conhecimentos das fontes francesas e italianas de Chaucer, produziu um aparato acadêmico muito influenciado pelo modelo filológico inglês.

Na verdade, porém, na obra de Chaucer não há muita coisa que ele pudesse ter escrito diferentemente se ninguém, antes dele, houvesse escrito um único verso de poesia inglesa. Lewis não diz isso explicitamente, mas o contexto de sua discussão sobre Chaucer em *The Allegory of Love* repõe "o pai da poesia inglesa" no seu devido contexto como grande europeu cosmopolita, como Jean de Meun, Dante e Boccaccio. Chaucer conhecia esses autores, dois deles muito bem, e procurou segui-los para criar uma nova e arejada tradição clássica em suas expressões vernaculares latinas e continentais.

É possível que a maior realização de *The Allegory of Love* seja o fato de os estudos de Chaucer terem permanecido mais ou menos onde Lewis os situou em 1936[11]. O que Lewis deve ter pensado que seria sua mais importante contribuição – suas discussões da alegoria e do amor medievais – não teve a mesma repercussão e permanência.

A Preface to Paradise Lost

A obra-prima crítica de Lewis talvez seja *A Preface to Paradise Lost* (1942), que representa o que há de melhor em sua atividade crítica de duas maneiras muito importantes. Em primeiro lugar, o texto originou-se de uma série de conferências e conserva, em grande medida, o tom de uma pedagogia estimulante e informal. Em segundo lugar, trata-se de um monumento à sua fecunda amizade intelectual com Charles Williams, que com Lewis compartilhou, entre outras coisas, um intenso interesse por Milton. O ensaio de Lewis realiza com primor o verdadeiro ofício da crítica, que consiste em apresentar respeitosamente uma obra ao leitor, elucidar o texto e estimular o leitor sem tentar suplantá-los e só então permitir que o leitor, com espírito neutro, faça seus aprofundamentos por conta própria. O pressuposto subjacente é o de um estudante interessado e inteligente, de posse, pelo menos, dos instrumentos fundamentais de uma educação literária.

À primeira vista, não parece nada promissora a ideia de que John Milton, um inglês puritano do século XVII, homem de moral inflexível e devoção judiciosa, tenha escrito um poema épico em que Satã é o herói e Deus Onipotente é o vilão. Um fato histórico complementar, o de que, nos dois primeiros séculos após sua publicação, *Paradise Lost* ocupou uma posição central na cultura literária dos cristãos de língua inglesa, pouco faz para redimir essa ideia. Contudo, o que William

Blake havia escrito como paradoxo no século XVIII – "A razão pela qual Milton escreveu em grilhões sobre Anjos e Deus, e em liberdade sobre Demônios e o Inferno, é que ele era um verdadeiro Poeta e, sem que o soubesse, tinha parte com o Demônio"[12] – tornou-se, com o *New Criticism* anglo-americano, algo como uma ortodoxia literária. No poema, Satã tinha um número excessivo dos grandes versos. A autocracia do governo divino é entediante em seus pronunciamentos. Por outro lado, os debates dos demônios no Pandemônio são vivos, espirituosos e polêmicos, na melhor tradição de Westminster ou, eventualmente, de Washington. A tarefa de Lewis consistiu em ajudar os leitores a descobrir que Milton não apenas havia pretendido, mas que de fato realizara algo muito diferente daquilo que a sensibilidade pós-romântica estava tão desejosa de encontrar.

Havia, sem dúvida, uma grande ironia no projeto de Lewis. Fazia pouco tempo que ele havia participado do debate com E. M. W. Tillyard (um famoso especialista em Milton e historiador intelectual), publicado com o título *The Personal Heresy: A Controversy*, no qual ele parecia expressar o ponto de vista ("um mero absurdo", segundo Bateson[13]) de que a grande poesia é produto de uma consciência especial para a qual as particularidades de uma "personalidade" autoral histórica são irrelevantes. Ainda assim, o ponto central do *Preface* era oferecer ao leitor informações sobre a história da literatura e a história da teologia, e, acima de tudo, sobre a história das ideias consideradas como uma preparação essencial para uma abordagem de Milton. De fato, em sua aspiração, o *Preface* de Lewis tem estreitas afinidades com *The Elizabethan World Picture*, de Tillyard. Lewis começa com uma frase tipicamente memorável: "A primeira qualificação para avaliar qualquer coisa feita pelo homem, desde um saca-rolhas até uma catedral, é saber *o que* é aquilo – a que função se destina e como se pretende que seja usado"[14].

A resposta à pergunta "O que é *Paradise Lost*?" é que se trata de um poema épico; e essa resposta é a ocasião para vários capítulos fascinantes e originais sobre a épica – aqui caracterizada, com uma proveitosa divisão binária típica da mente do homem, como poesia épica "primária" e "secundária". Por "épica primária" ele parece entender a épica anterior a Virgílio, ou pela qual ele passou incólume. Lewis afirma que a opinião predominante sobre o *tema* da épica (a "grande questão") não constitui, de fato, um elemento literário essencial, mas uma implicação histórica acidental da reação de Virgílio ao momento augustano*. Lewis parece acreditar que o primeiro conjunto de dificuldades a ser superado pelo leitor de Milton pertence aos domínios do *estilo* poético, e não a questões de natureza teológica. Assim, ele dedica dois de seus mais longos capítulos a "The Style of Secondary Epic" e "Defence of this Style".

Se for verdade que, na crítica de Lewis, é recorrente uma tensão não resolvida entre as demandas históricas, exigidas por sua erudição, e uma subjetividade romântica, dissimulada como uma deferência à excelência da "grande poesia", o capítulo "The Doctrine of the Unchanging Human Heart" faz uma inequívoca defesa da crítica histórica, da leitura de "cada obra de gênio com o mesmo espírito com que foi escrita pelo seu autor"[15]. Em resposta a um crítico que queria separar a "originalidade duradoura do pensamento de Milton" de seu "lixo teológico", Lewis escreve: "É como se nos pedissem para estudar *Hamlet* depois de o 'lixo' do código de vingança ter sido abolido, ou centopeias depois de removidas suas irrelevantes pernas, ou a arquitetura gótica sem o arco ogival. Expurgado de sua teologia, o pensamento de Milton não existe"[16].

A segunda metade do livro de Lewis ocupa-se seriamente de temas teológicos, mas sua abordagem nunca é solene ou opressiva. Apotegmas interessantes adornam quase todas as páginas. Do ponto de vista doutrinário, suas duas contribuições principais são sua discussão de pressupostos concernentes à hierarquia – tão essencial para o universo de Milton e tão repulsiva ao pensamento moderno, baseado em polaridades dinamicamente interativas – e o significado do pecado do orgulho e seu catastrófico papel na Queda. ("A resposta trivial ao Orgulho, com que Milton contava ao delinear seu Satã, vem decaindo desde o início do movimento romântico", escreve Lewis; "esse é um dos motivos pelos quais venho preparando essas conferências")[17]. Sua descrição da apresentação agostiniana do significado tropológico da Queda é tão lúcida e douta que fico ainda mais mortificado por ele não se ter dado conta de sua importância para o *Roman de la Rose*.

As três páginas mais fascinantes do ensaio talvez formem um capítulo muito breve, intitulado "Unfallen Sexuality". Quem quer que tenha

---

*   Termo derivado do período de grande vigor literário sob o imperador romano Otávio Augusto (24 a.C. – 14 d.C.), que foi grande patrono das artes e tinha como amigos os poetas Virgílio, Horácio e Ovídio. (N. T.)

ensinado Milton para alunos de graduação sabe que os mais sonolentos dentre eles ficam bem despertos quando se chega à quase pornografia do Canto Nove. Essa é, porém, nossa conhecida sexualidade *decaída*. Lewis observa que o constrangimento de Santo Agostinho (*De civitate dei* 14) ao especular sobre o êxtase da sexualidade não decaída, cujo esplendor ele provavelmente conhecesse, é o efeito de uma constituição pós-lapsariana para a qual o que foi outrora alimento gratuito hoje é perigo mortal: "Essa é uma advertência a Milton, no sentido de que é perigoso tentar uma representação poética de alguma coisa inimaginável, não no sentido de não apresentar imagens, mas no sentido mais desastroso de apresentar, inevitavelmente, as imagens erradas. Ele desafiou essa advertência. Ele ousou representar a sexualidade paradisíaca. Não sou capaz de decidir se ele esteve certo ao fazê-lo"[18]. Se existe alguma coisa mais surpreendente do que Milton deleitando-se com o sexo, trata-se do deleite ainda maior de C. S. Lewis com o mesmo assunto. O leitor que chegar a essas páginas do *Preface* provavelmente correrá a vasculhar o poema.

THE DISCARDED IMAGE

Lewis tem outro ensaio impressionante como crítico literário, e devo mencioná-lo aqui, ainda que à custa de uma violação cronológica e de uma invasão do território de Dennis Danielson no quarto capítulo deste livro. *The Discarded Image* (1964), embora de publicação póstuma, codifica ideias que ele vinha desenvolvendo ao longo de sua carreira. Estritamente falando, é menos uma obra de crítica literária do que um ensaio sobre a história intelectual. Contudo, o ensaio tem o subtítulo apropriado de "Uma introdução à literatura medieval e renascentista", pois apresenta ao estudante interessado, com concisão e brilhantismo, as características principais daquela alteridade a ser descoberta do outro lado do Iluminismo e o triunfo do modelo copernicano. Seria difícil dizer se o texto é mais impressionante por sua erudição ou pela habilidade com que essa erudição é dissimulada para não intimidar um principiante.

Se a arte literária é "imitação" no sentido usado por Aristóteles, para entender a literatura e, mais ainda, julgá-la, exige-se que o leitor tenha algum conhecimento anterior do mundo imitado por essa arte. Lewis foi pioneiro naquilo que mais tarde os historiadores franceses chamariam de *l'histoire des mentalités* – a instável história das estruturas mentais humanas. A "imagem" que nós "descartamos" é exatamente o entendimento pré-moderno da estrutura do universo com a Terra no centro, e com os seres humanos como a realidade central de uma Terra criada por um Deus onipotente e imanente. É esse universo, e não o nosso – de infinitas galáxias aleatoriamente distribuídas em um espaço infinito –, que se vê refletido na literatura medieval e renascentista.

Esse "velho" mundo talvez tenha sido criado e foi certamente sustentado por certos textos clássicos, e Lewis introduz seu leitor à pequena biblioteca de escritores antigos e de primórdios da Idade Média (como Claudiano, Macróbio e Boécio), mais influente em sua representação e transmissão. Um tema consistente de *The Discarded Image* é o poder textual, a tenacidade e longevidade das ideias, uma vez aceitas como legítimas, a coesão, mas também os dilaceramentos de uma visão de mundo em que "todos" acreditavam. O poder textual frequentemente implica paradoxo textual. Lewis assinala, por exemplo, que a crença de nossos ancestrais em animais prodigiosos, um mundo de fadas e hierarquias de anjos e demônios invisíveis foi causada pela mesma coisa que nos levou a desacreditá-las: a capacidade de ler e escrever. A história intelectual não é a única vertente da história, mas não tenho conhecimento de nenhuma introdução superior a *The Discarded Image* no que diz respeito à abordagem dos pressupostos fundamentais que davam sustentação à literatura medieval e renascentista da Europa cristã.

ENGLISH LITERATURE IN THE SIXTEENTH CENTURY

O maior monumento à extraordinária erudição literária de Lewis é sua *English Literature in the Sixteenth Century, Excluding Drama*, uma contribuição ao multivolume *Oxford History of English Literature*. (Lewis, exasperado pelo tempo que levou para escrever – quinze anos – apelidou seu volume de "O hell!"). Isso vem descrito na página de rosto como "a conclusão das Clark Lectures" ministradas na Trinity College, Cambridge, em 1944, e, dez anos depois, consideravelmente revista e bastante expandida, publicada em Oxford em 1954. Em todos os sentidos, trata-se de uma obra de fôlego.

Lewis adorava padrões binários, e dois importantes modelos binários estruturam seu livro, embora ele comece por questionar uma bifurcação há muito acalentada pelos historiadores da literatura. Ele foi pioneiro em uma tendência acadêmica, hoje amplamente aceita, que procura descrever os avanços culturais e principalmente literários da Europa no período de 1300 a 1700 em termos de avanços graduais, continuidades e novas iniciativas, opondo essa trajetória a um movimento dramático e revolucionário da "Idade Média" à "Renascença". Assim, ele começou seu livro com uma longa e brilhante introdução intitulada "New Learning and New Ignorance", que talvez seja uma contribuição de permanente valor à história intelectual e em que, com grande sutileza, ele traçou o pano de fundo necessário ao entendimento das peculiaridades do humanismo insular que define grande parte do século XVI britânico.

Um capítulo com uma apresentação de antecedentes pedia outro, um longo ensaio de cem páginas sobre a literatura da Idade Média tardia, mas nesse caso ele fez uma divisão entre a história cultural da Escócia e a da Inglaterra. A prioridade implícita da Escócia era intencional e inovadora, e seu ensaio antecipa outra tendência cultural que passou a vigorar – a tendência de olhar para além dos "chaucerianos escoceses" para examinar uma rica literatura em sua plenitude.

Outra estrutura binária, talvez mais questionável, é sua divisão estilística entre "drab" [opaco] e "golden" [dourado] (as aspas são do autor, e essenciais). Essa foi sem dúvida uma distinção hábil e útil quando ele a introduziu em uma das Clark Lectures. Há em sua crítica um princípio consistente, segundo o qual o estilo literário nunca pode ser totalmente separado do conteúdo literário, e a terminologia de Lewis entra em conflito com o que não se pode evitar no estilo. Contudo, o que talvez tenha sido um artifício brilhante para uma palestra pode tornar-se opressivo ao longo de todo um livro de setecentas páginas. Há momentos em que fica difícil saber se há ou não muita diferença entre dourado/opaco e bom/ruim, ou do que Lewis realmente gosta ou não gosta tanto.

Um segundo problema possível, este totalmente antecipado pelo autor, diz respeito a escala e proporção. O gênio literário foi pródigo na Inglaterra do século XVI, mas também foi generoso com a mediocridade literária. Fica-nos a impressão de que Lewis leu, e leu com muita atenção, todo o *Short Title Catalogue**. A lembrança de minha primeira leitura desse livro quando ainda estava na graduação é o grande desalento que tomou conta de mim ao me deparar com aquela avalanche de nomes de autores e títulos de obras dos quais eu jamais tinha ouvido falar. Desconfiávamos de que os comentários de John Colet sobre as Epístolas Paulinas eram mais importantes do que o *Book of Purgatory* de John Rastell, mas certeza absoluta ninguém tinha. Numa breve apologia em forma de preâmbulo, Lewis escreve: "Os bons livros que não contam com a simpatia moderna precisam que lhes dediquemos mais tempo do que aos bons livros, que todos já conhecem e apreciam. Os livros ruins podem ser importantes para a história do gosto literário e, se só os examinarmos por alto, o estudante pode ficar com uma imagem deturpada do período"[19].

O conhecimento de Lewis da literatura religiosa da segunda metade do século XVI – em boa parte controvertida e polêmica – era extraordinário. Deve ter sido um desafio para o imaginativo, jovial e caridoso apologista cristão tentar ler, com complacência e compreensão, tanta coisa em seu "próprio" gênero que era deprimente, sombria e cáustica. Contudo, a revisão daquela vasta literatura não era uma simples obrigação, uma vez que oferece o pano de fundo intelectual e ideográfico contra o qual alguns autores e obras de valor inquestionável podem mostrar sua extraordinária capacidade intelectual e criativa. Sua terceira seção (intitulada "Golden") começa com o *tour de force* de um alentado capítulo sobre Sidney e Spenser. Ficamos com a impressão de que o autor chegou a esse capítulo como um beduíno morrendo de sede chegaria a um oásis. O leitor que atravessou todas as páginas do segundo livro ("Drab") tampouco terá algum descanso aqui.

Lewis foi um brilhante leitor de Spenser, um grande poeta que hoje não tem muitos leitores. É questionável que o melhor capítulo de *The Allegory of Love* seja o capítulo final, dedicado a Spenser, e a habilidade de Lewis como um spenseriano volta a mostrar-se em *English Literature in the Sixteenth Century*. Ele não é totalmente impiedoso com "falhas que Spenser nunca superou de todo; nós o chamamos de poeta

---

*   Catálogo que abrange praticamente todo o material impresso nos Estados Unidos e no Império Britânico de 1801 a 1919. (N. T.)

'Dourado' porque em sua obra há tanto ouro, não porque haja tão pouca Opacidade"²⁰. Mas ele se encantava com a alegoria de Spenser e tinha um raro entendimento de suas analogias simétricas, que eram tão amadas pelos artistas medievais e renascentistas de todos os tipos, e tão típicas deles. Uma observação que ele fez no início do *Preface* a propósito de Milton talvez seja mais apropriada ao modo como ele via Spenser: "quando os antigos poetas tomavam alguma virtude como tema, eles não estavam ensinando, porém adorando, e [...] aquilo que consideramos didático é quase sempre encantamento"²¹. O espaço não me permite discutir seus diversos ensaios sobre Spenser nos *Studies in Medieval and Renaissance Literature*²², nem seu inacabado *Spenser's Images of Life*, editado postumamente por Alastair Fowler e publicado em 1967.

Avaliações

Apesar de abranger vários volumes, os estudos literários formais de Lewis não passam de uma pequena parte do conjunto de sua obra, e boa parte desses escritos teve de ser arrancada de suas mãos relutantes, por assim dizer, ou foi reunida a partir de textos por ele deixados. Ainda assim, dada a fecundidade de sua mente e a energia de sua constituição, em um ensaio deste tamanho é impossível fazer mais do que tentar caracterizar algumas de suas mais importantes contribuições. Ainda mais difícil é fazer uma sinopse de suas realizações como crítico literário medieval e renascentista, como devo tentar fazer neste momento.

Uma questão preliminar requer atenção. Lewis era cristão e, naturalmente, escreveu como tal. A questão de saber em que medida Lewis, o *apologista* cristão, e Lewis, o *crítico*, eram a mesma pessoa, poderia exigir todo um livro só para sua abordagem, mas várias vezes ele afirma sua consciência da diferença entre o púlpito e o atril²³. Em sua abordagem de renomados mestres cristãos como Dante, Spenser e Milton, ele sugere, e às vezes mostra claramente, uma grande afinidade com suas ideias religiosas mais fundamentais. Por outro lado, era estranho como lhe aprazia identificar o "amor cortês", um substituto extracristão, quando não anticristão, das maiores virtudes teológicas, como a fonte primeira da poesia europeia. Em outro livro, expus minha opinião de que²⁴, em sua busca do "amor cortês" no *Roman de la Rose*, Lewis se tornou o corruptor Aristóteles, que induziu ao erro uma geração de leitores ao impedi-la de entender o poema de importância suprema que ele tanto fizera para salvar do esquecimento.

O estudante de Lewis, o crítico, deve ser imediatamente informado do contexto *social* de seu pensamento literário. Ele era um homem de grandes amizades intelectuais e teve a sorte de ter amigos extraordinários em vários sentidos, homens que compartilhavam afinidades inabaláveis e uma portentosa imaginação: Owen Barfield, J. R. R. Tolkien, Charles Williams e muitos outros. Os Inklings eram uma *coterie* altiva, no velho e admirável sentido dessa palavra, e Lewis começou como um crítico ligado a uma *coterie* exatamente como acontecera com o Chaucer poeta.

Sua generosidade de espírito evidencia-se no entusiasmo de seus elogios a colegas e amigos como Williams e Tolkien, mas não era menor na postura adotada em relação a seus adversários – e ele não tinha poucos. A "polêmica" com Tillyard, embora nenhum dos combatentes tenha desferido muitos golpes retóricos, deixa mais uma impressão de turbulência erudita do que de rancor intelectual. Suas divergências com Eliot, que foram muitas e profundamente sentidas, mantinham-se (pelo menos em público) nos limites da civilidade: "Concordo com ele em questões de tamanha importância que, em comparação, todas as questões literárias parecem triviais"[25]. Ele parece ter se ofendido, de fato, pelo que Denis Saurat escreveu em *La pensée de Milton* (*Milton, Man and Thinker*), mas o que ele diz um pouco antes de deixar isso claro é que "Os estudos sobre Milton devem muito ao professor Saurat"[26]. Talvez a única ocasião em que Lewis chegou mais perto do desprezo por um crítico literário tenha resultado de uma desavença com seu companheiro Derek Traversi[27].

Como grande estudioso da literatura, C. S. Lewis dominava três instrumentos poderosos. O primeiro deles era uma extraordinária erudição. Ele sabia praticamente tudo que se pode saber a partir da leitura das fontes primárias de seu campo de conhecimento. Em seguida, ele tinha uma imaginação maleável e uma compreensão histórica que lhe permitiam estabelecer conexões surpreendentes e iluminadoras entre as inúmeras categorias de seu vastíssimo saber. Por último, ele tinha, em altíssimo grau, aquela capacidade definida por Pope como "verdadeiro engenho" – a capacidade de pôr em palavras, com perfeição, "aquilo que muitas vezes se pensou, mas nunca se soube dizer tão bem"[28].

Sua erudição baseava-se em seu conhecimento de línguas, começando por seu inglês nativo, que ele dominava com uma poderosa mistura de reverência e ousadia, mas esse conhecimento também abarcava idiomas europeus de diferentes períodos históricos e, em particular, o latim e o grego clássicos. Lewis talvez tenha vivido no limiar de uma época em que quase todos os estudiosos de literatura europeus conheciam bem seu Virgílio e seu Horácio, e provavelmente também seu Homero e seu Teócrito; todavia, o classicismo de Lewis ia muito além de familiaridades textuais. A familiaridade com um texto nem sempre significa familiaridade com a língua. Ele havia interiorizado as línguas, e não apenas os textos. Em *Surprised by Joy* [*Surpreendido pela alegria*] ele afirma ter aprendido bem cedo que, ao deparar-se com a palavra "naus" (*navis*), ele devia trazer à mente não apenas a palavra *navio*, mas um navio em si, com suas velas e o ranger de seus cordames, ou suas fileiras de remos.[29] Em sua atividade crítica, Lewis nos permite ver os textos antigos com a vivacidade com que ele os via – ou talvez seja mais apropriado dizer que ele nos obriga a fazê-lo.

Ser capaz de imaginar em detalhes e com coerência um grande sistema físico, social ou intelectual que terá existido em algum tempo e mundo diferentes do nosso, implica ter a mesma capacidade de imaginar um passado já desaparecido com o mesmo sistema de tempo do nosso próprio mundo. Em Lewis não havia grandes distâncias entre as imaginações primárias e secundárias de Coleridge. Poucos ousariam afirmar que ele é menos imaginativo na expressão do seu pensamento do que no pensamento em si.

Os leitores de Lewis não precisam de um professor que lhes diga, num volume da série Companion, que ele é um dos grandes estilistas da prosa. O estilo ali está, para o desfrute de todos: a amplitude de suas cadências, a palavra perfeita, trazida de um vasto vocabulário, a mistura do erudito e do prosaico, a surpreendente analogia, capaz de fazer um leitor parar para se admirar ou rebelar no meio de uma página, o tom de autoridade que nunca se transforma no tom de tirania. O que um professor *pode* mostrar, talvez, é que a prosa de Lewis é provavelmente mais confiante, e talvez mais admirável, quando ele se dirige a um público muito parecido com ele mesmo: um público que já leu muita literatura inglesa do passado e que muito a admira. Eu então afirmaria que, do ponto de vista exclusivo da competência para escrever, a erudição literária de Lewis é sua maior obra. Por que "gostamos" do Satã de Milton? Quem quer que tenha lido *Paradise Lost* sabe o porquê, em algum sentido impressionista e geralmente inarticulado, um sentido de que "assim deve ser". Mas Lewis consegue nos dizer, numa única frase de grande aplicabilidade crítica, a meio caminho de um epigrama: "É uma descoberta crítica muito antiga que a imitação, na arte, de objetos desagradáveis pode tornar-se uma agradável imitação"[30].

Notas

1. Cf. os ensaios de Taliaferro e Meilaender neste volume (capítulos 8 e 9) para uma discussão de duas das principais preocupações filosóficas de Lewis.
2. Esses ensaios, que incluem estudos de Bunyan, Austen, Scott, Kipling, Orwell, "palavras de quatro letras"* e ficção científica, são encontrados em SLE e EC.
3. AOL, p. 2.
4. AOL, p. 110.
5. AOL, p. 157.
6. AOL, p. 161.
7. AOL, p. 161.
8. AOL, p. 161.
9. AOL, p. 162.
10. AOL, p. 163-64.
11. Outra contribuição importante aos estudos de Chaucer foi seu ensaio "What Chaucer Really Did to *Il Filostrato*" (1932), reimpresso em SLE, p. 27-44. Talvez tenha sido esse ensaio de Lewis, mais do que qualquer outro, que inspirou D. W. Robertson a escrever seu próprio clássico "The Concept of Courtly Love as an Impediment to the Understanding of Medieval Texts" (1968). Segundo Lewis, o que Chaucer havia "realmente feito" ao *Filostrato* de Boccaccio fora "corrigir certos erros que Boccaccio cometera com o código do amor cortês". Seu principal meio de correção foi "medievalizar" a história de Troilo. Contudo, é passível de demonstração que Chaucer fez uma tentativa muito mais rigorosa do que Boccaccio de ser "clássico", isto é, de escrever um romance histórico em que seus antigos personagens pagãos agem como antigos pagãos. As convenções amorosas presentes no poema certamente constituem uma espécie de "có-

---

* "*Four-letter words*" refere-se a um grupo de palavras da língua inglesa, quase sempre de apenas quatro letras, que são consideradas profanas, vulgares, ofensivas etc., incluindo termos de gíria usados para designar atividade sexual, órgãos genitais, funções excretoras e outras, como *fuck, cunt* e *shit*. (N. T.)

digo", mas a codificação é a de Ovídio em sua obra *Ars Amatoria*, conforme estilisticamente modernizada por dois grandes ovidianos medievais, Guillaume de Lorris e Jean de Meun.

12. William Blake, *The Marriage of Heaven and Hell*, gravura 5; cf. *The Complete Writings of William Blake*, org. Geoffrey Keynes (Londres, Oxford University Press, 1966), p. 150.
13. F. W. Bateson, em texto sobre *The Personal Heresy* para a *Review of English Studies* 16 (1940), p. 488.
14. PPL, p. 1.
15. Alexander Pope, *Essay on Criticism*, II. 233-34, epígrafe do cap. 1 de PPL.
16. PPL, p. 65. Lewis, em resposta a Denis Saurat, *Milton, Man and Thinker* (Londres, Jonathan Cape, 1924), p. 111.
17. PPL, p. 56.
18. PPL, p. 122.
19. EL, p. v.
20. EL, p. 368.
21. PPL, p. v.
22. A coleção inclui algumas preciosidades – sobretudo algumas peças sobre Dante, de quem gostaríamos que ele tivesse tratado mais amiúde –, mas há também alguns trabalhos pouco corteses.
23. Cf., por exemplo, PPL, cap. 12, "The Theology of *Paradise Lost*".
24. John V. Fleming, *The Roman de la Rose: A Study in Allegory and Iconography* (Princeton, NJ, Princeton University Press, 1969), *passim*.
25. PPL, p. 9.
26. PPL, p. 82.
27. SIL, p. 62-63.
28. Alexander Pope, *Essay on Criticism*, II. 297-98: "O verdadeiro engenho é a natureza vestida com garbo, | Aquilo que muitas vezes se pensou, mas nunca se soube dizer tão bem".
29. SBJ, p. 115.
30. PPL, p. 94.

O teórico da literatura
Stephen Logan

Dois sentidos de "teoria literária"

De um ponto de vista, a afirmação de que C. S. Lewis foi um teórico da literatura é incontestável. Se a teoria literária for entendida como a prática da reflexão filosófica sobre a natureza e a função da literatura, ficará difícil pôr em dúvida o fato de que Lewis deu sua contribuição à teoria literária. Nesse sentido, a *Poética* de Aristóteles, a *Arte poética* de Horácio, a *Apology for Poetry* de Sidney, a *Biographia Literaria* de Coleridge e os *Selected Essays* de T. S. Eliot são, todas, obras de teoria literária. Pode-se dizer que vários livros de Lewis contêm ou consistem em teoria literária assim entendida: *An Experiment in Criticism* [*Um experimento na crítica literária*] é o exemplo mais evidente e explícito, mas há também *The Discarded Image*, seu ponto de vista no debate com E. M. W. Tillyard em *The Personal Heresy*, os capítulos sobre o conceito de Renascença em *English Literature in the Sixteenth Century* e a discussão sobre poesia épica primária e secundária em *A Preface to Paradise Lost*. Nessa avaliação de Lewis como teórico da literatura também devemos incluir um amplo *corpus* de ensaios, como "De Audiendis Poetis", "De Descriptione Temporum", "On Three Ways of Writing for Children", "On Period Tastes in Literature", "The Genesis of a Medieval Book", "The Parthenon and the Optative"* e "Bluspels and Flalansferes: A Semantic

---

* "Optativo", no caso, refere-se a um modo verbal do grego, considerado simples e prosaico. O Partenon foi um templo da deusa grega Atena, construído no século v a.C. e ainda hoje visto como um dos maiores monumentos culturais da história da humanidade. O poema trata, portanto, de algo que poderíamos chamar de "embate entre alta e baixa cultura". (N. T.)

Nightmare"*. Essas obras não pertencem, em absoluto, aos domínios dos estudos ingleses. "Modern Theology and Biblical Criticism", por exemplo, é teórico no sentido de que argumenta que aquilo que passa por crítica literária em teologia quase sempre padece de insuficiência literária. Talvez ainda mais importantes em termos de seu efeito cumulativo sejam as discussões mais esparsas – itens substanciais, ainda que pouco abrangentes, como a sequência de três ensaios reunidos por Walter Hooper com o título "Christianity and Literature", ou mesmo as declarações enviadas ao *Delta* (um periódico do curso de graduação de Cambridge), em resposta à acusação de pedantismo e condescendência na abordagem crítica de Lewis. Há também as inúmeras observações nas cartas publicadas de Lewis, as quais demonstram a consistência com que sua mente estava preparada para discutir questões de teoria literária. O alcance das preocupações teóricas representadas por esse grande conjunto de obras é extraordinário: semântica, etimologia, prosódia, metafísica, teologia, *Quellenforschung*, psicanálise, filologia – todos esses temas são abordados; alguns são investigados com grande abrangência. Fica difícil, na verdade, especificar o ponto em que o interesse de Lewis pela teoria literária termina, ou indicar um texto discursivo sobre um tema literário que não seja relevante ao texto.

É quando tentamos uma definição um pouco mais exigente do termo "teórico da literatura" – sobretudo no sentido modificado, imposto pela ascensão e queda da "Teoria"[1] – que sua aplicação a Lewis se torna duvidosa, quando não desproposita. Se a teoria literária é uma questão de tentar dizer o que é a literatura, como ela difere de outros tipos de escritos (se é que difere) e como adquirimos consciência do que um texto literário significa; se é uma questão de considerar os pressupostos envolvidos nesse uso da palavra "nós", ou de examinar como a concepção da literatura é influenciada pelos contextos institucionais nos quais ela é mais amplamente estudada, de aferir o efeito sobre um crítico do gênero *dela*, bem como de sua nacionalidade, raça, orientação sexual ou filiação política, de se perguntar por que, no meu último período, usei a contração da preposição *de* e do pronome *ela*, em vez do masculino, mais convencional; se esse intenso (ou exacerbado) grau de autoconsciência

---

* A partir de duas palavras inexistentes e, portanto, sem sentido, Lewis tenta mostrar que o sentido é a condição antecedente tanto da verdade quanto da falsidade. (N. T.)

sobre questões metafísicas, culturais e hermenêuticas acerca da literatura é o que distingue uma teoria literária; então, a afirmação de que Lewis foi, a não ser incidentalmente, um teórico, significa forçar um pouco nossa interpretação. Seus ensaios "The Anthropological Approach" e "Psychoanalysis and Literary Criticism" antecipam tendências que, no período pós-estruturalista, diversificaram-se desregradamente. Contudo, a dificuldade de chamar Lewis de teórico da literatura nesse segundo sentido é produto da história cultural recente. No primeiro sentido, mais geral, é possível imaginar que a teoria literária é quase tão antiga quanto a própria literatura. No Ocidente, é pelo menos tão antiga quanto Aristóteles. No segundo sentido, mais especializado, a teoria literária ainda é uma criança, tendo assumido suas especificidades no período imediatamente posterior à morte de Lewis em 1963. Como o leitor pode esperar, com base nessa diferença de tempo histórico (e cultural), as variedades do novo estilo de teoria literária existem entre limites muito mais estreitos, sendo determinadas pelas tendências ideológicas de um grupo de intelectuais europeus entre o fim da década de 1960 e a virada do milênio. A teoria literária "antiga", por outro lado, apesar de frequentemente tratada como simples contraparte de suas variantes mais novas, tem uma história que se estende por mais de 24 séculos, além de dimensões correspondentes em termos de diversidade linguística e cultural.

A importância do contraste entre as formas tradicionais e contemporâneas de teoria literária é, em última análise, moral e metafísica. Embora a teoria literária pós-estruturalista tenha sido um fenômeno localizado, acadêmico, as causas de seu surgimento têm bases profundas em nossa história cultural. As tendências relativistas – e em muitos casos niilistas – da "Teoria" constituem a expressão de predisposições que já se haviam originado em um passado muito distante. Segundo Lewis, a crítica literária na esteira do modernismo foi parte de "toda a tradição de infidelidade letrada que foi de Arnold ao *Scrutiny*"[2]. De modo característico, ele via esse período entre o vitorianismo e o modernismo em um contexto que o reduzia de uma autoproclamada preeminência histórica a apenas "uma fase daquela rebelião geral contra Deus, que começou no século XVIII"[3]. Quando ainda jovem e ateu, ele já identificava a mesma mudança decisiva. Em vez de tratá-la como uma mera questão de desavença religiosa, ele a situava nas profundezas da história ideológica: "Para mim, será um alívio por toda a vida saber que o cientista e o materialista não têm a última palavra: que Darwin e [Herbert] Spenser [1820-1903], ao demolirem crenças ancestrais, veem-se relegados a um terreno de areia; de pressupostos gigantescos e contradições irreconciliáveis poucos centímetros sob a superfície"[4].

Nessa mesma perspectiva, em sua aula inaugural como professor de literatura medieval e renascentista em Cambridge, Lewis postulou um abismo moral que teve origem no racionalismo iluminista, mas aprofundando-se decisivamente em algum ponto "entre nós [em 1954] e *Persuasion* [publicado em 1818]"[5]. Austen, para Lewis (assim como para Alasdair MacIntyre), foi "a última grande voz ficcional competente" da moral fundamentalista[6]. Isso talvez explique por que Austen não seja facilmente considerada uma escritora romântica, tendo em vista o pressuposto de que os românticos são moralmente subversivos. Ainda assim, ela foi contemporânea de Wordsworth.

O movimento romântico, ao procurar restaurar uma dimensão sobrenatural das concepções populares da realidade, sugere a força com que, em fins do século XVIII, um materialismo secularizante passara a exercer grande predomínio e ascendência. Um novo ressurgimento dessa tendência secularizante ocorreu com o aumento do cientificismo no período vitoriano, embora, uma vez mais, a profundidade do entusiasmo por Wordsworth (entre intelectuais progressistas como John Stuart Mill e George Eliot) sugira a força da oposição que ele vinha enfrentando. Nos primórdios do século XX, porém, a destronização do cristianismo em favor de uma epistemologia cientificista e materialista estava começando a parecer, em muitas culturas do Ocidente Europeu, cada vez mais segura, e o triunvirato antirromântico de Darwin, Marx e Freud passara a representar a era em que Lewis vivia. Não devemos nos esquecer, contudo, de duas importantes ressalvas. Em primeiro lugar, Lewis era irlandês, não inglês, e ele passou seus primeiros anos em um meio cultural em que as tradições cristãs permaneciam (como permanecem até hoje) relativamente estáveis. Em segundo lugar, embora admitindo, no caso de Lewis, a amplitude com que o feitio de uma sensibilidade pode estar associada a tendências históricas[7], devemos ser cautelosos antes de abrir mão dos determinantes exclusivamente pessoais da experiência de Lewis em favor de abstrações intelectuais.

O TEÓRICO DA LITERATURA

Ênfases características

Lewis foi filósofo antes de ser estudioso da literatura, mas antes de tudo foi poeta. Portanto, ele tem certas ênfases características que o colocam implicitamente em desavença com as dimensões teóricas (no segundo sentido) dos modernos estudos acadêmico-literários. Ele trata os livros antigos como uma fonte potencial de sabedoria[8]. Ele vê o presente como um período, com seus "erros característicos"[9]. Ele vê todo o fenômeno da modernidade em uma perspectiva cultural e filosófica que remonta a Homero e abarca duas línguas antigas, assim como as literaturas da Itália e da França (e, talvez menos seguramente, da Alemanha e da Espanha). Ele insiste em um alto nível de competência literária e na prioridade da experiência literária apropriada como bases para o juízo crítico bem fundamentado[10]. Como poeta, ele dedicava um grau de atenção às propriedades sonoras da poesia que hoje parece rara entre os críticos[11]. Assim equipado e disposto, ele era extremamente sensível às disparidades ideológicas como fonte de divergência crítica. A propósito da opinião de F. R. Leavis sobre o verso miltoniano, por exemplo, ele dizia: "divergimos não apenas sobre a natureza da poesia de Milton, mas sobre a natureza do homem"[12]. Pelo lado negativo, pode-se dizer que, para um acadêmico moderno, ele tinha opiniões demasiado homogêneas (em termos de classe, gênero e experiência literária) sobre seus alunos. E seu desdém pela "crítica prática" pode ter se originado, em parte, de uma confiança literária que lhe permitia dispensá-la como um procedimento explícito. Sua aversão à interpretação biográfica e psicológica também pode parecer (aos estudantes atuais, com interesse em ambas) um forte indício de que Lewis vivia absolutamente fechado em suas preferências pessoais por períodos. Todavia, no que concerne a essas duas questões linguísticas e psicológicas, a realidade é mais complexa.

Quando jovem, Lewis declarou-se muitas vezes em desacordo com T. S. Eliot em questões de poética e teoria literária, ainda que, na época em que os dois colaboraram com uma revisão do Saltério, talvez tenha ficado evidente a ambos que suas divergências ocultavam suas afinidades. Em 1919, aos 31 anos de idade, Eliot publicou "Tradition and the Individual Talent", um ensaio que inclui a célebre afirmação de que "quanto mais perfeito o artista, mais completamente separados serão, nele, o homem que sofre e a mente que cria; tanto mais perfeitamente a mente irá condensar e transformar as paixões que constituem seu material"[13]. Do ponto de vista filosófico, isso é análogo à afirmação de Lewis, nos três ensaios que compõem parte de *The Personal Heresy* (1939), quando ele afirma que, "quando lemos poesia como a poesia deve ser lida, não temos diante de nós, em absoluto, nenhuma representação que afirme ser o poeta, e frequentemente nenhuma representação de um *homem*, um *personagem* ou uma *personalidade*"[14]. A forte ênfase introduzida por "em absoluto" lembra a insistência de Eliot em que a personalidade do poeta não será meramente *distinta* do personagem do poema, mas "completamente separada".

Embora Lewis continuasse a desviar sua atenção, por uma questão de princípio, da personalidade dos poetas, esses ensaios, escritos quando ele já se aproximava dos quarenta anos, contêm passagens de rompantes dialéticos que parecem beirar o desespero. Ao citar um famoso poema em que Robert Herrick rima "*goes*" com "*clothes*"[15], Lewis comenta:

> Ao ler esses versos, posso aprender que a pronúncia "clo'es", para *clothes*, é pelo menos tão antiga quanto a data em que o poema foi escrito. Essa demonstração de conhecimento filológico é um resultado do poema; claramente, porém, verdades filológicas não fazem parte do poema, e tampouco as encontro à medida que o vou apreendendo com minha imaginação, mas somente quando passo a refletir sobre ele mais tarde... O problema, portanto, é saber se minha percepção do caráter do poeta é parte de minha experiência direta do poema, ou se não passa de um daqueles resultados posteriores e destituídos de poesia... Em outras palavras, minha ideia do poeta pressupõe que o poema já tenha exercido seu efeito sobre minha imaginação e não pode, portanto, ser parte desse efeito[16].

Aqui, a sensibilidade ao som é totalmente característica e totalmente salutar. Menos salutar é descrever a inferência sobre a pronúncia de Herrick como uma demonstração de "conhecimento filológico" que não pertence exatamente a nossa experiência do poema. O poema não é simplesmente seu texto, mas a sequência de sons dos quais o texto é uma representação simbólica. Os sons que a pesquisa erudita e a sensibilidade literária podem recuperar são a substância mesma do poema. Mais tarde, em *Studies in Words* (1960), Lewis insistiria em que a erudição pode nos proteger da apreensão equivocada dos sentidos em que as palavras são usadas nos livros antigos. Em *An Experiment in Criticism* (1961) e em outros textos, ele reitera a afirmação de que o som das palavras não é uma qualidade sobreposta a seu significado, mas o meio pelo qual o significado delas torna-se-lhes inerente[17]. E, uma vez que tivermos feito esse esforço por reconstituir a sonoridade original de um poema, o efeito sobre nossos sentidos contribui inevitavelmente para aquela noção vaga, cambiante e rudimentar – embora distinta – da personalidade do poeta, que o nome do poeta ("Herrick") sugere simbolicamente. Uma vez que essa noção exista, ela pode ser modificada, mas não eliminada.

Nesse que é um de seus primeiros livros, porém, a eliminação do pessoal parece ser o objetivo de Lewis: "É absolutamente essencial que cada palavra sugira não o que é privado e pessoal para o poeta, mas o que é comum, impessoal, objetivo"[18]. Contudo, para reforçar esse ponto, Lewis cita uma famosa passagem de Keats que ele procura caracterizar por meio da citação de uma lista de palavras dissociadas daquilo que as torna inalienavelmente keatsianas: "verão, noite, floresta, carvalho, estrelas, vento, chuva, ar"[19]. Esses, comenta ele com razão, são os nomes de uma "*sensibilia* familiar"; sim, mas o "verão" e a "noite", por exemplo, são compostos por Keats como uma "noite de verão" (adjetivo e substantivo, e não substantivo e substantivo), e essa noite, além do mais, é "extasiada"; os carvalhos têm "ramas encantadas pelas estrelas sombrias" e "sonham toda noite sem um único movimento de sua ramagem". De fato, é necessário que as palavras signifiquem em Keats essencialmente o que significam em Lewis; mas o que a palavra "Keats" significa é uma questão de como *ele* modifica o espírito e o movimento de palavras comuns, de modo a torná-las claramente suas. Quando Lewis cita um trecho de *The Prelude* em que Wordsworth escreve sobre livrar-se "Daquele peso que oprime minha verdadeira alma"[20], talvez não haja apenas uma revelação da personalidade de Wordsworth (por meio de seu personagem poético), mas também de Lewis. Owen Barfield observou que a leitura de um poema de Lewis produzia uma impressão "não de um 'Eu digo isso', mas de um 'Esse é o tipo de coisa que um homem deve dizer'"[21]. Com esse comentário, Barfield alude a um impulso de Lewis para a abnegação que, paradoxalmente – mas em certo sentido em total compatibilidade com o ensinamento cristão –, tornou-se um traço distintivo de sua personalidade literária.

An Experiment in Criticism, escrito bem no fim da vida de Lewis, beneficia-se daquele abrandamento e daquela moderação de tom observáveis ao longo de todos os seus escritos. O livro é uma introdução aos princípios da boa leitura que oferece conselhos à maneira de uma colaboração respeitosa. O livro originou-se como oposição a pressupostos pré-modernistas sobre a natureza da poesia e a uma inflexibilidade crítica associada a Leavis (naquele momento, colega de Lewis em Cambridge). Sua escrita, exemplar por sua graça e verve, frequentemente demonstra boa vontade em examinar compreensivelmente até mesmo os desenvolvimentos críticos que Lewis deplorava:

> Ler a poesia antiga implicava o aprendizado de uma língua ligeiramente diferente; ler a nova poesia implica "a desestruturação de sua mente", o abandono de todas as conexões lógicas e narrativas que você usa para ler textos em prosa ou participar de uma conversação. Você deve alcançar um estado de quase arrebatamento no qual imagens, associações e sons operam sem esses atributos. O denominador comum entre a poesia e qualquer outro uso das palavras é reduzido a quase zero. Assim, a poesia é hoje mais quintessencialmente poética do que nunca[22].

O fato de que ler poesia modernista* pode significar "a desestruturação de sua mente" é uma questão que Lewis examina com paciência e curiosidade. Contudo, um leitor que conheça bem sua obra reconhecerá, nesse uso do "poético", uma premonição de desagrado. E ela não tarda a chegar, pois logo a seguir lemos: "Infelizmente, mas de maneira inevitável, esse processo faz-se acompanhar por uma constante dimi-

---

*   *"Modernista"*, palavra que designa uma forma específica de produção artística, é um termo genérico aplicável a uma miscelânea de escolas e estilos artísticos surgidos em fins do século XIX, na Europa e nos Estados Unidos. Caracterizado por atributos como autoconsciência estética, fragmentação estilística e questionamento da representação figurativa, os textos modernistas introduzem uma relação extremamente ambivalente e geralmente crítica no processo de modernização. *"Moderno"*, um termo de muito maior abrangência, remonta à Revolução Industrial, um período que durou do século XVIII ao XIX e no qual uma rápida sucessão de novas tecnologias influenciou profundamente as condições sociais, econômicas e culturais de vida na Europa Ocidental, na América do Norte e, em termos gerais, em todo o mundo. É possível dizer que a modernidade é a consciência que uma época tem de si mesma, e que tem seus modernismos. (N. T.)

nuição do número dos leitores de poesia"[23]. Aqui, como de hábito, Lewis não abre mão de uma postura elitista, afirmando a importância, para o leitor, da aquisição de formas apropriadas de conhecimento histórico e linguístico; mas ele se mostra profundamente democrático ao pretender levar os benefícios da experiência literária genuína ao maior número possível de leitores.

As forças incidentais de *An Experiment in Criticism* são inúmeras, destacando-se entre elas sua combinação da capacidade de generalização filosófica com a atenção a minúcias de "ritmo e melodia vocálica" na poesia[24]. Contudo, o argumento geral do livro talvez tenha uma dubiedade que, de certo modo, lembra *The Personal Heresy*. A visão comum de F. R. Leavis na década de 1960 consistia no fato de ele estimular os alunos a delimitar sua atenção aos escritores que, para ele, eram os mais importantes. Na verdade, esse foi um equívoco que resultou da confusão criada entre as convicções gerais de Leavis acerca do que valia a pena ser lido e suas recomendações pessoais sobre o que se devia esperar que um estudante lesse durante seus estudos para a obtenção de um título acadêmico. Para contrapor-se à estreiteza de um cânone estritamente seletivo e ao perigo de contar excessivamente com a autoridade dos próprios critérios seletivos, Lewis propôs que, ao contrário, um leitor deveria tentar atribuir a qualquer obra o mesmo nível de atenção que poderia ser provocado pelas melhores dentre elas. Uma obra inferior terminaria por revelar essa falta de qualidades ao mostrar-se incapaz de manter a melhor capacidade de atenção de seus eventuais leitores. Como estratégia de contraposição do dogmatismo crítico e como conselho de humildade crítica, isso é admirável. Lewis (talvez em grande divergência com sua persona crítica anterior) declara, com todas as letras, que "devemos e precisamos permanecer indecisos" acerca de nossas avaliações críticas[25]. Contudo, assim como é impossível apagar nossas próprias ideias sobre a identidade de um autor, é impossível evitar o recurso implícito ao nosso próprio senso daquilo que constitui "o melhor que já se conhece e sobre que já se pensou". O pedido de Lewis por mais humildade, generosidade e adaptabilidade na atividade de leitura não exige nenhum suporte teórico sistemático.

Como hoje talvez já se tenha evidenciado, uma questão importante da diferença entre o Lewis teórico e a maioria dos melhores proponentes da teoria literária é a relação com sua própria linguagem. A maior parte da teoria pós-estruturalista é lida em traduções; algumas dessas obras escritas em inglês também soam como traduções. Lewis atua como poeta tanto quando está envolvido com especulações metafísicas como quando se ocupa da análise das minúcias do estilo poético. Quer dizer, sua teoria é matizada pela consciência das potencialidades da linguagem tanto quanto também o é, por exemplo, ao tecer comentários sobre a tradução de Dante por Dorothy Sayers, a poesia de Charles Williams ou *The Faerie Queene*. Que outro crítico de língua inglesa, cuja obra também trata de teoria literária, tem um alcance e uma altura de realizações comparáveis? Desde o início de sua carreira, ele teve consciência do desejo de aperfeiçoar sua prosa. Ele estimulou outros a pensar no ato de escrever como uma arte extremamente exigente. Ele lê poesia de dentro para fora – como alguém que, num patamar mais baixo de realização, soubesse como escrevê-la[26]. Desse modo, a habitual falta de harmonia entre discurso literário e discurso crítico vê-se significativamente reduzida. Lewis escreve sobre literatura como alguém que a pratica; mas se trata de um praticante cujas erudição e capacidade de análise encontram poucos paralelos.

Romantismo

Eu diria, portanto, que Lewis é um escritor poético-filosófico de orientação profundamente romântica. Ele segue o conselho coleridgiano de perfeição: aquele segundo o qual um crítico literário deve atender às "Inerências morais ou metafísicas" do estilo[27]. O fato de Lewis ser um escritor tão sucinto, metódico e elegante pode ter obscurecido, para muitos, suas profundas afinidades românticas. Ele é, de fato, persistentemente concentrado nas "Inerências" daquilo que lê: "Os que não têm interesse pelo tema de um autor talvez não tenham nada de valioso a dizer sobre seu estilo ou estrutura"[28]. Contudo, ele apreende a substância por meio da estrita atenção às palavras nas quais ela se corporifica; pois é somente pela atenção às minúcias verbais que o significado de um autor pode ser compreendido em sua plenitude. O comentário de Wordsworth sobre Shelley, de que este é "o melhor artista de todos nós – refiro-me à excelência do estilo", confirma a importância (para o escritor e o leitor) de não perder de vista as "inúmeras minúcias" como condição necessária, mas não suficiente, da plena excelência artística. Para mim, foi uma surpresa descobrir o fervor da dedicação de Lewis a Shelley ("Ele amava Shelley particularmente"[29]). Aspectos de seu estilo que eu esperaria não serem do agrado de Lewis – sua natureza "improvisada", suas indeterminações locais de sentido, sua sintaxe impetuosa, compulsiva e errática, bem como sua opalescência geral – são, na verdade, qualidades que ele ama e defende. Elas conduzem à evocação de uma visão de mundo cristã em suas preocupações morais, mas pagã em sua expansividade sobrenatural. De fato, há qualidades em Spenser que, nesses termos, são claramente (ou vagamente) evocativas de Shelley. Lewis era um leitor romântico de Spenser, a quem lia com muito mais erudição do que Keats, mas com uma adoração pelo universo de *The Faerie Queene* que Keats, *mutatis mutandis*, compartilhava. Como a personalidade literária de Lewis harmoniza-se, quase ostensivamente, a sua descrição de si mesmo como um "racionalista", os leitores são facilmente convencidos (como se conspirassem contra as próprias defesas de Lewis) a ignorar a profundidade de sua preocupação com o sub, o supra e o transracional.

O interesse de Lewis pelo mundo além do mundo – naquelas formas e aspectos da realidade que se furtam aos nossos sentidos ao mesmo tempo que os seduzem – ficará evidente para todos os que lerem as Crônicas de Nárnia ou *Surprised by Joy*. Esses dois textos e, em certos aspectos, praticamente tudo o que ele escreveu, são informados por aquilo que Lewis passou a considerar como a experiência mais influente de seu universo criativo. Essa experiência que ele pretendia expressar por meio da palavra "*joy*", usada no sentido especial de *Sehnsucht*, ou "um desejo insatisfeito que é, em si, mais desejável do que qualquer outra satisfação"[30]. Lewis abordou essa questão de modo característico, com clareza e elegância. Contudo, a elegância do paradoxo desvia a atenção de certas potencialidades importantes e surpreendentemente esparsas de seu significado. A frase não compara nem dois desejos nem duas satisfações, mas um desejo e todas as outras satisfações. Ela implica, portanto, que o desejo insatisfeito pelo mundo além do mundo é, em si, mais satisfatório do que qualquer outro desejo satisfeito. Mas o que ela *diz* não é que o desejo insatisfeito é mais satisfatório, mas que é mais *desejável*. O efeito da frase consiste em simular um anseio por transcender os limites da experiência sensorial, levando-nos a desejar a elucidação que se encontra para além do estritamente lógico. Nessa frase, mesmo dentro dos limites de um belo artifício retórico, vemos Lewis empenhando-se em extrapolar os limites da racionalidade.

O envolvimento de Lewis com o Romantismo tem dois importantes corolários: um deles é metafísico, o outro epistemológico. Em termos metafísicos, seu romantismo expressa-se em uma visão sacramental da realidade. Ele acredita ser possível afirmar que, dentro de sua dimensão natural, a realidade tem inerências sobrenaturais. Sua insistência em que os leitores tenham esse entendimento no que diz respeito ao mundo do romance medieval provém da crença em que, apesar do materialismo asfixiante da modernidade, isso continua sendo verdadeiro[31].

O processo pelo qual o mundo intrinsecamente sobrenatural do romance é traduzido para um sistema de simbolismo oculto assemelha-se ao hábito moderno, muito contestado por Lewis, de tratar o mito como alegoria. O fato de ele compartilhar com Wordsworth e Traherne uma concepção da realidade em que o natural e o sobrenatural são coinerentes é grandiosamente demonstrado por um trecho de seu sermão, "The Weight of Glory" (1941):

> É uma coisa séria viver em uma sociedade de deuses e deusas potenciais, lembrar-se que a pessoa mais insípida e desinteressante com quem você fala pode vir a ser algum dia uma criatura que, caso você a visse agora, ficaria fortemente tentado a venerar, ou então uma exteriorização de horror e degeneração do tipo que, quando muito, você só encontra em pesadelos. Em certa medida, estamos o dia todo ajudando-nos mutuamente a seguir um ou outro desses destinos. É à luz dessas possibilidades avassaladoras, é com o temor reverencial e a prudência que lhes são devidos que devemos nos conduzir em todas as nossas relações uns com os outros, sejam elas de amizade, amor, entretenimento ou política. Não há pessoas *comuns*. Você nunca conversou com um simples mortal. Nações, culturas, artes e civilizações são mortais – e sua existência é para nós o mesmo que a vida de uma mosca. Mas é com imortais que nos divertimos, trabalhamos e nos casamos, é a eles que repreendemos e exploramos – horrores imortais ou esplendores eternos[32].

Seria possível escolher uma passagem mais vulnerável ao ataque – mais em desacordo com os pressupostos dominantes da cultura contemporânea – do que essa? Lewis presume, com Blake e ao contrário das crenças de muitos cientistas naturais, que a realidade não é contígua ao testemunho fornecido por nossos sentidos, por mais intensificados que venham a ser, e que a imaginação fornece um meio de acesso a suas dimensões sobrenaturais. Contudo, apesar de toda a intensidade de sua divergência das normas ideológicas de nossos dias, Lewis exprime aqui uma visão da realidade com a qual Chaucer, Spenser, Shakespeare, Milton, Wordsworth e Eliot talvez estivessem metafisicamente de pleno acordo. Portanto, uma das funções mais criativas de Lewis como estudioso da literatura consiste em entrar em plena posse de uma perspectiva moral e metafísica corroborada por muitos escritores canônicos, mas extremamente contestada por boa parte da crítica e da teoria contemporâneas. Ele repovoa o universo vazio e sugere com o que se parece pensar a moral não como contingente, mas como inserida na estrutura da realidade.

Assim como Lewis sabe que a realidade é muito mais ampla do que nossos sentidos conseguem apreender, epistemologicamente ele sabe que há mais do que raciocínio em nossa mente. Seus outros modos de operação podem ajudar-nos a tomar consciência dos elementos sobrenaturais da experiência. Como poeta, Lewis se dá conta de que "pensamento" é um termo complexo. Sobre o pensamento na poesia, ele nos incita a "compreender que, nesse domínio, 'pensamento' não traz consigo nenhuma conotação particularmente *intelectual* "[33]. Ao escrever sobre Spenser, um poeta cuja reputação talvez só tenha tido seu ponto mais alto no período romântico, Lewis enuncia um interesse pelas atividades inconscientes da mente:

> No nível consciente, Spenser só conhecia uma ínfima parte do que estava fazendo, e nunca estamos muito certos de ter chegado ao objetivo que ele tinha em mente. A água é muito límpida, mas não conseguimos ver o fundo. Essa é uma das delícias do mais antigo rei da poesia: "pensamentos além dos seus pensamentos eram concedidos àqueles bardos insignes"[34].

Os pensamentos em geral atuantes na prosa crítica podem frequentemente ter nada além de uma tênue relação com as profundezas da psique de uma pessoa. Em "Shelley, Dryden e Mr. Eliot" (1939), Lewis afirma que um poeta deve seguir sua imaginação porque nossas capacidades imaginativas são "*compelidas pelas mais profundas necessidades*"[35]. A poesia pode nos levar para além ou para baixo do pensamento raciocinativo em que Lewis era extraordinariamente bom, para as profundezas dos devaneios que Shelley preconiza em seu ensaio "On Life". Portanto, podemos adentrar as profundezas de nosso ser, aquelas a que nosso pensamento racional não nos dá acesso, oferecendo a sutileza como uma ilusória promessa de profundidade.

Todas essas ênfases, porém, assumem proporções exclusivamente pessoais – adquirem a qualidade que, de modo peculiar, nos atrai ou repele – por sua relação com a personalidade por detrás delas.

Conclusão

Ao defender com grande veemência a importância das questões predominantemente políticas que eram ignoradas pela teoria literária tradicional, a teoria no segundo sentido – "Teoria" (e, em particular, a teoria pós-estruturalista) – parecia quase sempre inadequadamente atenta a seus próprios pressupostos morais e metafísicos. Um deles era a prioridade da instância política como o domínio principal em cuja esfera os teóricos da literatura deveriam atuar. Tendo em vista que, em nossa época, a política secularizou-se em grande parte, qualquer atividade que se defina em termos políticos será propensa a excluir a religião ou as considerações de natureza religiosa. Na verdade, o maior campo de distinção entre pós-estruturalistas e tradicionalistas não eram suas respectivas atitudes sobre nacionalidade, raça e gênero, e sim suas respectivas atitudes sobre moral e religião: em resumo, algo voltado para o sobrenatural. Seria demasiado rudimentar dizer que a maioria dos pós-estruturalistas era materialista, e que a maioria dos tradicionalistas era sobrenaturalista. Não obstante, era raro encontrar um adepto da Teoria que fosse também cristão; e, se ainda havia alguns cristãos entre os tradicionalistas, isso não se devia ao fato de que a natureza de sua atividade crítica impossibilitasse o exercício da fé. Do século XVII ao século XX, a maior parte dos teóricos anglófonos da literatura era formada por cristãos. E a maior parte de seus predecessores europeus, de Aristóteles a Cícero, havia tratado a questão do sobrenatural com respeito. O que distinguia Lewis como um teórico da literatura era o fato de ele ter total intimidade com a tradição metafísica mais velha e muito mais recuada no tempo numa época em que isso começava a ser alvo de ataques – no momento em que ocorriam as mudanças culturais que resultariam no surgimento de uma modalidade de teoria literária agressivamente secular e materialista.

O TEÓRICO DA LITERATURA

Como Lewis reconhecia que os verdadeiros fundamentos da divergência entre muitas contendas críticas eram metafísicos em última análise – e como ele tinha um senso tão aguçado do contraste moral entre as eras pré e pós-modernista –, ele logo se habituou a voltar-se para as questões metafísicas implícitas nas controvérsias literárias. Um dos primeiros exemplos disso encontra-se na série de ensaios sobre "Christianity and Literature" (principalmente o trecho sobre a originalidade[36]: não dirigido aos pós-estruturalistas, sem dúvida, mas a uma vertente da crítica e teoria literária que, uma vez plenamente elaborada, fosse desaguar no pós-estruturalismo). Depois desses ensaios, ele escreveu o trecho sobre "Stock Responses" em *A Preface to Paradise Lost* (1942)[37], "The Poison of Subjectivism" (1943) e *The Abolition of Man* [*A abolição do homem*] (1943). O que o motivava era a profundidade e a força de sua ligação com a concepção de um mundo transfigurado pela presença de um Criador amoroso e onisciente. Ele vivenciava esse mundo diretamente (Joy/Alegria). Contudo, sua experiência era mais profundamente convalidada pela obra dos poetas, sobretudo pelos de língua inglesa (não sendo esta, como acontece com muitos dos sucessores modernos de Lewis, a única língua em que ele lia poesia fluentemente). Por trás dessa experiência literária havia, em minha opinião, uma necessidade pessoal profunda e angustiante, algo que, para alguns, lançaria sua autoridade em descrédito – o que não acontece comigo.

A obra de teoria literária deixada por Lewis distingue-se por uma combinação única de virtudes literárias e filosóficas. Do ponto de vista da moral cristã tradicional, ele pode ser razoavelmente descrito como um dos mais importantes teóricos da literatura do século xx, desde que não nos esqueçamos de que a teoria literária se transforma continuamente – como na obra de Raymond Williams – em análise cultural. As realizações de Lewis no campo da teoria literária são singulares. Ele é o autor que mais incisiva e insistentemente comenta a infraestrutura moral e metafísica da arte literária e crítica, ao mesmo tempo que revela o mais profundo entusiasmo pela capacidade de criação artística. Ele vê a metafísica em uma metáfora e sente a dor ou a alegria contida em uma cadência. Acima de tudo, Lewis padece de uma solidão existencial em nome da qual, nos universos pessoais mas autotranscendentes da literatura, ele buscou fulgurantes reafirmações de uma cura final. O exame de Lewis como teórico da literatura nos leva muito longe dos aspectos práticos da apreciação literária. É isso que o distingue como teórico. Vemos suas tentativas de alcançar uma unidade pessoal quase inatingível, primeiro como poeta, depois por meio de uma concepção de mundo amparada e assegurada pelo direito natural e, finalmente, por meio de uma visão sacramental cristã. Ele vislumbra, nas particularidades da experiência literária, um destino para além do espaço e do tempo, onde todo sofrimento será eternamente mitigado no amor de Deus.

Notas

1. O livro que apresentou a teoria literária "radical" a duas gerações de graduandos foi *Literary Theory: An Introduction* [*Teoria da literatura: uma introdução*]*, de Terry Eagleton (Oxford, Basil Blackwell, 1983). A sequência da segunda edição desse livro não foi uma nova revisão, mas uma retratação (caracteristicamente engajada): *After Theory* (Londres, Allen Lane, 2003). Cf. minha resenha no *Times Higher Education Supplement* (14 nov. 2003, p. 28).
2. "Christianity and Culture", EC, p. 78. O *Scrutiny* foi um periódico de crítica literária editado principalmente por F. R. Leavis e sua esposa, Q. D. Leavis, de 1932 a 1953, que adquiriu uma autoridade de aura quase religiosa para muitos estudantes.
3. "Christianity and Culture", EC, p. 78.
4. Carta ao pai, 14 ago. 1925 (CLI, p. 649).
5. "*De Descriptione Temporum*", SLE, p. 7.
6. O paralelo com MacIntyre é observado por Basil Mitchell, "C. S. Lewis on the Abolition of Man", em *C. S. Lewis Remembered*, org. Harry Lee Poe e Rebecca Whitten Poe (Grand Rapids, Zondervan, 2006), p. 181.
7. "Uma causa da miséria e do vício está sempre conosco, na avareza e no orgulho dos homens, mas há períodos da história em que isso assume proporções colossais, devido ao predomínio temporário de alguma falsa filosofia": "The Poison of Subjectivism", EC, p. 657.
8. SL, p. 140.
9. "On the Reading of Old Books", EC, p. 439.
10. "Fern-Seed and Elephants", EC, p. 242-54.
11. Cf., por exemplo, "The Alliterative Metre", SLE, p. 15-26.
12. PPL, p. 130.

---

* São Paulo, Martins Fontes – selo Martins, 2006.

13. T. S. Eliot, *Selected Essays*, 3. ed. (Londres, Faber & Faber, 1951), p. 18.
14. PH, p. 4.
15. "Upon Julia's Clothes". Um texto mais preciso do que o citado por Lewis encontra-se em *The Poetical Works of Robert Herrick*, org. L. C. Martin (Oxford, Clarendon Press, 1956), p. 261.
16. PH, p. 5-6.
17. EIC, p. 90.
18. PH, p. 19.
19. PH, p. 18.
20. PH, p. 7.
21. *Light on C. S. Lewis*, org. Jocelyn Gibb (Londres, Geoffrey Bles, 1965), p. xi.
22. EIC, p. 97.
23. EIC, p. 97.
24. EIC, p. 29.
25. EIC, p. 111.
26. Cf. ensaio de Malcolm Guite neste volume (capítulo 21).
27. Carta a *sir* George Beaumont, 1º fev. 1804 (*Collected Letters of Samuel Taylor Coleridge*, org. Earl Leslie Griggs, 6 volumes (Oxford, Clarendon Press, 1956-71), II, p. 1054).
28. Carta a George Watson, 9 out. 1962 (CLIII, p. 1375).
29. Derek Brewer, "The Tutor: A Portrait", em *Remembering C. S. Lewis: Recollections of Those Who Knew Him*, org. James T. Como (São Francisco, Ignatius Press, 2005), p. 127.
30. SBJ, p. 20.
31. "The Anthropological Approach", SLE, p. 310.
32. "The Weight of Glory", EC, p. 105-06.
33. PH, p. 147.
34. "Edmund Spenser, 1552-99", SMRL, p. 143.
35. "Shelley, Dryden, and Mr. Eliot", SLE, p. 207 (ênfase minha).
36. "Christianity and Literature", EC, p. 413-18.
37. PPL, p. 54-58.

O historiador intelectual
Dennis Danielson

Segundo o filósofo alemão oitocentista Wilhelm Dilthey, o historiador compartilha com o poeta a capacidade de apreender e reviver um complexo de pensamentos, sentimentos, circunstâncias e personagens, fazendo-o de modo a permitir que os leitores possam reviver ou vivenciar (*nacherleben*) um mundo do qual, de outra maneira, estariam bastante excluídos. Dilthey oferece o exemplo de seu próprio encontro com Lutero:

> Durante minha existência, como acontece com a maior parte dos nossos contemporâneos, a possibilidade de experimentar estados mentais religiosos é muito restrita. Contudo, quando leio as cartas e outros escritos de Lutero, [...] vivencio o religioso com uma energia e força tais – como uma questão de vida ou morte – que transcendem qualquer possível experiência de qualquer pessoa de nossos dias. [...] Portanto, esse acontecimento abre para nós, em Lutero e em seus contemporâneos dos primórdios da Reforma, um mundo que amplia nosso horizonte de vivência de possibilidades humanas às quais não teríamos acesso. [...] Resumindo, nós, humanos, limitados e determinados pelas realidades da vida, somos livres não apenas (como frequentemente se afirma) pela arte, mas também pelo conhecimento histórico[1].

C. S. Lewis nunca afirmou ser um historiador intelectual. Apesar de sua imersão contínua nos textos e temas históricos, ele se atribuiu o papel de alinhavar o que chamava de "pano de fundo para as artes"[2], particularmente a literatura. E foi o que fez com evidente sucesso. Igualmente evidente, porém, é sua falta de público entre os estudantes que, no final do século XX e nos primórdios do XXI, tiveram e têm como objeto de estudo a história intelectual – o que é uma pena. Isso porque, dentre os que se dedicam a esse tipo de história, poucos se mostraram tão hábeis como Lewis em evocar, expressar e exemplificar o tipo de *Nacherlebnis** descrito por Dilthey e ainda procurado pelos praticantes da história intelectual, sejam eles amadores ou profissionais.

Em minha defesa de Lewis como historiador intelectual, vou limitar-me a quatro de suas obras, enfocando-as em diferentes graus de intensidade e sem muita preocupação com a cronologia de sua publicação. A roupagem externa dessas obras é predominantemente literária, uma aparência (como já assinalei) que pode obscurecer, em vez de pôr a descoberto, o notável e estimulante, quando não totalmente irrepreensível, *corpus* de história intelectual por elas incorporado.

"DE DESCRIPTIONE TEMPORUM"

Talvez o exemplo mais autoconsciente e incisivo da prática da história intelectual de Lewis seja "*De Descriptione Temporum*" (1954)[3], a aula inaugural por ele dada ao assumir a cadeira de literatura medieval e renascentista em Cambridge, da qual foi o primeiro ocupante. O próprio nome da cadeira evocava a periodização e, em sua aula, Lewis não perdeu a oportunidade de abordar a necessidade, tampouco as armadilhas de nossa divisão habitual da história em épocas; aproveitou a ocasião, também, para refletir sobre como esses hábitos nos permitem vislumbrar a mente dos praticantes de tais hábitos. Na verdade, essa reflexão é sempre parte integrante do projeto de Lewis: um processo de duas vias em que sua análise histórica faz incidir, tanto sobre o "agora" como o "antes", uma luz reveladora e crítica – e até mesmo satírica.

Em sua aula, Lewis diz que interpreta a criação de uma cadeira de literatura medieval e renascentista como um sinal de que a Cambridge da metade do século XX, pelo menos, talvez tenha superado a antítese que geralmente caracteriza aquelas duas épocas. Ele cita *Early Tudor Poetry*, de J. M. Berdan, para exemplificar o espírito da antítese: "Começamos com 29 páginas [...] de absoluto desalento sobre grosseria, superstição e crueldade com crianças e, na 29ª página, ali está a frase: 'A primeira fenda nessa escuridão é a doutrina copernicana';

---

*   Um dos conceitos básicos da metodologia fenomenológica de Dilthey, que pensa uma hermenêutica em que interpretar significa obter a compreensão de outrem por meio da "revivência". (N. T.)

como se uma nova hipótese em astronomia pudesse fazer, naturalmente, com que um homem parasse de bater na cabeça de sua filha"[4].

Apegando-se ao ponto de vista de que "a barreira entre essas duas eras [medieval e renascentista] foi extremamente exagerada" e insistindo em que "todas as linhas demarcatórias entre o que chamamos de 'períodos' deve ser objeto de constantes revisões", ainda assim Lewis admite que os historiadores não podem ignorar totalmente os períodos. De fato, no restante da aula ele busca uma categorização geral dos períodos que possa identificar um "Grande Divisor" entre todos os períodos que o precedem e todos os que vêm depois. Se esse divisor não cair entre os períodos medieval e renascentista, onde se poderá, então, encontrá-lo?

De volta ao título, "*De Descriptione Temporum*" ("Sobre a descrição de 'eras' ou 'períodos'") – tomado de empréstimo a um capítulo de um livro escrito por Isidore de Seville nos primórdios do século XXII, *Etymologies* –, Lewis examina os contendedores do "Grande Divisor" sem jamais ocultar sua tendência pessoal a situá-lo em tempos relativamente mais recentes. Entre os contendedores, sem dúvida, encontra-se a divisão entre "Antiguidade" e "Idade das Trevas"* ou (o que não é a mesma coisa) entre paganismo e cristianismo. Lewis, porém, sem minimizar as diferenças, propõe que, embora nossos ancestrais situassem a história nos dois lados do divisor de águas formado pelo advento do cristianismo, devemos reconhecer *três* grandes períodos: o pré-cristão, o cristão e o pós-cristão. Fica evidente que, para Lewis, a divisão entre os dois últimos é mais radical do que aquela que se dá entre os dois primeiros. Isso porque "o lapso entre os que veneram diferentes deuses não é tão amplo como o que se verifica entre os que veneram e os que não o fazem"[5] – um aforismo que resume boa parte da concepção de Lewis sobre filosofia e cultura. Portanto, ele propõe que "o lapso entre o professor [Gilbert] Ryle e Thomas Browne é muito maior do que aquele que existe entre Gregório, o Grande, e Virgílio; e, "sem dúvida, Sêneca e o dr. [Samuel] Johnson são muito mais próximos entre si do que [Robert] Burton e [Sigmund] Freud"[6].

Lewis então examina brevemente as divisões que incidem nos primórdios do século XII (entre a "Era das Trevas e a Idade Média") e no

---

* No original, "Dark Ages". A expressão "Idade das Trevas" é atualmente considerada incorreta e preconceituosa, uma vez que desqualifica a cultura, a arte e a ciência produzidas na Idade Média. (N. T.)

final do século XVII ("com a aceitação geral da teoria copernicana, o predomínio de Descartes e [na Inglaterra] a fundação da Royal Society"). Sem dúvida, a última transição é associada à ascensão da ciência, uma série de eventos muito significativos. Lewis, porém – como de hábito, exprimindo-se por meio de aforismos, diz que "a ciência não era assunto do Homem, uma vez que o Homem ainda não se havia tornado assunto da ciência" –, sugere que foram as aplicações tecnológicas posteriores da ciência, na forma de motores a vapor e sua linhagem subsequente, junto a outras aplicações na biologia, psicologia e economia, que "libertaram" a ciência e lhe permitiram desempenhar um papel em nossa vida cotidiana e em nossa visão de mundo.

Exposta a fragilidade desses candidatos, está preparado o caminho para Lewis situar seu principal candidato a Grande Divisor em algum ponto (admitindo a arbitrariedade de qualquer tentativa de precisão) desse lado dos primórdios do século XIX, aproximadamente depois da obra dos romancistas Jane Austen (1775-1817) e Walter Scott (1771-1832). Em seguida, ele delineia quatro demarcadores da poderosa mudança, por ordem ascendente de importância, começando pela política – ou por aquilo que se transformou em "governo pela publicidade". Embora as pessoas antes rezassem para que pudessem "levar uma vida tranquila, com toda piedade e honestidade" [Primeira Epístola a Timóteo, 2,2], hoje precisamos de campanhas e iniciativas de *líderes* carismáticos, em vez de esperarmos pela justiça e clemência de *governantes* incorruptíveis. Essa situação é ainda mais premente nas artes, em que o que se exige é a mudança, a novidade e o abandono sem precedentes de significados fundamentalmente consensuais. Lewis faz a afirmação radical de que, de Gilgamesh e Homero ao século XIX, não houve, no desenvolvimento da literatura, nenhuma mudança comparável à reorientação para a ambiguidade radical que se evidencia na poesia de T. S. Eliot e seus contemporâneos. E a terceira categoria de evidência que Lewis cita a favor de sua proposta do Grande Divisor diz respeito à já mencionada mudança do cristianismo para o pós-cristianismo. Ele rejeita qualquer afirmação de que esta última possa ser associada ao paganismo: "O pós-cristão provém do passado cristão, o que o torna duplamente extraído do passado pagão"[7]. Esse desenvolvimento também representa uma coisa totalmente nova.

O que Lewis chama de seu "trunfo", porém, é "o nascimento das máquinas". Foram elas que modificaram radicalmente o lugar do homem na natureza, criaram o pressuposto de que "recente" significa "melhor" – "que tudo é provisório e logo será substituído" – e transformaram a palavra "primitivo" em um termo pejorativo (em contraste com seus significados outrora positivos: primeiro, puro, prístino, permanente). As máquinas não apenas moldaram nosso ambiente e nosso estilo de vida; elas também determinaram nossos pressupostos sobre a natureza da vida. Nossa premissa de que "a questão fundamental de nossa vida passou a ser a obtenção de bens nunca antes possuídos, em vez da conservação daqueles que já possuímos, chocaria e deixaria perplexos" nossos ancestrais, pudessem eles visitar nosso mundo.

O exercício hipotético de imaginar um visitante chegado de um ponto anterior ao Grande Divisor é algo de que, de maneira surpreendente, Lewis se apresenta como praticante. Não há ocultamento de *seu* choque e perplexidade diante do estado do mundo sobre o qual ele fala; e, em um sentido poderoso, ele *é* o ancestral que chegou para explicar seu mundo e, ao fazê-lo, ajudar-nos a experimentar nossa própria pobreza. Ele disfarça levemente esse papel por meio da autodepreciação: "Quanto eu não daria para ouvir qualquer ateniense antigo, até mesmo um bem obtuso, falar sobre a tragédia grega!"[8]. Contudo, apesar de sua afirmação meio brincalhona de ser um autêntico "dinossauro", um "espécime útil", não se percebe nenhum tom mais profundo de apologia em sua afirmação de que fala como um nativo da "velha ordem ocidental". Trata-se de uma postura ousada e espantosa, além de ser, talvez, apropriada a um professor de literatura medieval e renascentista. Lewis personifica a alteridade mesma à qual ele, como praticante da história intelectual, oferece acesso. Em suas mãos, o histórico torna-se contemporâneo. Em termos diltheyanos, seu desempenho da *Nacherlebnis* é particularmente intenso porque, para Lewis, trata-se na verdade de *Erlebnis*.

Essa exposição do passado, porém, quase sempre resulta, na escrita de Lewis, em uma crítica ao presente. Sua autodenominação como um cidadão de outro mundo certamente confere energia ao seu texto, mas também corre o risco de que, na qualidade de "alienígena", ele seja rejeitado ou menosprezado por boa parte de seu público leitor potencial. Sem usar a palavra "modernismo" em nenhum momento de sua aula inaugural, Lewis ainda assim deixa absolutamente claro que seu projeto não é a mera exposição das normas e da literatura de eras passadas; é também uma crítica avassaladora ao modernismo.

Em vez de pós-modernismo contemporâneo, porém, Lewis oferece uma perspectiva pré-moderna. Desse modo, a relação entre Lewis e seu público moderno, ainda que apenas por motivo da distância cultural que os separa, será quase inevitavelmente matizada por um quê de xenofobia mútua.

"Nova aprendizagem e nova ignorância"

No mesmo ano de sua aula inaugural, Lewis contribuiu com a série *Oxford History of English Literature* com um volume intitulado *English Literature in the Sixteenth Century*. Sua introdução a esse livro, "New Learning and New Ignorance"[9], está entre as mais importantes e concisas obras de história intelectual que ele já produziu.

A tarefa de hastear um "pano de fundo para as artes" que seja devidamente instrutivo implica, em parte, o ocultamento ou a destruição de outros panos de fundo, deliberadamente erigidos ou não, que sirva para desvirtuar os modos de perceber as artes ou a história, aos quais as artes estão interligadas. Lewis é um crítico explicitamente apaixonado pela literatura inglesa do século XVI, particularmente a de seu último quartel, que revela "quase uma nova cultura", caracterizada por "fantasia, imaginação, paradoxo, cor, encantamento [...] juventude"[10]. Com a mesma clareza, porém, ele deplora o humanismo acadêmico por sua "recuperação do grego e [...] sua substituição do latim medieval pelo latim augustano", a cuja influência muitos tendem a atribuir esse florescimento da literatura inglesa em fins do século XVI. Por conseguinte, algumas das principais manobras de Lewis têm como objetivo pôr esse humanismo no seu lugar, reformular (negativamente) a reputação da palavra "Renascença" e associá-la à "nova ignorância". Em resumo, "quanto mais nos debruçamos sobre essa questão, mais difícil nos parecerá acreditar que o humanismo teve algum poder de encorajar, ou algum desejo de encorajar, a literatura que, de fato, surgiu"[11].

Lewis também tem muitas reflexões provocativas a oferecer no que diz respeito à ciência, em particular à cosmologia, que ele retomaria posteriormente em *The Discarded Image*. Com relação a isso, podemos nos perguntar se as tendências belicosas de Lewis talvez não terminem por enfraquecer sua argumentação geral ou alienar seu público. Não obstante, o leitor desejoso de refletir sobre avaliação desfavorável do humanismo ficará confuso ao ler a afirmação de Lewis de que o humanismo "tendia a ser totalmente indiferente, quando não hostil, à ciência"[12]. Talvez se trate de um problema de definição. A palavra "ciência", do modo como hoje a usamos, pode ser extremamente anacrônica quando aplicada ao século XVI; mesmo naquela época, o conceito de "humanismo" admitia graus e subespécies. Sem embargo, para tomarmos um exemplo óbvio, Copérnico, por educação e temperamento, era sem dúvida um humanista – na verdade, o primeiro erudito polonês a publicar sua própria tradução latina de um autor grego[13]. Da mesma maneira, enquanto filósofo naturalista, ele procurou traduzir e interpretar o "texto" da criação, o "livro das obras de Deus". Uma das mais profundas motivações de Copérnico para desenvolver seu modelo cosmológico centrado no Sol foi sua crença de que os primeiros intérpretes da natureza haviam produzido uma "tradução" que era incoerente e esteticamente abominável – que não fazia justiça à maestria do Autor/Criador original. E é difícil ver essa aplicação da ênfase no humanismo em recuperar e reler (em sentido literal ou figurativo) textos antigos como se neles houvesse algo como a hostilidade à ciência de que Lewis o acusa.

Mais proficiente e iluminador é o esboço lewisiano do neoplatonismo florentino, particularmente nas pessoas de Ficino e Pico. Não nos surpreende que Lewis enfatize o sincretismo dessa escola, sua "convicção de que todos os sábios da antiguidade compartilhavam uma sabedoria comum, e que essa sabedoria pode reconciliar-se com o cristianismo". Contudo, ele não considera esse esforço um sucesso. Na verdade,

> embora os platônicos florentinos fossem totalmente devotos em intenção, sua obra merece o epíteto de *pagã* mais do que qualquer outro movimento naquela época. [...] Suspeita-se de que, embora [Ficino] e Pico certamente acreditassem na verdade do cristianismo, eles o valorizavam ainda mais por ser majestoso, edificante e útil. Há neles um quê de homens que, em termos gerais, arregimentavam as forças da "religião", ou mesmo do "idealismo", contra o perigo das filosofias naturalistas que privam o homem de sua dignidade e liberdade; um perigo que para eles era representado não pelas novas ciências genuínas, mas pelo determinismo astrológico. Na verdade, o título *De Dignitate Hominis*, um dos livros de Pico, poderia ter sido o título de qualquer obra dele ou de Ficino[14].

A descrição que Lewis faz de Ficino e Pico atende a seus propósitos em pelo menos dois outros modos. Oferece uma oportunidade de sabotar mais um equívoco moderno comum, que relê no século XVI uma antítese entre superstição e esclarecimento, com grandes figuras renascentistas (sem dúvida) aliadas à segunda dessas maneiras de conceber o mundo e o homem. Contudo, um escritor como Pico era um adversário da astrologia e um defensor da magia, as quais hoje tendemos a colocar ao lado da superstição. Lewis afirma categoricamente que "a nova *magia*, longe de ser uma anomalia naquela época, tem lugar entre os outros sonhos de poder que então assombravam a mente europeia"[15]. Surpreendentemente, Lewis liga esse interesse pela magia ao tipo de conhecimento procurado por Bacon – que, desde a criação da Royal Society, esteve sempre associado à ascensão da ciência (leia-se "esclarecimento"). Contudo, o próprio Bacon admite claramente uma afinidade com os mágicos, pois eles também "buscam o conhecimento tendo em vista o poder (nas palavras de Bacon, como "a procriação para um cônjuge", e não "o prazer para uma cortesã")[16].

A outra tese implícita na exposição de Lewis é que, no século XVI, a liberdade e o determinismo surgem como flagelos gêmeos, uma vez que a "antiga doutrina do Homem" – que "lhe havia assegurado, em seu próprio degrau da escada hierárquica, sua própria liberdade e eficiência limitadas" – é abandonada em favor de uma incerteza por meio da qual "talvez o Homem possa fazer tudo, talvez não possa fazer nada". Os dois modos de pensar são frequentemente vistos como coexistentes em uma única mente. Por exemplo, Paracelso escreve que, "se conhecêssemos bem nosso próprio espírito, absolutamente nada nos seria impossível na Terra"; contudo, em outra passagem ele apresenta uma imagem totalmente passiva da relação entre o ser humano e a natureza, segundo a qual a relação entre o homem e os elementos em nada difere do modo como a imagem em um espelho relaciona-se com um objeto real"[17].

Os intensos paradoxos de liberdade e necessidade formam uma corrente que continua a fluir pelo relato lewisiano do pensamento intelectual do século XVI. Como parte de sua crítica do humanismo – talvez como contrapeso ao tom ufanista que dominara os historiadores da Renascença no século XIX, como Jacob Burkhardt –, Lewis enfatiza o fato de que os humanistas *não* foram paladinos de nenhuma criatividade extraordinária. Com a rara exceção da *Utopia* de More, as pessoas hoje leem os textos desses humanistas apenas para conhecê-los, mas não por sua beleza, filosofia ou refinamento intrínsecos. Em resumo, foi funesta a influência do humanismo sobre a literatura, e "Racine e Milton talvez sejam os únicos poetas que se pautaram integralmente pelo ideal humanista de estilo, mas que não foram por ele destruídos"[18].

O proselitismo implacável da representação que Lewis faz do século XVI constitui, ao mesmo tempo, uma força e uma fraqueza. Além de sua imersão óbvia e prazerosa nas obras do período – inclusive seu hábito de traduzir citações do latim em forma de expressões e grafias evocativas do inglês do período em questão –, seu proselitismo ajuda a transmitir a seus leitores a ressonância viva do pensamento quinhentista e o faz de uma maneira que o próprio Dilthey certamente aprovaria. Tampouco se pode negar a necessidade da campanha de Lewis contra (nesse caso) a campanha dos próprios humanistas contra tudo que fosse medieval, em particular a literatura e a filosofia medievais. Isso porque as caricaturas por eles feitas da primeira como "bárbara e tola", e da segunda (principalmente o escolasticismo) como trivial e excessivamente minuciosa, até hoje não deixaram de obscurecer e desvalorizar o rico legado medieval. Até mesmo as palavras e as oposições (implícitas) – "medieval" e "renascentista", "escolástico" e "humanista" – com as quais conduzimos nosso pensamento histórico são implicitamente proselitistas. Dessa perspectiva, o proselitismo contrário de Lewis pode ser aplaudido como um corretivo muito necessário. O perigo, porém, é que o crítico possa contra-atacar caricatura com caricatura, simplificação excessiva com simplificação excessiva. Sobre a abordagem humanista da filosofia medieval, Lewis declara incisivamente: "Eles zombam e não refutam"[19]. Pode-se apenas acrescentar que a crítica do próprio Lewis ao humanismo poderia ter sido ainda mais convincente se ele próprio tivesse dado maior ênfase à refutação detalhada e recorrido menos a epítetos zombeteiros, como "filisteu" e "obscurantista"[20].

O outro movimento quinhentista do qual Lewis oferece um eloquente esboço é o puritanismo (que ele escreve com inicial minúscula*), e nesse caso seu objetivo é igualmente corretivo, ainda que menos abertamente antagônico, talvez porque poucos dentre seus lei-

---

*   Em inglês, escreve-se com inicial maiúscula (*Puritanism*). (N. T.)

tores potenciais do século xx aderissem mais ao puritanismo do que ao humanismo. Com razão, Lewis insiste que, para começo de conversa, "puritano" era predominantemente um "termo hostil", cujo sentido era bem aceito na época. Além do mais, os partidários do puritanismo "eram assim chamados porque alegavam ser puristas ou purificadores no contexto da organização eclesiástica: não porque eles enfatizassem mais do que os outros cristãos a 'pureza' no sentido de 'castidade'. Sua contenda com a Igreja Anglicana era, em princípio, mais eclesiástica do que teológica"[21].

Com pertinência, Lewis apresenta uma imagem surpreendente, porém inquestionavelmente verdadeira, do entusiasmo vivenciado pelos primeiros protestantes ingleses, que se compraziam – e eram criticados por isso – em sua predestinação à salvação pela graça. Para o católico romano Thomas More, como Lewis assinala, "um protestante era alguém inebriado pelo novo vinho da futilidade vulgar* e pela frívola leveza de espírito". Lutero, afirmava More, "havia convertido pessoas exatamente porque 'sabia temperar o veneno com a 'liberdade'". Assim, "para sermos sinceros, o protestantismo não era tão assustador, mas bastante flexível [...]. Os protestantes não são ascetas, mas, sim, sensualistas"[22]. Lewis apresenta uma impressionante série de citações do século xvi para sustentar a afirmação de que os primeiros protestantes, ao contrário de seus estereótipos modernos (estereótipos talvez acentuados por desenvolvimentos posteriores de certas tendências do protestantismo), formavam um movimento entusiasta, indulgente e de afirmação da vida no interior do cristianismo.

Como já dissemos aqui, se a abordagem lewisiana da Reforma em si tem laivos de proselitismo, esse é um proselitismo em nome da Igreja como um todo e *contra* os proselitismos centrífugos que tanto caracterizaram os debates do século xvi. Em uma passagem típica de sua verve e talento para a analogia, Lewis vê a ênfase protestante e puritana na fé como algo legítimo – mas que, lamentavelmente, degenera em polêmicas inoportunas. As questões em jogo, diz ele,

---

*   No original, *lewd lightnes of minde*. No inglês médio (*Middle English*, 1066 – finais do século xvi), *lewd* tinha o significado de "vulgar", "próprio de gente simplória", não tendo ainda, portanto, o significado atual de "obsceno", "lascivo". (N. T.)

só poderiam ter sido proveitosamente debatidas entre adversários maduros e devotos, em estreita privacidade e com todo o tempo disponível. Nessas condições, talvez se houvessem encontrado fórmulas que fizessem justiça aos protestantes [...] afirmações sem comprometer outros elementos da fé cristã. Na verdade, porém, essas questões foram colocadas em um momento em que elas se tornaram imediatamente exacerbadas e misturadas a todo um complexo de questões irrelevantes do ponto de vista teológico, atraindo, desse modo, a atenção fatal tanto do governo quanto da multidão. [...] Foi como se os homens se tivessem lançado em uma discussão metafísica numa feira livre [...] sob os olhos de uma força policial armada e vigilante que mudasse frequentemente de lado. Uma parte entendia a outra cada vez menos e triunfava em posições antagônicas com as quais seus adversários não estavam de acordo[23].

Redirecionando seu olhar do continente europeu para a Inglaterra, Lewis apresenta uma nova e interessante analogia para transmitir o sabor da influência de Calvino entre os ingleses. Apesar de admitir que as comparações modernas são sempre enganosas até certo ponto, ele segue afirmando:

[...] pode ser útil comparar a influência de Calvino naquela época com a de Marx na nossa; ou mesmo a de Marx e Lênin, pois Calvino havia exposto o novo sistema teoricamente ao mesmo tempo que o pusera para funcionar na prática. Isso pelo menos servirá para eliminar a ideia absurda de que os calvinistas elisabetanos eram um tanto grotescos, gente muito velha que vivia à margem dos principais avanços de sua época [...] Se não conseguirmos imaginar o frescor, a ousadia e (pouco tempo depois) a grande aceitação do calvinismo, teremos uma imagem equivocada de todo esse quadro[24].

Além do mais, para incrementar sua analogia com uma perspectiva temerária, Lewis sugere que os leitores de Calvino estavam *na época* "perturbados pelo destino dos predestinados 'vasos de ira'*, quase tanto

---

*   No original, *vessels of wrath*, mencionado em Romanos, 9,22. Algumas traduções da Bíblia em português referem-se a "vasos de ira"; outras, a "objetos de ira". No

quanto os jovens marxistas de nossa época estão perturbados pela iminente aniquilação da burguesia"[25].

Uma das grandes aptidões de Lewis é sua capacidade de encontrar afinidades entre elementos aparentemente díspares em determinado período. Por exemplo, no que diz respeito ao temperamento dos puritanos e humanistas, comenta Lewis, "ambos imaginavam estar na vanguarda, ambos odiavam a Idade Média, e ambos exigiam uma 'mudança radical'. A mesma intransigência juvenil caracterizava os dois grupos. A ânsia por farejar e condenar vestígios de papismo na Igreja, assim como a ânsia por farejar e condenar vestígios de 'barbarismos' no latim alheio tinha, psicologicamente, muita coisa em comum"[26]. Um conjunto de afinidades talvez ainda mais notável, como Lewis enfatiza, aparece no que diz respeito a questões de liberdade e necessidade. A declaração calvinista da dependência dos seres humanos da soberania de Deus não apenas encontrará um equivalente político na "doutrina do Direito Divino" que vinha "assomando no horizonte"; ela também realçava as extremas posições dependentes que a época parecia tornar mais concebível do que nunca antes: "No mágico e no astrólogo, víamos uma clara disposição a exagerar ou minimizar o poder e a dignidade do Homem". Porém, "o calvinismo talvez atenda às duas inclinações, ao rebaixar o homem impenitente tão profundamente quanto o faziam os astrólogos e ao exaltar os eleitos, elevando-os às alturas em que os punham os mágicos. Da mesma forma, a nova política confere um poder e uma liberdade ilimitados ao príncipe, transformando os súditos em suas bolas de tênis (como se eles fossem as estrelas)"[27].

Trata-se de uma síntese extraordinária, unificando harmonicamente alguns dos grandes temas abordados por Lewis no processo de criar a tessitura de um pano de fundo quinhentista; e oferece todo um aparato conceitual do qual seu leitor, sobretudo aquele mais interessado na literatura ou na história intelectual, pode fazer excelente uso em suas leituras posteriores sobre o período e para além dele.

---

versículo seguinte, 23, há uma menção a "vasos/objetos de misericórdia, o que leva à interpretação conhecida de que a expressão "vasos/objetos de ira" se refere a todos aqueles que não serão salvos, ao contrário do que acontecerá com os "vasos/objetos de misericórdia". (N. T.)

O HISTORIADOR INTELECTUAL

A teologia de Milton

Em uma obra muito anterior de Lewis, *A Preface to Paradise Lost* (1942), igualmente uma contribuição aos estudos literários, mas também obra de história intelectual por si só, voltamos a ter vislumbres da extraordinária largueza de conhecimentos de Lewis, de sua capacidade de adentrar o universo mental de uma época e, talvez, de sua tendência a permitir que certo proselitismo obscureça sutilezas que um leitor ou historiador de um período gostaria de examinar e, possivelmente, torná-las parte integrante de seus conhecimentos.

Não há absolutamente nenhuma dúvida de que Lewis tem Milton em grande apreço. Seu *Preface* se oferece o tempo todo como uma fervorosa tentativa de resgate. A dedicatória a Charles Williams exalta o prefácio deste último a Milton (1940) como "a recuperação de uma verdadeira tradição crítica depois de mais de um século de laboriosos equívocos"[28], – um juízo de valor repetido nas páginas finais de Lewis: "Depois de Blake, a crítica de Milton está perdida em equívocos"[29]. Lewis tem em mente não apenas a leitura "pró-Satã" que Blake fez de *Paradise Lost*, mas também o menosprezo por Milton por críticos influentes (e menosprezados) como Walter Raleigh, T. S. Eliot e F. R. Leavis. Além do mais, Lewis exalta Milton tanto como poeta quanto como praticante da mesma fé cristã. O que estava em jogo, portanto, dificilmente poderia ser mais intenso. Por exemplo, como Lewis escreve em uma frase famosa, "Muitos daqueles que dizem não gostar do Deus de Milton querem dizer, apenas, que não gostam de Deus"[30]. A esse respeito voltamos a ver, como em "*De Descriptione Temporum*", a concepção lewisiana de si mesmo como "modelo": "Para o estudioso de Milton, porém, meu cristianismo é uma vantagem. O que você não daria para ter à mão um epicurista verdadeiro, vivo, enquanto lê Lucrécio?"[31].

A Preface to Paradise Lost é realmente um texto poderoso, irresistível e eloquente, situando-se talvez entre os três estudos mais influentes de Milton que surgiram em meados do século xx. Contudo, sua maior fraqueza talvez seja exatamente sua maneira de conceber a história intelectual. A crítica pode ser feita sem grandes particularizações: em sua ânsia por conduzir o leitor de sua paisagem espiritual e intelectual moderna para uma época mais devota e rigorosa do ponto de vista doutrinário, Lewis generaliza excessivamente as crenças daquela época, fazendo de um jeito que pode obscurecer as particularidades do próprio texto que ele se propõe a iluminar.

No início do capítulo 10, Lewis afirma que "a versão miltoniana da história da Queda é muito semelhante à de Santo Agostinho, que é a da Igreja como um todo"[32]. Em seguida, ele apresenta onze características dessa doutrina, acompanhadas por "textos comprobatórios" de *Paradise Lost*. Apesar de extremamente informativo e interessante, o processo não deixa de ser muito dedutivo. Por exemplo, em sua décima primeira característica – aquela segundo a qual "a desobediência do organismo do homem ao homem é particularmente evidente na sexualidade do modo como ela é hoje, mas não teria sido se não tivesse existido a Queda" –, Lewis diz que "é por esse motivo que Milton introduz uma cena de dissipação sexual imediatamente depois da Queda". Lewis, que é verdadeiramente atento ao que Milton de fato escreveu, acrescenta, contudo, que "*pretendia, sem dúvida*, criar um contraste entre essa cena e as imagens de atividade sexual não decaída nos livros IV e VIII (500-520). Porém, ele tornou a imagem decadente tão voluptuosa e manteve a cena posterior à Queda tão poética que o contraste não é tão agudo *quanto deveria ter sido*"[33]. Cabe dizer, aqui, que a história intelectual é mais bem conduzida pelo exame do que um poeta como Milton realmente escreveu (em vez daquilo que ele "pretendia, sem dúvida"), e que, se na verdade ele não retratou o contraste entre a sexualidade pré e pós-lapsariana nos termos da prescrição agostiniana ou das expectativas de Lewis, então a diferença é mais bem examinada e explicada do que simplesmente atenuada por meio de explicações.

O problema transcende a representação miltoniana da sexualidade não decaída moralmente. Lewis também impõe a Milton o pressuposto agostiniano de que "as capacidades mentais de Adão [...] superavam aquelas do filósofo mais brilhante, assim como a velocidade de um pássaro supera a de uma tartaruga"[34]. Se fosse esse o caso, porém (Milton parece ter se dado conta), quão inexplicável pareceria a decisão de desobedecer que foi tomada por Adão? Por conseguinte, ao formular sua narrativa da Queda, Milton retrata Adão e Eva como seres não decaídos que, de fato, apresentam elementos de incerteza e inexperiência, até mesmo de infantilidade – qualidades que Lewis afirma, explicitamente, que devemos eliminar "de nossa imaginação"[35]. Essa abordagem tanto subestima a diversidade de concepções encontradas até mesmo na corrente principal da interpretação cristã quanto cria problemas para o próprio projeto miltoniano de justificar "os caminhos de Deus para os homens"³⁶. Para Milton, mais importante do que reproduzir as doutrinas abstratas de Santo Agostinho é a exigência de que a narrativa da Queda seja coerente, e que as motivações e deliberações de seus dois personagens principais sejam inteligíveis, ainda que tragicamente distorcidas.

O MODELO MEDIEVAL

The Discarded Image, publicado postumamente em 1964, volta a apresentar Lewis no papel que ele atribuiu a si mesmo em *"De Descriptione Temporum"*: o de um "modelo". O resultado talvez seja seu mais bem-sucedido e acessível empenho em dar aos leitores um vislumbre interior, até mesmo uma *Nacherlebnis* diltheyana de como poderia ter sido pensar como um verdadeiro habitante do universo mental da Idade Média e da Renascença. Esse livro, baseado em conferências feitas por Lewis a graduandos, tem a energia e o ímpeto evidentes em alguns de seus outros textos histórico-intelectuais, mas sem o viés polêmico que às vezes os torna radicais. Aqui, ele é o apaixonado ardoroso e, em certo sentido, desesperançado, de um mundo que já acabou, e a maioria dos leitores se verá fascinada tanto pela simpatia que Lewis por ele demonstra quanto por esse mundo em si mesmo.

A profunda imersão de Lewis em todos os tipos de textos antigos, medievais e renascentistas permite-lhe criar uma síntese admirável ao mesmo tempo que reconhece a natureza quase selvagemente eclética do pensamento na Idade Média tardia na Europa e nos primórdios do modernismo. Ele reconhece as tensões, por exemplo, entre a cosmologia e a religião medievais, admitindo (como muitos contemporâneos daquele período não pareciam admitir) que havia profundas divergências entre a física aristotélica e a teologia cristã³⁷. Não obstante, em *The Discarded Image*, sua extraordinária realização como historiador intelectual consiste em oferecer um vislumbre claro e simples da antiga visão de mundo, que supera e subverte os estereótipos complacentes que predominam na história popular a partir do século XVII. Por exemplo, com base em Calcídio (um comentador de Platão do século IV), ele ilustra o entendimento pertinaz (apenas enfatizado, mas não inventado por Copérnico) de que "a Terra é infinitamente pequena para os padrões cósmicos", e em Alain de Lille (final do século XII) ele vai buscar a crença de que a ordem espacial visível do universo é uma inversão da ordem espiritual, de modo que, no contexto de realidades mais profundas, a Terra central da cosmologia medieval marginal é "meramente suburbana". Portanto, como Lewis declara memoravelmente, o modelo medieval não é antropocêntrico, mas "antropoperiférico"[38]. Essa imagem está de acordo com os ensinamentos do cristianismo, para o qual a Encarnação divina e a redenção humana podem ser qualquer coisa, menos periféricas? Pode ser que não esteja, admite Lewis. Mas ainda assim, de novo, é possível que esteja. Porque "pode-se dizer que o Bom Pastor vai à procura da ovelha desgarrada porque ela se perdeu, não porque fosse a melhor ovelha do rebanho. É possível que ela tenha sido a pior"[39].

Contudo, essa defesa complacente da coerência do modelo não leva Lewis a defender sua verdade. Ao contrário, ele quer que seu público assimile seu fascínio e valor como um objeto mental: "Outras épocas não tiveram um Modelo tão universalmente aceito quanto [aquele dos contemporâneos da Idade Média], tão concebível e tão apropriado à imaginação"[40]. Novamente, portanto, Lewis funciona como um "nativo", um "modelo", a fim de apresentar, com a máxima intensidade possível, uma estrutura que nos permita entender as artes, em particular a literatura. Contudo, em seu uso mesmo da palavra "modelo", ao mesmo tempo ele estimula uma consciência crítica da natureza efêmera e construída de todos os sistemas de pensamento humanos, tanto os modernos quanto os medievais. Por conseguinte, seria "sutilmente enganoso afirmar que 'Os medievais pensavam que o universo fosse assim, mas sabemos que não é'. Parte do que hoje sabemos é que não podemos, no sentido antigo, 'saber como é o universo' e que nenhum modelo que possamos criar será, nesse sentido antigo, 'semelhante' a ele"[41]. Para Lewis, essas são opiniões ditadas pela humildade, não pelo ceticismo ou desespero. Suas conclusões poderiam ser chamadas, para fazer eco ao grande filósofo medieval Nicolau de Cusa, de exercícios de *docta ignorantia*, douta ignorância, implicando uma compreensão do conhecimento humano de tal profundidade que aquele que a tem se recusa a idolatrar ou atribuir valor absoluto ao conhecimento.

Nesse sentido, a despeito de toda sua delicadeza, *The Discarded Image* também – a exemplo das outras obras examinadas neste capítulo – serve não apenas como um apoio imaginativo e um incentivo aos leitores das literaturas medieval e renascentista, mas também como uma advertência geral contra a presunção potencialmente asfixiante do modernismo, ou aquilo que Lewis, em uma expressão memorável, chamou de "esnobismo cronológico"⁴². Numa época que valoriza cada vez mais o tipo de obra interdisciplinar que ele personificou sem ostentação, Lewis merece ser ouvido mais atentamente do que nunca – tanto pelos aspectos imaginativos quanto pela obra crítica presentes em seu extraordinário legado. Ainda que ele não se referisse à sua produção como história intelectual, sua contribuição como historiador das ideias é digna do mais alto reconhecimento ao lado de outros aspectos mais bem conhecidos de sua extraordinária obra.

Notas

1. Wilhelm Dilthey, "Plan der Fortsetzung zum Aufbau der geschichtlichen Welt in den Geisteswissenschaften", em *Gesammelte Schriften*, VII (Stuttgart, Teubner, 1958), p. 215-16.
2. DI, p. 14.
3. Reimpresso em SLE, p. 1-14.
4. SLE, p. 1.
5. SLE, p. 5.
6. SLE, p. 5.
7. SLE, p. 10.
8. SLE, p. 13.
9. EL, p. 1-65.
10. EL, p. 1.
11. EL, p. 2.
12. EL, p. 2.
13. O autor era Theophylactus Simocatta. Sobre a tradução copernicana de suas *Cartas*, cf. Edward Rosen (org.), *Nicholas Copernicus: Minor Works* (Baltimore / Londres, Johns Hopkins University Press, 1992), p. 19-24.
14. EL, p. 11.
15. EL, p. 13.
16. EL, p. 14.
17. EL, p. 14.
18. EL, p. 25.
19. EL, p. 30.
20. EL, p. 31.
21. EL, p. 32.

22. EL, p. 34.
23. EL, p. 37.
24. EL, p. 42-43.
25. EL, p. 43.
26. EL, p. 46.
27. EL, p. 49-50.
28. PPL, p. v.
29. PPL, p. 129.
30. PPL, p. 126.
31. PPL, p. 64.
32. PPL, p. 65.
33. PPL, p. 68-69 (grifo nosso).
34. PPL, p. 113.
35. PPL, p. 114.
36. Cf., por exemplo, N. P. Williams, *The Ideas of the Fall and of Original Sin* (Londres, Logmans, Green, 1927), *passim*, e Dennis Danielson, *Milton's Good God: A Study in Literary Theodicy* (Cambridge, Cambridge University Press, 1982), cap. 6.
37. Por exemplo, o ensinamento de Aristóteles sobre a eternidade do mundo parece incompatível com a doutrina cristã da criação a partir do nada. Para outros exemplos sobre a controvertida "Condemnation of 1277", cf. Edward Grant, *A History of Natural Philosophy* (Cambridge, Cambridge University Press, 2007), p. 202-11.
38. DI, p. 54-58.
39. DI, p. 120.
40. DI, p. 203.
41. DI, p. 218.
42. "A aceitação acrítica do clima intelectual comum a nossa própria época e o pressuposto de que o fato de qualquer coisa ter-se tornado antiquada significa que não é mais digna de crédito": SBJ, p. 167.

O classicista
Mark Edwards

Por estudos clássicos entende-se o estudo do grego e do latim, bem como o da literatura que foi escrita nessas línguas antes de o cristianismo tornar-se predominante no Império Romano. Até a época da morte de Lewis em 1963 (e em alguns anos seguintes), o ensino do latim era no mínimo obrigatório nas escolas públicas[1]. Como essas eram as escolas que preparavam os alunos para as universidades na época de Lewis, era praticamente impossível – e sempre imprudente – ir para Oxford ou Cambridge sem alguma competência nas línguas pagãs. Lewis, como veremos, adquiriu mais do que uma mera competência nos clássicos antes de ser admitido na University College, Oxford, em 1917.

A maioria das faculdades de Oxford e Cambridge foi fundada quando o latim ainda era o dialeto comum dos filósofos, teólogos e cientistas nas grandes nações europeias; depois da Reforma, no século XVI, o grego passou a ser considerado um idioma necessário a cada ministro do evangelho na Igreja Anglicana. No fim do século XIX, os argumentos mais enfáticos em prol do estudo dos clássicos eram pedagógicos e plutocráticos. O argumento pedagógico sustentava (com grande poder de convicção) que um conhecimento dos grandes poetas da Grécia e de Roma era uma preparação indispensável para o estudo da literatura inglesa, que o antigo cânone fornecia um padrão de excelência mais duradouro do que o vernáculo moderno, e que a prática da tradução para uma língua que não admitia a conversão palavra por palavra obrigava o estudante a refletir sobre seu próprio significado e a enxugar seu texto, eliminando a verborragia de seu pensamento[2]. O fato mesmo de os deuses antigos estarem mortos podia transformar-se em uma vantagem, pois permitia que uma pessoa perscrutasse as teorias políticas e metafísicas de seus partidários com liberdade e distanciamento impossíveis de manter em polêmicas ao vivo. Para o plutocrata, por outro lado, a busca dessa disciplina manifestamente inútil era um testemunho do pertencimento a uma classe que tinha condições de manter seus filhos na ociosidade ao longo da adolescência. Nessa demonstração havia vantagens e orgulho, pois em todas as sociedades os mais passíveis de conseguir um trabalho lucrativo são aqueles que aprenderam a usar dignamente tanto o lazer quanto a riqueza. Contemporâneos maliciosos de Lewis observaram que, embora os professores possam apresentar razões desinteressadas para a perpetuação dos estudos clássicos, os alunos (ou seus pais) eram mais propensos a ser atraídos pelos "cargos com salários consideráveis"[3] que advêm desse venerável saber[4].

Não se pode dizer que a formação de Lewis na literatura greco--romana tenha moldado suas predileções ou limitado sua capacidade de avaliação. Contudo, ele passou a sentir que, em virtude de sua educação formal, ele era filho de uma época diferente daquela à qual a maior parte de seus contemporâneos pertencia. Ao mesmo tempo, sua transição dos clássicos para o inglês* e sua adoção do cristianismo afastaram-no dos depositários da antiga tradição em Oxford, a maioria dos quais via os estudos ingleses como algo a ser feito em períodos de tempo livre, e o cristianismo como uma escola de barbarismo. Por ter sido tanto um incréu quanto um membro da Igreja e por ter dominado tanto as línguas clássicas quanto seu idioma vernáculo, Lewis estava em posição singular para ver que os impérios cristãos que sucederam Roma haviam acrescentado novos clássicos ao latim e, inversamente, para ver que muitas obras da Idade Média ou da Renascença devem sua durabilidade a um resíduo pagão. Não era a decrepitude da literatura antiga, mas o desaparecimento de nossa capacidade de apreciá-la que ele lamentou ao dizer sobre si mesmo em uma famosa conferência: "Não haverá mais muitos dinossauros"[5].

LEWIS E A LEITURA DOS CLÁSSICOS

Não obstante Lewis ter afirmado que em sua primeira escola nunca "pusera os olhos em um autor romano"[6], ele passou dois anos, de 1908 a 1910, fazendo exercícios latinos. Na Malvern College, ele sensibilizou-se com as *Odes* de Horácio, o quarto livro da *Eneida* e as *Bacantes* de

---

*   *English* também tem o sentido de "língua e literatura inglesas como tema de estudos acadêmicos". (N. T.)

Eurípides, mas continuou achando que os deuses gregos eram insípidos quando comparados aos da Europa setentrional[7]. Nas aulas particulares com o docente aposentado William Kirkpatrick, ele aprendeu a pensar em grego, e seu professor declarou que Lewis era "o mais brilhante tradutor de peças gregas que jamais conheci"[8]. Na infância, ele havia lido a *Ilíada* e a *Odisseia* em traduções e, quando começou a se aprofundar no estudo de Homero em grego, declarou que iria "venerá-lo"[9]. Ele leu os dois grandes historiadores Tucídides e Heródoto, o primeiro só para agradar a Kirkpatrick[10], o segundo com verdadeiro deleite[11]. Ainda bem novo, estava familiarizado com os melhores oradores de ambas as línguas, os quais considerava "grandes maçantes"[12]. Na vida adulta, foram os filósofos que mais o interessaram e, como tutor, leu Platão e Aristóteles com eruditos clássicos de renome, como W. R. F. Hardie e J. A. Smith, seus colegas na Magdalen College[13]. Tendo tomado a decisão consciente de ler a *Política* de Aristóteles[14], ele concluiu a tarefa sozinho e entusiasmou-se com uma distinção entre servilidade e obediência em liberdade, que ele usava para explicar os ensinamentos de São Paulo sobre a relação entre o homem e sua mulher[15]. Por outro lado, embora tenha certa vez aderido à doutrina aristotélica de que o objetivo do trabalho consiste em nos tornar predispostos ao lazer, ele passou a ver nisso uma desculpa para a indolência[16]. Em uma de suas poucas observações espontâneas sobre Homero, Lewis compara a *Odisseia* a *The Worm Ouroboros** e a *O Senhor dos Anéis*, juntamente às obras dos poetas irlandeses Yeats e Stephens, como um exemplo de imaginação saudavelmente praticada e isenta de sentimentos artificiais[17]. A admissão da obra em seu círculo de românticos de última hora mostra que Lewis a tinha em alto conceito sobretudo por seus elementos fantásticos, e que ele extraiu aquele infinito prazer da leitura cuidadosa e atenta dessa obra que, para ele, representava a marca mais inquestionável da grandeza na literatura. Em suas cartas, porém, não há nenhum sinal de que ele a tenha retomado tão frequentemente quanto seus textos ingleses

---

*   Romance de Eric Rücker Eddison de 1922. Na tradição alquímica, "O verme de Ouroboros" representa a figura de um animal mítico que engole a própria cauda; outras representações trazem dois animais míticos, um dos quais engole a cauda do outro, e o Ouroboros também é frequentemente representado como uma serpente engolindo o próprio rabo. (N. E. T.)

favoritos, e em nenhuma outra parte de sua obra ele admite tê-la lido com a paixão que habitualmente extraía do estudo dos autores nórdicos.

Autores clássicos na crítica de Lewis

O estudo da literatura medieval e renascentista nos apresenta a um cânone diferente da literatura clássica. Foi em *O sonho de Cipião*, de Cícero, em Lucano, Estácio e Apuleio que Lewis viu os fundamentos da superestrutura medieval – o "Modelo" – por ele delineado em *The Discarded Image*. É no manuseio de obras que ele só se dispôs a ler para sua conversão que Lewis tende a enfatizar aqueles aspectos que, em seus textos apologéticos, ele poderia citar para defender a Igreja das acusações de ignorância e paroquialismo. Assim, ele nos diz que a Idade Média aprendeu com Lucano e Cícero que as regiões antípodas* são habitadas[18] (o que implica, por certo, que o mundo é uma esfera) e que, longe de colocar este planeta e seus habitantes no centro dos desígnios de Deus, a teoria geocêntrica torna a Terra inferior às estrelas móveis em posição, magnitude e pureza de matéria[19]. Lewis mantém que só o cristianismo podia dar origem a uma vívida personificação da Natureza, que não passa de uma silhueta de feminilidade de Estácio e seus precursores[20]: algumas observações sobre a figura da Sabedoria nas Escrituras seriam apropriadas aqui, e também da eloquência que a Natureza tem nas *Enéadas* de Plotino, o seguidor romano da tradição platônica[21]. Esse capítulo de *The Discarded Image* também ilustra a ubiquidade da condenação ao suicídio na moral pagã e cristã[22]; para Lewis, não havia aí nenhum anacronismo e ele tampouco pensava que o pensamento moderno havia necessariamente invalidado até mesmo os ensinamentos de Apuleio sobre a constituição dos espíritos intermediários[23]. Em *The Screwtape Letters* [*Cartas de um diabo a seu aprendiz*], ele adverte que é tão perigoso negar a existência desses seres vizinhos etéreos quanto ter um interesse doentiamente excessivo por eles[24].

O primeiro autor que Lewis designa para o "período seminal" da Antiguidade é Calcídio, um filósofo medíocre do século IV cujo comentário sobre o *Timeu* de Platão geralmente tomava o lugar do original nas bibliotecas medievais[25]. Segue-se a esse texto o comentário

---

*   O termo "antípoda" era comum, apesar de vagamente usado, em referência ao hemisfério Sul como um todo. (N. T.)

de Macróbio sobre *O sonho de Cipião*, uma obra de data e calibre semelhantes, que remonta cada tipo de visão a sua origem[26]. Pseudo--Dionísio* (*c.* 500) é o cristão inconteste dessa época: depois de mencionar a ubiquidade da Tríade no mais fecundo de seus livros, *Celestial Hierarchy*, Lewis reclama da "degradação" dos anjos depois de Milton[27]. Ele reserva sua mais longa paráfrase aos cinco livros da *Consolatio Philosophiae* [*A consolação da filosofia*], tradicionalmente atribuídos ao senador cristão Boécio. Essa exortação à singeleza de coração em meio às vicissitudes, com sua magistral digressão sobre a relação entre tempo e eternidade, foi descrita por Edward Gibbon como "um livro de ouro"[28]; Lewis aprovou a eulógia[29], mas não há nenhum eco dela em sua correspondência. Em geral, os textos clássicos que ele excluiu eram aqueles que se pressupunha serem do conhecimento de todo colegial.

A julgar pelo seu uso frequente de critérios anacrônicos em seus ensaios, Lewis nunca se deu conta de que o leitor de literatura moderna provavelmente terá sido um aluno bem indiferente aos clássicos. Ele ficava escandalizado (como os classicistas ficam ainda hoje) com a incapacidade de seus alunos de literatura inglesa de dominar as regras do sistema de versificação em seu próprio idioma[30]. Depois do julgamento de *O amante de lady Chatterley*, ele apresentou uma série de trechos de autores greco-latinos (sem traduzir o vocabulário que foge ao padrão encontradiço) para mostrar que suas Musas só aprovavam um uso cômico ou satírico dos termos escatológicos aos quais Lawrence tentou atribuir uma função mais elevada[31]. Ele censura o "provincialismo" dos críticos que não conseguem ver que os tropos em Shelley, que eles fazem remontar a Godwin, já se encontram presentes em Platão, Ésquilo e Aristóteles[32]. Ovídio (raramente elogiado por Lewis, mas mencionado mais frequentemente do que qualquer outro autor, à exceção de Cícero e Horácio, em *Studies in Words*) é mencionado sem uma nota introdutória em um ensaio sobre os modelos do *Tróilo e Créssida* de Chaucer, embora pequenos comentários sejam feitos sobre Sidônio Apolinário, Enódio e Venâncio Fortunato[33]. Até mesmo algumas passagens eventuais são matizadas por sua erudição: assim, a sarcástica observação herodotiana

---

*   Pseudo-Dionísio (ou o Areopagita) é o nome pelo qual se conhece o autor de um conjunto de textos que exerceu grande influência sobre a mística cristã na Idade Média. (N. T.)

no final de "Xmas and Christmas"* é um deleite para os classicistas, mas uma frustração para muitos leitores que até o momento estavam pensando em humor, mas não em paródia[34].

Para explicar um símile de Dante, ele pressupõe (convencionalmente, ainda que não inevitavelmente) que Homero é o paradigma do estilo "primevo" da épica, e que o que há em Virgílio é "a imitação pela imitação"[35]. Homero, diz ele, busca os detalhes de um símile por seu próprio prazer, enquanto Virgílio, ao criar os seus, certifica-se de que cada detalhe que não revele similaridade enfatize a dessemelhança contida na comparação. Não havia nada de novo nisso, mas em *A Preface to Paradise Lost* ele reformula os termos da antítese, declarando Homero como o primeiro, mas não natural, e atribuindo a Virgílio uma posição secundária não por excessos artísticos, mas por conta de uma mudança natural de sensibilidade[36]. Os gregos, diz Lewis imprecisamente[37], davam-se por satisfeitos em registrar um grande acontecimento, eram indiferentes à cronologia e nunca associavam a boa ou má sorte de uma cidade a suas origens. Os romanos, por sua vez – e isso é inquestionável –, estavam sempre olhando para além do passado, em busca do primordial, e seus poetas épicos, portanto, viam-se diante do "problema" (como diz Lewis) de combinar a unidade de visão de Homero com a longa perspectiva de uma narrativa cronológica. A solução de Virgílio consistia em colocar em contraponto o presente e o passado ao longo do poema: Eneias é ao mesmo tempo o fugitivo troiano e o fundador de Roma, unindo em uma alma os ganhos e as perdas de seus descendentes e as tribulações de toda a humanidade. Se lhe parece faltar o vigor irrefletido e tridimensional de Aquiles, isso não ocorre pelo fato de Virgílio ser um espírito mais fraco, mas sim porque, embora Aquiles seja um menino que só vive para si próprio, Eneias é um homem que conduz outros homens a seu inevitável destino[38]. Se substituirmos Eneias e Aquiles por Adão e Satã, teremos uma resposta aos que afirmam ser o demônio o verdadeiro protagonista de *Paradise Lost*.

Estudar o universal no particular é diferente da alegoria, que Lewis define em *The Allegory of Love* como uma reificação do abstrato, menos

---

*   As duas palavras significam "Natal". Xmas é usada há séculos em textos cristãos, e nela o X representa um *qui (X)* grego, a primeira letra de χριστός, "Cristo". (N. T.)

apropriada, tanto ao leitor clássico quanto ao moderno, do que o simbolismo, que enobrece ou enriquece os componentes comuns do nosso mundo[39]. O livro não é, em absoluto, uma justificação consistente da alegoria, e até os paliativos são escassos no capítulo que Lewis dedica aos antecedentes clássicos da alegoria. Prudêncio, um poeta cristão do século IV, erigiu um de seus três pequenos épicos, a *Psicomaquia*, em torno de uma batalha entre os vícios e as virtudes pelo domínio da alma. Poucas concepções mostraram-se mais fecundas, mas, na opinião de Lewis, Prudêncio é um poeta medíocre que, por acaso, foi o primeiro a fazer aquilo que, de qualquer maneira, teria sido feito por outrem[40]. Sua obra é prejudicada por sua incapacidade de honrar a lógica de sua própria alegoria: seus combatentes não ganham em integridade o que perdem em vigor, enquanto suas virtudes, até as mais plácidas, são tão belicosas quanto as de seus adversários, e não menos propensas ao sarcasmo. As improprieades de linguagem do poeta cristão não são mais originais do que seus poucos méritos, pois a "tendência" começou com o poeta épico Estácio no primeiro século da Era Cristã[41], e o "declínio da mitologia, tornada alegoria", pode ser observado nos panegíricos de Claudiano, um pagão da mesma época[42]. Lewis escreve mais brevemente, ainda que com não menos causticidade, sobre autores posteriores a Prudêncio que, na melhor das hipóteses, criaram modelos para o "alegorista" que veio depois[43]. Ao mesmo tempo, a "sangria" dos deuses homéricos na Antiguidade tardia não deve ser totalmente lamentada: foi o subproduto de um amadurecimento da teologia do mundo romano, um reconhecimento universal de que nada, além de Deus, é deus. Um cristão só pode louvar com fervor a sublimidade, a solidão, a imutável serenidade do divino; para Lewis, uma única passagem em Homero e outra no "ateu" Lucrécio eram tudo que sobrevivera para mostrar que a poesia clássica podia acolher essa metafísica mais elevada[44].

Lewis sobre o mito

An Experiment in Criticism inclui um capítulo sobre o mito como uma forma perene cuja capacidade de sensibilizar o leitor ou o ouvinte independe de sua roupagem literária. A paráfrase de Aristóteles da *Odisseia* justapõe-se a um relato fragmentário da história de Orfeu e Eurídice, composta, de acordo com Lewis, com as "primeiras palavras de que se pode dispor". Ele declara a primeira muito insípida para nos cativar sem algum novo artifício da parte do autor; a segunda, por outro lado, não perde nada de sua força na sinopse, pois provoca tristeza — não pelas tribulações de algum personagem, mas pela condição humana como um todo[45]. É típico dos mitos, acrescenta ele, ser solene e fantástico, despertar a admiração reverente e abster-se de ferramentas características do romancista, como o suspense e a surpresa. Esse é um gênero em que os gregos parecem ter se sobressaído, pois é neles que Lewis vai buscar quatro de sete exemplos em uma única página[46], e na página seguinte as seis compilações designadas como possíveis mediadores do "mesmo mito" são todas extraídas de fontes clássicas. Aqui, as avaliações de Lewis são tão categóricas que recendem a polêmica. A primeira versão sobrevivente da tragédia de Orfeu é um episódio encontrado no quarto livro das *Geórgicas* de Virgílio: não fosse esse livro uma obra-prima incomparável, não teríamos como saber se outros autores considerariam proveitoso recontar a mesma história. Na época de Virgílio (*c.* 30 a. C.), circulavam dois relatos da aventura, só um dos quais termina inequivocamente com a perda de Eurídice[47]. É possível, portanto, que o final na narrativa de Virgílio teria surpreendido os primeiros leitores; a *Odisseia*, por outro lado, evita o suspense, uma vez que a vitória do protagonista é vaticinada por inúmeros presságios. Tampouco há consenso entre os eruditos se Ulisses é um personagem menos mítico do que Orfeu: os filósofos antigos interpretaram suas andanças como uma parábola das peregrinações da boa alma na Terra, enquanto Robert Graves, cuja obra *Greek Myths* encontra-se entre as antologias citadas por Lewis, coloca a abordagem homérica lado a lado com narrativas que nunca encontraram um patrono literário[48].

Platão teria contestado a concepção de Lewis de que a grandeza das narrativas homéricas encontra-se mais na execução do que no conteúdo: na *República*, Sócrates investe contra o estilo mimético na tragédia e na epopeia, e põe-se a eliminar os vícios da *Ilíada* por meio da substituição de sua narrativa seca, em terceira pessoa[49]. Fica bem evidente que Lewis também está sendo cáustico com Freud ao excluir a história de Édipo de seu inventário de mitos e, em um capítulo mais adiante, negar até mesmo que se trate de uma narrativa plausível. Em um apêndice, ele explica que "não se trata apenas da história de um homem que se casa com sua mãe, e sim de um homem cruelmente destinado a casar-se com a própria mãe, inocente e involuntariamente, em uma sociedade na qual tais casamentos eram considerados abomináveis"[50]. Ora, essa é

O CLASSICISTA

de fato a premissa do argumento de Freud, para quem Édipo personifica desejos que, por serem perigosos, porém universais, são universalmente entranhados no subconsciente. Se Lewis tivesse admitido isso – e poder-se-ia argumentar que a esfinge e Freud estão apenas afirmando a doutrina do pecado original com outra roupagem –, ele teria sido forçado a admitir que Édipo deve sua notoriedade não tanto à arte de Sófocles, mas à perturbação provocada nos espectadores por esses crimes involuntários. Ao mesmo tempo, seja o que for que lhe falte em poder de convicção, sua discussão desse tema em *An Experiment in Criticism* revela sua erudição, pois o trecho de Apolodoro que ele cita para mostrar que os casamentos entre parentes próximos eram vistos pelos gregos como legítimos em algumas sociedades[51] não é algo com que um típico estudante dos clássicos em Oxford teria se deparado, mesmo na busca bem-sucedida de uma aprovação com distinção e louvor.

O USO CRIATIVO DE TEMAS CLÁSSICOS

Lewis escreveu alguns poemas sobre temas clássicos, quase todos imitativos, nenhum deles servil ou intocado por seus pontos de vista enquanto crítico e cristão. "After Aristotle"[52] é uma paráfrase desenvolvida a partir de um poema atribuído ao grande filósofo, cujo primeiro verso é citado em *Till We Have Faces*, quando Orual rememora suas lições de literatura com Raposa*. "Pindar Sang"[53] é um emaranhado de trechos traduzidos do maior poeta lírico da Antiguidade: como fragmentos de obras distintas são intercalados nos momentos em que eles narram os mesmos episódios ou exprimem os mesmos sentimentos, fica difícil separar o original do pastiche criado por Lewis. Em "A Cliché Came Out of Its Cage"[54], Lewis pergunta-se maliciosamente se a ressurreição do paganismo prevista por alguns de seus contemporâneos assumiria a forma de um *Götterdämmerung*** nórdico ou de uma submissão grega aos defensores invisíveis da ordem cósmica. Dois desses defensores, Atena e Deméter, são contrapostos em "Reason"[55] como donzela e mãe,

---

*   Orual é a irmã mais velha de Psique (a irmã mais nova é Redival), e Raposa (Fox) é um escravo grego, tutor das três irmãs. (N. T.)

**   Tradução ao alemão do termo Ragnarök, que, na mitologia nórdica, refere-se à guerra entre os deuses que culminaria no fim do mundo. Também é título da ópera de Richard Wagner (*O crepúsculo dos deuses*), composta entre 1869 e 1874, sendo a quarta parte da tetralogia *O anel do Nibelungo*. (N. E.)

uma representando o poder do intelecto, de origem divina, outra, a imaginação visceral: é só quando essas rivais se tornam um único ser que o poeta pode "dizer, sem reservas, ACREDITO". Na filosofia antiga, Vênus ou Afrodite incorporam o princípio universal do amor que une os elementos e acelera a capacidade procriadora dos animais: esse mito sublimado e o capítulo inicial do Gênesis misturam-se em "Le Roi S'Amuse"[56], de Lewis, em que a ascensão dessa deusa das profundezas é seguida pela ascensão da "inflexível Atena" com um séquito de criaturas fabulosas. Ao tornar a contemplação e o riso os instrumentos da criação, Lewis associa um dos textos mais conhecidos de Platão à filosofia esotérica dos antigos. A traiçoeira fecundidade da imaginação parece ser o tema de "Vitrea Circe"[57], em que a feiticeira da qual se diz ter transformado os marinheiros gregos em animais objeta que ela só os enfeitiçou por permanecerem inocentes de suas paixões até que ela, por sua vez, sucumbiu à paixão obstinada de Ulisses. O protagonista anônimo de "The Landing"[58] segue o Ulisses de Dante e Tennyson ao Ocidente, ainda que transpire que o "verdadeiro e absoluto Ocidente" se encontre para além do ancoradouro pintado que, a princípio, eles consideraram erroneamente como o Éden. Pode ser que eles tenham se esquecido de que o mundo é redondo; pode ser que a visão da Alegria sempre zombará de nossos poderes de aproximação desta Terra.

A primeira obra ficcional mais alentada de Lewis, *The Pilgrim's Regress* [*O regresso do peregrino*], é sua despedida do pensamento e da literatura pagãos. Cada um de seus dez livros é introduzido por uma página de epígrafes. O primeiro de todos é um testemunho de Platão de uma vaga ideia da oculta beatitude da alma[59]. A segunda de três máximas do segundo livro é um trecho em que Platão (ou seu imitador) lamenta a incapacidade de a alma descobrir um objeto digno de suas aspirações[60]. Lewis adiciona uma nota de rodapé, bastante plausível, de que muitos negam a atribuição do texto a Platão; seja ou não genuíno, esse texto, como seu predecessor, exemplifica o que Lewis chamou de presença romântica na filosofia grega. A primeira epígrafe do terceiro livro é um obituário sobre a virtude de Tucídides[61]. No início do quinto livro, Píndaro e Ésquilo nos advertem contra os caminhos funestos[62]. O sexto livro começa com a censura de Aristóteles aos que não conseguem imitar a *megalopsychos*, ou o homem magnânimo, que personifica a mais alta ordem da virtude prática[63]. O sétimo livro tem um prefácio mais longo: um trecho da *Eneida* em que a tripulação de Eneias está tentada a incendiar seus navios e pôr fim à sua lida extenuante, mesmo que isso implique a renúncia a um destino mais elevado[64]. A última epígrafe antiga, no início do oitavo livro, é um conselho de prudência extraído de *Os trabalhos e os dias*, de Hesíodo, um poeta didático que foi contemporâneo de Homero[65]. Nessa sequência, a altiva inquietação dá lugar à virtude espúria, depois à indolência, e o fim de tudo é a aquiescência e uma sabedoria convencional. Quando o protagonista alcança integralmente o objetivo que Platão vislumbrara através das lentes refratárias do mito, uma citação final dele fornece a primeira epígrafe do décimo livro: contudo, ela descreve não a iluminação do filósofo, mas a zombaria de que ele é alvo ao retornar às lides comuns[66]. O uso do latim nos títulos dos capítulos ao longo do livro sugere que Lewis não queria que os clássicos perdessem seu lugar fundamental na educação e na estima do público leitor; ao mesmo tempo, a maioria dessas rubricas deriva de fontes cristãs, e não clássicas, como que insinuando que, como Virgílio podia tirar Dante do Inferno, mas não do Céu, uma instrução clássica não pode desempenhar mais que um papel propedêutico ou subordinado na consumação da busca da alma por Deus. O único personagem cuja fala é entremeada por aforismos latinos (além de ser o único a falar grego) é o sr. Sensato, cuja filosofia, como se vem a descobrir, é "parasitária" e "precária"[67]. Quando, quase no final, o peregrino ladeia a terra de Pagus, ele fica sabendo que seus habitantes pereceram porque insistiram em reproduzir as imagens que deveriam ter usado como indicadores e permitiram que o desejo degenerasse em luxúria[68].

Os mitos greco-romanos raramente estão ausentes das Crônicas de Nárnia, embora o país seja prolífico em náiades, faunos e sátiros. Baco, o deus do vinho, e seu acompanhante Sileno juntam-se ao carnaval de desregramento que se segue à vitória do protagonista em *Prince Caspian*[69] [*As crônicas de Nárnia: Príncipe Caspian*]. O banhista que se transforma em ouro em *The Voyage of the "Dawn Treader"* [*A viagem do peregrino da alvorada*] inverteu o destino de Midas[70]. O asno vestido de leão em *The Last Battle* [*As crônicas de Nárnia: A última batalha*] está representando uma fábula de Esopo, enquanto o assassinato de uma dríade lembra um episódio de Ovídio[71]. O protesto do Professor no mesmo livro – "Está tudo em Platão! Tudo em Platão: valha-me Deus, o que eles lhes ensinam nessas escolas?" – alude a uma passagem de Platão que prevê a translação das almas depois da morte para um mundo no qual tudo o que há de melhor em nós permanece, a não ser pelo fato de que as linhas são mais nítidas e as cores mais intensas[72].

Os motivos clássicos são igualmente raros na ficção científica de Lewis, com exceção de um conto em que um visitante de um estranho planeta não encontra vida, mas sim uma paisagem repleta de figuras petrificadas. Tarde demais, ele percebe a existência de uma presença feminina que cabe ao leitor identificar como a Medusa da última frase, quando "os olhos dele encontram os dela"[73]. Rider Haggard e Andrew Lang, Eurípides e Rupert Brooke são os patrocinadores de outro conto, "Ten Years After", que relata as tribulações de Menelau depois que a queda de Troia o levou a reconciliar-se com sua esposa envelhecida[74].

Lewis e Apuleio

A única adaptação uniforme feita por Lewis de um protótipo clássico é *Till We Have Faces*. A fonte não é um mito (como Lewis definia o termo), mas uma fábula literária que o sofista latino Apuleio insere em seu romance picaresco, *O asno de ouro*. Embora Lewis situe esse livro entre as obras-primas da fantasia em *An Experiment in Criticism*[75], ele também terá encontrado a história de Cupido e Psique em forma de poema em *Earthly Paradise*, de William Morris, em um capítulo do romance *Marius the Epicurean*, de Walter Pater, e em um *tour de force* de versificação, *Eros and Psyche*, dividido em 12 cantos e 365 estrofes, de Robert Bridges, poeta laureado [em 1913] e um dos favoritos do jovem Lewis[76]. Nenhuma dessas interpretações havia revelado o sentido oculto do original, que pode ser assim resumido: Psique (cujo nome significa "alma") é, para Apuleio, uma imitação terrena de Vênus, a deusa da beleza e do amor; é quando o mundo começa a confundir a imagem mortal com seu arquétipo celestial que Vênus encarrega seu próprio filho Cupido, ou Amor, de arranjar a morte da impostora. O deus enamorado, porém, leva-a secretamente para sua própria morada e torna-se seu amante, disfarçando seu rosto e sua identidade. Quando as maldosas irmãs de Psique ficam sabendo de sua felicidade, elas a convencem de que seu amante é um monstro, e Psique resolve pegá-lo de surpresa à noite. Extasiada ante sua beleza, ela o acorda inadvertidamente, o que termina por fazê-la sair errando pelo mundo e cair sob o domínio de Vênus. Ajudada por divindades que se compadeceram de seu infortúnio, ela consegue cumprir uma série de tarefas acima de suas forças e, quando finalmente se reconcilia com seu perseguidor, o nascimento de sua filha Volúpia consolida seu casamento com Cupido.

No original, Vênus talvez represente a inexorabilidade da lei natural a que a alma está submetida nos períodos de encarnação; Cupido representa a beleza do domínio supercelestial (como diz Platão[77]), do qual descem as almas errantes e para onde são proibidas de voltar enquanto não tiveram sofrido o tempo de exílio que lhes foi designado. Tentar apoderar-se prematuramente da beleza significa incorrer em uma segunda queda, depois da qual a alma vivenciará a disciplina como servidão, a natureza como destino. Nesse relato, a alma consegue salvar-se; na revisão de Lewis é Orual, a irmã feia de Psique, que expia seu crime. Na segunda metade do livro ela torna-se rainha, mas oculta suas feições sob um véu, o que leva alguns a lhe atribuírem uma inefável beleza. No original, Cupido é tomado por um monstro porque ocultava sua divindade; Orual, que na versão de Lewis não conseguia ver o palácio que era visível a Psique, é condenada a ver, mas não ser vista. Como Psique significa "alma", é possível interpretar Orual como um emblema do corpo, que obstrui as percepções da alma e tenta levá-la à queda, mas a liberta por arcar com as tribulações que advêm de seu cativeiro neste mundo.

Observações finais

O cristianismo de Lewis estará "todo em Platão?"[78]. Lewis parece conceder a Platão uma insinuação da alegria para além do amor, do transcendente para além do que hoje chamamos de conhecimento. Por outro lado, vimos que em sua obra crítica Lewis nega essa visão incipiente à maioria dos antigos, que em suas cartas ele só exalta sua liderança em assuntos mundanos, e que seu juízo de valor sobre o mundo pagão – alegoricamente expresso em *The Pilgrim's Regress* e simbolicamente em *Till We Have Faces* – é que, por ter se arrastado em uma perpétua adolescência, estava fadado a morrer, finalmente, daquilo que o alimentou. Os Pais da Igreja acreditavam que a cruz assinala um estigma indelével na história humana; mais curioso ainda, portanto, torna-se o fato de que Lewis se limita a uma breve menção a Santo Agostinho em *The Discarded Image*[79], que em seu prefácio a uma tradução de Santo Atanásio ele confesse um escasso conhecimento do grego cristão[80] e que os cristãos medievais por ele citados em latim sejam quase sempre filósofos e poetas, não sacerdotes. É quase como se ele acreditasse que não tivesse havido nenhum Pentecostes para as línguas pagãs, que (ao contrário das línguas vernáculas que as sucederam) estavam destinadas a continuar sendo aquilo em que Homero, Platão e Virgílio as haviam transformado por exortação do Espírito – receptáculos de clareza, mas não instrumentos de luz.

Notas

1. As "escolas públicas", tanto na época de Lewis quanto em nossos dias, eram em grande parte nichos da categoria profissional masculina, embora a maioria de seus estudantes seja financiada por recursos privados. Tanto "escolas públicas" quanto "escolas particulares" constituem parte daquilo que, no Reino Unido, se conhece como "setor independente" em educação, ao contrário do "setor estadual", que é financiado pelo governo por meio do sistema tributário.
2. Cf. E. C. Mack, *British Schools and Public Opinion 1780-1860* (Nova York, Columbia University Press, 1939), p. 172-79.
3. Atribuído ao decano Thomas Gaisford, da Igreja de Cristo, e citado em William Tuckwell, *Reminiscences of Oxford*, 2. ed. (Londres, Smith, Elder, 1907), p. 271.
4. Cf. A. N. Whitehead, *The Aims of Education* (Londres, Benn, 1962), p. 94.
5. "*De Descriptione Temporum*", SLE, p. 14.
6. SBJ, p. 26.
7. SBJ, p. 93.
8. TST, p. 158 n. 1.
9. Carta a Arthur Greeves, 12 out. 1915 (CLI, p. 145).
10. Carta a Arthur Greeves, 12 out. 1915 (CLI, p. 145).
11. Carta a Arthur Greeves, 28 fev. 1917 (CLI, p. 284), 27 jun. 1920 (CLI, p. 498).
12. SBJ, p. 114-18 (sobre Cícero e Demóstenes).
13. AMR *passim*.
14. Carta a Arthur Greeves, 22 jun. 1930 (CLI, p. 909).
15. Carta a Mary Neylan, 18 abr. 1940 (CLII, p. 395), referindo-se a Aristóteles, *A política* 1259a-1260a e Primeira Epístola aos Coríntios II.
16. Carta a Dom Bede Griffiths, 16 jul. 1940 (CLII, p. 422).

17. Carta a Jane Gaskell, 2 set. 1957 (CLIII, p. 881).
18. DI, p. 28, 31, citando Cícero, *Somnium* 20; Lucano, *Pharsalia* 9.877; Dante, *Convivio* 3.5.12.
19. DI, p. 24-25, 32-34.
20. DI, p. 37-39.
21. *Eneida* 3.8.4, examinada superficialmente em SIW, p. 38.
22. DI, p. 25.
23. DI, p. 42-44.
24. SL, p. 9.
25. DI, p. 49-60.
26. DI, p. 60-65.
27. DI, p. 75.
28. Edward Gibbon, *The History of the Decline and Fall of the Roman Empire*, org. J. B. Bury (Londres, Methuen, 1896-1900), IV, p. 201.
29. DI, p. 90.
30. "Metre", SLE, p. 285.
31. "Four-Letter Words", SLE, p. 169-74.
32. "Shelley, Dryden and Mr Eliot", SLE, p. 195, citando Aristóteles, *Ética a Nicômaco* 1169a.
33. "What Chaucer Really Did to *Il Filostrato*", SLE, p. 38-39.
34. "Xmas and Christmas", EC, p. 735-37.
35. "Dante's Similes", SMRL, p. 64-66.
36. PPL, p. 20-51.
37. Ele ignora Políbio, Dionísio de Halicarnasso e vários outros escritores menores.
38. PPL, p. 37-38.
39. AOL, p. 45-46, considerando a teoria das formas de Platão como o primeiro exemplo de simbolismo. Discretamente, Lewis está colocando-se ao lado de Platão contra os poetas ao longo desse capítulo.
40. AOL, p. 67.
41. AOL, p. 48-56, ainda uma das mais iluminadoras críticas de Estácio em inglês, além de uma das primeiras.
42. AOL, p. 74-76.
43. AOL, p. 85 (sobre Fulgêncio).
44. AOL, p. 83, citando Homero, *Odisseia* 6.41ss., e Lucrécio, *De rerum na-*

tura 3.18; cf. 6.68-70.

45. EIC, p. 40-44.
46. EIC, p. 42.
47. Virgílio, *Geórgicas* 4.453-527; Platão, *Simpósio* 179b-c; Eurípides, *Alceste* 357.
48. Robert Graves, *The Greek Myths* (Harmondsworth, Penguin, 1955).
49. Platão, *República* 393c-394a.
50. EIC, p. 142.
51. EIC, p. 162, citando Apolodoro, *Bibliotheca*, org. e trad. J. G. Frazer (Londres, W. Heinemann, 1921) II, p. 373-74.
52. CP, p. 94.
53. CP, p. 29.
54. CP, p. 17.
55. CP, p. 95.
56. CP, p. 37.
57. CP, p. 39, mais pungente do que "Circe: A Fragment", CP, p. 241, anterior e no estilo de Keats.
58. CP, p. 41.
59. PR, p. 27.
60. PR, p. 45, citando Platão, [Letter] 2, 312e-313a.
61. PR, p. 63, citando Tucídides, [*História da*] *Guerra do Peloponeso* 3.83.
62. PR, p. 96, citando Píndaro, *Píticas* 10.29-30 e [Ésquilo,] *Prometeu* 545-48.
63. PR, p. 121, citando Aristóteles, *Ética a Nicômaco* 1124b.
64. PR, p. 143, citando Virgílio, *Eneida* 5.626-35.
65. PR, p. 173, em tradução livre de Hesíodo, *Os trabalhos e os dias* 293-97.
66. PR, p. 221, citando Platão, *República* 516e-517a.
67. PR, p. 109, 112, 113, 115, 120.
68. PR, p. 195-99; cf. Platão, *República* 517c, 596d-597a.
69. PC, p 169-74; cf., p. 136-38.
70. VDT, p. 98-100; cf. Ovídio, *Metamorfoses* 11.142-43.
71. LB, p. 21; cf. Ovídio, *Metamorfoses* 8.770-76.
72. LB, p. 160; cf. Platão, *Fédon* 110b-c.
73. "Forms of Things Unknown", EC, p. 881-88.

74. "After Ten Years", EC 864-81; cf. Eurípides, *Helena*; H. Rider Haggard e Andrew Lang, *The World's Desire* (Londres, Longmans, Green, 1890); Rupert Brooke, "Menelaus and Helen", em *Collected Poems* (Londres, 1916), p. 79-80.
75. EIC, p. 50.
76. William Morris, *The Earthly Paradise: May* (Londres, s.l., 1868); Walter Pater, *Marius the Epicurean* (Londres, s.l., 1865) cap. 5; Robert Bridges, *Eros and Psyche* (Londres, George Bell and Sons, 1885).
77. *Fedro* 247c; cf. também *Simpósio* 180d-181c sobre as duas formas de Afrodite ou Vênus, celestial e pandêmica.
78. Questão exaustivamente abordada por Andrew Walker em "Scripture, Revelation and Platonism in C. S. Lewis", *Scottish Journal of Theology* 55 (2002), p.19-35.
79. DI, p. 49, 50, 107 n., 121 n., 155-56, 168, 175. Ele leu *The City of God* em 1937 (carta a Arthur Greeves, 28 mar. 1937, CLII, p. 214) e discute a relação entre Santo Agostinho e Milton em PPL, p. 66-72.
80. Prefácio a *St Athanasius On the Incarnation of the Word of God*, reeditado como "On the Reading of Old Books", EC, p. 443. Ele leu o livro em grego em 1942 (Letter to Sister Penelope, 29 jul. 1942, CLII, p. 526).

Segunda Parte
O pensador

Sobre as Escrituras
Kevin J. Vanhoozer

Tolle, lege! ("Pegue e leia!")*. Essas palavras monocórdias, entreouvidas ao longe, levaram Santo Agostinho a pegar e ler Romanos 13,13, um acontecimento lecionário que levou à sua conversão ao cristianismo[1]. As diferenças e semelhanças entre Santo Agostinho e C. S. Lewis, ambos leitores vorazes que passaram a ter fé em Jesus Cristo quando já adultos, são muitas e surpreendentes. No que diz respeito às semelhanças, ambos estavam bem familiarizados com as opções filosóficas pagãs de sua época; ambos eram eficientes na arte da retórica antiga, embora nenhum dos dois soubesse hebraico; de início, ambos consideravam o estilo dos textos bíblicos um tanto simplório e inapropriado. Quanto às diferenças, um contraste deverá ser suficiente: enquanto Santo Agostinho sentiu uma forte necessidade de repudiar, como falsos, os mitos gnósticos maniqueus nos quais antes acreditara, a conversão de Lewis levou-o a admitir a história bíblica de Jesus como "mito tornado fato". Essa frase tem desconcertado tanto os críticos quanto os admiradores no que concerne a suas implicações para sua concepção das Escrituras. Ela também tem deixado os evangélicos, talvez o grupo mais responsável pela popularidade de Lewis, em algo como um dilema no que diz respeito às Escrituras, pois os evangélicos interessam-se por "fato", mas fazem soar um alarme acerca de "mito"[2].

Lewis não vivia mergulhado em preocupações com suas credenciais evangélicas ou com a falta delas. Ele não era nem um erudito dos textos bíblicos nem um teólogo profissional, mas um "mero cristão" e um profundo conhecedor da literatura inglesa medieval e renascentista. Era

---

* Em meio a uma crise existencial travada entre seus desejos de transcendência e sua vida pecaminosa, Santo Agostinho pensou ter ouvido uma criança cantar as palavras iniciais deste capítulo. (N. T.)

um pessoa de "livros" antes de tornar-se uma pessoa "do livro"[3]. Embora outros possam reconstituir o modo como sua profissão de fé deu forma a sua obra profissional, o presente ensaio aponta para a direção contrária, indagando de que modo Lewis – o leitor e o erudito – acercou-se da literatura bíblica. É difícil extrair uma "doutrina" das Escrituras a partir de textos ocasionais de Lewis, pois ele estava menos interessado em abordagens críticas das Escrituras, ou em doutrinas sobre elas, do que nas realidades sobre as quais elas nos falam.

Certa vez, uma leitora escreveu uma carta a Lewis explicando suas reservas sobre a Imaculada Conceição, dúvidas confirmadas por alguns membros do clero que estavam sob a influência de certa vertente da crítica bíblica. Sua resposta serve como uma perfeita introdução ao presente capítulo: "*Seu* ponto de partida sobre essa doutrina não será, acredito, compilar as opiniões de clérigos individuais, mas sim ler Mateus, capítulo 1, e Lucas, capítulos 1 e 2"[4]. Com isso, Lewis não pretendia denegrir a tradução da Igreja; em outro texto, ele lhe concede o mais elevado respeito. Contudo, ele considerava a questão da fé cristã demasiado importante para ser deixada aos cuidados dos clérigos ou dos teólogos. Ao contrário, a própria Bíblia, lida com a correta disposição de espírito, constitui uma forma de raciocínio sagrado e imaginativo que orienta e favorece o avanço dos peregrinos em seu caminho.

Entre o fundamentalismo e a crítica bíblica moderna

Lewis reconhecia que a Bíblia era mais que literatura, mas não menos. Como acontece com toda literatura, o objetivo da Bíblia não é chamar a atenção para sua própria originalidade, mas sim expressar uma verdade, bondade e beleza provenientes de qualquer outro lugar. Lewis distanciou-se rapidamente tanto dos fundamentalistas quanto dos críticos bíblicos modernos, pois eles não chegavam às Escrituras dispostos a ouvir o que Deus estava dizendo através da literatura e dos mitos bíblicos.

Lewis não tinha escrúpulos em chamar de "mitos" tanto a queda de Adão quanto as histórias de Jó ou de Jonas: "um tipo específico de narrativa que tem valor em si mesma – um valor independente de sua incorporação a qualquer obra literária"[5]. Os mitos são, portanto, "extraliterários" – relatos ornamentados com cenas "daquilo que *pode ter sido* o fato histórico"[6]. Eles se dirigem basicamente à imaginação, e

SOBRE AS ESCRITURAS

não ao intelecto, e são intermediários, nas palavras de Cunningham, de uma "apreensão não conceitual imediata da realidade"[7]. Não são todas as histórias que podem assumir proporções míticas, mas só aquelas que nos fazem sentir "como se alguma coisa de grande importância nos tivesse sido comunicada"[8]. Lewis teve um caso de amor com o mito ao longo de toda a sua vida: "Tenho o mais profundo respeito até mesmo pelos mitos pagãos, e mais ainda pelos mitos das Escrituras Sagradas"[9]. De fato, sua conversão coincidiu com o momento em que ele passou a acreditar que a história de Jesus era um mito *verdadeiro*: mito transformado em fato[10].

A concepção das Escrituras de Lewis é inseparável de sua concepção do mito. Os cristãos devem "ao mesmo tempo acatar os fatos históricos e acolher o mito (ainda que tornado fato) com a mesma aceitação imaginativa que atribuímos a todos os mitos"[11]. Portanto, ele se diferenciava dos fundamentalistas que perdem o mito (sua imaginação) e dos críticos bíblicos modernos, que eliminam a "transformação (da história) em fato"[12]. Ele aponta suas armas para estes últimos em um ensaio de 1959, escrito no auge da desmitologização, quando comenta maliciosamente que, a despeito do que os teólogos liberais modernos possam ser enquanto grandes conhecedores da Bíblia, eles não são *críticos*: "Parece-me que eles carecem de juízo crítico-literário, que não percebem a qualidade mesma dos textos que leem"[13]. Eles afirmam ver as sementes de samambaia, mas não se dão conta do elefante na sala do texto. Rudolf Bultmann, por exemplo, afirma que o Novo Testamento é indiferente à personalidade de Jesus, ainda que o Jesus "da sagacidade do camponês, de intolerável severidade e irresistível ternura"[14] sobressaia a todos os outros personagens da literatura ocidental. Não é preciso ser um crítico bíblico profissional, mas um simples historiador da literatura, para saber que os Evangelhos não devem ser interpretados como lendas.

Lewis desaprova o esnobismo cronológico dos críticos bíblicos – o pressuposto implícito por trás de cada nova teoria de que todos os intérpretes anteriores estavam errados – e seu pressuposto de que milagres não acontecem, nem podem acontecer: "a rejeição, como a-históricas, de todas as passagens que narram milagres, é sensata se partirmos do conhecimento de que, em geral, o miraculoso nunca ocorre"[15]. Ele vai para a jugular da crítica ao demonstrar a alta improbabilidade de as tentativas da crítica das fontes e da crítica formal reconstruírem a gênese dos textos examinados. Seu ceticismo acerca dessas reconstruções críticas foi alimentado pela experiência repetida de ver críticos de sua própria época falharem tão ostensivamente em descobrir o histórico da composição de seus próprios textos: "Esses críticos [...] têm todas as vantagens das quais os eruditos modernos carecem em sua abordagem das Escrituras [...] Apesar disso, quando eles nos dizem como os livros foram escritos, estão todos absolutamente errados! Depois disso, que possibilidade pode haver de que qualquer especialista moderno possa determinar como Isaías ou o Quarto Evangelho [...] vieram a existir? [...] Eles desconhecem o *cheiro*, como o conhecem os verdadeiros críticos, a diferença em mito, em lenda e um pouco de reportagem primitiva"[16]. Os críticos estão olhando *para* os textos, mas não *ao longo* deles, para invertermos uma frase lewisiana[17]. Talvez possamos respeitar seu saber, mas não seu juízo de valor[18].

Contudo, no que diz respeito aos fundamentalistas, Lewis também não poderia fazer nem uma coisa nem outra; quase no fim de seu ensaio, ele afirma claramente: "Não somos fundamentalistas"[19]. Ele admite, por exemplo, que passagens verbalmente quase idênticas, como muitas nos Evangelhos sinópticos, não podem ser independentes; por conseguinte, um pouco de crítica da redação* não pode configurar nenhum perigo. Sua principal preocupação com os fundamentalistas, porém, é essencialmente a mesma que o preocupa em relação aos críticos modernos: *nenhuma das partes demonstra bom senso literário*. No que diz respeito à identificação dos gêneros literários, são todos atabalhoados. Ao discutir esse ponto de vista com um correspondente, Lewis explica:

> Minha posição não é fundamentalista, se fundamentalismo significa aceitar, como ponto de fé inicial, a proposição de que "Toda afirmação na Bíblia é absolutamente verdadeira nos sentidos literal e histórico". De imediato, isso não funcionaria no caso das parábolas. Na mesma medida, todo senso comum e entendimento geral de gêneros literários que proibiriam qualquer

---

* Teoria segundo a qual diferentes copistas e comentaristas dos primeiros textos bíblicos embelezaram e alteraram esses textos ao longo de toda a história judaico-cristã, fazendo com que parecessem mais milagrosos, inspirados e legítimos. O trabalho da crítica da redação é fazer a análise desses textos, tentando evidenciar as alterações feitas pelos redatores. (N. T.)

SOBRE AS ESCRITURAS

pessoa de considerar as parábolas como afirmações históricas, levados muito pouco além, nos obrigariam a distinguir entre (1.) livros como os *Atos* ou o relato do reino de Davi que, por toda parte, formam harmonicamente uma história e uma geografia conhecidas, além das genealogias (2.) livros como o de *Ester* ou *Jonas* ou *Jó* que, ao contrário, lidam com personagens desconhecidos que vivem em períodos não especificados, e *proclamam*, sem rodeios, sua condição de ficção sagrada[20].

Tanto o fundamentalismo quanto a crítica bíblica moderna falam, equivocadamente, "sobre" as Escrituras, mantendo-as, desse modo, a uma distância segura, em vez de experimentar, dos pés à cabeça, a realidade à qual elas servem como meio e agente. Uma das virtudes particulares do mito é o fato de ele chegar o mais próximo possível de experimentarmos como concreção aquilo que, em outras circunstâncias, só pode ser compreendido como abstração"[21]. Tanto o fundamentalista como o crítico tentam, cada um a seu modo, extrair a verdade da realidade. No processo, cada qual deixa a realidade *da qual trata a verdade* escorregar-lhe por entre os dedos – duas espécies diferentes de leitores inaptos, cada um deixando cair "o Peixe sagrado"[22]*.

TRADUÇÕES

Assim como os textos bíblicos são intermediários da verdade, as traduções da Bíblia são, a seu próprio modo, "transposições" de um meio mais elevado (o original) para um meio inferior (o vernáculo da vida cotidiana)[23]. Lewis era muito favorável a buscar traduções atualizadas da Bíblia e lamentava a ligação de seus compatriotas à prosa venerável, mas frequentemente antiquada e às vezes ininteligível, da Versão Autorizada (do rei Jaime). A linguagem da Bíblia não deveria criar um obstáculo entre seu tema e o leitor. Todavia, quando seus pronomes "tu" e "vós" evocam cerimônias eclesiásticas solenes em vez

---

*   O peixe tornou-se importante entre os primeiros cristãos talvez devido a uma tradição síria, mas também pela palavra grega *ichtus* (peixe); cada uma das cinco letras é tida como a inicial de palavras, por exemplo, como "Iesus Christos, Theou Uios, Soter" ("Jesus Cristo, filho de Deus, Salvador"). Há outros simbolismos também: o peixe é um alimento que o Cristo ressuscitado comeu, transformando-se no símbolo do alimento eucarístico, geralmente ao lado do pão. (N. T.)

de realidades históricas, as palavras tornam-se um obstáculo. Lewis quer nos fazer crer que a Bíblia não foi escrita em estilo empolado. Ao contrário: "A mesma humildade divina que determinou que Deus deveria tornar-se um bebê no seio de uma camponesa e, mais tarde, um pregador entre os campônios que seria preso pela polícia romana, determinou também que Ele deveria ser proclamado em prédicas em uma linguagem vulgar, prosaica e não literária"[24]. Há um aspecto pastoral nas meditações de Lewis. A beleza da linguagem da Versão Autorizada pode obscurecer nossa apreciação do que nela se diz: "é possível que apenas suspiremos em tranquila veneração quando deveríamos estar ardendo de vergonha, emudecidos de terror ou extasiados por esperanças e adorações arrebatadoras"[25].

Que tipo de influência exerce a Versão Autorizada? Em primeiro lugar, trata-se de uma fonte: "Uma Fonte nos oferece coisas sobre as quais escrever; uma Influência nos estimula a escrever de determinada maneira"[26]. A Bíblia é uma fonte importante de boa parte da literatura inglesa, embora a grande influência tenha sido o conteúdo da Versão Autorizada, e não seu estilo. Lewis também admite um impacto estritamente literário, mais visível no modo como a Versão Autorizada deixou vestígios no vocabulário inglês. Contudo, o fato de que Lewis se preocupa mais com a influência da substância que do estilo evidencia-se em sua observação sobre John Bunyan: "Sem a Bíblia, ele certamente não teria escrito *Pilgrim's Progress*, pois sua mente teria sido profundamente diferente; seu estilo, porém, poderia muito bem ter sido o mesmo sem a Versão Autorizada"[27].

O objetivo de uma boa tradução é preservar o máximo possível do original. Palavras e gêneros literários são os meios, não a substância; a literatura da Bíblia só continuará a ter impacto quando seu tema sagrado for reconhecido. Estritamente falando, "a Bíblia como literatura" não existe: "Ora, o Novo Testamento não tem absolutamente nada a nos dizer sobre literatura"[28]. Quando a Igreja reuniu os diferentes escritos e os transformou no cânone, ela não tinha nenhum princípio literário em mente, apenas o desejo de ouvir a palavra de Deus e assimilar a mente de Cristo.

Lewis olhava de soslaio para a nova tendência de ensinar "a Bíblia como literatura". Aquilo que pode parecer o "segundo advento" da Bíblia na cultura ocidental, depois de seu primeiro advento como escritura sagrada, parecia a Lewis um falso movimento: "os que leem a Bíblia como literatura não leem a Bíblia"[29]. Em uma época secular com pouco gosto pelo transcendental, histórias como as de Moisés e da Sarça Ardente têm pouco encanto: "A menos que as afirmações religiosas da Bíblia sejam novamente reconhecidas, creio que suas afirmações literárias serão apenas objeto de louvor da boca para fora, e que não durarão muito. Porque se trata, em todos os sentidos, de um livro sagrado"[30]. A natureza inflexivelmente teológica de sua temática exclui uma abordagem meramente estética: "Só podemos lê-la como literatura mediante um *tour de force*. Você está cortando a madeira contra o sentido da fibra, usando a ferramenta com uma finalidade para a qual ela não foi criada... Prevejo que, no futuro, ela voltará a ser lida como sempre foi, quase exclusivamente pelos cristãos"[31].

Lewis sustentava que para a literatura em geral, mas talvez para as Escrituras em particular, tanto o autor quanto a linguagem do autor não são mestres, porém ministros do tema do texto. Os profetas e os apóstolos não tinham nenhum desejo de ser criativos ou originais, mas apenas de permitir que sua imaginação e seus pensamentos se tornassem cativos da realidade de Cristo: "um autor nunca deve pensar em si mesmo como alguém que dá vida a coisas belas ou sábias que não existiam antes; ele deve, única e exclusivamente, tentar expressar, em termos de sua própria arte, alguma reflexão de Beleza e Sabedoria eternas"[32].

A REVELAÇÃO MITOPOÉTICA DAS ESCRITURAS

Lewis nunca expôs de modo explícito uma "doutrina" das Escrituras em suas obras publicadas, embora ele explique como entende que a Bíblia é a palavra de Deus em um breve capítulo de *Reflections on the Psalms*. Também há discussões importantes em suas cartas, sobretudo em resposta a evangélicos ávidos por cooptá-lo para sua causa. Contudo, o próprio Lewis valoriza claramente a "linguagem básica" da fé – o mito sagrado tornado fato – mais do que articulações teológicas de segunda ordem. As formulações doutrinárias extinguem-se com o tempo, mas o mito-tornado-fato permanece para sempre.

Conhecemos Deus, diz Lewis, porque Ele tomou a iniciativa de tornar-se conhecido. Para ser exato: Deus optou por ser "mitopoético": revelar-se por meio de metáforas e mitos – histórias sobre atos poderosos, sangue derramado, morte e renascimento. A Bíblia nos dá uma amostra da realidade de Deus por meio de sua história de Jesus Cristo, que é da natureza do mito[33].

Em uma carta escrita em 1931, bem pouco antes de sua conversão, Lewis explica como ele estava começando a ver os Evangelhos como "mito de Deus": "As 'doutrinas' que extraímos do verdadeiro mito são certamente menos verdadeiras; são traduções de nossos conceitos e ideias daquilo que Deus já expressou em linguagem mais adequada, a saber, a Encarnação, Crucificação e Ressurreição verdadeiras"[34]. O mito tornado fato de Jesus Cristo é simplesmente o fim de uma longa pedagogia mítica divina que inclui boa parte do Velho Testamento:

> Em geral, o mito não é apenas história mal compreendida [...] nem ilusão diabólica [...] nem mentira sacerdotal [...]; em seu melhor aspecto, trata-se de um vislumbre real, ainda que desfocado, da verdade divina recaindo sobre a imaginação humana. Como outros povos, os hebreus tinham sua mitologia: contudo, como eles eram o povo escolhido, sua mitologia era a mitologia escolhida – a mitologia escolhida por Deus para ser o veículo da mais antiga verdade sagrada, o primeiro passo daquele processo que termina no Novo Testamento, onde a verdade tornou-se completamente histórica[35].

Lewis apresenta uma única variação mítica do tema da revelação progressiva: "Se você tomar a Bíblia como um todo, perceberá um processo no qual alguma coisa que, em seus níveis mais primitivos [...] dificilmente se poderia considerar como moral e, em certos aspectos, não diferia muito das religiões pagãs, é gradualmente depurada e iluminada até se transformar na religião dos grandes profetas e do Próprio Nosso Senhor. Todo esse processo é a maior revelação da verdadeira natureza de Deus"[36].

A INSPIRAÇÃO DAS ESCRITURAS

No que diz respeito à inspiração da Bíblia – o modo como ela é ao mesmo tempo humana e divina –, Lewis admite alguma ambivalência. O fundamental é aquilo que a Bíblia diz; em comparação, o que dizemos sobre a Bíblia é secundário[37]. Contudo, ainda que a teoria da inspiração tenha sido um tanto indiferente para ele, o fato da inspiração não o foi: "Acredito plenamente que a operação geral das Escrituras seja a transmissão da Palavra de Deus ao leitor (que também precisa da inspiração Dele) que a lê com a devida disposição de espírito"[38].

SOBRE AS ESCRITURAS

As próprias Escrituras refutam a ideia de determinação arbitrária. São Paulo faz distinção entre o que ele diz "sobre si mesmo" e o que "o Senhor" diz, embora ambas as coisas pertençam às Escrituras. Pelo menos em uma ocasião, Lewis soa neo-ortodoxo: "A verdadeira palavra de Deus é o próprio Cristo, e não a Bíblia. Lida com imparcialidade e orientação de bons mestres, a Bíblia nos conduzirá a Ele"[39]. Essa impressão de que Lewis tem uma dívida a saldar, talvez ao nome proeminente na teologia moderna, é, porém, enganosa: "Nunca li Barth, pelo menos não que eu me lembre"[40].

Não obstante, alguns poderão identificar sugestões quase barthianas quando Lewis equipara a inspiração bíblica com a Encarnação: "Eu mesmo penso nela como análoga à Encarnação – que, como em Cristo uma alma e um corpo humanos são insuflados e transformados no veículo da Deidade, assim também nas Escrituras inúmeras lendas, histórias, ensinamentos morais etc. são assumidos e transformados no veículo da Palavra de Deus"[41]. Em ambos os casos, Deus eleva um veículo criatural*, santificando-o como um veículo de sua atividade autocomunicativa: "Portanto, alguma coisa natural – o tipo de mito que é encontrado na maioria das nações – terá sido elevada por Deus acima de si mesma, qualificada por Ele e por Ele obrigada a servir a fins que, por si própria, não teria servido"[42]. Todas as formas literárias bíblicas, portanto, foram "colocadas a serviço da palavra de Deus"[43]. Lewis opina: "Se cada dom virtuoso e perfeito provém do Pai das Luzes, então todos os escritos verdadeiros e edificantes, nas Escrituras ou não, devem ser, *em algum sentido*, inspirados"[44]. Um comentarista chama a posição de Lewis sobre as Escrituras de "inspiração literária": "Para entender as Escrituras, devemos olhar para além da linguagem em que são representadas [...] Respondemos não à Bíblia *per se*, mas às realidades transmitidas através da Bíblia pelo poder do Espírito Santo"[45].

Portanto, os livros da Bíblia têm histórias naturais, embora seus autores também tenham estado sujeitos a diferentes tipos de "pressão divina". Em última instância, Deus orienta a composição da Bíblia, mesmo quando as "qualidades humanas das matérias-primas transparecem claramente"[46]. Na verdade, "sempre será possível ignorar o progresso

---

* Isto é, "que tem atributos de criatura". No contexto especificamente literário, cf. o conceito de "realismo criatural" em *Mimesis*, de Erich Auerbach. (N. T.)

e não ver nada além do que é inferior"⁴⁷. Todavia, para os que têm olhos para ver e ouvidos para ouvir, a literatura da Bíblia é o veículo da palavra de Deus⁴⁸. As Escrituras "conduzem" a Palavra de Deus, mas nós as recebemos assim "não por seu uso como uma enciclopédia ou uma encíclica, mas adentrando seu tom ou sua índole e, assim, assimilando sua verdade geral"⁴⁹. De fato, não somos fundamentalistas⁵⁰.

Autoridade e interpretação

Então, onde fica Lewis em comparação aos outros cristãos no que diz respeito à questão da verdade bíblica? Ele ocupa aquele território disperso entre os fundamentalistas e os críticos modernos, que é contíguo, porém não coincidente, com o evangelismo.

As Escrituras têm autoridade suprema em questões de fé e prática para Lewis particularmente porque, quando consideradas em sua totalidade e devidamente interpretadas, são verdadeiras: "Considero um princípio essencial que não interpretemos nenhuma parte das Escrituras de modo a fazê-la entrar em contradição com outras partes"⁵¹. Por exemplo, o niilismo do Eclesiastes nos dá uma imagem fria da vida sem Deus: "Essa afirmação é, em si mesma, parte da palavra de Deus"⁵². Portanto, o pensamento cristão deve estar de acordo com as Escrituras, como Lewis insinua em carta a um amigo: "Sim, Pascal contradiz expressamente várias passagens das Escrituras e deve estar errado"⁵³. Contudo, "não devemos usar a Bíblia (nossos pais o fizeram com demasiada frequência) como um tipo de enciclopédia com base na qual os textos (fora de seu contexto e lidos sem atenção à natureza e à intenção integrais dos livros nos quais ocorrem) possam ser tomados para serem usados como armas"⁵⁴.

Lewis nunca considerou nenhuma narrativa a-histórica "simplesmente pelo fato de ela incluir o miraculoso"⁵⁵. Se ele questionava a exatidão histórica e científica absoluta das Escrituras, não era por duvidar da capacidade de Deus falar a verdade ou fazer aquilo que o texto dizia que Ele havia feito – na verdade, Lewis assim procedia por não estar convencido de que todo texto bíblico fizesse afirmações históricas e científicas. A verdade de uma narrativa alegórica como as parábolas de Jesus, por exemplo, não depende do caráter fatual dos eventos ali narrados. Em seu apego à verdade histórica, os evangélicos conservadores preocupam-se tanto com coisas insignificantes que às vezes não conseguem ver as coisas maiores à sua frente.

SOBRE AS ESCRITURAS

Lewis situa-se na companhia de São Jerônimo, que observou que Moisés descreveu a criação no Gênesis "à maneira de um poeta popular", e de Calvino, que questionava "se a narrativa de Jó era história ou ficção"[56]. Lewis considera que essa narrativa não tem vínculos com a história simplesmente porque é impossível *interpretá-la* ou *senti-la* como tal: ela começa sem nenhuma genealogia, transcorre em um país sobre o qual a Bíblia não terá mais nada a dizer e diz respeito a um homem que não tem nenhuma ligação com a história de Israel. Lewis conclui: "De maneira muito óbvia, o autor escreve como um novelista, não como um historiógrafo"[57]. Talvez preferíssemos que nossa Bíblia fosse história ou teologia sistemática linear, ou mesmo ciência – "alguma coisa que pudéssemos computar e memorizar, e em que pudéssemos confiar, como uma tabuada"[58] –, ainda que, tendo em vista que não foi isso que Deus fez, seria melhor usar essas formas literárias, por mais despretensiosas que pareçam.

Aquilo que frequentemente se costuma ver como erro da Bíblia talvez seja, na verdade, erro de interpretação[59]. Além do mais, nem toda afirmação nas Escrituras precisa ser historicamente verdadeira, pela simples razão de que nem toda afirmação alega ser histórica. Isso fica claro em uma carta particularmente importante sobre as Escrituras, enviada a Clyde Kilby. Lewis escreve que a questão "Será Rute histórica?" nem mesmo lhe ocorre quando ele está lendo, e que ela agiria sobre ele como a palavra de Deus mesmo que não fosse: "Todas as Escrituras Sagradas foram escritas para o nosso aprendizado. Aprendizado *do quê*, porém? Eu deveria pensar que o valor de algumas coisas (por exemplo, a Ressurreição) dependeria do fato de terem ou não acontecido: mas o valor de outras (por exemplo, o destino da mulher de Lot) não entra de modo algum nesse raciocínio. As coisas cuja historicidade é importante são, como a vontade de Deus, aquelas em que esse valor é claro e simples"[60].

Nem toda afirmação nas Escrituras deve ser verdadeira ou inspirada da mesma maneira. Portanto, Lewis exclui o ponto de vista segundo o qual "qualquer passagem isoladamente considerada pode ser tida como infalível exatamente no mesmo sentido de qualquer outra: por exemplo, que o tamanho dos exércitos no Velho Testamento [...] é estatisticamente correto porque a história da Ressurreição é historicamente correta"[61]. Erros sobre fatos de menor importância existem, embora devamos ter em mente "que nossa atenção moderna e ocidental a datas, números etc. simplesmente não existia no mundo antigo. Ninguém estava em busca *desse* tipo de verdade"⁶². De fato, "o *tipo* específico de verdade que frequentemente exigimos, em minha opinião, nunca foi sequer levado em consideração pelos Antigos"⁶³. E esse é o ponto central. Na melhor das hipóteses, a infalibilidade sem a interpretação certa é uma vitória de Pirro.

É mais importante ler a Bíblia corretamente do que saber coisas "sobre" ela: "O que lhe é transmitido pelo mito não é a verdade, mas a realidade (a verdade é sempre *sobre* alguma coisa, mas a realidade é aquilo *sobre o que* a verdade diz respeito)"⁶⁴. A doutrina da infalibilidade não ensina ninguém a experimentar e perceber que o Senhor é bom. Em última análise, é preciso ser o tipo de leitor capaz de receber o que está escrito e deixar-se perder em amor, virtude e busca do entendimento da questão do texto bíblico. Pegar o "peixe sagrado" não é necessariamente a mesma coisa que afirmar a historicidade do grande peixe que engoliu Jonas: "Para mim, todo o *Livro de Jonas* tem algo de uma fábula moral, um *tipo* de coisa muito diferente, digamos, do relato de K. David ou das narrativas do Novo Testamento – *desvinculada*, ao contrário desses textos, de qualquer situação histórica"⁶⁵. A leitura crítica correta – isto é, aquela que *acredita* – "revela diferentes *tipos* de narrativa na Bíblia", de onde se infere que seria "ilógico concluir que esses diferentes tipos devam ser lidos da mesma maneira"⁶⁶.

Em uma frase que ficou famosa, certa vez Lewis afirmou que ou Cristo é o que ele afirmava ser, ou que não passa de um mentiroso ou lunático⁶⁷. Curiosamente, ele deixa de apresentar argumentos semelhantes sobre os profetas e apóstolos, isso a despeito de suas frequentes afirmações de que não falam por si mesmos, mas com base na autoridade divina. Ainda assim, tudo que Lewis diz sobre a Bíblia nos estimula a ler seus autores de uma maneira que não os transforme em mentirosos ou lunáticos, mas sim em homens que, pelo Espírito Santo, pregaram o Evangelho e revelaram coisas que os próprios anjos desejariam contemplar (Primeira Epístola de São Pedro, 1,12).

Conclusão: reencantamento do pensamento bíblico

Olhar "pontualmente" para a concepção das Escrituras de Lewis em vez de considerá-la em sua abrangência é uma estratégia tão equivocada quanto a tendência dos críticos que veem as Escrituras dessa mesma maneira. Isso porque Lewis estava menos interessado em formular uma doutrina das Escrituras do que em tentar ver, através delas, as verdades e os mistérios da fé. A Bíblia é o veículo por meio do qual os seres humanos experimentam e veem a bondade divina, o poder do Evangelho. Como tal, o engajamento com as Escrituras pressupõe o envolvimento integral do ser – todo o conjunto das capacidades cognitivas, volitivas e afetivas: "A coisa mais valiosa que os Salmos fazem por mim é expressar o mesmo deleite com Deus que fez Davi dançar"[68]. Lewis quer se apropriar de cada pensamento e inspiração cativos da palavra de Deus sobre o homem-criado-por-Deus.

Lewis era habilitado como professor de filosofia e um teólogo amador de vasta leitura, mas, em última instância, nem a filosofia nem a teologia dominaram sua vida e seu pensamento. Não, a reformulação da vida e do pensamento que o cristianismo requer não aconteceu com Lewis somente por meio da argumentação lógica, mas sim "por ele ter sua vida mental formada e ajustada ao fluxo da literatura [secular] e àquilo de que ela trata [...], por um lado, e ao Novo Testamento e àquilo de que ele trata, por outro"[69].

O que Lewis nos oferece não é uma nova doutrina das Escrituras, mas uma nova maneira de pensar biblicamente, um novo modo de entender o que significa ser *bíblico*. Lewis expressa profunda aversão pelas duas vertentes interpretativas – a fundamentalista e a liberal –, na medida em que elas deixam de ler a Bíblia com a devida sensibilidade literária. Lewis se preocupava com coração, mente e alma mais com a substância do Evangelho – a coisa em si, do modo como ela nos serve inextricável e irredutivelmente de mediadora por meio da literatura da Bíblia em toda a sua diversidade de gêneros – do que com qualquer teoria de inspiração bíblica ou escola crítica.

Para Lewis, a interpretação das Escrituras é uma questão de lermos a Bíblia toda com todo o nosso ser. Porque a Bíblia é muito mais do que "mera" literatura: "Os que falam em ler a Bíblia 'como literatura' às vezes querem dizer, imagino, lê-la sem atentar para o que nela há de mais importante; como ler Burke sem nenhum interesse pela política, ou ler a *Eneida* sem nenhum interesse por Roma"[70]. Da perspectiva teológica individual, ser bíblico significa ser racional, não de maneira única e unívoca – aquela maneira em que o Iluminismo repousa –, mas analogicamente, refletindo sobre o tema das Escrituras em todas as suas diferentes modalidades literárias. Ler as Escrituras com fé não significa reempacotar o discurso de primeira ordem da Bíblia nos termos teóricos de segunda ordem, mas receber "uma extensão imaginativa"[71] de nosso ser quando as palavras e os mundos do texto bíblico adentram nosso mundo com inspiração e encantamento. *Tolle, lege!*: pegue, leia (com sensibilidade literária) e seja transformado.

Notas

1. Para um relato completo, cf. Santo Agostinho, *Confissões*, livro 8.
2. Cf., por exemplo, Duncan Sprauge, "The Unfundamental C. S. Lewis: Key Components of Lewis's View of Scripture", *Mars Hill Review*, 2 maio 1995, p. 53-63; Lyle W. Dorsett, *Seeking the Secret Place: The Spiritual Formation of C. S. Lewis* (Grand Rapids, MI, Brazos Press, 2004), cap. 3.
3. David Lyle Jeffrey descreve Lewis como "mais um leitor do que um crítico": o leitor é um servo do texto e está comprometido com a recuperação das intenções do autor; o crítico é juiz e senhor do texto. Nesse sentido, Lewis *lê* a Bíblia "como qualquer outro livro" ("C. S. Lewis, the Bible, and Its Literary Critics", *Christianity and Literature* 50 (2000), 95-109). Contudo, Clyde S. Kilby escreve: "Seria um grave erro inferir [...] que Lewis considerava a Bíblia apenas como mais um bom livro. Ele se refere muitas vezes à Bíblia como 'As Escrituras Sagradas', assegura-nos que ela é portadora da autoridade de Deus, faz uma distinção bem marcada inclusive entre o cânone e os apócrifos, insiste na confiabilidade histórica do Novo Testamento em particular e frequentemente nos assegura de que devemos 'voltar à nossa Bíblia', inclusive em busca do sentido exato de suas palavras" (*The Christian World of C. S. Lewis* (Grand Rapids, MI, Eerdmans, 1968), 156).
4. Carta a Genia Goelz, 13 jun. 1959 (CLIII, p. 127).
5. EIC, p. 41.
6. POP, p. 64 n. 1.
7. Richard B. Cunningham, *C. S. Lewis: Defender of the Faith* (Filadélfia, Westminster Press, 1967), p. 74: cf. também p. 87-102.
8. EIC, p. 44.
9. POP, p. 59.
10. "Myth Became Fact", EC, p. 138-42.
11. "Myth Became Fact", EC, p. 141.
12. Cunningham comenta que a hermenêutica bíblica de Lewis é "uma estranha hibridização que satisfaz plenamente muito poucas pessoas" por

SOBRE AS ESCRITURAS

combinar, como faz, a crença em milagres com a disposição de afirmar tanto os elementos míticos quanto os históricos (*C. S. Lewis*, 84).

13. "Modern Theology and Biblical Criticism", reimpresso como "Fern-Seed and Elephants", EC, p. 242-54. Cf. também SL, p. 116-20 (carta 23).
14. "Fern-Seed and Elephants", EC, p. 246.
15. "Fern-Seed and Elephants", EC, p. 247.
16. Carta a Francis Anderson, 23 set. 1963 (CLIII, p. 1459).
17. "Meditation in a Toolshed", EC, p. 607-10.
18. Cunningham comenta que, embora Lewis ofereça um meio-termo entre crítica radical e literalismo*, sua "recusa em familiarizar-se com a crítica bíblica séria é quase indesculpável" (*C. S. Lewis*, 94).
19. "Fern-Seed and Elephants", EC, p. 252.
20. Carta a Janet Wise, 5 out. 1955 (CLIII, p. 652-53).
21. "Myth Became Fact", EC, p. 140.
22. ROP, p. 100. Mark Edwards Freshwater queixa-se de que, a despeito de toda sua obra apologética, Lewis nunca ofereceu a base necessária para sua afirmação de que o Evangelho é "mito tornado fato" (*C. S. Lewis and the Truth of Myth* (Lanham, MD, University Press of America, 1988), 126).
23. "Transposition", EC, p. 267-78.
24. "Modern Translation of the Bible", EC, p. 473. Para as opiniões de Lewis sobre as traduções inglesas da Bíblia nos séculos XVI e XVII, cf. EL, p. 204-15.
25. "Modern Translations of the Bible", EC, p. 473.
26. "The Literary Impact of the Authorised Version", SLE, p. 133.
27. "The Literary Impact of the Authorised Version", SLE , p.140.
28. "Christianity and Literature", EC, p. 411.
29. "The Literary Impact of the Authorised Version", SLE, p. 142.
30. "The Literary Impact of the Authorised Version", SLE, p. 144.
31. "The Literary Impact of the Authorised Version", SLE, p. 144.
32. "Christianity and Literature", EC, p. 416.
33. Cf. sua carta a Gracia Bouwman, 19 jul. 1960 (CLIII, p. 1173). Em *Mere Christianity*, Lewis identifica quatro modalidades de revelação divina: consciência, a história de Israel como povo escolhido por Deus, mitos

---

* Adesão ao conteúdo explícito de uma ideia ou expressão, com a consequente rejeição das interpretações alegóricas ou metafísicas, particularmente na leitura e/ou análise de textos bíblicos. (N. T.)

pagãos e a Encarnação (MC, p. 51). Em *The Problem of Pain* [*O problema do sofrimento*], ele inclui o sentido do transcendental (POP, p. 4-9).

34. Carta a Arthur Grieves, 18 out. 1931 (CLI, p. 977).
35. M, p. 138 n. 1.
36. Carta a Mrs Johnson, 14 maio 1955 (CLIII, p. 608). Para um relato alternativo, de viés platônico, da concepção de Lewis sobre a Revelação, cf. Andrew Walker, "Scripture, Revelation, and Platonism in C. S. Lewis", *Scottish Journal of Theology* 55 (2002), 19-35.
37. Cf. resposta dele a um pedido de sua avaliação do Wheaton College Statement Concerning Inspiration of the Bible: carta a Clyde Kilby, 7 maio 1959 (CLIII, p. 1044).
38. Carta a Clyde Kilby, 7 maio 1959 (CLIII, p. 1046).
39. Carta à sra. Johnson, 8 nov. 1952 (CLIII, p. 246).
40. Carta a Corbin Scott Carnell, 13 out. 1958 (CLIII, p. 980). Cf. PR, p. 18, EL, p. 449.
41. Carta a Lee Turner, 19 jul. 1958 (CLIII, p. 960-61).
42. ROP, p. 111.
43. ROP, p. 111.
44. Carta a Clyde Kilby, 7 maio 1959 (CLIII, p. 1045).
45. Michael J. Christensen, *C. S. Lewis on Scripture: His Thoughts on the Nature of Biblical Inspiration, the Role of Revelation, and the Question of Inerrancy* (Nashville, Abingdon, 1989), 80.
46. ROP, p. 111.
47. ROP, p. 116.
48. Lewis também defendeu a inspiração das Escrituras com base na atitude de Jesus em relação ao Velho Testamento (ROP, p. 117).
49. ROP, p. 112.
50. Cf. sua carta a Janet Wise, 5 out. 1955: "Sem dúvida, acredito na composição, apresentação e seleção, para inclusão na Bíblia, de todos os livros que foram orientados pelo Espírito Santo. Porém, creio que Ele pretendia que também fossem incluídos mito sagrado e ficção sagrada, assim como história sagrada" (CLIII, p. 652-53). Garry L. Friesen concorda com a avaliação do próprio Lewis de que sua doutrina das Escrituras era "especulativa" e identifica a falha de Lewis em discutir as alegações da própria Bíblia sobre si mesma como particularmente egrégia ("Scripture in the Writings of C.S. Lewis", *Evangelical Journal* 1 (1983), 23). Will Vaus expressa desapontamentos semelhantes (*Mere Theology: A Guide to the Thought of C. S. Lewis*

SOBRE AS ESCRITURAS

(Downers Grove, IL e Leicester, InterVarsity Press, 2004), 40-41).

51. Carta a Emily McLay, 3 ago. 1953 (CLIII, p. 354). Lewis está aludindo ao Artigo XX dos Trinta e Nove Artigos sobre Religião no Anglican Book of Common Prayer.
52. ROP, p. 115.
53. Carta a Dom Bede Griffiths, 28 maio 1952 (CLIII, p. 195).
54. Carta à sra. Johnson, 8 nov. 1952 (CLIII, p. 246).
55. ROP, p. 109.
56. ROP, p. 109.
57. ROP, p. 110.
58. ROP, p. 112.
59. Lewis determina que qualquer relato sobre a autoridade bíblica terá de "abrir espaço" para inconsistências aparentes, como aquela entre as genealogias de Mateus 1 e Lucas 3, e os relatos da morte de Judas em Mateus 27,5 e Atos dos Apóstolos 1, 18-19 (Carta a Clyde Kilby, 7 maio 1959 (CLIII, p. 1045)).
60. Carta a Clyde Kilby, 7 maio 1959 (CLIII, p. 1044-45).
61. Carta a Clyde Kilby, 7 maio 1959 (CLIII, p. 1046).
62. Carta a Lee Turner, 19 jul. 1958 (CLIII, p. 960-61).
63. Carta a Clyde Kilby, 7 mar. 1959 (CLIII, p. 1046).
64. "Myth Became Fact", EC, p. 141.
65. Carta a Corbin Scott Carnell, 5 abr. 1953 (CLIII, p. 319).
66. Carta a Corbin Scott Carnell, 5 abr. 1953 (CLIII, p. 319). O ponto de vista de Christensen de que o exemplo de Lewis "prova que é possível ser um evangélico dedicado e aceitar a autoridade plena das Escrituras mas, ao mesmo tempo, não acreditar na inerrância"* (*C. S. Lewis on Scripture*, 91) parece, em retrospecto, bastante otimista. O que Lewis oferece aos evangélicos é um desafio a interpretarmos a Bíblia com o coração, a mente e a imaginação harmonizados com os modos como os gêneros literários bíblicos medeiam a realidade do mistério da fé – as coisas divinas em si.
67. MC, p. 52.

---

* No contexto bíblico, *inerrância* designa uma doutrina segundo a qual, em sua forma original, a Bíblia não tem quaisquer contradições, inclusive em suas passagens históricas e científicas. Por outro lado, a *infalibilidade* bíblica afirma que a Bíblia é inerrante no que diz respeito a questões de fé e de sua prática – mas não em relação à história e à ciência. (N. T.)

68. ROP, p. 45.
69. Paul L. Holmer, *C. S. Lewis: The Shape of His Faith and Thought* (Nova York/Londres, Harper & Row, 1976), p. 96.
70. ROP, p. 2-3.
71. Holmer, *C. S. Lewis*, p. 107-8.

Sobre teologia
Paul S. Fiddes

De início, afirmei que havia Personalidades em Deus. Bem, agora irei um pouco mais além. Não há personalidades reais em lugar algum. Enquanto você não abrir mão do seu eu para Ele, não terá um verdadeiro eu[1].

Assim escreve C. S. Lewis quase no fim de seu livro de "palestras de rádio", *Beyond Personality*, que mais tarde se tornaria parte de *Mere Christianity*. Ele via esse livrinho como sua tentativa de comunicar (ou, como afirmou mais tarde, de "traduzir"[2]) a teologia cristã para os não teólogos, e mais ainda para os não cristãos. Esse é o esforço sistemático que ele consagra à doutrina cristã. Em outra parte de *Mere Christianity*, ele assume os papéis de apologista, evangelista e eticista cristão, mas aqui ele põe a máscara do teólogo, ainda que com alguma hesitação, e é nesse papel que pretendo avaliá-lo neste capítulo.

O CERNE DA QUESTÃO – A FORMAÇÃO DE PESSOAS

No breve trecho que citei acima, Lewis mistura as doutrinas de Deus, da natureza humana e da salvação de maneira concisa. Espero mostrar, ao mesmo tempo, como ele chegou ao ponto fulcral da crença cristã e, ainda assim, como essas doutrinas, ironicamente, colocam algumas questões perturbadoras sobre a abordagem de Lewis.

Nesse caso, Lewis está concentrado no tema de "ser uma pessoa" a fim de aglutinar um entendimento cristão tanto de Deus quanto da humanidade. Ele chama seu livro de *Beyond Personality*, um título deliberadamente ambíguo que se aplica tanto a Deus quanto aos seres humanos. *Deus* é infinitamente pessoal, encontrando-se, portanto, "além" de qualquer personalidade humana que conheçamos. Com a concepção de Deus como Trindade, diz Lewis, os cristãos oferecem uma ideia de como pode ser um Deus que se encontra "para além da personalidade". Na verdade, diz ele, "a ideia cristã é a única disponível no mercado"[3]. Por sua vez, os seres humanos só se tornam verdadeiramente pessoais nesse Deus, indo "além" das personalidades que lhes foram dadas pela natureza. Um Deus supremamente pessoal é um Deus Trinitário, um Deus que gera Deus, e desse modo temos aqui uma visão da Trindade como uma doutrina profundamente "prática", envolvida com a transformação humana: "Adverti-os de que a teologia é prática. Toda a finalidade de nossa existência consiste em sermos, portanto, levados para a vida de Deus"[4]. Quando somos "levados" para a vida Trinitária de Deus, tornamo-nos verdadeiramente pessoas ou – como diz Lewis – tornamo-nos eus verdadeiros.

Lewis tem, aqui, excelentes intuições teológicas. Se alguém estiver em busca do cerne da teologia cristã, por "mera cristandade", o alvo é perfeito. Ele anteviu uma grande parte da doutrina cristã moderna, que enfatizou a formação de pessoas por meio de participação no Deus trinitário; de passagem, devo mencionar apenas Jürgen Moltmann, Wolfhart Pannenberg e Hans Urs von Balthasar como teólogos representativos. Além disso, como eles, Lewis não considera esse engajamento pessoal com Deus como mero individualismo. Usando a imagem de um telescópio para ver alguma coisa que, de outro modo, não se dará a conhecer, ele propõe que o instrumento através do qual vemos Deus é o conjunto da comunidade cristã: "A fraternidade [*sic*] cristã é, por assim dizer, o equipamento técnico para essa ciência"[5]. Lewis não explicita o passo que foi dado pela teologia recente ao afirmar que estamos envolvidos com um Deus de comunhão *através* da comunidade humana, que estamos imersos em um Deus de relações devido ao fato de sermos pessoas em relação; contudo, pode-se pensar que ele deixe esse passo implícito, uma vez que sua introdução à doutrina da Trindade é imediatamente seguida por suas ideias sobre os crentes cristãos como um corpo unido em amor[6]. Ele admite que o conceito cristão de um Deus trinitário é complicado, mas então "não podemos competir, em simplicidade, com as pessoas que estão inventando religiões [...] sem dúvida, ninguém pode ser simples se não tiver fatos com os quais se preocupar"[7].

A DANÇA DIVINA

Para elucidar essa doutrina complexa, Lewis recorre à argumentação, ao humor e a uma prosa exaltada – mas, acima de tudo, ele utiliza imagens e metáforas. Um pouco mais adiante, pretendo avaliar algumas delas, mas por ora quero chamar a atenção para apenas uma. Para ilustrar o fato de estar sendo "atraído" por Deus, ele usa a imagem de uma dança divina:

> Na cristandade, Deus não é uma coisa estática – nem mesmo uma pessoa –, mas uma atividade pulsante, uma vida, quase uma espécie de teatro. Quase, e espero que o leitor não me considere irreverente, um tipo de dança [...] A totalidade da dança, ou do teatro ou padrão dessa vida trinitária deve ser desempenhada em cada um de nós: ou (para dizer de outra maneira) cada um de nós precisa entrar no padrão, tomar seu lugar nessa dança[8].

Na teologia recente, a imagem da vida divina como teatro também se tornou proeminente[9], mas o mais surpreendente aqui é a imagem da dança, que se tornou cada vez mais popular nos últimos trinta anos. Embora seja cada vez mais comum que os teólogos atuais se refiram à *perichoresis*, ou compenetração das pessoas em Deus com a imagem da dança[10], é difícil encontrar uma referência inequívoca à Trindade como dança no pensamento cristão mais antigo[11]. Há certas referências aos *anjos* e a outros seres criados, como se formassem uma dança ao redor do centro imóvel de Deus, movendo-se ao redor de um Deus que permanece, ele próprio, imóvel, em estase platônica; essa é, por exemplo, a imagem da primeira classe de anjos no tratado do Pseudo-Dionísio [o Areopagita] sobre *The Celestial Hierarchy*[12], para a qual o próprio Lewis chama atenção em *The Discarded Image*[13]. Há algo de semelhante em Dante[14]. A atividade de *Cristo* na Terra é representada como dança em vários textos, dentre os quais o gnóstico *Hymn of Jesus*[15] e a canção medieval inglesa "Tomorrow Will Be My Dancing Day". Contudo, espero pela descoberta de um exemplo anterior a Lewis para a representação da *Trindade* como dança. Talvez o próprio Lewis tenha expandido a imagem do Pseudo-Dionísio a fim de criticar o conceito neoplatônico e aristotélico de um poder imóvel.

Lewis retoma a imagem no final de *Perelandra* com a visão de Ransom da Grande Dança. É muito difícil, aqui, ter certeza de que a *própria* Trindade esteja se movendo em uma dança ou se todas as coisas estão simplesmente compartilhando uma dança ao redor do centro onde se encontra Deus, um centro – afirma Lewis – ao qual todos os seres criados igualmente pertencem[16]. Contudo, Ransom vê que "o amor e o esplendor de Deus fluem como um rio revolto [abrindo] novos canais"; a dança é como fitas ou círculos de luz *nos quais* milhões de entidades vivem e morrem[17]; e "tudo o que não é, em si, a Grande Dança foi criado para que dela pudesse vir a fazer parte"[18]. Esta última frase distingue o mundo criado que conhecemos da dança em si, talvez identificando, desse modo, a dança em essência como Deus; mas a dança que preexiste à *nossa* criação, que é o local da encarnação, poderia incluir os anjos, como em Pseudo-Dionísio. Ao examinar a Dança, porém, Ransom ouve uma voz que declara: "Ele é sua própria origem, e tudo que Dele procede é Ele mesmo"[19], com a implicação de que essa eterna geração é a dança, ou dela faz parte. Poderíamos, então, ler tudo isso como se significasse que os padrões da dança são os padrões do amor de Deus, e que o mesmo acontece com o movimento da própria Trindade.

Enfatizei essa imagem evocativa porque ela subjaz a uma observação fundamental que Lewis faz acerca da linguagem teológica. A imagem da dança ou do teatro é uma imagem de participação, e o que interessa a Lewis é o aspecto *experiencial* de falar sobre Deus[20]. Ele admite que a linguagem sobre a Trindade é difícil; na verdade, um Deus trinitário não pode ser imaginado ou representado pela mente, mesmo com a ajuda de analogias. Lewis vê isso não como uma desvantagem, mas como uma vantagem positiva, ao escrever:

> Vocês podem perguntar, "Se não podemos imaginar um Ser trinitário, de que adianta falar sobre ele?". Bem, não há vantagem alguma em falar *sobre* ele. O que importa, na verdade, é ser levado a essa vida trinitária, e isso pode acontecer a qualquer momento – esta noite, se você assim preferir[21].

Ele prossegue, explicando que é particularmente na experiência da prece que nos encontramos envolvidos com Deus e que, portanto, "toda a vida tríplice do Ser trinitário está, na verdade, fluindo para aquela cama pequena e comum onde um homem comum está fazendo suas preces"[22]. Ao falar de Deus como um Ser "além da personalidade", mas não impessoal, Lewis está reconhecendo um apofatismo necessário ou um modo negativo em toda a linguagem teológica. Poderíamos dizer que a intangibilidade mesma da imagem da dança divina em *Perelandra*, a despeito de todos os esforços de Lewis, significa que a dança não pode ser observada ou mesmo imaginada, mas apenas comparticipada.

Gerado, não criado*

Fundamental para o conceito de Trindade é a crença de que o Pai gera eternamente o filho; o Filho é "gerado, não criado", como afirma o Credo de Niceia. Ora, tendo em vista que os seres humanos devem se transformar verdadeiramente em pessoas ao serem incorporadas à Trindade, parece que a geração do Filho também deve ser relevante à pessoalização dos seres criados. Assim, Lewis conclui que, como Cristo é gerado e não criado, os próprios seres humanos podem passar do estado de seres "criados" para o de seres "gerados". Se, na Trindade, o Filho é gerado e não criado, isso implica que, ao entrar na Trindade, deixamos, na verdade, de ser "criados" e nos tornamos "gerados", como filhos e filhas de Deus. Esse é o "próximo passo" na história humana, que Lewis generosamente nos permite chamar de "evolução" caso assim o queiramos; trata-se de "uma mudança que nos faz passar de criaturas de Deus para filhos de Deus"[23].

A proposta de Lewis, aqui, está essencialmente de acordo com a tradição cristã. O Novo Testamento mostra diversas variações sobre o tema de tornar-se "filho" de Deus. O apóstolo Paulo considera isso uma espécie de adoção em que somos aceitos na família de Deus juntamente com o Filho verdadeiro, Jesus[24]. O Quarto Evangelho representa a regeneração como "ter nascido de cima", um segundo nascimento depois de nosso nascimento natural[25]. Atanásio explica a salvação como *theosis*, ou divinização, em que "Cristo tornou-se homem para que pudéssemos nos tornar deuses", e ele entende essa transformação (Epístola aos Hebreus, 2,10) como a "condução à glória de numerosos filhos"[26]. Lewis parece ter adquirido estreita familiaridade com Atanásio pouco antes de preparar sua terceira série de programas de rádio, através da tradução de *De incarnatione*, de Irmã Penélope, e de ter escrito uma introdução ao livro. Ele já havia falado em tornar-se "deuses e deusas" em, por exemplo, seu sermão "The Weight of Glory" (1941)[27], talvez extraindo o tema de sua leitura anterior de Santo Agostinho; contudo, embora no sermão ele

---

*   Na tradução latina do Credo Niceno, *"genitum non factum"*. (N. T.)

fale em "passar além da natureza", é só nessa última série de palestras que ele contrasta explicitamente "ser criaturas" com "tornar-se filhos".

O pensamento de Lewis está, portanto, em concordância com as ideias cristãs sobre a salvação. Contudo, a formulação concisa de que se tornar filhos e filhas de Deus significa passar do estado de ser "criado" para o de ser "gerado" não é tão comum. *Pode* ser encontrado, por exemplo, em outra obra de Atanásio, que comenta que "não somos gerados primeiro, mas, sim, criados"[28], embora dificilmente possamos nos referir a isso como "mero" cristianismo ou cristianismo "comum". Além disso, o contraste estabelecido por Lewis entre dois tipos de *vida* – uma vida que é "criada" e uma vida que é "gerada"[29] – parece não ter precedente, embora que presumivelmente se trate de uma extensão da mesma ideia. Suas definições um tanto incomuns, ainda que não heterodoxas, talvez sejam indicativas de uma luta teológica em que Lewis se engaja em todos os seus escritos, e da qual ele estava plenamente consciente: isto é, como discernir as continuidades e descontinuidades apropriadas entre um estado de "natureza" e um estado de "graça".

Em *Mere Christianity*, Lewis mostra-se fascinado por uma imagem criativa que tende a fazer a balança pender para um dos lados, para o da descontinuidade. Trata-se da imagem de estátuas adquirindo vida, extraída do mito de Pigmalião e usada por Shakespeare em *Conto de inverno*. No mito de Pigmalião, o escultor se apaixona pela estátua de uma bela mulher por ele criada, e os deuses transformaram-na em uma mulher de carne e osso para ele. Em *Conto de inverno*, Hermione, que já era tida como morta há vinte anos, finge ser uma estátua e, aparentemente por um milagre, volta à vida para Leonte. Em outro texto, Lewis faz referência a essas duas fontes[30]. Portanto, ele propõe que os seres humanos possam igualmente adquirir vida e passar de meras estátuas a filhos de Deus. A progressão dessa ideia é a seguinte: "O que é gerado por Deus é Deus [...] o que Deus cria não é Deus"[31]. Portanto, Deus *gerou* Cristo e apenas *criou* os seres humanos. Eles podem ser como Deus em certos aspectos, mas não são coisas da mesma espécie. Lewis diz que eles são "mais parecidos com estátuas ou imagens de Deus"[32]. Se vamos nos tornar *deuses*, então, a exemplo de Cristo, teremos de ser *gerados*, não criados. Quando nos tornamos filhos nesse sentido verdadeiro, somos como estátuas que adquiriram vida: "Este mundo é um grande ateliê de escultor. Somos as estátuas e, pelo ateliê, circulam rumores de que algum dia alguns de nós nos tornaremos vivos"[33].

SOBRE TEOLOGIA

Para Lewis, todos os seres humanos foram criados à imagem de Deus, mas, em sua vida natural – que ele chama de *Bios* –, eles não passam de meras estátuas do divino. Quando criados, eles são inanimados no que diz respeito à vida espiritual – *Zoe*. Cristo nos deu essa vida *Zoe* que, afirma Lewis, é "a vida espiritual que está em Deus desde toda a eternidade e criou todo o universo natural"[34]. É como se fôssemos as criaturas no quintal da Feiticeira Branca em *The Lion, the Witch and the Wardrobe*, transformados por seus poderes mágicos em estátuas de pedra[35]; como elas, precisamos do hálito de Aslam para nos tornarmos vivos. Portanto, somos "filhos" *gerados* e não apenas *criados*, adquirindo vida espiritual do mesmo modo como Cristo está vivo. Cristo torna-se encarnado e morre para a vida natural para permitir que os seres humanos se tornem vivos como filhos. Lewis assim resume a questão:

> Não somos gerados por Deus, mas apenas criados por ele: em nosso estado natural, não somos filhos de Deus, mas apenas (por assim dizer) estátuas. Não adquirimos *Zoe* ou vida espiritual: apenas *Bios*, ou vida biológica, que em breve fenecerá ou morrerá. A totalidade da oferta feita pela cristandade é esta: se permitirmos que Deus imponha sua vontade, poderemos vir a compartilhar a vida de Cristo. Se assim for, partilharemos uma vida que foi gerada, não criada, que sempre existiu e sempre existirá[36].

Talvez, como nas faixas de luz e amor na visão de *Perelandra*, Lewis pense nessa vida *Zoe* como o padrão mesmo da dança da Trindade. Ao sermos alçados a essa "vida que é gerada" e não criada, nós – meras estátuas – adquirimos vida como filhos ou como deuses.

Essa é uma doutrina tocante que tem o brilho da imaginação. O lampejo intuitivo fundamental de Lewis é que, ao entrarmos na dança ou no teatro da Trindade, tornamo-nos verdadeiramente filhos e filhas de Deus; tornamo-nos verdadeiramente pessoas. Isso é doutrina cristã da corrente predominante, expressa de forma imaginativa. A imagem complementar das estátuas adquirindo vida é muito eloquente, além de eficaz em um contexto literário específico. Mas sempre permanece o perigo de que se abra um abismo muito grande entre uma vida que é criada (*Bios*) e uma vida que é gerada (*Zoe*).

Um teólogo moderno da Igreja Ortodoxa Oriental, John Zizioulas, também escreve sobre dois tipos de personalidade: uma hipóstase biológica que possuímos por natureza e uma "hipóstase eclesial" derivada de Cristo. Para Zizioulas, a biológica é "adaptada" à eclesial, nela transformada ou a ela ajustada por meio de um novo nascimento, sem perder suas formas naturais de amor, quer se trate de *erōs*, quer de *agapē*[37]. Para Lewis, escrevendo muito depois de *Mere Christianity* sobre a natureza do amor, o Amor-Doação (*agapē*) também convoca todos os amores naturais "a tornarem-se modalidades de Compaixão, conquanto [...] permanecendo os amores naturais que eram", embora o Amor divino que Deus compartilha conosco continue "diferente dos Amores-Doação que ele introduziu na [nossa] natureza"[38]. Entre a convocação e a diferença encontra-se a tensão que Lewis vivenciou, considerando-a ao mesmo tempo problemática e enriquecedora, e que tentou apreender em uma sucessão de imagens que, conforme ele admitiu, devem permanecer provisórias para sempre.

O NATURAL E O ESPIRITUAL

Venho sugerindo que o uso de certa imagem por Lewis, a das estátuas, pode tê-lo levado a uma descontinuidade mais forte entre o natural e o espiritual do que ele pretendia. A imagem tomou conta de sua imaginação e deu forma ao conceito doutrinário. Agora, isso é sublinhado por outra imagem – a de soldadinhos de chumbo ou de brinquedo:

> Imagine transformar um soldadinho de chumbo em um verdadeiro homenzinho. Isso implicaria a transformação do chumbo em carne. E suponha que o soldadinho não gostasse dessa mudança. Ele não está interessado em carne; tudo o que vê é que o chumbo foi espoliado[39].

Essa imagem aumenta inevitavelmente a diferença entre ser criado e recriado, abrindo uma lacuna ontológica (chumbo e carne, paralelos a carne e espírito) e, assim, depreciando o estado da existência natural. Não pode haver continuidade entre chumbo e carne, nenhuma base para a transposição de um para o outro. O símile apresenta a natureza como uma fase a ser superada por algo mais, que só pode passar integralmente para o estado de natureza "a partir de fora"[40]. E também deixa a natureza como um espaço que pode ser ocupado pelo Poder das Trevas, e no qual Cristo é um invasor. Aqui está outra imagem poderosa, extraída da experiência contemporânea da guerra na Europa – a da invasão. O rei legítimo encontra-se em território ocupado "disfarçado, e está convocando a todos nós para participar de uma grande campanha de sabotagem"[41]. O dualismo, diz Lewis, é mais próximo do cristianismo do que as pessoas pensam: o cristianismo admite que o universo esteja em guerra, mas está ocupado por uma Força das Trevas que foi criada por Deus e rebelou-se. A imagem de uma invasão secreta é aqui vigorosa. Para teólogos como Gustaf Aulén e Karl Barth, a grande batalha decisiva contra o mal já foi vencida na cruz de Jesus, e tudo que restou não passa de uma operação de limpeza depois da retirada das tropas[42]. Para Lewis, a última batalha ainda não ocorreu, mas há soldados da resistência espalhados por todas as partes do mundo. Talvez o sentido lewisiano do poder do mal seja mais verdadeiro para com sua realidade na medida em que o vivenciamos, mas, repetindo, a imagem tende a relegar a natureza a alguma coisa menos que real.

Sem dúvida, um teólogo cristão deve concordar com Lewis quanto ao fato de que só podemos alcançar personalidade *plena* em Cristo. Devemos ser chamados a ir "além da personalidade", transcendendo nossa natureza humana na vida de Deus. Contudo, nossa personalidade biológica (para usar o termo de Lewis e de Zizioula) é passível de ser solapada como criação de Deus quando Lewis escreve: "aquilo que chamo de 'mim mesmo' com tanto orgulho [é] simplesmente o ponto de encontro de cadeias de eventos às quais nunca dei início e que jamais conseguirei interromper", uma questão de "hereditariedade e criação e ambiente", e com desejos "expelidos por meu organismo físico [...] ou mesmo a mim sugeridos pelos demônios"[43]. Em sua versão falada da citação que dá início a este capítulo, Lewis atenua a frase "não existem mais personalidades reais em parte alguma" do que em Deus com a frase "quero dizer, não há mais personalidades plenas, consumadas", que concede à natureza humana o respeito que ele certamente pretende conceder. Infelizmente, na versão escrita isso é omitido e resta apenas o qualificativo "real", implicando que nossa vida *Bios* é um tanto irreal.

Quando Lewis pensa mais filosoficamente sobre o estado de natureza, ele se defende contra o teólogo processual Norman Pittenger[44], que critica Lewis por ele supostamente considerar os milagres uma "violação das leis da natureza". Lewis remete a seu estudo *Miracles* [*Milagres*], que deixa claro que os acontecimentos sobrenaturais "interrompem a natureza", mas não infringem suas leis, uma vez que a natureza sempre tem a capacidade de ajustar-se a novos eventos[45]. A natureza, diz ele, é em parte boa e em parte má, e será redimida[46]. Lewis afirma a ressurreição do corpo e celebra o valor dos sentidos humanos em seu poema "On Being Human" [Sobre sermos humanos]*, com seu memorável verso "um anjo não tem nariz"[47]. Em *Mere Christianity*, ao refletir sobre os sacramentos, ele se regozija com o fato de que "Deus gosta da matéria. Ele a inventou"[48]. Em *Miracles*, ele insiste em que Deus é o Deus do trigo e do vinho e da oliveira; ele é Baco, Vênus e Ceres combinado em uma única entidade[49]. Em *The Allegory of Love*, ele escreve que desconfia "desse tipo de respeito pela ordem espiritual que se baseia no desprezo pelo natural"[50].

Por tudo isso, quando Lewis passa a especular sobre o corpo da ressurreição em *Letters to Malcolm*, ele intui que a vida sensorial se encontra dentro da alma[51], o que o leva a crer que um novo mundo poderia ser criado somente a partir do espírito, que é o portador das sensações criadas pela matéria. De modo muito semelhante ao "corpo-imagem" do filósofo H. H. Price[52], ele escreve que "nos corpos sensoriais dos redimidos surgirá toda a Nova Terra". Com grande eloquência, diz ele: "Agora, só posso falar a vocês sobre o campo esmorecido da minha meninice – hoje ele é um canteiro de obras – de modo imperfeito apenas por meio de palavras. Talvez está para chegar o dia em que poderei levá-los a um passeio por eles"[53]. Aqui, a ideia não é a transformação do universo físico em um novo tipo de corporeidade, mas a sobrevivência da "vida sensorial". Há continuidade entre natureza e espírito na redenção das sensações ou lembranças sensoriais. Até aqui, Lewis afastou-se de suas origens na filosofia idealista, mas não seguiu adiante. Lewis pode refutar Pittenger, mas talvez ele possa ter achado mais difícil lidar com o veredito de seu amigo Austin Farrer, que escreve, depois da morte de Lewis, que "Lewis formou-se na tradição de uma filosofia idealista que pretendia estabelecer a realidade do sujeito mental independentemente do mundo corpóreo ou, de qualquer maneira, em precedência sobre ele. Embora Lewis tenha se distanciado um pouco de tais posições, ele ainda era capaz de examinar o pleno envolvimento da alma racional com um sistema aleatório e perecível"[54].

---

*   Lewis vai diretamente ao ponto nas duas primeiras palavras do poema, *angelic minds*, que levam o leitor a perceber de imediato que o autor tratará do conceito de experiência a partir do ponto de vista de seres sobrenaturais, não humanos, comparando os anjos com a experiência de "ser humano", já explicitada no título do poema. (N. T.)

INVASÃO E IMERSÃO

Lewis nos diz que nunca quis sofrer nenhum tipo de "interferência"[55]; portanto, quando ele cedeu e confessou que "Deus era Deus" – isto é, que o Espírito Absoluto do Idealismo era um Deus pessoal com o qual ele poderia se relacionar –, parece apropriado que ele tenha vindo a conceber esse Deus como um "invasor" do mundo. A natureza deve sofrer uma invasão ou interferência (ou "interrupção") de seu criador. Para Lewis, o ex-filósofo idealista, até o espírito racional dos seres humanos traz em si um elemento "sobrenatural", como "alguma coisa que invade o grande evento interligado no espaço e no tempo – ou vem acrescentar-se a ele –, em vez de ser apenas uma decorrência sua"[56], embora esse tipo de espírito seja na verdade criado e, portanto, ainda seja outro tipo de natureza. Quanto mais, então, irá o "absolutamente sobrenatural" invadir o mundo natural, e é essa vida mesma (*Zoe*) que a mente humana pode se tornar[57]. Portanto, para Lewis, a encarnação é o Grande Milagre; é a suprema invasão da natureza à qual todas as outras invasões são associadas, e por conta da qual elas não são apenas "invasões arbitrárias". As estátuas e os soldadinhos de chumbo podem se tornar pessoas porque o mundo deles foi invadido.

Portanto, Lewis argumenta que começamos a ver como Deus pode se tornar homem ao percebermos que todos os seres humanos já constituem o espaço de uma invasão: uma criatura sobrenatural – a mente – une-se a uma criatura natural – o organismo físico. Em Jesus, não uma *criatura* sobrenatural, mas o próprio *Criador* sobrenatural, vem unir-se a uma criatura natural. Desse modo, como afirma Lewis, "nossa própria existência múltipla é [...] uma pálida imagem da divina Encarnação em si – o mesmo tema em chave muito menor"[58]. Em Cristo, o espírito divino habita um espírito humano assim como o espírito humano habita qualquer corpo humano[59]. Não precisamos explorar, aqui, a semelhança dessa cristologia com a cristologia "Logos-Sarx" (Verbo-Carne) da [escola de] Alexandria do século IV, e, particularmente, aquela de Atanásio[60]. Tampouco precisamos explorar o modo como a ideia concomitante de Lewis de uma *operação de guerra* entre o corpo e a mente racional em todo ser humano[61] é surpreendentemente parecida com a cristologia de um alexandrino menos ortodoxo – Apolinário[62]. Pretendo apenas sublinhar que a metáfora da invasão é passível de levar a alguma descontinuidade entre o natural e o espiritual.

Sem dúvida, Lewis enfatiza que a invasão – quer nos inúmeros milagres do Velho e do Novo Testamentos, quer na encarnação em si, não é a invasão de um poder alienígena[63]. A natureza está sendo invadida por seu próprio Rei e, desse modo, suas leis não estão sendo infringidas. A natureza não é uma ilusão, embora seja infectada pelo mal e degenerada pela queda da humanidade. Ela "tem o jeito de uma coisa boa que foi estragada"[64]. Portanto, ainda podemos ver nela alguns pálidos reflexos dos padrões de atividade do próprio Deus e, para Lewis, um deles é o padrão da descensão de Deus para a morte e de sua reascensão para a vida. Conforme se afirma nos mitos do Rei Milho* moribundo e nascente, o processo de morte e renascimento é claramente identificável em todos os níveis do mundo natural. Em Cristo, esse mito torna-se fato; ele é a realidade à qual remetem todos os mitos de um deus moribundo e nascente[65]. Em Cristo, Deus desce às profundezas mesmas do tempo e do espaço, como um mergulhador em busca do leito do mar, das próprias raízes da natureza que ele mesmo criou, a fim de trazer à superfície e dar vida nova a todo um mundo em estado de ruína. Nas palavras de Lewis, ele deve "descer para poder subir"[66]. Sugiro que essa imagem de imersão nas profundezas é uma metáfora mais poderosa do que a da "invasão", e que ela igualmente impede a abertura de um fosso entre natureza e espírito.

Essa imagem da redenção liga-se à ênfase dada por Lewis em *Mere Christianity*, na qual ele diz que o que importa é o sofrimento e a morte de Cristo a fim de expiar nossos pecados e destruir o poder da morte, e não qualquer *teoria* específica de expiação. A crença cristã central é a de que, de alguma forma, "a morte de Cristo nos reconciliou com Deus" e, se conseguíssemos criar uma teoria para explicá-la, "não se trataria da coisa para além da natureza"[67]. Na medida em que Lewis tenha qualquer preferência por uma teoria (e ele hesita a esse respeito), ele é impressionado pela ideia de Cristo como o perfeito penitente. A única maneira de resolvermos nosso dilema de pecado e rebelião é aquela do arrependimento, o que significa matar parte de nós mesmos.

---

* Representa a aproximação entre o ciclo da vida de uma divindade ou semidivindade ao ciclo sazonal dos grãos, ou seja, são colhidos/mortos, mas depois renascem e se renovam: Jesus Cristo é um exemplo de Rei Milho. (N. E.)

Mas achamos impossível o arrependimento; só podemos nos distanciar de nós mesmos se formos ajudados a fazê-lo, e esse é o efeito da morte de Cristo. Deus torna-se humano para fazer uma perfeita contrição, e "você e eu só podemos seguir esse processo se Deus o efetivar em nós"[68]; só morreremos para nós mesmos e, assim, faremos que a morte passe de nossa inimiga a nossa serva, se compartilharmos a própria morte de Deus[69]. Lewis provavelmente buscou essa ideia de perfeita penitência no livro *Atonement and Personality* [Redenção e personalidade], de R. C. Moberly, que ele leu[70], mas ele a tornou muito mais empática do que em Moberly, onde ela continua a ser uma penitência "por delegação de outrem"[71]. Lewis propõe que Deus coloque seu próprio espírito penitente em nós[72], assim como ele traça uma analogia com a mente adulta condescendendo em solidariedade com as crianças, e os humanos em solidariedade com os animais[73]. Portanto, o mergulho de Deus na vida humana é interpretado como empatia dotada de um efeito transformador.

A imagem da "descida" de Deus ao mundo tem uma longa história na tradição cristã e, embora *possa* ser representada como uma invasão, também podemos representá-la como alguém mergulhando "nos recessos profundos, sob pressão cada vez maior, para a região mortal do fundo dos mares, das plagas e da degeneração imemorial; depois, subindo novamente, de volta às cores e às luzes [...]"[74]. Essa imagem de imersão assemelha-se àquela de participação em uma dança, uma vez que ambas são imagens de participação, e não de intervenção. Portanto, não surpreende que, ao descrever o efeito do Grande Milagre em uma natureza totalmente interligada, Lewis retorne à imagem da dança:

> O parceiro que faz mesura ao Homem em um movimento da dança recebe as reverências do Homem em outro. Ser elevado ou primordial significa abdicar continuamente: ser baixo significa ser erguido: todos os bons mestres são servos: Deus lava os pés dos Homens[75].

Acercando-se de Deus

Temos refletido sobre a representação lewisiana do movimento que vai de nossa condição de meras criaturas da natureza a filhos, através do recebimento do espírito de Cristo, uma vida (*Zoe*) que não é criada, mas gerada. Embora as estátuas, os soldadinhos de chumbo e a invasão sejam imagens de descontinuidade nesse processo, a imersão, a solidariedade e a dança são imagens que exprimem continuidade. Coloca-se, porém, a questão: de que modo a vida de Cristo entra em nós?

No livro II de *Mere Christianity*, Lewis pergunta como a nova vida pode ser "introduzida em nós"[76], e, no livro IV, ele fala sobre o fato de ela ser "injetada" em nós para que o soldadinho de chumbo possa se transformar em um homem vivo[77]. Como isso pode acontecer? – pergunta ele. Essa pergunta parece deixar Lewis um tanto desconcertado. No livro II ele comenta que recebemos nossa vida natural, nosso *Bios*, de uma maneira que é "um processo muito curioso, de que fazem parte o prazer, o sofrimento e o perigo". Ele se refere a sexo, e observa que não culpa as crianças por não acreditarem no processo de reprodução sexuada quando ele lhes é mencionado pela primeira vez, porque é "muito estranho". Portanto, o Deus que ativa *esse* processo é o mesmo Deus que determina como irá se propagar o novo tipo de vida, a vida em Cristo, e que "Devemos nos preparar para que isso seja estranho também"[78]. Na Parte II, sua resposta é que os três métodos comuns de propagar a vida em Cristo são o batismo, a fé religiosa e a Ceia do Senhor. Eles podem parecer estranhos, mas, com base na autoridade de Cristo, acreditamos que a nova vida deva ser comunicada dessa maneira.

Porém, a imagem de inoculação é um tanto mecânica, e mais adiante, no livro IV, Lewis a coloca ao lado de uma imagem mais dinâmica: a nova vida será obtida do mesmo modo como pegamos uma "infecção". Essa nova vida não consumada, escreve ele, pela reprodução sexual e pela hereditariedade, como no processo da evolução. Cristo transmite a nova vida por meio de uma "boa infecção"[79]. Somos infectados por estarmos na companhia de Cristo e por outras pessoas que são "portadoras" de Cristo para outras pessoas, às vezes sem serem, elas próprias, infectadas: "Pessoas que não eram cristãs ajudaram-me com o cristianismo", recorda Lewis[80]. Pegamos a boa infecção da presença do Cristo invisível ao nosso lado, ajudando-nos.

Fundamentalmente, portanto, "pegamos" a nova vida ao sermos apanhados e levados para a dança da Trindade. Ao tomarmos nosso lugar na dança, aproximamo-nos de uma "grande fonte de energia e beleza que jorra do centro mesmo da realidade", e estamos destinados a nos molhar com esse jorro[81]. Mas eis que outra pergunta se coloca: como entramos nessa dança? Lewis responde que entramos porque compartilhamos da vida de Cristo, e em seguida explica essa participação em termos ativistas de "nos manter abertos" ou "entregar a Cristo todo o nosso eu", ou "repelir" todos os nossos desejos e esperanças no começo de cada dia, de modo a permitir que sejamos "tomados" pela nova vida. É possível dizer mais sobre o ato de Deus nos atrair ou nos "infectar"? Muitos teólogos modernos pretenderão afirmar que todos os seres humanos *já* se encontram, por sua criação, imersos na vida trinitária, já participando da dança do Deus pessoal tríplice. Até a rebelião humana contra Deus ocorre dentro de Deus, uma distorção e interrupção dos passos da dança[82]. Através do engajamento na vida dinâmica de Deus, as pessoas habilitam-se a acreditar em Cristo e, desse modo, a tornar sua participação em Deus *mais profunda* e mais transformadora. Elas podem mover-se, conforme o título do penúltimo capítulo da última crônica de Nárnia de Lewis, "mais para cima e mais para dentro".

Lewis é cauteloso com qualquer coisa que pudesse ser interpretada como panteísmo, associando-o ao idealismo de Hegel, do qual pretende se distanciar apesar de ainda estar em débito com seu legado idealista[83]. Contudo, em seu relato da Grande Dança em *Perelandra*, ele oferece algo como a visão de Deus que tenho sugerido, e que poderia ser chamada não de panteísmo, mas de "panenteísmo" (ou "todas as coisas em Deus"):

> [Ransom] podia ver sempre que as faixas ou serpentes de luz confluíam, ínfimos corpúsculos de brilho momentâneo: e, de alguma forma, ele sabia que essas partículas eram as generalidades seculares das quais a história fala – pessoas, instituições, tendências de opinião, civilizações, artes, ciências e congêneres –, fugazes cintilações que cantavam sua canção e se desvaneciam. As próprias faixas ou cordões, em que milhões de corpúsculos viviam e morriam, eram coisas de algum tipo desconhecido[84].

As faixas de luz são as coisas mais "duradouras", incluindo algumas pessoas criadas que resistem e algumas verdades ou qualidades universais que são eternas, mas essas também se misturam com "um padrão muito mais vasto em quatro dimensões", cujo centro atrai Ransom com "os cordões do desejo infinito". Trata-se de uma visão de interpenetração (*perichoresis*) que está finalmente em Deus, ocupando espaço no meio da dança da Trindade. É uma imagem de continuidade entre natureza e graça que, juntamente às imagens de imersão, solidariedade e infecção, é mantida em tensão com as imagens de descontinuidade – as estátuas, os soldadinhos de chumbo, a invasão e a inoculação.

Lewis está lutando em nome de todos nós com essa tensão na criação de pessoas. Sua desconfiança da evolução como aprimoramento contínuo da humanidade (embora ele a aceite como um mecanismo científico de mudança) e seu senso visceral do decaimento humano significam que ele estará sempre insistindo conosco para deixarmos o útero de "nossa grande mãe" natureza para trás[85]. Por outro lado, porém, há a visão dele da Grande Dança, sua percepção de que, uma vez imerso no mundo, "Cristo não *sairá* da natureza outra vez"[86], e sua própria experiência de haver contraído a infecção de Cristo daqueles que não são cristãos. Suas imagens, provisórias que são, refletem sua tensão: a imersão é posicionada contra a invasão, a infecção contra a inoculação, a dança contra a vivificação das estátuas. Ele está fazendo teologia ao nos convidar a habitar essas imagens, para encontrar ali a solução que buscamos e, desse modo, finalmente viver em Deus.

Notas

1. MC, p. 188.
2. "Rejoinder to Dr Pittenger", UND, p. 183.
3. MC, p. 137.
4. MC, p. 138.
5. MC, p. 141.
6. MC, p. 140. Nesse período, ele também vê com olhos críticos o personalismo "Eu – Tu/Vós" de Martin Buber, onde percebe um excesso de individualismo: cf. sua carta à Irmã Penélope, 29 jul. 1942 (CLII, p. 526).
7. MC, p. 141.
8. MC, p. 148-49.
9. Cf. Hans Urs von Balthasar, *Theo-Drama: Theological Dramatic Theory. Volume I: Prolegomena*, tradução para o inglês de G. Harrison (São Francisco, Ignatius Press, 1994), esp. 89-134.
10. Há aqui um jogo de palavras entre *perichoreo* (interpenetrar) e *perichoreuo* (dançar à volta de): por exemplo, Edmund Hill, *The Three-Personed God*

(Washington, DC, University of America Press, 1982), 272; Catherine M. LaCugna, *God For Us: The Trinity and Christian Life* (São Francisco, HarperCollins, 1991), 271; Elizabeth Johnson, *She Who Is: The Mystery of God in Feminist Theological Discourse* (Nova York, Crossroad, 1993), 220-21; Paul S. Fiddes, *Participating in God: A Pastoral Doctrine of the Trinity* (Londres, Darton, Longman e Todd, 2000), 72-81.

11. Embora ela seja encontrada anteriormente na obra do próprio Lewis, ele usa a imagem da dança para a geração do Filho pelo Pai em POP, p. 141.
12. Pseudo-Dionísio, *The Celestial Hierarchy*, 209d-212b; cf. 205b-c.
13. DI, p. 71.
14. Dante, *Paraíso* 28.133-35.
15. *The Gnostic Hymn of Jesus*, trad. e org. G. R. S. Mead (Londres / Benares, Theosophical Publishing Society, 1907), musicado por Gustav Holst.
16. Per, p. 198.
17. Per, p. 201, 203.
18. Per, p. 199.
19. Per, p. 202.
20. Para mais informações sobre a participação, cf. seu ensaio "Meditation in a Toolshed" (EC, p. 607-10), onde ele distingue entre "olhar para" as coisas e "olhar ao longo" delas, sendo este último uma questão de "caminhar para dentro".
21. MC, p. 139, itálicos meus.
22. MC, p. 139.
23. MC, p. 172.
24. Epístola aos Gálatas, 4,5; Epístola de São Paulo aos Romanos, 8, 15, 23; cf. Epístola aos Efésios, 1,5.
25. Evangelho Segundo São João, 3,3-6.
26. Atanásio, *De incarnatione* 10.
27. "The Weight of Glory", EC, p. 105.
28. Atanásio, *Contra Arianos*, 2, 59.
29. MC, p. 150.
30. Carta a Arthur Greeves, 5 set. 1931 (CLI, p. 968); POP, p. 132; "William Morris", SLE, p. 224; "Hermione in the House of Paulina", CP, p. 32.
31. MC, p. 135.
32. MC, p. 135.
33. MC, p. 136.

34. MC, p. 136.
35. LWW, p. 152-56.
36. MC, p. 150.
37. John Zizioulas, *Being as Communion: Studies in Personhood and the Church* (Londres, Darton, Longman and Todd, 1985), p. 53.
38. FL, p. 122, 117.
39. MC, p. 151-52.
40. MC, p. 183.
41. MC, p. 47.
42. Gustaf Aulén, *Christus Victor*, trad. ingl. A. G. Hebert (Londres, SPCK, 1937), 58-60; Karl Barth, *Church Dogmatics*, trad. e ed. G. W. Bromiley e T. F. Torrance (Edimburgo, T. & T. Clark, 1936-77), III/3, 366-67. Lewis havia lido Aulén com aprovação: cf. sua carta a H. Morland, 19 ago. 1942 (CLII, p. 529).
43. MC, p. 187-88.
44. "Rejoinder to Dr Pittenger", UND, p. 177-83.
45. M, p. 65-66.
46. M, p. 125 e seguintes.
47. CP, p. 49.
48. MC, p. 62.
49. M, p. 118.
50. AOL, p. 267.
51. LTM, p. 121.
52. H. H. Price, "Survival and the Idea of 'Another World'", em John Donnelly (org.), *Language, Metaphysics and Death* (Nova York, Fordham University Press, 1978), 176-95. Price foi colega de C. S. Lewis na Magdalen College e fazia muitas palestras no Socratic Club, do qual Lewis foi presidente por muitos anos.
53. LTM, p. 121.
54. Austin Farrer, "The Christian Apologist", em Jocelyn Gibb (org.), *Light on C. S. Lewis* (Londres, Geoffrey Bles, 1965), 41.
55. SBJ, p. 182.
56. M, p. 173.
57. M, p. 174.
58. M, p. 115.

59. M, p. 115.
60. Segundo o modelo Logos-Sarx, o Logos divino ou substituiu a alma humana na pessoa de Cristo, ou efetivamente assumiu suas funções como diretor do corpo: cf. J. N. D. Kelly, *Early Christian Doctrines*, 4. ed. (Londres, A. & C. Black, 1958), 153-58, 284-95.
61. M, p. 131.
62. Cf. R. A. Norris, *Manhood and Christ* (Oxford, Oxford University Press, 1963), 112-22.
63. M, p. 136.
64. M, p. 125.
65. M, p. 115-20. Para um maior aprofundamento da questão do mito "tornando-se fato", cf. "Myth Became Fact", de Lewis, EC, p. 138-42, e Paul S. Fiddes, "Lewis the Myth-Maker", em Andrew Walker e James Patrick (orgs.), *A Christian for All Christians: Essays in Honour of C. S. Lewis* (Londres, Hodder and Stoughton, 1990), 132-55.
66. M, p. 115.
67. MC, p. 55.
68. MC, p. 57.
69. M, p. 133-34.
70. Cf. cartas a Arthur Greeves, 25 maio 1941 (CLII, p. 487) e H. Morland, 19 ago. 1942 (CLII, p. 529).
71. R. C. Moberly, *Atonement and Personality* (Londres, John Murray, 1924), p. 80-92.
72. MC, p. 53-58.
73. M, p. 115.
74. M, p. 116.
75. M, p. 128.
76. MC, p. 59.
77. MC, p. 159.
78. MC, p. 59.
79. MC, p. 146-50.
80. MC, p. 160.
81. MC, p. 150.
82. Cf. Hans Urs von Balthasar, *Theo-Drama: Theological Dramatic Theory. Vol. IV: The Action*, trad. inglesa de G. Harrison (São Francisco, Ignatius Press, 1994), p. 330.

83. MC, p. 40.
84. Per, p. 202-03.
85. MC, p. 185.
86. M, p. 127.

Sobre o naturalismo
Charles Taliaferro

O "naturalismo" pode ser vagamente definido como a tese de que *só a natureza existe*. Esse é um bom começo, desde que em seguida definamos "natureza", mas, infelizmente, sobre esse ponto os autoproclamados naturalistas divergem drasticamente. As formas de naturalismo às vezes chamadas de *estrito* ou *científico* veem a natureza como, em última análise, aquilo que pode ser descrito e explicado em termos de uma física completa. Trata-se de algo realmente estrito, pois muitas coisas, como a própria consciência, os desejos e os valores, não parecem ser elementos de existência provável em uma física completa. Essa forma de naturalismo (também descrita como *naturalismo puritano* devido à sua severidade) difere das mais amplas representações naturalistas da natureza, aquelas que tanto privilegiam as ciências naturais quanto permitem o que quer que as ciências sociais venham a identificar. Os naturalistas latos admitem o surgimento da consciência entre os animais humanos e alguns não humanos, eles certamente aceitam os tipos de realidades identificadas pela biologia evolutiva, e assim por diante. O biólogo Richard Dawkins representa uma modalidade de naturalismo lato, enquanto o filósofo Richard Rorty é um naturalista estrito[1].

A única coisa com que tanto os naturalistas latos quanto os estritos concordam é que Deus não existe, nem as almas nem a vida após a morte, assim como também inexistem quaisquer valores morais irredutíveis e objetivos. Um valor moral é "redutível" se você puder reduzi-lo a afirmações que não implicam verdades morais, como, por exemplo, se alguém dissesse que a afirmação "O assassinato é errado" pretende apenas declarar que "Eu odeio o assassinato" – esta última é simplesmente um estado de repulsa emocional, e não uma verdade moral objetiva. Outra maneira de reduzir ou eliminar valores objetivos seria adotar a via do relativismo cultural e tratar os enunciados morais como reflexos de juízos de valor culturalmente incorporados, de modo que afirmar "O assassinato é errado" se transforme em "Em minha sociedade, condena-se o assassinato"².

C. S. Lewis foi um ilustre opositor dessas duas formas de naturalismo. Lewis tinha uma formação filosófica considerável e, na verdade, começou sua carreira de professor ensinando filosofia em Oxford. Embora seus interesses acadêmico-profissionais tenham posteriormente mudado para a literatura, sua obra continua a interessar, inspirar, irritar ou provocar os filósofos contemporâneos em igual medida, e tem recebido uma surpreendente atenção ao longo dos anos. Neste capítulo, examino e avalio dois dos principais argumentos de Lewis contra o naturalismo: o argumento da razão e o argumento da moral. Em seguida, passo às reflexões de Lewis sobre a alma e a vida após a morte, contra a representação naturalista da morte. Por último, apresento algumas reflexões sobre o papel da imaginação na avaliação de visões de mundo antagônicas, como o naturalismo e o teísmo cristão.

O ARGUMENTO DA RAZÃO

Lewis desenvolveu um argumento significativo de que os naturalistas não conseguiam explicar o raciocínio. Se bem-sucedida, trata-se de uma objeção devastadora, pois os próprios naturalistas expressam sua posição em bases racionais. Apresento o argumento da maneira que me parece ser a mais eficiente, que é uma crítica do naturalismo estrito em oposição às formas mais amplas do naturalismo.

Como já observei, para os naturalistas estritos a física ideal é o árbitro conclusivo do que é verdadeiro. Eis a versão do naturalismo estrito segundo Rorty:

> Toda fala, pensamento, teoria, poema, composição e filosofia terminarão por mostrar-se totalmente previsíveis em termos puramente naturalistas. Alguma formulação do gênero "átomos-e-o-vazio" de microprocessos nos seres humanos individuais permitirá a previsão de qualquer som ou inscrição que venha a existir. Não existem fantasmas³.

Lewis acha que a razão não precisa de fantasmas (!), mas acredita, de fato, que uma concepção como a de Rorty tem um problema com a normatividade da razão. Lewis explica:

SOBRE O NATURALISMO

> Todo conhecimento possível [...] depende da validade do raciocínio. Se o sentimento de certeza que expressamos por meio de palavras como *deve ser* e *portanto* e *desde que* constitui uma percepção real de como, de fato, as coisas fora de nossa mente "devem" ser, tanto melhor. Contudo, se essa certeza for apenas uma impressão que temos em nossa mente e não um verdadeiro vislumbre das realidades para além dela – se ele apenas representa o modo como nossa mente funciona – então não há possibilidade de conhecimento. A menos que o raciocínio humano seja válido, nenhuma ciência pode ser verdadeira[4].

Aqui, Lewis está defendendo o ponto de vista de que em qualquer raciocínio nossas crenças são ligadas entre si, de modo que uma crença *torna evidente* ou *apresenta razões* para nossa aceitação de outra crença como conclusão de um argumento. Para ilustrar o enfoque de Lewis, considere a pergunta: qual é o menor número perfeito? Ao formular uma resposta, uma pessoa deve determinar qual é o menor número que é igual à soma de seus divisores, incluindo 1, mas não ele próprio. Respondemos à pergunta com "6", porque raciocinamos que 6 *é* 1 + 2 + 3. Percebemos ou entendemos que a conclusão *deve* seguir-se. (Essa equação matemática é, na verdade, uma afirmação de identidade: 6 = 1 + 2 + 3 porque 1 + 1 + 1 + 1 + 1 + 1 é igual a 1 + 1 + 1 + 1 + 1 + 1.) Agora, porém, consideremos o naturalismo estrito de Rorty. Nenhum dos microprocessos no corpo humano implica quaisquer crenças ou poderes de raciocínio. Na verdade, nenhuma das partículas elementares postuladas pela física contemporânea tem quaisquer crenças ou razões. Se Rorty estiver certo, então a explicação do porquê você ter respondido "6" era perfeitamente previsível por forças que prescindem do raciocínio, 6 não foi uma conclusão à qual você chegou em virtude de (ou por causa de) seu raciocínio matemático. Lewis insiste em seu enfoque contra aqueles que desejam confiar na razão enquanto, ao mesmo tempo, acreditam que o raciocínio em si seja um produto de eventos aleatórios:

> Se a Natureza, quando plenamente conhecida, parece nos ensinar (isto é, se é que as ciências nos ensinam alguma coisa) que nossa própria mente é uma ordenação aleatória de átomos, então deve ter havido algum erro; pois, se as coisas fossem assim, as próprias

ciências seriam ordenações aleatórias de átomos, e não teríamos nenhum motivo para acreditar nelas. Só existe uma maneira de evitar esse impasse. Devemos voltar a uma concepção bem mais anterior (do que o naturalismo). Devemos simplesmente admitir que somos espíritos, seres livres e racionais que, no presente, habitam um universo irracional, e devemos chegar à conclusão que não derivamos dele. Somos estranhos aqui. Viemos de algum outro lugar. A Natureza não é a única coisa que existe[5].

O ARGUMENTO DE LEWIS É CONVINCENTE?

A resposta deve levar em consideração três questões. Em primeiro lugar, é mais fácil ver o argumento de Lewis como a exposição de um problema com o raciocínio, e não com a verdade. No trecho acima citado, quando Lewis conclui que, se o naturalismo for verdadeiro, então "nenhuma ciência pode ser verdadeira", creio que seu enfoque seria mais bem verbalizado em termos de uma afirmação de que, se o naturalismo for verdadeiro, isso significa que *somos incapazes de explicar a normatividade da ciência ou o fenômeno da razão em si mesma*. Se o naturalismo estrito for verdadeiro, o retrato final de uma física completa seria, na verdade, verdadeiro, e ofereceria uma formulação exaustiva da realidade. O problema está em saber se ainda podemos reconhecer a normatividade do raciocínio, e não se (enquanto questão de verdade e falsidade) o naturalismo poderia estar correto. Em segundo lugar, a conclusão de Lewis poderia ter algum tipo de ressalva. Em vez de concluir que "não derivamos da Natureza", ele poderia concluir mais apropriadamente que deve haver mais coisas que nos dizem respeito do que o naturalismo admite. Por último, acredito que o argumento de Lewis funciona contra o *naturalismo estrito*. Não estaríamos colocando uma objeção séria a Lewis ao dizermos que temos máquinas de calcular que poderíamos descrever como objetos que somam ou subtraem, ainda que seus microprocessos não tenham razões ou crenças. As máquinas de calcular são apenas mecanismos que usamos para lidar com a matemática; sua calculadora não responde "6" em virtude de (literalmente) *entender* e *pensar* sobre a soma dos divisores de 6. Com o naturalismo lato, porém, a história é outra. Os naturalistas latos costumam usar o termo *surgimento* para descrever a aparência de novos – quando não radicalmente novos – poderes e qualidades no mundo natural. Assim, alguns naturalistas latos simplesmente postulam que, em determinado ponto de nossa história evolutiva, a consciência aparece e (eventualmente) tornamo-nos capazes de engajamento no raciocínio normativo[6]. Não é possível examinar em detalhes se os naturalistas latos estão habilitados a postular esse surgimento radical. Em outra obra, afirmei que não estão[7]. Um dos problemas que o naturalismo lato deve enfrentar é que, se alguns postulam que os humanos (e talvez alguns outros animais) desenvolvem, por meio de processos biológicos, a capacidade da razão, parece que eles devem postular o surgimento de um sujeito substancial (aquele que raciocina) e não apenas o surgimento de uma nova propriedade. O problema com que eles se deparam pode ser examinado se você pensar em qualquer objeto físico integral constituído de partes, como uma roda. O objeto todo pode ter propriedades que nenhuma de suas partes tem – por exemplo, a roda é redonda e pesa cerca de nove quilos, mas talvez nenhuma de suas partes seja redonda e cada uma, considerada em separado, pese menos de nove quilos. Porém, a roda como um todo herda ou deriva todas as suas propriedades (ela consegue se deslocar a determinada velocidade quando ligada a um carro ou carruagem, e assim por diante) de suas partes e de sua relação com outros objetos físicos e suas partes. No caso do raciocínio, porém, parece que temos uma nova e diferente ordem de explicação que *não está, em absoluto, em funcionamento nas partes de nossos corpos ou nos microprocessos do mundo físico*. O raciocínio é uma atividade *teleológica* (isto é, tem um propósito consciente) que ocorre com base na apreensão de crenças e de suas inferências, e não é de modo algum apreendido por uma atividade puramente mecânica e destituída de finalidade[8]. Não disponho, aqui, de espaço para ampliar essa argumentação. Por ora, sugiro que a melhor maneira de ver o argumento de Lewis consiste em observar que ele nos deu algum motivo para desafiarmos o naturalismo estrito. Talvez o naturalismo possa simplesmente postular o surgimento radical (ou talvez não), mas, quanto mais os naturalistas latos admitirem que certas funções ou atributos humanos surgem (consciência, capacidade de raciocínio, juízos de valor morais e estéticos, e assim por diante), mais difícil será não olhar para além do mundo natural a fim de explicar a existência e a continuação do próprio mundo.

O argumento lewisiano da razão é amplamente discutido em nossos dias, com uma série de importantes defensores[9]. Sua argumentação desafia abertamente o próprio pensamento de Darwin sobre o surgimento do pensamento. Darwin sustentava que o pensamento não era, em si, uma questão de normatividade, mas o resultado de forças impessoais: assim como os movimentos dos objetos inanimados são determinados por forças não intencionais, o mesmo acontece com nossos pensamentos. Darwin escreveu: "Agite dez mil grãos de areia e um ficará mais no alto – o mesmo se dá com os pensamentos, um deles irá elevar-se por sobre os demais de acordo com a lei"[10]. Darwin preocupava-se profundamente com isso, pois achava que sua própria teoria poderia destruir a confiabilidade do raciocínio[11]. (Afinal, uma teoria falsa poderia ter todos os tipos de vantagens evolutivas; portanto, o mero fato de a evolução favorecer uma teoria não demonstra, *ipso facto*, que ela seja verdadeira. Por exemplo, pode ser uma desvantagem evolutiva ser cético acerca dos nossos sentidos, mas isso, por si só, não demonstraria que o ceticismo seja falso.)

Uma ilustração que acentua o problema com que Darwin se deparava – ou um darwiniano confiando em suas faculdades caso acredite que elas resultam do acaso – é apresentada por Richard Taylor (um teísta, mas também contrário a todas as religiões existentes, por vê-las como resultado de um medo imaturo). Taylor nos pede para levarmos em consideração o seguinte: imagine que você está em um trem e vê, em uma colina próxima, algo que parece uma placa dizendo que você está entrando no País de Gales. Imagine também que você tem motivos muito fortes para acreditar que a placa aparente é feita de rochas que formaram essas palavras mediante um processo totalmente aleatório; a partir de uma erupção vulcânica, por exemplo, ou talvez o resultado de trabalhadores que simplesmente jogaram as pedras fora da pista. Em tais circunstâncias, mesmo que se constatar que você está realmente em Gales, seria irracional (como argumenta Taylor) que você acreditasse na "placa", pois ela não terá sido produzida por meio de raciocínios ou teleologia. Tendo em vista nosso conhecimento de que a formação de rochas é um produto extremamente aleatório, poderíamos questionar se porventura existe algum sentido até mesmo em fazermos referência antecipada à formação como uma placa[12].

O ARGUMENTO DA MORAL

Uma boa maneira de examinar o argumento lewisiano da moral é prosseguir com algumas observações sobre o naturalismo do próprio Darwin. Pessoalmente, Darwin era um homem consciente que se preocupava com muitas das questões de sua época; por exemplo, ele se opunha profundamente à escravidão e ao comércio de escravos. Além disso, Darwin afirmava que os seres humanos solidários com os outros e dotados das virtudes da responsabilidade civil tenderão a sobreviver, ao contrário dos que são cruéis:

> Quando duas tribos de homens primitivos, vivendo no mesmo país, entravam em competição, se uma delas tivesse [...] um maior número de membros corajosos, solidários e fiéis, sempre prontos para avisarem uns aos outros sobre algum perigo, para ajudar e defender-se mutuamente, não há dúvida de que essa tribo seria mais bem-sucedida e venceria a outra[13].

Darwin chega mesmo a fazer a seguinte afirmação em *A origem das espécies*: "A seleção natural esquadrinha diariamente, hora após hora, em todo o mundo, todas as variações, inclusive as mais ínfimas; rejeitando o que é mau, preservando e adicionando tudo que é bom; trabalhando silenciosa e insensivelmente, sempre onde surge a oportunidade, para o aprimoramento de todos os seres orgânicos"[14]. O problema é que não há garantia de que a evolução vá favorecer aquilo que nós consideramos bom ou justo. O naturalismo darwiniano simplesmente nos deixa com uma descrição do que sobrevive ou não; em parte alguma ele nos informa sobre o porquê de determinado ato ser bom ou mau[15]. Isso é particularmente problemático, tendo em vista as ideias de Darwin sobre a inevitabilidade do extermínio racial na teoria evolutiva humana[16].

Podemos imaginar que Lewis está se dirigindo diretamente ao naturalismo explícito de Darwin quando escreve:

> Comecemos por imaginar que a Natureza é tudo o que existe. Suponhamos que nada jamais existiu ou jamais existirá a não ser essa atividade sem sentido de átomos no espaço e no tempo: que, por uma série de centenas de acasos, essa atividade terá (lamentavelmente?) produzido coisas como nós mesmos – seres conscientes que agora sabem que sua própria consciência é um resultado acidental de todo um processo sem sentido, e que ela própria, portanto, carece de sentido...

Em meu ponto de vista, nessa situação há três coisas que podemos fazer:

1. Você pode suicidar-se...
2. Você pode simplesmente resolver divertir-se tanto quanto possível. O universo é um universo absurdo, mas, já que você está aqui, agarre-se ao que puder...
3. Você pode desafiar o universo...

Imagino que quase todos nós, na verdade, enquanto permanecemos materialistas, adotamos um revezamento mais ou menos desconfortável entre a segunda e a terceira atitudes [...] Todo o Naturalismo nos leva a isso no final – a uma divergência muito definitiva e desesperançada entre o que nossa mente afirma ser e o que ela deve realmente ser se o Naturalismo for verdadeiro[17].

As escolhas de Lewis acima apresentadas podem parecer menos que exaustivas; de fato, em outro texto ele observa como os naturalistas têm dificuldade para agir conforme sua premissa de que não existem valores morais objetivos:

O Naturalista pode, se assim quiser, dizer uma coisa e fazer outra. Ele pode dizer [...] "todas as ideias sobre o bem e o mal são alucinações – sombras lançadas sobre o mundo exterior pelos impulsos que fomos condicionados a ter". Na verdade, muitos Naturalistas ficam deleitados ao dizerem isso. Mas então eles devem aferrar-se a isso; e felizmente (ainda que sem consistência alguma) não é o que faz a maioria dos Naturalistas. Um segundo depois de eles terem admitido que o bem e o mal são ilusões, você os encontrará exortando-nos a trabalhar em prol da posteridade, a educar, a revolucionar, a pagar nossas dívidas, a viver e a morrer pelo bem da raça humana [...] Eles escrevem com indignação, como homens que proclamam o que é intrinsecamente bom e denunciam o que é intrinsecamente mau, mas jamais o fazem como homens capazes de afirmar que, pessoalmente, preferem cerveja suave, mas que algumas pessoas a preferem amarga[18].

SOBRE O NATURALISMO

Sugiro que a posição de Lewis parece certa: a menos que alguém se alie ao naturalismo lato e simplesmente aceite que, em determinado estágio de nossa evolução, os valores objetivos (morais, estéticos e congêneres) surgiram e passaram a existir como novas realidades, então parece, de fato, que o naturalismo destrói não apenas a normatividade da razão, mas também a normatividade da moral. Lewis escreve:

> Quando os homens dizem "Eu preciso", sem dúvida pensam que estão dizendo alguma coisa, e alguma coisa verdadeira, sobre a natureza da ação proposta, e não apenas sobre seus próprios sentimentos. Porém, se o Naturalismo for verdadeiro, "Eu preciso" é o mesmo tipo de afirmação que "Estou com coceiras" ou "Vou ficar doente"[19].

De fato, alguns naturalistas atuais acatam essa conclusão explicitamente. Michael Ruse sustenta que os juízos morais podem parecer objetivos, mas que isso nada mais é que a "ilusão de objetividade"[20]. O naturalismo estrito de Ruse e E. O. Wilson levou-os a concluir que a "ética do modo como a entendemos é uma ilusão que nos é impingida por nossos genes a fim de nos fazer cooperar"[21]. Se tivermos bons motivos para crer que a ética não é uma ilusão, como Lewis acha que temos na experiência humana, então temos motivos para rejeitar o naturalismo estrito[22].

Lewis também parece estar certo sobre a dificuldade de conviver, de fato, com a ideia de que a moral não é normativa, mas ele pode ter subestimado o modo como alguns naturalistas estritos podem ser desencorajados a apoiar aquilo que normalmente consideramos justo e bom. Depois de ter mencionado as concepções positivas de Darwin sobre a solidariedade e a coragem, devemos nos lembrar do modo obsessivo como ele também parecia não apenas apoiar o extermínio racial, mas (apesar de seu horror à escravidão de sua época) reconhecer o que ele considerava como vantagem evolutiva da escravidão no passado.

Seja como for, não pretendo contra-argumentar a teoria da evolução ou o darwinismo, especificamente com base na alegação de que a evolução darwiniana promove o racismo e o genocídio, ainda que (historicamente) possamos documentar algum uso, por parte do nazismo, da teoria evolutiva[23]. (Devo acrescentar, entre parênteses, que pessoalmente aceito a biologia evolutiva, embora ao mesmo tempo me oponha à filosofia naturalista de Darwin[24].) Todavia, o que se deve reconhecer é que, do ponto de vista do naturalismo de Darwin, não há nada de objetivamente imoral ou injusto em quaisquer atos, aí incluídos a escravidão ou o genocídio; existem apenas algumas crenças e práticas que promovem a sobrevivência, e outras que não o fazem. Valores não entram no naturalismo de Darwin e, a esse respeito, sugiro que a linha de raciocínio de Lewis precisa ser levada muito a sério.

No que diz respeito a seu caso explícito, em que o teísmo cristão pode fornecer uma melhor representação da vida moral do que o naturalismo secular, Lewis não nos dá uma teoria plenamente desenvolvida. Sua posição parece mais à vontade com o que é chamado de teoria da ética do comando divino, mas também pode ser articulada à luz de uma forma geral de teísmo em consonância com Santo Agostinho, São Tomás de Aquino e Santo Anselmo, segundo a qual Deus é intrinsecamente bom e a fonte de todo bem. Essa posição harmoniza-se particularmente bem com as formas platônicas de cristianismo que identificam Deus com a bondade em si[25]. O contraste com o naturalismo não poderia ser maior, na medida em que o teísmo cristão trata a bondade como uma parte constitutiva nuclear e essencial da realidade[26].

Embora Lewis tenha localizado um problema (em minha opinião) para o naturalismo estrito, o naturalista lato ainda é capaz de afirmar que os valores objetivos e irredutíveis simplesmente surgiram na história humana. Em sentido lato, não conheço nenhuma exposição naturalista de tal surgimento que seja inconteste e bem-sucedida, mas é preciso dizer que Lewis não demonstrou que tal exposição seja impossível[27].

Naturalismo, vida e morte

Alguns naturalistas contemporâneos como Daniel Dennett se dizem apaixonados pela evolução e sua glória. Em um trecho de *Breaking the Spell* [*Quebrando o encanto*], Dennett chega a sentir a necessidade de garantir que seus leitores não pensem que sua devoção à evolução seja semelhante a uma religião[28]. Porém, uma coisa que o naturalismo (lato e estrito) realmente conclui é que não há vida após a morte para os indivíduos. A destruição biológica implica a aniquilação da pessoa individual e, como muitos cosmólogos acreditam, a previsão de longo alcance para nosso planeta também não é boa: com o colapso do nosso sol daqui a 4

SOBRE O NATURALISMO

bilhões e meio de anos, a Terra irá se desintegrar. Lewis tratou das implicações do naturalismo nessa frente de batalha:

> No longo prazo, a Natureza não favorece a vida. Se a Natureza for tudo que existe – em outras palavras, se não existir Deus e nenhum tipo extremamente distinto de vida em alguma parte fora da Natureza –, então todas as histórias terminarão da mesma maneira: em um universo do qual toda vida foi banida sem qualquer possibilidade de retorno. A vida terá sido um bruxuleio acidental, e não haverá ninguém sequer para se lembrar de que ela alguma vez existiu[29].

Na verdade, o próprio Darwin examinou exatamente esse tipo de implicação para seu naturalismo e, em alguns momentos, deixou-se levar pelo desespero[30].

Na sequência de sua argumentação contra o naturalismo, Lewis mostra-se menos rigoroso e formal, e mais voltado para um apelo à aptidão. No fim do dia, ao decidir-se entre o naturalismo e (por exemplo) o teísmo cristão, qual deles explica melhor a condição humana e a totalidade do mundo natural?[31] Lewis acreditava que nosso anseio de não perecer, mas de viver muito e plenamente, é em si um sinal de que não é assim que fomos feitos para perecer:

> Se você realmente é produto de um universo materialista, o que é que o leva a não se sentir em casa ali? Os peixes reclamam do mar por ser molhado? Ou, se reclamassem esse fato em si, não seria uma forte sugestão de que eles nem sempre foram, ou nem sempre haveriam de ser, criaturas exclusivamente aquáticas? Observe como o tempo é uma eterna surpresa para nós. ("Como o tempo voa! Imagine John já adulto e casado! Mal posso acreditar!") Em nome de Deus, por quê? A menos que, de fato, exista em nós alguma coisa que não é temporal[32].

Lewis não está, aqui, deixando-se enredar em um desejo de realização, ou, pelo menos, sugiro não ser essa a sua linha de raciocínio ("Quero que seja *X*, portanto, que seja *X*"). A melhor maneira de apreciar sua posição é vê-la como um apelo ao fato de que não somos apenas redutíveis a processos materiais, que temos, de fato, uma consciência moral que aponta para um poder superior (ou, pelo menos, uma consciência moral de que essa consciência não é explicada pelo naturalismo estrito), e que temos uma natureza tal que só parece sentir-se realizada em uma esfera de domínio que vá além desta aqui.

Talvez para lançar mais luz sobre esse ponto, considere a seguinte linha de raciocínio. Em geral, faz sentido para você afirmar que consumiu o que há de bom em todos os tipos de coisas, desde ler um livro até participar de jogos e de grandes conversas, ou mesmo fazer sexo. Talvez não no caso do último item dessa relação, mas na maioria dos outros casos você vai querer terminar o evento e voltar-se para outros. E, no caso dos corpos humanos, parece difícil negar que eles tenham um fim natural, um momento em que o que há de bom no corpo simplesmente parece exaurido. Porém, se você imaginar que uma pessoa que você ama tiver sido dotada (seja por magia, milagre ou uma nova biologia) de um corpo imperecível, alguma vez você iria concluir que o que há de bom nessa pessoa seja exaurido ou consumido? Imagine que você tem até o poder de vida ou morte sobre essa pessoa; você consegue imaginar que vai desejar a morte dessa pessoa? Esse tipo de raciocínio ajuda a sustentar o ponto de vista de que um Deus poderoso e amoroso, capaz de salvar a alma de sua criatura amada, agiria realmente dessa maneira. E, ao fazer-nos para Deus, Deus também quer que as criaturas anseiem, de fato, por um bem eterno que pode começar neste mundo, mas que terá sua derradeira consumação no próximo.

Alguns filósofos, como Bernard Williams, têm questionado o benefício de uma vida após a morte[33]. Em última análise, será que não acharíamos a eternidade enfadonha? Em uma frase que ficou famosa, Samuel Johnson disse que "o homem que está cansado de Londres está cansado da vida", mas será que até Londres não perderia seus encantos depois de um bilhão de anos? Contudo, é seguro dizer que a vasta obra ficcional de Lewis (principalmente o extraordinário livro *Perelandra*) está impregnada do puro deleite de ser e do inexaurível, impressionante esplendor do amor divino conforme manifesto não apenas na criação, mas também para além dela. O refrão que se repete na última crônica de Nárnia, *The Last Battle*, é "Mais para cima e mais para dentro!"[34].

Em seu sermão "The Weight of Glory", Lewis apresenta uma concepção de extrema profundidade do mundo natural, e ainda assim declara nosso anseio por aquilo que está além deste mundo:

SOBRE O NATURALISMO

Se levarmos a sério o imaginário das Escrituras, se eu acreditar que algum dia Deus nos dará a Estrela da Manhã e nos revestirá do esplendor do sol, então poderemos presumir que tanto os mitos antigos quanto a poesia moderna, tão falsos quanto a história, podem estar muito próximos da verdade enquanto profecias. No presente, estamos do lado de fora do mundo, do lado errado da porta. Percebemos o frescor e a pureza da manhã, mas eles não nos tornam frescos e puros. Não conseguimos nos unir aos esplendores que vemos. Porém, todas as folhas do Novo Testamento estão farfalhando rumores de que nem sempre será assim. Algum dia, se for da vontade de Deus, seguiremos avante. Quando as almas humanas se tornarem tão perfeitas na obediência voluntária quanto a criação involuntária em sua obediência inanimada, elas irão revestir-se de glória ou, antes, daquela glória superior da qual a natureza é apenas o esboço inicial[35].

Sem dúvida, a superação da morte e a descoberta de uma nova vida, para além da que hoje temos (e, assim, subvertendo o desespero darwiniano), precisaria de um milagre. Mas então isso é o que se encontra no cerne da filosofia e religião de Lewis: estamos nas mãos de um Criador onipotente e amoroso que nos dotou de razão, moral e desejo, e que, através da Encarnação ("o Grande Milagre", como Lewis a chama), exorta-nos a uma mais profunda união e a um maior espaço para nossa realização.

Novas reflexões

O debate filosófico sobre os argumentos da razão e da moral continua muito vivo em nossos dias, assim como o debate sobre os argumentos da experiência religiosa e do desejo e toda a questão do naturalismo *versus* teísmo cristão *versus* alternativas não cristãs ao naturalismo. Lewis tem, por direito, um lugar no exame dos argumentos prós e contras, não só devido aos méritos de seus argumentos em si, como também porque ele nos oferece uma valiosa lição ao avaliar qualquer *corpus* teórico. Em termos imaginativos, é importante explorar essas teorias como relatos integrais, com suas próprias estruturas interconectadas e seu raciocínio mutuamente solidário.

A argumentação de Lewis em defesa do cristianismo (e, portanto, sua argumentação contra o naturalismo) pode ser caracterizada como um arrazoado em defesa de uma estrutura ou um ponto de vista ampliados. Lewis colocava o cristianismo como a afirmação da realidade do mundo natural, de suas leis físicas, dos fatos da vida e da morte (do modo como os vemos), mas em seguida ele nos convida, por um ato da imaginação, a conceber uma estrutura mais ampla a partir da qual possamos contemplar a natureza e os dados sensoriais. Acolher uma filosofia cristã não equivale (como afirma Richard Dawkins) ao fechamento da imaginação e do intelecto, uma espécie de estreitamento de nossas visões e ideais; trata-se, antes, de acolher uma estrutura mais ampla de coerência, inteligência e temor reverencial. Sem o acolhimento ativo dessa estrutura mais ampla, o naturalismo parece ser a única filosofia à escolha. "Todos nós temos o naturalismo em nossos ossos", escreve Lewis, "e mesmo a conversão não elimina de imediato a contaminação de nosso sistema. Seus pressupostos voltam com toda força aos nossos pensamentos assim que afrouxamos a vigilância"[36]. Em seu libelo contra o naturalismo, o cauteloso uso lewisiano tanto da razão quanto da imaginação nos permite apreciar e reverenciar o mundo natural em profundidade. Do ponto de vista de Lewis, na verdade o reconhecimento do sobrenatural aumenta o amor pelo natural, em vez de diminuí-lo, e nos ajuda a vê-lo da maneira certa, como ele realmente é:

> Você deve ter saboreado, ainda que brevemente, a água pura do além-túmulo antes de adquirir uma clara consciência do ressaibo quente e salgado da corrente da natureza. Tratá-la como Deus, ou como Tudo, é o mesmo que perder toda sua substância e prazer. Saia, olhe para trás, e então verá [...] essa estonteante catarata de ursos, bebês e bananas: essa descomedida avalanche de átomos, orquídeas, laranjas, cânceres, canários, pulgas, gases, tornados e sapos. Como você poderia ter alguma vez pensado que seria essa a realidade última?[37]

Notas

1. Para uma pesquisa de diferentes modalidades de naturalismo, cf. Stewart Goetz e Charles Taliaferro, *Naturalism* (Grand Rapids, Eerdmans, 2008).
2. Uma eliminação naturalista clássica da ética como um domínio objetivo,

normativo, encontra-se em *Ethics: Inventing Right and Wrong* (Nova York, Penguin, 1977), de J. L. Mackies.

3. Richard Rorty, *Philosophy and the Mirror of Nature* (Oxford, Blackwell, 1980), p. 387.
4. M, p. 18.
5. "On Living in an Atomic Age", EC, p. 364-65.
6. Essa é a posição de Peter Unger em *All the Power in the World* (Nova York, Oxford University Press, 2006).
7. Cf. Goetz e Taliaferro, *Naturalism*.
8. Cf. Goetz e Taliaferro, *Naturalism*, e Charles Taliaferro, *Consciousness and the Mind of God* (Cambridge, Cambridge University Press, 1994). Para uma iniciativa heroica de um naturalista notável, no sentido de conciliar o raciocínio e a liberdade da vontade, cf. *Freedom and Neurobiology* (Nova York, Columbia University Press, 2007), de John Searle. Para uma crítica incisiva, cf. "Searle's Rapprochement between Naturalism and Libertarian Agency: A Critique", *Philosophia Christi* 11 (2009), p. 189-99, de J. P. Moreland.
9. Cf., especialmente, *Lewis's Dangerous Idea: In Defense of the Argument from Reason* (Downers Grove, IL: InterVarsity Press, 2003), de Victor Reppert. Reppert observa que algo de semelhante à argumentação de Lewis aparece de forma atualizada em *Warrant and Proper Function* (Nova York, Oxford University Press, 1993), de Alvin Plantinga, que aceita a comparação (cf. p. 237 n. 28). Um bom exame da obra de Plantinga acha-se disponível em *Naturalism Defeated? Essays on Plantinga's Evolutionary Argument against Naturalism* (Ithaca, Cornell University Press, 2002), de James Beilby (org.).
10. Paul Barrett e outros (orgs.), *Charles Darwin's Notebooks, 1836-1844: Geology, Transmutation of Species, Metaphysical Enquiries* (Ithaca, Cornell University Press, 1987), caderno de anotações M: 27, 31, p. 526-27.
11. Cf. carta de Darwin a William Graham (3 jul. 1881) em *The Life and Letters of Charles Darwin*, 2. ed. (Londres, John Murray, 1887), de Francis Darwin.
12. Cf. *Metaphysics* (Englewood Cliffs, NJ, Prentice-Hall, 1974), p. 114-15, de Richard Taylor. A versão original de Lewis sobre o argumento da razão foi alvo de uma famosa crítica em uma reunião do Socratic Club, de Oxford, em fevereiro de 1948, uma associação que regularmente recebia convidados para apresentações filosóficas sobre crenças religiosas. G. E. M. Ascombe defendia a distinção entre causas irracionais e não

racionais*, e afirmava que, enquanto as causas irracionais destroem a razão, as causas não racionais não o fazem. Lewis reviu sua posição na segunda edição de *Miracles*, de modo a deixar claro que, em sua opinião, a normatividade da razão é destruída tanto por causas não racionais quanto por causas irracionais, e por qualquer processo que explique o raciocínio sem o recurso às crenças, à comprovação subjetiva e à inferência. Para a avaliação posterior do debate, feita por Ascombe, cf. a introdução a *Collected Philosophical Papers. Vol. II: Metaphysics and the Philosophy of Mind* (Minneapolis, University of Minnesota Pess, 1981); sua resposta inicial – "A Reply to Mr C. S. Lewis's Argument that 'Naturalism' is Self-Refuting" – está incluída nas p. 224-32.

13. Charles Darwin, *The Descent of Man and Selection in Relation to Sex* (Nova York: D. Appleton and Co., 1909), p. 130 (Parte I, cap. 5).

14. Charles Darwin, *The Origin of Species* (Harmondsworth, Penguin, 1982), p. 133.

15. Cf. o poema satírico de Lewis, "Evolutionary Hymn" (CP 69), que inclui a estrofe:

"Por muito tempo, os sábios explicaram em vão
O texto simples da grande Natureza;
Aquele que persiste pode ler simplesmente,
'Bondade = o que vem a seguir'.
Ao evoluir, a vida vai resolvendo
Todas as questões que nos desconcertam."

16. *The Descent of Man*, Parte I, cap. 6, p. 200-01

17. "On Living in an Atomic Age", EC, p. 363.

18. M, p. 40-41.

19. M, p. 40.

20. Michael Ruse, *Taking Darwin Seriously* (Amherst, MA, Prometheus Press, 1998), p. 253.

---

* O entendimento do racionalismo no sentido de não racional ou irracional é tido como um problema de visão de mundo. Para os que acreditam que o universo e – caso a ideia seja pertinente – o Ser Supremo formam um todo não contraditório, em que intelecto, emoção e vontade coexistem em harmonia com aspectos distintos dessa realidade, *não racional* deve ser a expressão escolhida como a mais apropriada. Dessa perspectiva, *irracional* deverá ser o termo reservado aos casos de opiniões ou comportamentos incapazes de sujeitar-se às regras aceitas da razão – e não àquilo que transcende os domínios da razão. (N. T.)

21. E. O. Wilson e Michael Ruse, "The Evolution of Ethics", *New Scientist*, 1478 (17 out. 1985), p. 51.
22. Cf., em AOM, o uso abrangente dado por Lewis ao argumento moral.
23. Para uma visão geral, cf. Benjamin Wiker, *The Darwin Myth* (Washington, DC, Regnery Publishing, 2009), cap. 8.
24. Alguns dos problemas relativos à evolução darwiniana são enfatizados em *What Darwin Got Wrong* (Londres, Profile Books, 2009), de Jerry Fodor e Massimo Piatelli-Palmarini.
25. Examino diferentes e importantes posições teístas em meu livro *Contemporary Philosophy of Religion* (Oxford, Blackwell, 1998).
26. Para um novo e excelente exame da argumentação moral de Lewis, cf. Mark Linville, "The Moral Argument", em W. L. Craig e J. P. Moreland (orgs.), *The Blackwell Companion to Natural Theology* (Oxford, Wiley-Blackwell, 2009).
27. Sobre o ceticismo em relação ao naturalismo em sentido amplo, cf. Goetz e Taliaferro, *Naturalism*.
28. Daniel Dennett, *Breaking the Spell* (Nova York, Viking, 2006), 268.
29. "On Living in an Atomic Age", EC, p. 362. O ponto de vista de Lewis é apresentado em um excelente capítulo, "Naturalism as Bad News for the Many", em *The Fifth Dimension* (Oxford, Oneworld Publications, 2004), de John Hick.
30. Cf. John C. Greene, *Debating Darwin: Adventures of a Scholar* (Claremont, CA, Regina Books, 1999), 53-54.
31. Há, sem dúvida, muitas outras alternativas ao naturalismo, além do teísmo cristão, mas me limito à comparação dessas duas, por razões do espaço disponível e devido ao presente enfoque do pensamento lewisiano.
32. Carta a Sheldon Vanauken, 23 dez. 1950 (CLIII, p. 76).
33. Cf. Bernard Williams. "The Makropulos Case: Reflections on the Tedium of Immortality", em *Problems of the Self: Philosophical Papers 1956-1972* (Cambridge, Cambridge University Press, 1973), 82-100.
34. É o título do cap. 15. Cf., de minha autoria, "Why We Need Immortality", *Modern Theology* 6 (1990), 367-79.
35. "The Weight of Glory", EC, p. 104.
36. M, p. 168.
37. M, p. 70.

Sobre o conhecimento moral
Gilbert Meilaender

Em *The Magician's Nephew* [*As Crônicas de Nárnia: o sobrinho do mago*], a sexta das Crônicas de Nárnia, tomamos conhecimento de como Aslam criou a terra de Nárnia. Como ponto culminante dessa criação, Aslan escolhe alguns dos animais para serem Criaturas Falantes. A eles, diz Aslam:

> Dou-lhes para sempre esta terra de Nárnia. [...] Dou-lhes as estrelas e dou-lhes a mim mesmo. As Criaturas Mudas que não escolhi também vos pertencem. Tratem-nas com bondade e carinho, mas não lhes sigam os caminhos, a menos que queiram perder o dom da fala[1].

Em outras palavras, é possível que as Criaturas Falantes percam sua posição privilegiada e deixem de ver a si próprias como algo além das Criaturas Mudas, passando a ver-se apenas como "seres de posição inferior".

Elas *podem* fazer isso; ao fazê-lo, porém, irão desviar-se de sua natureza criada. É por isso que, na grande cena do julgamento no fim das Crônicas de Nárnia, as Criaturas Falantes que olham para o rosto de Aslan com ódio, e não com amor, deixam naquele momento de ser Criaturas Falantes e transformam-se em animais comuns[2]. Ocorre ali uma abolição livremente escolhida de sua natureza.

A visão aqui representada, que se encontra nas Crônicas, é mais sistematicamente desenvolvida por Lewis em outros escritos, de maneira mais fundamental em *The Abolition of Man*[3]. É de importância especial em seu entendimento do conhecimento moral – aquilo que conhecemos sobre nossos deveres morais, e de que modo adquirimos tal conhecimento. Podemos desenvolver os elementos principais de sua concepção ao examinar, primeiro, a estrutura da moral do modo como ele a entende e, em segundo lugar, a maneira extraordinariamente presciente com que esse entendimento concentrou sua atenção naquilo que hoje chamamos de biotecnologia.

A ESTRUTURA DO CONHECIMENTO MORAL

Para discutir a concepção moral de Lewis, temos de distinguir três elementos: (1) *que* verdades morais conhecemos, (2) *como* as conhecemos e (3) como nos *tornamos capazes* de conhecê-las. A diferença entre o segundo e o terceiro talvez não se evidencie de imediato e, na verdade, é possível que nem sempre tenha sido clara ao próprio Lewis, mas acredito que se tornará clara à medida que avançarmos na argumentação de *The Abolition of Man*.

O que sabemos quando conhecemos a verdade moral? Mais fundamentalmente, segundo Lewis, conhecemos as máximas do que ele chama de "o Tao" (o Caminho). Essas "platitudes morais primitivas" (como Screwtape* certa vez as descreveu[4]) constituem o legado moral humano. Para Lewis, elas não são criação de ninguém, nem mesmo – embora isso seja complicado – de Deus[5]. Tendo em vista que essas máximas são tão básicas a todo raciocínio moral, até os que defendem teorias morais muito diferentes tendem a concordar com boa parte do conteúdo de virtude e vício, certo e errado.

No ensaio "On Ethics", cujo conteúdo é muito semelhante ao de *The Abolition of Man*, Lewis nega que esteja "tentando reintroduzir, na plenitude de seu rigor estoico ou medieval, a doutrina do Direito Natural"[6]. Sem dúvida, isso é verdade; não obstante, não estaríamos errados se caracterizássemos essas máximas, o legado moral humano, como os princípios básicos do direito natural: as exigências, tanto da caridade geral quanto da especial; os deveres, tanto para com os pais quanto para com os filhos; as exigências de justiça, verdade, clemência e magnanimidade. Aí está o ponto de partida de todo raciocínio, deliberação e argumentação morais; em outras palavras, trata-se, para a moral, daquilo que os axiomas são para a matemática. Não são conclusões, porém premissas[7]. Comecemos por eles e poderemos chegar a algum lugar ao refletirmos sobre o que devemos fazer. Se tentarmos ficar à

---

*   Demônio do livro *The Screwtape Letters*, de C. S. Lewis, de 1942. (N. E.)

margem do Tao em bases moralmente neutras ou vazias, veremos que é impossível gerar absolutamente qualquer raciocínio moral.

Lewis apresenta uma ilustração do Tao em *That Hideous Strength* [*Uma força medonha*], o terceiro e último volume de sua trilogia Ransom. Ele deu ao texto o subtítulo de "A Modern Fairy-tale for Grown-ups" e, no breve prefácio que escreveu para o livro, afirma: "Esta é uma 'história exagerada' sobre o demonismo, embora tenha por trás de si uma questão 'séria' que tentei abordar em meu livro *Abolition of Man*"[8]. Podemos seguir sua deixa e ilustrar o Tao mediante uma referência à cena, em *That Hideous Strength*, em que Frost (um nome sugestivo, como o de seu coorte Wither*) começa a dar a Mark Studdock um treinamento sistemático em algo que Frost chama de "objetividade". O treinamento destina-se a eliminar, em Mark, todas as preferências humanas naturais.

Mark é colocado em uma sala desproporcional; por exemplo, o vértice do arco acima da porta não está exatamente no centro. Na parede, há um retrato de uma mulher ainda jovem de boca aberta – e com o interior da boca cheio de pelos. Há uma imagem da Última Ceia que se distingue particularmente por uma profusão de besouros sob a mesa. Há uma imagem de um gigantesco louva-a-deus que toca violino enquanto está sendo devorado por outro louva-a-deus, e outra de um homem com saca-rolhas no lugar dos braços. O próprio Mark é estimulado a praticar várias iniquidades, culminando na ordem de pisotear um crucifixo.

Aos poucos, porém, Mark descobre que a sala está exercendo sobre ele um efeito que Frost praticamente não previra ou desejara: "Por trás do que havia de execrável e deformado atrás dele, ergueu-se algum tipo de visão do que era doce e puro"[9]. Para Mark, tudo isso vinha misturado com imagens de Jane (sua esposa), ovos fritos, sopa, luz solar e canto de pássaros. Poder-se-ia dizer, portanto, que Mark não estava pensando em termos morais, mas também seria possível, como o texto deixa claro, pensar nele como alguém "passando por sua primeira experiência profundamente moral. Ele estava optando por um lado: o Normal"[10]:

---

*   Como substantivo, *frost* significa "gelo", "frieza", "indiferença"; *wither*, mais usado como verbo, significa "murchar", "fulminar", "acolher com aspereza". Ao dizer que são nomes *sugestivos*, o autor do ensaio alude às características dos dois personagens: verdadeiras caricaturas, cheias de dureza, artificialismo e desdém pelos outros. (N. T.)

Ele jamais soubera antes o que significava uma Ideia; até aquele momento, sempre pensara tratar-se de coisas existentes dentro da cabeça de alguém. Agora, porém, quando sua cabeça estava sendo continuamente atacada, em um quase permanente transbordar da perversão do treinamento, essa Ideia elevou-se a grande altura sobre ele – alguma coisa que obviamente existia de maneira muito independente dele mesmo e tinha duras superfícies rochosas que não cederiam, superfícies às quais ele poderia apegar-se[11].

Ele está experimentando o Tao, criação de ninguém e, por certo, não dele também. Ele não cria essas verdades morais; ao contrário, são elas que o reivindicam. O mundo que o cerca não é território neutro; desde o início, é perpassado por valores morais.

Podemos, sem dúvida, criticar uma ou outra dessas máximas morais, ou, pelo menos, algumas informações específicas que delas provêm, afirma Lewis. Inevitavelmente, porém, invocaremos algum outro princípio do Tao ao fazê-lo. Assim, por exemplo, podemos considerar o homem magnânimo de Aristóteles como alguém insuficientemente compassivo e um pouco preocupado demais com sua própria nobreza, usando, portanto, um princípio do Tao (a compaixão) para aprimorar o outro. Na busca de nossos deveres para com a posteridade, podemos estar dispostos a sacrificar os fracos e vulneráveis no altar da pesquisa médica, mas então teremos de perguntar se não teremos violado a exigência de justiça – cada fração do Tao como um elemento tão importante quanto nosso dever para com a posteridade. Contudo, sair – ou tentar sair – totalmente do Tao equivale a perder o fundamento mesmo da razão moral em si.

Deve ficar claro que os princípios do Tao não resolvem problemas morais para nós; ao contrário, eles criam, estruturam e configuram esses problemas. Eles nos ensinam a pensar plena e fecundamente sobre eles, à medida que reconhecemos as diferentes reivindicações que o Tao nos faz: como observa Lewis, "Quem poderia alguma vez ter imaginado que, ao aceitar um código moral, estaríamos livres de todas as questões da casuística? Sem dúvida, são os códigos morais que criam as questões de casuística, assim como as regras do xadrez criam os problemas do xadrez"[12].

De fato, se há uma objeção que gostaríamos de colocar a Lewis a esta altura, ela se assemelharia ao que vem a seguir. Para ficar em um exemplo, é claro que o próprio Lewis acha melhor que a posteridade sofra em vez de praticarmos injustiças agora, com o objetivo de atenuar aquele sofrimento futuro. O que ele não nos oferece é o argumento consumado para explicar por que o dever de justiça deve ser mais fundamental do que nosso dever para com a posteridade. E, de fato, quando ele finalmente nos apresenta um motivo, resulta que este depende de certas crenças claramente cristãs. Ainda que as próprias máximas do Tao não pressuponham quaisquer crenças especificamente cristãs, o modo como uma pessoa sensata lida com problemas morais configurados por máximas conflitantes vai depender de toda uma série de crenças de fundo. Portanto, a ideia de Lewis de que seria melhor que a posteridade sofra, e não que cometamos injustiças agora, fundamenta-se em sua crença de que a segunda vinda de Cristo fará descer, algum dia, as cortinas sobre a nossa história. Os deveres para com a posteridade não podem, portanto, ser determinantes; isso porque "toda a vida da humanidade neste mundo" – isto é, a totalidade da história humana – é "precária, efêmera, provisória"[13]. É o demônio Screwtape, seus aliados tentadores e seu "Pai Inferior" que "desejam um homem atormentado pelo Futuro – assoberbado por visões de um paraíso ou um inferno iminentes na Terra –, pronto para violar as injunções [de Deus] no presente se, ao fazê-lo, fazemos [o homem] pensar que ele pode conseguir o primeiro e evitar o segundo – dependente, para sua fé, do sucesso ou do fracasso de manobras cujo fim ele não viverá para ver"[14].

Outro exemplo (que tem perturbado e atraído muitos pensadores além de Lewis) diz respeito a saber se alguma vez seria certo mentir (talvez contar uma "mentira inofensiva" aparentemente inócua, que evite ou atenue algum atrito social ou, em casos mais graves, que seja necessária para proteger alguém em situação de risco). Warren, irmão de Lewis, relata em seus diários uma ocasião em que "teve uma discussão com [Jack] sobre a ética da mentira social, ele afirmando que uma mentira jamais deve ser contada, mesmo em circunstâncias banais, como um bate-boca qualquer com algum tolo, eu negando categoricamente essa possibilidade"[15]. Quase um quarto de século depois, em carta a Sheldon Vanauken, Lewis considerou a questão mais complicada:

> Tenho remoído muitas vezes a questão da mentira obrigatória – pois estou convencido de que ela, sempre que permissível, é obrigatória. O caso sobre o qual tenho clareza ocorre quando

uma pergunta impertinente obriga você *ou* a mentir *ou* a trair o segredo de um amigo (pois dizer "Não vou lhe contar" equivale quase sempre a responder "Sim") [...] É quase impossível prever, sem margem de erro, que uma mentira não venha, algum dia, a ser descoberta como tal. Eu temeria que essa descoberta pudesse desfazer todo o bem que houvesse feito e, até mesmo, agravar o mal que estivesse destinada a eliminar[16].

Talvez não haja regras gerais para a solução dessas dificuldades; sem dúvida, o próprio Tao não oferece nenhuma. A sabedoria necessária para descobrir onde fica nosso dever nessas circunstâncias depende de o nosso caráter ter sido moldado de determinadas maneiras por aqueles que são moralmente exemplares. Portanto, podemos ver tanto a contribuição essencial do Tao para a deliberação moral quanto os seus limites.

Se isso é *o que* sabemos, *como* sabemos? Se o mundo à nossa volta está repleto de valores díspares, isso significa que identificar um dever moral – percebê-lo como algo além de nossa própria decisão ou escolha – equivale a identificar uma verdade. Lewis acredita que nós simplesmente "identificamos" essas platitudes morais primitivas do Tao[17]. Elas não podem ser provadas, pois é somente através delas que podemos provar ou defender quaisquer outras conclusões morais a que chegarmos. Como diz Lewis já quase no final de *The Abolition of Man*: "De nada adianta 'ver através' dos primeiros princípios. [...] 'Ver através' de todas as coisas é o mesmo que não ver"[18]. Poderíamos dizer, como faz Lewis em *Miracles*, que esses primeiros princípios de raciocínio moral são "evidentes por si mesmos"[19]. Pode-se argumentar *a partir* das máximas do Tao, mas não *com* elas.

Esse é, porém, um terreno em que precisamos explicar um pouco a discussão de Lewis, pois ele não apresenta consistência total em seu texto. Se examinarmos o que para mim é a melhor expressão de seu ponto de vista, em *The Abolition of Man*, veremos de imediato – por razões das quais tratarei mais adiante – que "evidente por si mesmo" não pode significar "óbvio". Não pode significar que qualquer pessoa racional, depois de dedicar algumas reflexões à questão, verá que as máximas do Tao constituem os enunciados morais da razão em si. Contudo, examinemos um trecho como o que apresento a seguir, extraído de *Mere Christianity*:

SOBRE O CONHECIMENTO MORAL

Essa lei é chamada de Lei da Natureza porque as pessoas pensavam que todos a conheciam por natureza e não precisavam aprendê-la por meio de ensinamentos. Elas não queriam dizer, por certo, que você não encontraria uma pessoa aqui e ali que não a conhecesse, assim como encontra algumas pessoas que são daltônicas ou não têm ouvido musical. Todavia, considerando a raça em sua totalidade, elas acreditavam que a ideia humana de comportamento decente era óbvia para todas. E eu acredito que estavam certas[20].

Esta é uma formulação diferente – e menos satisfatória – do que aquela encontrada em *The Abolition of Man*. Os preceitos do Tao constituem uma espécie de lei natural não porque todos os conhecem sem tê-los aprendido, mas porque eles expressam verdades fundamentais – que podemos ou não aprender – sobre a natureza humana. Aqueles que, dentre nós, as aprenderam, certamente irão "vê-las". Não haverá processo de raciocínio por meio do qual possam ser provadas, mas, ao mesmo tempo, não há nenhum motivo para presumir que todos podemos ou iremos discernir facilmente esses primeiros princípios da lei natural.

Por que não? Em parte – embora Lewis não o coloque assim em *The Abolition of Man*, um texto decididamente não teológico – porque a razão e o desejo humanos são perturbados pelo que os cristãos chamam de pecado. A perturbação é evidente mesmo se desconsiderarmos quaisquer explicações teológicas. Ao "abrirmos os olhos", Iris Murdoch (refletindo o pensamento de Platão, assim como Lewis) escreveu: "Não vemos necessariamente aquilo que está à nossa frente. Somos animais movidos pela ansiedade. Nossa mente está em constante atividade, fabricando um *véu* ansioso, geralmente preocupado consigo mesmo e quase sempre falsificador, que encobre parcialmente o mundo"[21]. De fato, se Lewis realmente sustentava que os preceitos do Tao eram "óbvios", o tema central de *The Abolition of Man* poderia não fazer muito sentido, uma vez que se trata de um livro sobre nossa necessidade de educação moral.

Isso nos leva ao terceiro elemento da concepção lewisiana da moral. Se perguntarmos *quais* verdades morais conhecemos, a resposta será: as máximas do Tao. Se perguntarmos *como* as conhecemos, a resposta será: simplesmente as "vemos" como os primeiros princípios de todo o raciocínio moral. E agora, se perguntarmos como *nos tornamos capazes* de "simplesmente ver" essas máximas, a resposta será: somente quando nosso caráter for bem formado pela educação moral. Sem essa educação, nunca chegaremos a conhecer o legado moral humano. Podemos ser muito brilhantes e racionais, mas seremos "macacos com calças"[22]. Por carecer da formação moral apropriada, nossa liberdade de fazer escolhas morais será uma liberdade de ser inumanos de inúmeras maneiras. O paradoxo da educação moral é que toda liberdade humana genuína, uma liberdade que não termine por se mostrar destrutiva, exige que sejamos disciplinados e moldados pelos princípios do Tao.

Nossos apetites e desejos podem, de fato, nos tentar a ignorar as exigências da razão moral. Portanto, desde a infância nossas emoções devem ser treinadas e habituadas, de modo que aprendamos a amar o bem (não apenas o que parece ser o bem para nós). E somente quando nosso caráter for assim moldado nos tornaremos homens e mulheres capazes de "ver" as verdades da razão moral. A intuição moral, portanto, não é só uma questão de razão; requer emoções treinadas e hábitos morais de comportamento inculcados ainda antes de termos chegado à idade da razão. "A cabeça governa a barriga por meio do peito"[23]*. A razão disciplina o apetite apenas com o auxílio de emoções treinadas. Segue-se, portanto, que a educação moral faz mais do que simplesmente permitir que "vejamos" o que a virtude requer. Ela também permite, até certo ponto, que *sejamos* virtuosos. Isso porque o próprio treino das emoções, que possibilita o vislumbre intuitivo, terá produzido em nós traços de caráter que nos inclinam a amar o bem e a praticá-lo.

Refletir sobre essa estruturação do caráter significa avaliar quão profundamente aristotélicas são as raízes do entendimento moral lewisiano. A educação nunca pode ser uma questão privada, e Lewis segue Aristóteles ao sustentar que "só os que tiveram boa formação podem estudar ética de modo a extrair proveito desse estudo"[24]. Portanto, se o processo de educação moral se destina a ser bem-sucedido, deve poder contar com o apoio da sociedade em termos mais abrangentes. Nesse sentido, a ética é um desmembramento da política. Assim, por exemplo, para tomarmos um caso ilustrativo que Lewis não poderia ter previsto, consideremos a questão de proteger as crianças contra a pornografia na

---

*   Isto é, a barriga deve submeter-se à cabeça através da mediação e coibição do coração. (N. T.)

internet. Por mais verdadeiro que seja que tal proteção deva ser fundamentalmente de responsabilidade dos pais, eles irão deparar-se com obstáculos assustadores e com o fracasso quase inevitável se não puderem contar com uma ecologia moral de apoio da sociedade em que vivem. Se pretendemos encará-la com seriedade, a educação moral requer compromisso com princípios morais que vão muito além da linguagem de liberdade pessoal – princípios que são muito mais do que apenas escolha e consentimento.

Não devemos pensar nessa educação moral como doutrinação; trata-se, antes, de iniciação, iniciação ao legado moral humano: "homens transmitindo a humanidade a homens"[25]. Iniciamos, mais do que doutrinamos, exatamente porque não somos nós, mas o Tao, o que une aqueles aos quais ensinamos. Não fomos nós que decidimos o que a moral requer; fizemos apenas a descoberta. Não transmitimos nossos próprios pontos de vista ou desejos, mas apenas nossa verdade moral – à qual também nos consideramos presos. Uma aceitação da realidade objetiva do Tao é, portanto, um pré-requisito moral daquilo que poderíamos ver como uma igualdade democrática entre as gerações da humanidade. É "necessária à ideia mesma de uma regra que não seja tirania, ou a uma obediência que não seja escravidão"[26]. A verdadeira educação moral – iniciação, em vez de doutrinação – não é um exercício de poder sobre as futuras gerações. Para ver o que acontece quando ela se torna um exercício de poder de alguns sobre outros, quando tentamos ficar à margem do Tao, podemos examinar *en passant* dois modos como a discussão lewisiana da moral em *The Abolition of Man* adquire forma em *That Hideous Strength*, sua "história exagerada" de demonismo.

Sabedoria *versus* poder

No centro da trama de *That Hideous Strength* está o projeto do National Institute of Coordinated Experiments (NICE) de dar o passo decisivo para adquirir o controle sobre a natureza e dar-lhe forma. Depois de ter conquistado aos poucos o mundo da natureza exterior aos seres humanos, o objetivo do NICE consiste agora em tratá-los também como objetos naturais – em particular, assumir o controle do nascimento, da criação e da morte. O projeto que Lewis imaginou fantasiosamente em seu "conto de fadas para adultos" fez um progresso notável nas décadas que se seguiram à sua publicação, como o exemplo seguinte pode ilustrar.

Examinemos agora as seguintes frases extraídas de *O velho e o mar*, de Ernest Hemingway:

> Olhou para a água e observou as linhas que desciam direto para o escuro sombrio. Manteve-as mais esticadas do que qualquer um poderia fazer, de modo que em cada nível da escuridão da corrente haveria uma isca exatamente onde queria que ela estivesse, à espera de qualquer peixe que por ali nadasse. [...] Não tenho entendimento dele [do sofrimento] e até chego a pensar que não acredito nele. Talvez tenha sido um pecado matar o peixe [...] Urinou fora da cabana e se pôs estrada acima para acordar o rapaz. Tremia com o frio da manhã [...] Então ficou triste pelo grande peixe que nada tinha para comer, e sua determinação de matá-lo não atrapalhava a tristeza que sentia por ele. Quantas pessoas comerão sua carne, pensou. Mas serão elas dignas de comê-lo? [...] Foi a coisa mais triste que um peixe já me fez sentir, pensou o velho. O menino também estava triste e pedimos perdão ao peixe e o esquartejamos sem muito pensar [...] O menino não desceu para a praia. Já estivera ali antes e um dos pescadores estava cuidando do barco para ele[27].

Para críticos e leitores, é praticamente consensual que a prosa de Hemingway é clara e direta, e imagino que cada frase do trecho acima seja simples e transparente aos que a lerem. Imagino também que, considerada em seu conjunto, a passagem quase não faz sentido. Há um motivo para isso. As frases do trecho foram extraídas das páginas 29, 104-05, 22, 74, 48 e 123 da minha edição – *e nessa ordem*.

Examinemos agora a imagem operacional do ser humano em um trecho frequentemente citado de Thomas Eisner, biólogo da Cornell University:

> Como resultado de avanços recentes na engenharia genética [uma espécie biológica] deve ser vista como [...] um repositório de genes potencialmente transferíveis. Uma espécie não é simplesmente um volume de capa dura da biblioteca da natureza. É também um livro de folhas soltas cujas páginas individuais, os

genes, podem estar disponíveis para a transferência seletiva e à modificação de outras espécies[28].

Tentei apresentar uma despretensiosa ilustração disso ao emendar frases de páginas diferentes de um único livro – produzindo, assim, alguma coisa ininteligível. E, deixando nossa imaginação vagar um pouquinho, eu também poderia costurar frases de *Anna Karenina* e *Um conto de Natal*, criando, assim, uma coisa que dificilmente poderíamos nomear. Essa linha de raciocínio foi-me inicialmente sugerida por uma das descobertas do Projeto Genoma Humano, descoberta que recebeu bem pouca atenção em artigos de jornal que anunciavam (em fevereiro de 2001) a conclusão do projeto por dois grupos de pesquisadores. Fomos informados de que o número de genes no genoma humano terminara por se mostrar surpreendentemente pequeno. Assim, por exemplo, soubemos que os seres humanos têm, no máximo, talvez duas vezes mais genes do que o humilde nematelminto (um número ainda mais reduzido com novas descobertas, em 2004, de que os seres humanos e os nematelmintos têm mais ou menos o mesmo número de genes). Considerando-se a complexidade dos seres humanos em relação aos nematelmintos, parecia surpreendente que, falando em termos relativos, um organismo muito menos complexo não tenha muito menos genes do que os seres humanos.

Por que motivo, caberia perguntar, isso deve parecer surpreendente? Será surpreendente se presumirmos que a complexidade de um ser "superior" seja, de alguma forma, estruturada a partir de – e explicada em termos de – componentes "inferiores" (que servem como "recursos"). Se explicarmos o superior em termos do inferior, faz algum sentido presumir que um ser relativamente complexo precisaria de grandes quantidades de componentes – pelo menos em comparação com um ser menos complexo. E, sem dúvida, sempre poderíamos dizer que o Projeto Genoma Humano é o produto fundamental dessa visão reducionista da biologia.

Em certo sentido, pensar sobre os seres humanos dessa maneira é exatamente a última etapa de um longo movimento do pensamento ocidental. Primeiro, aprendemos a pensar que as qualidades dos objetos não estavam realmente presentes neles, mas que eram conhecidas pelo sujeito cognoscível. Depois, alguns filósofos sugeriram que os próprios objetos – e não apenas suas qualidades – eram meros construtos do sujeito cognoscível. O que acontece, porém, quando esse sujeito desaparece? Quando esse processo redutivo é aplicado ao sujeito humano, como observou Lewis em uma passagem inspirada, temos

> um resultado incomumente semelhante a zero. Enquanto estávamos reduzindo o mundo a quase nada, iludimo-nos com a fantasia de que todas as suas qualidades perdidas estavam sendo mantidas a salvo (ainda que em circunstâncias um tanto rebaixadas) como "coisas em nossa mente". Ao que parece, não tínhamos o tipo necessário de mente. O Sujeito é tão vazio quanto o Objeto. Quase ninguém vem cometendo erros de linguagem sobre praticamente nada. De um modo geral, essa é a única coisa que já aconteceu[29].

Em *The Abolition of Man*, Lewis descreve poderosamente o movimento pelo qual as coisas passaram a ser entendidas como meras partes da natureza, objetos que não têm nenhuma finalidade ou *télos* intrínsecos que, portanto, se tornam recursos disponíveis à utilização humana. Assim, o longo e lento processo daquilo a que nos referimos como "conquistar a natureza" poderia ser mais apropriadamente descrito como reduzir as coisas à "mera natureza", desprovida de finalidade ou valor. Lewis escreve:

> Não vemos as árvores como dríades ou belos objetos quando as cortamos para transformá-las em tábuas: o primeiro homem que assim o fez deve ter percebido claramente a truculência que cometia, e as árvores que sangram em Virgílio e Spenser podem ser ecos distantes desse sentimento primitivo de crueldade. [...] Toda conquista sobre a Natureza aumenta seus domínios. As estrelas não se tornam Natureza enquanto não formos capazes de pesá-las e determinar sua extensão e grandeza: a alma não se torna Natureza enquanto não a psicanalisarmos. *Tirar* poderes da Natureza equivale também a *ceder* coisas à Natureza. Se esse processo for interrompido antes do estágio final, talvez possamos afirmar que os ganhos superaram as perdas. Contudo, ao darmos o último passo e reduzirmos nossa própria espécie ao nível da Natureza, teremos invalidado todo o processo, pois dessa vez o ser que foi beneficiado e o que foi sacrificado serão um só e o mesmo[30].

SOBRE O CONHECIMENTO MORAL

No último passo desse processo redutivo, o ser humano torna-se um artefato, algo a ser formado e reformulado. Uma maneira de descrever esse processo consiste em dizer que assumimos o controle de nosso próprio destino. Outra maneira de descrevê-lo, porém, é aquela apresentada por lorde Feverstone em *That Hideous Strength*: "O Homem deve cuidar do Homem. Isso significa, lembrem-se, que alguns homens têm de cuidar de outros"[31]. Isso é o que acontece, acredita Lewis, quando nos distanciamos do Tao e consideramos até a moral como uma questão de nossa própria escolha e livre criação.

Vistos desse ângulo, os avanços da biotecnologia tendem a influenciar a maioria de nossas atitudes relativas ao nascimento e à criação. Permanece, contudo, o fato da morte e, uma vez que chamemos a nós a responsabilidade pela configuração de nosso destino, será muito difícil aceitar até mesmo esse derradeiro limite sem contestação. Quando se pede a Mark Studdock para pisotear o crucifixo na última etapa de seu treinamento em "objetividade", ele reluta em obedecer – embora não seja cristão. Isso porque lhe parece que a cruz é uma imagem do que o Errado faz com o Certo quando ambos se encontram e entrechocam. Mark optou pelo lado daquilo que ele chama simplesmente de Normal. Em outras palavras, ele começou a assumir sua posição no Tao. Suponhamos que agora ele comece a achar, pela primeira vez, que essa posição escolhida seja, em certo sentido, aquela do lado "perdedor". "Por que não", pergunta-se ele, "arcar com as consequências?"[32].

Para os que permanecem no Tao, o modo *como* vivemos é mais importante do que *por quanto tempo* vivemos. Há coisas que poderíamos fazer para sobreviver – ou ajudar nossa espécie a sobreviver ou avançar, ou até mesmo apenas sofrer menos – que seriam, não obstante, desonrosas ou erradas de fazer. Na verdade, não precisamos procurar muito longe em nosso próprio mundo para perceber quão fortemente somos tentados a considerar como cruciais as reivindicações da posteridade a uma vida melhor e mais longa. "Queremos", escreve Screwtape, "toda uma raça em uma busca infindável do fim do arco-íris, nunca honesta, nem gentil ou feliz *agora*, mas sempre usando como mero combustível, com o qual subir ao altar do Futuro, cada dom verdadeiro que lhe for oferecido no Presente"[33].

Podemos ver, então, que a vida dentro da estrutura do Tao constitui, para Lewis, mais um modo de sabedoria do que uma forma de poder.

Compete à educação moral impor limites ao que faremos na busca do fim do arco-íris – impor limites, a fim de que o desejo não leve à abolição do homem. "Para os sábios antigos", escreve Lewis, ainda que com um claro olhar para o que a sabedoria ainda significa em nossos dias, "o problema crucial havia sido como harmonizar a alma com a realidade, e a solução encontrada fora o conhecimento, a autodisciplina e a virtude"[34]. Quando, ao contrário, a liberdade não se torna iniciação a nosso legado moral, mas a liberdade de nos fazermos e refazermos, o poder de algumas pessoas sobre outras, torna-se então imperativo lembrar a nós mesmos que a educação moral não é uma questão de técnica, mas, antes, de exemplo, habituação e iniciação. E, como diz Lewis citando Platão, ao chegar à idade da razão os que assim foram educados desde seus primeiros dias darão as boas-vindas à virtude, reconhecendo sua própria afinidade com ela[35].

Notas

1. MN, p. 109.
2. LB, p. 146.
3. Originalmente, as Riddell Memorial Lectures proferidas na University of Durham em fevereiro de 1943.
4. SL, p. 118.
5. Cf. "The Poison of Subjectivism", EC, p. 664. Lewis sugere aí que pode ser "permissível apresentar duas negações: que Deus nem *obedece* nem *cria* a lei moral. O bem não é criado; nunca poderia ter sido de outra maneira; ele não contém em si nenhuma sombra de contingência". Lewis sustenta com firmeza que só podemos dar sentido à moral se percebermos que o que se encontra "por trás do universo é mais parecido com uma mente do que qualquer outra coisa que conhecemos. Em outras palavras, é consciência, e tem finalidades, e prefere uma coisa a outra" (MC, p. 30). O argumento é teísta, mas não especificamente cristão. De qualquer modo, por mais que imaginemos Deus como "por trás" da lei moral, não pode ser no sentido de alguém que a crie arbitrariamente. Ao contrário, essa lei reflete alguma coisa sobre a natureza desse ser divino.
6. "On Ethics," EC, p. 312. Em "The Poison of Subjectivism", Lewis afirma que quem se der ao trabalho de investigar os princípios éticos de diferentes culturas "descobrirá a extrema unanimidade da razão prática no homem" e "deixará de duvidar da existência de algo como a Lei da Natureza" (EC, p. 662). Em *The Abolition of Man*, Lewis escreve que aquilo que ele

chama de Tao "pode ser chamado de Lei Natural por outros" (29), e suas ilustrações anexadas das máximas do Tao começam com "As seguintes ilustrações da Lei Natural" (49).

7. AOM, p. 27.
8. THS, p. 7.
9. THS, p. 299.
10. THS, p. 299.
11. THS, p. 310.
12. "On Ethics", EC, p. 313.
13. "The World's Last Night", EC, p. 52.
14. SL, p. 78-79.
15. Clyde S. Kilby e Marjorie Lamp Mead (orgs.), *Brothers and Friends: The Diaries of Major Warren Hamilton Lewis* (Nova York, Ballantine Books, 1982), p. 168.
16. Carta a Sheldon Vanauken, 15 dez. 1958 (CLIII, p. 1000).
17. Ele parece negar, porém, que esteja apresentando uma teoria moral "intuicionista". Cf. "On Ethics", EC, p. 312.
18. AOM, p. 48.
19. M, p. 39.
20. MC, p. 17.
21. Iris Murdoch, *The Sovereignty of Good* (Londres, Routledge & Kegan Paul, 1970), p. 84.
22. AOM, p. 11, 12.
23. AOM, p. 19.
24. AOM, p. 31.
25. AOM, p. 18.
26. AOM, p. 44.
27. Ernest Hemingway, *The Old Man and the Sea* (Nova York, Charles Scribner's Sons, 1952), 29, 104-05, 22, 74, 48, 123.
28. Thomas Eisner, "Chemical Ecology and Genetic Engineering: The Prospects for Plant Protection and the Need for Plant Habitat Conservation", Simpósio sobre Biologia e Agricultura Tropicais, Monsanto Company, St Louis, 15 jul. 1985; citado em Mary Midgley, "Biotechnology and Monstrosity", *Hastings Center Report* 30 (set/out. 2000), 11.
29. "The Empty Universe", EC, p. 364.

30. AOM, p. 43.
31. THS, p. 42.
32. THS, p. 337.
33. SL, p. 79.
34. AOM, p. 46.
35. AOM, p. 15.

Sobre o discernimento
Joseph P. Cassidy

The Screwtape Letters, publicado em 1942[1], é uma sátira escrita a partir da perspectiva de um diabo muito experiente, Screwtape, em que ele instrui seu jovem sobrinho Wormwood na arte da tentação quando ele tenta afastar um jovem "paciente" humano do Inimigo (Deus) e levá-lo para o domínio das trevas. As cartas dizem respeito às tentações mais típicas dos convertidos recentes (de fato, o "paciente" adota o cristianismo logo depois de ler a primeira carta) e misturam humor irônico com sabedoria indireta, esta última evidentemente oriunda do autoconhecimento obtido a duras penas pelo próprio Lewis e de sua familiaridade com a tradição da escrita espiritual no Ocidente (por exemplo, ainda que diferentes no estilo, preocupações semelhantes podem ser encontradas em clássicos espirituais como "A noite escura da alma", de São João da Cruz[2]). Não surpreende, portanto, que o inexperiente Wormwood se veja tentado a ver se converte seus pacientes por meio de tentações exageradas e óbvias, enquanto Screwtape, mais sábio, exalta, por toda parte, a "virtude" da trapaça e da confusão. É na exposição de tal malícia que o livro se destaca, pois o "paciente" basicamente bom – que nunca é nomeado – pode ser mais facilmente enfraquecido por sua própria vaidade espiritual, uma vez que a cegueira moral que ele impinge a si mesmo torna-se cada vez mais sutil e complexa, apesar de claramente (de nosso ponto de vista) mais autodestrutiva.

Letters to Malcolm: Chiefly on Prayer, obra publicada postumamente em 1964, tem o próprio Lewis como narrador, mas as cartas são dirigidas a um correspondente imaginário. Como indica o subtítulo, essas cartas dizem respeito sobretudo à prece, embora também abordem questões doutrinárias controversas e, inclusive, outras que remetem a preferências teológicas e litúrgicas. Obviamente, o livro é semelhante a *Screwtape* na forma, mas também – de modo não muito evidente – no conteúdo. Tendo em vista que a obra reflete a luta pessoal do Lewis mais idoso para rezar, poderíamos dizer que as *Letters to Malcolm* expõem, no que diz respeito à oração, o autoengano do modo como foi descoberto e praticado na vida de Lewis e observado na vida da Igreja em sentido mais amplo.

Essa dupla preocupação de evidenciar o autoengano e aumentar o discernimento por meio da prece sugere um "caminho para" esses textos – pelo menos no que diz respeito ao presente capítulo. É feito um comentário sobre uma seleção de várias cartas em *Screwtape* e em *Malcolm*, além de comparações com a abordagem sobre o discernimento de Santo Inácio de Loyola, uma comparação sugerida pela menção que Lewis faz a Santo Inácio no capítulo 16 de *Malcolm*[3]. Além de enfatizar algumas semelhanças e diferenças entre Lewis e Santo Inácio, muitos outros temas emergirão, entre eles a ênfase que Lewis dá à importância da vontade e sua (talvez semelhante) luta com a relação de Deus com o tempo.

Comentário: *The Screwtape Letters*

A carta número 4 de *Screwtape* toma como alvo as tentativas feitas pelo aprendiz de oração no sentido de criar sentimentos ou "consolos" específicos. A tentação é bem conhecida: os que ainda estão na fase inicial da oração mais meditativa ou contemplativa costumam experimentar um poderoso consolo que lhes advém da sensação da presença divina. Contudo, como Lewis observa, concentrar-se nesses consolos ou rezar com o objetivo de senti-los equivale a estar mais preocupado consigo do que concentrado em Deus. Contudo, Lewis também está preconizando o *dever* da oração, sejam quais forem os sentimentos ou desejos presentes. Esse tema do dever, da primazia da vontade sobre o afeto diante do dissabor afetivo da prece, é um dos muitos temas que permeiam a obra de Lewis: é enfatizado aqui porque a comparação com Santo Inácio o sobreleva, e porque o tema torna-se mais evidente nos últimos – e talvez mais maduros – capítulos de *Malcolm*.

A carta número 8 aborda a obediência e a liberdade, e Lewis assinala que Deus não usa de irresistibilidade ou irrefutabilidade para dominar a alma humana. Esse é um *insight* importante, pois muitos cristãos terão rezado para serem "possuídos" por Deus. Na tradição cristã, porém, somente Satã pode "possuir", e Deus, por sua vez, aumenta a liberdade ao nos exortar a escolher, ainda que preferíssemos não fazê-lo. Em termos de princípios de discernimento, isso é crucial: qualquer sentimento de compulsão decorrente da prece não provém de Deus, pouco importando quão bom possa parecer o objeto da compulsão. Como diz Screwtape sobre o Inimigo, "Ele não arrebata ninguém; pode apenas tentar persuadir". E, embora a experiência inicial de Deus possa parecer quase arrebatadora em intensidade (em *Surprised by Joy*, o próprio Lewis afirmou que, em grande parte, foi convertido *contra* sua vontade, tão persuasiva foi a abordagem de Deus[4]), ainda assim é comum que Deus termine por se afastar, determinando, assim, que a alma "dê conta, apenas por vontade própria, de deveres que perderam todo atrativo". Tanto aqui quanto em *Malcolm*[5], Lewis diz que a prece durante esses períodos de aridez, até mesmo de desamparo, é a que mais agrada a Deus.

Lewis tem uma percepção apurada da autoria divina do prazer, mas também um aguçado senso da necessidade de ordem em todas as coisas. Desse modo, a estratégia do Inferno é privar o prazer de seu contexto natural e recontextualizá-lo artificialmente. Esse enfoque nas "afeições ordenadas e desordenadas" é um tema compartilhado com Santo Inácio, embora ele e Lewis pareçam usar psicologias ligeiramente distintas. Para Lewis, o que ordena as afeições é a capitulação espiritual da vontade, mas, para Santo Inácio, a ordem é primeiramente alcançada mediante a aquisição de liberdade suficiente, de modo que os desejos se ordenam em conformidade com as exortações do Espírito[6].

A carta 13 reflete sobre o valor de estar atento à verdadeira natureza de qualquer prazer (ou sofrimento). Essa atenção mantém as afeições ordenadas para além da mera aparência e voltadas para um verdadeiro bem (ou verdadeiro mal). A simplicidade é, portanto, a chave para se evitar a ilusão: até uma coisa tão simples quanto um passeio agradável pode ser suficiente para preparar alguém, de modo que o caminho possa ser apreciado desinteressadamente, por si só. Esse *insight* reforça tanto o tema das afeições "ordenadas" quanto o da principal (e única) arma de Satã, a saber, o engano (e o segredo concomitante). Ao assim proceder, ele enfatiza um princípio-chave para todo o discernimento dos espíritos – o teste da realidade –, e isso explica o desprezo de Lewis por aquilo que ele chama de "método romântico", que sobrepõe o *páthos* amaneirado ao sofrimento verdadeiro. Como mencionei há pouco, pode estar em jogo, aqui, uma psicologia específica que parece dissociar os desejos e paixões da vontade – uma psicologia que, à primeira vista, parece dever mais a Kant do que a São Tomás de Aquino. Contudo, também está presente um senso de hierarquia e de sublimação onde os desejos e as paixões não são inteiramente rejeitados, mas sim redirecionados dos bens instrumentais para os de uma ordem superior, onde o que poderia parecer meros estímulos termina por mostrar-se parte de um anseio maior, sobrenatural. O objetivo de Lewis era a integração com a finalidade última de cada ser, de modo que nossos desejos elementares tivessem, em última instância, um objetivo meritório.

O tema da carta 14, da humildade como autoesquecimento, resolve um enigma para aqueles que oraram em busca de maior humildade só para se tornarem infinitamente preocupados consigo mesmos. A discussão lewisiana de humildade é perspicaz, porém abstrata; isso contrasta com o tratamento de Santo Inácio, em que Jesus é apresentado como modelo de todas as virtudes, e em que a humildade *de Jesus* é mais importante do que a *humildade* de Jesus. A preocupação de Lewis com a ordem é evidente em sua carta, e é digno de nota que a preocupação passa, agora, para a ordem moral. Até certo ponto, isso também contrasta com Santo Inácio, para quem o discernimento espiritual nunca se preocupa com a moral *per se*, mas sim com o discernimento da vontade de Deus. Para Santo Inácio, embora Deus certamente *queira* que pratiquemos o bem, Ele também nos *convida* a fazer mais que o bem (o *magis**, ou *bem maior*) – não uma questão de exigência moral, mas um convite. Para Santo Inácio, portanto, o discernimento diz respeito principalmente ao desenvolvimento de uma sensibilidade aguçada a tudo que tenha laivos de compulsão (inclusive a compulsão moral), de modo que a afabilidade muito diferente do convite divino possa dar-se a conhecer.

A carta 15 nos lembra do "sacramento do momento presente" de Jean-Pierre de Caussade[7]. Lewis vê com desconfiança o enfoque excessivo no futuro, uma vez que o futuro ainda não existe: é irreal. De novo, reforça-se a importância de estar com os pés bem assentados no "real". Santo Inácio recomenda o mesmo: seu *examen*, que é feito uma ou duas vezes por dia, mantém seus seguidores enfocados muito particularmente

---

*   Palavra latina que significa "mais" e era usada por Santo Inácio de Loyola com o sentido ampliado de "o que mais posso fazer por Deus e, por conseguinte, pelos outros?", para exortar as pessoas a viverem mais generosamente e, ao fazê-lo, glorificarem ainda mais a Deus. (N. T.)

no modo como Deus os está conduzindo dia após dia, até mesmo de hora em hora. O conselho de Lewis é movido por uma preocupação muito semelhante à de Santo Inácio: o excesso de concentração no futuro deixa pouco espaço para a providência.

A carta 16 será de especial interesse para os anglicanos. Nela, Lewis faz alusões certeiras às desavenças e aos contrastes que ainda são típicos do anglicanismo. Ele evita as Igrejas sectárias – Igrejas estabelecidas segundo preferências doutrinárias específicas –, pois o importante é o dever de venerar e fazê-lo entre aqueles com os quais vivemos, em vez de ficar à espera de que uma Igreja mais satisfatória surja em outro lugar. Sua preferência pelo modelo paroquial em detrimento do associativo, assim como seu anseio por modalidades litúrgicas conhecidas e relativamente estáveis, terminaria, portanto, por excluí-lo de alguns tipos de Igrejas em várias facções das diferentes dissidências anglicanas. Ainda mais importante nesse contexto, esse seu modo de ver as coisas praticamente sobrepõe sua apurada percepção teológica da prioridade da graça ao mundo da natureza, além de nos oferecer um exemplo dos enganos e ilusões decorrentes da inversão dessa prioridade.

As cartas 18 e 19 contêm alguns lampejos admiráveis sobre "apaixonar-se" (ainda mais cômicos devido à incapacidade de Screwtape de entender o que é o amor). Lewis tem coisas totalmente positivas a dizer sobre o amor e o sexo, mas a carta 19 também revela um importante aspecto do discernimento. Screwtape, quando pressionado a dizer se apaixonar-se é bom ou ruim em si mesmo, responde: "Nada tem nenhuma importância [...] a não ser conduzir um paciente específico, em um momento específico, para mais perto do Inimigo ou de nós". Em termos de discernimento do espírito, essa é a chave: as experiências devem ser julgadas não somente a partir de seus méritos peculiares, mas com base no fato de serem, ou não, parte de um padrão mais amplo de movimento que nos leve para mais perto – ou mais longe – de Deus.

A carta 22 traz uma maravilhosa diatribe contra o hedonismo divino. Talvez não tão digno de nota, porém, seja o tratamento dado por Lewis à Queda. Ele não é nenhum proponente da ilimitada depravação do universo pós-lapsariano: "Em alto-mar, em Seu alto-mar, há prazer e mais prazer". Isso reflete uma perspectiva mais católica, em que o desafio não consiste em negar as virtudes que permanecem na criação, mas em permitir que a graça divina reordene nosso uso dessas virtudes, direcionando-as para objetivos divinos.

A carta 23 começa por denunciar a busca do Jesus histórico, como se pudéssemos nos despegar de nossa história e, assim, chegar a um ponto de vista privilegiado que nos permitisse redescobrir o Jesus de priscas eras. É preciso dar ouvidos à advertência: nossas reconstruções são sempre ideológicas, uma vez que somos ideológicos. Acrescente-se a isso o fato de que Lewis vê com excessivo desdém (mesmo para sua época) os métodos histórico-críticos de interpretação das Escrituras: muitos eruditos e pregadores foram extremamente beneficiados em suas dissenções acadêmicas com os textos sagrados para repudiar tão sumariamente esses métodos (inclusive em uma sátira como *Screwtape*). Além do mais, será que poderemos evitar a tentativa de redescobrir o "verdadeiro" Jesus, tendo em vista o testemunho demasiado diferente dos quatro Evangelhos? E, no entanto, Lewis certamente tem razão ao observar que os "primeiros convertidos fundamentaram-se em um único fato histórico (a Ressurreição) e em uma única doutrina histórica (a Redenção) [...] Os 'Evangelhos' vieram mais tarde e foram escritos não para formar cristãos, mas para edificar os cristãos já existentes".

Aqui, Lewis faz duas afirmações importantes. Primeiro, a Igreja é anterior ao Novo Testamento – algo óbvio, porém muito facilmente esquecido; segundo, a verdadeira conversão nada deve a uma reconstrução histórica – e, portanto, falível – de Jesus, mas sim a um encontro direto com o Espírito Santo. É verdade que, não fossem os relatos posteriores, nada saberíamos sobre a ressurreição, mas o papel dos relatos consiste em apontar para algo além de si mesmos, para um acontecimento: os relatos bíblicos, nas palavras de Bernard Lonergan, "medeiam a imediação"[8].

Na carta 27, Lewis recorre à noção de *onipresente-agora* de Boécio[9] para explicar a onisciência de Deus e, em particular, a presciência de Deus. Lewis é cauteloso ao dizer que Deus nunca antevê as pessoas fazendo o que quer que seja antes que tal aconteça, "mas *as vê* fazer em seu infinito Agora". Essa abordagem clássica é importante para a compreensão lewisiana da questão do mal (isso deixa espaço para a vontade permissível de Deus), mas, em termos teológicos e filosóficos, é menos satisfatória do que parece ser. Em primeiro lugar, a condensação do tempo em um único *agora* põe fim à duração, e com a perda da duração vai-se a sequencialidade, e com a perda da sequencialidade a inteligibilidade do universo desaparece. É muito melhor afirmar a inteligibilidade apreendida pelos seres humanos, que inclui nossa capacidade de apreender o *ainda-por-vir** de um futuro indeterminado, bem como afirmar que Deus é totalmente capaz de apreender essa mesma inteligibilidade sequencial. Isso não exclui uma apreensão divina infinitamente maior da realidade, mas, sem dúvida alguma, permite que Deus apreenda a criação finita como verdadeiramente finita e temporal. Além disso, a encarnação deve presumivelmente contestar a solução boeciana da presciência: a Segunda Pessoa da Trindade tinha, e ainda tem, uma natureza humana finita, e essa natureza não pode ser separada de sua pessoa divina. Seja como for que resolvamos os espinhosos problemas teológicos da predestinação, qualquer concepção abstrata da atemporalidade de Deus deve contar com a incorporação efetiva do tempo da Trindade na encarnação.

A carta 29 pode ser comparada à Primeira Semana dos *Exercícios* de Santo Inácio, uma vez que ambas tratam do pecado. A percepção lewisiana do pecado, sobretudo do pecado do desespero, é relevante e nos oferece um vislumbre do problema dos escrúpulos, que é mais um pecado de orgulho do que de falsa humildade, pois sustenta que nossa pecaminosidade está além do perdão, excluindo nossa iniquidade da misericórdia divina.

Não comentarei a última carta, a de número 31: o excesso de revelação comprometeria a experiência do leitor que dela toma conhecimento pela primeira vez. Será suficiente dizer que esse capítulo é estranhamente tocante e consolador.

Comentário: *Letters to Malcolm*

Para começar com um tema controverso, o capítulo 3 de *Malcolm* coloca a questão da prece com ou aos santos. A esse respeito, Lewis mostra uma das características principais de seu anglicanismo: ele é muito receptivo ao fato de as pessoas rezarem *aos* santos, ainda que, em sua opinião, isso possa levar a práticas curiosas. Ele também é muito receptivo ao fato de *não* se rezar aos santos, e não se predispõe a adotar a prática para si mesmo. Contudo, ele não vê nessas diferenças nenhuma

---

*   No original, *not-yet-ness*. Os teólogos mencionam o "já" e o "ainda não" do Reino de Jesus. Nesse contexto, pode-se falar das promessas bíblicas de Deus aos homens como alusivas a um tempo "ainda-por-vir", um tempo de promessa e não realização. (N. T.)

justificativa para a desunião das Igrejas. É como se seu princípio de discernimento sobre o objeto de uma prática o conduzisse mais para uma opinião pessoal prudente sobre sua utilidade para o progresso espiritual do que para um julgamento dogmático excludente.

O capítulo 4 diz respeito à prece peticionária. Seu conselho de que não devemos "pedir a Deus com sinceridade artificial por A quando, na verdade, toda nossa mente está totalmente voltada para B" é perfeito. "Devemos", diz ele, "levar ao conhecimento d'Ele o que está em nós, não o que deveria estar em nós" – ainda que a questão seja pecaminosa. A prece peticionária, seja o que for que pensemos sobre sua eficácia, é uma espécie de "desvelamento" ou explanação da verdade perante Deus. O capítulo 5 contém algumas ideias sobre o Pai-Nosso. Os comentários sobre a petição comum "*ainda*" nos lembram da incessante preocupação de Lewis com aqueles que simplesmente deixaram para trás o "fervor inicial de sua conversão".

O capítulo 7 discute o determinismo em relação à prece peticionária. Há alguns bons vislumbres da existência de invariabilidades ao lado das particularidades e irrelevâncias não sistemáticas que tornam o universo indeterminado. Para Lewis, a prece peticionária existe devido à indeterminação. Posto isso, Lewis não tem nenhuma ilusão de que conseguiremos necessariamente aquilo pelo que oramos. No capítulo 8 ele cita, como seu exemplo fundamental, a oração de Jesus em sua Paixão. E, para Lewis, Jesus não teve sequer o consolo de vivenciar um Deus que, apesar de não responder à oração, estivesse ainda assim presente, pois ele considera real a experiência do desamparo de Jesus – e não apenas aparente, como pensam alguns. Ele explica esse fato em termos de a criação ter, ao mesmo tempo, um autor divino e, ainda assim, não ser divina. Uma experiência dessa distinção ou separação necessária é uma espécie de "noite escura" que é parte da realidade do ato criador de Deus. Prosseguindo, Lewis sugere que "talvez haja uma angústia, uma alienação, uma crucificação envolvidas no ato criador" – alguma coisa a que outros se referiram como um mal "metafísico", por oposição a um mal "moral".

O capítulo 9 retoma a prece peticionária e, novamente, a abordagem boeciana de Lewis ocupa o centro das discussões: "Se nossas preces são consideradas infalíveis, elas já constituem um dado adquirido desde a criação do mundo. Deus e seus atos não se situam no tempo". Apesar de ser uma ideia convencional e de apelar apropriadamente à necessidade de confiar na infinita sabedoria e vigilância de Deus, não se trata de algo fácil de reconciliar com o Concílio de Calcedônia ou concílios ecumênicos posteriores. Por exemplo, mesmo que haja duas vontades em Cristo, uma divina e outra humana, existe apenas uma pessoa divina que é o sujeito de todos os atos humanos de Cristo. A Encarnação implica claramente que Deus age na conjuntura do tempo.

Lewis também reflete sobre a capacidade de agir, ou seja, se podemos ou não influenciar Deus, e como isso se relaciona com as noções tradicionais da impassibilidade divina. Lewis insiste que podemos agir assim: sem nossos pecados, diz ele, não haveria motivo para o perdão de Deus. Contudo, ele contorna o problema maior da impassibilidade ao recorrer, de novo e implicitamente, a Boécio, afirmando que "Desde antes de todos os mundos, toda Sua obra providencial e criadora (pois elas são apenas uma) leva em consideração todas as situações produzidas pelas ações de suas criaturas". Porém, à medida que Lewis continua a se contrapor à prece peticionária no capítulo 10, ele tem a sensatez de reconhecer que a impassibilidade divina não é uma doutrina solidamente fundamentada nas Escrituras. Ele sugere que o objetivo da prece peticionária é ser ouvida, e não ver atendido o pedido feito na oração. Ao mesmo tempo, ele é indiferente para com aqueles que criam desculpas para Deus. Ele rejeita particularmente a concepção de que Deus não pode responder às nossas preces porque Ele opera no nível dos grandes desígnios, e não dos particulares, que nós (e Deus) estamos assoberbados pelos efeitos colaterais involuntários de nossas decisões e, sob outros aspectos, de processos virtuosos que ainda assim produzem tanto maldições quanto bênçãos. Lewis conclui o capítulo examinando o valor da prece como um fim, e não apenas como um meio.

A título de contraste, todo esse tópico não se faz presente em Santo Inácio. Embora haja todos os tipos de petições nos *Exercícios*, elas se ocupam basicamente em discernir e praticar a vontade de Deus. Na verdade, a ideia de que o objetivo da prece possa ser o de convencer Deus a fazer *nossa* vontade não ocorre. Isso não quer dizer que Santo Inácio não tenha orado assiduamente por coisas específicas, mas a advertência (igualmente crucial no pensamento de Lewis) de que "seja feita a Vossa vontade, e não a minha" é o que rege toda a prece inaciana. Aqui, porém, o gênio de Lewis ainda brilha. Ele quer enfrentar esses problemas aparentemente simples com sua lista demasiado longa de preces. Não lhe interessa adotar uma teologia que acabe com sua necessidade de orar, com verdadeira autenticidade, pelos que constam dessa lista. Essa determinação coloca questões concretas para a verdadeira teologia.

No capítulo 11, Lewis enfrenta o problema das "pródigas" e ilimitadas promessas de respostas a nossas preces que podem ser encontradas no Novo Testamento. Ele observa que, intelectualmente, sabemos que nem todas as preces podem ser atendidas: muitas de nossas preces contradizem outras preces – as nossas próprias e as de outros. Ele não vê dificuldade na recusa às respostas, mas insiste em perguntar a si mesmo sobre a promessa de respostas. A resposta de Lewis a esses dilemas é muito parecida com a de Santo Inácio: o tipo de fé perfeita que é mencionado nas Escrituras "só ocorre quando aquele que ora o faz como colaborador de Deus, exigindo o que é necessário para o trabalho conjunto". Embora Lewis não seja um admirador dos exercícios de Santo Inácio (por razões que abordaremos mais adiante), essa é, ironicamente, uma das melhores descrições do objetivo da totalidade da prece inaciana.

O próximo capítulo expõe algumas ideias sobre misticismo e a necessidade de distinguir o misticismo cristão de outras modalidades. Ao ler esse capítulo, podemos nos sentir tentados a questionar a negação categórica de Lewis de que ele era um místico[10]. Embora muitos de seus vislumbres da prece possam ser encontrados em outros lugares, e embora as pessoas *possam*, aparentemente, escrever sobre a prece sem a terem conhecido em primeira mão, a economia do estilo de Lewis sugere que ele conhecia intimamente o cerne da questão. Como poderia ele ter adquirido tais vislumbres dos sutis movimentos da alma, como poderia preocupar-se com o fato de inquietar-se tanto com a meditação de estilo inaciano, sem que tenha tido experiências profundas e relativamente imediatas de Deus? Muitos se perguntam se seu senso de dever e sua devoção às práticas comuns da fé (listas de orações etc.), mencionados nesse mesmo capítulo, o teriam levado à concepção humilde, porém equivocada, de que sua vida de orações era profundamente dessemelhante àquela dos grandes místicos medievais.

No capítulo 13, encontramos aquilo que, mais que outra coisa qualquer, poderíamos chamar de "teoria lewisiana da prece e do discernimento", ainda que se trate de uma teoria totalmente pseudodionisíaca[11]. Seu enfoque no modo como nossa prece se eleva das profundezas de nosso ser não se coaduna bem com nenhuma concepção da profunda depravação da natureza humana decaída ou de uma justificação exclusivamente forense diante de Deus. Lewis escreve:

SOBRE O DISCERNIMENTO

[Deus] é o fundamento de nosso ser. Ele está sempre, simultaneamente, conosco e em oposição a nós. Nossa realidade provém tanto de Sua realidade que Ele se projeta em nós a cada instante. Quanto mais profundo o nível, dentro de nós, desde o qual nossa prece – ou qualquer outra ação – vem à superfície, mais ela provém d'Ele, mas nem por isso deixa de ser nossa em momento algum[12].

O objetivo é "uma união de vontades que, sob o domínio da Graça, é alcançada por uma vida de santidade". Em termos de uma teologia do discernimento, o objetivo é aprender a reconhecer as disjunções entre a nossa vontade e a de Deus, pois elas existirão no interior de nosso próprio ser. Lewis não se alonga sobre a maneira precisa de alcançarmos esse discernimento, mas sua teologia lança as bases para que pelo menos possamos reconhecer a necessidade de fazê-lo.

No final do capítulo 13, Lewis admite que, por conta da Encarnação, podemos dizer: "O Céu elevou a Terra a si, e as condições do meio em que se vive, as limitações, o sono, o suor, o cansaço da caminhada terrena, a frustração, o sofrimento, a dúvida e a morte são, desde antes de todos os mundos, intrinsecamente conhecidos por Deus". Embora o *onipresente-agora* ainda seja adotado, aqui esse conceito contém o tempo e a finitude a tal ponto que a distinção entre eternidade e duração parece ser pouco mais que uma vã tentativa de encontrar um ponto de apoio da experiência de Deus com o tempo – algo que simplesmente não conseguimos fazer.

No capítulo 14, Lewis distancia-se das concepções neoplatônicas e origenistas da criação-como-emanação, bem como do panteísmo. Em poucas linhas de grande beleza, ele põe o platonismo de ponta-cabeça por meio de um paradoxo: "Quanto mais elevada a criatura, mais – e também menos – Deus está nela; mais presente pela graça, e menos presente (por uma espécie de abdicação) como mero poder. Pela graça Ele concede às criaturas superiores o poder de desejar Sua vontade [...] as inferiores limitam-se a praticá-la automaticamente". O capítulo termina com algumas advertências aos que se possam deixar atrair por um cristianismo diluído que não parece oferecer nada além de consolação.

O capítulo 15 discute os desafios de colocar-se na presença de Deus. Aqui, Lewis revela por que tem se concentrado tanto no "real" na prece, e como a eficácia da simples consciência de um passeio pela natureza (como em *Screwtape*) podia, de alguma maneira, servir-lhe de arrimo. Na prece, Lewis tenta tomar consciência da realidade de sua situação presente, do que constitui, ou não, ele próprio. O fato de estar em contato com sua própria situação e suas verdadeiras circunstâncias pessoais, por meio de uma espécie de introspecção que lhe permite construir esse "eu", coloca-o diante da possibilidade de que, "em si mesma e a cada momento, essa situação constitui uma possível teofania". Para neutralizar todo esse esforço, Lewis lembra a seu correspondente que "Somente Deus pode descer a nossos recessos mais profundos. E, por outro lado, Ele deve atuar constantemente como o iconoclasta. Cada ideia que d'Ele formamos deve ser por Ele misericordiosamente destruída". Se Lewis não se considerava um praticante da prece mística, isso soa muito próximo dela.

No capítulo seguinte, Lewis admite a dificuldade apresentada pela *compositio loci* (composição dos lugares), um prelúdio à prece inaciana no qual quem faz os *Exercícios* é instado a imaginar visualmente o lugar onde ocorreu um acontecimento específico na vida de Jesus. Lewis não via grande utilidade em usar a imaginação dessa maneira: ele achava que seria demasiado perturbador lidar com a ingenuidade arqueológica que tal prática parece requerer. Além do mais, ele achava que esse uso da imaginação visual poderia ocorrer à custa da verdadeira Imaginação, como ele a chamava, com o risco de que "a imagem continuaria a elaborar-se a si própria indefinidamente, conferindo a cada momento menos importância espiritual".

A essa altura, porém, os comentários de Lewis parecem transformar-se em uma caricatura dos *Exercícios*, talvez evidenciando sua familiaridade com o texto, mas sem o benefício da vivência fatual dos *Exercícios* como "exercícios" – coisas feitas, não lidas. A composição dos lugares geralmente leva pouco tempo (às vezes não mais que alguns minutos) dentro da típica hora da prece inaciana. Lewis estava bastante equivocado ao pensar que os *Exercícios* eram melhores para as pessoas com imaginação visual limitada. Ao contrário, antes da grande difusão da leitura e de outras mídias, é bem provável que as pessoas visualizassem muito melhor – ainda que o fizessem sem todas as informações fatuais de que hoje dispomos. Na verdade, Lewis não está muito longe de Santo Inácio quando fala dos diferentes níveis de imaginação. No quinto exercício de cada dia, durante a "aplicação de todos os sentidos", os que fazem os *Exercícios* são instados a aplicar seus sentidos analogicamente, de modo

SOBRE O DISCERNIMENTO

que experimentem a doçura do divino – e não a salinidade imaginada do suor de alguém.

O capítulo 17 tem muito a ver com a ordenação dos prazeres individuais tendo em vista a prática da adoração. Surpreendentemente, Lewis observa que "o mais simples ato de obediência equivale a uma modalidade muito mais importante de veneração [...] (obedecer é melhor do que sacrificar)". De novo, ele se distancia das concepções mais evangélico-protestantes: "algo de trágico pode, como creio ter afirmado anteriormente, ser inerente ao ato mesmo da criação". Ele também revela sua visão do Céu: "ser profundamente espontâneo; ser a completa reconciliação da liberdade infinita com a ordem – com a ordem mais delicadamente harmoniosa, flexível, complexa e bela". Não devemos subestimar o poder dessa concepção da "ordem" e sua relação com certo instinto espiritual e teológico fundamental em Lewis, como sua adoção da lei natural e de um senso moral universal (ensinado, disse ele, por todas as grandes religiões e tradições morais). Para Lewis, se essa ordem não existisse, não haveria nenhuma dúvida de uma criação decaída: simplesmente não haveria criação alguma.

O capítulo 18 tem coisas úteis a dizer sobre a ira e o perdão. Há uma defesa moderada do uso do imaginário gótico para descrever a corrupção moral individual – bons exemplos dela podem ser encontrados nos *Exercícios* de Santo Inácio[13]. Embora Lewis não considere que essas imagens precisem ficar constantemente à vista, ele crê fortemente que elas sejam um poderoso revigorante. Podemos dizer que, nos *Exercícios*, essas imagens coexistem com a refinada alegria de serem perdoadas sem absolutamente nenhum mérito: elas se destinam menos a evocar a repulsiva atenção aos próprios interesses do que a preparar o cenário para a apreciação da graça.

No capítulo 19, a discussão sobre a Sagrada Comunhão é uma reafirmação diabolicamente simples da tradicional concepção anglicana da "presença real" de Cristo no sacramento: diabólica porque ele se atreve a usar o termo "mágico" para descrever essa posição (e, desse modo, ele emprega essa palavra tão frequentemente usada para criticar a doutrina católica romana da transubstanciação); e "simples" porque ele se recusa a reduzir o mistério da Eucaristia, dizendo apenas que ela tem uma "eficácia objetiva que não pode ser objeto de novas análises". Lewis achava que quaisquer definições da Eucaristia não eram verdadeiramente necessárias, e que jamais se deveria permitir que qualquer uma delas dividisse os cristãos entre si.

No capítulo 20, a defesa das orações pelos mortos ("É evidente que rezo pelos mortos [...] em nossa idade, a maior parte daqueles que mais amamos já morreu") é novamente simples, embora aqui Lewis enfrente mais diretamente as objeções protestantes, insinuando um possível elemento transformador no Céu e defendendo a necessidade de purgação *post-mortem*. Com ligeireza – apenas quatro palavras – ele descarta certas concepções do catolicismo romano sobre o purgatório ("Tratamento absurdo do mérito"), mas reserva um espaço para o desejo plenamente apropriado da alma, o de ser purificada antes de adentrar a luz.

No último capítulo, Lewis defende a crença em uma ressurreição do corpo como uma ligação essencial entre nós próprios, no aqui-e-agora, e uma existência gloriosa que por tanto tempo ansiamos. Isso não é exatamente uma questão de sentimento: trata-se da total orientação espiritual de nossa vida fisicamente corporificada. O anseio pelo Céu é um vetor que direciona tudo o mais para Deus, que interpreta tudo o mais sob a única luz com possibilidades reais de revelar quem pretendemos ser e, desse modo, o que realmente somos. "O que pretendemos ser" constitui, no fim das contas, não o motivo para um senso de dever friamente concebido, mas um motivo para um tipo diferente de resposta pessoal – um profundo e prático "sim" para um Deus cujo futuro prodigioso já teve início por meio de uma criação cheia de graça, que anseia pela consumação.

Resumo

No que diz respeito a desmascarar o autoengano e desenvolver nossa capacidade de discernimento, não há em Lewis nenhuma teologia explícita que nos oriente a seguir Jesus tão literalmente quanto aquela que encontramos em Santo Inácio. O bem humano só é louvável quando alinhado com a vontade de Deus, mas, para Santo Inácio, a questão era prática e imediata: como posso discernir a vontade particular de Deus para mim enquanto indivíduo? Em *Screwtape* e *Malcolm*, o enfoque sobre a ordem, a natureza e o dever, que permite a Lewis dirigir-se ao maior público possível, também poderia tê-lo impedido de ser mais preciso: afinal, a natureza humana é uma abstração, e um estudo das naturezas humana e divina leva a alegações gerais – e não historicamente específicas – sobre nós. Portanto, não é por acaso nem como premissa crítica que, em Lewis, o discernimento é mais universal e estratégico do que situacional e tático, mais um exame clínico de qualquer alma sincera do que um elemento prático da tomada de decisões concretas em uma vida especificamente dedicada ao discipulado.

Para Lewis, as tentações sobre as quais ele escreveu eram típicas do noviço (mas qual cristão pode se considerar isento delas?). Para Santo Inácio, as tentações que lhe diziam mais respeito eram típicas de alguém que já estivera envolvido com alguma delas durante algum tempo (as regras da Segunda Semana): aqueles cuja vida se volta cada vez mais para Deus continuam a ser enganados, ainda que menos pela exploração de uma vulnerabilidade moral do que pela oferta de um falso bem que se apresenta como uma virtude real, ainda que imperfeita. Talvez haja espaço para uma sequência de *Screwtape* que mostre, com a mesma iluminação e humor, como, exatamente, os mais santificados são iludidos não por males dissimulados, mas por virtudes aparentes.

Embora suas lutas com Deus a respeito da prece fossem reais, quando não demasiado reais, essas duas obras também trazem Lewis defrontando-se com um Deus cuja *natureza* apresenta problemas conceituais (conforme exemplificado na recorrência do artifício do *onipresente-agora* em sua discussão da prece peticionária, do problema do mal e das preces pelos mortos). Isso não esgota em quase nada o *insight* de Lewis, assim como não é a melhor janela para o vislumbre de sua alma (outras obras contêm vislumbres muito melhores), mas sua abordagem dos problemas de inspiração filosófica contrasta com o Deus filosoficamente inconsequente de Santo Inácio que, ao longo do tempo, dá o máximo de si por nós, "trabalhando" em nosso mundo[14]. Para Santo Inácio, essa luta com questões teológicas poderia ser considerada como dispersão na prece, mas, para Lewis, elas evidentemente emergem de preocupações muito práticas que, de modo simples e honesto, precisavam ser introduzidas em suas orações.

As diferenças entre Lewis e Santo Inácio sobre o dever e o amor também são dignas de nota. Na verdade, em *Screwtape* e *Malcolm*, Lewis usa modos de discurso que extrapolam a noção de cumprimento dos deveres para representar a relação dos cristãos com Cristo, mais notavelmente na experiência do desejo delicado. Na verdade, também, Santo Inácio usa um senso de dever para motivar as pessoas a responder a Cristo (como, por exemplo, no Exercício do Reino[15]), mas há nos

Exercícios um claro movimento que leva da ação a partir do dever razoável para a ação decorrente do amor mútuo, sendo este último gerado pela gratidão e impregnado de "uma grande afeição". É quase como se o desejo amoroso terminasse por sujeitar a vontade. Para Lewis, porém, ainda que a atração pela glória divina provenha dos recônditos mais profundos de nosso ser, e ainda que nosso dever fundamental coincida com nossa perfeita alegria, sempre haverá trabalho, mesmo que fatigante, a ser realizado deste lado do firmamento.

Em seu famoso sermão "The Weight of Glory", Lewis escreve de maneira tocante sobre a glória divina que os cristãos estão destinados a compartilhar, mas ele se sente compelido a concluir com o lembrete de que "a cruz vem antes da coroa", e que "a carga, o peso ou o ônus da glória de meu vizinho deveriam ser postos todos os dias sobre as minhas costas"[16]. Esse é um exemplo da espiritualidade extraordinariamente honesta e extremamente humilde que também encontramos (expressas com ironia) em *The Screwtape Letters* e (mais diretamente) em *Letters to Malcolm*. Para Lewis, nada de cristianismo diluído: a coisa real é muito melhor.

Notas

1. Compilado e organizado por Lewis com base em 31 cartas anteriormente publicadas no *Guardian*, um jornal religioso que deixou de ser publicado em 1951.
2. Cf., em particular, os capítulos 1-7 do Livro I. São João da Cruz (1542-1591) foi um místico espanhol e padre carmelita, mais conhecido por seu poema e seu comentário sobre ele.
3. Santo Inácio de Loyola (*c.* 1491-1556) fundou a Companhia de Jesus (os "jesuítas") e é o autor dos *Exercícios espirituais*, um manual que diz respeito basicamente ao discernimento, sobretudo ao discernimento vocacional.
4. SBJ, p. 182-83.
5. LTM, p. 113-17.
6. Para um aprofundamento da concepção lewisiana sobre a importância de se habituar a vontade à virtude, cf. *The Abolition of Man* e capítulo 7 de *The Problem of Pain*.
7. Jean-Pierre de Caussade (1675-1751), jesuíta francês provavelmente mais conhecido por sua obra *The Sacrament of the Present Moment*.

8. Cf. Bernard Lonergan, *Method in Theology* (Toronto, University of Toronto Press, 1990), p. 29.
9. Anicius Manlius [Torquatus] Severinus Boethius (Anício Mânlio Torquato Severino Boécio, *c.* 480-*c.*525), mais conhecido por sua obra *The Consolation of Philosophy* (*De consolatione philosophiae*). Suas reflexões sobre a atemporalidade divina (cf. principalmente o livro v) tornaram-se importantes para a futura teologia cristã.
10. Para um aprofundamento desse assunto, cf. David C. Downing, *Into the Region of Awe: Mysticism in C.S. Lewis* (Downers Grove, IL, InterVarsity Press, 2005).
11. Pseudo-Dionísio foi um escritor neoplatônico do fim do século v ou primórdios do vi, cujos escritos talvez sejam mais conhecidos por sua ênfase no apofático e, em termos mais gerais, nos níveis de interioridade.
12. LTM, p. 71.
13. Cf., por exemplo, as meditações da Primeira Semana de Santo Inácio, em que ele nos encoraja a nos vermos como uma ferida aberta, uma fonte de contágio etc.
14. Cf. a Quarta Semana de Santo Inácio. Nela, Deus é representado como um trabalhador que literalmente opera em nosso benefício por meio da criação e que de nós espera, como resposta, a cooperação.
15. O Exercício do Reino separa a Primeira da Segunda Semanas dos *Exercícios*, e Santo Inácio estrutura esse exercício em termos de expectativas conscienciosas.
16. "The Weight of Glory", EC, p. 105.

Sobre o amor
Caroline J. Simon

Um lugar óbvio para começar a explorar as concepções de C. S. Lewis sobre o amor é *The Four Loves* [*Os quatro amores*] (1960). A lição principal do livro é um tema que Lewis reiterou ao longo de toda a sua carreira: os amores naturais são bens ofertados por Deus, mas também são propensos a deturpações – deturpações tão graves que Lewis as chama de "demoníacas" –, a menos que sejam transformados pela Caridade. *The Four Loves* é um pequeno volume que se originou de uma série de programas de rádio preparada para a Episcopal Radio-TV Foundation de Atlanta, Geórgia. Seu estilo coloquial e sua relativa brevidade dão-lhe uma aparência de simplicidade. Essa aparência, porém, é enganosa. Como observou um crítico, "Como autor de não ficção, [Lewis] é um escritor exigente [...] Se a leitura de Lewis pode ser comparada às caminhadas que ele tanto apreciava, então o leitor deve saber, de antemão, que às vezes Lewis irá ultrapassá-lo com seu pensamento [...] Uma única leitura não é suficiente para a assimilação de *The Four Loves*"[1]. Embora a familiaridade eventual com *The Four Loves* ofereça muitos lampejos e remorsos edificantes, mesmo uma segunda ou terceira leitura pode fazer com que a estrutura geral do livro continue sendo um mistério.

Neste ensaio, elucidarei a concepção lewisiana do amor e, para tanto, vou concentrar-me em alguns dos aspectos mais surpreendentes de sua obra teórica, refletir sobre o contexto cultural de suas ideias e fazer um breve exame de suas representações literárias do amor e suas deturpações.

Quantos amores?

Em certos círculos, os cristãos terão ouvido inúmeras vezes, proveniente do púlpito, a afirmação de que há três tipos de amor: a amizade (*philia*), o amor romântico ou cúpido (*erōs*) e o amor cristão, o amor a Deus, ou o amor ao próximo (*agapē*). Lewis adiciona a esta lista a afeição (*storgē*), preparando-se, assim, para a análise composta de quatro elementos prognosticada pelo seu livro. Contudo, embora o título crie uma expectativa de uma exposição de quatro categorias de tipos de amor, o leitor se depara inicialmente com uma discussão sobre as forças e limitações da divisão do amor em *duas* categorias: Amor-Doação e Amor-Necessidade. Mais que um breve aquecimento que logo introduz o tema principal do livro, a discussão do Amor-Necessidade e do Amor-Doação é uma primeira dica de que o amor não é um tema simples, e de que Lewis não escreveu um livro simples.

Seria tentador, diz Lewis, pensar que o amor divino é sempre Amor-Doação, e que o Amor-Necessidade pode ser demasiadamente autocentrado para qualificar-se como amor absoluto. Todavia, ele rejeita uma dicotomia bem marcada entre Amor-Necessidade e Amor-Doação, afirmando que o Amor-Necessidade é um amor genuíno que liga os seres humanos uns aos outros e, também, uma resposta apropriada das criaturas a Deus: "Atrevida e tola seria a criatura que se apresentasse ao Criador com uma afirmação presunçosa como 'Não sou um suplicante. Amo-o desinteressadamente'"[2]. Depois de admitir que o Amor-Doação é mais próximo de Deus "por semelhança", Lewis observa que o Amor-Necessidade nos aproxima mais de Deus "por avizinhamento". Em nossa jornada até Deus, quanto mais perto chegarmos, mais sentiremos a profundidade de nossa necessidade d'Ele. Deus nos atrai por meio do Amor-Necessidade e, para isso, empenha-se o tempo todo em transformar-nos em amantes capazes de amar com um Amor-Doação altruísta e obsequioso que transcende a necessidade de ser necessário. No final de *The Four Loves*, Lewis deixa claro que esse trabalho de transformação deve começar nesta vida, mas só irá consumar-se na próxima[3].

Depois de discutir a natureza do Amor-Necessidade e do Amor-Doação, Lewis começa a examinar os amores do subpessoal (inclusive o amor à natureza e o amor ao país). Por sua vez, essa discussão introduz uma terceira grande categoria do amor – o Amor-Apreciativo. Portanto, ao iniciar-se o capítulo 3 (que trata da Afeição), já fizemos uma viagem de cinquenta páginas por algo que parece ser uma taxonomia alternativa de três categorias. Ainda assim, o capítulo 3 inicia-se com a frase: "Começo com o mais humilde e mais amplamente difundido dos amores, o amor em que nossa experiência parece diferir menos daquela dos animais". O "Começo com..." de Lewis é, no contexto da página 53, surpreendente e coloca agudamente a questão relativa ao que fazem os dois primeiros capítulos se eles *não* eram o começo daquilo que Lewis pretendia dizer sobre o amor[4].

Será que Lewis escreveu dois livros, um menor sobre os três amores (Amor-Necessidade, Amor-Doação e Amor-Apreciativo) e outro um pouco maior sobre os quatro amores (Afeição, Amizade, Romance e Caridade), e simplesmente decidiu uni-los? Não. Embora Lewis pudesse ter ajudado seus leitores a entender mais a forma abrangente de seu projeto, sua estratégia consiste em usar a análise tripartite do amor em Amor-Necessidade, Amor-Doação e Amor-Apreciativo, e a análise quádrupla do amor como Afeição, Amizade, Amor-Romântico e Caridade como esquemas que iluminam e esclarecem uns aos outros. Os dois esquemas servem como a trama e a urdidura de sua exposição, permitindo mais profundidade e complexidade do que qualquer taxonomia poderia oferecer por si só. Ele triangula cada um dos quatro amores dentro de um esquema tripartite. Essa triangulação ajuda a explicar a excelência específica de cada amor natural, a propensão característica de cada amor natural à deturpação e o papel da Caridade em redimir e elevar cada um dos amores naturais.

ANALISAR SEM "MATAR PARA DISSECAR"

Em certos círculos cristãos, a reputação de Lewis como uma autoridade, um grande conhecedor do grego, e o título "*The Four Loves*" levaram muitas vezes ao pressuposto de que o amor tem, em sua essência mesma, quatro espécies. Contudo, a exposição feita por Lewis no livro não confirma essa espécie de essencialismo. A depender de nossos objetivos, pode ser útil dividir o amor por suas motivações, seus sentimentos característicos, suas fontes, seus objetivos ou seus resultados característicos. O próprio Lewis – ora explicitamente, ora mais sutilmente – divide o amor em pelo menos quatro parâmetros distintos: (1) Amor ao Subpessoal *versus* Amor a Pessoas Finitas *versus* Amor a Deus; (2) Amor Natural *versus* Amor Sobrenatural; (3) Amor-Necessidade *versus* Amor-Doação *versus* Amor-Apreciativo; (4) Afeição *versus* Amizade *versus*

Eros *versus* Caridade. Se a multiplicidade dessas taxonomias não for suficiente para nos fazer considerar as taxonomias um tanto ligeiramente, Lewis nos faz uma advertência explícita, extraída de Wordsworth: "Nós matamos para dissecar"[5].

Do modo como o vivenciamos concretamente, o amor humano a determinada coisa ou pessoa é quase sempre uma combinação. Necessidade, doação e apreciação misturam-se. Amizade e Eros podem existir na mesma pessoa, ao mesmo tempo. A Afeição pode "adentrar outros amores e iluminá-los por inteiro"[6]. Além disso, "a linguagem não é um guia infalível" para a compreensão dos conceitos, nem todas as línguas distinguem os tipos de amor da mesma maneira[7]. Lewis apresenta poucos indícios de que ele mesmo vê a língua grega como um cânone perante o qual as outras línguas devem fazer reverência. Considerar tanto o grego quanto aquilo que a maioria das línguas e culturas tem a nos oferecer em termos de *insights* e experiências acumuladas é um ponto de partida, não uma direção a seguir.

Outro ponto de partida é a experiência. Lewis tem tanta confiança em nossa capacidade de apreender os rudimentos do amor a partir da experiência vivida que nunca nos dá uma definição explícita do gênero ao qual a Afeição, a Amizade, o Eros e a Caridade poderiam candidatar-se como espécies. Embora em determinado momento ele chame o amor de "mero sentimento"[8], o que temos aí não é uma tentativa séria de definição, mesmo dos amores naturais. O minucioso exame que Gilbert Meilaender faz de todo o *corpus* da obra de Lewis põe a descoberto uma definição implícita do amor que é muito mais útil e esclarecedora. Para Lewis, diz Meilaender, o amor é "uma relação entre pessoas que – ao superar as insistentes reivindicações do eu – pode gerar e manter uma comunidade de vicariedade e reciprocidade"[9]. Meilaender conclui que a *autodoação* está no cerne do entendimento lewisiano do amor.

Duas ressalvas à explicação dada por Meilaender à definição de Lewis são necessárias. Primeiro, enquanto a definição de Meilaender diz respeito ao amor entre *pessoas*, Lewis também reconhece o importante lugar do amor para *não pessoas*. A visão lewisiana de uma comunidade de vicariedade e reciprocidade abrange toda a Criação, juntamente com a Trindade, o empíreo da Criação. O amor é vital para as não pessoas. Lewis relata que, em seu próprio caso, as experiências com a natureza foram cruciais para seu amor a Deus. Se ele não tivesse aceitado o imperativo da natureza de "Olhar. Ouvir. Atender."[10], ele desconfia que nunca teria aprendido o sentido da *glória*. Em segundo lugar, Meilaender identifica a autodoação como o cerne do amor. Lewis, porém, afirma repetidamente que a *necessidade* saudável e humilde é essencial para uma comunidade de reciprocidade. A reciprocidade do amor humano e do amor a Deus deve incluir a "alegria da dependência" que nos permite acolher nosso Amor-Necessidade para com os outros. Diante de Deus nós sempre somos – quando perspicazes – indigentes; o Amor-Necessidade sobrenatural nos torna predispostos a sermos "indigentes alegres"[11]. O Amor-Necessidade sobrenatural também nos torna predispostos a sermos amados pela doação da Caridade alheia[12].

Embora as taxonomias do amor não devam ser veneradas ou arraigadas em costumes ou práticas, Lewis tira bom proveito delas em *The Four Loves* ao fazer observações incisivas sobre o coração humano. Ao discutir a Afeição, ele recorre à distinção entre Amor-Necessidade e Amor-Doação para reconhecer que amar os outros por necessidade (como fazem as crianças que amam seus pais) é natural a criaturas sociais vulneráveis como os seres humanos, e que o Amor-Doação dos pais pelos filhos geralmente atinge níveis surpreendentes de autossacrifício. Ele recorre a um uso ainda mais iluminador da distinção ao observar quão emaranhados o Amor-Doação e o Amor-Necessidade podem se tornar em nossa condição degradada. Lewis apresenta breves esboços descritivos que chamam nossa atenção para nossa tendência a *precisar* que nosso Amor-Doação seja *eternamente necessário* por parte daqueles que amamos, uma distorção da advertência franciscana de que só recebemos quando também damos. Embora o Amor-Doação possa parecer mais nobre e divino na superfície do que o Amor-Necessidade, os exemplos específicos de "abnegação" afetuosa são quase sempre uma afirmação de ego e controle.

Uma característica da Amizade, segundo Lewis, é o fato de ela ser fundamentalmente um Amor-Apreciativo, não apenas porque nos sentimos atraídos por nossos amigos por suas qualidades admiráveis, mas porque as amizades são sempre "sobre alguma coisa". Sobre o que diz respeito cada amizade é um assunto particular de admiração mútua. Encontrar alguém que ame a natureza, que aprecie a literatura fantástica ou um vinho de qualidade (de apenas um tipo específico) equivale a encontrar um amigo. Ainda que procuremos nossos amigos quando estamos em má situação e os ajudemos quando eles não estão bem, nem o Amor-Necessidade nem o Amor-Doação têm um papel mais importante, na Amizade, do que eles têm na Afeição. O papel do Amor-

-Apreciativo na Amizade é tanto a fonte de sua excelência particular (o que dele faz o mais espiritual e "independente" dos amores naturais[13]) quanto a fonte de suas tentações características. Embora as amizades sejam fundadas na admiração compartilhada por algo que se considere bom, essa percepção pode ser falsa e destrutiva. O fato de pessoas serem mutuamente levadas "à tortura, ao canibalismo ou ao sacrifício humano" não pode ser excluído como fundamento de amizades perversas[14]. Ainda que nossa apreensão equivocada do admirável produza amizades ruins, nesse ponto, como em outras partes de sua obra, a advertência mais premente de Lewis é a de que a Amizade, como cada amor natural, quando em seu *melhor*, ainda pode sucumbir à sua doença característica. As amizades fundadas na admiração pelo que é verdadeiramente admirável são, todas, propensas a tornar-se aristocracias autodesignadas que veem a si próprias em um patamar superior ao do resto da humanidade[15].

No Amor-Erótico, os amantes identificam-se tanto com aqueles a quem amam que esse amor "coloca os interesses do outro no centro de nosso ser"[16]. Boa parte da grandeza de Eros é sua obliteração da distinção entre dar e receber; além disso, "em Eros, uma Necessidade, em seu mais alto valor, vê o objeto mais intensamente como uma coisa admirável em si mesma, importante para muito além de sua relação com a necessidade do ser amado"[17]. Em Eros, portanto, as distinções entre Amor-Necessidade, Amor-Doação e Amor-Apreciativo entram em colapso, estimulando a transcendência do amor-próprio e a disposição para sacrificar que confere a Eros sua aura de divindade. Aqui, porém, muito mais do que no caso da Afeição e da Amizade, Lewis vê indícios de seu reiterado refrão de que os amores naturais começam a ser demônios quando começam a ser deuses[18]. Eros, a menos que abrandado por outros amores (principalmente pela Caridade), "sempre tende a transformar o 'estar apaixonado' em uma espécie de religião"[19]. A voz de Eros soa de modo tão semelhante à voz de um deus que a "oposição a seus ditames parece apostasia" mesmo quando – talvez especialmente quando – Eros exige a violação da moral[20].

Muito do que Lewis tem a dizer sobre Ágape ou Caridade remete à sua redenção de nossos amores naturais: "A Caridade não se reduz simplesmente ao amor natural, mas o amor natural é assumido pelo Amor em Si, do qual se torna o instrumento afinado e obediente"[21]. A Caridade funciona simultaneamente para *aperfeiçoar* e *ordenar* nossos amores naturais. Ao aprimorar nossos amores, a Caridade corrige nossa tendência a ocultar nossos desejos egoístas sob o manto da "afeição", da "amizade" e do "apaixonar-se". Ela também impede que nossos amores se tornem *desordenados*. "*Desordenado* não significa 'insuficientemente cauteloso'. Tampouco significa 'demasiado grande'"[22]. Nossos amores tornam-se desordenados quando amamos criaturas mais do que amamos a Deus. Para Lewis, Deus é o Grande Rival – um Amante ciumento que determinará expressamente que, se não conseguimos amar *ordenadamente*, devemos fazer algo que guarda semelhança com o *ódio* e, às vezes, é sentido como tal (São Lucas, 14,26)*. Como observa Gilbert Meilaender com grande sagacidade:

> A imagem dos amores naturais harmoniosamente aprimorados pelo amor divino não deve nunca nos cegar para aquilo que isso pode significar na experiência de qualquer pessoa. Pode significar conflito, rivalidade, renúncia e pesar. Devidamente usados, os amores naturais podem tornar-se meios para nos aproximarmos de Deus, imagens do amor que deve morar dentro de nós e nos servir de guia em toda relação. É muito comum, porém, que eles não sejam devidamente usados. Se o amante não é saudável, tampouco o será o amor; eles não são facilmente separáveis. A única cura é drástica: a morte e o renascimento[23].

Em um ensaio posterior, Meilaender aprofunda essa observação, constatando que, para Lewis, a combinação "*meramente* cristã" dos impulsos católicos e protestantes procura afirmar tanto o pensamento católico de que a graça não destrói a natureza, mas a aperfeiçoa, quanto o pensamento protestante de que o aprimoramento da natureza frequentemente se assemelha a condená-la à morte[24].

CONTEXTOS CULTURAIS DAS CONCEPÇÕES DE LEWIS SOBRE O AMOR

Lewis foi um grande erudito e um escritor de grande talento. Foi também um homem do século XX, um inglês de classe média que se casou tardiamente. *The Four Loves* (em particular, talvez a discussão de Lewis sobre as contingências que envolvem a importância da Ami-

---

* "Se alguém vem a mim e não odeia seu pai, sua mãe, sua mulher, seus filhos, seus irmãos, suas irmãs e até sua própria vida, não pode ser meu discípulo." (*Não odiar* tem, aqui, o sentido de *amar menos*). *Bíblia Sagrada*. (N. T.)

zade) mostra que ele tinha plena consciência de que as ideias sobre o amor são culturalmente influenciadas[25]; sem dúvida, ele asseguraria que suas próprias ideias sobre o amor não estavam imunes a essas influências. Em que medida as concepções de Lewis sobre o amor devem ser levadas a sério no século XXI? Quais dentre elas podem ser consideradas, se não atemporais, pelo menos de utilidade perene? E quais delas têm, na melhor das hipóteses, interesse sociológico ou histórico?

Em minha opinião, o melhor é ver Lewis mais como um referencial do que como um oráculo ou uma autoridade definitiva sobre o tema do amor. Para não se tornar refém do tempo e da cultura em que nasceu, Lewis buscou sabedoria em outras épocas e lugares. Ele avaliou criticamente os pontos de vista dos "sábios". As escalas que usou foram necessariamente influenciadas por sua própria experiência e pela cultura que o moldou. De nossa parte, devemos tratar as ideias de Lewis com respeito – talvez reverenciando-o como mais um dentre "os sábios" –, mas sem render-lhe homenagens acríticas. Parte da reflexão crítica consiste em observar algumas das dívidas intelectuais de Lewis, além de examinar certos aspectos que parecem ser traços de suas peculiaridades pessoais.

Examinarei *en passant* aquilo que considero peculiaridades pessoais de Lewis (inclusive aquelas que ele compartilhava com muitos de seus contemporâneos) antes de proceder a uma discussão de suas dívidas intelectuais[26]. Como Ann Loades discute muito mais profundamente no próximo capítulo deste livro, C. S. Lewis tinha ideias complicadas sobre gênero, as quais incluíam (mas não eram limitadas por) uma sólida percepção da pertinência da complementaridade de gênero[27]. Essa convicção estava alicerçada naquilo que, na época de Lewis, teriam sido interpretações-padrão de certas partes da Bíblia e haviam sido reforçadas por seu estudo do mito. Tal convicção influencia não apenas sua discussão de Eros, como também suas afirmações sobre a Amizade e, em menor grau, a Afeição. Diversos segmentos da erudição bíblica e teológica do fim do século XX questionaram a complementaridade de gênero, do modo como Lewis a entendia. Embora essa erudição não deva ser acriticamente aceita, é inquestionável que ela torna controverso aquilo que Lewis teria considerado como dados incontestes. Acredito que Lewis não esteja em sua melhor forma (nem seja mais perspicaz) quando se alonga em histórias sobre a pré-história da amizade masculina como companheirismo entre grupos de caçadores[28], ou coloca os homens no papel de Pais-Celestiais de Mães-Terra, mulheres passivas no leito nupcial[29]. Na maioria das vezes, as observações desse tipo não prejudicam sua exposição, sempre sensível sob outros aspectos. Contudo, sua caracterização da Amizade como um caso de "personalidades desnudas"[30], em que os amigos são totalmente desatentos e indiferentes aos detalhes pessoais da vida de cada um, parece ser, de fato, uma universalização de sua própria experiência com amizades quase exclusivamente masculinas, uma norma quase atemporal dos círculos intelectuais ingleses do século XX. A maioria das mulheres do século XXI e muitos homens desse mesmo século veriam nessa tendência à autorrevelação uma característica importante de suas amizades mais profundas[31].

Contudo, boa parte do que Lewis diz sobre o tema do amor *tem* valor permanente, e não apenas devido à sua capacidade de articular, de modo claro e cativante, as melhores criações intelectuais de uma longa tradição. A força dos textos de Lewis como intelectual cristão público encontra-se no fato de ele ser culto sem ser pedante. Suas ideias sobre o amor são profundamente moldadas por seu estudo da tradição greco-romana clássica e pelo diálogo entre a tradição e a história do pensamento e da cultura cristãos. Ele não encheu sua escrita "popular" com notas de rodapé e excesso de citações de autores. Ele se preocupava muito mais em dizer coisas verdadeiras do que algo de original. Lewis tem muitas dívidas intelectuais, algumas mais evidentes do que outras.

Sem dúvida, uma das grandes dívidas intelectuais de Lewis, particularmente no que diz respeito a seu entendimento do amor, é para com Santo Agostinho, a quem ele se refere como "um grande santo e um grande pensador, junto ao qual tenho dívidas incalculáveis"[32]. A ênfase de Lewis na necessidade de o amor ser *ordenado* por aquilo que deve ser nossa mais elevada forma de amor, o amor a Deus, é claramente agostiniana. Em *The Great Divorce* [*O grande abismo*], a visão de Lewis da *pequenez* do Inferno ("O Inferno todo é menor do que um seixo de nosso mundo terreno"[33]) e da falta de substância característica dos habitantes do Inferno é uma dívida para com a ideia neoplatônica de Santo Agostinho de que o mal é uma privação do ser. Por maiores que sejam suas dívidas para com Santo Agostinho, Lewis se mostra inclinado (com alguma consternação) a divergir, no último capítulo de *The Four Loves*, daquilo que vê como "retrocesso" estoico do santo. Esse retrocesso consiste no erro de achar que, se nosso coração repousa em Deus, não devemos entregá-lo a nada que possamos perder. Ao contrário, diz

Lewis, "Amar é ser vulnerável. Ame qualquer coisa e seu coração irá certamente sentir-se oprimido e, possivelmente, inconsolável. [...] Fora do Céu, o único lugar onde você pode manter-se perfeitamente seguro contra todos os perigos e perturbações do amor é o Inferno"[34].

Uma influência mais sutil sobre *The Four Loves* é exercida por Spenser. O fato de tal influência existir não nos deve surpreender, dada a quantidade de tempo que Lewis se dedicou a estudá-lo. A erudição seminal contida na obra de Lewis sobre a história do amor cortês, *The Allegory of Love*, vai culminar em um capítulo sobre *The Fairie Queene*, de Spenser, onde Lewis se refere a esse autor como "Aquele grande mediador entre os poetas medievais e modernos, o homem que nos salvou da catástrofe de uma interminável Renascença"[35]. A referência anteriormente publicada por Lewis sobre *eros*, *storgē* e *philia* como os três amores naturais ocorre quando ele observa o uso que Spenser faz dessa classificação[36]. Lewis via Spenser como o protetor da tradição cristã contra a secularização iminente que começava a se esboçar no humanismo renascentista. Isso pode ter vindo somar-se ao conceito lewisiano de que essa tríplice distinção faz parte da sabedoria perene que deve ser complementada e resgatada pela Caridade cristã. Sem dúvida, as preocupações de Lewis com a posição eminente concedida a Eros, mesmo no pensamento cristão moderno, sobre a natureza do casamento, correm parelhas com as desconfianças sobre o "amor cortês" ou a "paixão", que ele compartilha com Spenser (na verdade, com quem ele talvez as tenha adquirido).

As ideias de Lewis também foram moldadas por seu engajamento com seus contemporâneos que vinham escrevendo sobre o tema do amor. Já assinalei (nota 18) sua dívida com Denis de Rougemont. E ele também tem dívida com Simone Weil. Ann Loades observa que Lewis havia lido *Waiting for God*, de Weil, e acredita que essa leitura terminou por influenciar *A Grief Observed* [37] [*A anatomia de uma dor: um luto em observação*]. Há também alguns ecos da discussão de Weil sobre o que ela chama de amor sobrenatural por nossos semelhantes na caracterização lewisiana do Amor-Doação Divino[38]. Um leitor que passe da leitura do ensaio "Forms of Implicit Love of God", de Weil, em *Waiting for God*, para a leitura de *The Four Loves*, poderia igualmente surpreender-se com um contraste no espaço proporcional que cada um dedica à discussão do amor por nossos semelhantes. Lewis faz alguns comentários casuais sobre esse tipo de amor no decorrer de todo o livro[39], mas Weil atribui ao tema uma atenção muito mais explícita e sistemática. Isso não acontece porque Lewis diminui a importância do amor pelos semelhantes. Em "The Weight of Glory", ele afirma: "Ao lado do Sacramento Sagrado, o teu semelhante é o objeto mais sagrado que se apresenta aos teus sentidos"[40]. Em *The Four Loves*, contudo, Lewis está muito mais interessado no papel da Caridade em elevar e redimir nossos amores naturais do que em seu papel como uma força independente que poderia nos levar a nos colocarmos em risco por um estranho ou a nos sacrificarmos para doar aos pobres.

Embora Lewis tivesse divergências significativas com Anders Nygren, ele também foi influenciado por ele. Embora Lewis não o afirme tão explicitamente, suas observações iniciais em *The Four Loves* criticam a tese principal de Nygren em *Agape* and Eros*[41]. Nygren havia sustentado que Ágape era o tema central da cristandade primitiva, e que Eros era o tema central do mundo helenístico em que a cristandade nasceu. Nygren caracterizava Eros como um amor desejoso e egocêntrico; para ele, Eros começa com a necessidade humana e busca o florescimento humano. Em forte contraste, Nygren caracteriza o Ágape como um amor que não se deixa atrair por qualidades altamente valorizadas, mas que é total e incondicionalmente dadivoso – não motivado nem por uma apreensão do mundo do objeto do amor nem por qualquer ideia de reciprocidade. Eros, que para Nygren não significa romance, mas amor pleno de desejo, no fundo é sempre amor-próprio, ainda que seu objeto seja Deus. Os seres humanos não podem amar a Deus sem que, primeiro, Deus lhes conceda o Ágape sobrenatural. O amor cristão é totalmente sobrenatural. Como o amor de Deus por nós, nosso Ágape por nosso semelhante deve ser incondicional e imotivado por qualquer percepção do valor de nosso semelhante. Em uma carta de 1935, Lewis menciona a concepção de Nygren nos seguintes termos: "Pergunto-me se ele não está tentando impor, sobre a concepção do amor, uma antítese que é a natureza exata do amor, em todas as suas formas, a ser superada"[42].

A concepção da natureza de Ágape, ou "Caridade", é muito mais próxima do que Nygren criticava como o "motivo agostiniano da *caritas*"

---

* Em inglês, *Agape* tem um sentido poucas vezes dicionarizado em português (onde é substantivo de dois gêneros). *Agape love* significa "amor desinteressado de uma pessoa por outra, sem implicações sexuais" ou "uma emoção positiva e forte de estima e afeição". (N. T.)

do que o "motivo do *agape* de Nygren". Para Santo Agostinho, o Amor é sempre anseio; quando anseio devidamente sistematizado por nosso anseio por Deus, é *caritas*. Quando for um anseio desordenado ou descomedido – anseio que trata as criaturas como mais importantes do que o Criador – trata-se de concupiscência. Apesar do fato de *caritas* ser, etimologicamente, a tradução latina do grego *agapē*, Nygren criticava o conceito agostiniano de *caritas* como uma transigência com o helenismo e um amálgama impuro de Ágape e Eros[43]. Às vezes, Lewis parece fazer eco a Nygren ("No homem, o Amor-Doação Divino permite que ele ame o que não é naturalmente digno de ser amado"[44]), mas, mais frequentemente, toma o partido de Santo Agostinho (ao afirmar, por exemplo, que também há um Amor-Necessidade Divino, e ao insistir que nossos amores naturais não são apenas dados por Deus, mas também divinos, devido a suas semelhanças com o amor de Deus).

LEWIS E DANTE SOBRE O AMOR, SUAS DETURPAÇÕES E A REDENÇÃO

Para encerrar, tratarei aqui de uma discussão das dívidas e diferenças de Lewis para com Dante. Isso permitirá que eu faça um breve exame da incorporação literária das ideias lewisianas sobre o amor em *The Great Divorce* e *Till We Have Faces*[45]. E também me dará a oportunidade de retomar o exame do amálgama lewisiano do "*mero* cristianismo" dos impulsos católicos e protestantes a respeito da relação entre amor natural e caridade.

Sem dúvida, ninguém que tenha lido tanto *A divina comédia* de Dante quanto *The Great Divorce* deixaria de notar as semelhanças. Uma diferença notável, porém, é a estrutura complexa do Inferno, do Purgatório e do Céu de Dante quando comparada à insipidez do Inferno e do Céu de Lewis. O Inferno de Dante tem *níveis*, e esses níveis representam hierarquias de pecado, que são, por vezes, baseadas em hierarquias entre os amores naturais e seus desvirtuamentos. Seguindo Tomás de Aquino, Dante acredita que os desvirtuamentos do amor que são estreitamente ligados aos apetites são pecados menos nocivos à nossa humanidade do que os desvirtuamentos do amor que são ligados à nossa vontade ou ao nosso intelecto[46]. Os lascivos estão nos níveis superiores do Inferno de Dante; os traidores, os conspiradores frios e calculistas, estão nas profundezas congeladas do Inferno.

SOBRE O AMOR

Lewis às vezes chama a atenção para um vestígio desse pensamento hierárquico[47], mas sua crença de que "nenhum sentimento natural é alto ou baixo, sagrado ou profano em si mesmo"[48] reflete-se na estrutura mesma de seu Inferno e de seu Céu. Há *distâncias* tanto no Inferno quanto no Céu de Lewis. Os habitantes do Inferno afastam-se uns dos outros, em uma tentativa perversa de não se identificarem mutuamente. Alguns habitantes são muito mais distantes que outros (na geografia do espaço ficcional de Lewis, não distantes de Deus, mas apenas entre si). Contudo, isso parece decorrer mais do tempo que eles habitam o Inferno do que do tipo de desvirtuamento do amor que apresentam. George MacDonald, que o guia na jornada no Céu, diz ao narrador que o ônibus só o levou ao Vale da Sombra da Vida, e não às Profundezas Celestiais. Alguns habitantes do Céu são muito mais distantes e muito mais próximos de Deus. Uma vez mais, porém, isso parece decorrer mais do tempo, e não dos graus de virtude[49]. Tanto em *The Great Divorce* quanto em *The Four Loves*, as "afinidades católicas" de Lewis levam-no a reconhecer o grande e glorioso valor dos amores naturais e a seguir São Tomás de Aquino e Dante, na esperança de que nossos amores naturais não sejam substituídos pela Caridade, mas sim elevados aos amores perfeitos, mas ainda assim naturais[50]. Porém, como enfatiza a estrutura de sua "vida após a morte" em *The Great Divorce*, suas "afinidades protestantes" levam-no a enfatizar aquilo que Meilaender chama de "um grande *ou – ou*"[51]; ou nossos amores estão no caminho da redenção ou no caminho da perdição.

Depois de examinar os temas de *The Four Loves* do modo como são prenunciados em *The Great Divorce*, parece-me apropriado concluir com uma breve análise desses temas no último romance de Lewis, *Till We Have Faces*[52]. O personagem principal do livro, a rainha Orual, demonstra Afeição desvirtuada e possessiva por sua irmã, Amizade desvirtuada por seu professor e Erotismo desvirtuado pelo oficial que a precede em hierarquia. Com eficiência, ela esconde esses desvirtuamentos de si mesma, assim como esconde do mundo, com um véu que lhe cobre o rosto, aquilo que considera seus traços físicos desvirtuados.

No fim do romance, Orual passa a entender sua destrutividade e seus desvirtuamentos. Ela termina por defrontar-se com o remédio para seus amores desvirtuados: "Morra antes que você morra"[53]. A rainha chega a esse entendimento por meio de uma série de tentativas e visões. Em uma dessas visões ela é representada seguindo seu pai, outrora profundamente odiado, até o Salão das Colunas, que havia sido o centro estratégico do domínio de ambos em seu reino terrestre. Ela é instruída a abrir um buraco no assoalho e entrar nele. Ao fazê-lo, ela se vê em outro Salão das Colunas. Esse processo é repetido mais duas vezes, tornando-se cada vez mais árduo e doloroso. É um processo fundamental que a leva, finalmente, a se defrontar com a deturpação de sua própria natureza; a confissão de seu vislumbre é um doloroso lamento. Essa descida reflete o mergulho do peregrino de Dante em profundezas cada vez mais insondáveis do Inferno – revelações cada vez mais profundas dos abismos de seus próprios amores desvirtuados, que culminarão nas raízes da arrogância do amor e da rebeldia de ambos.

Essa poderosa representação criativa da reflexão de Lewis também ecoa um breve trecho de *The Four Loves* sobre a profundidade de nosso orgulho e a dificuldade de incorporar, de fato, nossa profunda necessidade da graça. Segundo Lewis, é comum nos vermos como se estivéssemos progredindo espiritualmente à medida que passamos da crença de que Deus deve estar bastante satisfeito conosco para a percepção de nossa humildade diante da admiração de Deus, e à medida que deixamos de perceber nossa humildade como algo admirável e passamos a nos congratular por nosso "reconhecimento claro e humilde de que ainda carecemos de humildade. Assim, profundidade sob profundidade e sutileza com sutileza, ainda guardamos conosco certa ideia de nossa própria – de nossa muito própria – atratividade"[54]. O trecho de *The Four Loves* pode invocar um meneio de reconhecimento. Em *Till We Have Faces*, Lewis convida-nos a nos identificarmos com Orual no que diz respeito à esperança de produzir uma epifania. Em geral, nosso coração é mais receptivo aos apelos à nossa imaginação do que ao nosso intelecto. Mostrando que pode ser mais poderoso do que o contar. Como Dante, Lewis usa nossa imaginação para nos ajudar na concretização – angustiante, mas auspiciosamente resistente – de algo cujo reconhecimento nosso intelecto talvez só conseguisse nos dar a conhecer momentaneamente.

Tanto em *The Four Loves* quanto em suas obras de ficção, C. S. Lewis nos ensina a gratidão para com o dom divino dos amores naturais e, acima de tudo, para com o amor sacrificial de Cristo, que veio redimir os desvirtuamentos de nossos amores. Lewis se alegraria se seus escritos tivessem cooperado com a obra incessante do Espírito em nos libertar de nossos autoenganos e nos levar, juntamente com a comunhão cheia de graça dos santos, a descansar em Deus, pois "Deus é amor"[55].

Notas

1. Michael Malanga, "*The Four Loves*: C. S. Lewis's Theology of Love", em Bruce L. Edwards (org.), *C. S. Lewis: Life, Works, and Legacy, Vol. 4: Scholar, Teacher, and Public Intellectual* (Londres, Praeger, 2007), 78.
2. FL, p. 9.
3. FL, p. 125-28.
4. A primeira frase do capítulo 3 era a primeira frase dos programas de rádio apresentados por Lewis. Ele não alterou a frase depois de acrescentar os dois primeiros capítulos ao livro. Devo essa informação a Peter J. Schakel.
5. FL, p. 21.
6. FL, p. 36.
7. FL, p. 8.
8. FL, p. 107.
9. Gilbert Meilaender, *The Taste for the Other: The Social and Ethical Thought of C. S. Lewis* (Grand Rapids, Eerdmans, 1978), p. 62.
10. FL, p. 23.
11. FL, p. 120.
12. FL, p. 121-22.
13. FL, p. 56.
14. FL, p. 74.
15. Para um aprofundamento desse assunto, cf. "The Inner Ring" (EC, p. 721-28).
16. FL, p. 105.
17. FL, p. 88.
18. Essa é uma frase que Lewis toma emprestada de Denis de Rougemont, em seu livro *Love in the Western World*, tradução para o inglês de Montgomery Belgion (Nova York, Harcourt, Brace, 1940). Lewis já faz referência a essa ideia em 1942, em carta a Daphne Harwood (CLIII, p. 511).
19. FL, p. 102.
20. FL , p.103.
21. FL, p. 122.
22. FL, p. 112.

23. Meilaender, *The Taste for the Other*, p. 175.
24. Gilbert Meilaender, "The Everyday C. S. Lewis", *First Things* 85 (ago.-set. 1998), 27-33. Lewis chamava de "grande heresia do século XIX" a ideia de que o amor podia ser "puro" sem ser crucificado e renascido: cf. sua carta a Owen Barfield, 20 ago. 1942 (CLII, p. 530).
25. FL, p. 55.
26. Os comentaristas têm chamado a atenção para a influência que o breve casamento de Lewis e a morte de sua esposa exerceram sobre sua discussão de Eros e suas observações penetrantes sobre a esperança da ressurreição de nossos amores naturais no Céu. Não abordei esse tema por falta de espaço, mas veja-se a observação de Ann Loades, segundo a qual "O último capítulo de *The Four Loves*, publicado em 1960, emerge claramente do período imediatamente anterior à morte de Joy e nos diz algo sobre a relação entre seu casamento e suas convicções religiosas"; "Some Reflections on C. S. Lewis's *A Grief Observed*", em Cynthia Marshall (org.), *Essays on C. S. Lewis and George MacDonald* (Lampeter, Edwin Mellen Press, 1991), p. 34. Cf. também Malanga, "*The Four Loves*", p. 50.
27. Embora Lewis sustentasse categoricamente que os homens deviam ser a "cabeça" dos casamentos, ele também afirmava que, no contexto profissional e social, as mulheres deviam ser avaliadas por seus méritos, permitindo-se que exercessem funções apropriadas a seus dons naturais (por exemplo, FL, p. 68, 72). Cf. também "Interim Report", EC, p. 641.
28. FL, p. 60-61.
29. FL, p. 95-97. Lewis também parece ter compartilhado com muitos de seus contemporâneos o pressuposto de que a libido masculina era significativamente maior do que a das mulheres, e que elas "simplesmente não entendem" a pressão do apetite sexual nos homens. Cf. sua carta a Mary Neylan, 18 abr. 1940 (CLII, p. 392-97). Suas concepções sobre a homossexualidade (FL, p. 57-60) são em parte condicionadas pelo fato de as práticas homossexuais ainda serem ilegais no Reino Unido na época em que ele escreveu *The Four Loves*.
30. FL, p. 67.
31. Para um aprofundamento das discussões sobre as concepções lewisianas da Amizade e do Amor Romântico, que são menos dependentes da hierarquia masculina e dos papéis dos gêneros, cf. Caroline Simon, *The Disciplined Heart: Love, Destiny and Imagination* (Grand Rapids, Eerdmans, 1997), capítulos 4, 5 e 6.

32. FL, p. 110.
33. GD, p. 113.
34. FL, p. 111-12. Esse tema é abordado em vários poemas de Lewis. Cf., por exemplo, "Joys that Sting", "Old Poets Remembered", "As the Ruin Falls", "Five Sonnets" e "Love's as Warm as Tears" (CP, p. 122, 123, 123-24, 139-41, 137-38).
35. AOL, p. 360.
36. AOL, p. 339. Lewis também se refere às quatro palavras gregas para "amor" em uma carta ao irmão Warren, 4 maio 1940 (CLII, p. 408).
37. Loades, "Some Reflections on C. S. Lewis's *A Grief Observed*", 46, n. 3.
38. Simone Weil, *Waiting for God*, tradução para o inglês de Emma Craufurd (Nova York, Harper and Row, 1951), p. 146-47.
39. Por exemplo, FL, p. 20, 27, 40, 105.
40. "The Weight of Glory", EC, p. 106.
41. Anders Nygren, *Agape and Eros*, tradução para o inglês de Philips S. Watson (Londres, SPCK, 1953).
42. Carta a Janet Spens, 8 jan. 1935 (CLII, p. 153).
43. Um aprofundamento dessa questão pode ser encontrado em Simon, *The Disciplined Heart*, p. 79-86.
44. FL, p. 117.
45. Jerry L. Walls e Peter J. Schakel têm mais a dizer sobre esses romances nos capítulos 18 e 20 deste volume, respectivamente.
46. Cf., por exemplo, as preleções de Virgílio a Dante, o peregrino, no *Inferno* (canto II) e no *Purgatório* (cantos 17 e 18).
47. Por exemplo, em uma observação como a de seu guia no Céu, George MacDonald: "se o corpo levantado, inclusive o do apetite, for um cavalo tão grande quanto viste, como seria o corpo levantado do amor maternal ou da amizade?" (GD, p. 96).
48. GD, p. 84.
49. Na verdade, as "Pessoas Fortes" (os santos perdoados), aquelas que estão mais distantes de Deus no espaço ficcional de Lewis, são as que retornaram aos arredores do céu por conta da Caridade. Elas esperam dar aos que se encontram no ônibus uma última oportunidade de arrependimento.
50. FL, p. 122.
51. Meilaender, *The Taste for the Other*, p. 104.
52. Como observou Peter J. Schakel: "Não seria injusto ou enganoso chamar

Till We Have Faces de um desenvolvimento ficcional dos temas centrais que Lewis detalharia alguns anos depois em *The Four Loves*. Cada um dos quatro amores [...] tem um lugar importante em *Till We Have Faces*": Peter J. Schakel, *Reason and Imagination in C. S. Lewis: A Study of "Till We Have Faces*" (Grand Rapids, Eerdmans, 1984), 27. Karen Rowe vai mais além e afirma: "Em essência, *The Four Loves* pode ser lido como um comentário sobre o romance [...] Nesse caso, o mostrar precede o contar": Karen Rowe, "*Till We Have Faces*: A Study of the Soul and the Self", em Bruce L. Edwards (org.), *C. S. Lewis: Life, Works, and Legacy. Volume I: An Examined Life* (Londres, Praeger, 2007), 136-37.

53. TWHF, p. 291.
54. FL , p.119.
55. FL, p. 7, citando Primeira Epístola de São João, 4,16.

Sobre gênero
Ann Loades

Para fins do que é, por necessidade, apenas um ensaio introdutório dedicado à leitura de Lewis sobre "gênero", convém afirmar que o termo se refere à relação entre "feminino" e "masculino", e vice-versa. Partimos do pressuposto de que um não pode ser entendido sem o outro. O próprio Lewis viveu em um período de imensas transformações no que hoje chamaríamos de "relações de gênero", e podemos chamar atenção para alguns exemplos de seus pontos de vista. Precisamos também observar que, tendo em vista sua resistência aos méritos e avanços de algumas das "ciências sociais", fica muito difícil imaginar que, pessoalmente, ele tivesse sido solidário para com o desenvolvimento dos "estudos de gênero" que surgiram depois de sua morte. Nesses estudos, a atenção à "masculinidade" ainda se mantém em evidência, inclusive no estudo da tradição cristã em todas as suas complexidades[1].

Podemos lembrar, por exemplo, que era axiomático na Igreja em que Lewis foi batizado, a Igreja da Irlanda – uma parte da Comunhão Anglicana –, que poucos conseguiriam levar a sério as que acreditavam ter vocação para serem ordenadas. Portanto, embora as mulheres pudessem ser batizadas, crismadas, perdoadas, trocar votos de amor eterno quando se casavam, receber a comunhão, a crisma ou uma benção, e ainda que, como qualquer outra pessoa batizada, pudessem batizar alguém em circunstâncias extremas, elas nunca poderiam crismar alguém, conceder o perdão divino, celebrar a comunhão, administrar o sacramento da confirmação ou abençoar alguém. Havia grandes controvérsias sobre a possibilidade de elas poderem ler trechos das Escrituras em público e, mais que isso, falar ou pregar para um público "misto" – o que diferia muito pouco do que acontece em nossos dias. Só em 1944, Florence Li Tim-Oi foi ordenada sacerdote na Comunhão Anglicana pelo bispo anglicano de Hong Kong, para atuar como presbítera junto aos cristãos chineses, que se viam privados de um ministério sacerdotal. Ela deixou de atuar como sacerdote em 1948, quando os atos de seu bispo foram condenados pelos outros bispos, seus companheiros, na Conferência de Lambeth, embora a ordenação de Florence tenha sido finalmente reconhecida pela diocese de Hong Kong em 1970. A seu devido tempo, alguns arcebispados da Comunhão Anglicana aceitaram a ordenação de mulheres para o sacerdócio, inclusive a própria Igreja Anglicana, em 1992.

No século XX, a intensidade do debate sobre a ordenação de mulheres foi praticamente inevitável, tendo em vista as mudanças de atitude relativas à questão do gênero em outras esferas da vida, como o acesso à educação superior. Em 1886, a mãe de Lewis concluiu sua pós-graduação com distinção e louvor na Queen's University, em Belfast (na época, Royal University of Ireland), mas a experiência de seu filho ocorreu em Oxford, onde as mulheres só foram aceitas para os cursos de Bachelor of Arts (BA) e Master of Arts (MA) em 1920, e em Cambridge, onde, vergonhosamente, elas só passaram a obter esse tipo de formação em 1948. Até a década de 1970 não havia cursos mistos de graduação em Oxbridge e, devido ao número muito reduzido de graduadas que conseguiam trabalho nas poucas faculdades para mulheres, era muito raro que elas estivessem em pé de igualdade com seus colegas do sexo masculino, a não ser, talvez, em alguma reunião do Conselho de Docentes ou em algum jantar de gala. Depois de sua mudança para Cambridge em 1955, e para seu grande mérito, Lewis comentou que tivera uma "minúscula participação" na mudança dessas tradições que resultou em maior igualdade entre os sexos[2].

Os pós-graduandos, tanto homens quanto mulheres, eram uma porcentagem muito pequena do conjunto da população inglesa na época de Lewis, mas a crescente proporção de alunas foi logo associada a uma transformação social de maior amplitude, o direito ao voto. Na condição de um jovem de dezenove anos, capaz de fazer uma preleção, Lewis, como outros jovens, concluiu que poderia votar em uma eleição geral. Em fevereiro de 1918, o voto tornou-se extensivo às mulheres, com limitações (elas precisavam ter mais de trinta anos, ser chefes de família, esposas ou donas de uma propriedade que lhes rendesse no mínimo cinco libras ao ano, e ter concluído um curso de pós-graduação). Uma década depois, a idade para as mulheres caiu para 21 anos, quando elas então entravam na "maioridade". Em 1919, Nancy Astor foi a primeira mulher a ter assento na Câmara dos Comuns, mas ainda se passariam quarenta anos para que as mulheres pudessem se tornar membros da Câmara dos Lordes, o que resultou no Life Peerages Act*, de 1958.

Lewis estava naturalmente alerta às implicações dessas mudanças que haviam ocorrido em sua época, apesar de se mostrar um tanto avesso àquelas novas disciplinas que, em retrospecto, podemos ver como pertinentes ao entendimento do que "feminino" e "masculino" podem significar em qualquer sociedade, e de que modo as crianças de ambos os sexos davam sentido à corporificação do conceito de gênero[3]. Lewis tomou como base outros recursos além dessas novas ciências sociais em sua genuína preocupação de que todas as pessoas, independentemente do sexo, deviam ser educadas de modo a poder desfrutar das experiências consideradas generosas, frutíferas e humanas, dar respostas apropriadas às circunstâncias de suas vidas, aprender o que é digno de mérito ou desprezo – e tudo isso no contexto de um espectro de culturas e religiões. Era exatamente na incapacidade de adquirir tais conhecimentos que se encontrava aquilo que, em uma série de palestras filosóficas ministradas em 1943, ele havia chamado de "a abolição do homem" – isto é, a abolição do tipo de pessoa capaz de proceder à integração de intelecto e emoção, de razão e imaginação[4].

Em benefício dos que provavelmente não tinham condições de ouvir suas palestras acadêmicas, Lewis publicou os romances de ficção científica *Perelandra* (1943) – com sua representação do físico Weston, mais tarde o "Não Homem", ambos insensíveis e cruéis com as criaturas do paraíso no qual ele se encontra – e *That Hideous Strength* (1945). Neste último, o protagonista masculino, Mark Studdock, é facilmente corruptível exatamente porque, como um "sociólogo", não lhe ensinaram a sentir e a pensar adequadamente. Mark é ambicioso, obcecado por vencer na vida, profundamente preocupado em tornar-se alguém "por dentro de tudo", indiferente à sua esposa Jane, cuja vida, assim como a de Mark, é colocada em risco por suas ações. No final do romance, quando os maus são destruídos e os penitentes e virtuosos prosperam, ocorre também a libertação e celebração por conta de muitas espécies de animais maltratados em cativeiro. Crueldade e indiferença diante do sofrimento não têm lugar na visão de mundo de Lewis.

---

*   Lei de Pariato Vitalício. (N. T.)

Contudo, a força das convicções humanitárias de Lewis não significava que ele achasse fácil aceitar críticas de valores anteriormente normativos nas relações de gênero, mesmo quando ele defendia vigorosamente outros que, em seu modo de ver, estavam sendo ignorados. Todavia, convém ter em mente que, embora muitos exemplos de comportamento humano em suas diferentes obras sejam realmente problemáticos, ele está o tempo todo querendo saber se nosso modo de ser e nossas ações nos levam para mais perto ou para mais longe de Deus. No que diz respeito às questões de gênero, o modo como homens e mulheres desempenham seu papel na vida e interagem em consonância com ele constituía, para Lewis, uma questão de importância teológica ao mesmo tempo prática e social – talvez, algo de importância nunca vista tão intensamente como na área do ministério sacerdotal.

Lewis sobre a ordenação de mulheres

Em um ensaio publicado pela primeira vez em 1948 e mais tarde intitulado "Priestesses in the Church?"[5], Lewis dizia a seus leitores ter sido informado de que a Igreja Anglicana vinha sendo aconselhada a habilitar as mulheres a receber as ordenações sacerdotais, embora ele acreditasse que tal proposta provavelmente não seria levada a sério pelas autoridades (talvez ele estivesse pensando na controvérsia sobre a ordenação de Florence Li Tim-Oi, a que já nos referimos aqui). Lewis usa a palavra "sacerdotisas" (*priestesses*) em lugar de "sacerdotes" (*priests*), o que, por si só, coloca na mente de seus leitores a questão de se a palavra "sacerdote", que etimologicamente parece passível de ser neutra ou inclusiva em termos de gênero, é realmente algo do tipo. Para Lewis, "sacerdote" significa uma pessoa do sexo masculino e do gênero masculino.

Lewis coloca a questão de que a ordenação das mulheres ao sacerdócio seria um passo revolucionário a ser tomado e, em sua época, é bem provável que seria esse o modo como a questão seria percebida em termos gerais. Desde a época de Lewis, contudo, as obras dos historiadores têm sugerido que os padrões de participação masculina e feminina no ministério cristão têm variado, dependendo das circunstâncias[6]. Lewis achava que a ordenação de mulheres nos separaria do passado cristão, embora pudéssemos ver tal ordenação como um processo de continuidade com esse passado, assim como um enriquecimento oportuno do ministério. Ele também acreditava que a ordenação aumentaria as divisões entre a Igreja Anglicana e outras igrejas. A isso poderíamos replicar que depende de quais igrejas se esteja falando.

O próprio Lewis pode ter tido preocupações específicas com a relação entre a Igreja Anglicana e a Igreja Católica Romana, tendo em vista o modo inegavelmente "católico" como ele caracteriza o ministério sacerdotal e suas estreitas amizades com católicos romanos como J. R. R. Tolkien, Robert Havard e George Sayer, entre outros. Contudo, é difícil imaginar como ele achava que a divisão entre Canterbury e Roma poderia ampliar significativamente – dado que o Vaticano já considerava (e ainda considera) ilegítimos *todos* os ministros anglicanos ordenados – bispos, padres e diáconos, homens ou mulheres, independentemente da ordenação de mulheres para o sacerdócio (na época, uma mera possibilidade).

Embora a ordenação de mulheres continue a ser um problema para algumas relações interdenominacionais, ela é indispensável para as negociações com outras – inclusive, por exemplo, com a Igreja Metodista do Reino Unido e dos Estados Unidos, e com a maior parte dos luteranos. E, se uma questão fundamental de princípio teológico estivesse em jogo, seria preciso afirmar a necessidade de conviver, em sã consciência, com algum tipo profundamente arraigado de controvérsia eclesiástica ou ecumênica. Para os que defendem a ordenação de mulheres, o princípio teológico em jogo consistiria em saber se Cristo redime e representa (ou não) *toda* a humanidade e, portanto, se as mulheres podem celebrar essa redenção por meio de tudo que esteja associado à importância da ordenação. Para Lewis, porém, havia outra questão teológica em jogo: a ênfase das Escrituras na "masculinidade" de Deus *vis-à-vis* a humanidade "feminina", imagens que ele entendia como metáforas acessíveis, condicionadores inevitáveis de nosso pensamento, e não como metáforas "secundárias"[7] ou magistrais que poderiam ser usadas de modo intercambiável com outras imagens[8].

Lewis tentou desarmar seus críticos ao afirmar que tinha grande respeito pelos que queriam ver as mulheres como sacerdotisas, e que os considerava pessoas sinceras, devotas e sensíveis. Ele reconhecia que as mulheres eram capazes de pregar, que são sinceros os que afirmam a competência das mulheres como administradoras, seu tato e sua compreensão para aconselhar os paroquianos em suas visitas, e que as mulheres são tão capazes quanto os homens no que diz respeito à devoção, ao fervor e à aprendizagem. Ele também reconhecia que, em um campo atrás de outro, descobrira-se que as mulheres podiam fazer muito bem todos os tipos de coisas que outrora eram tidas como da competência exclusiva dos homens. Como havia escassez de sacerdotes, parecia óbvio, admitia Lewis, que as mulheres deviam ser colocadas em pé de igualdade com os homens "nessas profissões e em muitas outras"[9]. Contudo, Lewis não permitia que essas evidências se impusessem a seus pontos de vista já adquiridos ao longo de sua vida. Em seu artigo, ele não dá atenção às igrejas que já ordenavam mulheres em sua época, e tampouco se preocupa com a possível fragmentação do ministério eclesiástico tendo em vista que, mesmo na Igreja Anglicana de sua época, as mulheres já estivessem fazendo tantas coisas que, até então, haviam sido privilégio exclusivo dos homens. O diaconato já estava aberto às mulheres havia oito anos na época em que ele escreveu[10].

Lewis diz que a oposição à ordenação de mulheres (de uma parte delas, por razões que ele não analisa) não decorre do desprezo pelo sexo feminino enquanto tal, e que isso é "evidenciado pela história". Ele invoca o testemunho da "reverência" medieval pela "Virgem Santíssima" para comprovar seu ponto de vista[11]. Contudo, mulheres católicas romanas que pertencem a ordens religiosas (embora não sejam as únicas) têm argumentado com grande eloquência que a devoção à mãe de Jesus geralmente – mas não necessariamente, nem mesmo intencionalmente – implicou a desvalorização das mulheres. Como historiador, Lewis poderia ter refletido proveitosamente sobre as ligações entre essa devoção ao ideal, impossível para as mulheres, de uma mulher ao mesmo tempo Virgem e Mãe, e os argumentos sobre a inferioridade das mulheres e sua devida subserviência aos homens, expressos em sociedades muito diferentes[12].

Lewis afirma que, apesar da absoluta veneração por Maria na tradição da Igreja, nunca houve "nada que, sequer remotamente, se assemelhasse à atribuição de um ofício sacerdotal a ela"[13]. A afirmação é discutível, dependendo do que se possa entender por "nem remotamente se assemelhasse" ou por "ofício sacerdotal", este último, em todo caso, não constituindo em si mesmo um termo significativo para cada denominação cristã. E quem poderia habilitar-se a fazer tal atribuição? Porque não apenas são escassas as representações medievais de Maria como Virgem-Sacerdotisa, como também uma tradição de devoção a ela como tal foi suficientemente intensa para que o Santo Ofício da Igreja Católica

Romana proibisse suas imagens com vestes sacerdotais em 1916 e, em 1927, pusesse fim a toda e qualquer discussão sobre o assunto[14].

Sem dúvida, podemos concordar com Lewis quando ele afirma que a salvação humana realmente depende da concordância de Maria com a ação de Deus sobre ela, na encarnação, unida em nove meses de "inconcebível intimidade com a Palavra eterna"[15]. Podemos ainda reconhecer a importância simbólica atribuída à sua presença nas imediações do crucificado, no Quarto Evangelho. O fato de ela estar ausente dos registros da Última Ceia supostamente implica, para Lewis, que Cristo não "ordenou" sua mãe, como afirmavam alguns teólogos medievais, mas estamos longe de saber se as palavras de Cristo naquela ceia equivalem à ordenação dos presentes. Lewis também diz que a Virgem Santíssima esteve ausente da descida do Espírito no Pentecostes, esquecendo-se de que o livro de Atos dos Apóstolos 1,14* tem uma longa tradição interpretativa segundo a qual ela estava realmente presente, como revela uma extensa tradição iconográfica. Portanto, ele também deixa de notar o que a presença de Maria no Pentecostes poderia implicar para uma discussão da ordenação das mulheres, assim como dos homens.

O problema de Lewis com a ordenação sacerdotal das mulheres encontra-se, na verdade, na ideia de *representatividade* do sacerdote, "um duplo representante, que nos representa a Deus e Deus a nós"[16]. Ele escreve: "Nossos próprios olhos nos ensinam isso na igreja. Às vezes, o sacerdote fica de costas para nós e olha para o Leste – ele fala com Deus por nós; às vezes, ele nos olha de frente e nos fala por Deus". Ele não tinha nenhuma objeção ao fato de uma mulher assumir a primeira postura: "a dificuldade toda diz respeito à segunda"[17]. Lewis admitia que homens e mulheres eram iguais; na verdade, ele admite plenamente que determinado homem possa ser consideravelmente *menos* virtuoso ou *menos* caridoso do que determinada mulher, e que, portanto, até esse ponto ela poderia ser não apenas tão "semelhante a Deus" quanto um homem, mas muito mais ainda. Porém, continua ele, "a menos que 'igual' signifique 'intercambiável', a igualdade não faz nada pelo sacerdócio feminino"[18]. Portanto, o que está em jogo não são as virtudes relativas de determinados homens e de determinadas mulheres. A questão

---

*   "Todos eles perseveravam unanimemente na oração, juntamente com as mulheres, entre elas Maria, mãe de Jesus, e os irmãos dele." *Bíblia Sagrada*. (N. T.)

é que, do modo como ele vê as coisas, em um nível imaginativo os homens são mais qualificados do que as mulheres para "falar a nós por Deus", porque eles simbolizam melhor a verdade de que Deus, *vis-à--vis* a humanidade, é "masculino", por assim dizer. Ou, como diz Lewis em outro texto: "no nível da imaginação, a masculinidade da Palavra encontra-se quase inexpugnavelmente arraigada por conta da natureza sêxtupla do Filho, do Noivo, do Rei, do Sacerdote, do Juiz e do Pastor"[19]. Os homens podem tornar-se péssimos sacerdotes, mas pelo menos são masculinos: como tais, afirmam simbolicamente, em sua própria pessoa, alguma coisa da natureza divina que as mulheres, em sua própria pessoa, não podem afirmar simbolicamente.

Em um artigo de 1992, um dos contemporâneos mais jovens de Lewis, o filósofo episcopal escocês Donald MacKinnon, opôs-se acertadamente a essa abordagem da questão. MacKinnon considerou a afirmação de que um sacerdote celebrador deva ser do sexo masculino tanto obscura quanto, na verdade, "estranhamente, inclusive inquietantemente não católica"[20]. É muito difícil supor que a aparência visível do celebrador seja fundamental para a Eucaristia a ponto de a "presença real" de Cristo ter de ser procurada não nas palavras e no ato da Eucaristia, nem nos elementos consagrados, mas no corpo observável do sacerdote. Era da doutrina católica o conhecimento de que Cristo representava toda a humanidade, e isso não podia ser questionado em hipótese alguma. Também era da doutrina católica o fato de que Cristo era "um com" o Pai, como o Quarto Evangelho reitera tantas vezes, e que "nele habita corporalmente toda a plenitude da divindade" (Epístola aos Colossenses, 2,9). Cristo é ao mesmo tempo totalmente humano e totalmente divino. Na opinião de MacKinnon, a teologia de que um sacerdote deve ser necessariamente do sexo masculino na celebração eucarística transformou o ministério sacerdotal em uma cidadela de autoridade masculina, removendo essa celebração de todo o contexto do ministério de Cristo, que consiste em reunir a humanidade com Deus e Deus com a humanidade.

Lewis deve ter conhecido muito bem pelo menos algumas dessas questões em pauta. MacKinnon dificilmente as inventaria a partir do zero, embora a insistência em que só um homem pode representar Cristo na Eucaristia tenha se tornado mais importante à medida que os argumentos em favor da ordenação de mulheres foram ficando cada vez mais fortes, como os críticos católicos romanos deixaram claro[21]. Não obstante, Lewis continuou a levar em consideração as implicações não apenas de dizer que "uma boa mulher pode ter afinidades com Deus", mas também de dizer que "Deus é como uma boa mulher". Podemos concordar com ele quanto ao fato de que a supressão do Pai-Nosso da doutrina da Trindade não é uma opção. Também podemos concordar, ainda que não por razões que ele poderia ter aprovado, que não é negociável o fato de a encarnação ter assumido uma forma masculina, se pensarmos na "humildade de um Deus desprovido de gênero, que foi preparado para vir a nós em forma humana, sexuada"[22]. Também podemos concordar que o imaginário bíblico de Cristo como o Noivo, e da Igreja como a Noiva, é valioso como uma imagem central da relação entre Cristo e todos os redimidos – sendo a Noiva um símbolo coletivo de toda a humanidade, masculina e feminina. Tudo isso, porém, não é necessariamente um motivo de horror, ou mesmo de constrangimento, diante do uso da linguagem de uma mulher, ou de uma linguagem feminina, para nossa interação com Deus.

O próprio Lewis conhecia, e em várias passagens faz citações de *Revelations of Divine Love*, de Juliana de Norwich (1342 – depois 1416), que teve uma edição completa de suas obras publicada no começo do século XX. *Revelations* é o primeiro livro de uma inglesa a tornar-se conhecido. Também é um texto de uma teologia sutil, e Juliana tornou a "maternidade" fundamental à sua exposição das doutrinas da Trindade, criação, encarnação, Eucaristia e salvação. Isso não era tão estranho quanto possa parecer, tendo em vista as metáforas e os símiles no testemunho bíblico e a riqueza da tradição medieval tanto para homens quanto para mulheres[23]. Sem dúvida, Lewis estava certo ao perceber a probabilidade de que o simbolismo cristão viesse a ser reinterpretado, uma vez que as mulheres não recebiam apenas educação teológica, mas também estavam na posição de ensiná-la a partir de uma posição como sacerdotisas, muito embora, infelizmente, ele não conseguisse ver que isso podia resultar em um enriquecimento da tradição cristã, e não em sua transformação em sentido negativo. Ele escreve: "Os cristãos acham que o Próprio Deus nos ensinou a falar d'Ele"[24]. Sim, mas esse ensinamento, apesar dos pressupostos de Lewis, não limita em absoluto a fala sobre Deus, o mistério divino além de nossa apreensão, para a terminologia precisa que nos foi legada somente pelas Escrituras e que, de qualquer modo, é mais diversificada do que Lewis admitia, conforme observamos acima. Ao contrário, a Revelação é um diálogo contínuo entre Deus e a humanidade, desenvolvido ao longo de uma tradição viva que envolve a imaginação e o desenvolvimento social, que graciosamente pede nossa resposta em termos humanamente inclusivos, cada um dos quais funcionando como um corretivo dos demais[25].

Também podemos concordar com Lewis em sua crença de que nossa identidade sexual não é superficial, e que, "entre outras coisas, o sexo [isto é, neste caso, gênero biológico] foi criado para simbolizar para nós as coisas ocultas de Deus"[26], às quais Lewis se referia como o "elemento opaco" na religião. Contudo, o argumento não leva necessariamente na direção que ele presumia. Com algum sofrimento genuíno, ele afirmava "o privilégio ou o ônus"[27] de representar Deus, que o cristianismo impõe a seu próprio sexo, apesar das evidentes inadequações dos homens[28]. Ele queria que a "saudação" fosse concedida ao uniforme (isto é, ao gênero masculino), e não ao usuário (isto é, o indivíduo do sexo masculino), e afirmava que somente um "usuário do uniforme masculino pode (provisoriamente, e até a *Parousia**) representar o Senhor perante a Igreja: isso porque, corporal e individualmente, para Ele somos todos femininos"[29]. Podemos questionar se ser macho ou fêmea pode ser análogo a usar um "uniforme" e propor, em vez disso, que o "uniforme" seja a autoridade atribuída à pessoa ordenada pela Igreja e, portanto, representada em vestes eucarísticas, seja qual for o gênero biológico. Nos anos subsequentes Lewis admitiu, no que diz respeito à coroação da rainha Elizabeth II, que ela representava a "humanidade chamada por Deus para ser Seu vice-superintendente e sacerdote de mais alta posição eclesiástica na Terra" – por assim dizer, um caso evidente de reverência ao uniforme, e não à pessoa que o usa[30].

No caso da ordenação, Lewis era da opinião de que, quando homens resultavam em maus sacerdotes, isso acontecia pelo menos em parte porque eles eram "insuficientemente masculinos", o que se aplica igualmente aos maus maridos ou aos maus parceiros masculinos de dança. Este último caso podia ser remediado pela atenção diligente a aulas de dança, mas os outros dois não podiam ser remediados mediante a retirada de circulação daqueles que "carecem totalmente de masculinidade"[31]. Ficamos longe de saber o que ele quer dizer quando se refere

---

* Para a corrente dominante dos estudos bíblicos, a palavra grega *parousia* significa, em sua acepção mais importante, "presença", e tem como acepções secundárias "chegada" ou "advento". (N. T.)

a homens "insuficientemente masculinos" ou mulheres que "carecem de toda e qualquer masculinidade", como se tivéssemos aí identidades inequívocas que só dizem respeito à biologia. Tampouco fica claro que o fato de ser sacerdote, marido ou parceiro de dança não configure instâncias significativamente dessemelhantes, em vez de tão semelhantes que o fato de identificá-las como semelhantes-em-masculinidade adicione importância à argumentação de Lewis. Ser sacerdote, marido ou parceiro de dança são atributos que, cada um a seu modo, poderiam ser vistos diferentemente, quando não entendidos em termos de uma total exclusão do "feminino", com o qual, ao fim e ao cabo, Lewis não tinha compromisso algum.

A dificuldade fundamental aqui é que Lewis tinha sua própria "teologia" de gênero, que talvez seja mais metafísica imaginativa do que teologia bem fundamentada: ele escreve que, na Igreja, "estamos lidando com masculino e feminino não apenas como fatos da natureza, mas como as sombras vivas e aterradoras de realidades profundamente além de nosso controle e, em grande parte, além de nosso conhecimento direto. Ou, ao contrário, não estamos lidando com elas, mas (como não demoraremos a saber se nelas interferimos) elas é que estão lidando conosco"[32]. O fato de ter sido sua imaginação – e não seu pensamento teológico – o que motivou sua abordagem dessa questão também se evidencia quando ele confessa: "Sem recorrer à religião, sabemos, por nossa própria experiência poética, que imagem e apreensão se unem mais estreitamente do que o senso comum está preparado para admitir"[33]. Portanto, iremos agora nos voltar mais sucintamente para as obras ficcionais e teológicas de Lewis, com o objetivo de conhecer melhor seu entendimento da questão de gênero.

LEWIS SOBRE GÊNERO NA FICÇÃO E NA TEOLOGIA

Lewis pertencia à tradição do cristianismo que levava o paganismo a sério pelo que ele nos podia revelar, indiretamente, sobre o Deus cristão. Em *That Hideous Strength*, os deuses "planetários" descem, inclusive o masculino Marte, a feminina Vênus e, o que é muito interessante, Mercúrio, que parece representar, ao mesmo tempo, um aspecto da masculinidade e da feminilidade. Seja como for, Lewis escreve:

> Em Viritrilbia [Mercúrio] e Vênus e Malacandra [Marte] estavam representados aqueles dois dos Sete gêneros que guardam

alguma semelhança com os sexos biológicos e, portanto, até certo ponto podem ser compreendidos pelos homens. O mesmo não aconteceria com aqueles que agora se preparavam para descer [Saturno e Júpiter]. Sem dúvida, esses também tinham seus gêneros, mas deles não temos nenhuma pista. Esses seriam energias mais poderosas: antigos eldils [anjos planetários], timoneiros de mundos gigantescos que nunca, desde o início, se submeteram às doces humilhações da vida orgânica[34].

No romance anterior da trilogia, *Perelandra*, Ransom vê em Marte e Vênus "o verdadeiro significado de gênero" – "uma realidade, e uma realidade mais fundamental do que o sexo" –, sendo este último "simplesmente a adaptação à vida orgânica de uma polaridade fundamental que divide todos os seres criados"[35]. Esses dois "deuses" que Ransom vê são biologicamente "assexuados", mas ainda assim respectivamente masculino e feminino.

Lewis não explica o que quer dizer com esses cinco de "Sete gêneros" que não se manifestaram em forma de "vida orgânica", tampouco tenta conciliar esse número mais elevado com a "polaridade fundamental" do trecho acima. Sua principal preocupação simbólica é Vênus. Embora o romance tenha começado com a análise de Jane Studdock sobre a deterioração de seu casamento com Mark, ela aprende, primeiro em seu encontro com a "Vênus terrestre" (capítulo 14, parte 2) e, depois, com o "Diretor" Ransom (capítulo 14, parte 5), que sua maneira de entender o casamento deve mudar. Não se trata simplesmente de que "poderia haver diferenças e contrastes ao longo de toda a ascensão, mais ricos, mais intensos e até mesmo mais violentos, a cada degrau da subida"[36]; o que ocorre é que ela vem se opondo ao (divino) "masculino" ao qual todos devem se submeter. O Diretor diz a ela que, "Do macho, você poderia ter escapado, pois ele só existe no nível biológico. Do masculino, porém, nenhum de nós escapa. O que está acima e além de todas as coisas é tão masculino que somos todos femininos em relação a ele"[37]. Ela reconhece que ela mesma deve ser "refeita" (capítulo 14, parte 6) e, da mesma maneira, seu marido Mark percebe que, assim como Jane fracassara na humildade da vida, o mais importante para ele era sua própria penitência por não ter conseguido mostrar a ela a humildade de um amante (capítulo 17, parte 7). Como sua esposa anteriormente, ele então vê a Vênus terrestre, uma mulher "divinamente alta, em parte nua, em parte envolvida por uma túnica cor de fogo", que mantém aberta para ele a porta da pequena casa na qual Jane vem se juntar a ele mais tarde. Juntos, Mark e Jane caem sob a influência da Vênus feminina para que eles possam encontrar, o mais verdadeiramente possível, o masculino Maleldil (a Segunda Pessoa da Trindade).

Embora Lewis tenha escrito certa vez que "avaliações comparativas de excelências essencialmente diferentes são absurdas em minha opinião"[38], permanece o problema de que, por ele associar a feminilidade à "criaturidade", necessariamente inferior a Deus, ele se viu em dificuldades quando os valores comparativos das "diferentes excelências" deviam ser expressos não apenas em termos sociais, onde ele afirma a igualdade básica, mas, como já vimos, também na Igreja. Seu motivo, expresso numa passagem memorável sobre "A Bondade Divina" em *The Problem of Pain*, era que "somos apenas criaturas: nosso papel deve ser sempre o de paciente para agente, de fêmea para macho, de espelho para luz, de eco para voz. Nossa mais elevada atividade deve ser a resposta, não a iniciativa"[39]. Vivenciamos o amor de Deus como capitulação à Sua vontade, conformidade ao Seu desejo. Isso pode colocar grandes dificuldades aos homens, tendo em vista que, para Lewis, as deficiências deles significam que não são suficientemente masculinos. Ele não deixa claro como superamos o problema do modo como os homens devem se relacionar com Deus se eles, por um lado, devem empenhar-se em ser suficiente e assertivamente "masculinos" ao mesmo tempo que, por outro lado, se tornem apropriada e receptivamente "femininos" como parte de uma humanidade mais abrangente. E, portanto, argumentar a favor da receptividade de todas as criaturas a Deus, inclusive afirmando que suas respostas devem se tornar possíveis por um dom divino, é algo que, ironicamente, requer que a "receptividade" se desvincule do gênero feminino caso as mulheres não devam ser consideradas inferiores aos homens, como são as criaturas perante Deus.

Na verdade, Lewis pode ter sido mais crítico do que indica explicitamente sobre o tipo de masculinidade inerente às imagens por ele usadas sobre o agente proativo, exigente e oral. Lewis também valorizava alguma coisa mais, na tradição cristã, que lhe ofereciam uma masculinidade diferente: a saber, seu entendimento do próprio Cristo em suas reflexões sobre as Epístolas aos Efésios, 5,6, e uma das analogias ali usadas acerca da interação humana, que captura algo do que ele acreditava sobre a importância do perdão e do autossacrifício na vida humana.

Seu entendimento de Cristo oferecia uma alternativa extremamente significativa à masculinidade da violência, da intimidação, do egoísmo e do comportamento manipulador, dos quais ele era justificadamente crítico[40].

Não podemos, aqui, expor com detalhes a representação lewisiana do Cristo amoroso, abnegado e infinitamente crucificado – que, na verdade, tem aspectos ao mesmo tempo positivos e negativos[41]. Todavia, é compreensível que, tendo em vista seu casamento tardio com Joy Davidman, e sabendo que ela tinha uma doença incurável, Lewis enfatizaria primeiro a semelhança com Cristo de um marido que prestou, a uma esposa doente, cuidados incansáveis, mas nunca alardeados. Ainda assim, a reciprocidade normativa das concessões mútuas não pode ser uma questão predominantemente unilateral nas relações humanas, como as pessoas podem descobrir perfeitamente bem numa Igreja que vive da Ressurreição de Cristo e é nutrida pelos Sacramentos, em defesa dos quais Lewis certamente argumenta. Tanto os homens quanto as mulheres podem ser agraciados de modo a desenvolverem as virtudes necessárias que eles possuem em diferentes medidas e que permitirão que passem por um processo de aprimoramento mútuo. Ambos podem ser semelhantes a Cristo desde que ambos estejam destinados a isso. Como Lewis escreveu, a vida doméstica "tem sua própria norma de cortesia – um código mais íntimo, mais sutil, mais sensível e, portanto, mais difícil, em certos aspectos, do que a vida do mundo exterior"[42] –, e essa cortesia também deveria ser aprendida na vida cristã.

Conclusão

A menção à vida doméstica leva-nos a algumas reflexões finais, extraídas da experiência doméstica do próprio Lewis. Perto do fim de seu breve casamento, ele descobriu que, embora Joy estivesse tão gravemente doente, com sua coragem ela lhe deu pelo menos tanto quanto ele deu a ela – sem mencionar o amor e os cuidados que ela dedicou a Warren, irmão de Lewis, bem como aos dois filhos dela. Joy faleceu em 1960 e, no extraordinário livro de memórias de Lewis, *A Grief Observed*, vemos que algo como uma revolução tardia ocorreu em seu pensamento acerca desses assuntos, uma revolução que – quando ele já se aproximava da morte – talvez seja ainda mais impressionante e louvável por esse motivo. O livro mostra que Lewis conseguiu reformular muitos dos temas e tópicos acima discutidos, à luz de novas ideias e novas experiências emocionais. Concluo com as seguintes palavras:

> De fato, aprendemos e conquistamos alguma coisa. Oculta ou evidente, uma espada se interpõe entre os sexos até que um casamento exemplar os reconcilie. É arrogância nossa chamar o "masculino" de franqueza, probidade e cavalheirismo quando os encontramos em uma mulher; é arrogante, da parte deles, descrever como "femininos" a sensibilidade, o tato ou a ternura de um homem. Além disso, que tortuosos fragmentos de humanidade deve ser a maioria desses meros homens e meras mulheres, para tornar plausíveis as implicações dessa arrogância. O casamento vem curar isso. Juntos, os dois tornam-se plenamente humanos. "Deus *os* criou à Sua imagem." Assim, por via de um paradoxo, esse carnaval de sexualidade nos leva para muito além de nossos sexos[43].

Notas

1. D. J. A. Clines, "Paul, the Invisible Man", em S. D. Moore e J. C. Anderson (orgs.), *New Testament Masculinities* (Atlanta, Society of Biblical Literature, 2003), p. 181-92.

2. Em um ensaio comparando Cambridge com Oxford, ele diz sobre esta última: "Até bem pouco tempo – creio que posso reivindicar uma minúscula parcela de ruptura com a tradição –, era improvável que você encontrasse suas colegas em qualquer lugar, a não ser em alguma reunião do Conselho de Docentes ou em algum jantar de gala." ("Interim Report", EC, p. 641).

3. Cf. M. S. van Leeuwen, *A Sword between the Sexes? C. S. Lewis and the Gender Debates* (Grand Rapids, Brazos Press, 2010). Cf. também sua contribuição à *Christian Scholar's Review* "Colloquium Issue: C. S. Lewis on Gender", 36:4 (verão de 2007).

4. Para uma solidária reconsideração crítica de *The Abolition of Man*, cf. J. R. Lucas, "The Restoration of Man", *Theology* 98 (1995), p. 445-56.

5. "Priestesses in the Church?", EC, p. 398-402; reimpresso também em L. Bouyer, *Woman in the Church* (São Francisco, Ignatius Press, 1979), tradução para o inglês de M. Teichart, com um epílogo de Hans Urs von Balthasar.

6. Por exemplo, C. Methuen, "Women with Oversight: Evidence from the Early Church", em Rigney e M. D. Chapman (orgs.), *Women as Bishops* (Londres, Mowbray, 2008), 72-91, e G. Macy, *The Hidden History of*

Women's Ordination: Female Clergy in the Medieval West (Oxford, Oxford University Press, 2008).

7. "Priestesses in the Church?", EC, p. 401.
8. Essa distinção entre tipos de metáfora é esboçada em seu ensaio "Bluspels and Flalansferes: A Semantic Nightmare", SLE, p. 251-65.
9. "Priestesses in the Church?", EC, p. 399.
10. É discutível se, para ser coerente com a exclusão das mulheres do sacerdócio, Lewis também devesse ter argumentado que as mulheres deveriam ser impedidas de participar de qualquer forma de ofício ou papel de liderança públicos. Cf. S. W. Sykes, "Richard Hooker and the Ordination of Women to the Priesthood", em J. M. Soskice (org.), *After Eve: Women, Theology and the Christian Tradition* (Londres, Marshall Pickering, 1990), p. 132.
11. "Priestesses in the Church?", EC, p. 399.
12. Cf., por exemplo, E. A. Johnson, *Truly Our Sister: A Theology of Mary in the Communion of Saints* (Londres, Continuum, 2000).
13. "Priestesses in the Church?", EC, p. 399.
14. Cf. o material em T. Beattie, *God's Mother, Eve's Advocate: A Marian Narrative of Women's Salvation* (Londres, Continuum, 2003), p. 144-49.
15. "Priestesses in the Church?", EC, p. 399.
16. "Priestesses in the Church?", EC, p. 400.
17. "Priestesses in the Church?", EC, p. 400.
18. "Priestesses in the Church?", EC, p. 401.
19. "Neoplatonism in Spenser's Poetry", SMRL, p. 155.
20. D. M. MacKinnon, "The *Icon Christi* and Eucharistic Theology", *Theology* 95 (1992), p. 109-13.
21. Cf. J. Wijngaards, "Women Bishops? Views in the Roman Catholic Church, Official and Otherwise", em Rigney e Chapman (orgs.), *Women as Bishops*, p. 31-42.
22. E. Storkey, "The Significance of Mary for Feminist Theology", em D. F. Wright (org.), *Chosen by God: Mary in Evangelical Perspective* (Londres, Marshall Pickering, 1989), p. 198.
23. C. W. Bynum, *Jesus as Mother: Studies in the Spirituality of the High Middle Ages* (Berkeley, University of California Press, 1982). Cf. também Wijngaards, "Women Bishops?", p. 39.
24. "Priestesses in the Church?", EC, p. 400.
25. E. A. Johnson, *She Who Is: The Mystery of God in Feminist Theological*

Discourse (Nova York, Crossroad, 1993). Cf. também D. Brown, *Tradition and Imagination: Revelation and Change* (Oxford, Oxford University Press, 1999) e *Disciples and Imagination: Christian Tradition and Truth* (Oxford, Oxford University Press, 2000).

26. "Priestesses in the Church?", EC, p. 400.
27. "Priestesses in the Church?", EC, p. 400.
28. Em "Membership" (EC, p. 332-40), Lewis apresentou sua defesa da democracia – do igualitarismo – como uma defesa contra a crueldade entre uns e outros, arrolando pais, maridos e sacerdotes em particular, e o abuso de autoridade "do homem sobre a besta". Ele via com a "mais forte desaprovação qualquer proposta de abolir o Married Women's Property Act"*, que assegurava às mulheres casadas as propriedades e os ganhos financeiros adquiridos após o casamento (EC, p. 337).
29. "Priestesses in the Church?", EC, p. 402.
30. Letter to Mary Willis Shelburne, 10 jul. 1953 (CLIII, p. 343).
31. "Priestesses in the Church?", EC, p. 402.
32. "Priestesses in the Church?", EC, p. 402.
33. "Priestesses in the Church?", EC, p. 401.
34. THS, p. 325.
35. Per, p. 186.
36. THS, p. 315.
37. THS, p. 316. Em sua representação imaginária do Céu em *Miracles* (164), Lewis escreve sobre os esplendores da vida "transexual", tanto para mulheres quanto para homens.
38. DI, p. 20.
39. POP, p. 39; cf. FL, p. 95 e seguintes, e as observações de Lewis sobre a "piada divina" da sexualidade humana, nas quais ele usa as metáforas de "Céu-Pai e Mãe-Terra" como imagens da relação carnal em que o marido pode encenar "a dominação de um conquistador ou capturador", e a mulher "uma abjeção e submissão correspondentemente extremas". Para um aprofundamento da distinção "Mãe-Terra/Céu-Pai" e do feminino simbolicamente entendido como um "jardim", cf. FL, p. 955; "Must Our Image of God Go?", EC, p. 67; PPL, p. 49; THS, p. 71, 304; AGO, p. 53. Ao longo de toda a obra de Lewis, o gênero da Natureza é "ela", eventualmente "isso" [*it*], mas nunca "ele".

---

*   Lei de Propriedade da Mulher Casada. (N. T.)

40. POP, p. 33; FL, p. 121 e seguintes.
41. Alguns de seus comentários são, de fato, profundamente lamentáveis, como seu uso da história do rei Cophetua e da mendiga, por exemplo POP, p. 36; FL, p. 97-98.
42. "The Sermon and the Lunch", EC, p. 341-45.
43. AGO, p. 42-43.

Sobre o poder
Judith Wolfe

Nos últimos anos, C. S. Lewis tem sido criticado publicamente pelo uso de sua ficção infantil como forma de difundir um tipo particular de cristianismo, erigido sobre uma "rígida hierarquia de poder" que nega a responsabilidade pessoal. Para a jornalista Polly Toynbee, essa rigidez está corporificada no mundo de Nárnia, "de plebeus obedientes e gente inferior, ávidos por prestar vassalagem ao menor sinal da passagem de pessoas brancas e superiores – inclusive as crianças"[1]. Para o autor Philip Pullman, essa estrutura hierárquica é inimiga da *narrativa* enquanto tal, que para ele é intrinsecamente associada ao desenvolvimento da maturidade e da responsabilidade. Para Pullman, o caso paradigmático é a (suposta) menção final de Lewis a Susan Pevensie:

> Em *The Last Battle* há, notoriamente, a fuga de Susan do Estábulo (que representa a salvação), pois "Hoje em dia ela só está interessada em roupas de náilon, batons e convites. Ela sempre foi uma figura jovial demasiado ávida por crescer". Em outras palavras, Susan, a exemplo de Cinderela, está em transição de uma fase de sua vida para outra. Lewis não aprova isso[2].

De fato, segundo Pullman, todo o final de *The Last Battle*, que implica a morte de todos os personagens com os quais a história se inicia, é uma traição à arte de contar ou escrever histórias:

> Resolver um problema narrativo matando um dos seus personagens é algo que muitos autores fazem uma vez ou outra. Assassinar todos eles, e depois afirmar que foi melhor assim para todos, não é prosa ficcional honesta: é propaganda a serviço de uma ideologia de ódio à vida [em que] a Morte é melhor que a vida; meninos são melhores que meninas; gente

de pele clara é melhor do que gente de pele escura [...] detesto o supernaturalismo, o sarcasmo reacionário, a misoginia, o racismo e a desonestidade pura e simples de seu método narrativo[3].

Um objetivo da trilogia *His Dark Materials*, de Pullman, é tornar a "ideologia de ódio à vida" que conduz as histórias de Lewis (ou, melhor dizendo, tolhe seu desenvolvimento) explícita como o pano de fundo de sua própria história. A divindade de Pullman ("o Ancião dos Dias") é um Deus banal e mau, um impostor que apenas finge ter criado o mundo e tem tanta aversão por seus habitantes que tenta impor-lhes uma existência reprimida e asfixiante que vai durar por toda a eternidade. A história de Pullman é a tentativa de destruir esse personagem; de reencenar a Queda como um passo necessário e positivo, rumo à responsabilidade pessoal.

Contudo, essa concepção de Deus não se encontra obviamente tão distante da de Lewis. Em seu ciclo poético de 1919, *Spirits in Bondage*, publicado doze anos antes de sua conversão ao cristianismo, Lewis invoca fervorosamente uma versão semelhante de heroísmo diante de uma divindade hostil:

> Vinde, deixai-nos amaldiçoar o Mestre antes de morrermos,
> Pois todas as nossas esperanças só encontram a ruína eterna.
> O bom está morto. Deixai-nos amaldiçoar Deus Supremo.
> [...]
> Ó, força universal, eu vos conheço bem.
> Rebelar-se nada mais é que um sopro de loucura,
> Pois sois o Senhor e tendes as chaves do Inferno.
> Ainda assim, não me curvarei diante de vós nem vos amarei,
> Pois posso sentir quem sois dentro do meu coração,
> E sei que esse ser fraco e ferido está acima de vós.
> Nosso amor, nossa esperança, nossa sede pelo que é certo,
> Nossa misericórdia e nossa longa busca da luz,
> Trocaremos essas coisas por vosso implacável poder?
> Ride, pois, e matai. Aniquilai todas as coisas de valor;
> Para vosso júbilo, acumulai tormentos sobre tormentos –
> Não sois Senhor enquanto houver Homens na terra[4].

Aqui, a visão de Lewis volta-se para a convicção de que Deus é simplesmente o criador da natureza material, e não de nossa mente: esta permanece livre, e pode erguer-se acima da banal tirania divina. Sua jornada para o teísmo em fins da década de 1920 é motivada pelo reconhecimento relutante dessa posição como algo incoerente, e a conclusão de que a razão humana, o desejo e a intuição moral devem ter sua fonte última no mesmo Deus da natureza[5].

Contudo, a adoção de uma postura teísta por Lewis não altera sua resposta emocional a esse Criador como algo que se manifesta aos seres humanos essencialmente como força bruta e opressiva. Seu poema "Caught", escrito nessa época, resume esse estado de espírito:

> Vosso Olho inevitável
> Pesa sobre todos os meus dias,
> Apavorante e irredutível como a luz ofuscante
> De algum firmamento árabe;
> [...]
> Ah, por apenas um hálito fresco em sete
> Uma aragem dos confins do Norte,
> O céu mutante com castelos de nuvens
> Dos meus velhos tempos pagãos!
> [...]
> Mas de tudo vos apoderastes em vosso desejo
> De Unicidade. Movendo-me em círculos,
> Esvoaço por toda parte, na sua jaula,
> Mas não consigo fugir[6].

CRISTIANISMO E PODER

O divisor de águas no modo como Lewis entende o poder, moderando o que ele via como o temperamento de "um anarquista radical"[7], foi sua conversão do teísmo para o cristianismo, com sua doutrina teológica contraintuitiva, porém essencial, de um Deus em três Pessoas. Para Lewis, essa doutrina implicava que o conceito de "poder" não era, como ele antes pensara, paradigmaticamente definida pela ascendência de um Deus monolítico sobre suas criaturas expostas e indefesas, mas, antes, pela relação entre o Pai eterno e o Filho coeterno, que é uma relação de amor hierarquicamente estruturada. Nela, cada Pessoa subsiste ao doar-se continuamente ao outro: "Desde antes da fundação do mundo, [o Filho] entrega a Divindade gerada de volta à Divindade geradora, em obediência"[8]. Deus Pai, ao contrário, "glorifica o Filho" e lhe outorga "o nome que está acima de todos os nomes" (Epístola aos Felipenses, 2,9).

Essa "atividade viva e dinâmica do amor, que desde sempre existiu em Deus"[9], é também o princípio de toda criação: "Do mais alto ao mais baixo, o eu existe para ser abdicado e, por essa abdicação, tornar-se mais verdadeiramente eu e ser, logo a seguir, ainda mais abdicado, e assim por diante"[10]. Em outras palavras, a estrutura hierárquica, longe de ser necessariamente externa à identidade de uma pessoa (e a ela imposta), é a condição da identidade pessoal como tal, sendo recíproca em seu funcionamento: "Ser elevado ou essencial significa abdicar continuamente: ser baixo significa ser elevado: todos os bons mestres são servos: Deus lava os pés dos homens"[11].

Lewis descreve essa ideia complexa por meio da imagem de uma dança. Em *Mere Christianity*, ele descreve Deus como sendo "não uma coisa estática [...] mas uma atividade dinâmica, pulsante, uma vida, quase um tipo de teatro [ou] dança"[12]. Essa dança, padronizada por uma hierarquia dinâmica de renúncia e aceitação, não é uma atividade restrita à Trindade, mas aberta a toda a criação. Na verdade, é um traço característico da vida humana que "toda a dança ou teatro, ou padrão dessa vida tri-Pessoal, sejam representados em cada um de nós: ou (dizendo de outra maneira) cada um de nós tem de adotar esse padrão, ocupar seu lugar nessa dança"[13]. Lewis descreve a humanidade glorificada como um jogo celestial de autossubmissão:

> Quando [a maçã dourada do egoísmo] voa para lá e para cá entre os participantes, demasiado rápida para que o olho possa segui-la, e o grande mestre em Pessoa lidera o folguedo, doando-Se eternamente a Suas criaturas na geração, e de volta a Si mesmo no sacrifício da Palavra, então, de fato, a dança eterna "torna o céu indolente com a harmonia"[14].

Todavia, essa visão cristã (essencialmente mística) do poder ou da hierarquia como um princípio constitutivo da identidade pessoal vê-se imediatamente complicada por dois fatores: o entendimento teológico que Lewis tem do decaimento e sua apropriação, para fins teológicos, de um específico modelo literário e histórico de hierarquia.

Poder e decaimento

O primeiro fator que determina todo o engajamento pragmático de Lewis com o tema do poder é o decaimento humano. Como *The Abolition of Man* e seu equivalente ficcional, *That Hideous Strength*, deixam claro, o exercício correto do poder requer uma submissão e uma integridade comum em sua relação com o bem compartilhado (e, em última análise, Deus). Lewis, porém, acredita que a essência da Queda seja exatamente o afastamento dessa integridade e, por sua vez, a guinada para o amor do poder pelo poder, isto é, rumo à inverdade de que os seres humanos são autossuficientes, de que eles podem ser "como Deus" em poder, e não iguais a Ele em voluntário autoabandono[15]. Para Lewis, uma consequência é a necessidade de *igualdade* como uma proteção contra a pecaminosa usurpação de poder pelo poder que caracteriza as relações mútuas. Aqui, o uso lewisiano do termo "igualdade" tem enorme peso. Classificando-o como um termo "puramente quantitativo" que exprime a equivalência de dois valores numéricos, Lewis insiste em que o termo não pode ser mapeado de modo a abranger a infinita variedade de seres humanos sem implicar, conscientemente ou não, sua redução a meras unidades quantitativas[16]. A igualdade, portanto, não é um bem em si mesma; só é legítima enquanto "ficção legal" para descrever o status político ou jurídico, mas nunca a natureza essencial ou original de uma pessoa[17].

Esse modo de entender a igualdade como uma "ficção legal", necessária para proteger os seres humanos (e também os animais e o meio ambiente) contra o decaimento humano, determina todo o pensamento político, social e ambiental de Lewis. Seu ensaio "Membership" explicita esse raciocínio:

> Acredito que se não tivéssemos decaído [...] a monarquia patriarcal seria a única forma legítima de governo. Porém, uma vez que conhecemos o pecado, descobrimos, como diz lorde Acton, que "todo poder corrompe, e o poder absoluto corrompe absolutamente". O único remédio tem sido remover os poderes e colocar uma ficção legal de igualdade em seu lugar. A autoridade do Pai e do Marido foi justificadamente abolida no plano legal, não porque essa autoridade seja intrinsecamente má (ao contrário, acredito que ela seja divina em sua origem), mas porque Pais e Maridos são maus. A teocracia foi justificadamente abolida não porque o fato de sacerdotes cultos servirem de modelo a leigos

ignorantes seja uma coisa má, mas porque, assim como nós, os sacerdotes são homens maus. Inclusive, tem havido necessidade de interferir na autoridade do homem sobre os animais, uma vez que se verificam muitos abusos nesse campo[18].

A aguda distinção lewisiana entre o status legal e político de pessoas, por um lado, e de sua natureza espiritual (que deseja a hierarquia), por outro, estimula a preferência, já característica desse pensamento, pelo privado sobre o público. Para Lewis, as estruturas legais e políticas só existem para permitir que as pessoas "sigam em frente com suas vidas":

> Na melhor das hipóteses, todo poder político é um mal necessário: todavia, é menos nocivo quando suas sanções são mais modestas e banais, quando ele não reivindica mais do que ser útil ou conveniente e estipula, para si mesmo, objetivos estritamente limitados. Em suas pretensões, qualquer coisa transcendental ou espiritual, ou mesmo qualquer coisa profundamente ética, é perigosa e o estimula a intrometer-se em nossa vida privada. Que o sapateiro não se meta onde não for chamado[19].

Essa valorização da esfera privada não implica individualismo: no entendimento de Lewis, os seres humanos são criados para a comunidade. Mas o tipo de comunidade engendrado por um entendimento ontológico – e não meramente jurídico – da igualdade constitui ou um contrato social entre indivíduos fundamentalmente isolados ou uma coletividade na qual ninguém deve sobressair. Para Lewis, as duas modalidades são uma distorção da realidade e, em sua obra ficcional, ambas são consideradas, de maneira tipicamente obtusa, instâncias associadas ao inferno. Em *The Screwtape Letters*, um diabo veterano exalta o objetivo do inferno, qual seja o de incorporar a vontade de cada ser humano àquela do "Pai Inferior" como uma gota d'água no oceano (uma concepção que, na opinião dele, contrasta favoravelmente com o desejo desagradável de Deus de elevar "criaturas cuja vida, em sua escala em miniatura, será qualitativamente igual à d'Ele próprio")[20]. Em *The Great Divorce*, o Homem Inteligente, que instrui o narrador no ponto de ônibus, descreve a infernal Cidade Cinzenta como uma terra devastada e em crescimento desordenado, com as ruas abandonadas por pessoas que, por demasiado agressivas para viverem juntas, afastam-se cada vez mais umas das outras. A solução, propõe ele, é "estabelecer uma base econômica adequada" à "vida comunitária" mediante a criação de condições de escassez a serem moderadas e reguladas por forças de mercado e pela polícia[21].

Para Lewis, ao deturparem a natureza da comunidade e da personalidade humanas, o coletivismo e o individualismo também destruíram seus próprios ideais. Ele adverte que, a menos que os cidadãos se deem conta de que sua igualdade legal e política é mera "medicina", e não sua sustentação, mera "roupagem", e não seu corpo vivo, eles serão sempre suscetíveis a falsas hierarquias políticas, particularmente ao totalitarismo. Portanto, Lewis sustenta que todas as relações que são regidas pelo amor e, desse modo, transcendem a atração do poder pelo poder, devem seguir a ordenação hierárquica – sobretudo as amizades, as relações familiares, as comunidades educacionais e a Igreja: "A hierarquia interior pode, por si só, preservar o igualitarismo exterior [...] Pois a natureza espiritual, como a natureza corporal, será servida; negue-lhe o alimento e ela tomará veneno"[22].

A descrença de Lewis no poder político do Estado leva sua atitude para a esfera das relações entre países e povos (tanto terrestres quanto, por hipótese, extraterrestres). *Contra* as afirmações de Toynbee, Pullman e outros, ele tem uma grande aversão por qualquer tipo de racismo. O "racismo" supostamente implícito em sua representação dos Calormenes em *The Horse and His Boy* [*As crônicas de Nárnia: o cavalo e seu menino*] e *The Last Battle* é um orientalismo literário apropriado ao gênero romanesco em que Lewis escreve essas obras, e não um ponto de vista político ou antropológico. Embora isso tenha, sem dúvida, seus próprios problemas, trata-se de uma postura distinta.

Em *The Four Loves*, Lewis faz uma aguda distinção entre um patriotismo saudável, que é essencialmente literário em espécie – um amor pelo próprio território ou país, no sentido de *lar*, ou uma admiração enobrecedora pelas narrativas heroicas do passado *como histórias* –, e o patriotismo como uma crença prosaica na superioridade absoluta da própria nação: uma convicção que "no limiar lunático [...] pode denegrir-se na forma daquele racismo que o cristianismo e a ciência igualmente interditam"[23]. Em "Religion and Rocketry", Lewis compara o comportamento provável que os humanos teriam com raças alienígenas, caso viéssemos a encontrá-las, com o comportamento estarrecedor que os ocidentais apresentaram diante dos povos indígenas:

Sabemos o que nossa raça faz com estranhos. O homem destrói ou escraviza todas as espécies que puder. O homem civilizado assassina, escraviza, engana e corrompe o homem selvagem. Até a natureza inanimada ele transforma em regiões erodidas e em escória [...] Se algum dia encontrarmos criaturas racionais que não sejam humanas [...] contra elas cometeremos, se possível, todos os crimes que já cometemos contra criaturas certamente humanas, porém diferentes de nós em feições e pigmentação[24].

Em suas formas ideais e práticas, as avaliações intensamente distintas e continuamente equilibradas de Lewis sobre as relações de poder humanas são refletidas em suas análises das interações humanas com os animais e o meio ambiente. Ele extrai uma compreensão ideal do papel da humanidade *vis-à-vis* fauna e flora com base na injunção divina de "dominar" (Gênesis, 1,28)*, interpretada através das lentes de sua compreensão trinitária do poder. Como Deus é para Cristo, Cristo para a humanidade, o homem para a mulher, a cabeça para o corpo, assim (*mutatis mutandis*) os humanos são para os animais[25]. A importância dessa analogia é ampla e surpreendente: ela implica que a interação humana com os animais não é simplesmente um encontro (ou interferência) casual de uma espécie com outra, mas sempre "ou um exercício legítimo, ou um abuso sacrílego, de uma autoridade por direito divino"[26]. O critério para a prática correta dessa autoridade está implícito em sua definição analógica: "O homem foi feito para ser o sacerdote e, em certo sentido, o Cristo dos animais – o mediador por meio do qual eles apreendem tanto do esplendor divino quanto sua natureza irracional lhes permite"[27]. Consequentemente, como o homem só deve ser compreendido em sua relação com Deus, os animais só devem ser compreendidos em sua relação com o homem e, através do homem, com Deus: o animal "natural" não é o animal selvagem, mas aquele que é manso[28]. As concepções imaginativas dessa compreensão específica permeiam boa parte da ficção de Lewis: os papéis dos animais como "bufões, criados e companheiros de folguedos" em *St. Anne's-on--the-Hill*[29] e *Perelandra*, a dignidade das posições ocupadas pelos Ani-

---

*   "'Frutificai', disse ele, 'multiplicai-vos, enchei a terra e submetei-a. Dominai sobre os peixes do mar, sobre as aves do céu e sobre todos os animais que se arrastam sobre a terra'". *Bíblia Sagrada*. (N. T.)

mais Falantes de Nárnia, submetidos a seus legítimos governantes, e assim por diante.

Como as relações humanas, as relações entre humanos e animais são, em última análise, determinadas por seu direcionamento para Deus, o que para Lewis implica que, embora os seres humanos possam ter domínio sobre os animais, eles também continuam sendo mistérios inesgotáveis para nós em seu reflexo da criatividade e intencionalidade de Deus (no que diz respeito a isso, Lewis fala especificamente sobre o papel da fauna e da flora como fontes de metáforas e símbolos). Esse mistério – o fato de que elas não são apenas "Natureza" material e sem sentido – descreve o absoluto limite do poder humano sobre a fauna e a flora. A exploração do meio ambiente, a vivissecção de animais (à qual Lewis se opunha ferrenhamente[30]) e outras formas de tratar o mundo natural com menos do que o respeito e a reserva devidos a seu mistério não só os diminuem, como também aqueles que os manipulam. Lewis escreve em *The Abolition of Man*:

> Reduzimos as coisas à mera Natureza *a fim de* que possamos "conquistá-las". Estamos sempre conquistando a natureza, pois "Natureza" é o nome daquilo que, até certo ponto, conquistamos. O preço da conquista é tratar uma coisa como mera Natureza. Toda conquista sobre a Natureza aumenta o domínio sobre ela. As estrelas só se tornam Natureza quando conseguimos pesá-las e mensurá-las: a alma só se torna Natureza quando conseguimos psicanalisá-la. A usurpação dos poderes *da* Natureza também é a abdicação de coisas *em favor da* Natureza[31].

A partir desse modo de ver os animais, estamos a um pequeno passo de reduzir nossa própria espécie ao nível da natureza. Segundo Lewis, porém, uma vez que dermos o último passo, "o processo todo será invalidado porque, dessa vez, o ser que estava em condições de ser bem-sucedido e o ser que foi sacrificado são exatamente os mesmos"[32]. Restarão apenas "Condicionadores" manipulando seus súditos e descendentes à vontade, mas impulsionados por mero apetite. A discussão termina com a mesma afirmação com a qual as reflexões de Lewis sobre o poder tiveram início: "Uma crença dogmática em um valor objetivo é necessária à ideia mesma de uma norma que não é tirania, ou uma obediência que não é escravidão"[33].

Um modelo de hierarquia

O segundo elemento complicador do entendimento cristão que Lewis tem do poder – complicador exatamente porque é provável que Lewis não esteja consciente dele – é a afinidade (mas não identidade) entre sua concepção e o "modelo hierárquico" que ele examina a partir de um ponto de vista crítico-literário em *A Preface to Paradise Lost*, *English Literature in the Sixteenth Century* e *The Discarded Image*. Lewis descreve esse "modelo hierárquico" como o modelo cosmológico que orienta "a antiga tradição ortodoxa da ética europeia" de Aristóteles a Milton e outros[34]. Esse modelo postula uma hierarquia ou "encadeamento" físico e metafísico do ser, começando com Deus e terminando com a matéria informe, cujos graus de valor ontologicamente determinados prescrevem os direitos e deveres morais de cada um:

> Tudo, exceto Deus, tem algum superior natural; tudo, exceto a matéria informe, tem algum inferior natural. A bondade, a felicidade e a dignidade de cada ser consistem em obedecer a seu superior natural e ter o domínio de seus inferiores naturais. Quando uma das partes falhar nessa dupla tarefa, teremos doença ou monstruosidade no esquema das coisas até que o pecador seja ou destruído ou corrigido. Uma dessas duas coisas certamente acontecerá; pois, ao deixar seu lugar no sistema (quer o faça subindo, como um anjo rebelde, ou descendo, como um marido que se deixa dominar pela esposa), terá transformado a natureza mesma das coisas em sua inimiga. Isso não pode dar certo[35].

Em seus "Prolegômenos", conferências sobre literatura medieval e renascentista, Lewis descreve esse modelo como uma "imagem descartada" que não podemos mais aceitar "como verdadeira", embora tenha sido, quando aceita, uma fonte de "profunda satisfação" e "muita [...] força" para a arte e a literatura medievais[36]. Sua própria concepção da hierarquia espiritual postula não uma "cadeia de seres" quase científica, mas, antes, uma "analogia do amor" entre as relações de Deus Pai e Deus Filho, o Cristo e a humanidade, pai e filho, marido e mulher, governante e governado[37].

Porém, embora as duas versões da hierarquia sejam independentes em termos lógicos, ainda assim não são facilmente separáveis nos escritos de Lewis. Um trecho revelador vem logo após o início de "Equality":

> Não creio, em absoluto, que a antiga autoridade de reis, sacerdotes, maridos ou pais, e a antiga obediência dos súditos, leigos, esposas e filhos, fosse em si mesma uma coisa degradante ou má. Acho que era intrinsecamente tão boa e bela quanto a nudez de Adão e Eva. Foi justificadamente eliminada porque os homens se tornaram maus e abusaram dela [...] A igualdade legal e econômica é uma solução absolutamente necessária para a Queda e a proteção contra a crueldade³⁸.

Explicitamente, Lewis está fazendo um contraste entre as condições da humanidade pré e pós-lapsariana, com base na crença em uma Queda histórica³⁹. Porém, quando ele fala enfaticamente sobre "a antiga autoridade de reis, sacerdotes, maridos ou pais", que mais tarde "se tornaram maus e abusaram dela", sua imaginação ultrapassa sua crença doutrinária, voltando-se para uma Idade de Ouro familiar ao mito clássico e pós-clássico, mas não tão obviamente aceitável ao cristianismo canônico⁴⁰. Uma combinação semelhante, nesse caso de ética da lei natural e um modelo hierárquico de inflexão romântica, encontra-se (como afirmei em outra parte) em atuação no livro *The Abolition of Man*⁴¹.

O próprio Lewis às vezes demonstra certa inquietação sobre essa relação mal definida entre o "modelo hierárquico" e sua própria concepção teológica de hierarquia. No final de "Christianity and Literature", depois de expor longamente sua concepção, ele hesita:

> Agora que vejo aonde cheguei, algumas dúvidas me tomam de assalto. Há equívocos aparentes, como nas coisas que afirmei anteriormente, partindo de premissas muito distintas [...] terei considerado erroneamente como "concepção" o mesmo antigo "ser transitório" que, em certos sentidos, é bem menos que transitório?⁴²

Essa complicada relação com o "modelo hierárquico", assim como o primeiro elemento complicador da concepção teológica de Lewis – o decaimento humano –, conflui para uma priorização da *narrativa* sobre o *ensaio* enquanto agente de seu engajamento positivo com a hierarquia. É nessa perspectiva do poder que passaremos agora a examinar a obra ficcional de Lewis.

O PODER NA FICÇÃO DE LEWIS

As histórias de Lewis são didáticas no sentido que ele atribui ao termo em *The Abolition of Man*: isto é, elas oferecem concepções do bem que suscitam respostas imaginativas ou emocionais que precedem ou complementam a deliberação racional. No caso presente, as histórias de Lewis facilitam uma apreciação imaginativa de sua concepção teológica da hierarquia, embora contorne a necessidade de um confronto direto entre sua concepção e estruturas políticas e modelos científicos particulares.

Um exemplo surpreendente é o domínio divinamente determinado das crianças Pevensie sobre Nárnia, uma terra criada não (como a Terra segundo o relato bíblico) para os humanos, mas para Animais Falantes e criaturas não humanas, extraídas das mitologias grega e nórdica[43]. Essa transposição da ideia de reino, proveniente da realidade política (na qual está indelevelmente marcada pelos vícios provocados pelo poder absoluto de um homem sobre outro) e levada para um reino ficcional cuja estrutura ontológica e pureza moral relativa oferecem a possibilidade de um poder real justo e probo, permite uma apreciação imaginativa de certos valores que Lewis considera essenciais para o ser humano, mas que são extremamente inacessíveis em nossas estruturas políticas "remediadoras" e nossa ciência desmitologizada: cortesia, imponência, justiça e magnanimidade, assim como seus equivalentes, humildade, reverência, submissão prazenteira e gratidão. Em termos mais gerais, ao representar o Bem em todo seu fascínio e esplendor na figura de Aslam (e, em menor grau, em outros personagens), Lewis procura despertar em seus leitores um amor e uma reverência pelo Bem que eles podem, então, manter no mundo comum, onde seu esplendor peculiar encontra-se frequentemente oculto.

Essa estratégia tem aspectos ao mesmo tempo fortes e frágeis. Desses últimos, o mais imediato é o fato de ela deixar como uma questão à parte – com a qual a ficção em si provavelmente não consiga lidar – a dúvida sobre como essa apreciação imaginativa pode ser transposta para o mundo comum. Em segundo lugar (e talvez com viés mais polêmico), segue-se que essa estratégia deixa Lewis parcialmente vulnerável a ataques como os de Toynbee, para quem as histórias de Lewis não apenas podem conter afirmações políticas, mas que elas de fato o fazem: que, para Lewis, ignorar os paralelos com a vida real que podem ser estabelecidos com seus Calormenes e animais subservientes equivale a alimentar uma ilusão pessoal que se origina – e se perpetua – exatamente no tipo de preconceito e insensibilidade que ele deplora. Por sua vez, essa crítica expõe uma fraqueza especificamente teológica na estratégia autoral de Lewis, isto é, ao criar visões de uma humanidade glorificada, Lewis defende um ponto de vista para além da corrupção epistemológica (e não meramente prática) ocasionada pela Queda. Ele próprio critica essa apropriação indevida por alguns dos autores da "Literatura de Ouro" do século XVI, que, em certos aspectos, representa o ponto culminante de uma tradição literária baseada no "modelo hierárquico"[44]. A estratégia semelhante do próprio Lewis pode sugerir uma maior dependência de tal modelo, em vez de uma facilidade em superá-lo.

Contudo, eu gostaria de afirmar que, em sua ficção madura de primórdios da década de 1950 e na sequência, Lewis transforma essas fraquezas por meio de um tratamento cada vez mais autorreflexivo do fato de que suas visões – encenadas em mundos manifestamente distantes da organização ontológica do nosso – são, explicitamente, projeções *para além* do mundo, o que faz que desperte em seus leitores um anseio cuja solução eles próprios não se predispõem a reivindicar.

Em consequência, o processo de ler as histórias de Lewis sempre (e seguindo um processo cada vez maior de autorreflexão) implica uma recusa ou um "descarte" dos modos de ver nelas contidos. Isso é condicionado tanto pelo fato de essas visões serem, em um sentido importante, menos reais do que a vida comum, e pelo fato mais doloroso de que, tendo sido criadas e consumidas por seres pecadores, elas continuam a ser até certo ponto, como o próprio Lewis reconhecia, uma parte do "Velho Homem" que "deve ser crucificado antes do fim"[45]. Lewis menciona ambas as condições quando termina sua extensa reflexão sobre a humanidade glorificada, o sermão "The Weight of Glory", com a solene lembrança: "Enquanto isso, a cruz vem antes da coroa, e amanhã será uma manhã de domingo"[46]. Nessa e em todas as manhãs, o que conta basicamente não é a visão especulativa que ele invocou com tanta eloquência, mas o acompanhamento cotidiano e fiel de Cristo, "o grande Capitão".

Essa necessária renúncia às imagens de Lewis – seu reconhecimento como nada além de imagens, elas próprias incapazes de cumprir o que prometem – não é uma atividade marginal à experiência de ler as fantasias de Lewis, mas tão crucial a ela quanto ao fato mesmo de ser humano em um universo hierárquico como aquele em que Lewis acredita. A configuração iconográfica e o descarte iconoclástico de imagens são embasados na criação mesma dos seres humanos "à imagem de Deus"[47]. Essa distinção implica, entre outras coisas, que os humanos não são, em seu nível mais profundo, autorreflexivos, mas reflexivos em Deus e, consequentemente, só serão e conhecerão a si próprios plenamente quando encontrarem Deus, sua fonte e modelo, Face a face[48]. Para Lewis, uma parte da tarefa de tornar-se humano e ocupar seu lugar na hierarquia do ser consiste precisamente em reconhecer essa relação de dependência[49].

Talvez, porém, a parte mais difícil desse reconhecimento esteja no fato de ele requerer dependência de um poder ainda não revelado, ou esperança de uma gratificação "que nunca é totalmente concedida – mais ainda, que nem sequer pode ser imaginada como algo concedido – em nossa modalidade atual de experiência subjetiva e espaçotemporal", mas permanece, nesta vida, como algo provisório, um objeto de esperança escatológica[50]. É preciso renunciar ao Velho Homem antes que o Novo Homem se torne visível. Lewis menciona dramática e repetidamente esse descarte necessário da própria imagem individual: no homem que entrega o lagarto de sua luxúria à morte, em *The Great Divorce*, e testemunha sua transformação em um poderoso garanhão; na volta de Eustáquio à forma humana depois de ter sido transformado em dragão; nos Teimosos Soldadinhos de Chumbo de *Mere Christianity* e suas estátuas na loja do escultor.

Em múltiplos níveis, porém, a mais completa realização dessa ideia encontra-se em *Till We Have Faces*. Toda a primeira parte do romance representa o "livro" da vida de Orual, trazida perante os deuses por suas queixas sobre o tratamento que eles têm lhe dispensado. E só então, na segunda parte, esse "livro" se dissolve em suas mãos, obrigando-a a perceber que ela não é a autora de sua vida ou de seu significado, mas simplesmente um personagem nas mãos de um narrador magistral que pode misturar os temas da vida dela e de Psique, tão grandiosamente para sua imaginação que ela se torne, de fato, ela mesma. Em seus melhores momentos, as histórias de Lewis ajudam seus leitores em sua peregrinação cristã ao configurarem tanto reflexões, ainda que embaçadas, da glória pela qual ele os faria esperar, quanto exercícios de reconhecimento da natureza das imagens e, desse modo, de nós mesmos: "Todo o nosso destino parece estar em [...] sermos o mínimo possível nós mesmos, em

[...] tornarmo-nos espelhos translúcidos, preenchidos pela imagem de um rosto que não é o nosso"[51]. Quando isso acontece, "cada alma, assim o imaginamos, estará para sempre engajada em desfazer-se (em favor de seus semelhantes) daquilo que recebeu [...] Quase por definição, sua união com Deus é um autoabandono contínuo – uma abertura, um desvelamento, uma renúncia de si mesma"[52].

Notas

1. Polly Toynbee, "Narnia Represents Everything That Is Most Hateful about Religion", *Guardian*, 5 dez. 2005.
2. Philip Pullman, "The Dark Side Of Narnia", *Guardian*, 1º out. 1998. De fato, Susan não aparece em momento algum em *The Last Battle*. Ela não é afastada da salvação, mas permanece viva na Inglaterra e "talvez volte, enfim, para o país de Aslam – a seu próprio modo" (carta de Lewis a Martin Kilmer, 22 jan. 1957, CLIII, p. 826).
3. Pullman, "The Dark Side of Narnia".
4. De "*De Profundis*", *Spirits in Bondage* (1919), reimpressão CP, p. 179-80; cf. "Satan Speaks", CP, p. 181.
5. Lewis discute esse assunto, tanto biográfica quanto filosoficamente, em muitos de seus textos; cf., por exemplo, sua autobiografia, *Surprised by Joy*, capítulo 20; M capítulos 2-5; "*De Futilitate*", EC, p. 669-81; AMR, p. 281.
6. "Caught", CP, p. 129; originalmente publicado sem título em PR, p. 186-87.
7. NP, p. 6.
8. POP, p. 140. Sobre o Espírito Santo, a Terceira Pessoa da Trindade, Lewis escreve: "A união entre Pai e Filho é uma coisa tão viva e concreta que, em si mesma, essa união é também uma Pessoa" (MC, p. 148-49); "O Pai gera eternamente o Filho e o Espírito Santo origina-se: a divindade introduz a distinção em si mesma, de modo que a união de amores recíprocos pode transcender a mera unidade ou a mera autoidentidade aritméticas" (POP, p. 139).
9. MC, p. 148.
10. POP, p. 140.
11. M, p. 128.
12. MC, p. 148.
13. MC, p. 149-50. Mais informações sobre o entendimento lewisiano da Trindade como "uma espécie de dança" podem ser encontradas no capí-

tulo 7 deste livro.

14. POP, p. 141.
15. Cf. MC II, p. 3; cf. "The descent to hell is easy, and those who begin by worshipping power soon worship evil" (AOL, p. 188).
16. Cf., especialmente, "Membership", EC, p. 332-40; também *Miracles*, em que ele usa a frase "igualdade enfadonha e repetitiva" (M, p. 128).
17. Cf. "Equality", EC, p. 666-68.
18. "Membership", EC, p. 337; cf. "Willing Slaves of the Welfare State" (EC, p. 746-51) e "Lilies that Fester", em que Lewis escreve: "Adoto integralmente a máxima [...] segundo a qual 'todo poder corrompe'. Eu iria mais além. Quanto mais altivas as pretensões do poder, mais arrogante, desumano e opressor será [...] Portanto, a doutrina renascentista do Direito Divino [dos reis] para mim nada mais é que uma degradação da monarquia; a Vontade Geral de Rousseau, da democracia; o misticismo racial, da nacionalidade" (EC, p. 372).
19. "Lilies that Fester", EC, p. 372.
20. SL, p. 45.
21. GD, p. 21.
22. "Equality", EC, p. 668.
23. FL, p. 29.
24. "Religion and Rocketry", EC, p. 234.
25. Cf. "Christianity and Literature", EC, p. 414-15; POP, p. 127. Os textos-fonte bíblicos para essa sucessão de relações analógicas incluem a Primeira Epístola aos Coríntios, 11,3, e Epístola aos Efésios 5,22-25.
26. POP, p. 126. Mais informações sobre o entendimento lewisiano do relacionamento entre os sexos podem ser encontradas no capítulo 12 deste livro.
27. POP, p. 66; cf. 127.
28. POP, p. 126. Cf. sua carta a Evelyn Underhill, 16 jan. 1941 (CLII, p. 459-60).
29. THS, p. 378.
30. Mais informações sobre esse tema podem ser encontradas nos ensaios "Vivisection" (EC, p. 693-97) e "The Pains of Animals" (EC, p. 187-96), de Lewis; também Andrew Linzey, "C. S. Lewis's Theology of Animals", *Anglican Theological Review* 80 (1988), p. 60-81.
31. AOM, p. 43.

32. AOM, p. 43.
33. AOM, p. 44.
34. PPL, p. 73. O "modelo hierárquico" em sua dimensão cosmológica também é descrito como "o Grande Encadeamento do Ser"; a introdução clássica ainda é o livro de A. O. Lovejoy do mesmo título (Cambridge, MA, Harvard University Press, 1936). Em sua dimensão ética, o modelo é magnificamente discutido no livro de Charles Taylor, *Sources of the Self: The Making of the Modern Identity* (Cambridge, Cambridge University Press, 1989), capítulos 1-2. A origem provável desse modelo no neoplatonismo continua sendo objeto de debate.
35. PPL, p. 73-74.
36. DI, p. 12.
37. A expressão "analogia do amor" é de Hans Urs von Balthasar. Para uma visão geral, cf. Joseph Palakeel, *The Use of Analogy in Theological Discourse* (Roma, Editrice Pontificia Università Gregoriana, 1995).
38. "Equality", EC, p. 666.
39. Cf. também, por exemplo, o capítulo de Lewis sobre "The Fall of Man", em POP, p. 55-76.
40. Lewis traça um paralelo explícito entre a ideia judaico-cristã da Queda e a "Estoica Concepção da Idade de Ouro" em "Modern Man and His Categories of Thought" (EC, p. 616).
41. Cf. Judith E. Tonning , "A Romantic in the Republic: A Few Critical Comments on *The Abolition of Man*", *The Chronicle of the Oxford University C. S. Lewis Society* 5:1 (2008), p. 27-39.
42. "Christianity and Literature", EC, p. 419.
43. Cf. LWW capítulo 8 e MN capítulo 10; cf. Gênesis, 1,1-31.
44. Sobre *Laws of Ecclesiastical Polity*, de Hooker, por exemplo, Lewis escreve: "Às vezes, uma desconfiança passa por nossa mente, insinuando que a doutrina da Queda não é tão importante no universo [de Hooker] (EL, p. 460-61).
45. POP, p. 137.
46. "The Weight of Glory", EC, p. 105.
47. Gênesis 1,27.
48. Textos bíblicos importantes para a origem dessa ideia são a Primeira Epístola aos Coríntios, 13, 12, e a Primeira Epístola de São João, 3,2.
49. Essa sociedade hierárquica "especular" que Lewis descreve como ideal para a humanidade é exatamente aquela explicitamente rejeitada por

Mary Daly na conclusão de *Beyond God the Father* (Boston, Beacon Press, 1973); cf. o trecho intitulado "The Looking Glass Society", em Ann Loades (org.), *Feminist Theology: A Reader* (Londres, SPCK; Louisville, KY, Westminster John Knox Press, 1990), p. 189-92.

50. PR, p. 15.
51. "Christianity and Literature", EC, p. 416.
52. POP, p. 139.

Sobre a violência
Stanley Hauerwas

Não é fácil criticar um escritor que fez tanto bem como C. S. Lewis. Contudo, devo aqui escrever criticamente, pois vou abordar suas opiniões sobre a violência e a guerra. Sou pacifista. O mesmo não se pode dizer de Lewis. Na verdade, ele não só não era pacifista como também investia fortemente *contra* o pacifismo e defendia o ponto de vista de que algumas guerras podem ser justas. Durante a Segunda Guerra Mundial, ele fez uma palestra para a Sociedade Pacifista de Oxford na qual esclareceu sua posição – palestra que mais tarde foi publicada como o (merecidamente famoso) ensaio intitulado "Why I Am Not a Pacifist"[1]. Tentarei mostrar que seus argumentos contra o pacifismo são despropositados, mas também quero sugerir que ele oferece recursos criativos para os cristãos conviverem com uma modalidade muito diferente de não violência, uma modalidade praticamente desconhecida pelo próprio Lewis, mas com a qual, acredito, é possível que ele tenha tido alguma afinidade[2].

LEWIS E A GUERRA

Antes de tratar dos argumentos de Lewis contra o pacifismo, acho importante apresentar o contexto de suas reflexões mais formais sobre a guerra remetendo o leitor à experiência do próprio Lewis em conflitos armados. Nascido em 1898, Lewis lutou na Primeira Guerra Mundial e fez palestras para a Força Aérea Real durante a Segunda Grande Guerra. Nunca lhe ocorreu seriamente que poderia haver uma alternativa genuína, racional e não violenta à guerra. A guerra era simplesmente um fato da vida. Além disso, como veremos, para Lewis a afirmação de que a guerra é um fato da vida não é apenas uma generalização empírica, mas também uma afirmação sobre o modo como as coisas acontecem necessariamente. Para Lewis, a guerra é um fato da existência humana que devemos aceitar se quisermos nos considerar seres racionais.

No entanto, Lewis era tudo menos um adepto incondicional da guerra. Talvez o mais correto fosse dizer que ele era antes fatalista que entusiasta. No que diz respeito à Grande Guerra, em *Surprised by Joy* ele nos diz que, quando era ainda um jovem estudante, nunca se vangloriou da decisão de servir quando chegou à idade de ingressar na carreira militar (por ser irlandês, ele não estava sujeito ao recrutamento). Ele simplesmente resolveu apresentar-se como voluntário porque, ao que tudo indica, era-lhe impossível imaginar que outra coisa um honrado cavalheiro poderia fazer. Contudo, depois de tomar essa fatídica decisão, ele passou a pensar que a guerra era um assunto que não lhe dizia respeito. Foi como se ele tivesse dito a seu país: "Você ainda me terá em determinado momento, mas não antes. Se preciso for, morrerei em suas guerras, mas até lá viverei minha vida. Você pode ter meu corpo, mas não minha mente. Participarei de batalhas, mas nada lerei sobre elas"[3]. Ou, como ele afirmou em seu sermão "Learning in War-time": "Um homem pode ter de morrer por seu país, mas nenhum homem deve, seja em que sentido for, viver por seu país"[4].

Lewis alistou-se pontualmente e foi-lhe designado o posto de segundo-tenente na Infantaria Leve de Somerset. Em novembro de 1917, aos dezenove anos, viu-se na linha de frente de guerra na França, perto do vilarejo de Arras. Com profunda aversão a fazer parte de qualquer "coletividade", ele ficou surpreso ao constatar que o Exército não o repugnava tanto quanto pensara anteriormente. Isso não significava que ele não achasse a vida militar detestável, nem a guerra, na melhor das hipóteses, uma "necessidade odiosa", mas o franco reconhecimento, por todos os que ali estavam, de que ninguém era obrigado a gostar da vida militar implicava a existência de um sentimento de honestidade sobre a situação que pareceu interessante a Lewis. A guerra era uma adversidade, mas uma adversidade que se podia tolerar, uma vez que não se disfarçava como uma forma de prazer[5].

Claro que Lewis teve a sorte de sobreviver. Logo depois de chegar à frente de operações, ele pegou a "febre das trincheiras", que requeria três semanas de hospitalização, tempo que ele usou para ler um volume de ensaios de G. K. Chesterton, um escritor que mais tarde ele criticaria por ser "encantado" com a guerra, quando a guerra não tinha, na verdade, absolutamente nada de encantador[6]. Ele só voltou para a frente de batalha para ser ferido por estilhaços de granada em abril de 1918. A guerra de Lewis chegara ao fim depois de servir ativamente na linha de combate por mais ou menos três meses e meio. Todavia, há 11 mil soldados sepultados em um cemitério de Étaples, não muito longe de onde Lewis serviu. Ele nunca os esqueceria[7].

Como muitos sobreviventes da Grande Guerra, Lewis não tinha tempo para a glorificação sentimental da batalha. Ele nos diz que "tomou conhecimento, reverenciou e sofreu" por aqueles homens comuns com os quais havia servido. Ele tinha um apego especial a seu sargento, um homem chamado Ayres, que foi morto pela mesma granada que feriu Lewis. Ele chega a descrever-se como "uma 'marionete' bondosamente manipulada por Ayres, de modo que a posição ridícula e penosa de um mero lugar-tenente transmitindo ordens a um sargento experiente transformara-se em 'uma coisa bonita'". Para ele, Ayres tornou-se "quase um pai"[8].

O fato de a guerra ser capaz de produzir relações tão estreitas assim não significa que Lewis tenha sido alguma vez tentado a considerar a guerra uma "coisa boa". Em uma passagem tocante, ele conta um pouco do que presenciou: "os homens horrivelmente esmagados que ainda se arrastavam como besouros pisoteados, os cadáveres sentados ou de pé, a paisagem de pura terra arrasada, sem uma folha de relva"[9]. Essa vida foi tão apartada do resto de sua experiência que, para o Lewis mais velho que reflete sobre ela quase quarenta anos depois, a impressão que fica é a de que tudo aquilo aconteceu com outra pessoa. Essas imagens, dizia ele, surgiam rara e indistintamente em suas lembranças[10].

Contudo, à medida que a Grande Guerra se distanciava da memória e a Segunda Guerra Mundial se aproximava, Lewis podia mostrar-se muito impaciente com aqueles que haviam se esquecido por completo do verdadeiro horror de um conflito armado. Ao ser perguntado se acrescentaria seu nome a uma lista de pessoas que poderiam servir "na guerra seguinte", ele respondeu: "Tudo depende, senhor, de quem será o inimigo e de quais são suas motivações"[11], e quando, em 1939, ele ouviu a prece de um sacerdote anglicano que dizia "Senhor, fazei que nossa causa justa tenha bom êxito", ele "protestou contra a audácia de dizer a Deus que nossa causa era justa [...] uma questão sobre a qual Ele pode ter Seu próprio ponto de vista [...] Espero que seja bem semelhante ao nosso, sem dúvida, mas os desígnios d'Ele são insondáveis"[12]. Apesar desse protesto, Lewis mais tarde escreveria, em "Learning in War-time":

"Creio que nossa causa seja, no que diz respeito às causas humanas, muito justa, o que me faz pensar que participar dessa guerra seja um dever. E todo dever é um dever religioso, e nossa obrigação de cumprir cada dever é, portanto, absoluta"[13].

Em outra carta ocasionada pela aproximação da Segunda Guerra Mundial, ele confessou que suas lembranças da Grande Guerra haviam assombrado seus sonhos durante anos. O serviço militar, observou ele, "inclui a ameaça de *cada* mal temporal: dor e morte, que é o que tememos nas doenças; distância daqueles a quem amamos, que é o que sentimos no exílio; trabalho penoso, sob as ordens de mandantes arbitrários, injustiça e humilhação, que é o que tememos na escravidão [...] Não sou pacifista. O que tem de ser, tem de ser. Mas a carne é fraca e egoísta, e acho que morrer seria muito melhor do que enfrentar mais uma guerra"[14].

A complexidade da atitude de Lewis perante a guerra fica clara em *The Screwtape Letters*. O diabo Screwtape adverte seu sobrinho Wormwood para ele não pensar que a guerra europeia seja necessariamente boa para sua causa diabólica. Na verdade, a guerra implicará muita crueldade e lascívia, mas também levará muitos a ter sua atenção desviada de si mesmos para valores e causas mais elevadas do que o eu. Screwtape observa que "o Inimigo" (Deus) pode desaprovar muitos desses valores e causas, mas a guerra pelo menos tem a vantagem, da perspectiva do Inimigo, de lembrar aos seres humanos que eles não viverão para sempre[15].

Wormwood tampouco deve, diz-lhe Screwtape, confiar excessivamente no ódio generalizado que a guerra engendra contra os alemães. Os ingleses, que em alguns momentos dizem que a tortura é boa demais para seus inimigos, mostram-se mais do que propensos a oferecer chá e cigarros ao primeiro piloto alemão que vem bater à sua porta depois de terem derrubado seu avião[16]. Muito mais promissor é estimular os que estão lutando a identificar seu patriotismo ou pacifismo com sua fé em Deus. Isso é particularmente útil quando se estiver lidando com pacifistas, pois esses serão tentados a identificar o fim da guerra com o cristianismo e, desse modo, esquecer que eles têm outro destino[17].

Lewis considerava a guerra horrível, mas não a pior coisa que podia nos acontecer. Matar ou ser morto na guerra não constitui assassinato. Ao contrário, a guerra é uma espécie de punição que pode requerer nossa morte ou a morte do inimigo, mas não devemos odiar os que matamos, nem desfrutar do ódio que por eles sentimos[18]. Lamentavelmente, neste mundo decaído a punição é necessária para coibir o mal e manter a ordem moral. Ele chega a sugerir que, se na Primeira Guerra Mundial algum jovem alemão e ele tivessem se matado simultaneamente em batalha, e em seguida voltassem a se encontrar no momento seguinte à morte, nenhum dos dois "teria sentido ressentimento, nem mesmo qualquer constrangimento. Acho que teríamos dado boas risadas sobre a coisa toda"[19].

Embora nunca tenha estado profissionalmente interessado em ensinar sobre a tradição filosófica da "teoria da guerra justa" ou em escrever sobre ela, Lewis foi um grande leitor de Santo Agostinho, São Tomás de Aquino, Richard Hooker e muitos outros que trataram dessa questão. Só lhe restava, portanto, ter um entendimento considerável do discurso ético sobre o que torna uma guerra justa. Ao longo de suas discussões da guerra, há indícios de que, em sua opinião, ela devia ser um último recurso, ser declarada por uma autoridade legítima e constituir um empreendimento mais defensivo do que imperialista; para ele, também, os objetivos da guerra deviam ser limitados, deveria haver algumas probabilidades realistas de sucesso e os combatentes deviam mostrar-se dispostos a assumir a responsabilidade por seus atos, de modo que os civis estivessem devidamente protegidos[20]. Contudo, de igual importância para Lewis, como se depreende de sua descrição das boas risadas que ele e o soldado alemão poderiam ter compartilhado, era sua esperança de que, terminada a guerra, a reconciliação e a nobreza de espírito voltassem a reinar entre ex-inimigos.

Assim, Darrell Cole argumenta que informar sobre o entendimento do modo como Lewis via a guerra era um entendimento do tipo de pessoa necessário para fazer da guerra uma coisa justa. Cole observa que com muita frequência os defensores da guerra justa se esquecem de que as pessoas que sancionariam uma guerra supostamente justa devem ser possuidoras de um conjunto específico de virtudes[21]. Lewis pensava corretamente que só um povo justo seria capaz de lutar uma guerra justa. Seu ideal era o cavaleiro – "o cristão armado em defesa de uma boa causa"[22] – que podia ir para a guerra e ser simultaneamente feroz e manso. Essa é a perspectiva que Lewis introduziu em seu envolvimento com o pacifismo. Se a guerra era necessária, havia igualmente *"the necessity of chivalry"* ["a necessidade de cavalheirismo e fidalguia"][23]. Em outras palavras, "Se tem de ser assim, que assim seja". Uma observação aparentemente inocente, mas um axioma que se encontra no âmago do modo como ele entendia a racionalidade moral. Sua argumentação contra o pacifismo ilustra muito bem essa controvérsia.

Por que Lewis não era pacifista

Foi em algum momento de 1940 que Lewis fez sua palestra "Why I Am Not a Pacifist" para a Sociedade Pacifista de Oxford. Nela, Lewis não apenas desenvolve seu argumento mais consistente sobre a "facticidade" da guerra, como também o faz deixando claro, de início, como ele entende o caráter da razão moral em termos gerais. Portanto, ele começa com a pergunta: "Como decidir o que é bom ou mau?"[24].

A resposta comum a essa pergunta, observa Lewis, é certo apelo à consciência. Essa resposta não significa, porém, que seja esse o fim da questão, pois a consciência pode ser mudada por argumentos. "Argumento" não é nada mais que outro nome para "razão", que, segundo Lewis, implica três elementos principais: (1) recepção dos fatos a serem discutidos, (2) o ato intuitivo, direto e simples de perceber verdades evidentes por si mesmas e (3) a arte e a habilidade de "ordenar os fatos de modo a fornecer uma série dessas intuições que, agrupadas, produzem uma prova da verdade ou falsidade das proposições que estamos examinando"[25].

Lewis sugere que a correção de um erro de nosso raciocínio envolve o primeiro e o terceiro elementos. Particularmente importante é o papel que a autoridade desempenha na recepção dos fatos, pois a maior parte das coisas em que acreditamos firmemente tem por base a autoridade. Além disso, estamos certos em confiar na autoridade de nosso senso comum, pois ele reflete as leis que regem nossa natureza e que não nos precisam ser ensinadas. Lewis, portanto, acreditava que, considerando a raça como um todo, estamos certos ao pensar que a ideia de comportamento decente é óbvia para todos. Isso não significa que não haja diferenças entre juízos de moral, mas que essas diferenças nunca chegaram a constituir qualquer coisa que se possa ver como uma diferença total[26].

Portanto, Lewis fundamenta sua argumentação contra o pacifismo com base na lei natural que, conforme ele acredita, é inerente à consciência comum de nossa humanidade. Ele não deixa nenhuma dúvida de que todos os três elementos da razão também são encontrados na consciência, mas a diferença é que as intuições incontestáveis da consciência são muito mais passíveis de serem corrompidas pela paixão, nas questões relativas ao bem e ao mal, do que quando o que está em exame são questões de verdade ou falsidade. Esse é o motivo pelo qual a autoridade é tão importante para verificar nossa apreensão dos fatos. Nossos juízos de valor sobre o que é certo ou errado são uma mistura de intuições indiscutíveis e processos discutíveis de raciocínio ou submissão à autoridade. Nesta perspectiva, nada deve ser tratado como uma intuição, a menos que, de tão inconteste, até hoje ninguém tenha sequer sonhado em questioná-la.

Desse modo, Lewis exclui qualquer alegação do pacifista para o qual seu repúdio ao assassinato pode ter por base uma intuição de que pôr fim a uma vida é sempre um erro. Uma pessoa pode crer que ela não deva matar porque assim o determina a autoridade, mas não a intuição. A primeira está aberta à argumentação, mas não se pode dizer o mesmo da segunda. Os pacifistas que fundamentassem sua posição em tal intuição seriam simplesmente excomungados da raça humana. Lewis não pensa, porém, que a maioria dos pacifistas fundamente sua posição em bases tão intuitivas.

Portanto, ele começa a caracterizar sistematicamente, e em seguida a criticar, os argumentos que, em sua opinião, os pacifistas apresentam. Ele começa por observar que todos concordam que a guerra é muito desagradável, mas que os pacifistas parecem defender o ponto de vista de que as guerras produzem mais mal do que bem. Lewis afirma que essa concepção é especulativa, tornando impossível saber o que poderia contar como evidência de tal conclusão. Ele admite que os governantes frequentemente prometem mais do que deveriam, mas que não é válido argumentar que a guerra não produza absolutamente nenhum bem. Na verdade, Lewis afirma que a história está repleta de guerras úteis e inúteis.

Além do mais, o argumento pacifista parece estar comprometido com a ideia de que podemos fazer o bem para e por alguém sem prejudicar outros. Mas aquilo que Lewis chama de "lei de beneficência"[27] significa que devemos fazer o bem a algumas pessoas específicas em determinados momentos, o que torna impossível evitar ajudar alguns em preferência de outros. Certamente é verdadeiro, reconhece Lewis, que devemos dar prioridade a menos violência e a menos danos, mas que isso não significa que matar X ou Y seja sempre errado ou possa ser evitado.

Tampouco se pode mostrar que a guerra é sempre um mal hediondo. Essa concepção, argumenta Lewis, parece implicar uma ética materialista, ou seja, o ponto de vista de que a morte e o sofrimento são os maiores dentre os males. Com certeza, porém, os cristãos não podem acreditar nisso. Só as pessoas que vivem como parasitas de sociedades liberais podem se dar ao luxo de serem pacifistas, acreditando, como de fato o fazem, que as misérias do sofrimento humano podem ser eliminadas desde que encontremos as curas apropriadas. Lewis, porém, sustenta que é um erro pensar que podemos erradicar o sofrimento *tout court*. Ao contrário, devemos "perseguir objetivos limitados com serenidade e persistência": o verdadeiro progresso é feito pelos que lutam por objetivos específicos, como a abolição do comércio de escravos, a reforma do sistema prisional ou da legislação fabril, ou a cura da tuberculose, "não por aqueles que acham que podem obter justiça, saúde ou paz universais"[28].

A argumentação do pacifista também não pode ser feita por recurso à autoridade. A autoridade humana especial que deveria reger nossa consciência, afirma Lewis, é a da sociedade à qual pertencemos – que para Lewis, claro, era o Reino Unido da Grã-Bretanha e da Irlanda do Norte. A sociedade inglesa decidiu a questão contra o pacifismo por meio de personalidades como Arthur e Alfred, Elizabeth e Cromwell, Walpole e Burke. Igualmente contrária ao pacifismo inglês é a literatura do país, representada, entre outros, pelo poeta de *Beowulf*, Shakespeare, Johnson e Wordsworth. Lewis admite que essa autoridade social não é definitiva, mas que, por estarem em dívida com ela por nascimento, criação e educação, os pacifistas deveriam conceder-lhe o devido respeito.

Não só a autoridade específica do Reino Unido, mas a autoridade de toda a humanidade é contra os pacifistas. Ser um pacifista significa que devemos partilhar da companhia de Homero, Virgílio, Platão, Aristóteles, Cícero e Montaigne, com as sagas da Islândia e do Egito. Lewis rejeita engajar-se com aqueles que apelariam a "uma crença no Progresso"[29] para suplantar essas vozes. Ele não discutirá com eles porque as duas partes não compartilham o suficiente para manter uma discussão. Fundamentalmente, porém, ele está disposto a debater com aqueles que repudiariam a autoridade da humanidade com base na autoridade do Divino.

Os que apelam à autoridade divina fazem-no quase exclusivamente mediante o recurso a certas frases de Cristo. Quando o fazem, porém (segundo Lewis), eles passam por cima da autoridade interpretativa dos Trinta e Nove Artigos, São Tomás de Aquino e Santo Agostinho. Porque cada uma dessas autoridades sustentou a legitimidade, para os cristãos sob o comando dos magistrados, de participar de guerras. Portanto, toda a argumentação pacifista depende de uma interpretação duvidosa da frase do Senhor: "Não resistas ao mal: contudo, se alguém te ferir a face direita, oferece-lhe também a outra" (Evangelho Segundo São Mateus, 5,39).

Lewis reconhece que uma interpretação pacifista desse texto é possível, isto é, que o texto parece impor um dever de não resistência a todos os homens em quaisquer circunstâncias. Ele afirma que o significado do texto é o que nele se diz, mas com uma ressalva subjacente de exceções óbvias que o ouvinte entenderia sem que lhe fossem explicitadas. Portanto, diante de um assassino que tenta matar uma terceira parte, devemos prestar socorro ao inocente. Segundo Lewis, Cristo simplesmente não quis dizer que sua exortação a não resistir ao mal pudesse aplicar-se aos que têm o dever de proteger o bem público. De outra maneira, como poderíamos explicar seu elogio ao centurião romano?

Lewis conclui sua argumentação considerando a possibilidade de "uma paixão desvirtuada" que leva naturalmente as pessoas para o pacifismo quando a escolha de pegar em armas implica "tanta miséria". Ele reconhece que as decisões morais não admitem certezas, de modo que o pacifismo pode muito bem estar certo. Contudo, ele conclui: "parecem-me altas, quando não altíssimas, as probabilidades de que eu me juntasse à voz de toda a humanidade contra mim"[30].

POR QUE LEWIS DEVERIA TER SIDO UM PACIFISTA

Expliquei em detalhes os argumentos de Lewis contra o pacifismo não apenas para tentar ser justo com ele, mas também porque ele dá voz àquilo que, para muitos, constitui os argumentos decisivos contra qualquer formulação da não violência cristã. Espero mostrar, contudo, que seu argumento contra o pacifismo não é convincente. Não é convincente, em primeiríssimo lugar, porque ele pouco se empenhou em compreender as formas mais defensáveis do pacifismo cristão.

Até onde a leitura de seus textos nos permite concluir, ele parece achar que o pacifismo pode ser equiparado a uma desaprovação geral da guerra. O pacifismo é, sem dúvida, uma postura contra a guerra, mas o modo como essa postura é moldada por práticas mais peculiares faz toda a diferença. Lewis parece ter presumido que o pacifismo é corretamente identificado com formas liberais de pacifismo – ou seja, a concepção de que a guerra é tão horrível que tem de ser errada. Frequentemente, como Lewis pressupõe, os pacifistas liberais acham que a guerra deve ser algum tipo de erro ou o resultado de uma conspiração, porque nenhum ser humano bem-pensante poderia, verdadeiramente, acreditar que a guerra é uma "coisa boa". Essa concepção pode parecer ingênua, mas foi uma posição muito comumente adotada por um grande número de pessoas depois da Primeira Guerra Mundial[31]. Lewis, portanto, dispunha de um alvo extremamente fácil para sua crítica ao pacifismo.

O que Lewis não leva em consideração, um descaso que eu temo estar no âmago não apenas de seu entendimento do pacifismo, mas de sua narrativa da razão e do cristianismo, é o fato de que a não violência cristã não deriva de nenhuma frase do Senhor, mas da natureza mesma da vida, morte e ressurreição de Jesus. Essa narrativa da não violência cristológica é identificada por John Howard Yoder como o pacifismo da comunidade messiânica. A não violência cristã deve ser incorporada em uma comunidade que seja uma alternativa à violência do mundo. Nessa perspectiva, a autoridade de Jesus vem expressa não apenas em seus ensinamentos ou em sua profundidade espiritual, mas no "modo como ele se dedicou à tarefa de representar uma nova opção moral na Palestina, à custa de sua morte"[32]. Assim, os cristãos não são violentos não por acreditarmos que a não violência seja uma estratégia para livrar o mundo da guerra, mas porque a não violência é parte constituinte do que significa ser um discípulo de Jesus[33].

Na verdade, essa narrativa da não violência baseia-se em um entendimento escatológico da relação entre a Igreja e o mundo que é extremamente alheia à teologia de Lewis. Lewis, como deixa claro seu apelo ao senso comum, pressupõe uma forte identificação entre o que significa ser cristão e o que significa ser um ser humano. Ao longo de toda a sua obra, Lewis enfatiza a diferença que o fato de ser cristão faz para o que significa acreditar em Deus, mas o modo como ele entendia essa diferença não moldou profundamente suas ideias sobre a guerra. Acho que ele não conseguiu desenvolver as implicações de suas convicções teológicas para a guerra devido à sua convicção de que uma ética da lei natural era um recurso suficiente para a abordagem de questões morais dessa natureza.

A interpretação inflexível que Lewis faz de "não resistas ao mal" ilustra perfeitamente sua incapacidade de reconhecer a diferença que Cristo faz para a transformação de nossa "razão". Lewis rejeita quaisquer indicações sobre o modo de ler essa passagem que pudessem ser formuladas por meio da crítica histórica, porque ele aprendeu, como profundo conhecedor da literatura, que esses métodos não são apropriados à leitura de um texto[34]. Contudo, a sugestão de Lewis de que os que ouvem as palavras de Jesus eram "pessoas isoladas em uma nação desarmada" e que, portanto, não teriam pensado em termos de "Nosso Senhor refere-se à guerra" é o melhor exemplo que se poderia desejar para o tipo de leitura especulativa associada à crítica histórica[35].

Em sua análise da razão prática em "Why I Am Not a Pacifist", Lewis recorreu à sua concepção geral de que "prudência significa senso comum prático, dar-se ao trabalho de refletir sobre o que está fazendo e qual será o resultado provável disso"[36]. O problema não é que sua análise dos três elementos da razão esteja errada; trata-se, antes, de sua incapacidade de perceber – pelo menos neste caso – como a razão e a consciência devem ser transformadas pelas virtudes. Pois não conseguimos perceber os "fatos" simplesmente por meio do olhar; chegamos a ver o mundo corretamente porque fomos formados por hábitos, isto é, as virtudes, que nos permitem perceber, por exemplo, como a pessoa justa vê a justiça[37].

A concepção de Lewis, portanto, parece estranha quando pensamos em sua afirmação de que todo juízo de valor moral implica fatos, intuições e raciocínio, mas também requer uma consideração pela autoridade que seja proporcional à virtude da humildade. Isso parece perfeitamente correto – mas então não consigo deixar de pensar no porquê de Lewis não ter incluído, no rol das autoridades que moldaram a razão prática para os cristãos, os mártires e, em particular, a vida de Cristo, que são os modelos fundamentais dessa virtude.

Em "Learning in War-time", Lewis observa que, antes de se tornar cristão, ele não percebia que, depois da conversão, sua vida consistiria em fazer a maior parte das mesmas coisas que fizera antes de se converter. Ele observa que espera estar fazendo as mesmas coisas com um novo espírito, mas que ainda assim são as mesmas coisas. Há sabedoria no que ele diz, porque nós acreditamos, com razão, que o significado de ser cristão é aquilo que Deus nos criou a todos para ser. Portanto, há certa continuidade entre as virtudes morais naturais e as virtudes teológicas – mas Lewis está errado ao pensar que está fazendo "a mesma coisa". Não pode ser exatamente a mesma coisa porque o que ele "faz" agora é parte de uma narrativa diferente e, por conseguinte, de uma comunidade diferente.

Os pacifistas, pelo menos aqueles moldados por convicções cristológicas, podem concordar com a maioria dos argumentos apresentados por Lewis em "Why I Am Not a Pacifist". Não temos nenhum interesse por argumentos que tentam basear o pacifismo em uma intuição imediata de que a morte de um ser humano é um mal absoluto. Acreditamos, porém, que não fomos criados para matar, e então não ficaremos surpresos se aqueles que não se consideram cristãos também possam considerar racional ser um pacifista. O pacifismo cristão, porém, não recorre a tais intuições humanas gerais para sua justificação.

Tampouco o pacifismo cristão é baseado em afirmações sobre a natureza "desagradável" da guerra. Qualquer convicção moral séria pode acarretar consequências extremamente desagradáveis. Portanto, Lewis está bastante certo ao pensar que simplesmente não podemos saber se as guerras fazem mais mal do que bem. Lewis, mesmo depois de identificar corretamente o caráter especulativo das questões relativas a saber se a guerra tem um resultado bom ou mau, diz que a ele parece que a história está cheia de guerras úteis. Presumo, porém, que ele não queira dizer que essa observação seja uma justificação da guerra. Isso porque, se ele assim o fizesse, seu pressuposto teria o caráter especulativo cuja adoção pelos pacifistas ele criticou com acerto.

Além disso, Lewis estava bastante certo ao sugerir que é um erro tentar eliminar o mal enquanto mal. Muito melhor é a tentativa de continuar trabalhando com objetivos limitados. Esse é o trabalho da não violência. Os exponentes cristãos da não violência acreditam que a guerra tenha terminado na cruz, tornando possível, em um mundo de guerras, que os cristãos façam as coisas pequenas e simples que tornam a guerra menos provável. Portanto, a recusa em ir para a guerra é a condição necessária para obrigar a maior parte do mundo a levar em consideração possibilidades que, de outra maneira, não existiriam.

E Lewis também está certo ao criticar os pacifistas liberais por convalidarem o pressuposto de que a morte e a dor são os maiores males que temos de enfrentar. Na verdade, o pacifismo cristológico é determinado pela convicção de que há muito para o qual vale a pena morrer. Em particular, aqueles moldados pelas presunções do pacifismo cristológico pressupõem que é melhor morrer do que matar. Portanto, Lewis nos lembra corretamente, em "Learning in War-time", que o estado de guerra não é diferente da situação com a qual nos deparamos todos os dias: isto é, deparamo-nos com a morte. A única diferença que a guerra faz é ajudar-nos a nos lembrar de que estamos destinados a morrer.

Tampouco o pacifismo tem razão ao discordar da preocupação lewisiana de que o inocente seja protegido contra os maníacos homicidas. Todavia, há alternativas não violentas e não letais para proteger gente inocente contra ataques injustos. A relutância dos holandeses em entregar os judeus e a resistência do povo de Le Chambon-sur-Lignon são exemplos lapidares de tais alternativas. Além disso, há um grande salto entre usar a força para deter um maníaco homicida e justificar a guerra. Na melhor das hipóteses, Lewis ofereceu uma justificativa para a função de polícia das autoridades governantes. A guerra, porém, é essencialmente uma realidade distinta do trabalho em grande parte pacífico da polícia.

O argumento mais forte de Lewis contra o pacifismo afirma, muito simplesmente, que a guerra é um "fato da vida". Não podemos imaginar um mundo sem guerra. Como teríamos os recursos para ler Homero, Virgílio, Platão e Montaigne se tivéssemos repudiado a guerra? A guerra deve permanecer como uma possibilidade permanente, porque sem ela não vamos dispor dos recursos para sustentar vidas galantes e heroicas. Acredito que Michael Ward resuma bem a posição mais categórica de Lewis sobre a guerra ao caracterizar sua concepção básica como uma tentativa de manter uma ética de fidalguia e bravura. Lewis sabia bem que os inocentes sofrem na guerra, mas você não pode aliviar o sofrimento do aldeão banindo o cavaleiro[38].

Honra *versus* amor: imaginando a não violência cristã

A concepção lewisiana do poder criativo que a guerra tem de tornar nossa vida moralmente significativa não deve ser levianamente rejeitada. Acredito que esse tipo de enfoque seja o que força muitos a considerar impensável a desaprovação da guerra. Contudo, também acredito que o Evangelho, como Lewis costumava argumentar, exige que pensemos o impensável ao nos recusarmos a pressupor que as coisas são como são porque é assim que devem ser. Conseguir imaginar um mundo sem guerras teria sido o tipo de desafio criativo digno de uma imaginação como a de C. S. Lewis.

Em seu maravilhoso sermão "Learning in War-time", Lewis disse a coisa certa sobre esse modo de ver a não violência ao insistir que a guerra não cria uma nova situação de crise à qual todas as atividades devem se subordinar. Nesse sermão, proferido em 1939, Lewis exorta seus ouvintes, basicamente graduandos de Oxford, a não permitir o advento da guerra para impedi-los de buscar o conhecimento e a identificação da beleza, ou de tentar encontrar Deus no trabalho da paz. A vida intelectual, observa Lewis, pode não ser o único caminho para Deus, nem o mais seguro, mas é o caminho que eles estão trilhando. A incapacidade de seguir por essa estrada representaria, em última análise, tornar a guerra mais provável.

Lewis aconselha os alunos que devem começar a trabalhar em tempos de guerra a não permitirem que suas vidas se submetam à frustração de não terem tempo para concluir sua formação estudantil. Ele observa que ninguém, na guerra ou na paz, jamais dispõe de tempo para terminar as coisas. Segundo Lewis, "uma atitude mais cristã, que pode ser conseguida em qualquer idade, consiste em deixar a futuridade nas mãos de Deus. E convém que assim o façamos porque, como nosso futuro a Deus pertence, pouco importa se o deixamos em suas mãos, ou não"[39]. Essa é, porém, a postura que torna possível ter a paciência de sustentar o trabalho de não violência.

Em grande medida, as Crônicas de Nárnia são histórias determinadas pela guerra. Não creio que Lewis pudesse ter escrito bem ou verdadeiramente se tivesse tentado evitar a realidade da guerra. Afinal, os cristãos estão envolvidos em uma batalha com "o mundo, a carne e o demônio". Acertadamente, Lewis não quis que os cristãos pensassem que nós não vivemos em um mundo perigoso. Eu gostaria, porém, que Lewis tivesse imaginado qual teria sido o significado, para os conflitos que tornam esses livros tão legíveis, caso eles tivessem sido travados de forma não violenta. Há indicações, porém, de que a imaginação de Lewis conseguia ver alternativas à guerra.

Consideremos, por exemplo, a história de Ripchip, que, à primeira vista, parece um exemplo improvável de defensor da não violência. Esse "rato marcial" obcecado pela honra[40] é uma das criações mais militaristas de Lewis em *Prince Caspian*, uma das Crônicas de Nárnia mais centradas na guerra. Depois da grande batalha em que ele lutou bravamente, Ripchip, que teve seus ferimentos curados por Lucy, fez uma reverência a Aslam. Ao fazê-lo, termina por descobrir – porque está com dificuldade de manter o equilíbrio – que perdeu a maior parte do rabo.

Ele fica perturbado, explicando a Aslam que "o rabo é a honra e a glória de um rato", o que leva Aslam a dizer: "Às vezes penso, meu amigo, que você se preocupa demais com sua honra"[41]. Ripchip defende-se, observando que, tendo em conta seu tamanho reduzido, se os ratos não guardarem sua dignidade, alguns poderiam tirar vantagens deles. Porém, o que finalmente leva Aslam a agir é o fato de todos os outros ratos terem desembainhado suas espadas para cortar os próprios rabos, para que "não passem pela vergonha de ostentar uma honra que foi negada ao Grande Rato"[42].

Apesar do alto apreço que tinha pela tradição de honra e da fidalguia e bravura cavalheirescas, Lewis não estava preparado para conceder-lhe o lugar mais elevado: "Para o cristão perfeito, o ideal da honra é simplesmente uma tentação. Sua coragem tem um melhor fundamento e, tendo sido adquirida no Getsêmani, pode não estar associada a nenhuma honra. Contudo, para o homem que vem de uma posição inferior, o ideal da qualidade cavalheiresca pode mostrar-se um mestre-escola para o ideal do martírio"[43]. Portanto, Aslam recupera o rabo de Ripchip não pela sua honra e dignidade, mas "pelo amor que existe entre você e seu povo, e ainda mais pela generosidade que seu povo me demonstrou há muito tempo, quando você roeu as cordas que me prendiam à Mesa de Pedra"[44]. Pois com certeza o martírio de Aslam nessa mesa exemplifica o amor altruísta e o serviço que Deus ofereceu ao mundo em Cristo e que, portanto, cria a possibilidade de que uma comunidade de amor ofereça uma alternativa à violência[45]. Acredito que Lewis, apesar de homem afeito à guerra, fosse capaz de perceber isso.

Notas

1. "Why I Am Not a Pacifist", EC, p. 281-93.
2. Para um ensaio anterior, muito diferente e mais positivo sobre a importância de Lewis para a imaginação ética, cf. meu livro "Aslam and the New Morality", em *Vision and Virtue: Essays in Christian Ethical Reflection* (Notre Dame, IN, University of Notre Dame Press, 1981), 93-110.
3. SBJ, p. 128.
4. "Learning in War-time", EC, p. 582.
5. SBJ, p. 152.
6. "Talking about Bicycles", EC, p. 691.
7. Cf. Alan Jacobs, *The Narnian: The Life and Imagination of C. S. Lewis* (Nova York, HarperOne, 2006), p. 72.
8. SBJ, p. 157.

9. SBJ, p. 157.
10. SBJ, p. 157.
11. AMR, p. 292.
12. Carta a seu irmão Warren Lewis, 10 set. 1939 (CLII, p. 272).
13. "Learning in War-time", EC, p. 581.
14. Carta a Dom Bede Griffiths, 8 maio 1939 (CLII, p. 258). Há um trecho em "Why I Am Not a Pacifist" que é quase idêntico, a não ser pelo fato de que, nele, Lewis observa que a guerra prenuncia todos os males, "exceto a desonra e a perdição final, e aqueles que a toleram não a apreciam mais do que você a apreciaria" (EC, p. 292).
15. SL, p. 32.
16. SL, p. 36.
17. SL, p. 42.
18. Não disponho, aqui, de espaço para discutir a representação da luta de Ransom contra o Não Homem em *Perelandra*, um episódio em que Lewis parece admitir um papel justificável para o ódio (Per, p. 143).
19. MC, p. 105.
20. Por exemplo, sua carta ao editor de *Theology*, de 27 fev. 1939 (CLII, p. 250-52). Cf. também sua carta a Dom Bede Griffiths, 5 out. 1938 (CLII, p. 233-34); carta a Stephen Schofield, 23 ago. 1956 (CLII, p. 782); também seus ensaios "Private Bates" (EC, p. 604-06) e "Is English Doomed?" (EC, p. 434-37).
21. Darrell Cole, "C. S. Lewis on Pacifism, War and the Christian Warrior", *Touchstone: A Journal of Mere Christianity* 16:2 (abril 2003); disponível em www.touchstonemag.com/archives/issue.php?id=59.
22. MC, p. 104.
23. "The Necessity of Chivalry", EC, p. 717-20.
24. "Why I Am Not a Pacifist", EC, p. 281.
25. "Why I Am Not a Pacifist", EC, p. 282.
26. Ver também, por exemplo, MC, p. 17 e o apêndice sobre "o Tao" em *The Abolition of Man* (AOM, p. 49-59).
27. "Why I Am Not a Pacifist", EC, p. 286; cf. AOM, p. 51-52, em que há mais material sobre a "beneficência especial".
28. "Why I Am Not a Pacifist", EC, p. 288.
29. "Why I Am Not a Pacifist", EC, p. 289.
30. "Why I Am Not a Pacifist", EC, p. 292.

31. Há, sem dúvida, diferentes formas de pacifismo liberal. John Howard Yoder faz uma excelente análise das diferentes formas de pacifismo em seu livro *Nevertheless: Varieties of Religious Pacifism* (Scottdale, PA, Herald Press, 1992).
32. Yoder, *Nevertheless*, p. 134.
33. Para um relato e uma defesa mais completos dessa afirmação, cf. John Howard Yoder, *The Politics of Jesus* (Grand Rapids, Eerdmans, 1995) e meu livro *Against the Nations* (Notre Dame, IN, University of Notre Dame Press, 1992).
34. "Why I Am Not a Pacifist", EC, p. 290-92.
35. "Why I Am Not a Pacifist", EC, p. 291. Para minha interpretação pessoal do Evangelho Segundo São Mateus, 5,39, cf. meu comentário sobre Mateus (*Matthew*, Grand Rapids: Brazos Press, 2006), p. 58-73.
36. MC, p. 71.
37. O ensaio de Gilbert Meilaender neste volume (Capítulo 9) sugere que Lewis realmente aceitou esse entendimento da ética da virtude em AOM.
38. Michael Ward, *Planet Narnia: The Seven Heavens in the Imagination of C. S. Lewis* (Nova York, Oxford University Press, 2008), p. 95.
39. "Learning in War-time", EC, p. 585.
40. PC, p. 73.
41. PC, p. 177.
42. PC, p. 178.
43. "Christianity and Culture", EC, p. 80.
44. PC, p. 178.
45. Michael Ward faz uma excelente análise de *Prince Caspian* em seu livro *Planet Narnia* (93-99). Ele interpreta a resposta de Aslam a Ripchip basicamente como uma censura sugestiva de que "O Martírio, não a fidalguia, é o ponto culminante da realização bélica, e não contém nenhuma dignidade ou honraria deste mundo, apenas a humilhação de morrer na cruz, que deve ser 'desprezada'" (Epístola aos Hebreus, 12,2). Em *Prince Caspian*, Lewis nos apresenta três mártires, isto é, três personagens que testemunham a verdade e sofrem por ela: a Enfermeira de Caspian, o dr. Cornelius e Lucy Pevensie" (97).

Sobre o sofrimento
Michael Ward

Alguns dias depois do Armistício da Grande Guerra, C. S. Lewis escreveu a seu pai de um depósito do Exército onde estava se convalescendo de ferimentos de batalha:

> Quanto às grandes novidades que fervilham em nossas mentes, só posso repetir o que você já havia dito. O homem que pode participar de festejos ruidosos em um momento desses é mais do que indecente – é louco. Lembro-me de cinco de nós em Keble, e sou o único sobrevivente: penso no sr. Sutton, viúvo com cinco filhos, todos os quais estão mortos. É impossível não pensar no porquê de uma coisa dessas[1].

Veterano de trincheiras, Lewis sabia algo daquilo que Siegfried Sassoon chamara de "o inferno para onde vão a juventude e as gargalhadas"[2]. Ele havia visto "homens esmagados que ainda tentavam se arrastar como besouros meio esmigalhados, os cadáveres sentados ou de pé"[3]. Seus próprios ferimentos foram provocados por um morteiro que explodiu na sua trincheira durante a Batalha de Arras, matando o homem que estava ao seu lado e salpicando Lewis com fragmentos de metal, parte dos quais permaneceu em seu corpo por toda a sua vida.

Mas não foi apenas o trauma da Primeira Guerra Mundial que Lewis havia sofrido por ocasião do Armistício. Ele perdera a mãe aos nove anos de idade, e depois teve de suportar um período profundamente perturbador na escola, nas mãos de um mestre-escola sádico que mais tarde foi diagnosticado como louco. Todas essas experiências em conjunto significam que, antes de completar vinte anos, Lewis já havia passado por sofrimentos que muitas pessoas provavelmente não enfrentariam durante toda uma vida.

Como ele reagiu a esses e a outros sofrimentos posteriores que teve de enfrentar? Um ponto de vista popular sobre Lewis, difundido em grande parte em 1994, quando esteve em cartaz o filme *Shadowlands* [*Terra das Sombras*], é o de um homem emocionalmente desalentado pela morte precoce de sua mãe, mas também muito disposto a informar ao público de suas palestras que "o sofrimento é o megafone de Deus para despertar um mundo surdo" – um verso de seu livro *The Problem of Pain*, de 1940[4]. A morte de sua esposa ejeta-o subitamente da rede de segurança dessas respostas fáceis sobre os efeitos do sofrimento sobre a alma. Ele se predispõe a encarar o sofrimento, o sofrimento verdadeiro, odioso e aparentemente destituído de propósito moral ou espiritual, uma vez que a dor de uma perda, como ele aprendeu, é "uma parte" da felicidade do amor. Ele não pode ter uma sem a outra.

Shadowlands é um filme poderoso e tocante. Contudo, o que nele se mostra em termos da experiência de Lewis com o sofrimento e seus reflexos sobre ele, mesmo admitindo-se a licença poética, tem pouca semelhança com a imagem real.

Para entender bem as opiniões de Lewis sobre o sofrimento, precisamos situá-las em um contexto mais amplo do que o de sua relação com Joy Gresham, uma relação que, no total, durou apenas oito anos, desde o primeiro encontro em 1952 até o falecimento dela em 1960. Em particular, precisamos examinar o período entre o fim da Grande Guerra e a conversão de Lewis ao cristianismo em 1931. Foi durante esses anos, diria eu, que os princípios fundadores da perspectiva de Lewis sobre o problema do sofrimento foram formulados. O que nos dá a chave para uma interpretação acurada desse tema é a crise espiritual de 1931, não a perda pessoal de 1960.

De Arras a Whipsnade

Lewis deu vazão à dor e à confusão de suas experiências de guerra em sua primeira publicação, um ciclo de poemas líricos intitulado *Spirits in Bondage* (1919). Em *"De Profundis"*, ele sugere que Deus, caso exista, não deve ter nenhum interesse pelo destino do homem. Um poema particularmente árido é "Ode for New Year's Day", que inclui os versos abaixo:

> A natureza não se apiedará, tampouco o Deus vermelho escutará.
> Contudo, também enlouqueci na hora da dor pungente

SOBRE O SOFRIMENTO

E levantei minha voz a Deus, acreditando que ele pudesse ouvir
A maldição com que O esconjurei, porque o Bem estava morto[5].

A coletânea termina com dezesseis poemas de "Escape" que buscam libertação da brutalidade e falta de sentido da existência material para uma região de beleza e esperança, o "Country of Dreams"[6].

O paradoxo de amaldiçoar Deus pela morte do Bem tocou no íntimo de Lewis em 1924, quando ele leu "A Free Man's Worship", de Bertrand Russell. Ele anotou em seu diário que Russell fora incapaz de encarar "a verdadeira dificuldade", a saber, que "nossos ideais são, afinal de contas, um produto natural, fatos relacionados com todos os outros fatos, e não podem sobreviver à condenação do fato como um todo. A atitude prometeica só seria defensável se, de fato, fôssemos membros de algum outro todo fora do todo verdadeiro: algo que não somos"[7].

A consciência dessa "falácia", como Lewis a chamava, também passou a fazer parte de suas reflexões crítico-literárias. Por essa época, encontramo-lo criticando Thackeray por ele ser excessivamente negativo: "Ele encontra vileza em todas as coisas, mas não nos mostra nenhuma 'luz por meio da qual tenha visto aquela escuridão'"[8]. Para ser verossímil, o pessimismo deve explicar, segundo Lewis, como o universo, sob outros aspectos sem sentido, deu origem a uma espécie capaz de identificar sua falta de sentido. Como o rio pode correr mais alto do que sua nascente? De que modo um caos cego criou seres que pensam que podem ver?

Ao mesmo tempo que explorava essas questões, ele vinha trabalhando em sua segunda publicação, um longo poema narrativo intitulado *Dymer* (1926). No lado oposto da página de rosto ele colocou uma epigrama extraída da *Elder Edda**: "Por nove noites permaneci suspenso na Árvore, ferido pela espada como uma oferenda a Odin, eu mesmo sacrificado por mim mesmo". O *Dymer* não é um poema cristão, mas interage claramente com os temas cristãos do sacrifício e da ressurreição ao narrar sua história peculiar. Quase no fim do poema, quando "a esperança e o propósito foram eliminados", Dymer é deixado por conta própria, "lamentando-se: 'Por que me abandonaste?'"[9]. O lamento é uma indicação de para onde as reflexões de Lewis sobre o sofrimento o estavam levando.

---

*   Coletânea de poemas em nórdico antigo. (N. T.)

Lewis precisou de mais cinco anos para se sentir preparado a chamar-se de cristão, e não disponho de espaço para reportar esse movimento aqui. Contudo, há dois aspectos de sua conversão que são especialmente relevantes para um exame de seu modo de entender o sofrimento.

O primeiro aspecto é seu enfoque na cruz e na ressurreição. Como se sabe, um momento decisivo de sua conversão foi uma conversa que ele teve com J. R. R. Tolkien e Hugo Dyson na Addison's Walk, uma trilha para pedestres nos terrenos adjacentes ao Magdalen College, Oxford. Ao reportar essa conversa, Lewis explicou que, em grande parte, ela dissera respeito a alguma coisa "muito misteriosa", a saber, "o centro do cristianismo", a morte de "Outro Alguém (quem quer que fosse) 2 mil anos atrás"[10]. Até aquele momento, os relatos cristãos da morte de Cristo sempre haviam parecido a Lewis "ou tolos ou chocantes"; ele havia "ridicularizado" as formulações tradicionais, "propiciação" – "sacrifício" – "o sangue do Cordeiro". Tolkien e Dyson mostraram a Lewis que, se ele encontrasse a ideia de sacrifício divino em um mito pagão, não faria nenhuma objeção a ela. Bem ao contrário: "se eu encontrasse a ideia de um deus que se sacrificasse (cf. a citação oposta à página de rosto de *Dymer*), eu a apreciaria muito e seria misteriosamente tocado por ela". De novo, a ideia de um deus como Balder ou Adonis ou Baco, que, de alguma maneira, morre e renasce, "também me emocionaria, desde que eu a encontrasse em qualquer lugar, *exceto* nos Evangelhos"[11].

Tolkien e Dyson estimularam Lewis a ver o cristianismo como um "mito verdadeiro" a ser abordado tanto com a imaginação quanto com o intelecto abstrato. Lewis começou a aceitar que "a verdadeira encarnação, crucificação e ressurreição" de Cristo podiam muito bem equivaler a "uma linguagem mais adequada" do que qualquer outra, e que meras "doutrinas" sobre ela eram "menos verdadeiras". Seria essa a expressão última da realidade? Na medida em que o universo era compreensível, seria ele mais plenamente compreensível nos termos dessa história de Cristo, uma história sobre os sofrimentos de um homem na Palestina, no ano 33, governada por um romano chamado Pôncio Pilatos? Lewis não estava totalmente preparado para chamar-se de cristão depois dessa conversa, mas estava muito perto disso.

O outro aspecto importante de sua conversão foi o *modo* como ele percebeu sua ocorrência; os meios pelos quais Lewis chegou a suas novas crenças foram tão importantes quanto as crenças em si – e, na verdade, associados a elas. O caminho percorrido por Lewis talvez seja mais bem descrito como capitulação ou resignação, até mesmo humilhação: ele era um peixe fisgado por um pescador; um enxadrista colocado em xeque-mate por um Grande Mestre; um rato pego por um gato[12].

Em outras palavras, ele foi o "objeto de uma decisão"; "foi o objeto, e não o sujeito dessa conjuntura"[13]. Essa renúncia à sua própria vontade percorrera um longo caminho até sua consumação; Lewis não a considerara fácil, pois identificava seu pecado costumeiro com o orgulho: "Profundidades sucessivas de amor-próprio e admiração. Estreitamente ligada a isso está a dificuldade que encontro em fazer até mesmo a mais leve tentativa de renunciar à minha própria vontade"[14]. Poucos meses depois, ele retoma o tema: "temos de morrer", e até aprendermos a morrer para nós mesmos "teremos esse tipo de sofrimento sempre e cada vez mais"[15]. Ele escreve como tende a confundir a apreciação imaginativa ou estética do progresso espiritual com o progresso real, como sonha o tempo todo que acordou, só para ver que continua adormecido na cama. A esse respeito, ele cita George MacDonald: "A menos que você descerre sua mão, nunca morrerá e portanto nunca acordará. Você pode pensar que morreu e até mesmo que ressuscitou: mas essas duas coisas terão sido apenas um sonho"[16]. Essa "concepção da morte segundo MacDonald – ou, para ser mais preciso, a concepção de São Paulo" – torna-se um objeto recorrente de meditação para Lewis[17]. Em uma linha de pensamento extremamente afim, ele estuda *Hamlet* intensamente, concentrando-se em sua "reiterada consciência da morte" e na "extraordinária afabilidade e amabilidade do próprio Hamlet"[18].

Anos depois, em uma palestra na British Academy, Lewis observa que "o tema de *Hamlet* é a morte", e que "qualquer atenção séria à condição de estar morto, a menos que limitada por alguma religião definida ou alguma doutrina antirreligiosa, deve, imagino, paralisar a vontade ao introduzir incertezas infinitas e tornar todos os motivos inadequados. Estar morto é o X desconhecido de nossa soma. A menos que você ignore isso ou lhe atribua um valor, não terá nenhuma resposta"[19].

Do ponto de vista intelectual e imaginativo, Lewis sabia que a história de Cristo conferia "um valor" à morte. Hamlet podia ter descrito a morte como *the undiscovered country, from whose bourn/ No traveller returns* [o país não descoberto, de cujos confins/ Nenhum viajante jamais voltou], mas supõe-se ter sido Cristo o único viajante que havia, ao mesmo tempo, descoberto esses confins e retornado deles com sucesso.

Contudo, Lewis considerava impossível acreditar, pelo mero exercício de sua própria vontade, que esse fosse um fato histórico e uma importante verdade espiritual. A última etapa de sua conversão foi misteriosa. Ele acreditava que uma estranha e bela rajada de vento na Addison's Walk fosse o Espírito Santo[20]. E finalmente, durante uma viagem ao Whipsnade Zoo, quando ele sentiu pela primeira vez que estava preparado para admitir que "Jesus Cristo é Filho de Deus", a mudança aconteceu não através de um grande exercício da vontade ou de um turbilhão de emoções, mas naturalmente, de modo quase indiscernível, como "quando um homem, depois de um sono profundo, ainda imóvel na cama, toma consciência de que agora ele está acordado"[21]. Em contraste com seu desejo anterior de "fugir" dos problemas da vida, morrendo e transportando-se para um "País de Sonhos", Lewis tornou-se "desperto" ao concentrar sua atenção em Cristo, o arquétipo do sofredor inocente, o verdadeiro deus que morreu e ressuscitou. Seu objetivo não era mais a fantasia onírica, mas a realidade desperta de carregar a própria cruz, como Cristo ordenou, e, em imitação de Cristo, suportar aquele sofrimento menosprezando sua vergonha, morrendo em sua companhia e, desse modo, indo juntar-se à vida eterna da Trindade.

Havendo chegado a essas crenças em 1931, Lewis havia determinado – filosófica, religiosa e existencialmente – sua abordagem fundamental da questão do sofrimento, que moldaria sua vida até o fim. Natural e inevitavelmente, ele se viu engajado em um processo contínuo de testar e aprofundar os princípios acima descritos, quando ele começou a viver sua fé cristã, mas eu diria que não houve nenhuma mudança crucial em seu modo de ver o sofrimento depois da data de sua conversão. Ele havia mudado "da lógica do pensamento especulativo para o que talvez se pudesse chamar de lógica das relações pessoais"[22]. Ele passaria a segunda metade de sua vida explorando essas relações e escrevendo sobre elas em suas diversas obras. O sofrimento é um tema que ressurge reiteradamente ao longo de boa parte do conjunto de sua obra, mas acredito que haja quatro lugares principais que Lewis escolhe para tratar de seu tema principal: não apenas *The Problem of Pain* e *A Grief Observed*, mas também sua série poética intitulada "Five Sonnets" e sua última Crônica de Nárnia, *The Last Battle*. Como já escrevi muito sobre *The Last Battle* em outra obra[23], vou restringir meus comentários aos três primeiros títulos acima mencionados.

O PROBLEMA DO SOFRIMENTO

Imagina-se que a primeira obra lewisiana de apologética cristã não ficcional possa ser resumida por alusão a uma frase já aqui citada: "[o sofrimento] é o megafone [de Deus] para despertar um mundo surdo"[24]. Sem dúvida, é verdade que o livro tem algo a dizer sobre o que poderíamos chamar de efeitos educativos e purgativos do sofrimento, mas esses efeitos purgativos não se encontram nem no começo nem no fim do livro. Eu diria que o livro é mais bem resumido por alusão a sua epígrafe, uma frase de MacDonald: "O Filho de Deus sofreu até a morte. Não que os homens não possam sofrer, mas que seus sofrimentos possam ser como os d'Ele"[25]. A Paixão de Cristo torna-se um ponto de referência recorrente ao longo de sua obra[26] e é recontextualizada de modo interessante no último capítulo, como parte da discussão que Lewis faz da vida intratrinitária, como veremos a seguir.

Após estabelecer a ideia fundamental da obra toda com essa epígrafe, Lewis então começa com uma breve discussão do desenvolvimento do cristianismo, antes de passar a discutir a onipotência e a bondade divinas, bem como a bondade humana corrompida em maldade por escolhas que foram feitas livremente e não podem ser autoinvertidas. Somente no sexto capítulo, depois da metade do livro, ele começa a tratar de algumas das possíveis lições que, em certas circunstâncias, podem ser aprendidas a partir de uma experiência de sofrimento. Elas são em número de três. Primeiro, o sofrimento pode mostrar a "homens maus" onde eles estão errados, que sua atitude orgulhosa e autocentrada para com a vida não "responde"[27]. Segundo, ele pode mostrar a todas as pessoas, às "boas" não menos que às "más", que suas vidas não lhes pertencem, e que a autossuficiência não é uma opção[28]. Terceiro, o sofrimento pode mostrar às pessoas onde elas estão escolhendo conscientemente o bem, pois é somente quando se faz uma escolha moral em oposição aos desejos naturais (por exemplo, o desejo de evitar o sofrimento) que as pessoas podem saber plenamente que estão fazendo uma escolha com base em motivos altruístas[29]. No restante do livro, Lewis apresenta algumas outras proposições que considera relevantes, inclusive a crença em que a adversidade, não obstante o fato de que ao fim e ao cabo possa ter um efeito positivo, deve ser evitada e atenuada quando possível[30]. Ele introduz o tema da justiça divina, bem como da erradicação divina do mal existente no universo, por meio daquela autonegação livremente escolhida a que se dá o nome de inferno. Um capítulo especulativo sobre o sofrimento dos animais vem a seguir. O livro termina com uma discussão da beatitude eterna e da participação na vida divina.

Um amigo de Lewis, o filósofo e teólogo Austin Farrer, considerava *The Problem of Pain* uma obra insuficiente e elementar, pois em sua opinião Lewis concebia o sofrimento exclusivamente como "um instrumento moral". Farrer sustentava que, ao contrário, "Quando, em sofrimento, vemos homens bons dilacerados, não testemunhamos a consumação do fracasso de uma disciplina moral; testemunhamos o avanço da morte onde a morte vai se acercando pouco a pouco"[31].

Creio que Farrer prestou pouca atenção à epígrafe de MacDonald e às referências relativas à crucificação que permeiam o livro: elas oferecem o contexto básico em que os argumentos de *The Problem of Pain* são propostos. Lewis não parte do pressuposto de que a dor seja "ligada à vontade de Deus como um mal totalmente transformado em um instrumento moral", como Farrer afirma[32]. Ao contrário, seu ponto de partida é um homem que foi desnudado e torturado com base em uma falsa acusação e que, em sua agonia final, tendo sido abandonado pelos amigos, realmente ficou "dilacerado". Não houve nada de "moral" na crucificação de Cristo. Como diz Lewis: "não apenas todos os apoios naturais, mas a presença do próprio Pai a quem o sacrifício é feito abandona a vítima"[33]. Esse sofrimento é tão intenso que deixa o sofredor completamente desorientado, sem qualquer consciência de propósito ou valor moral, mas apenas perguntando por que Deus o abandonou. Contudo, como Lewis continua a dizer, "Cristo não titubeia em sua abdicação a Deus, embora Deus a 'perdoe'"[34]. A razão de dizer que Cristo não titubeou em sua abdicação é que ele voltou dos "confins da morte" – ele foi absolvido no terceiro dia e, em última análise, essa absolvição permite uma completa reinterpretação de seus sofrimentos. Contudo, é fundamental que essa *re*interpretação dos fatos da Sexta--Feira Santa não se misture com sua interpretação inicial. Considerados em seus próprios termos, sem referência a eventos subsequentes, os sofrimentos que Cristo padeceu na cruz constituem exatamente aquele "envolvimento pleno da alma racional em um sistema aleatório e perecível" que, segundo Farrer, Lewis não levou em consideração[35]. De que outra maneira os sofrimentos de Cristo foram vistos senão como aleatórios e sem sentido, na sexta-feira de sua morte e no sábado de seu sepultamento em uma gruta funerária? Sem referência aos eventos da

Páscoa, a Paixão de Cristo só exala "o odor da morte"[36]; é bem diferente tornar-se "perfeito por meio do sofrimento"[37]. Caso se permita que o reconhecimento da Ressurreição interfira prematuramente em nosso entendimento da cruz, não a teremos entendido adequadamente. Por assim dizer, não teremos ouvido a "linguagem viva" nem encontrado o "verdadeiro mito" em que os eventos ocorrem consecutivamente, e apenas consecutivamente. Em vez disso, teremos nos retirado da história, tratando-a como um tipo de alegoria e traduzindo-a para as categorias abstratas de "sacrifício" ou "propiciação", que podem ser valiosas a seu próprio modo, mas são "menos verdadeiras" do que os termos com que a história foi vivenciada por seus participantes originais – aqueles termos cujos vestígios devemos aprender a "reconstituir"[38].

É interessante que, de todos os versículos das Escrituras, o que aparece nas obras de Lewis mais do que quaisquer outros, por uma ampla margem, é o grito de abandono (Salmos, 22,1; Evangelho Segundo São Mateus, 27,46; Evangelho Segundo São Marcos, 15,34)[39]*. Embora Lewis certamente acreditasse que, considerado sob determinada luz, "o sofrimento é o megafone de Deus para despertar um mundo surdo", sua crença mais fundamental era que o sofrimento é a agonia de Cristo sob um céu surdo. A essência mesma de sua fé estava em um Cristo que experimentou o abandono de Deus.

O milagre da Ressurreição consiste em mostrar o abandono de Deus para que seja redimível, reinterpretável[40], e, no último capítulo de *The Problem of Pain*, Lewis volta a citar MacDonald, dessa vez falando sobre como a Palavra Eterna

> [...] se oferece em sacrifício, e isso não apenas no Calvário. Pois quando Ele foi crucificado, Ele "o fez sob a tempestade violenta que caía naquelas regiões para Ele longínquas, fez o que havia feito em casa, em glória e alegria". Desde a fundação do mundo, Ele restitui, em obediência, a Divindade gerada à Divindade geradora[41].

---

*   Salmos, 22,1: "O Senhor é meu pastor, nada me faltará"; Mateus, 27,46: "E à hora nona, Jesus bradou em alta voz: '*Elói, Elói, lammá sabactáni?*', que quer dizer: 'Meu Deus, Meu Deus, por que me abandonaste?'"; Marcos, 15,34: "Próximo da hora nona, Jesus exclamou em voz forte: '*Eli, eli, lamá sabactáni?* – o que quer dizer: 'Meu Deus, Meu Deus, por que me abandonaste?'". *Bíblia Sagrada*. (N. T.)

Aqui, Lewis não está exatamente introduzindo o sofrimento na Trindade imanente, mas chega perto disso. No início do livro, ele descreve Deus duas vezes como impassível[42], mas, no último capítulo, com essa concepção da eterna obediência ao Pai (por parte da Segunda Pessoa) como um modo de capitulação que *se torna* sofrimento quando ocorre nas "regiões longínquas", Lewis formula um dos aspectos mais interessantes de sua teodiceia. O sofrimento continua sendo um mal, alheio ao coração de Deus, mas se introduziu livremente, em forma de uma autodoação que nos permite, sugere Lewis, "executar um ritmo não apenas de toda a criação, mas de todo o ser", pois a autodoação é uma "realidade absoluta", a lei interior da própria natureza trinitária de Deus[43].

Contudo, embora a autodoação (da qual a crucificação de Cristo é o exemplo supremo) seja um ponto de referência recorrente ao longo de *The Problem of Pain*, assim como o contexto em que Lewis espera que ouçamos todos os seus argumentos, acredito que não esteja aí a coisa mais surpreendente sobre o livro, razão pela qual pouco nos surpreende o fato de a imagem deliberadamente desafiadora do "megafone" constituir aquilo que, na verdade, permanece na mente do leitor. Lewis ainda estava aprendendo seu ofício como apologista quando escreveu esse livro, e suas desajeitadas mudanças de marcha, suas súbitas freadas, seus afogamentos de motor e suas aceleradas distinguem facilmente essa obra como sua aventura menos hábil nesse campo. E o curioso é que Lewis parece perceber que aquilo que ele está tentando fazer se mostrará insuficiente. A esse respeito, algumas linhas do prefácio são iluminadoras:

> pois [...] nunca fui tolo o bastante para achar que estaria habilitado a ensinar força moral e paciência, nem tenho nada a oferecer a meus leitores além da convicção de que, quando o sofrimento deve ser suportado, um pouco de coragem ajuda mais do que muitos conhecimentos, um pouco de solidariedade humana mais do que muita coragem e, acima de tudo, ainda que mínimos, alguns vislumbres do amor de Deus[44].

O sofrimento é muito mais que um problema a ser abordado por meio do "conhecimento", isto é, pelo raciocínio. "Respostas" intelectuais, mesmo quando parecem plausíveis, têm pouco valor prático na fornalha do verdadeiro sofrimento. Se um escritor pretende ensinar qualquer coisa sobre "força moral e paciência" e sobre "o amor de Deus", que são os recursos mais necessários para lidar com o verdadeiro sofrimento, acredita Lewis, a melhor maneira de fazê-lo é imitar a "linguagem mais apropriada", fornecida pela história de Cristo, e recontá-la de diferentes maneiras. Não dispomos de espaço para examinar de que modo Lewis tentou imitar a história de Cristo da maneira como ele viveu sua vida, mas pelo menos podemos dirigir nosso olhar para dois lugares em que, em seus escritos, ele *retrata* uma resposta ao sofrimento que é, ao mesmo tempo, vivenciada e cristã.

"Cinco sonetos"

Para muitas pessoas, a pergunta a fazer quando se vai examinar o sofrimento não é "Há algum propósito no meu sofrimento?", mas sim "Por que cargas-d'água lhe passaria pela cabeça que vale a pena fazer uma pergunta dessas? Não é óbvio que o sofrimento é absurdo, e que Deus é mau ou impotente ou inexistente?". Em meio ao sofrimento, quase sempre queremos dizer, como o Lewis atormentado de *Shadowlands* diz: "Tudo não passa de um grande horror e mais nada". Há prostração, atordoamento e raiva na aflição. Isso pode vir misturado com a percepção de que outras pessoas, das quais se esperaria que compartilhassem nosso infortúnio, estão começando a se "recuperar". Lewis aborda essa questão na primeira estrofe de seus "Five Sonnets"[45]:

> Pensai que nós, que não gritamos nem erguemos
> Nossos punhos contra Deus quando a juventude ou a
> [bravura se esvaem,
> Temos sangue mais frio ou corações menos aptos a padecer
> Do que os vossos, que contra tudo vituperam. Sabemos disso,
> [mas... Por quê?[46]

Na sequência, ele sugere que há duas maneiras de lidar com a perda. A primeira consiste em explicá-la mediante a descoberta de "alguém para culpar", alguém que se possa considerar responsável e com quem, portanto, podemos ficar justificavelmente zangados: "A raiva é o anestésico da mente,/ Ela é boa para os homens, ela faz com que sua aflição se desvaneça". A outra maneira é menos óbvia e mais dolorosa. Essa segunda maneira envolve o mergulho intencional nas profundezas do sofrimento de alguém, levando-o para tão longe que, na verdade, pode seguir os passos de um mestre. Aqui, o mestre não é Cristo, mas um de seus discípulos, Dante. O caminho de Dante no Inferno é a rota que Lewis apresenta aqui, a título de imitação: "Descendo para o centro congelado, subindo a imensa/ Montanha do sofrimento, assim passava de um mundo para outro". Esse último método é "sobrenatural", uma constatação de que as categorias mundanas de esquiva, culpa ou explicação são inadequadas:

> Disso temos certeza; ninguém que ousou bater
> Às portas do céu em busca de conforto terreno sequer
> Encontrou uma porta – apenas pedra lisa e infinita,
> E nenhum som, a não ser o eco de sua própria voz.
> [...]
> Bem melhor é voltar, tristemente são.
> O céu, portanto, não pode, e a terra jamais poderá dar
> A coisa que desejamos. Pedimos pelo que ali não existe
> E, ao pedirmos água e fazer viver
> Aquela parte mesma do amor que deve se desesperar
> E morrer e descer às gélidas profundezas da terra
> Antes que se fale em primavera e renascimento[47].

A "parte mesma do amor que deve se desesperar" é a parte que acredita que este mundo é o lugar verdadeiro e definitivo de nossos amores e esperanças. Não é assim, afirma Lewis. Ao contrário, a maneira certa de proceder é "Perguntar pela Estrela da Manhã e pegar (lançado) / seu amor terreno". A Estrela da Manhã é, sem dúvida, um nome atribuído a Cristo nas Escrituras[48]. Somente procurando primeiro por Cristo – o qual, por sua vez, busca a vontade do Pai – é que as expectativas mundanas de alguém podem encontrar seu devido lugar. Isso é profundamente frustrante para as criaturas humanas predispostas a pensar que, como elas estão vivas na Terra, a Terra deve ser sua morada. Esse é, segundo Lewis, nosso erro fundamental, ainda que totalmente natural, e

> Se alguma vez concordarmos
> Com a voz da Natureza, seremos iguais à abelha
> Que se lança contra a janela por horas a fio
> Imaginando ser aquele o caminho para alcançar a profusão de
>   [flores.

A seguir, vem a última estrofe:

> "Se pudéssemos falar com ela", disse meu médico,
> "E dizer-lhe 'Não é esse o caminho! Tudo, tudo em vão,
> Você cansa suas asas e fere sua cabeça',
> Não poderia ela responder, zumbindo diante da janela,
> 'Permiti que as abelhas-rainhas, as místicas e religiosas
> Falem de coisas inconcebíveis, como o vidro;
> A rude operária voa até aquilo que vê,
> Olhai bem ali – adiante, adiante – as flores, a relva!'
> Nós a pegamos com um lenço (quem saberá
> Quanta raiva ela sente, quanto terror, quanto desespero?)
> Depois o sacudimos – e ela sai voando alegremente
> Para onde flores esvoaçantes se adensam no ar de verão,
> Para beber seus corações. Deixada à sua própria vontade, porém,
> Ela teria morrido no peitoril da janela."[49]

O problema do sofrimento, como Lewis parece estar sugerindo aqui, é o de apresentar-se como uma coisa (a frustração de nossa vontade) quando, na verdade, é outra coisa (a exigência de que nossa vontade seja entregue às mãos de Deus). Isso porque, enquanto só tratarmos dos sintomas atuais, não reconheceremos o problema que está em jogo. Quer dizer, só pode haver progresso quando houver realismo absoluto, quando o diagnóstico completo de nossa doença for conhecido: que somos mortais, destinados a outro mundo e não a este. O percurso a ser seguido é "Aquele longo caminho palmilhado por Dante". E esse caminho "parece uma escada enlouquecida" à nossa maneira natural de pensar. A última coisa que alguém poderia conceber como alívio do sofrimento é encontrar ainda mais sofrimento. Contudo, é essa a resposta de Lewis: o único consolo verdadeiro "para uma aflição é ficar mais aflito", uma vez que ela nos priva de todas as nossas esperanças naturais. O consolo se apresenta perguntando pela "Estrela da Manhã", que não apenas recusou a taça de sofrimento como também disse: "Todavia, não se faça o que eu quero, mas sim o que tu queres"[50]*. Aquele que segue o exemplo de Cristo e aceita o sofrimento

---

* Evangelho Segundo São Mateus, 26,39. *Bíblia Sagrada*. A nota 50 deste texto faz referência a outros capítulos e versículos. (N. T.)

em toda a sua terrível renúncia a nossas esperanças terrenas, subindo penosamente sua "vasta montanha", compartilha espiritualmente sua crucificação e, portanto, talvez termine por compartilhar sua ressurreição: "assim passava de um mundo para outro". É uma experiência profundamente desnorteadora, e Lewis usa duas imagens de desorientação para comunicá-la.

A primeira dá-se por meio da alusão à *Divina comédia*. No caso de Dante, no fim de sua jornada no Inferno, ele desceu dos ombros para a cintura de Lúcifer, e então imaginou que desceria ainda mais, até as pernas, mas na verdade descobriu que, uma vez transposto o ponto médio, ele começou a subir, pois o caminho da cintura aos pés era, de fato, uma ascensão. Ele havia "transposto o centro de gravidade", como diz Lewis em sua discussão desse trecho[51]. O que era "embaixo" torna-se milagrosamente "em cima".

A outra imagem de desorientação é a janela que a abelha não consegue ver. A abelha é imaginada rejeitando a ideia do vidro invisível como uma das coisas "inconcebíveis". Tudo que ela consegue ver são "as flores, a relva", símbolos do amor, do crescimento e da paz, do outro lado da vidraça. Lewis comparou Cristo a uma janela ("aquele que me havia visto, havia visto o Pai"[52]) e tinha interesses nos usos simbólicos da vitrificação[53]. Cristo é uma pedra no caminho de quem não o aceita; ele frustrará a coisa mesma que permitir – a visão de Deus –, a menos que a pessoa se deixe envolver espiritualmente por sua mortalha (aqui simbolizada pelo lenço que envolve a abelha). O processo de deixar-se envolver não é indolor. Ao contrário, "quem saberá quanta raiva ela sente, quanto terror, quanto desespero?". Trata-se, porém, da única maneira de sair do confuso e desalentador ciclo ao qual o sofrimento dá origem quando forem outras as circunstâncias.

Se a "mensagem" desse poema convence intelectualmente ou não o leitor não é, de fato, uma questão pertinente. Ela não é apresentada como um argumento intelectual, como é o caso de *The Problem of Pain*. Trata-se de uma visão da experiência comunicada por meio de um símbolo e uma história. Não se pede que raciocinemos e, desse modo, avaliemos a plausibilidade de um argumento; o que se pretende de nós é que sintamos e, assim, apreendamos algo do significado daquilo que Lewis acredita ser uma realidade espiritual. Desconfio que para muitos leitores a imagem da abelha zunindo ansiosamente dentro de um lenço seja uma expressão muito mais poderosa, e sem dúvida mais memorável, da "antiga doutrina cristã de 'tornar-se perfeito pelo sofrimento'"[54], do que a bateria de argumentos e razões que Lewis enfileira em *The Problem of Pain*.

A GRIEF OBSERVED

Em *A Grief Observed*, Lewis reapresenta a história de Cristo de outra maneira ainda: um diário de aflições em primeira mão. Em que medida *A Grief Observed* é emoção pura e inefável e em que medida a obra é organizada como um construto intencional e retórico são questões que o espaço de que disponho não me permite abordar[55]. Contudo, vou me referir ao autor como N. W. Clerk e não C. S. Lewis, pois isso reflete melhor a natureza pseudonímica do livro que, na verdade, foi publicado em 1961.

A primeira menção a Deus chama atenção para sua ausência: "onde está Deus? [...] procure por Ele quando estiver em profundo desespero [...] e o que você encontrará? Uma porta batida na sua cara e o som repetido do aferrolhar de chaves lá dentro. Depois disso, silêncio. Só lhe restará ir embora"[56]. Como diz Lewis em "Five Sonnets": "Bem melhor é voltar, tristemente são"[57]. E há outros ecos do poema no diário, inclusive a confissão de Clerk de que, "Em minha imaginação, não consigo nem mesmo ver o rosto dela claramente [...] Tenho uma horrível sensação de irrealidade" (compare-se com "O rosto que amamos aparece/ Mais tênue a cada noite, ou mais horripilante, em nossos sonhos")[58]; sua admissão de que a união com a amada morta "totalmente retratada em termos humanos" deve ser uma fraude ("ninguém que ousou bater/ às portas do céu em busca de conforto terreno sequer encontrou uma porta")[59]; sua raiva vociferada contra Deus, que o faz "sentir-se melhor por um instante" ("A raiva [...] é boa para os homens, ela faz com que sua aflição se desvaneça")[60]. A confiança em Dante em "Five Sonnets" é repetida nas palavras finais de *A Grief Observed*, em uma citação do *Paraíso*: "Então ela se voltou para a fonte eterna"[61].

Traço esses paralelos não para tentar sugerir que *A Grief Observed* fosse apenas uma reprise de sentimentos anteriormente expressos e, portanto, não verdadeiramente sentidos no momento. Chamo atenção para eles para indicar que a angústia e as questões provocadas pela aflição, conforme expressas pela persona de Clerk, não são experiências desconhecidas a Lewis. Ele as sentiu anteriormente. *A Grief Observed* não é a descoberta súbita de que as "respostas" intelectuais oferecidas em *The Problem of Pain* sejam insuficientes; em termos qualitativos, trata-se da mesma descoberta feita em diversas ocasiões anteriores, tanto antes quanto depois de 1940.

Contudo, embora a *qualidade* possa refletir episódios anteriores de questionamento e sofrimento, o *grau* que Clerk lhes atribui é realmente inédito. Como é tão comum, há uma referência ao grito de abandono, excetuando-se o fato de que, dessa vez, a pergunta de Cristo é, ela própria, interrogada. Por duas vezes Clerk volta sua mente para o sentimento de desamparo de Cristo, e por duas vezes ele se afasta: "'Por que me abandonaste?' Eu sei. Isso torna mais fácil compreender? [...] Suas últimas palavras quase podem ter um sentido perfeitamente claro. Ele havia descoberto que o ser que chamava de Pai era horrível e infinitamente diferente do que Ele tinha pensado. O artifício enganador, tão longa e demoradamente preparado e tão sutilmente armado, foi finalmente deflagrado na cruz"[62].

Até mesmo o questionamento do grito de abandono é um sinal das profundezas da miséria às quais Clerk está dando voz. Esses momentos, porém, ocorrem nos capítulos 1 e 2. No capítulo 3, quando Clerk começa finalmente a voltar sua mente para Deus como uma consideração essencial, ocorre uma mudança: "Aconteceu alguma coisa muito inesperada. Foi de manhã bem cedinho. Por diversos motivos, absolutamente isentos de quaisquer mistérios intrínsecos, meu coração ficou mais leve do que havia estado por muitas semanas"[63]. O interessante sobre essa leveza de coração é o que vem a seguir, o que foi descrito nos parágrafos imediatamente precedentes, nos quais Clerk questiona se alguma vez se poderá permitir que um sofredor arque com os ônus de outrem. A resposta que ele obtém é: "Segundo nos dizem, tal permissão foi concedida a Um, e acho que agora posso acreditar novamente que Ele fez, em lugar de outrem, o que quer que se possa fazer em tais circunstâncias. Ele responde a nosso falar hesitante e confuso: 'Vós não podeis e não ousais. Eu podia e ousei'"[64]. É depois desse momento que Clerk descobre que ele "pode acreditar novamente".

Porém, *como* é que ele pode voltar a acreditar? É esse o mistério. Nenhuma explicação clara é fornecida e, como é tão frequente em Lewis, isso é intencional: como ele diz em outro texto, "o que o leitor deve fazer por si próprio é de importância particular"[65]. Parece que Clerk se conscientizou de que seu amor pela esposa não era, afinal, absoluta ou totalmente puro. Ao se perguntar se ele teria conseguido suportar as obrigações por ela acarretadas, ele diz: "Mas ninguém sabe dizer quão séria é essa incumbência, pois não há nenhuma aposta em questão. Se, de repente, vier a tornar-se uma possibilidade real, então descobriríamos pela primeira vez qual teria sido a seriedade de nossas intenções"[66]. E, quando ele se imagina em uma situação hipotética, parece admitir que suas intenções não são levadas tão a sério. Lamentavelmente, seu amor-próprio triunfará sobre seu amor pela esposa. Ele é um homem fraco cujo amor pela esposa é trágico, porém verdadeiramente incapaz de consumar aquilo que deseja consumar. Ele não suportaria nem ousaria passar pelos sofrimentos dela. E essa tomada de consciência é humilhante. Ela não apenas morreu; agora ele vê que seu amor por ela nunca teve nenhuma força imortal. Todos os apoios caem por terra. Finalmente, depois de dois repentes falsos, ele finalmente mergulha no verdadeiro abandono. Quer dizer, agora ele pode compartilhar a cruz de Cristo e, desse modo, sua ascensão. É o mesmo padrão que Lewis havia traçado em sua conversão em 1931 e reiteradamente, a partir daí, ao longo de toda a sua vida cristã: "Desça para subir – eis um princípio fundamental. Apesar de todo esse engarrafamento e de tanto desprezo, a estrada principal quase sempre está perto"[67].

Conclusão

Esta discussão das ideias de Lewis sobre o sofrimento mal conseguiu arranhar a superfície. Ela não apenas deixou de abordar *The Last Battle*, como nem mesmo mencionou as muitas outras obras nas quais o sofrimento é um tema ou assunto importante[68]; talvez por força das circunstâncias, o texto se concentrou no tratamento dado por Lewis ao sofrimento emocional, psicológico e espiritual, em oposição ao sofrimento apenas físico. Não obstante, estudamos alguns dos delineamentos da abordagem lewisiana. No nível mais básico e óbvio, o sofrimento é um mal a ser evitado e um fardo do qual se libertar. Em um nível um pouco mais elevado, o sofrimento às vezes pode ser entendido como educativo ou purgativo em diferentes sentidos. Em um patamar superior, o sofrimento é uma espécie de cruz a ser suportada em solidariedade com Cristo, e um horror que só o milagre da Ressurreição pode interpretar devidamente. No que nele há de mais elevado, o sofrimento é um modo de abdicação de si mesmo que, de maneira decaída, em algum sentido reflete o padrão *não* decaído, eternamente desfrutado com a vida de Deus. E ainda assim pode não haver espelhamento algum, pois Deus "não tem lado oposto"[69]. Em sua obra póstuma, Lewis escreveu:

> "Ele desceu do Céu" quase pode ser transposto para
> "O Céu fez a terra subir", e local, limitação, sono,
> suor, cansaço por dor nos pés, frustração, sofrimento, dúvida
> e morte são, desde antes de todos os mundos, intrinsecamente
> conhecidos por Deus. A luz pura percorre a terra; as trevas,
> recebidas no coração da Divindade, são por ela tragadas. Onde,
> a não ser na luz não criada, pode a escuridão submergir?[70]

Notas

1. Carta a seu pai, Albert Lewis, 17? nov. 1918 (CLI, p. 416-17).
2. Siegfried Sassoon, "Suicide in the Trenches", em *The War Poems of Siegfried Sassoon* (Londres, Faber & Faber, 1983), p. 119.
3. SBJ, p. 157.
4. POP, p. 81.
5. "Ode for a New Year's Day", CP, p. 174.
6. "Death in Battle", CP, p. 223.
7. AMR, p. 281.
8. AMR, p. 286.
9. NP, p. 82.
10. Carta a Arthur Greeves, 18 out. 1931 (CLI, p. 976).
11. Carta a Arthur Greeves, 18 out. 1931 (CLI, p. 977).
12. SBJ, p. 169; 173, 177; 182.
13. "Cross-Examination", EC, p. 553.
14. Carta a Arthur Greeves, 30 jan. 1930 (CLI, p. 879).
15. Carta a Arthur Greeves, 18 ago. 1930 (CLI, p. 926-27).
16. Carta a Arthur Greeves, 15 jun. 1930 (CLI, p. 906).
17. Carta a Arthur Greeves, 22 set. 1931 (CLI, p. 970) e 1º out. 1931 (CLI, p. 975).
18. Carta a Arthur Greeves, 22 set. 1931 (CLI, p. 971).
19. "Hamlet: The Prince or the Poem?", SLE, p. 100. Mais informações sobre

esse tema podem ser encontradas em meu ensaio "The Tragedy is in the Pity: C. S. Lewis and the Song of the Goat", em T. Kevin Taylor e Giles Waller (orgs.), *Christian Theology and Tragedy: Theologians, Tragic Literature, and Tragic Theory* (Aldershot, Ashgate, 2011).

20. Cf. George Sayer, *Jack: C. S. Lewis and his Times* (São Francisco, Harper & Row, 1988), p. 134.
21. SBJ, p. 189.
22. "On Obstinacy in Belief", EC, p. 215.
23. Michael Ward, *Planet Narnia: The Seven Heavens in the Imagination of C. S. Lewis* (Nova York, Oxford University Press, 2008), capítulo 9.
24. POP, p. 81.
25. POP p. vi.
26. Cf. p. 37, 49, 67, 72, 74, 77, 90-92, 99, 101, 108, 116, 137, 140, 141.
27. POP, p. 78-83.
28. POP, p. 83-86.
29. POP, p. 86-92.
30. POP, p. 98-102.
31. Austin Farrer, "The Christian Apologist", em Jocelyn Gibb (org.), *Light on C. S. Lewis* (Londres, Geoffrey Bles, 1965), p. 40.
32. Farrer, "The Christian Apologist", 40.
33. POP, p. 91.
34. POP, p. 91.
35. Farrer, "The Christian Apologist", 41.
36. Segunda Epístola aos Coríntios, 2,16.
37. Epístola aos Hebreus, 2,10.
38. Carta a Arthur Greeves, 18 out. 1931 (CLI, p. 976) POP, p. 92.
39. Cf. AMR, p. 186; AT, p. 154-55; CLIII, p. 250, 567, 1550, 1559; "The Efficacy of Prayer", EC, p. 241; FL, p. 111; GMA, p. 18; LTM, p. 46-47; Per, p. 140; ROP, p. 106; SL, p. 47; THS, p. 337; "The World's Last Night", EC, p. 45.
40. Como Lewis faz MacDonald dizer em *The Great Divorce*: "É isso que os mortais não conseguem entender. Sobre um sofrimento temporário, eles dizem: 'Nenhuma bem-aventurança futura poderá compensá-lo', sem saber que o Céu, uma vez alcançado, trabalhará retroativamente e transformará até mesmo aquela agonia em uma glória" (GD, p. 62).
41. POP, p. 140.

42. POP, p. 35, 38. Cf. também "Petitionary Prayer: A Problem without an Answer", EC, p. 197-205; LTM capítulo 9. Uma breve defesa da impassibilidade divina pode ser encontrada em meu ensaio "Theopaschitism", em Ben Quash e Michael Ward (orgs.), *Heresies and How to Avoid Them* (Londres, SPCK e Peabody, MA, Hendrickson, 2007), p. 59-69.
43. POP, p. 140.
44. POP, p. VII-VIII.
45. CP, p. 139-41. Nunca publicados durante a vida de Lewis, os sonetos foram escritos em algum momento dos meados da década de 1940; cf. sua carta a Sheldon Vanauken, 5 jun. 1955 (CLIII, p. 617).
46. "Five Sonnets", I, 1-4 (CP, p. 139).
47. "Five Sonnets", III, 1-4, 8-14 (CP, p. 140).
48. Segunda Epístola a São Pedro, 1,19; O Livro da Revelação (Apocalipse), 22,16.
49. "Five Sonnets", V, 1-14 (CP, p. 141).
50. Evangelho Segundo São Mateus, 26,39, 42,44. Cf. POP, p. 101.
51. "On Science Fiction", EC, p. 454.
52. "Must Our Image of God Go?", EC, p. 66, citando Primeira Epístola de São João, 14,9.
53. Cf. Ward, *Planet Narnia*, 289 n. 57.
54. POP, p. 93, citando Epístola aos Hebreus, 2,10.
55. Cf., porém, George Musacchio, "Fiction in *A Grief Observed*", *SEVEN: An Anglo-American Literary Review* 8 (1987), p. 73-83.
56. AGO, p. 7.
57. "Five Sonnets", III, 8 (CP, p. 140).
58. AGO, p. 15, 20; "Five Sonnets", IV, 7-8 (CP, p. 141).
59. AGO, p. 23; "Five Sonnets", III, 1-3 (CP, p. 140).
60. AGO, p. 35; "Five Sonnets", III, 7-8 (CP, p. 139).
61. Dante, *Paraíso* 31, 93; cf. carta de Lewis a Sheldon Vanauken, 5 jun. 1955 (CLIII, p. 616).
62. AGO, p. 8, 26.
63. AGO, p. 38-39.
64. AGO, p. 38.
65. "Imagery in the Last Eleven Cantos of Dante's *Comedy*", SMRL, p. 81.
66. AGO, p. 38.

67. M, p. 116.
68. Por exemplo, *Till We Have Faces* e capítulo 6 de *The Four Loves*, para ficar em apenas dois.
69. POP, p. 142.
70. LTM, p. 73.

Terceira Parte
O escritor

The Pilgrim's Regress e Surprised by Joy

David Jasper

Tanto como cristão quanto como escritor, C. S. Lewis provoca opiniões contrárias, o que talvez aconteça principalmente em duas narrativas de sua conversão ao cristianismo, *The Pilgrim's Regress: An Allegorical Apology for Christianity, Reason and Romanticism* (1933) e *Surprised by Joy* (1955). Neste ensaio, meu enfoque incidirá não tanto sobre o destino teológico dessas narrativas (embora eu possa fazê-lo às vezes), mas sim sobre dois temas subsidiários. Um deles é o modo de descrever a jornada – a retórica de Lewis[1]. O outro é aquele anseio romântico que conduz a jornada e provoca questões hermenêuticas e interpretativas que permanecem importantes para nosso entendimento do Romantismo e de seu lugar na pesquisa religiosa.

Para Lewis, a conversão ao cristianismo, tanto em *The Pilgrim's Regress* quanto em *Surprised by Joy*, parece em grande parte um processo intelectual e, por isso mesmo, também individual. Porém, mais importante do que quaisquer conclusões intelectuais a que ele chegue encontra-se sua persistente exploração do tema da "alegria", situada no cerne desses dois livros e proveniente do Romantismo "privado" sobre o qual ele falaria (em *Regress*) como algo situado em "uma experiência particular e recorrente que dominou minha infância e adolescência, e que precipitadamente chamei de 'romântica', pois a natureza inanimada e o maravilhoso na literatura estavam entre as coisas que a evocavam"[2].

Em seu prefácio de 1943 à terceira edição de *Regress*, Lewis indica que passaria a evitar a obscuridade do termo "Romantismo" e, de fato, ele o evita quando escreve *Surprised by Joy*, preferindo, ali, chamá-lo de "alegria": uma experiência de inconsolável saudade que ele descreve como a "história central de minha vida", uma história que se originou ainda antes de ele completar seis anos de idade. Às vezes, ele também se refere a esse sentimento como *Sehnsucht*[3], a palavra alemã que transmite deliberadamente a complexa ideia romântica que Lewis distingue tanto da felicidade quanto do prazer, pois *Sehnsucht* significa, antes, um "desejo não satisfeito que é, em si, mais desejável do que qualquer outra satisfação"[4]. O profundo anseio que se encontra no cerne da "alegria" é expresso em profundidade na poesia de Hölderlin, em alemão, e na de Wordsworth, em inglês. E exatamente como no poema de Hölderlin de 1802, "Heimkunft" [Volta ao lar], não é a chegada em si, mas a viagem e a alegre antecipação que constituem a verdadeira volta ao lar, tão semelhante a *Phantastes* (1858), de George MacDonald – que, como fica claro em *Surprised by Joy*, foi um texto tão central e formador para Lewis[5] –, a Terra das Fadas não é tanto o objetivo da busca do viajante quanto a localização da jornada espiritual que, em si mesma, permite que ele perceba alguma coisa da verdade em Deus.

O título *Surprised by Joy* foi extraído não do nome da esposa de Lewis (embora ela não possa estar totalmente ausente dele, uma vez que os dois se casaram somente alguns meses depois da publicação do livro), mas do primeiro verso de um soneto de Wordsworth que é, na verdade, um lamento por sua filha recém-falecida[6]. É também um poema de saudade, em que o amor do poeta por sua filha o leva a evocar sua presença – uma alegria fugaz na perda. A alegria, para Lewis, é uma experiência de se deixar levar pelo "brilho visionário"[7] que encontramos no âmago de outro poema de Wordsworth, "Ode: Intimations of Immortality", de 1807. Como Wordsworth, para quem o Céu o cercava "em sua infância", Lewis volta o olhar para sua meninice por meio de uma vida profundamente literária[8]. Ele nem mesmo consegue contar sua primeira experiência de alegria sem nela introduzir uma glosa literária posterior, extraída do universo da poesia inglesa:

> Quando eu estava perto de uma groselheira em um dia de verão, de repente despertou em mim, sem se anunciar e como se emergisse de profundezas não contadas em anos, porém em séculos, a lembrança daquela antiga manhã na Velha Casa, quando meu irmão havia trazido seu jardim de brinquedo para o quarto das crianças. É difícil encontrar palavras fortes o bastante para descrever a sensação que tomou conta de mim; o "enorme

THE PILGRIM'S REGRESS E SURPRISED BY JOY

êxtase" do Éden de Milton (a atribuição do sentido pleno e antigo de "enorme") chega mais ou menos perto do que senti[9].

As descrições literárias da alegria feitas por Lewis são, em vários sentidos, uma reconstrução contínua e intencional de suas primeiras visões, um processo que pode fornecer, ao mesmo tempo, a chave para sua popularidade como escritor e para suas interpretações insistentemente retóricas e intelectuais quando já adulto, as quais, como explicarei mais adiante, tanto transmitem como obscurecem a forma de seu entendimento pessoal do cristianismo.

THE PILGRIM'S REGRESS

O próprio Lewis admitiu, mais tarde, características que descreveu como a "obscuridade desnecessária" e a "índole severa" de *The Pilgrim's Regress*[10]. Nesse livro, o primeiro pós-conversão de Lewis, escrito explicitamente como uma alegoria, um jovem chamado John deixa sua cidade natal de Puritania à procura de uma Ilha (que representa a alegria ou *Sehnsucht*) da qual ele teve um vislumbre em uma visão. Nessa busca ele encontra muitos outros personagens e obstáculos, aprende muitas lições e finalmente volta para sua cidade natal – porém, está mudado. A viagem e a busca desse livro continuam a assombrar o leitor, ainda que o objetivo final do cristianismo de Lewis deixe, finalmente, de atrair ou convencer. Em *Regress*, o encontro da Ilha visionária por John acaba por configurar um desaprendizado das muitas coisas, tanto culturais quanto intelectuais, que ele encontrou e assimilou ao longo da jornada de sua vida. Como observou o resenhista do *Times Literary Supplement*:

> É impossível percorrer mais de algumas páginas da alegoria sem identificar um estilo fora do comum; e "Oxford" deveria ser o diagnóstico, com base no esmero com que as extravagâncias da psicanálise são representadas com exatidão no oitavo capítulo do terceiro livro, e os aspectos essenciais do hegelianismo são resumidos em poucas palavras nos quatro últimos capítulos do sétimo. Além disso, quando John – o herói-peregrino dessa "Volta" – começa a encontrar o caminho da salvação, ele se vê inspirado a cantar trechos de canções [...], revelando uma veia poética que se pode, com acerto, chamar de impressionante[11].

Portanto, embora o livro termine em um regresso, uma volta da sofisticação mundana à saudade da infância, que é inevitavelmente uma espécie de perda, ainda assim, "quando meu sonho chegou ao fim, e o chilreio dos pássaros à minha janela começou a alcançar meus ouvidos (pois era uma manhã de verão)"[12], a alegria renasce apesar da tristeza da vida.

Quando Lewis escreveu *The Pilgrim's Regress*, redigido com extrema rapidez durante um período de duas semanas de férias na Irlanda em setembro de 1932, ele já estava trabalhando em seu estudo do amor cortês e do método alegórico na tradição medieval, *The Allegory of Love* (1936), e sugiro que esse texto fornece o pano de fundo retórico essencial de *Regress*. Em *The Allegory of Love*, ele argumenta que "não podemos falar, talvez dificilmente possamos pensar, em um 'conflito interior' sem uma metáfora; e toda metáfora é uma alegoria em pequena escala"[13]. No capítulo 2 dessa obra, Lewis fez uma distinção, por um lado, entre a metáfora arquetípica, que representa "o que é imaterial em termos picturais" e, por outro, a "alegoria"[14]. Ao uso da primeira ele dá o nome de "sacramentalismo ou simbolismo", enquanto a segunda é um processo de invenção a partir da abstração:

> Praticamente não há como exagerar a diferença entre as duas. O alegorista deixa o dado – suas próprias paixões – para falar sobre aquilo que é confessadamente menos real, que é uma ficção. O simbolista deixa o dado para encontrar aquilo que é mais real[15].

O intelectualismo subjacente à invenção do alegórico assim compreendido foi rudemente rejeitado por Coleridge no começo do século XIX, em seu Sermão Leigo, *The Statesman's Manual* (1816): "Ora, uma alegoria nada mais é que uma tradução de ideias abstratas em uma linguagem pictural que, em si mesma, não é nada além de uma abstração dos objetos dos sentidos; nesse contexto, o principal é mais inútil do que seu substituto irreal, ambos igualmente insubstanciais, e o primeiro, ainda por cima, é amorfo"[16]. Lewis compartilhava algo da concepção desabonadora que Coleridge tinha do intelectualismo da alegoria, reconhecendo que era natural preferir o simbólico ao alegórico. Este último, admitia ele, podia transformar-se facilmente em uma "doença da literatura" se as equivalências fossem "puramente conceituais" e tampouco conseguissem "satisfazer a imaginação"[17].

THE PILGRIM'S REGRESS E SURPRISED BY JOY

Os dois tipos de metáforas, alegórica e arquetípica, estão presentes em *The Pilgrim's Regress*. O problema é que, nessa obra de início de carreira, a particularidade da metáfora alegórica e a universalidade da arquetípica são confusas, e a relação entre elas não fica clara. Por um lado, temos as alegorias rigorosamente formuladas de personagens históricos como Espinoza, Hegel, Kant, Marx e Freud, e, por outro lado, temos "John", o peregrino, que é em parte C. S. ("Jack") Lewis e em parte Everyman*. Essa disjunção confere uma desarmonia à voz do narrador, o sonhador de Lewis, uma disparidade de distância que deixa o leitor preso entre a suspensão da descrença e a decodificação intelectual. Aqui pode estar uma deixa sobre a diferença entre *The Pilgrim's Regress* e seu predecessor em tantos aspectos, *The Pilgrim's Progress* [*O peregrino: a viagem do cristão à Cidade Celestial*] (1678, 1684), de John Bunyan, pois Bunyan pretendeu apenas escrever um panfleto ou sermão, e não uma obra que fosse parte panfleto, parte autobiografia espiritual e parte controvérsia intelectual.

Nas jornadas cristãs de Bunyan por um mundo que é imediatamente reconhecível, os personagens que ele encontra são de imediato identificáveis como arquetípicos e, no encontro, profundamente individuais e reais. Nas palavras de Walter Allen, "Eles adquirem vida por meio de sua fala, e tornam-se imediatamente vivos"[18], e, como tais, atendem imediatamente aos propósitos de Bunyan na resposta espontânea do leitor. Ora, o objetivo de Bunyan é inequivocamente teológico, de modo que, sem justificativas, sua alegoria religiosa é entrelaçada com o universo imaginário de seu leitor. Em contraste com a gloriosa conclusão da parte I da alegoria de Bunyan (com seu lembrete sobre o inferno até mesmo na penúltima frase), é difícil saber precisamente onde, teologicamente, *The Pilgrim's Regress* nos deixa, pois John e seu amigo Vertue ainda estão analisando sua situação mesmo quando voltam para Puritania, aparentemente mais preocupados com seus feitos do que com a Ilha visionária

---

* "Everyman" (*c.* 1485), que pode ser traduzido como o "homem comum" e aqui representa toda a humanidade, é o melhor exemplo remanescente dos "autos de edificação", que eram peças teatrais alegóricas de fundo moral em que cada ator representava uma abstração. Nessa, o personagem moribundo Everyman, depois de se ver privado de seus bens, é abandonado pelas pessoas que até então tinha como amigos: a Bondade, a Camaradagem, a Força, a Beleza etc. A exemplo do que ocorre em obras de C. S. Lewis, "Everyman" usa personagens alegóricos para examinar a questão da salvação cristã e do que o Homem deve fazer para alcançá-la. (N. T.)

porque, de modo um tanto desagradável, "Vertue criou versos mal resolvidos para as canções (do velho violinista), a fim de zombar das virtudes pagãs nas quais ele parece ter sido criado"[19].

Quando *Regress* foi originalmente escrito, Lewis parece ter tido em mente, como público leitor, uma elite intelectualizada, capaz de entender as referências filosóficas, teológicas e culturais[20]. Foi por volta da terceira edição, publicada durante a guerra, que ele acrescentou cabeçalhos explicativos em cada página, para ajudar um público mais amplo, os quais, na verdade, terminaram por constituir um comentário confuso e extremamente irregular sobre o texto. Eles servem apenas para realçar o problema hermenêutico para o leitor, que frequentemente se vê entre três níveis de resposta à voz do narrador, os cabeçalhos e a alegoria já por si instável, às vezes absurda, como nas conversas e passatempos dos filhos e filhas da Sabedoria no sétimo livro, ou simplesmente incoerentes, no caso da figura arquetípica de Mãe Kirk* (descrita nos cabeçalhos como "Cristianismo Tradicional"[21], mas em outros momentos como a "nora"[22] do Senhorio, isto é, a Noiva de Cristo).

Uma boa informação subsidiária sobre as dificuldades que encontro em *The Pilgrim's Regress* é oferecida, um tanto ironicamente, no ensaio de Lewis intitulado "The Vision of John Bunyan"[23]. Se minha opinião sobre a natureza intelectual e teológica do cristianismo de Lewis permanece um tanto negativa, a opinião dele sobre essa mesma natureza em John Bunyan não era menos crítica. No fim do ensaio, Lewis escreve: "Uma parte do lado desagradável de *The Pilgrim's Progress* está na extrema estreiteza e exclusividade da perspectiva religiosa de Bunyan"[24]. Posto isso, também é preciso reconhecer que o convite para ler e interpretar a narrativa (tanto a de Bunyan quanto a de Lewis) é de grande importância, admitindo-se a intensidade de suas metáforas e imagens quando elas falam a nossos próprios anseios e perspectivas para além dos limites de particularidades teológicas. Lewis coloca esse ponto de vista concisamente ao sugerir que, para Bunyan (e nós, como leitores, poderíamos dizer o mesmo sobre *Regress*), "a narrativa desses fatos teria exigido fundamentos artísticos para ser, assim, portadora de uma importância adicional, *uma importância em que só alguns acreditam, mas que*

---

*   *Kirk* significa "igreja" em escocês. (N. T.)

THE PILGRIM'S REGRESS E SURPRISED BY JOY

pode ser sentida por todos (enquanto leem), como algo de incomensurável importância"[25].

Talvez seja significativo que, na verdade, *Regress* não seja a primeira tentativa de Lewis explicar o que "Joy" ["Alegria"] significa para ele. Em abril de 1922, quando ainda ateu, ele escreveu um poema intitulado "Joy"[26] e, no diário que manteve entre 1922 e 1927, ele diz várias vezes ter tido essa experiência pessoalmente[27]. Depois de sua conversão, ele tentou novamente fazê-lo em prosa e, por último, na primavera de 1932, em outro poema que permaneceu inacabado[28]. A procura da alegria foi, de fato, a busca fundamental de sua vida, finalmente definida por ele como cristianismo, embora sua forma permaneça, em alto grau, no âmbito da imaginação literária. O próprio Lewis tinha às vezes uma consciência quase dolorosa disso, refletindo, em 1930, que é possível "confundir uma apreciação estética da vida espiritual com a vida em si"[29], e refletindo, na conclusão de *The Four Loves* (1960), sobre o fato de que "é Deus, e não eu, quem sabe se já experimentei esse amor. Talvez eu só tenha imaginado esse gosto"[30]. Essa imaginação, reflete ele, é um perigo para o pensador intelectual e literário facilmente capaz de "imaginar condições muito mais elevadas do que qualquer outra que já tenhamos alcançado". Por meio da imaginação, talvez só possamos alcançar uma "inconsciência" última em um sonho, mediante uma inquieta percepção de Deus, que está ausente: "*Saber* que se está sonhando é já não estar perfeitamente adormecido"[31].

O território imperfeitamente elaborado de *The Pilgrim's Progress* antecipa, em alguns aspectos, os universos ficcionais mais plenamente imaginados de Perelandra, Nárnia e Glome (o reino mítico de *Till We Have Faces*). Aqui, ele está apenas começando a encontrar sua modalidade de ensinamento cristão público – aqui, realmente imperfeito, ainda que às vezes atraente e até mesmo (talvez) convincente.

SURPRISED BY JOY

Nos anos entre a publicação de *The Pilgrim's Regress* e *Surprised by Joy*, Lewis tornou-se uma figura cultuada, um fenômeno cristão, embora não tenha deixado de ser um professor um tanto excêntrico de literatura renascentista, abrigado no velho coração da academia inglesa. De vastíssima cultura, embora extraordinariamente avesso a mudanças na cultura do século XX, ele é muito mais lembrado por seus breves e famosos exercícios de apologética cristã e por suas obras de literatura fantástica do que por suas realizações acadêmicas lapidares, dentre as quais talvez se sobressaia *English Literature in the Sixteenth Century, Excluding Drama* (1954).

Essa contribuição substancial, inclusive magistral, à *Oxford History of English Literature* (volume IV) contém uma chave para nossa leitura de *Surprised by Joy* (assim como para sua outra obra "autobiográfica", *A Grief Observed* (1961), porque serve para estimular nossa consciência tanto de seu interesse pela retórica quanto por sua capacidade como mestre nessa arte. O resenhista do *Times Literary Supplement* (7 out. 1955) compara a leitura de *Surprised by Joy* à emoção de encontrar um *thriller* que não conseguimos parar de ler por sua originalidade:

> a tensão desses capítulos finais mantém o interesse como o final de um *thriller*. Tampouco isso é diminuído pelo fato de que as experiências espirituais aqui registradas não seguem – intelectualmente, pelo menos – nenhum padrão conhecido. Poucos outros cristãos podem ter sido convencidos por tal estratégia; alguns jamais o seriam. Deus age, de fato, de um modo misterioso, e este livro apresenta um brilhante relato de um dos mais estranhos e decisivos estágios finais de um jogo de xadrez que Ele já jogou[32].

Ao mesmo tempo, duas páginas sobre a retórica renascentista em *English Literature in the Sixteenth Century*, de Lewis, sugerem sua própria e peculiar absorção, como erudito praticante de uma arte literária que, como ele escreveu, é "a maior barreira entre nós e os que nos antecederam"[33]. Para começar, afirma Lewis, a retórica é a incorporação da continuidade de uma antiga tradição europeia, "mais velha que a Igreja, mais velha que o Direito Romano, mais velha que toda a literatura latina – na verdade, descendente da era dos sofistas gregos", como a "filha dileta da humanidade"[34]. E trata-se de uma arte pela qual o século XX não tem nenhuma simpatia. No século XVI, porém, o jovem estudante renascentista estava impregnado dela, não apenas para assegurar que ele adquirisse uma grande amplitude de conhecimentos, mas também uma forma de conhecimento em que "altas abstrações e artifícios intangíveis perturbavam as particularidades mais prosaicas [...] A mente lança-se mais facilmente para lá e para cá entre o céu e a terra

THE PILGRIM'S REGRESS E SURPRISED BY JOY

mentais: a nuvem de generalizações médias, suspensa entre os dois, era então muito menor. Daí decorre, como nos parece, tanto a ingenuidade quanto a energia de sua escrita. Boa parte de sua força literária [...] provém daí. Às vezes, eles andam mais ou menos como anjos e mais ou menos como marinheiros ou moços de estrebaria"[35].

A descrição nos diz muito sobre o Lewis escritor. Em *Surprised by Joy*, encontramos exatamente esse tipo de mentalidade, quase sempre arcana e arcaica, divertindo-se com a história, inventando mundos em que ele próprio vive e nos quais o extraordinário, o abstrato e o intelectualizado surgem de repente do mais simples e prosaico, quando não do mais infantil. Em *The Pilgrim's Regress*, ele ainda não dominou a retórica, nem a ocultou à maneira de todo bom retórico. Portanto, quando eles conversam, John e Vertue são ora anjos em sua conversação, ora "moços de estrebaria" – mas seus dois estilos são imperfeitamente misturados. Em suas primeiras conversas, antes de chegarem à Casa da Sabedoria, eles falam como os personagens eloquentes de Bunyan. Mais tarde, Lewis permite que eles adotem o sofisticado estilo literário de *Consolatio Philosophiae*, um *prosimetrum* de Boécio – isto é, uma forma em que trechos de prosa se alternam com poemas, cujas origens remontam aos escritos filosóficos gregos[36].

Contudo, no posterior *Surprised by Joy*, a retórica é perfeitamente oculta na tessitura do texto. Quase desde o início do livro ele inventa uma *persona* para si como narrador, criando, a partir dele, um personagem com algo de um distanciamento austero e "certa desconfiança ou aversão pela emoção como algo desconfortável e constrangedor, e até mesmo perigoso"[37]. Isso oferece uma perspectiva por trás da qual ele pode se esconder e criar outros personagens com um juízo de valor oculto nos tropos literários e sedutores da ironia, da lítotes (sugestão de uma ideia pela negação do seu contrário) e da caricatura[38]. Portanto, o leitor é conduzido por uma voz firme, que age persuasivamente mesmo quando o que está sendo dito é confuso ou, sob outros aspectos, inaceitável, pois Lewis agora emprega magistralmente a retórica que, em *Regress*, encontra-se ainda disforme e instável.

De que modo, então, lemos sua narrativa – a questão da hermenêutica? Sugiro que a chave está na absorção de Lewis na literatura e na retórica clássicas do século XVI, particularmente quando escreveu *Surprised by Joy* [39]. Se *The Pilgrim's Regress* foi informado por sua ideia para *The Allegory of Love*, então a obra posterior é informada por *English*

Literature in the Sixteenth Century e, em particular, por seu interesse mesmo pela arte retórica antiga. É possível dizer que o sucesso de Lewis como escritor e apologista cristão poderia ser explicado, pelo menos até certo ponto, por seu sucesso como mestre em retórica. Poderia ajudar a explicar tanto sua extraordinária popularidade quanto a profunda desconfiança com as quais ele é simultaneamente visto, por muitos, como apologista e pensador cristão. Tampouco a representação da retórica precisa sempre implicar características negativas e motivos duvidosos. Aristóteles, citado por Lewis em sua obra sobre o século XVI[40], defende, em sua *Retórica*, a capacidade de o mestre nessa arte sustentar propósitos morais e, mais especialmente, o potencial que a retórica tem de ser heurística, permitindo-nos descobrir fatos em vez de distorcê-los.

O prefácio a *Surprised by Joy* emprega artifícios retóricos experimentados para desarmar e situar o leitor, além de estabelecer um contexto hermenêutico apropriado. Lewis começa com uma clara afirmação sobre o motivo de ele estar escrevendo (não por iniciativa própria) e para assegurar ao leitor que seu livro irá retificar equívocos comuns (sem, na verdade, dizer quais são eles): "Este livro é escrito em parte como resposta a pedidos de quem diga como passei do ateísmo ao cristianismo, e em parte para corrigir uma ou duas ideias falsas que parecem ter se difundido"[41]. É importante constatar que Lewis tem o cuidado de afirmar o que o livro *não* é; não é uma autobiografia geral, nem "Confissões", à maneira de Santo Agostinho ou Rousseau. É obra muito mais limitada, "a história de minha conversão"[42]. Isso orienta imediatamente a leitura, pois é inegável que há no livro uma grande parte de material autobiográfico, que tendemos a ler "com um objetivo" – sendo tudo oferecido no contexto de explicar sua conversão e sua experiência de "alegria". Em segundo lugar, Lewis antecipa cuidadosamente seus críticos ao admitir o crime da "subjetividade" e sorrir com total reconhecimento para aqueles a quem, dentre os seus leitores, esse tipo de escrita é intolerável. Como todo bom mestre em retórica, ele está sempre um passo à frente:

> Receio que a história seja sufocantemente subjetiva; o tipo de coisa que nunca escrevi antes e provavelmente nunca voltarei a escrever. [Essas duas afirmações são extremamente questionáveis!] Tentei escrever o primeiro capítulo de modo tal que os que não suportam esse tipo de narrativa possam perceber de imediato em que se meteram, e fechar o livro com a mínima perda de tempo[43].

THE PILGRIM'S REGRESS E SURPRISED BY JOY

Desse modo, seus detratores são ignorados, e os que permanecerem poderão seguir em frente em boa companhia.

O elemento de cumplicidade é crucial. Walter Nash, em seu livro *Rhetoric: The Wit of Persuasion*, sugere que

> Na retórica, o fundamental é realmente ter em mira um público – ou uma vítima –, e o objetivo desses fundamentos não é convencer totalmente, como muitos podem imaginar, mas, antes, envolver o receptor em uma conspiração da qual não há nenhuma saída fácil. Na retórica, há sempre um elemento de conspiração; ela pode ser grandiloquente, charmosa, convincente ou destoante, mas, qualquer que seja seu modo de ser, ela procura insistentemente envolver um cúmplice em seus desígnios[44].

É isso que está acontecendo em *Surprised by Joy*, e uma explicação, pelo menos em parte, da natureza acrítica, até mesmo fanática, de segmentos do público leitor de Lewis? Desde muito jovem, Lewis apresenta-se como um homem inteligente, livresco e sério; e, com essa *persona* (que em grande parte pode ser verdadeira, embora não seja essa a questão), ele distrai seus leitores, provoca-os e flerta com eles. Ele pode sair ileso mesmo quando faz afirmações muito questionáveis, mas ainda assim nos deleitamos com sua prosa maravilhosa: por exemplo, no gótico dickensiano de sua primeira escola, que parece um "campo de concentração", em seu mestre-escola cruel que guarda muita semelhança com Wackford Squeers*, o pior de seus professores[45], assim como nos deleitamos com sua caracterização de professores mais estimados, como Kirk (o "Grande Crítico")**, que "havia sido presbiteriano e agora era ateu"[46].

Mas isso não significa chegar ao fim de meu ensaio com mero cinismo. Talvez seja conveniente explicar por que, de uma perspectiva literária, Lewis divide seus leitores, mas sua habilidade em retórica não elimina necessariamente sua honestidade e, menos ainda, sua eficiência como apologista. Como uma resenhista de *Surprised by Joy* afirmou

---

*   Professor de grande crueldade, um dos personagens de Charles Dickens em seu romance *Nicholas Nickleby* (1838-39). (N. T.)

** Alusão a William T. Kirkpatrick (1848-1921), um dos professores mais apreciados por Lewis e que muito o influenciou. (N. T.)

(embora seja duvidoso que ela tenha lido a primeira página do livro, na qual Lewis faz uma distinção específica entre seu livro e as *Confissões*): "Este é um livro quase agonicamente pessoal: trata-se da conversão de um romântico puro, e convence tão plenamente quanto os relatos de conversão de Santo Agostinho e Newman"[47].

Alegoria, metáfora e símbolo

Finalmente, voltamos então ao papel da alegoria, da metáfora e do símbolo na obra de Lewis, na ligação entre o particular e o geral, o específico e o universal, o mundano e o romântico. Nas duas obras que estamos examinando, Lewis certamente deve ser descrito como um escritor "didático", embora, ao mesmo tempo, a polêmica que envolve sua obra ficcional e suas narrativas autobiográficas deva ser entendida não apenas como um instrumento retórico (o que ela é), mas também como um construto imaginativo[48]. Como um "romântico" confesso, Lewis se volta para os escritos de Coleridge sobre a imaginação e, em particular, para o crucial capítulo treze da *Biographia Literaria* (1817), com sua distinção entre imaginação primária e secundária[49]. Ali, os elementos da imaginação primária, como "uma repetição, na mente finita, do eterno ato de criação do infinito EU SOU", encontram-se, na imaginação secundária, dispersos, difusos e imprecisos" no processo de criação de imagens – um processo coleridgiano que Lewis (seguindo seu amigo J. R. R. Tolkien) adaptou e desenvolveu no contexto da "suspensão voluntária da descrença"[50] do leitor no processo criativo, por meio da teoria da "subcriação"[51]. Isso é descrito sucintamente por Kath Filmer:

> o criador de histórias torna-se o "subcriador" de um "universo secundário" em que a mente do leitor pode adentrar. Assim, embora o leitor esteja "presente" no universo secundário, ele "acredita" nele. Se surgir a descrença, acrescenta Tolkien, "rompeu-se o fascínio; a magia, ou, antes, a arte, fracassou. Desse modo, você está de volta ao Mundo Primário, olhando para o pequeno e malogrado Mundo Secundário a partir de uma perspectiva exterior" [...] A crença produzida pela capacidade criativa e artística de um escritor é um estado positivo, não o estado negativo sugerido por Coleridge[52].

Através da metáfora e do símbolo, é exatamente nesse "universo secundário" que a retórica introduz o leitor tanto em *The Pilgrim's Progress* quanto em *Surprised by Joy*, com diferentes graus de sucesso. Ao descrever-se, ao descrever suas crenças e sua conversão, Lewis, de certo modo, torna-se vítima de sua própria natureza livresca. Pois, ao entrar nesse mundo, assim como acontece quando nós entramos nos universos dos romances de Jane Austen ou Charles Dickens, podemos perdoar e talvez até mesmo esquecer a excentricidade pedante e antiquada de Lewis à medida que seguimos seu "personagem" em sua jornada estranha, tocante e individualista rumo ao cristianismo – uma jornada ao mesmo tempo romântica e mundana:

> E John disse: "Pensei em todas aquelas coisas enquanto estava na casa da Sabedoria. Agora, porém, penso em coisas melhores. Certifique-se de que não foi em vão que o Senhorio uniu nosso coração tão estreitamente ao tempo e ao espaço – a um amigo e não a outro, e a um condado mais do que a toda a terra"[53].
>
> Em uma manhã ensolarada, fui conduzido a Whipsnade. Quando partimos, eu não acreditava que Jesus Cristo era o Filho de Deus, e quando chegamos ao zoo eu acreditei [...] *Wallaby Wood**, com pássaros cantando sobre nossa cabeça e campânulas sob nossos pés e os pequenos cangurus saltando ao redor, foi quase como se estivéssemos de volta ao Paraíso[54].

Quando a magia se desfaz, saímos do mundo dele, reconhecendo seus encantos, suas atrações dramáticas e simbólicas. Incontáveis leitores são felizes por terem sido encantados dessa maneira, enquanto outros estão perplexos diante do que consideram a incoerência fundamental das afirmações dele.

É possível que para Lewis – o sonhador livresco e leitor compulsivo – a própria narrativa – a mera experiência de estar dentro de uma história – seja sempre mais importante do que a conclusão que ela possa ter. Ele sabia que tinha herdado de seu pai um "pendor fatal pela dramatização e pela retórica"[55] e, de qualquer modo, acreditava que não era possível "a nenhuma pessoa descrever-se a si mesma, inclusive em prosa, sem fazer

---

* É uma atividade de caminhada pela mata. O termo usado atualmente é *bushwalking*. (N. E.)

de si, até certo ponto, uma criação dramática"[56]. No prefácio à terceira edição de *The Pilgrim's Regress*, ele afirma claramente seu objetivo retórico: "Eu estava tentando generalizar, e não contar minha própria vida às pessoas"[57]. Contudo, no final tanto de *Regress* quanto de *Joy*, seu leitor não tem nenhuma dúvida sobre isso porque, àquela altura, ele entrou de tal modo no personagem de "John" ou de C. S. Lewis, "o mais desalentado e relutante convertido de toda a Inglaterra"[58], que a narrativa também se tornou sua história e a confirmação de si própria. As seduções da retórica conspiraram contra nós e nos tornamos seus cúmplices – ou não.

O modo como Lewis compôs essas obras é um convite para que cada leitor se identifique com o protagonista e, assim, para que a história de torne particular para cada um deles. A capacidade de Lewis de sair-se bem nessa empreitada é o que assegura seu status na literatura cristã do século XX. Nas duas narrativas de conversão que constituem o tema deste capítulo, nós o vemos adquirindo seu ofício como escritor e apologista cristão desde as primeiras tentativas até o amadurecimento consumado[59].

Notas

1. Mais informações sobre a retórica de Lewis podem ser encontradas em Gary L. Tandy, *The Rhetoric of Certitude: C. S. Lewis's Nonfiction Prose* (Kent, OH, Kent State University Press, 2009) e James T. Como, *Branches to Heaven: The Geniuses of C. S. Lewis* (Dallas, Spence Publishing, 1999).
2. PR, p. 12.
3. SBJ, p. 12.
4. SBJ, p. 20.
5. SBJ, p. 144-46.
6. Catherine, a segunda filha do poeta, nasceu em 6 de setembro de 1808 e faleceu em 5 de junho de 1812.
7. SBJ, p. 190.
8. Lewis faz certa distinção entre sua abordagem e a de Wordsworth em seu sermão "The Weight of Glory". Nesse texto, ele afirma que Wordsworth cometeu um erro ao situar a alegria em certos momentos de seu próprio passado e que, se ele tivesse voltado a esses momentos, teria constatado que, mesmo então, a alegria por eles comunicada não passava de uma

lembrança de alguma coisa anterior (EC, p. 98). Cf. o poema "Leaving Forever the Home of One's Youth" (CP, p. 245), de Lewis.

9. SBJ, p. 18-19.
10. PR, p. 9.
11. Citado em Walter Hooper, *C. S. Lewis: A Companion and Guide* (Londres, HarperCollins, 1996), p. 184-85.
12. PR, p. 250.
13. AOL, p. 60.
14. AOL, p. 44-45.
15. AOL, p. 45. Em seu livro *Poetic Diction*, Owen Barfield, amigo de Lewis, faz uma distinção semelhante entre a "metáfora unitiva", que é "*dada* pela Natureza, por assim dizer", e a "metáfora analítica", em que um indivíduo "registra como pensamento" uma relação: *Poetic Diction*, 2. ed. (Londres, Faber & Faber, 1952), p. 102-3. Cf. também Doris T. Myers, *C. S. Lewis in Context* (Kent, OH, Kent State University Press, 1991), p. 11-13.
16. Samuel Taylor Coleridge, *The Statesman's Manual. Lay Sermons*, em *The Collected Works*, vol. VI, ed. R. J. White (Princeton, Princeton University Press, 1972), p. 30.
17. AOL, p. 268-69.
18. Walter Allen, *The English Novel: A Short Critical History* (Harmondsworth, Penguin, 1958), p. 32.
19. PR, p. 247.
20. Cf. Lionel Adey, *C. S. Lewis: Writer, Dreamer and Mentor* (Grand Rapids, Eerdmans, 1998), 110; Kathryn Ann Lindskoog, *Finding the Landlord: A Guidebook to C. S. Lewis's "The Pilgrim's Regress"* (Chicago, Cornerstone Press Chicago, 1995), p. xxvi-xxvii.
21. PR, p. 98.
22. PR, p. 100.
23. "The Vision of John Bunyan", SLE, p. 146-53.
24. SLE, p. 152.
25. SLE, p. 152-53 (itálicos meus).
26. CP, p. 243.
27. AMR, p. 48, 297-98, 317, 328.
28. Hooper, *C. S. Lewis: A Companion and Guide*, p. 181-82.
29. Carta a Arthur Greeves, 15 jun. 1930 (CLI, p. 906).
30. FL, p. 128.

31. FL, p. 128 (itálicos meus).
32. Citado em Hooper, *C. S. Lewis: A Companion and Guide*, 193.
33. EL, p. 61.
34. EL, p. 61.
35. EL, p. 62.
36. Cf. introdução de V. E. Watts a Boécio, *The Consolation of Philosophy*, trad. para o inglês de V. E. Watts (Harmondsworth, Penguin, 1969), 19-20; cf. também Myers, *C. S. Lewis in Context*, 23.
37. SBJ, p. 9.
38. Extraí o termo "sedutor" do excelente livro de D. J. Enright sobre a ironia, *The Alluring Problem* (Oxford, Oxford University Press, 1986). A questão que aqui apresento é um pouco diferente, pressupondo uma maquinação literária da parte de Lewis como escritor, com base na descrição feita por John Wain, a partir do autorretrato de Lewis em *Surprised by Joy*, como "um sujeito taciturno" que "tem características individuais inexistentes em qualquer outro homem vivo" (John Wain, "A Great Clerke", em James Como (org.), *Remembering C. S. Lewis: Recollections of Those Who Knew Him* (São Francisco, Ignatius Press, 2005), p. 152-63, e também da análise de Michael Ward dos objetivos retóricos de Lewis em *Surprised by Joy* ("C. S. Lewis", em Andrew Atherstone (org.), *The Heart of Faith: Following Christ in the Church of England* [Cambridge, Lutterworth Press, 2008], p. 121-30).
39. *Surprised by Joy* foi publicado quase exatamente doze meses antes da publicação de *English Literature in the Sixteenth Century* (EL 16 set. 1954, SBJ 19 set. 1955).
40. EL, p. 271, 319-21.
41. SBJ, p. 7.
42. SBJ, p. 7.
43. SBJ, p. 7-8.
44. Walter Nash, *Rhetoric: The Wit of Persuasion* (Oxford, Basil Blackwell, 1989), 1.
45. SBJ, p. 24-39.
46. SBJ, p. 113.
47. Anne Fremantle em *Commonweal* 63 (3 fev. 1956), citado em Hooper, *C. S. Lewis: A Companion and Guide*, 193.
48. Cf. Kath Filmer, "The Polemic Image: The Role of Metaphor and Symbol in the Fiction of C. S. Lewis", em Bruce L. Edwards (org.), *The Taste*

of the Pineapple: Essays on C. S. Lewis as Reader, Critic and Imaginative Writer (Bowling Green, OH, Bowling Green State University Popular Press, 1988), p. 149-65.
49. Cf. Samuel Taylor Coleridge, *Biographia Literaria*, org. James Engell e W. Jackson Bate (Londres, Routledge & Kegan Paul, 1983), 304.
50. *Biographia Literaria*, II, 6.
51. Lewis discute a distinção estabelecida por Coleridge entre Fantasia e Imaginação no capítulo 7 de *The Discarded Image*, no qual argumenta que ele virou a nomenclatura medieval de cabeça para baixo.
52. Filmer, "The Polemic Image", 150. Filmer refere-se aqui a J. R. R. Tolkien, "On Fairy Stories", em C. S. Lewis (org.), *Essays Presented to Charles Williams*. (Grand Rapids, Eerdmans, 1981; publicado inicialmente em 1947), p. 60-61, e também M 137n.
53. PR, p. 249.
54. SBJ, p. 189-90.
55. SBJ, p. 36.
56. PH, p. 10.
57. PR, p. 21.
58. SBJ, p. 182.
59. Em algumas das ideias iniciais deste ensaio, fui influenciado por uma tese de doutorado de alto nível, de Hsiu-Chin Chou, "The Problem of Faith and Self: The Interplay between Literary Art, Apologetics and Hermeneutics in C. S. Lewis's Religious Narratives" (Glasgow University, 2008).

The Ransom Trilogy
T. A. Shippey

A *Ransom Trilogy** de C. S. Lewis resultou, no nível pessoal, de uma conversa e uma coincidência.

A conversa foi com seu amigo Tolkien e, embora Lewis não tenha deixado registro dela, Tolkien a menciona não menos que cinco vezes em suas *Letters* publicadas, com coerência consistente[1]. Segundo Tolkien, o que aconteceu foi que Lewis disse a ele: "Se ninguém vai escrever o tipo de livros que queremos ler, nós é que teremos de escrevê-los". Assim, eles concluíram que "cada um escreveria um '*Thriller*' de viagem [...] como uma tentativa de encontrar um Mito", um sobre viagens espaciais e um sobre viagens no tempo, e um jogo de cara ou coroa fez que a questão do tempo ficasse com Tolkien, e a do espaço com Lewis. Os resultados do acordo foram muito diferentes. Lewis havia terminado seu primeiro "*thriller* de viagem", *Out of the Silent Planet* [*Além do planeta silencioso*] por volta de novembro de 1937, quando o submeteu à apreciação de J. M. Dent e teve o livro rejeitado. Tolkien então entrou em cena e usou sua influência com o editor Stanley Unwin, que na época havia aceitado *The Hobbit* [*O Hobbit*], para levá-lo a reconsiderar o livro de seu amigo, que foi publicado em 1938, com suas duas sequências em 1943 e 1945. Lewis tentou pagar o favor colocando "anúncios" do projetado *thriller* de Tolkien sobre o espaço no pós-escrito de *Out of the Silent Planet* e no prefácio de *That Hideous Strength*, mas as tentativas de Tolkien de cumprir o acordo entre ambos só deu resultados muitos anos depois, e mesmo assim inacabados, como "The Lost Road" e "The Notion Club Papers", nos volumes v e ix dos doze volumes de *History of Middle-earth*, publicado por Christopher Tolkien.

---

* Trilogia formada pelos livros *Out of the Silent Planet*, *Perelandra* e *That Hideous Strength*. (N. T.)

Ao contrário da conversa, a coincidência pode ser datada com grande precisão – fevereiro de 1936 –, embora ambas devam ter acontecido mais ou menos ao mesmo tempo. Outro amigo de Oxford, Hugo Dyson, convenceu Lewis a ler *The Place of the Lion* (1931), de Charles Williams, terceiro livro do que viria a ser uma série de sete "*thrillers* ocultistas" de Williams. Muito impressionado, Lewis escreveu uma "carta de fã" a Williams, mas recebeu uma carta dele antes de postar a sua. Williams trabalhava na Oxford University Press e, como parte de seus deveres, estivera lendo as provas da primeira grande obra acadêmica de Lewis, *The Allegory of Love*, que o levou a escrever em termos de apreciação semelhantes. A coincidência da descoberta simultânea e da admiração mútua levou a uma amizade que durou nove anos, até a morte de Williams, mas também abriu os olhos de Lewis para uma nova possibilidade: era possível escrever um livro inspirado em conhecimentos arcanos (em ambos os casos, essencialmente conhecimentos neoplatônicos), mas ainda assim usar o estilo e o método da ficção popular. Com essa descoberta, e também estimulado pelo acordo com Tolkien, Lewis lançou-se em uma carreira de produção e sucesso cada vez maiores.

Origens intelectuais

As origens intelectuais da *Ransom Trilogy* são muito mais variadas[2], e seria mera suposição tentar dizer quais vieram primeiro ou quais foram mais importantes – sobretudo levando-se em conta as observações do próprio Lewis sobre a natureza inesperada da inspiração literária[3]. Contudo, mesmo antes do começo do primeiro capítulo de *Out of the Silent Planet*, Lewis inseriu uma nota em que afirmava polidamente que, apesar das referências "aparentemente desdenhosas" no texto, ele ficaria muito triste se "qualquer leitor o considerasse demasiado estúpido para ter desfrutado as fantasias do sr. H. G. Wells ou demasiado ingrato em admitir sua dívida para com elas". Também podemos pensar que, por mais que Lewis as apreciasse, ele não concordava com elas. Apesar de sua ressalva anterior, o retrato perto do fim de *That Hideous Strength* – o orador *cockney** Horace Jules, sem muita cultura – é visivelmente baseado em Herbert Wells, que no fim da década de 1940 não era mais um ficcionista, mas um divulgador de grandiosas pesquisas universais, como *An Outline of History* (1920) ou

---

* "Cockney" se refere tanto às pessoas nascidas quanto ao sotaque da área de East End, em Londres. (N. E.)

de profecias políticas mal informadas, como *The Shape of Things to Come* (1933). *Out of the Silent Planet* é sem dúvida semelhante em estrutura e em alguns detalhes ao livro *The First Men in the Moon* [*O primeiro homem na Lua*] (1901), de Wells, mas a ele se opõe incisivamente em termos ideológicos[4]. Nas duas obras, homens da Terra embarcam em uma viagem espacial, encontram os habitantes da Lua ou de Marte, entram em choque com eles, mais tarde encontram o governante planetário, voltam com dificuldade à Terra, perdem sua nave ou ela é destruída. Além do mais, os personagens Cavor e Bedford, de Wells, são mais ou menos semelhantes a Weston e Devine, de Lewis – respectivamente, inventor e explorador –, mas a dupla de Lewis identifica-se explicitamente com o mal, embora haja um terceiro personagem, Ransom, que faz contraponto a eles. No fim, o verdadeiro embate se dá entre Weston e o Oyarsa (ou Inteligência planetária) de Marte, e a concepção de Weston, eivada de um evolucionismo agressivo e amoral, é decisivamente ridicularizada e rejeitada. Pouco depois do início de *The War of the Worlds* (1898), o narrador afirma: "O lado intelectual do homem já admite que a vida é uma luta incessante pela existência", e não há nenhum sinal de que essa também não fosse a opinião de Wells. Em determinado momento, porém, o Oyarsa de Lewis diz com muita firmeza que, quando, milhões de anos atrás, a ideia de uma invasão wellsiana da Terra realmente ocorrera a alguns de seus povos em Marte, que tinham "plenas condições de construir naves espaciais"[5], ele os interrompe, curando alguns e matando outros. Lewis enfatizava repetidamente sua própria distinção entre ciência verdadeira e o que ele chamava de "cientificismo"[6], a aplicação mal informada e equivocada de teorias científicas às questões sociais, morais e políticas, em modelos como "darwinismo social" e "Evolução Criativa", e Wells, por mais brilhante que fosse como escritor, era um dos maiores exponentes dessas concepções.

Lewis tinha outro (e mais positivo) objetivo ao escrever: contestar a cosmologia moderna e apresentar uma concepção alternativa do universo. O biólogo J. B. S. Haldane (muito semelhante a Wells em seu evolucionismo e sua crença na prática científica dirigida pelo Estado) resenhou a *Ransom Trilogy* em 1946, com o título desdenhoso de "Auld Hornie, FRS"[7]*, e ali observou que integrar as teorias cosmológicas

---

* Na Escócia e no Norte da Inglaterra, *auld* e *hornie* são, respectivamente, variantes dialetais de *old* ("velho") e *horny* ("chifrudo", "diabo"). FRS é sigla de *Fellow of the Royal Academy* ("Membro da Real Academia"). A tradução seria, portanto, "o velho diabo da Real Academia". (N. T.)

da Antiguidade e do cristianismo com o que se sabia, de fato, havia sido um "ligeiro esforço" para Dante e "ainda mais difícil para Milton", enquanto "o sr. Lewis considera isso impossível". Haldane pouco sabia sobre Dante e Milton, mas ele tinha uma ideia: algumas coisas são agora conhecidas para além de qualquer possibilidade de refutação, e elas podem muito bem conflitar com antigas ideias muito arraigadas na literatura. Os escritores, porém, têm seu próprio modo de lidar com isso. Milton, por exemplo, ao descrever os efeitos da Queda da Humanidade em *Paradise Lost* (10, 668-80), escreveu cuidadosamente em duas explicações alternativas da inclinação eclíptica da Terra, uma apropriada à antiga cosmologia geocêntrica, a outra conforme o exigia o novo modelo galileano, que considerava o Sol como o verdadeiro centro do Sistema Solar. Lewis, sem dúvida ciente desse fato, observou em sua obra *The Discarded Image*, de publicação póstuma, que o velho Modelo (a inicial maiúscula é dele) "não foi total e seguramente abandonado até o fim do século XVII", isto é, algumas décadas depois de Milton[8]. Nesse ínterim, Tolkien, às voltas com uma contradição entre sua cosmologia imaginada para o *Silmarillion* e o conhecimento comum de sua época, criou uma conciliação mais poética. Em seu relato, o mundo é realmente redondo agora, mas esse é o resultado da reformulação dele depois da Queda de Númenor*. A partir daí, ninguém pode pôr-se ao mar em linha reta até as Undying Lands [Terras Importas]**, pois, "agora, todos os caminhos são curvos", embora alguns acreditem que talvez ainda exista "uma Estrada Reta"[9]. A ideia de tornar-se mau como resultado da Queda também era importante para Lewis, embora ele a considerasse mais em termos morais do que geográficos. Todavia, como Milton e Tolkien, e com muito mais detalhes do que qualquer um deles, ele também pretendia conciliar as cosmologias.

Essa questão foi importante para Lewis durante a maior parte de sua vida adulta, quando não para toda ela, e é provável que ela esteja na base de toda a sua obra ficcional, inclusive Nárnia[10]. Sua paixão pelo que chamava de "Modelo Medieval" do universo já aparece em 1935, no poema "The Planets", mas chega à sua expressão mais clara em *The Discarded*

---

* Númenor é um local fictício que aparece nas obras *The Silmarillion* [*O Silmarillion*] e *Unfinished Tales* [*Contos inacabados*], de J. R. R. Tolkien. (N. E.)

** Reino da obra *O Senhor dos Anéis*, de J. R. R. Tolkien (Martins Fontes – selo Martins). (N. E.)

Image. Ali, ele pede repetidamente ao leitor moderno que tente imaginar o universo "virado do avesso", não para restabelecer a Terra como centro (algo não mais possível intelectualmente), mas para afastar a ideia da Terra como o único lugar tépido e habitável no abismo de um vácuo gélido e escuro[11]. No final de *Out of the Silent Planet*, Ransom escreve: "Se pudéssemos efetuar em pelo menos um porcento de nossos leitores uma mudança da concepção do Espaço para a concepção do Céu, já teríamos dado o primeiro passo"[12]. No corpo principal da história essa mudança ocorre quando Ransom – sequestrado e forçado a entrar em uma nave espacial que vai conduzi-lo a terrores desconhecidos – sente-se extasiado, e não com medo. Em vez da escuridão e do frio pelos quais ele esperava, o que encontra é cor e energia radiante nas quais ele se aquece:

> Nu e estendido em sua cama, uma segunda Dânae, noite após noite lhe parecia mais difícil não acreditar na antiga astrologia: quase ele sentia, totalmente ele imaginava, uma "doce influência" derramando-se sobre seu corpo resignado, ou mesmo penetrando-o[13].

Lewis explicou o significado técnico de "influência" em outra obra[14], mas se observa que, embora Ransom apenas "quase" a sente, ainda assim ele a imagina "totalmente". Toda a *Ransom Trilogy* situa-se nos limites da astronomia moderna ou, pelo menos, a astronomia da época de Lewis (naves espaciais, "canais" ou cânions em Marte; Vênus como um mundo aquático). Contudo, dentro desses limites também há um lugar para a "velha astrologia".

Também acabamos por descobrir que a afirmação de Tolkien de que os dois escritores tinham o objetivo de "descobrir o Mito" era absolutamente correta, e que os dois homens se mantiveram fiéis a ela. Em todas as três partes da *Ransom Trilogy* descobre-se que um mito ou é literalmente verdadeiro, ou é reencenado: a Queda dos Anjos (*Out of the Silent Planet*); a Queda da Humanidade (*Perelandra*); a destruição da Torre de Babel (*That Hideous Strength*). O *thriller* da viagem no tempo de Tolkien teria feito a mesma coisa com o mito da Atlântida, e Tolkien pode muito bem ter identificado corretamente o mito que rege o fragmento de "The Dark Tower", de Lewis, como aquele dos descendentes de Seth e Caim[15].

Out of the Silent Planet

As ideias míticas e astrológicas do Modelo Medieval que Lewis incorporou mais obviamente a *Out of the Silent Planet* eram estas: primeiro, que cada um dos planetas conhecidos pelo Modelo Medieval tem seu próprio gênio tutelar, ou Oyarsa; segundo, que eles são facilmente identificáveis com as divindades pagãs (por exemplo, o Oyarsa de Malacandra é identificável com o Marte romano e o Ares grego; o Oyarsa de Perelandra identifica-se com Vênus e Afrodite). Contudo, transformá-los em divindades foi um simples erro humano, pois as próprias Inteligências têm plena consciência de serem as criaturas e os servos dedicados do Deus Único do cristianismo – com uma exceção, porém, pois a especulação mais original de Lewis consistiu em declarar que a Inteligência tutelar da Terra é Satã. É por isso que a Terra é "o planeta silencioso", apartado da harmonia perene das esferas planetárias e estelares, e não o centro cálido cercado pelo vácuo escuro da imaginação moderna, mas sim a escória fria do universo, cujos habitantes são uma presa para a tentação e a fraude demoníacas – em uma só palavra, são "decaídos", embora não estejam além da salvação.

Um termo crítico é a palavra "torto". Satã é "o *eldil* [anjo] torto", e o Oyarsa de Marte diz que, embora Satã tenha apenas desviado Weston, ele "desviou totalmente" Devine, "pois não lhe deixou nada além de ganância"[16]. A implicação é que ninguém, nem mesmo Satã, foi mau desde o início. Todos, humanos e demônios, alguma vez tiveram e talvez ainda tenham a opção de "emendar-se". O mal instala-se quando as pessoas fazem uma opção errada ou seguem por um caminho errado, e Lewis, durante toda a sua vida, demonstrou um interesse incomum pelo momento em que as pessoas (de modo compreensível, passível de perdão) se desviam. O problema é que elas então persistem no erro e, conforme tanto Lewis quanto Tolkien afirmam, transformam-se em "wraiths" [almas penadas] – "*wraith*", palavra que deriva do verbo "*writhe*" ("entortar" ou "retorcer-se"). Em *Out of the Silent Planet*, Weston ainda não se transformou totalmente em uma alma penada porque, apesar de rude, provocador e homicida, o que o impulsiona na vida é uma espécie de amor, ainda que amor por abstrações (Homem, Vida, Destino) que ele próprio criou. O Oyarsa observa que um dos artifícios de Satã é levar as pessoas a infringir todas as leis, mesmo as mais importantes, a serviço de uma das menores, nesse caso "o amor pelos semelhantes"[17], e aqui Lewis está usando a ficção para apresentar um diagnóstico. Satã ou não Satã, ele achava que se desviar era exatamente o que estava em vigência em seu próprio mundo e tempo. O verdadeiro perigo não eram apenas os cínicos que viviam atrás de ouro, como Devine, mas os idealistas, como Weston – ou Wells e Haldane e toda uma galeria de tolos espertos, com seu apoio a Stálin e sua convicção de que os fins justificam os meios, mesmo que os fins incluam o genocídio. Weston certamente pretende provocar um genocídio em Marte, mas, no fim da década de 1930, quando Lewis estava escrevendo, o genocídio na Terra não estava muito distante. Como a astronomia e a astrologia, o mito e a realidade não eram impossivelmente distintos.

Além de sua argumentação moral e de sua especulação cosmológica, *Out of the Silent Planet* contém um elemento substancial de relatos de viagem de ficção científica. Lewis tentou imaginar viagens interplanetárias, apresentou uma imagem de Marte que enfatizava o "tema perpendicular" (tudo, desde plantas a montanhas e inclusive ondas, parece impossivelmente alto) e, no capítulo 17, de repente mostrou Ransom vendo os Terráqueos como os Malacandrianos os veem, impossivelmente pequenos, compactos, atarracados. Sua conversa sobre os *eldils* com Augray, o *sorn* – uma das três espécies inteligentes que Ransom encontra em Marte, todas elas, e em particular os *hrossa*, carinhosamente descritas –, deixa-o com a sensação de que o universo ficou "um tanto estranhamente do avesso"[18], mas isso, como ele observa, é algo a que ele vem se acostumando.

PERELANDRA

Há um elemento de invenção igualmente prazenteiro na sequência, mas *Perelandra* é uma obra marcadamente mais austera, mais argumentativa. *Perelandra* é claramente uma reprise dos livros 4 e 9-10 de *Paradise Lost*, e sua ideia básica é que tanto Deus como Satã enviaram emissários a Vênus, onde o emissário satânico Weston (agora possuído pelo demônio) pretende convencer a Dama, equivalente de Eva em Vênus, a repetir o pecado original da desobediência a Deus e, assim, produzir outra Queda. Ransom está ali para impedir que ele concretize seus desígnios. A parte fundamental da obra é um longo debate entre os dois do capítulo 7 ao 10, no qual um tenta convencer a Dama a desobedecer a única proibição que Deus lhe impôs, e o outro insiste com ela para que a obedeça.

Não é possível, aqui, fazer um relato pormenorizado desse debate no qual Lewis colocou não apenas suas próprias interpretações de Milton – as quais ele vinha desenvolvendo concomitantemente em uma segunda obra acadêmica de vulto, *A Preface to Paradise Lost* (1942) –, mas também seus pontos de vista sobre o livre-arbítrio, pecado e psicologia humana. É possível, porém, apresentar as primícias desse debate observando-se a conexão entre Vênus, do modo como Lewis a imagina – um mundo aquático em que os habitantes quase humanos vivem em ilhas flutuantes –, e a proibição imposta à Dama e a seu marido, o equivalente de Adão, de nunca passarem uma noite nas Terras Fixas no meio do mundo-oceano. Eles vivem na onda, e a onda móvel, por oposição à Terra Fixa, é a imagem dominante da trama e do debate. Quando ele enfrenta as ondas e consegue chegar a uma ilha, Ransom encontra uma sucessão de coisas estranhas, todas elas agradáveis. Uma fruta em forma de balão de água mata sua sede; uma árvore-bolha oferece-lhe um banho refrescante; um pão em forma de baga alimenta-o, com o deleite adicional de às vezes encontrar uma dessas bagas com um coração vermelho especialmente saboroso. Depois de cada uma dessas experiências, Ransom sente uma forte necessidade de repeti-la, ou de só colher as bagas com os "corações vermelhos", mas alguma coisa o adverte a não ceder a esse desejo porque, como Ransom conclui, essa "tentação de repetir as coisas cada vez mais" talvez seja "a raiz de todo mal"[19]. "Não se supõe que essa raiz seja o dinheiro?", pergunta-se ele. Mas é possível que o dinheiro seja uma defesa contra a probabilidade e a mudança, alguma coisa que "forneceria os meios de dizer *encore** com uma voz que não poderia ser desobedecida"[20]. Por outro lado, a Dama, em seu estado não decaído, sente-se feliz por atravessar a onda: tudo que lhe acontece parece-lhe bom. Habitar a Terra Fixa equivaleria a, ao mesmo tempo, rejeitar a vontade de Deus, tentar impor sua própria vontade aos fatos, começar a percorrer o caminho do orgulho e da cupidez. A tentação satânica de Weston à Dama começa por sugerir que talvez (como mera especulação) ela poderia refletir sobre se Deus realmente não pretende, em seu coração, que ela demonstre independência, contrariando a vontade dele e simplesmente não aceitando o modo como ele quer que ela aja.

---

*   Palavra francesa que significa "ainda", "outra vez". (N. T.)

A argumentação nunca é resolvida em definitivo, pois ocorre a Ransom que a questão deve ser decidida fisicamente, por um combate desarmado entre ele e Weston, a quem ele agora vê como o Não Homem. Lewis poderia ver nisso uma evasão, embora devamos nos lembrar – Ransom menciona o fato diversas vezes – de que esse é um livro escrito em tempos de guerra, quando o destino do mundo estava sendo decidido não por meio do debate, mas por armas, bombas e torpedos: nem Lewis nem Tolkien eram pacifistas, e ambos eram veteranos de guerra. Contudo, o aspecto mais macabro de *Perelandra* é sua apresentação do que poderíamos chamar de "decomposição psíquica" de Weston. Ao aparecer pela primeira vez, ele era visivelmente o cientista fanfarrão de *Out of the Silent Planet*, agressivo mas ainda assim humano. Porém, ele mudou da física para a biologia e passou a acreditar na Evolução Criativa, tornando-se, assim, um devoto da "Força Vital", um adorador do "Espírito"[21] – e isso vai terminar com ele sendo, de fato, possuído por um espírito, mas por um espírito diabólico. Por grande parte do livro, Weston é o Não Homem, na verdade, Satã, embora um Satã muito menos glamoroso do que qualquer um das criações de Marlowe, Milton ou Goethe. Volta e meia, porém, Weston parece agitar-se, pedindo ajuda. Em um trecho horrível, já perto do fim, Weston exprime seu pavor da morte e deixa entrever um relance do que Ransom chama de "O Demônio Empírico [...] o grande mito de nosso século"[22], que só leva, na imaginação de Weston, a uma crença homérica ou pré-homérica em um universo sem sentido no qual a vida consciente é mero bruxuleio, uma fina camada sobre o horror existencial. É isso que os demônios nos fazem, conclui Ransom. Assim como eles amedrontaram o narrador no começo do romance, com ideias que puseram em sua cabeça, eles também criam pânico e desespero por meio do Não Homem enquanto ele perambula pelo estranho submundo de Vênus. Contudo, esse pânico e esse desespero subjacentes, o resultado (como sugere Lewis) de uma visão de mundo sem Deus, talvez sejam o que levou Weston a tomar o caminho descendente da agressividade e da dominação, o que começou a torná-lo "torto" pela primeira vez.

That Hideous Strength

O terceiro volume da trilogia, *That Hideous Strength*, é muito diferente de seus predecessores, tem mais do que o dobro do tamanho dos outros dois juntos, e a Terra é seu local de ação – não havendo, portanto, nenhum elemento de "narrativa de viagem" no livro. O que a obra nos apresenta é mais fantasia em termos modernos do que ficção científica. E também é muito mais "populoso". Em sua maior parte, *Perelandra* só tinha três personagens, Ransom, Weston e a Dama, e *Out of the Silent Planet* não ia muito além disso. *That Hideous Strength*, por outro lado, parece ter um excesso de personagens. O conflito básico do romance ocorre entre uma nova Força Escura, que Lewis chama satiricamente de NICE, o Instituto Nacional de Experiências Coordenadas*, ciência patrocinada pelo Estado e secretamente controlada pelos demônios da Terra, e uma "sociedade" dirigida por Ransom, que agora se tornara (com alusões óbvias às lendas do Santo Graal) tanto o "Pendragon" quanto "Sr. Rei Pescador"**. Essa sociedade, como a mais famosa de Tolkien, tem nove membros, mas a maioria dos leitores do romance poderia ter muita dificuldade para lembrar-se de todos eles. Ransom é o líder, Jane Studdock é a vidente muito importante que consegue localizar para eles o Merlin redespertado, McPhee faz o papel do cético e Ivy Maggs confere prestígio social ao grupo, Cecil Dimble é um veículo para a apresentação de teorias acadêmicas, enquanto sua esposa contribui com uma pitada de espírito prático – mas quais, poderíamos perguntar, são os papéis de Grace Ironwood, Arthur e Camilla Denniston? A primeira tem um nome sugestivo, os outros dois podem muito bem ser remanescentes do romance "*Dark Tower*", abandonado por Lewis[23], mas nenhum deles realmente tem uma presença marcante na história, a não ser incidentalmente. Enquanto isso, Belbury, o baluarte do NICE, tem um número ainda bem maior de personagens: Mark Studdock, o imprestável marido de Jane, Wither, o diretor-adjunto, Devine, de *Out of the Silent Planet*, aqui repensado como lorde Feverstone, Frost e Filostrato e Straik e Jules, Cosser e Steele e Hardcastle e O'Hara. Alguns deles são retratos surpreendentes, em particular Straik, o reverendo louco, e o professor Frost, irmanado em nome e poder com Wither, mas às vezes nos pomos a pensar que eles não passam de alvos satíricos criados pelo autor. Um terceiro local no romance é a Bracton College, um pequeno universo de manobras acadêmicas com seu próprio

---

* No original, National Institute for Co-ordinated Experiments, cujas iniciais formam o adjetivo *nice* ("bom", "correto", "bonito" etc.). (N. T.)

** "Pendragon" é um título dado aos reis bretões. Arthur recebeu esse título quando sucedeu seu pai. "Rei Pescador" é um dos personagens do ciclo arturiano. (N. E.)

elenco não muito menos numeroso, em particular o subdiretor Curry e Busby, o tesoureiro. Lewis pôs uma experiência de vinte anos de "política institucional" nas cenas que se passam na faculdade: o relato inicial da reunião do corpo docente com sua agenda engenhosamente manipulada é uma preciosidade. Mas onde, poderíamos perguntar outra vez, fica o núcleo dessa narrativa tipicamente irregular?

Uma forte indicação do pensamento de Lewis nos é fornecida por sua terceira obra acadêmica de vulto, que ele estava pesquisando enquanto escrevia *That Hideous Strength – English Literature in the Sixteenth Century, Excluding Drama* (1954). O título pouco atraente do livro é totalmente desmentido pela extrema originalidade e controvérsia do capítulo inicial, "New Learning and New Ignorance". Ali, Lewis argumenta que a Renascença não foi, como geralmente se pensa, um período em que a ciência racional se livrou da superstição medieval, mas uma era em que a magia e a ciência eram vistas como caminhos alternativos e igualmente viáveis para se chegar ao poder. Em *That Hideous Strength*, o NICE está tentando unificar os dois métodos, uma tentativa que acaba por se frustrar devido à volta do Merlin do passado, com sua magia mais antiga e mais natural, que lhe permite ser um canal para as divindades planetárias: os *eldils* do espaço exterior intervêm para contra-atacar os *eldils* "tortos" da Terra. Contudo, o que Lewis via como ameaça à sua própria sociedade era a ciência (ou o cientificismo), pois atrás dela havia uma ânsia pelo poder e uma convicção de que ele devia ser tomado. "O homem deve cuidar do homem", diz Feverstone[24], e, embora ele próprio permaneça essencialmente venal, sua retórica é repetida em outro ponto do romance, por outros personagens que têm crenças mais profundas – por exemplo, Filostrato, o professor italiano com sua convicção de que é preciso acabar com a Natureza porque ela é desordenada; Straik, que parece estar à espera do Apocalipse, e Frost, com sua determinação de que "A raça humana vai tornar-se Tecnocracia pura"[25]. Remontar às origens intelectuais de qualquer desses personagens ao mundo real de 1945 seria um exercício à parte e, em termos gerais, essas referências dadas por Lewis perderam toda sua profundidade depois da duração de toda uma vida. Não obstante, alguns dos objetivos de Lewis permanecem profundamente familiares, inclusive o aumento da burocracia e a degradação da linguagem.

Esse último objetivo foi uma preocupação de Lewis durante boa parte de sua vida, muito bem expressa por Screwtape e por meio da discussão do "verbicídio" em *Studies in Words*[26]. Ela oferece o mito dominante do romance na representação final da Torre de Babel, quando o programa do NICE (como o manifesto de Weston no primeiro romance) é reduzido a mero palavrório. Para Lewis, porém, o tipo de linguagem que o NICE usa sempre *foi* palavrório, uma espécie de Absurdo Superior de início adotado deliberadamente por homens inteligentes para iludir os menos sagazes, mas que vai lentamente envenenando suas mentes até que isso se transforme em seu verdadeiro modo de pensar. Mark Studdock dramatiza o processo. No capítulo 6, ele aparece escrevendo falsos relatos sobre os distúrbios de Edgestow, primeiro no estilo de editorial do *Times* (categórico, autoindulgente, usando chavões latinos), e depois no estilo dos tabloides (em linguagem bem mais simples e ainda autoindulgente, mas agressivamente sarcástica), e, ao fazê-lo, ele sabe que está mentindo. Porém, será que ele consegue parar? Ele fica o tempo todo recorrendo a sua confortável retórica familiar diante de fatos óbvios, pois sua educação não lhe deu nada mais para usar; sua mente "praticamente não tem pensamentos nobres, quer cristãos, quer pagãos"[27]. Uma das imagens dominantes do século xx foi "o homem vazio", e, se em Studdock o esvaziamento está avançando, em Wither, o diretor-adjunto, ele já se consumou. Sua retórica é tão abstrata, tão impessoal, tão cheia de ressalvas e volteios gramaticais que ninguém consegue jamais entender exatamente o que ele está dizendo – a não ser que sua fala esteja repleta de ameaças veladas. Uma vez que ele nunca dá uma instrução clara, nunca se pode culpá-lo por alguma falha, mas todos os seus subordinados sabem que a qualquer momento eles podem ser rebaixados, demitidos, ter suas carreiras arruinadas, ser acusados de assassinato, executados ou entregues às câmaras de tortura da polícia institucional do NICE. O modo como ninguém nunca conhece as causas dos argumentos e reclamações de Mark Studdock é, em maior escala, exatamente igual ao modo como se frauda a agenda das reuniões da Bracton College. É assim que os burocratas exercem seu poder. Wither sabe o que está fazendo, pois em determinado momento ele percebe que o professor Frost está tentando os mesmos truques com ele e, com gélida polidez, observa que tais "modalidades de disciplina oblíqua" deveriam ser reservadas aos "nossos inferiores"[28]. Eventualmente, porém, ele também acaba por desconhecer outra maneira de falar. Quando realmente sente, pela primeira vez, um estalido na "máquina mental" que ele mesmo criou para si, tudo o que consegue dizer é "Deus abençoe minha alma!"[29]. Ironicamente, porém, as palavras não significam nada, pois ele as esvaziou de seus sentidos. A questão é enfatizada memoravelmente na modalidade fantástica pelas reiteradas visões de Mark em que Wither aparece como um verdadeiro "fantasma", separado do próprio corpo[30], mas poderíamos dizer que, na verdade, esse "caráter fantasmagórico" pode manifestar-se em qualquer pessoa. Quando a sociedade de Ransom discute a justiça moral da destruição da Universidade de Edgestow, bem como do NICE em Belbury, Arthur Denniston diz que os docentes mereceram: eles pregavam as doutrinas de poder e amoralidade que o NICE punha em prática, e o fato de que eles nunca o faziam a sério mostra uma vez mais a separação fatal entre palavras e significados. Há uma justiça poética na maldição de Babel que cai sobre eles, que Merlin resume em seu brado triunfante: "*Qui verbum Dei contempserunt, eis auferetur etiam Verbum hominis*" ("Aqueles que desprezaram a palavra de Deus também serão privados da palavra do homem")[31].

Merlin é o personagem mais surpreendentemente original em *That Hideous Strength*, com sua importação de uma *magia* medieval que, como Lewis insiste em *English Literature in the Sixteenth Century*, era claramente distinta da *goeteia** da Renascença. Entre as características mais atraentes do romance, encontram-se as pequenas palestras que, às vezes, Cecil Dimble profere sobre a Grã-Bretanha arturiana, sobre a magia e os *longaevi*,** sobre Logres*** e a Grã-Bretanha, inclusive sobre o celtismo, que exerceram (imagina-se) um efeito considerável sobre a maioria dos que retomaram a história do rei Arthur ao longo dos séculos. No capítulo 13, a competição de sabedoria entre Merlin e Ransom é outra preciosidade que termina por permitir que Lewis reintroduza algumas especulações cosmológicas sobre os dois lados da Lua – uma vez mais, "virada do avesso", pois o lado que não podemos ver é aquele que, na verdade, "olha para o Céu Profundo"[32] – e que demonstre seu conhecimento incomparável do latim não clássico. Uma preciosidade semelhante é o relato ini-

---

* Também conhecido como *Ars Goetia*, trata-se de um sistema que envolve a prática de invocação de anjos ou de evocação de demônios. (N. T.)

** Os *longaevi* ("longevos") são criaturas marginais e fugidias que vivem entre o Céu e a Terra. Incluem pãs, ninfas, elfos, sátiros, faunos etc. e não são imortais, embora vivam muito mais do que os homens. (N. T.)

*** Nome do reino do rei Arthur. (N. T.)

cial do bosque de Bragdon, com seus breves pastiches de lírica medieval, polêmicas isabelinas e impolidez anticromwelliana. Contudo, apesar do extraordinário saber de Lewis, que geralmente dá aos seus escritos a profundidade de uma tese, podemos concluir com a observação do resgate caridoso e essencialmente não elitista que ele faz do desventurado Studdock. Studdock é falastrão, superficial, fraco, pouco instruído, sem recursos interiores de aprendizagem ou caráter, e vive sob forte pressão do professor Frost, que parece determinado a transformá-lo em um discípulo e então, como tememos, fazer dele algum tipo de alimento espiritual, como acontece na relação entre Screwtape e seu sobrinho Wormwood. Não obstante, no final o verme se rebela. Instado por Frost a pisotear e insultar um crucifixo, Studdock não tem nenhum motivo lógico para não fazê-lo. Ele não acredita em Cristo, sequer acredita que ele exista para que possa ser insultado. Porém, assim como Puddleglum, iludido pelos sortilégios da Feiticeira em *The Silver Chair* [*A cadeira de prata*], diz: "Estou do lado de Aslan mesmo que não haja nenhum Aslan para liderar"[33], então Mark decide "afundar com o navio". Na verdade, o que ele diz é "Tudo isso é um grande disparate, e maldito seja eu se fizer uma coisa dessas"[34], e, ao contrário do "Deus abençoe minha alma" de algumas páginas atrás, dessa vez as palavras são literalmente – ainda que involuntariamente – verdadeiras. Na verdade, Studdock havia inventado para si mesmo aquilo que Tolkien chamava de "teoria da coragem", e que ele situava na mitologia nórdica: os deuses nórdicos estão condenados a serem derrotados pelos monstros, mas os heróis não veem nisso nenhum motivo para mudar de lado. Ele também é amparado por um sentimento – indiretamente criado nele, por assim dizer, do "treinamento" de Belbury – do Correto e do Normal, que ele não consegue articular, e que Lewis provavelmente também não conseguiria. Porém (poderia ter dito Lewis), vocês não precisam ler a receita para apreciar o bolo.

Conclusão

É preciso admitir que muitas das preocupações e intenções de Lewis na *Ransom Trilogy* ficaram no esquecimento. Sua ansiedade sobre os perigos da "Evolução Criativa" mostrou-se desnecessária: nem mesmo Richard Dawkins acredita mais nela. A ideia chestertoniana de "distributismo cristão", que faz uma breve aparição como "distributivismo" em relação a Arthur Denniston, foi em grande parte esquecida, pelo menos com esse nome³⁵, e é provável que as ideias de Lewis sobre a natureza do casamento cristão sejam inaceitáveis a quem quer que seja – embora devamos assinalar que a acusação comum de que ele era misógino tenha sido sutilmente refutada por Monika Hilders, que chama atenção para sua apresentação deliberada de um "heroísmo feminino" em contraposição ao tradicional "heroísmo masculino"³⁶. As viagens espaciais verdadeiras deram grande impulso aos escritores de ficção científica, mas não nos moldes que Lewis aprovava³⁷; sua vontade de converter os leitores da concepção de espaço à concepção de Céu nunca se concretizou.

Não obstante, podemos remontar à lembrança de Tolkien sobre o acordo segundo o qual ele e Lewis escreveriam histórias "de descoberta do Mito". São os personagens *nas* histórias que "descobrem" o mito. Os leitores das histórias *são expostos* a ele, e a esse respeito não há o que duvidar do sucesso de Lewis. Hoje, mais pessoas devem seu conhecimento da Queda do Homem mais a *Perelandra* do que a quaisquer obras formais de teologia, inclusive às do próprio Lewis. O neoplatonismo não teria uma posição tão sólida na imaginação moderna se Lewis não tivesse escrito suas obras de ficção e, em menor grau, se Williams e Tolkien não tivessem escrito as suas³⁸. Sua imagem de Babel forneceu um poderoso corretivo (ecoado por outros escritores de textos fantásticos e de ficção científica, como George Orwell e Ursula Le Guin) à praga do "palavrório" burocrático e acadêmico que, ao contrário da "Evolução Criativa", continua a representar, de fato, um perigo claro e onipresente. Para voltar a Wells, com quem Lewis iniciou sua trilogia, enquanto Wells, em *The Island of Dr. Moreau* [*A ilha do dr. Moreau*], centrou sua história na afirmação de que os antigos mitos de Circe e Como* eram simplesmente errados e irrelevantes e deviam ser invertidos e, em *The Time Machine* [*A máquina do tempo*], mostrou o Viajante do Tempo dando as costas à grande biblioteca morta e saindo em busca de alguma coisa mais útil do que livros velhos, Lewis respondeu-lhe discursivamente, quando não satiricamente. Ele trouxe de volta os mitos e a sabedoria dos antigos. Sem ele, eles teriam uma presença menos evidente no mundo contemporâneo.

---

* Deus da alegria, da comédia e dos folguedos, era representado jovem e belo, de faces coradas pelo efeito do vinho e coroado de flores, o que o tornou a divindade favorita da juventude dissoluta. Mais tarde, reaparece como o personagem Puck de *A Midsummer Night's Dream*, de Shakespeare. (N. T.)

Notas

1. *Letters of J. R. R. Tolkien*, org. Humphrey Carpenter com a assistência de Christopher Tolkien (Londres, Allen & Unwin, 1981), 29, 209, 342, 347, 378. Cf. também John D. Rateliff, "*The Lost Road, the Dark Tower, and The Notion Club Papers:* Tolkien and Lewis's Time Travel Triad", em Verlyn Flieger e Carl F. Hostetter (orgs.), *Tolkien's Legendarium: Essays on the History of Middle-earth* (Londres, Greenwood Press, 2000), 199-218.

2. Os estudos sobre a *Ransom Trilogy* incluem David C. Downing, *Planets in Peril: A Critical Study of C. S. Lewis's Ransom Trilogy* (Amherst, MA, University of Massachusetts Press, 1992); Jared Lobdell, *The Scientifiction Novels of C. S. Lewis: Space and Time in the Ransom Stories* (Jefferson, NC, McFarland, 2004); e Sanford Schwartz, *C. S. Lewis on the Final Frontier: Science and the Supernatural in the Space Trilogy* (Nova York, Oxford University Press, 2009).

3. Lewis afirmou diversas vezes que suas obras de ficção começaram não a partir de ideias, mas de imagens mentais: por exemplo, "Todos os meus sete livros sobre Nárnia e meus três livros sobre ficção científica começaram com imagens que surgiam em minha cabeça": "It All Began with a Picture" ["Tudo começou com uma imagem"], EC, p. 529.

4. Paralelos e contrastes são analisados em detalhes por Doris T. Myers, *C. S. Lewis in Context* (Kent, OH, Kent State University Press, 1994), p. 39-47.

5. OSP, p. 163.

6. Cf., por exemplo, seu texto "A Reply to Professor Haldane", OTOW, p. 97-109.

7. Publicado em *The Modern Quarterly* no outono de 1946, citado aqui a partir de www.marxists.org/archive/haldane/works/1940s/oncslewis.htm, p. 2, acessado em 12 ago. 2008. Para a resposta de Lewis, cf. nota 6 acima. Haldane pode muito bem ter se dado conta de que *Out of the Silent Planet* era em parte uma resposta a especulações feitas em seu *On Possible Worlds and Other Essays* (1927).

8. DI 13: embora inédito até 1964, o livro baseou-se em uma série de palestras proferidas "mais de uma vez em Oxford" (DI p. VII), isto é, antes da mudança de Lewis para Cambridge em 1955.

9. J. R. R. Tolkien, *The Silmarillion*, org. Christopher Tolkien (George Allen & Unwin, 1977), 281.

10. Conforme se argumenta em Michael Ward, *Planet Narnia: The Seven Heavens in the Imagination of C. S. Lewis* (Nova York, Oxford University

Press, 2008).
11. Cf., por exemplo, DI, p. 74, 99, 111, 116.
12. OSP, p. 180.
13. OSP, p. 34.
14. DI, p. 103-10; cf. "*De Audiendis Poetis*", SMRL, p. 1-17.
15. Cf. sua carta a Christopher Tolkien, 24 dez. 1944, em *Letters of J. R. R. Tolkien*, 105. A importância desse comentário de 1944 é enfatizada por Jonathan Himes, "The Allegory of Lust: Textual and Sexual Deviance in *The Dark Tower*", em Jonathan B. Himes (org.) com Joe R. Christopher e Salwa Khoddam, *Truths Breathed through Silver: The Inklings' Moral and Mythopoeic Legacy* (Newcastle upon Tyne, Cambridge Scholars Publishing, 2008), 51-80.
16. OSP, p. 162.
17. OSP, p. 161.
18. OSP, p. 109.
19. Per, p. 42.
20. Per, p. 43.
21. Per, p. 84.
22. Per, p. 151.
23. Camilla é o nome de um dos personagens "duplos" no fragmento de *The Dark Tower*; cf. DT, p. 17-91, *passim*. É possível que, em *That Hideous Strength*, ela e seu marido tenham sido, em certa época, imaginados como a verdadeira Camilla resgatada de "Dark Tower", e (um dos) salvador(es) dela. Cf. também Lobdell, *The Scientifiction Novels of C. S. Lewis*, 62 e seguintes.
24. THS, p. 42.
25. THS, p. 259.
26. Discutido mais profundamente em Myers, *C. S. Lewis in Context*, 72-112, e em meu "Screwtape and the Philological Arm: Lewis on Verbicide", em Himes (org.), *Truths Breathed through Silver*, 110-22.
27. THS, p. 185.
28. THS, p. 265.
29. THS, p. 332.
30. Por exemplo, THS, p. 250, 332.
31. THS, p. 351.
32. THS, p. 273.

33. SC, p. 156.
34. THS, p. 337.
35. Cf., porém, E. F. Schumacher, *Small is Beautiful: Economics as if People Mattered* (Nova York, Harper & Row, 1973) e Jennifer Swift, "The Original Distributists Have Much to Say that is Still Relevant 80 Years On", *The Tablet*, 1º ago. 2009, 6-7.
36. Monika Hilders, "The Foolish Weakness in C.S. Lewis' Cosmic Trilogy: A Feminine Heroic", *SEVEN: An Anglo-American Literary Review* 19 (2002), 77-90.
37. Três poemas posteriores, da década de 1950 – "Prelude to Space", "Science Fiction Cradlesong" e "An Expostulation" –, mostram a inquietação de Lewis sobre os programas espaciais e (muita) ficção científica convencional. Alguns escritores, em particular James Blish em *A Case of Conscience* (1958), Walter M. Miller Jr. em *A Canticle for Leibowitz* (1959) e Mary Doria Russell em *The Sparrow* (1996) e sua continuação, *Children of God* (1998), seguiram os passos da fusão lewisiana de ficção científica com teologia: cf. também John Clute e outros (orgs.), *The Encyclopedia of Science Fiction* (Londres, Orbit, 1993), 716-17.
38. O melhor texto sobre o neoplatonismo na literatura fantástica tanto do mundo antigo quanto do moderno encontra-se em Ronald Hutton, *Witches, Druids and King Arthur* (Londres, Hambledon, 2003); cf. especialmente p. 90 e seguintes, e todo o capítulo 7, "The Inklings and the Gods" (215-37).

The Great Divorce
Jerry L. Walls

Em *A Preface to Paradise Lost* (1942), C. S. Lewis observa que a gargalhada divina dirigida a Satã no poema épico de John Milton ofendeu alguns leitores. Lewis, porém, defende a gargalhada e considera um erro pensar que Satã deveria ter licença para vociferar e posicionar-se em escala cósmica sem despertar o espírito cômico: "Toda a natureza da realidade teria de ser alterada para se conceder tal imunidade, e ela não é passível de alteração. Naquele ponto exato em que Satã [...] encontra alguma coisa real, a gargalhada *deve* manifestar-se, assim como acontece com o vapor quando a água ferve"[1].

Esse comentário pressagia os temas centrais de um livro mais popular e muito lido que Lewis publicou quatro anos depois, a saber, *The Great Divorce*. Escrito como réplica a *The Marriage of Heaven and Hell* [*O casamento do céu e do inferno*], de William Blake, o título de Lewis resume sua mensagem essencial de que o casamento imaginado por Blake está condenado já de saída pela natureza da realidade inalterável. O divórcio que Lewis considera "grande" não é a tragédia de separar o que Deus uniu, mas sim a tentativa fútil e, em alguns sentidos, cômica de unir o que possivelmente não pode ser unido. Ele chama de "erro desastroso" acreditar que "a realidade nunca nos põe diante de um inevitável 'ou – ou'", ou imaginar "que o mero desenvolvimento ou ajuste ou refinamento irá, de alguma maneira, transformar o mal em bem sem que sejamos convocados para uma rejeição final de todas as coisas que gostaríamos de manter"[2].

A estratégia de Lewis para expor e refutar esse erro consiste em escrever uma fantasia (em que o próprio Lewis aparece como narrador em primeira pessoa) sobre personagens no inferno que fazem uma viagem de ônibus para o Céu e são convidados a ficar – na verdade, implora-se que fiquem. Na imaginação criativa de Lewis, o Inferno é representado não por meio de imagens convencionais (por exemplo, fogo e enxofre), mas em forma de uma Cidade Cinza deprimente e em expansão infinita, e o Céu é descrito como uma campina gloriosa, iluminada pelo Sol ("o Vale da Sombra da Vida"), com grandes montanhas ("Céu Profundo") que brilham a distância. A maioria dos personagens está disposta a ficar no Céu somente em seus próprios termos, todos os quais são variações do desastroso erro citado. Lewis insiste em que não está interessado em especular sobre as "condições"[3] da vida após a morte, mas apenas em mostrar mais claramente "a natureza da escolha"[4] que leva ou para o Céu ou para o Inferno. Não obstante, ele nos põe diante de uma visão escatológica intrigante e sugestiva dessas duas destinações últimas. A partir daqui, examinarei cada uma delas separadamente e discutirei as questões conceituais levantadas pela viagem fantástica de Lewis.

O Céu

"O Céu é a realidade em si"[5]. Essa definição maravilhosamente concisa é dada, na narrativa, por George MacDonald, o escritor escocês do século XIX cujas obras influenciaram Lewis tão profundamente, e a quem ele homenageia colocando-o no Céu e atribuindo-lhe o papel de seu guia pessoal (de Beatriz para seu Dante, se assim preferirem). Essa sugestiva definição implica que a realidade é muito mais expansiva e admirável do que jamais poderíamos imaginar com base em nossa limitada experiência. Pouco depois de chegar ao Céu, o narrador diz que "teve a sensação de estar em um espaço maior, talvez até mesmo em um maior *tipo* de espaço" do que jamais estivera antes, e que ele havia tido a impressão de "ir-'se' em algum sentido que fazia o próprio Sistema Solar parecer um quase nada"[6].

MacDonald aparece pela primeira vez vários capítulos depois, quando o narrador está profundamente atormentado pela questão de se os Fantasmas do Inferno realmente podem permanecer no Céu, ou se tudo não passa de uma grande mistificação. A afirmação de que o Céu é a realidade em si talvez seja o motivo mais fundamental de não poder haver nada de ilusório acerca de tudo que lhe diga respeito. Na verdade, um pouco antes dessa passagem MacDonald havia descrito o que acontece aos que foram salvos como "o contrário de uma miragem. Quando eles entraram, o que lhes pareceu ser o vale da miséria se apresenta, ao olharem para trás, como se tivesse sido um manancial; e, onde a experiência presente só via desertos de sal, a memória registra, confiavelmente, que os mananciais estavam cheios de água"[7]. O clímax da salvação é uma experiência plenamente verdadeira de realidade despojada de todas as aparências enganosas. Portanto, o Céu torna-se retrospectivo, de modo que, quando o bem alcançou seu pleno desabrochar, transforma as agonias em glórias mesmo quando transforma desertos em fontes borbulhantes. MacDonald explica que isso significa que os abençoados serão capazes de dizer, verdadeiramente, "Nunca vivemos em nenhum lugar que não fosse o Céu"[8].

Ora, é difícil considerar como uma verdade óbvia a afirmação de que "o Céu é a realidade em si", pela simples razão de que há muitas maneiras concebíveis de que a realidade poderia ser constituída de tal modo que uma experiência verdadeira dela poderia ser descrita com mais exatidão como o Inferno. Portanto, o que há na essência mesma da realidade que a transforma em Céu? Recebemos outro vislumbre algumas páginas adiante, em uma passagem na qual MacDonald está caracterizando a essência fundamental da escolha dos que vão para o Inferno. Ele invoca o famoso verso de Milton atribuído a Satã, "Melhor reinar no Inferno do que servir no Céu", e em seguida estende-se sobre o tema: "Sempre há alguma coisa que eles preferem à alegria – isto é, à realidade"[9]. Portanto, a equação do céu com a realidade é levada um passo além na equação da realidade com a alegria.

Porém, ainda não chegamos à explicação mais profunda do motivo pelo qual a realidade última deva ser a alegria. Talvez a melhor deixa de que dispomos neste livro esteja em um capítulo posterior, que apresenta uma das mais radiantes santas no Céu, a saber, Sarah Smith, uma mulher desconhecida na Terra que obteve esplendor imortal por uma vida de extraordinário amor. Ela é acompanhada por uma legião de Espíritos Iluminados que cantam uma canção em sua homenagem. Os primeiros versos da canção são ao mesmo tempo surpreendentes e reveladores: "A Trindade Feliz é seu lar: nada pode perturbar sua alegria"[10].

As palavras "Trindade Feliz" nos trazem à mente a discussão de Lewis sobre essa imagem característica de Deus em *Mere Christianity*. Nesse livro, Lewis assinala que a verdade popular de que Deus é amor em sua essência mesma constitui uma afirmação implicitamente trinitária, pois se Deus não continha mais de uma Pessoa, ele não poderia ter sido amor antes de ter criado o mundo. Na verdade, Lewis afirma que a coisa mais importante a saber sobre a relação entre as Pessoas da Trindade é que se trata de uma relação de amor: "O Pai deleita-se em Seu Filho; o Filho ergue os olhos para Seu Pai"[11]. Em seguida, Lewis se estende sobre essa relação prazerosa de amor com imagens coloridas e sedutoras, descrevendo Deus como "uma atividade dinâmica, pulsante, uma vida, quase um tipo de drama. Quase, e espero que não me considerem irreverente, um tipo de dança"[12]. Pouco depois, ele passa a enfatizar o fato de que somente tomando nosso lugar nessa dança poderemos encontrar a felicidade para a qual fomos feitos.

Isso lança luz sobre o que significa dizer que Sarah Smith está à vontade na Trindade Feliz e por que sua felicidade é tão profunda e segura. A realidade fundamental é o Deus Tripessoal, cujo amor deleitoso é uma inesgotável fonte de vitalidade, alegria e prazer. Estar à vontade em tal realidade equivale, de fato, a estar no Céu.

A afirmação de que o Céu é a realidade em si é, além do mais, uma rejeição enfática da ideia comum de que o Céu é um estado mental. Em outro escrito, Lewis culpou essa fantasia popular pelo fato de que a virtude especificamente cristã da esperança tenha se tornado tão fria e indiferente em nossa época[13]. Associadas a esse erro, acreditava Lewis, havia imagens enganosas do "Espírito". Embora seja apropriado pensar em fantasmas como "meios-homens" sombrios, o Espírito não deve ser imaginado desse modo: "Se quisermos ter uma imagem mental que simbolize o Espírito, devemos representá-lo como alguma coisa *mais pesada* do que a matéria"[14].

De conformidade com essas convicções, Lewis representa os santos no Céu como entidades decisivamente mais reais do que seus equivalentes fantasmagóricos do Inferno. Na verdade, para os Fantasmas é doloroso até mesmo andar sobre a relva no Céu, pois eles são tão insubstanciais: "A realidade é dura para os pés das sombras"[15]. Por outro lado, os santos sólidos são constituídos de tal modo que o Céu é seu habitat natural: eles podem divertir-se sobre a relva e nos rios. Eles se habituaram e se adaptaram tão bem à realidade que vivenciam – adentram – o amor e a alegria, que são a essência da vida celestial. Nessa condição, sua felicidade está garantida para sempre contra os enganos que continuamente mantêm a existência do Inferno. Como os anjos luminosos cantam em homenagem a Sarah Smith: "Em vão, as falsidades tentam iludi-la como se fossem verdades: ela enxerga através da mentira como se esta fosse vidro"[16].

O Inferno

Essas palavras do peã* a Sarah Smith são um excelente ponto de partida para uma definição do Inferno, que poderia ser descrito como uma batalha perdida contra a realidade. Lembremo-nos do famoso verso de Milton citado. Na sequência imediata dessa referência a *Paradise Lost*, MacDonald estende-se sobre o assunto: "Há sempre alguma coisa que [os que estão no Inferno] insistem em manter, mesmo ao preço da miséria. Há sempre alguma coisa que eles preferem à alegria – isto é, à realidade"[17]. Esta última frase, como já se observou aqui, é significativa por sua equação da realidade com a alegria. Portanto, se o Céu é realidade, e a realidade é alegria, então o Inferno é a perda da realidade e, consequentemente, a perda da alegria.

Embora Lewis (na voz de MacDonald) rejeite categoricamente a ideia de que o Céu é apenas um estado mental, ele adota com fervor essa ideia como uma descrição do Inferno. No começo dessa obra de fantasia, ficamos sabendo que a Cidade Cinza está em permanente expansão e o porquê dessa característica. Seus habitantes lutam inevitavelmente e distanciam-se uns dos outros cada vez mais. Isso é fácil para eles, porque tudo de que precisam para construir uma nova casa é imaginá-la. De fato, no Inferno "você tem tudo o que quer (não de muito boa qualidade, claro), bastando, para isso, imaginar o que quer"[18]. Isso contrasta fortemente com o Céu, onde tudo deve ser pedido – mas é real, não imaginário. As coisas reais são um dom de Deus, a realidade última, e não podem ser obtidas de nenhuma outra maneira que não seja por intermédio d'Ele. Nenhuma restrição desse tipo existe no Inferno, onde os desejos indisciplinados criam um mundo irreal, apropriado às fantasias de seus habitantes. Porém, os desejos maléficos estão em guerra com a alegria, de modo que, ainda que em certo sentido os malditos do Inferno conseguem o que querem, eles estão sempre vazios e frustrados. O que eles querem é ser felizes a seu próprio modo, mas isso é impossível, e então, estritamente falando, eles não conseguem o que querem, embora a Cidade Cinza se adapte e se expanda interminavelmente, conforme os desejos deles.

---

* Substantivo masculino que significa "cântico em louvor a todas as divindades", mas também dirigido a indivíduos importantes. Originalmente, era um hino em louvor a Apolo. (N. T.)

É crucial enfatizar que a escolha do Inferno do modo como Lewis o entende é livre em um sentido muito forte. Quase no fim do livro, MacDonald diz que a liberdade é "o dom por meio do qual mais nos assemelhamos ao nosso Criador e nos tornamos parte da eterna realidade"[19]. Poucas linhas depois, as escolhas livres são caracterizadas como aquelas "que poderiam ter sido diferentes"[20]. E, em uma das passagens mais frequentemente citadas do livro, MacDonald diz:

> No fim das contas, só há dois tipos de pessoas: aquelas que dizem a Deus "Seja feita a Vossa vontade" e aquelas a quem Deus diz, no fim, "Seja feita a *vossa* vontade". Todos os que estão no Inferno escolhem-na. Sem essa escolha pessoal, o Inferno não poderia existir. Nenhuma alma que deseja a alegria com seriedade e constância jamais deixará de fazê-la[21].

A última frase acima citada lança luz sobre um dos aspectos mais fascinantes da concepção de Inferno de Lewis, e também rejeita uma imagem que popularmente dele se faz. Geralmente se pensa que o Inferno é habitado por pessoas que se arrependeriam alegremente e iriam para o Céu se pudessem, mas esse desejo de arrependimento é inútil, pois Deus não mais o aceitará nem lhes permitirá entrar no Céu. Segundo essa imagem popular, elas são mantidas no Inferno contra sua vontade. Contrariando essa imagem, Lewis expôs sua convicção em outra frase famosa (esta extraída de *The Problem of Pain*): "que os malditos são, em certo sentido, bem-sucedidos, rebeldes até o fim; que as portas do Inferno são trancadas *por dentro*"[22].

Ora, a implicação interessante dessa afirmação é que os pecadores no Inferno poderiam, ao menos em princípio, arrepender-se e salvar-se. Em *A Preface to Paradise Lost*, Lewis observa que o caminho do arrependimento é interditado aos demônios no poema de Milton. Além disso, Lewis também observa que, "muito sabiamente, o poeta nunca permite que a pergunta 'E se eles se *arrependessem?*' se concretize"[23]. Por um contraste surpreendente, sobretudo se Milton tivesse a sabedoria de reprimir a pergunta, Lewis permite que ela se concretize no que diz respeito aos Fantasmas da Cidade Cinza. Embora a maioria deles se recuse a arrepender-se, todos serão instados a fazê-lo, com a clara promessa de que poderão, de fato, permanecer no Céu desde que estejam dispostos a renunciar às coisas que os mantêm do lado de fora. Para começar, seus pés irão se fortalecer, e eles poderão começar a desfrutar dos passeios sobre a relva celeste à medida que progredirem, atingindo níveis mais profundos de transformação redimida.

Estritamente falando, porém, Lewis não sugere a existência de um caminho que leve do Inferno ao Céu. Ao responder à pergunta sobre a possibilidade ou impossibilidade disso, MacDonald afirma: "Depende do modo como estejais usando as palavras. Se deixarem aquela cidade cinza para trás, não terá sido o Inferno. Para qualquer um que a deixar, trata-se do Purgatório"[24].

Em um dos encontros mais memoráveis do livro, um Fantasma com um lagarto vermelho sobre o ombro (aparentemente uma representação do pecado costumeiro da luxúria dos Fantasmas) opta pelo arrependimento, deixa a cidade para trás e é imediata e dramaticamente transformado de tal modo que pode, enfim, sentir-se em casa no Céu e deleitar-se com o estar ali. Isso acontece depois de uma prolongada luta entre sua vontade escravizada e um anjo iluminado que lhe oferece a redenção – mas somente ao preço de matar o lagarto. O diálogo entre esse Fantasma e o anjo ilumina o papel fundamental da liberdade na transformação moral e espiritual que se faz necessária para a permanência no Céu. O anjo não matará – na verdade, não pode matar – o lagarto sem a permissão do Fantasma: "Não posso matá-lo contra a sua vontade. É impossível"[25].

O fato de as portas do Inferno estarem trancadas por dentro também é enfatizado pelo modo como os santos fazem todo o possível, a não ser anular sua liberdade, para livrar os Fantasmas da Cidade Cinza. Enquanto os Fantasmas mantiverem algum tipo de pé na realidade que lhes permita serem salvos, a esperança permanece. Isso é ilustrado por uma anciã dada a um excesso de resmungos. Lewis, o narrador, acha que ela não passa de uma pessoa tola e tagarela que é uma candidata improvável à danação. MacDonald, porém, explica que a questão é saber se ela ainda é uma pessoa lamurienta ou uma mera lamúria: "Se há uma mulher real – até mesmo os vestígios de uma – ainda ali, dentro da lamúria, pode-se trazê-la à vida novamente"[26]. Contudo, se não resta um único vestígio da mulher real, não há nada que restou de pessoal e que possa chegar a termos com a realidade e, desse modo, ser salvo: "O que é lançado (ou lança-se) no Inferno não é um homem: são 'ruínas'"[27].

Dada a equação de realidade e alegria, pouco surpreende que a alegria seja o veículo essencial de que os santos do Céu se valem para tentar convencer os Fantasmas a assumirem a realidade. Ao longo da narrativa, os Espíritos Iluminados são constantemente descritos em termos de alegria, júbilo, regozijo e risadas. O apelo dessa alegria é obviamente poderoso, e ainda assim é possível preferir outra coisa a ela e opor resistência à sua radiante atração. Uma vez mais, talvez o exemplo mais notável disso diga respeito a Sarah Smith, de quem se diz que há alegria suficiente em seu dedo mindinho "para fazer renascer todas as coisas mortas do universo"[28]. Essa afirmação torna ainda mais notável o encontro que ela tem com um Fantasma semelhante a um anão, chamado Frank, que vem a ser seu marido. A figura anã pressupõe que ela deve ter estado chateada sem ele, e fica claramente decepcionado ao saber que ela tem sido extremamente feliz e que ele não tem mais o poder de torná-la desditosa. Ela o exorta a renunciar a seus ressentimentos e a seu desejo de provocar sofrimento: "o convite a uma plenitude de alegria, a cantar com todo o seu ser como canta um pássaro em um entardecer de abril, parecia ser tão intenso que nenhuma criatura poderia resistir a ele"[29]. Mas ele ainda resiste, embora haja momentos em que isso se torna quase impossível para ele. O narrador duvida que ele "alguma vez tenha visto algo mais terrível do que a luta do Fantasma Anão contra a alegria"[30].

Uma das armas que Frank usa em vão em sua luta é um apelo muito confuso ao amor. Ele presume que sua esposa o ama, que ela deve precisar dele, e é essa ideia de necessidade que ele tenta explorar. Em *The Four Loves*, Lewis reconhece o que chama de "Amor-Necessidade" como uma forma genuína de amor. Um dos temas centrais desse livro é que todos os amores naturais são vulneráveis à degradação e, quando degradados, transformam-se em tipos de ódio e maus-tratos[31]. O Amor-Necessidade, como essa sequência de acontecimentos demonstra, é facilmente distorcido e maltratado. No Céu, porém, não há necessidades insatisfeitas e, portanto, nenhuma possibilidade de maltratar o amor como Frank tenta fazer. Sua luta contra o amor verdadeiro é tão inútil e autodestrutiva quanto sua luta contra a alegria. Ser "bem-sucedido" nessa luta significa, em última análise, perda e derrota final.

A grande verdade positiva que Lewis pretende enfatizar é que "Nenhuma alma que, com seriedade e constância, deseje a alegria jamais a perderá"[32]. O equivalente negativo dessa verdade é o de que nenhuma alma que, com seriedade e constância, resiste à alegria e a recusa irá perdê-la. E, ainda assim, tamanha é a perversidade e a irracionalidade de optar pelo mal que os que o fazem na verdade imaginam ter ganho alguma coisa melhor: "Melhor reinar no Inferno do que servir no Céu".

Como Sarah Smith tenta raciocinar com Frank, insistindo com ele para que permaneça, ele continua preso à ideia de que ela está agindo assim porque sairá ferida se não o fizer: "'Ah, você não suporta ouvir isso!', grita ele com miserável triunfo"[33].

As palavras "miserável triunfo" talvez resumam tão bem quanto quaisquer outras a perversa ilusão dos condenados. Isso é o mais próximo que eles conseguem chegar da felicidade. Eles podem ser "quase felizes", mas, por terem rejeitado a alegria – isto é, a realidade –, nunca poderão conhecer a coisa real. Seus "triunfos" deixam-nos na aflição, e quaisquer vantagens que venham a obter se desvanecem no vazio. Na verdade, como Frank persiste em sua luta contra a alegria, ele fica menor e por fim desaparece totalmente. O destino individual de Frank é um reflexo do que é verdadeiro acerca do Inferno em termos gerais.

A despeito de suas melhores intenções, muitos escritores (inclusive cristãos) representaram o mal de tal modo que ele parece mais fascinante e cheio de cores do que o bem. C. S. Lewis não é um deles. Quando ele descreve o mal e seu último reduto, ele não parece nem forte nem digno de apreço. Ao contrário, é mostrado como impotente e sombrio, um fingidor que, inevitável e decisivamente, deverá perder em sua tentativa de destituir a realidade. A razão filosófica fundamental disso encontra-se na tradicional visão agostiniana de que o mal é, no melhor dos casos, um parasita, uma perversão do bem que não tem nenhum direito independente à realidade: "O mal não pode ser bem-sucedido mesmo sendo mau tão verdadeiramente quanto o bem é bom"[34].

Problemas e influências

Há muitas questões fascinantes levantadas pela descrição lewisiana do Céu e do Inferno. Disponho aqui de muito pouco espaço para explorar qualquer uma em profundidade, mas apresentarei um esboço de cinco delas, dando mais espaço às últimas três, que receberam atenção considerável na literatura recente. Que a obra de Lewis continua a ser um fértil e sugestivo recurso para a discussão recorrente desses tópicos é demonstrado pelo fato de que ela continua a inspirar a obra de outros autores, assim como a estimular a atividade crítica[35].

Em primeiro lugar, problemas pastorais e teológicos difíceis são colocados pela cena que gira em torno de uma mãe chamada Pam, cujo filho Michael foi levado dela por Deus, em parte com a finalidade de remediar seu amor maternal excessivo[36]. A imoderação do amor de Pam encontra-se não no fato de ela amar o filho em demasia, mas no fato de que, primeiro, seu amor por ele excede e supera seu amor a Deus, e, segundo, por se tratar, de fato, de um amor um tanto egoísta. Ela não ama Deus acima de todas as coisas, e quer usar Deus simplesmente como um meio para aproximar-se de Michael, de modo que ele possa satisfazer as necessidades emocionais dela. Ela é mais um exemplo da convicção de Lewis de que os amores naturais convertem-se em demônios quando são tornados deuses. Embora Lewis talvez esteja certo quanto a essa questão geral, é mais duvidoso afirmar que, para lidar com esses amores desordenados, Deus tira a vida das pessoas que são o objeto desse amor. Sabe-se que Lewis tirou conclusões semelhantes de sua própria falta de fé e amor verdadeiros quando sua esposa faleceu, e ele sentiu que Deus a havia levado em parte para desmanchar seu "castelo de cartas" e, desse modo, purificar sua fé[37]. Os enigmas teológicos, bem como a angústia emocional contra a qual ele lutou em sua própria experiência, talvez indiquem que ele deveria ter sido mais cauteloso ao sugerir que Deus lida com o amor desordenado dessa maneira[38].

Em segundo lugar, não fica claro como conciliar a ideia de Lewis de que os que foram salvos estiveram sempre no Céu, e que os condenados estiveram sempre no Inferno, com sua concepção dinâmica da liberdade e formação do caráter. Ele acredita piamente que somos livres em um sentido muito forte, que nossas escolhas são indeterminadas, que as escolhas que fazemos poderiam ter sido diferentes, e que o modo como de fato escolhemos é o que dá forma ao nosso caráter. Além disso, o que determina nosso caráter não é uma única coisa, mas uma longa série de escolhas, e, se elas tivessem sido diferentes, teriam tido um resultado muito diferente[39]. Quase no fim do livro, MacDonald observa que "toda tentativa de ver a forma da eternidade que não se dê através das lentes do Tempo destrói nosso conhecimento da Liberdade"[40]. Se o tempo é ou não real aqui, ou apenas uma lente, é algo que não fica totalmente claro, de modo que a tensão entre a concepção que ele tem da eternidade e da realidade da liberdade permanece irresoluta.

Em terceiro lugar, a salvação aparentemente subsiste como uma possibilidade na concepção de Lewis, embora ele advirta (pela boca de MacDonald, que tem fortes afinidades universalistas[41]) que ensinar o universalismo como verdadeiro significa tornar-se presa da tentação infundada de ver a eternidade como algo separado da lente do tempo⁴². Além do mais, para complicar as coisas, há trechos em suas obras que sugerem que os condenados serão finalmente aniquilados, como acontece quando Frank, o Fantasma Anão, simplesmente desaparece enquanto luta contra a alegria. Em outro texto, Lewis descreve o Inferno como "'a escuridão exterior', a orla externa onde o ser se desintegra na não identidade"⁴³. Sua representação do Inferno nesses termos é parte de sua resposta à objeção de que os salvos não podiam verdadeiramente regozijar-se no Céu enquanto alguns estivessem debilitando-se no Inferno⁴⁴.

Jonathan Kvanvig afirmou que a posição de Lewis a esse respeito é incoerente porque, de um lado, ela implica o aniquilacionismo (a crença em que os pecadores impenitentes são finalmente destruídos, em vez de submetidos a castigos eternos), ainda que, por outro lado, ele o rejeitasse abertamente. Lewis escreveu: "as pessoas quase sempre falam como se a 'aniquilação' de uma alma fosse intrinsecamente possível. Em toda a nossa experiência, porém, a destruição de uma coisa implica o surgimento de alguma outra coisa. Queime-se um pedaço de madeira e o que teremos são gases, calor e cinzas"⁴⁵. Segundo Kvanvig, a posição de Lewis não é inconsistente apenas interiormente, pois seus argumentos sobre a aniquilação são falhos. Primeiro, sua afirmação de que toda mudança implica a mudança de alguma coisa em outra coisa é incompatível com a doutrina cristã da criação *ex nihilo*, segundo a qual Deus criou o mundo a partir do nada. Segundo, ele argumenta que Lewis cometeu o erro de confundir o que é possível segundo a lei científica com o que é possível no sentido lógico ou metafísico mais amplo. A norma científica segundo a qual massa e energia devem ser conservadas em um sistema fechado não exclui a possibilidade metafísica de que Deus tenha o poder de destruir a totalidade da ordem criada – aí incluídas as almas humanas individuais⁴⁶.

Em quarto lugar, uma das passagens mais provocadoras de *The Great Divorce* questiona um argumento clássico contra a doutrina de um Inferno eterno que tem recebido atenção renovada e uma nova formulação nos debates contemporâneos sobre escatologia. O argumento, que remonta pelo menos ao teólogo oitocentista Friedrich Schleiermacher, afirma que a danação até mesmo de uma única pessoa tornaria impossível para qualquer outra a experiência da felicidade perfeita. Para ser perfeitamente feliz, insiste o argumento, as pessoas devem ser plenamente santificadas, de tal modo que sintam um amor profundo e verdadeiro por todas as pessoas. Essas pessoas, formadas por um profundo senso de amor inclusivo e empático, não poderiam ser totalmente felizes se soubessem que algumas estão mergulhadas em desgraça e excluídas da solidariedade do Céu. Em resumo, a eterna coexistência entre Céu e Inferno equivale a uma incompatibilidade fundamental, de modo que, se os cristãos querem se manter firmes à doutrina da bem-aventurança perfeita, eles devem renunciar à doutrina de um Inferno eterno.

A essência desse argumento é desenvolvida pelo narrador, que sente que Sarah Smith deveria ter se mostrado mais sensível ao infortúnio do marido, ainda que tenha sido autoinfligido. Em resposta, MacDonald reconhece que essa postura parece misericordiosa, mas, na sequência, ele assinala que alguma coisa muito mais sinistra está por trás dela: "a exigência dos insensíveis e dos autoaprisionados, de que a eles se deve permitir que chantageiem o universo: até que eles consintam em ser felizes (em seus próprios termos), ninguém mais desfrutará da alegria: que o poder final deve ser deles: que o Inferno deveria ser capaz de *vetar* o Céu"[47]. Poucas linhas depois, ele apresenta opções logicamente excludentes sobre esse assunto, e diz que devemos escolher quais preferimos: "Ou chegará o dia em que a alegria predomine e todos os criadores de desgraças não mais consigam infectá-la, ou para todo o sempre os criadores de desgraças poderão destruir, nos outros, a felicidade que rejeitam para si mesmos"[48].

Os partidários contemporâneos do universalismo insistem em que precisamos de uma terceira opção. A primeira opção acima, afirmam eles, é impossível se os que foram salvos forem verdadeiramente transformados pelo amor, e a segunda é intolerável. Portanto, a única maneira de o Céu ser verdadeiramente o Céu está em que todas as pessoas acabem ficando ali, e nenhuma seja finalmente excluída da perfeita bem-aventurança do amor e da alegria eternos. Em resposta, poder-se-ia argumentar que o obstáculo fundamental à salvação universal é a liberdade humana, e que é essa realidade às vezes perversa que nos põe diante das duas opções acima. Alguns universalistas contemporâneos, porém, não veem nisso um problema insuperável. Eles afirmam que Deus pode, de fato, salvar todos sem pôr fim à liberdade, ou que, se necessário, Deus deveria pôr fim à liberdade a fim de assegurar o bem maior da salvação universal e a felicidade imaculada que isso tornaria possível[49]. Para os que põem em dúvida essas medidas para defender o universalismo, o argumento de Lewis é um recurso valioso em resposta à afirmação de que o Céu e o Inferno são simplesmente incompatíveis.

Em quinto e último lugar, o livro de Lewis como um todo é mais importante para outro argumento contra a doutrina do Inferno eterno que tem sido proposta com força considerável no debate contemporâneo, a saber, que a doutrina é incoerente e, portanto, nem mesmo possivelmente verdadeira. Thomas Talbott, o mais famoso proponente desse questionamento, afirma que não há nenhuma formulação inteligente que justifique por que alguém escolheria o mal no grau necessário à danação. Sem dúvida, Lewis trata dessa dificuldade criando um grande número de personagens que, seguindo o Satã de Milton, preferem algo além de servir no Céu. Grande parte da força do livro encontra-se no fato de que, por meio dessas breves cenas descritivas, ele torna essa escolha psicológica e moralmente plausível. Em minha obra sobre o Inferno, baseei-me em personagens de Lewis para responder ao questionamento de Talbott e mostrar que há uma formulação coerente e inteligível da escolha decisiva do mal que resulta na danação eterna[50].

Talbott, porém, contra-atacou afirmando que Lewis e eu – que recorri a argumentos dele – incorremos em incoerência na tentativa de defender a afirmação de que o Inferno eterno poderia ser livremente escolhido:

> Segundo Lewis, é uma verdade objetiva que a união com a "natureza divina é bem-aventurança, e a separação dela equivale ao horror"[51]. Contudo, caso se trate de uma verdade objetiva, igual à verdade objetiva de que a mão de alguém colocada sobre um fogão em brasa vai sofrer queimaduras terríveis, infere-se daí uma importante questão: como poderia alguém, racional o suficiente para habilitar-se como um agente moral dotado de liberdade, escolher uma eternidade de horror a uma eternidade de bem-aventurança, ou, na verdade, preferir o Inferno ao Céu? [...] Diante de questões desse tipo, Lewis recua da ideia de um horror objetivo e começa a falar como se tudo não passasse de uma questão de perspectiva[52].

Afirmei que a capacidade de nos enganarmos dessa maneira e de mantermos a ilusão de que o Inferno é preferível ao Céu é um componente essencial da liberdade moral de escolher Deus, ou não. Talbott opõe-se a isso e responde que, num caso como esse, ninguém pode "fugir da acusação de incoerência mediante o recurso – como o fazem Walls e Lewis – a uma ilusão que, com efeito, tira o Inferno do Inferno, pelo menos na medida em que a questão diz respeito aos condenados"[53].

A acusação de que Lewis tira o Inferno do Inferno é forte. De fato, a concepção tradicional do Inferno como um lugar de castigos físicos excruciantes está muito em desacordo com a imagem mais psicológica da danação segundo Lewis. Se tal tormento é a essência do Inferno, Lewis é culpado, conforme a acusação[54]. Todavia, a imagem por ele proposta é a de um Deus de amor que faz todo o possível para salvar todas as pessoas, exceto atropelar sua liberdade. Se Deus é amor dessa maneira, então, de fato, é mais difícil compreender como e por que qualquer pessoa seria perdida. Porém, a perda de uma relação com semelhante Deus é suficiente para transformar a existência em um Inferno, mesmo que alguém o faça sustentando a ilusão de que as coisas são melhores sem Ele[55]. Para os que acreditam que a realidade última é a alegria, e que a Trindade é o motivo mais profundo de isso ser verdadeiro, a imagem lewisiana do choque entre o mal persistente e a realidade inalterável, bem como o que está em jogo quando se tomam partidos, continuará a ser verossímil e tocante.

Notas

1. PPL, p. 95.
2. GD, p. 7.
3. GD, p. 9.
4. GD, p. 63.
5. GD, p. 63.
6. GD, p. 26.
7. GD, p. 63.
8. GD, p. 62.
9. GD, p. 64.
10. GD, p. 109.
11. MC, p. 148.
12. MC, p. 148. Mais informações sobre a concepção lewisiana da Trindade como uma dança podem ser encontradas no ensaio de Paul Fiddes neste volume (capítulo 7).
13. M, p. 166.

14. M, p. 96.
15. GD, p. 40.
16. GD, p. 110.
17. GD, p. 64.
18. GD, p. 21.
19. GD, p. 115.
20. GD, p. 115. Em alguns de seus outros escritos, Lewis parece sustentar uma concepção diferente da liberdade. Para a análise crítica dessas questões, cf. Scott R. Burson e Jerry L. Walls, *C. S. Lewis and Francis Schaeffer: Lessons for a New Century from the Most Influential Apologists of Our Time* (Downers Grove, IL, Intervarsity Press, 1998), 74-80, 98-105.
21. GD, p. 66-67; cf. PPL, p. 99.
22. POP, p. 130; cf. PPL, p. 105.
23. PPL, p. 105.
24. GD, p. 61.
25. GD, p. 92.
26. GD, p. 68; cf. também 88.
27. POP, p. 113.
28. GD, p. 99.
29. GD, p. 102.
30. GD, p. 106.
31. Para um aprofundamento desses temas, cf. o ensaio de Caroline Simon no capítulo 11 deste volume.
32. GD, p. 67.
33. GD, p. 107.
34. GD, p. 113; cf. PPL, p. 66-72.
35. *The Great Divorce* é um texto extremamente popular entre os filósofos contemporâneos da religião interessados na intersecção entre a escatologia e o livre-arbítrio, sendo citado em um grande número de ensaios. O que vem a seguir é uma amostra de algumas dessas questões discutidas nessa literatura.
36. GD, p. 82-87, 95-96.
37. AGO, p. 36-39, 51-52, 67-68.
38. Para um aprofundamento do assunto, cf. Ann Loades, "C.S. Lewis: Grief Observed, Rationality Abandoned, Faith Regained", *Journal of Literature*

and Theology 3 (mar. 1989), 107-21.

39. Para alguns dos comentários de Lewis sobre a formação do caráter e as escolhas que nos transformam ou em criaturas celestiais ou diabólicas, cf. MC, p. 79-81, 91-92, 119-20, 191-92. Para uma afirmação eloquente do sentimento de que até mesmo as pequenas escolhas têm grandes consequências, cf. seu poema "Nearly They Stood" (CP, p. 116-17), e também SL, p. 64-65.

40. GD, p. 115.

41. Cf. David L. Neuhouser, "George MacDonald and Universalism", em *George MacDonald: Literary Heritage and Heirs*, org. Roderick McGillis (Hadlock, WA, Zossima Press, 2008), 83-97.

42. GD, p. 114-15.

43. POP, p. 115.

44. Como veremos mais adiante, Lewis aborda essa questão de maneira um tanto diferente em *The Great Divorce*.

45. POP, p. 113.

46. Jonathan L. Kvanvig, *The Problem of Hell* (Oxford, Oxford University Press, 1993), 122. Para uma exploração recente do aniquilacionismo que faz uma breve menção a *The Great Divorce*, cf. Paul Griffiths, "Self-Annihilation or Damnation? A Disputable Question in Christian Eschatology", em Paul J. Weithman (org.), *Liberal Faith: Essays in Honor of Philip Quinn* (Notre Dame, IN, University of Notre Dame Press, 2008), 83-117.

47. GD, p. 111.

48. GD, p. 111.

49. Para uma tentativa surpreendente de argumentar que o Céu e o Inferno são incompatíveis, cf. Eric Reitan, "Eternal Damnation and Blessed Ignorance: Is the Damnation of Some Incompatible with the Salvation of Any?", *Religious Studies* 38 (2002), 429-50. Cf. especialmente p. 445-48, nas quais se encontra seu argumento de que Deus pode, justificadamente, violar a autonomia humana para assegurar a salvação universal. Marilyn McCord Adams é outra conhecida filósofa cuja argumentação implica que não há problema se Deus precisar suprimir a liberdade para salvar a todos. Cf., de sua autoria, *Horrendous Evils and the Goodness of God* (Ithaca, NY, Cornell University Press, 1999), 47-49, 103-04, 157. Outros filósofos têm defendido o "compatibilismo teísta", a afirmação de que, mesmo que Deus determine em última instância todas as nossas escolhas e ações, ainda assim poderíamos dispor de tanta liberdade quan-

to o teísmo tradicional exige que tenhamos. Se assim for, então um Deus onipotente poderia salvar a todos sem violar a liberdade de ninguém. Para uma defesa recente dessa posição, por um filósofo que é agnóstico sobre a questão do universalismo, cf. T. W. Bartel, "Theistic Compatibilism: Better Than You Think", em T. W. Bartel (org.), *Comparative Theology: Essays for Keith Ward* (Londres, SPCK, 2003), 87-99.

50. Cf., de minha autoria, *Hell: The Logic of Damnation* (Notre Dame, IN, University of Notre Dame Press, 1992), 113-38, especialmente 123, 126.

51. SBJ, p. 185.

52. Thomas Talbott, "Freedom, Damnation, and the Power to Sin with Impunity", *Religious Studies* 37 (2001), 429.

53. Talbott, "Freedom, Damnation, and the Power of Sin", 429-30. Para uma defesa da afirmação de que a liberdade implica o poder de nos iludirmos, cf. Walls, *Hell: The Logic of Damnation*, 129-33. Apresentei uma réplica ao ensaio de Talbott em meu texto "A Hell of a Choice: Reply to Talbott", *Religious Studies* 40 (2004), 203-16. O mesmo volume desse periódico inclui a resposta de Talbott, "Misery and Freedom: Reply to Walls", e minha contra-argumentação, "A Hell of a Dilemma: Rejoinder to Talbott", *Religious Studies* 40 (2004), 217-24, 225-27.

54. Parte de minha crítica a Talbott diz respeito ao fato de ele não conseguir manter coerentemente uma imagem do Inferno tão dura quanto ele dá a entender. Sua concepção do Inferno como miséria progressiva é parte daquilo que convalida sua afirmação de que, ao fim e ao cabo, todos irão se arrepender e serão salvos. Para um aprofundamento do ponto de vista de Lewis, cf. Wayne Martindale, *Beyond the Shadowlands: C. S. Lewis on Heaven and Hell* (Wheaton, IL, Crossway Books, 2005).

55. Vale a pena notar que, em *The Great Divorce*, há indicações e ameaças de que, quando o Sol finalmente se erguer no Céu, ele irá pôr-se no Inferno, com consequências terríveis para os habitantes do Inferno: "ninguém vai querer estar fora de casa quando isso acontecer" (23; cf. também 24, 62, 117). Embora não seja esse o motivo condutor do livro, esse repertório de imagens sugere a realidade de um Juízo Final a ser temido pelos impenitentes. Para um aprofundamento dessa questão, cf. Joel Buenting (org.), *The Problem of Hell: A Philosophical Anthology* (Burlington, VT, Ashgate, 2010).

As crônicas de Nárnia
Alan Jacobs

C. S. Lewis foi um incansável leitor de contos de fadas e histórias infantis, embora seu repertório fosse limitado e ele voltasse repetidamente a seus livros favoritos: George MacDonald, Kenneth Grahame, Beatrix Potter, E. Nesbit. Já na meia-idade, escreveu: "Quando eu tinha dez anos, lia muitos contos de fadas em segredo e teria me sentido envergonhado se alguém me pegasse fazendo isso. Hoje, aos cinquenta anos, leio-os abertamente. Quando cheguei à meia-idade, abri mão de coisas infantis como, por exemplo, o medo de parecer infantil e o desejo de ser adulto"[1].

De tão desprendido que Lewis se tornou acerca dessa questão, em uma palestra acadêmica ele usou Beatrix Potter para ilustrar o tema da desobediência em *Paradise Lost* ("Afinal, trata-se do mais comum dos temas; até Pedro Coelho* passou por maus bocados por ter invadido o jardim do sr. McGregor"[2]); e, em uma palestra sobre a amizade que fez para um público de literatos, ele citou não apenas Aristóteles, como também *The Wind in the Willows* ("o quarteto formado pelo Rato, pelo Texugo, pelo Sapo e pela Toupeira sugere a surpreendente heterogeneidade possível entre aqueles que são ligados pela Afeição"[3]).

Contudo, o fato de ele ter optado por escrever livros infantojuvenis surpreendeu algumas pessoas. Ele passou quase toda a vida solteiro e não teve filhos, e os que lhe eram mais próximos jamais perceberam nele qualquer carinho ou interesse por crianças. Cito esses fatos porque costuma-se pensar que são importantes, ainda que, no caso de Lewis, não fique claro que realmente o sejam. Ele disse que passou a escrever para crianças para satisfazer alguma necessidade própria – mas uma neces-

---

* Personagem do livro infantil *The Tale of Peter Rabbit*, publicado no Brasil como *A história do Pedro Coelho*. (N. T.)

sidade que ele não compreendia. "Não tenho muita certeza", escreveu Lewis em 1952, quando todos os livros sobre Nárnia já estavam concluídos, "sobre o que me terá levado, em determinado ano de minha vida, a sentir que não apenas um conto de fadas, mas um conto de fadas voltado para as crianças, era exatamente o que eu devia escrever – ou explodir"[4]. Ele sugere que as histórias infantis "permitem que você deixe de lado o que se quer deixar de lado, ou mesmo o obrigam a fazer isso. Uma história infantil obriga o escritor a colocar toda a força de um livro naquilo que foi feito e afirmado. Ela põe em xeque aquilo que um crítico bondoso, porém perspicaz, chamou de 'o demônio expositivo' em mim"[5]. Sem dúvida, porém, esse demônio poderia ter sido igualmente posto em xeque pela escrita de sonetos ou sextilhas. Por que livros infantis?

Origens e desenvolvimento da série

Um dos motivos é que as histórias se ligam a uma imagem mental que acompanhara Lewis desde a juventude: "Todo o *Leão* começou com uma imagem de um fauno carregando um guarda-chuva e pacotes em uma floresta coberta de neve. Essa imagem esteve em minha cabeça desde que eu tinha cerca de dezesseis anos. Um dia, então, já quase entrado nos quarenta, eu disse a mim mesmo: 'Vamos tentar criar uma história sobre isso'"[6].

Além disso, Lewis viu-se em estreita proximidade com crianças quando quatro alunas foram mandadas para sua casa em Oxford quando a Segunda Guerra Mundial eclodiu – e isso aconteceu, de fato, quanto ele já estava "quase entrado nos quarenta". É provável que, mais ou menos nessa época, Lewis tenha escrito um único parágrafo no verso de uma folha de papel na qual estava escrevendo outra história:

> Este livro é sobre quatro crianças cujos nomes eram Ann, Martin, Rose e Peter. Acima de tudo, porém, o livro diz respeito a Peter, que era o mais jovem. Todas essas crianças tiveram de abandonar Londres de repente, devido aos ataques aéreos e porque o Pai, que estava no Exército, havia partido para a guerra, e a Mãe vinha fazendo algum tipo de trabalho associado à guerra. Elas foram mandadas para ficar com um conhecido de sua Mãe, um Professor muito velho que vivia sozinho no campo[7].

Como a história parou por aí, não podemos saber como Lewis, nesse estágio, pretendia associar as quatro crianças com o Fauno na floresta coberta de neve. Só dez anos depois ele daria essa explicação, ou, talvez fosse melhor dizer, "descobriria" a natureza dessa ligação: no verão de 1948, ele disse a Chad Walsh que estava concluindo um livro infantil que havia começado a escrever "no estilo de E. Nesbit"[8].

Algumas pessoas que escreveram sobre a vida de Lewis considerariam insuficiente essa descrição que acabo de fazer, além de negligente para com aquilo que elas acreditam ser a principal atividade da vida de Lewis: a crítica, feita pela filósofa Elizabeth Anscombe, de um argumento presente em seu livro *Miracles*, apresentada no Oxford Socratic Club em fevereiro de 1948. Lewis percebeu de imediato o poder de persuasão da crítica de Anscombe, e mais tarde escreveu revisou *Miracles* nessa perspectiva (e, na opinião de Anscombe, pelo menos parcialmente bem-sucedida). Contudo, Humphrey Carpenter e A. N. Wilson acreditam que Lewis ficou tão arrasado com o texto de Anscombe que abandonou totalmente a apologética cristã; na verdade, Wilson chega mesmo a afirmar que Lewis usou a história que começou a escrever para transformar Anscombe em uma feiticeira hedionda e terrível. Não há nada que possamos chamar de *provas* dessas especulações – sobretudo se considerarmos que Lewis continuou a manter relações perfeitamente cordiais com Anscombe, cujo modo de pensar ele admirava sem ressalvas e que era, além do mais, sua irmã em Cristo –, mas bem podemos imaginar qual teria sido o apelo de ambos às pessoas que gostam de teatralizar as coisas[9].

Seja o que for que Lewis estava pensando ao começar a escrever seu livro infantil a sério, ele *não* pensava em Aslam, o grande leão que se tornou o personagem central de *The Lion, the Witch and the Wardrobe* e, depois, de toda a série. Ao empenhar-se realmente em escrever a primeira história de Nárnia, ele disse que "quase não fazia ideia de como a história prosseguiria". De alguma maneira, o Leão entrou na narrativa, por razões que o próprio Lewis não compreendia, e foi só quando ele "teve uma visão de conjunto da história" é que "as coisas passaram a fluir bem, e logo ele já dispunha de material para as outras seis histórias de Nárnia que se seguiram"[10].

Lewis sempre insistiu em afirmar que, originalmente, nunca lhe passara pela cabeça escrever uma história que ilustrasse algum tema ou doutrina cristã – na verdade, como ele afirmou em várias ocasiões, "Eu simplesmente não conseguiria escrever nenhuma história desse tipo". Para começar, não havia nada de cristão nas histórias de Nárnia: "esse elemento introduziu-se nelas por vontade própria"[11]. Ao escrever suas histórias, ele queria confiar nas imagens que lhe vinham à mente. Isso exigia que ele não apenas rejeitasse as questões relativas ao mercado editorial moderno ("O que querem as crianças?"), como também a questão mais bem fundada do ponto de vista moral para o apologista cristão ("Do que as crianças precisam?"): "É melhor não fazer nenhuma pergunta. Deixemos que as imagens nos digam qual é sua moral subjacente, uma vez que a moral que lhes for intrínseca surgirá de quaisquer raízes espirituais com que você conseguiu lidar bem ao longo de sua vida"[12].

Contudo, há um motivo para acreditar que, aqui, Lewis está superestimando esse aspecto da questão. Por exemplo, não poderia ser verdadeiro que "elas" (as histórias de Nárnia, no plural) não tinham nada de cristão no início – isso só poderia ser verdadeiro no caso da primeira história, e mesmo assim até certo ponto. Talvez tenha sido a consciência dessa dificuldade o que o levou a colocar dois aspectos de si mesmo, que estavam operantes quando ele escreveu os livros de Nárnia (e outros): o Autor e o Homem. O Autor simplesmente responde às sugestões de sua mente criativa, apoderando-se das imagens ali criadas – faunos com pacotes, leões poderosos –, e as combina de modo a formar uma narrativa. É o Homem que, examinando o desenvolvimento dessa história a partir de fora, por assim dizer, vê seus acontecimentos como possíveis lições práticas, percebe os usos instrumentais da história:

> Pensei ter visto como histórias desse tipo podiam passar despercebidas por certa inibição que havia paralisado grande parte de minha religião na infância. Por que alguém podia achar tão difícil sentir como lhe fora dito que deveria sentir a respeito de Deus ou dos sofrimentos de Cristo? Eu achava que o motivo principal estava no fato de que se dizia às pessoas que elas deviam fazê-lo. Uma obrigação de sentir pode congelar sentimentos. E a própria reverência causava danos. O tema todo estava associado a vozes sussurrantes, quase como se se tratasse de alguma coisa médica. Porém, supondo-se que ao fundir todas essas coisas em um mundo imaginário, tirando-lhes suas associações de vitral e escola dominical, poderia alguém fazê-las parecer, pela primeira vez, com sua verdadeira potência? Portanto, não poderia alguém

passar sem ser percebido por aqueles dragões vigilantes? Achei que poderia. Esse era o motivo do Homem. Sem dúvida, porém, ele não poderia ter feito nada se, primeiro, o Autor não estivesse tomado de entusiasmo e empolgação[13].

Essa imagem de um Lewis bipartido – o Autor puramente imaginativo convivendo, com dificuldade, com o Homem ideológico, apesar de estar sempre a precedê-lo – é curiosa e não totalmente convincente. Será mesmo possível que o Homem pudesse ser tão verdadeiramente passivo, tão convencido a deixar o caminho livre até que a "empolgação" criativa do Autor entrasse em operação e, desse modo, se tornasse suficientemente poderosa para superar qualquer interferência desse Homem – sob outros aspectos conhecido como "o Demônio Expositivo"[14]?

Lewis sempre insistiu que as coisas eram assim. Em 1954, quando ele havia terminado de escrever as Crônicas (embora *The Magician's Nephew* e *The Last Battle* ainda estivessem por publicar), ele descreveu seu mundo interior para a Milton Society of America, que o estava homenageando por sua obra sobre o poeta. Ele enfatizou um ponto em particular:

> O homem imaginativo em mim é mais velho, mais seguidamente operante e, nesse sentido, mais básico do que o escritor de textos religiosos ou o crítico. Foi ele que me fez tentar pela primeira vez (com pouco sucesso) ser poeta. Foi ele que, em resposta à poesia de outros, fez de mim um crítico e, em defesa dessa resposta, às vezes um crítico provocador de polêmicas. Foi ele que, depois de minha conversão, me levou a expressar minha crença religiosa em formas simbólicas ou mitopoéticas que vão de Screwtape a uma espécie de ficção científica teologizada. E, sem dúvida, foi ele que me levou, nos últimos anos, a escrever a série de histórias de Nárnia para crianças; sem perguntar o que as crianças querem para, em seguida, tentar me adaptar (isso não era necessário), mas porque o conto de fadas era o gênero mais apropriado ao que eu pretendia dizer[15].

O "homem imaginativo" aqui mencionado é, com absoluta clareza, o Autor; o "escritor de textos religiosos" e o "crítico" englobam o Homem.

Por sua frequência e consistência, esses comentários deixam claro que Lewis tinha plena consciência de sua reputação como apologista do cristianismo e (entre esses miltonistas) um apologista do que, em outro texto, ele chamou de "velhos livros". Para seu próprio prazer, ele é frequentemente chamado de "polemista", e está decidido a tirar seus contos de Nárnia desse contexto: suas histórias são histórias, e não teologia ou polêmica disfarçadas.

Desse modo de pensar decorre também sua reiterada insistência em afirmar que não tinha nenhum plano para a série. Em uma carta de 1957 a um jovem norte-americano chamado Laurence Krieg, ele disse: "Quando escrevi *The Lion* eu não sabia se iria escrever mais alguma coisa. Depois, escrevi *P. Caspian* como sequência, e continuava a pensar que pararia por aí, até que escrevi *The Voyage* e tive certeza absoluta de que esse seria o último livro. Descobri, porém, que estava errado"[16]. Até pouco tempo, essa carta era intrigante; contudo, desde a publicação do livro *Planet Narnia*, de Michael Ward, para muitos ela se tornou problemática. Isso porque Ward demonstrou, para além de qualquer dúvida razoável, que cada um dos livros de Nárnia contém as características associadas, no pensamento medieval, a um dos sete planetas: *The Lion, the Witch and the Wardrobe* a Júpiter, *Prince Caspian* a Marte, *The Voyage of the "Dawn Treader"* ao Sol, e assim por diante. Voltaremos à descoberta de Ward mais adiante, mas por ora é suficiente observar que, em cada livro, Lewis desenvolveu as correspondências com o caráter planetário apropriado com grande esmero.

Se tentarmos conciliar esse planejamento meticuloso com sua carta a Laurence Krieg, teremos de acreditar que, havendo criado todo um livro a partir do imaginário de Júpiter, Lewis não previu a exploração de outras possibilidades fecundas que os demais planetas tinham a oferecer. Até que isso é possível; contudo, o fato de ter escrito um segundo livro profundamente entremeado com a natureza marciana, e um terceiro, em que o imaginário do Sol é criado com requintes, ele "teve certeza absoluta" de que não iria mais além – sem dúvida, isso submete a credibilidade a um teste bastante difícil. Porém, o argumento de Ward sobre os temas planetários nos romances é irrefutável. Talvez Lewis tenha voltado a cada um dos primeiros livros para revisá-los à luz de um plano descoberto – quatro foram escritos antes de o primeiro ser publicado; talvez, na ocasião em que ele escreveu a Laurence Krieg, ele havia se esquecido das origens dos livros; não é impossível que ele tenha enganado o rapaz, embora isso pareça improvável. Não há como ter certeza.

Entrando em Nárnia

Uma questão muito controversa envolve a sequência das histórias de Nárnia. Esta é a sequência em que elas foram publicadas:

The Lion, the Witch and the Wardrobe (1950)
Prince Caspian (1951)
The Voyage of the "Dawn Treader" (1952)
The Silver Chair (1953)
The Horse and His Boy (1954)
The Magician's Nephew (1955)
The Last Battle (1956)

Certa vez, porém, Lewis afirmou – em cartas a crianças e em conversas, no fim de sua vida, com seu futuro executor testamentário, Walter Hooper – que ele preferia uma ordem mais estritamente cronológica[17]. Como resultado, em 1985 os editores de Lewis reordenaram a sequência:

The Magician's Nephew
The Lion, the Witch and the Wardrobe
The Horse and His Boy
Prince Caspian
The Voyage of the "Dawn Treader"
The Silver Chair
The Last Battle

Alguns questionaram se as intenções de Lewis sobre esse tema eram tão definitivas quanto Hooper afirmou, mas vou protelar essa questão aqui e apenas perguntar: em que ordem os livros de Nárnia *devem* ser lidos?

Qualquer ordenamento racional dos livros deve ter *The Last Battle* como a última história, e colocar *Prince Caspian* antes de *The Voyage of the "Dawn Treader"*, uma vez que este último é muito claramente uma sequência do primeiro. Além disso, *The Silver Chair* não pode vir antes de nenhum desses livros, tendo em vista que um de seus personagens principais, Eustáquio, aparece em *Dawn Treader* como um tipo de pessoa mais jovem e muito diferente do que ele é em *The Silver Chair*. Acrescente-se a isso o fato de que os leitores da série provavelmente concordarão que *The Horse and His Boy*, por ser uma história em grande parte independente, com conexões mínimas com as outras – tem uma breve menção em *The Silver Chair*, e os irmãos Pevensies nela fazem uma breve aparição como reis de Nárnia –, poderia ser encaixada em qualquer ponto da história, a não ser no começo e no fim. Portanto, a controvérsia diz respeito a uma única questão: a sequência deveria começar com *The Lion, the Witch and the Wardrobe* ou com *The Magician's Nephew*?

O argumento favorável a *The Magician's Nephew* é simples: uma vez que nesse livro se descreve a criação de Nárnia por Aslam, situá-lo no começo colocaria a série em um arco bíblico que faria o percurso da Criação ao Apocalipse. O argumento favorável a *The Lion* é mais complexo e muito mais forte. Em primeiro lugar, embora Lewis tenha falado em alterar a ordem dos livros, ele também disse que precisava revisá-los para eliminar inconsistências – e se *Nephew* for lido antes, haverá muitas dessas inconsistências. Por um lado, no final de *The Lion* somos informados muito explicitamente que sua narrativa é "o *começo* das aventuras de Nárnia"[18]. Por outro, Lewis diz a seus leitores que as crianças em *The Lion* sabem tanto quem é Aslam "quanto qualquer um de vocês"[19]; sem dúvida, porém, os leitores *conheceriam* Aslam se já tivessem lido *Nephew*. Além disso, grande parte do suspense nos primeiros capítulos de *The Lion* decorre de nossa incapacidade de entender o que está acontecendo no guarda-roupa mágico – mas, se já tivéssemos lido *Nephew*, saberíamos tudo sobre o guarda-roupa, e essa parte da história se tornaria, de fato, sem sentido. Da mesma maneira, um dos encantos de *The Lion* é a inexplicável presença de um poste de luz no meio da floresta – um objeto muito familiar ao nosso mundo que se encontra, curiosamente, no meio de um mundo profundamente diferente –, e um dos prazeres de *Nephew* é a descoberta inesperada de como aquele poste foi parar ali. Quem quer que comece sua leitura por *Nephew* perderá esse pequeno, porém intenso, prazer, o *frisson* de uma das imagens mais brilhantes de Lewis.

Se Lewis pensasse para valer que teria sido melhor começar a série com *The Magician's Nephew*, ele estava simplesmente equivocado. A ordem de publicação original é a melhor para qualquer leitor que queira adentrar o universo de Nárnia.

Gênero e técnica

A mais famosa de todas as representações literárias inglesas do reino das fadas é *The Faerie Queene* (1590, 1596), de Edmund Spenser – uma das obras favoritas de Lewis. Em um aspecto crucial, porém, o épico de Spenser é um tratamento pouco usual de seu tema: toda a narrativa ocorre *dentro* do reino das Fadas. Da balada medieval de "Thomas, the Rhymer" aos contos de fada vitorianos, a "Smith of Wootton Major" (1967), de J. R. R. Tolkien, a *Jonathan Strange & Mr. Norrell* (2004), de Susanna Clarke, o grande tema dos contos de fada é a interpenetração dos mundos, os limites imprevisivelmente permeáveis que permitem aos humanos passar para o reino das Fadas e, se tiverem sorte, conseguir voltar.

As histórias de Nárnia seguem essa tradição, e não o modelo de Spenser: elas se concentram nos limites e passagens *entre* um mundo semelhante ao das Fadas e o nosso, o que significa, por sua vez, que não dependem de correspondências alegóricas estritas, mas sim daquilo que Lewis chamou de "suposição"[20]. Suponha que exista outro reino que, de alguma forma, se sobrepõe ao seu, de modo que, no que parece ser o mesmo espaço, pode haver uma Rainha da Inglaterra mas também uma Rainha das Fadas. Suponha que existam portas que levam a esse reino com o qual você ou eu poderíamos dar de cara. Ou: suponha que existam mundos totalmente diferentes, cercados por estrelas totalmente diferentes, habitados por seres com os quais pudéssemos nos comunicar e conversar – e suponha que também existam portas para *esses* reinos. Mais ainda: se você por acaso for cristão, suponha que, embora esse mundo seja, em certos aspectos, estranho ao nosso, ele também foi criado pelo mesmo Deus que ama e cuida *daquelas* pessoas da mesma maneira como nos ama e cuida de nós? Apenas *suponha*.

Em uma alegoria (como a de Spenser), a história em si – o processo narrativo e a ação dos personagens – é autêntica e evidentemente ficcional, mas aquelas pessoas e fatos totalmente imaginários correspondem, com maior ou menor exatidão, a pessoas e fatos no nosso mundo. A maioria dos contos de Fada e as histórias de Nárnia, que a elas se assemelham, não funciona desse modo. Lewis imagina que realmente poderia haver, em outro mundo criado por Deus, um Inimigo muito semelhante à Feiticeira Branca; Spenser, por sua vez, não imagina que em algum lugar possa existir um dragão chamado Erro.

Não obstante, ainda que o mundo das Fadas possa ser tão semelhante ou diferente do nosso mundo, dependendo de como um contador de histórias resolva criá-lo, a suposição de Lewis é limitada por seu entendimento de como são os seres humanos e de como é Deus. Como a leitura de seu romance *Perelandra* deixa claro, Lewis não acreditava que, se existem seres sencientes e conscientes de Deus em outros mundos, eles fossem necessariamente decaídos como nós; mas ele acreditava sem reservas que, *se* eles decaíssem, sua queda seria como a nossa – rebelião por meio de desobediência –, e eles só poderiam ser recuperados pela iniciativa autossacrificial do próprio Deus. Uma vez que Deus simplesmente *é*, no ensinamento cristão tradicional, Pai, Filho e Espírito Santo, esse conjunto de relações teria de predominar em outros mundos também: assim, Aslam é filho do grande Imperador de Além--Mar. Ele não precisa ser de nossa mesma espécie, uma vez que não é intrínseco à narrativa cristã que a comunhão com Deus seja limitada a uma única espécie; mas é imprescindível que seja capaz de se comunicar conosco[21]. Ele não precisa morrer em uma cruz, mas deve necessariamente morrer; uma Mesa de Pedra também serve. E, embora o tempo durante o qual seu corpo permanece inerte possa variar, ele deve reerguer-se e, ao fazê-lo, demonstrar que derrotou o Inimigo. Essas correspondências necessariamente ligam Nárnia e nosso mundo, e a regularidade e previsibilidade dessas correspondências às vezes dão ao livro uma *sensação* de alegoria.

Além disso, há passagens nitidamente alegóricas nas Crônicas (apenas em partes dos livros), dentre as quais sobressai, em *The Voyage of the "Dawn Treader"*, o batismo de Eustáquio Mísero, que o faz deixar a pele de dragão para trás. Ninguém poderia aceitar como razoável a afirmação de que, quando as pessoas habitualmente pecam em Nárnia, elas se transformam em dragões, e que, quando se tornam penitentes, submetem-se a ter sua pele de dragão arrancada pelas garras do Leão. O episódio inteiro alegoriza claramente tanto os efeitos do pecado habitual quanto o sofrimento agônico, porém vivificante, que acompanham inevitavelmente o verdadeiro arrependimento. O fato de Aslam acompanhar Shasta em *The Horse and His Boy* funciona da mesma maneira, como uma ilustração evidente do princípio segundo o qual – como William Cowper colocou em um de seus mais famosos hinos – "Por trás de uma providência carrancuda/ [Deus] esconde um rosto sorridente".

O fato de esses elementos alegóricos às vezes se insinuarem nas histórias não deveria nos surpreender, assim como a eventual transferência de personagens de nosso mundo (imaginativo) para Nárnia, como na aparição de Papai Noel em *The Lion* ou a de Baco e Sileno em *Prince Caspian*. Tudo isso é perfeitamente compatível com a técnica narrativa de Lewis, para não dizer intrínseco a ela. O que significa que essas bizarrices e incongruências não são o que o amigo de Lewis, Tolkien, achava que fossem: exemplos de negligência. "Você sabe que assim não vai funcionar!", disse Tolkien a Roger Lancelyn Green. "Refiro-me a '*Nymphs and their Ways, The Love-Life of a Faun*'. Ele não sabe sobre o que está falando?"[22]. Para Tolkien, essa era uma pergunta retórica: para ele, era evidente que em um "mundo secundário" não havia lugar para essas "brincadeiras" estranhas. Sem dúvida, Tolkien deve ter se sentido ofendido pela simples ideia de que os faunos pudessem ter livros.

Contudo, a reação de Tolkien traiu certa falta de afinidades imaginativas. Pois, ao criar um mundo tão variável e (pelos padrões de Tolkien) inconsistente, Lewis estava seguindo uma venerável tradição. Ele estava se apropriando das mesmas liberdades tomadas por Shakespeare quando, em *Sonho de uma noite de verão*, situou um personagem não menos inglês do que Puck (Robin Goodfellow) em uma floresta nas imediações de Atenas, ou quando, em *Conto de inverno*, deixou como herança um trecho de litoral para a Boêmia*. O modelo mais imediato de Lewis pode ter sido sir Philip Sidney, cujo romance pastoril *Arcadia* (meados de 1585) é uma miscelânea, alternativamente cômico, trágico e didático, de um jeito que evoca fortes lembranças de Nárnia. "Teoricamente, somos todos pagãos em Arcádia", escreveu Lewis em sua grandiosa história da literatura quinhentista. "Não obstante, a teologia cristã está sempre aparecendo aqui e ali." E, do ponto de vista de Lewis, isso certamente não constitui um erro ou uma indicação de descuido da parte de Sidney: ao contrário, naquele tempo essa prática era uma "convenção [...] bem compreendida e muito útil. Nessas obras, os deuses são Deus incógnito, e todos estão por dentro do segredo. O paganismo é a religião da poesia por meio da qual o autor pode expressar, a qualquer

---

*   O Reino da Boêmia (que atualmente integra a República Tcheca), devido à sua localização na Europa Central, não possui mar. (N. T.)

momento, uma parte substancial ou mínima de sua verdadeira religião, fazendo-o do modo como sua arte requer"[23].

Sidney estava além da esfera de interesses de Tolkien e, mesmo que ele tivesse reconhecido que Lewis trabalhava em conformidade com essa tradição, não a teria apreciado. Acredito, porém, que ele teria sido menos propenso a ver seu velho amigo como alguém que "não sabe sobre o que está falando". Lewis sabia muito bem sobre o que falava. Ele escolheu um modelo de composição ficcional em que a distância entre o "mundo secundário" e nosso próprio mundo não era rígida, e sim flexível. Portanto, se ele quisesse associar a chegada de Aslam a Nárnia, depois de uma longa ausência, com o Natal do nosso mundo, e, para fazê-lo, forçar a presença de Papai Noel em Nárnia, ele era livre para fazer isso; e, se mais tarde ele quisesse produzir uma alegoria em miniatura da conversão e da penitência, teria igualmente a liberdade de fazê-lo. Ele não compartilhava o interesse de Tolkien pela criação do mundo como um fim em si mesmo; ao contrário, ele era uma espécie de *bricoleur*, um alegre utilizador de quaisquer ferramentas literárias que caíssem em suas mãos. A diversidade que agredia a sensibilidade de Tolkien era uma alegria para Lewis, e tem sido um deleite para muitos milhões de seus leitores.

Disputa por soberania

Lewis sugeriu certa vez que os críticos literários são, e sempre foram, negligentes com a "História considerada em si mesma"[24]. De tão concentrados em temas, imagens e posições ideológicas, eles não se deram conta daquilo que realmente diferencia histórias de artigos ou tratados. Portanto, se tentarmos considerar as sete histórias de Nárnia como uma única história, *sobre* o que é essa história? Afirmo que a melhor resposta é *disputa por soberania*. Mais do que apenas uma coisa, a *história* de Nárnia diz respeito a um Rei não reconhecido, porém verdadeiro, e ao empenho de seus legalistas em recuperar ou proteger seu trono contra possíveis usurpadores.

Esse tema é anunciado já de início em *The Lion, the Witch and the Wardrobe*: quando os quatro Pevensies entram pela primeira vez em Nárnia como um grupo, sua primeira ação é visitar a casa do sr. Tumnus. Ali, eles descobrem a casa saqueada e um bilhete sobre a prisão de Tumnus que se encerra com as palavras "VIDA LONGA À RAINHA!" – ao qual Lucy responde: "Ela não é uma rainha de verdade coisa nenhuma". Logo a seguir, eles encontram os castores, por meio dos quais tomam conhecimento de Aslam:

> "Aslam?", exclamou o sr. Castor. "Quer dizer que não sabem? Aslam é o Rei. É o Senhor dos Bosques, mas nem sempre está aqui, entendem? Está ausente desde o tempo do meu pai e do meu avô. Agora, circula o boato de que voltou. Neste exato momento está em Nárnia. Ele dará um jeito na Rainha Branca, estejam certos disso"[25].

Portanto, entre os primeiros fatos conhecidos sobre Nárnia encontram-se os seguintes: é um reino em que a autoridade é contestada, em que a atual e visível Rainha Deste Mundo "não é rainha coisa nenhuma", mas uma usurpadora, enquanto o verdadeiro Rei está quase sempre ausente e invisível – porém capaz de voltar e afirmar sua soberania. Uma das principais qualidades do temperamento joviano (Júpiter é o planeta que rege esse livro, como Michael Ward explicou em *Planet Narnia*) é a dignidade real. Júpiter é soberano sobre todas as esferas, motivo pelo qual é apropriado que esse seja o primeiro livro da série.

Esse tema é repetido de diversas maneiras nos livros posteriores, e nunca está totalmente ausente deles. Em *Prince Caspian*, o jovem Príncipe fica sabendo que ele é o legítimo Rei de Nárnia, e que seu tio Miraz assassinou seu pai e usurpou seu trono. (Também podemos observar que Caspian é o descendente dos conquistadores telmarinos de Nárnia.) *The Voyage of the "Dawn Treader"* é estimulada pela busca de Caspian pelos lordes leais a seu pai, que havia sido expulso por Miraz, período durante o qual ele restabelece sua posição de "suserano" das Ilhas Solitárias, onde o governante Gumpas fica chocado ao encontrar "um Rei de Nárnia verdadeiro e vivo apresentando-se a ele"[26]. E, no fim da história, Caspian tem de aprender uma dolorosa lição sobre o que significa ser esse "Rei verdadeiro e vivo", quando ele é impedido de abdicar e é lembrado de seu dever de servir a seus súditos, e não a seus interesses pessoais. Ele não deve usurpar a si próprio.

Mais ainda: em *The Silver Chair*, Eustáquio e Jill são enviados para ajudar "um velho Rei [Caspian] que está triste porque não tem nenhum príncipe a ele ligado por consanguinidade e que possa, portanto, sucedê-lo como Rei. Ele não tem herdeiro porque seu único filho foi-lhe roubado muitos anos antes"[27]. Contudo, a grande ameaça é que a Rainha do Submundo está decidida a conquistar Nárnia por meio do estratagema de colocar no trono o príncipe herdeiro Rilian, como "rei apenas nominal, porque na verdade é seu escravo"[28]. Em *The Horse and His Boy* não é o trono de Nárnia, mas o de sua vizinha e aliada Arquelândia, que se vê ameaçado – mas as crianças são novamente convocadas a ajudar na reintegração de um príncipe herdeiro legítimo e, depois, para servi-lo à medida que ele vai afirmando sua autoridade sobre possíveis conquistadores e usurpadores. Em *The Magician's Nephew*, encontramos Jadis, a Rainha de Charn que, tendo destruído seu próprio mundo, agora busca o domínio do mundo recém-criado de Nárnia; contra ela e a favor de Aslam, dois jovens londrinos, Digory e Polly, juntam suas forças. E *The Last Battle* nos fala sobre o Macaco Manhoso que, com os Calormanos, ajuda a estabelecer-se, e o pobre Burro Confuso como substituto de Aslam antes que o tempo do mundo chegue ao fim e aqueles que amavam o verdadeiro Aslam herdam para sempre o novo e renascido reino de Nárnia.

Em resumo, há um Rei dos Reis e Lorde dos Lordes cujo Filho é o soberano legítimo desse mundo. De fato, foi graças a esse Filho que todas as coisas foram criadas, e o mundo terminará quando ele "retornar coberto de glória para julgar os vivos e os mortos", embora "seu reino não terá fim", nas palavras do Credo Niceno; enquanto isso, nesse intervalo de tempo, o domínio da Terra é reivindicado por um Adversário, o Príncipe desse mundo. E o que se pede a todos os personagens de Lewis é simplesmente, como afirmou o Josué bíblico*, que "escolham nesse dia" a quem pretendem servir[29].

O SENHOR DOS CÉUS

Certa vez, Lewis disse a um amigo que, se fosse escrever mais de uma história sobre Nárnia, teria de escrever três, sete ou nove, porque "são esses os números mágicos"[30]. De fato, eles exerceram um efeito mágico na mente dos leitores, que encontraram nas histórias narnianas uma

---

*   "Porém, se vos desagrada servir o Senhor, escolhei hoje a quem quereis servir: se aos deuses, a quem serviram os vossos pais além do rio, se aos deuses dos amorreus, em cuja terra habitais. Porque, quanto a mim, eu e minha casa serviremos o Senhor". *Bíblia Sagrada*. (N. T.)

profunda inserção de alegorias complexas dos sete pecados capitais ou das sete virtudes cardinais, ou dos sete sacramentos da teologia católica (essa lista é seletiva). Porém, em seu estudo *Planet Narnia*, Michael Ward demonstrou que Lewis incorporou a cada história de Nárnia os traços característicos de um dos sete planetas da cosmologia medieval. O fato de Lewis ter um profundo interesse por essa cosmologia fica evidente em seu poema "The Planets", em sua *Ransom Trilogy* e em seu estudo do pensamento medieval em *The Discarded Image*; isso torna muito surpreendente o fato de que ninguém, antes da Guerra, tenha percebido as características planetárias nas Crônicas. Mas elas estão realmente ali.

The Lion, the Witch and the Wardrobe incorpora o espírito festivo e majestoso de Júpiter, *Prince Caspian* a natureza bélica de Marte; *The Voyage of the "Dawn Treader"* avança o tempo todo em direção ao brilho fulgurante do Sol; *The Silver Chair*, com seu tema da mudança e sua Feiticeira que se esconde do Sol, é dominado pela Lua, associada ao metal prata; a separação e a reformulação do metal mercúrio condizem com os acontecimentos de *The Horse and His Boy*, regido pelo planeta de mesmo nome; *The Magician's Nephew* é totalmente sobre o amor criativo, que convém a um livro regido por Vênus; e o fim da antiga Nárnia em *The Last Battle* é presidido pelo longevo Saturno, que aparece no livro como o Gigante do Tempo. Acabo de apresentar apenas um esboço das correspondências principais; cada um dos livros tem muitas outras, como Ward é o primeiro a mostrar.

Em *The Discarded Image*, Lewis explica o conceito medieval de que o cosmo consiste de uma série de esferas concêntricas: "Cada esfera, ou alguma coisa que reside em cada esfera, é um ser consciente e intelectual, movido pelo 'amor intelectual' de Deus [...] Essas criaturas majestosas são chamadas de Inteligências"[31]. Era comum pensar que uma Inteligência era um tipo muito particular de anjo: uma "criatura", mas não encarnada, e com a única função de ser o que move sua esfera.

Esses são os Oyarsas da *Ransom Trilogy*. Em *Out of the Silent Planet*, o protagonista, Ransom, logo fica sabendo que o nome do planeta que está visitando é Malacandra, mas ele ainda não entende que, quando encontra os Oyarsas desse planeta, está encontrando Malacandra em si. Malacandra é a Inteligência que move o corpo planetário que chamamos de Marte, assim como Perelandra é a Inteligência que move o planeta que chamamos de Vênus. E no terceiro livro da trilogia, *That*

Hideous Strength, as Inteligências vêm para a Terra e entram no quarto de Ransom, cada qual trazendo um *estado de espírito* esmagadoramente poderoso – de vivacidade ou paixão ou firmeza ou melancolia ou festividade – que governa os espíritos inferiores das pessoas que por ali vivem.

Da mesma maneira, cada uma das histórias de Nárnia é um *corpus* narrativo ao qual uma das Inteligências planetárias dá um espírito; e os personagens de cada história são governados, ou desgovernados, pelo espírito dominante do livro em questão. A festividade jovial domina os Pevensies em *The Lion*; os marinheiros tornam-se radiantes em *Dawn Treader*; em *The Magician's Nephew*, Tio André fica absurdamente transtornado diante daquela "extraordinária mulher", a gigantesca e terrível Rainha Jadis. E assim por diante.

Portanto, Ward revelou-nos a estrutura profunda, por assim dizer, das histórias de Nárnia – e essa estrutura reforça uma vez mais o tema da soberania. Para as Inteligências, magistrais e aterradoras como são, não passam de intendentes do Senhor Deus, o único Rei dos Reis. Apesar de imenso, seu poder é delegado e eles só o exercem apropriadamente quando o fazem em obediência à vontade divina. (Na trilogia Ransom ficamos sabendo que somente o Oyarsa do nosso próprio mundo recusou o papel de mero intendente e disputou a soberania de Deus, separando-nos, assim, de todo o resto das Inteligências e transformando-nos no "planeta silencioso"[32].)

Nas histórias de Nárnia, esse tema é trabalhado não através do comportamento das Inteligências em si, mas através das respostas de personagens aos humores planetários. A atmosfera marcial de *Prince Caspian* não nos dá apenas o valor de Ripchip, mas também a *libido dominandi** de Miraz. *The Magician's Nephew* é uma anatomia virtual das principais formas de amor que, como Santo Agostinho poderia dizer, vemos em seus estados desordenados e devidamente ordenados: o momento-chave do livro acontece quando Digory é colocado angustiadamente entre dois tipos de amor, um dos quais terminaria por levar à autogratificação destrutiva, o outro à obediência prazenteira e ao extraordinário frescor da existência. Os personagens nos são revelados por meio de suas

---

* *Libido dominandi* significa "vontade de poder ou de potência", "ânsia por dominar", nada tendo a ver, portanto, com o sentido de "procura instintiva do prazer sexual". Corresponde à expressão alemã *der Wille zur Macht*, que exprime o conceito fundamental da filosofia de Nietzsche. (N. T.)

reações às influências planetárias; e essas reações tendem a envolver os temas profundamente lewisianos da obediência e do amor.

Conclusão

Uma experiência crucial para Lewis foi a da *Sehnsucht**, ou anseio[33]. Lewis achava que esse estado de espírito de "ansiar por" podia ser bem ou mal usado. Na verdade, poderíamos dizer que, assim como a jovialidade é o estado de espírito de Júpiter, e a exaustão o de Saturno, a *Sehnsucht* é a disposição de ânimo do nosso mundo: o Planeta Silencioso anseia por conexão, por um restabelecimento da música das outras esferas das quais nos apartamos. Contudo, não é bem compreendido o fato de que Lewis também acreditasse na existência de *tipos* fundamentalmente distintos de anseio – tão diferentes que mal merecem o mesmo nome[34].

Em seu ensaio "On Three Ways of Writing for Children", Lewis explora os efeitos que diferentes tipos de histórias exercem tanto sobre crianças quanto sobre adultos – os tipos de desejo que a história estimula. "Alguém realmente imagina", pergunta ele, que o apreciador de contos de fadas "anseia, verdadeira e literalmente, por todos os perigos e agruras de um conto de fadas? – realmente quer que existam dragões na Inglaterra contemporânea?"[35]. Claro que não. Por outro lado, histórias mais realistas são muito mais propensas a tornar-se "fantasias", em sentido analítico, do que as histórias fantásticas:

> A verdadeira vítima dos devaneios baseados em desejos (e não em fatos) não se satisfaz com a *Odisseia*, *A tempestade* ou *A serpente Ouroboros*: ela prefere histórias sobre milionários, beldades irresistíveis, hotéis sofisticados, praias ensolaradas e cenas de alcova – coisas que realmente acontecem, que devem acontecer, que teriam acontecido se o leitor tivesse tido uma bela oportunidade. Pois, como digo, há dois tipos de anseio. Um é uma *áskēsis***, um exercício espiritual, e o outro é uma doença[36].

---

* No original, *longing*, que se traduz como "anseio", "anelo", "aspiração" etc. Essa palavra, assim como o alemão *Sehnsucht*, é a que mais se aproxima do português "saudade". (N. T.)

** Em português, "ascese" (conjunto de práticas, disciplinas e exercícios austeros como, por exemplo, a meditação e a oração, que visam ao aperfeiçoamento espiritual e ao autocontrole do corpo e do espírito). (N. T.)

As palavras "exercício espiritual" são importantes aqui, pois nos trazem à mente os *Exercícios espirituais* de Santo Inácio de Loyola. A comparação é instrutiva, pois o sucesso de muitos dos *Exercícios* depende da capacidade de o mediador "ver no lugar", visualizar uma verdade espiritual e, desse modo, torná-la mais real. Embora Lewis considerasse que a prática inaciana específica da *compositio loci** "não 'se aplicava a suas circunstâncias'", ainda assim ele afirmou que "as imagens desempenham um papel importante nas minhas preces"[37].

Como vimos anteriormente, Lewis tendia a enfatizar uma distinção muito clara entre o Autor que cria a imagem e o Homem, com seus comprometimentos extraliterários; meu ceticismo sobre essa distinção tem por base, em parte, a crença enunciada pelo próprio Lewis de que "a moral inerente [às imagens que nos vêm à mente] surgirá de quaisquer raízes espirituais que você tiver lançado com sucesso ao longo de toda a sua vida". O que surgiu na mente de Lewis quando ele começou a criar as histórias de Nárnia pode ser vivenciado simplesmente como imagens interessantes ou bonitas; e, sob esse aspecto, sem dúvida elas são válidas enquanto expressões pitorescas, aventurosas e insinuantes da arte literária. Contudo, entendidas mais profunda e plenamente, as Crônicas, com seu elaborado complemento de imagens, contribuem para uma *áskēsis*, um exercício espiritual. Elas são uma espécie de treinamento sobre como ansiar, e o que e por quem ansiar.

Notas
1. "On Three Ways of Writing for Children", EC, p. 507.
2. PPL, p. 72.
3. FL, p. 34.
4. "On Three Ways of Writing for Children", EC, p. 510.
5. "On Three Ways of Writing for Children", EC, p. 510.
6. "It All Began with a Picture", EC, p. 529.
7. Roger Lancelyn Green e Walter Hooper, *C. S. Lewis: A Biography*, ed. rev. (Londres, HarperCollins, 2002), 303.
8. Chad Walsh, *C. S. Lewis: Apostle to the Skeptics* (Nova York, Macmillan, 1949), p. 10.

---

*   Método que recorre ao elemento visível e figurativo, considerado de grande ajuda para facilitar a concentração do espírito. (N. T.)

9. Humphrey Carpenter, *The Inklings: C. S. Lewis, J. R. R. Tolkien, Charles Williams and Their Friends* (Londres, HarperCollins, 2006), 217; A. N. Wilson, *C. S. Lewis: A Biography* (Londres, Collins, 1990), 220. Minha concepção muito diferente pode ser encontrada em *The Narnian: The Life and Imagination of C. S. Lewis* (São Francisco, Harper São Francisco, 2005), 232 e seguintes. Michael Ward apresentou um forte argumento de que os livros sobre Nárnia, longe de constituírem um repúdio da obra que Lewis vinha criando em *Miracles*, são, na verdade, uma continuação dela por outros meios: cf. seu *Planet Narnia: The Seven Heavens in the Imagination of C. S. Lewis* (Nova York, Oxford University Press, 2008), cap. 10.

10. "It All Began with a Picture", EC, p. 529.

11. "Sometimes Fairy Stories May Say Best What's To Be Said", EC, p. 527.

12. "On Three Ways of Writing for Children", EC, p. 513.

13. "Sometimes Fairy Stories May Say Best What's To Be Said", EC, p. 527-28.

14. "On Three Ways of Writing for Children", EC, p. 510.

15. Carta sem data à Milton Society of America (CLIII, p. 516-17).

16. Carta a Laurence Krieg, 21 abr. 1957 (CLIII, p. 848).

17. Carta a Laurence Krieg, 21 abr. 1957 (CLIII, p. 847).

18. LWW, p. 171.

19. LWW, p. 65.

20. "The Novels of Charles Williams", EC, p. 572. A única Crônica cuja ação se passa totalmente no mundo subcriado é *The Horse and His Boy*.

21. A não humanidade de Aslam *poderia* ser vista, pelas pessoas com excesso de escrúpulos teológicos, como heterodoxa: os Padres Capadócios não argumentam que aquilo que Cristo não pressupunha ele não era capaz de curar? E desde que Aslam não pressupõe humanidade, ele não é capaz de curá-la? Em Nárnia, porém, a humanidade – que em nosso mundo está limitada a pessoas que se parecem conosco (Filhos de Adão e Filhas de Eva) – também é um atributo dos Animais Falantes. Aslam assume essa humanidade *toda*, de modo que pode curar não apenas os leões, mas também todos os outros seres racionais ("Falantes") de Nárnia.

22. Green e Hooper, *C. S. Lewis: A Biography*, 307. Tolkien estava se referindo ao esboço de LWW que Lewis havia lido para ele. É possível que "*The Love-Life of a Faun*" tenha sido a extrapolação exasperada, do próprio Tolkien, de "Nymphs and their ways". Seja como for, "*The Love-Life of a Faun*" não aparece entre os títulos elencados em LWW.

23. EL, p. 342.
24. "On Stories", EC, p. 491.
25. LWW, p. 74.
26. VDT, p. 41.
27. SC, p. 28-29.
28. SC, p. 193.
29. Livro de Josué, 24,15.
30. Charles Wrong, "A Chance Meeting", em *Remembering C. S. Lewis: Recollections of Those Who Knew Him*, org. James T. Como (São Francisco, Ignatius Press, 2005), p. 212.
31. DI, p. 115.
32. OSP, p. 110.
33. Cf. o ensaio de David Jasper neste volume (capítulo 16).
34. O fato de os livros sobre Nárnia terem uma profunda ligação com o anseio é reconhecido, pelo menos implicitamente, por alguns dos mais ácidos críticos da série: eles tendem a crer que o anseio evidente de Lewis é por um mundo no qual, como diz Philip Pullman, "A morte é melhor que a vida; os meninos são melhores que as meninas; os brancos são melhores que os negros, e assim por diante. O que não falta em Nárnia são essas tolices nauseantes, caso o leitor consiga encarar a série" ("The Dark Side of Narnia", *Guardian*, 1º out. 1998). Para uma crítica mais detalhada, cf. *The Natural History of Make-believe: A Guide to the Principal Works of Britain, Europe, and America* (Oxford, Oxford University Press, 1996), 220-44, de John Goldthwaite.
35. "On Three Ways of Writing for Children", EC, p. 511.
36. "On Three Ways of Writing for Children", EC, p. 511.
37. LTM 86-87. Para um aprofundamento desse tema, cf. o ensaio de Joseph P. Cassidy (capítulo 10) neste volume.

Till We Have Faces
Peter J. Schakel

Till We Have Faces: A Myth Retold (1956) foi a última obra de ficção de C. S. Lewis e aquela que, em sua opinião, era a melhor de todas[1]. Ele ficou decepcionado com a recepção inicial do livro: algumas resenhas eram parcialmente negativas e as vendas eram menores do que as de suas outras obras[2], provavelmente devido a sua dificuldade e suas diferenças com relação à sua obra ficcional anterior. Continua sendo o menos popular dos seus livros de ficção, embora seja aquele que os críticos literários têm em maior apreço[3].

Antecedentes

O livro reconta o mito de Cupido e Psique, das *Metamorfoses*, ou *O asno de ouro*, de Lúcio Apuleio. Lewis leu a história pela primeira vez em 1916[4], e sua reação foi tentar escrever sua própria versão da obra. Uma anotação no diário de maio de 1922 registra: "Tentei trabalhar em 'Psique' [...] sem sucesso algum"[5], e, em novembro daquele ano, ele estava "pensando em como fazer uma mascarada* ou uma peça sobre Psique"[6]. Um ano depois, sua "cabeça estava muito cheia de minha antiga ideia de um poema que seria minha versão pessoal da história de Cupido e Psique"; àquela altura, ele já havia começado esse poema duas vezes, "uma vez em forma de dístico, outra em forma de balada"[7].

A história permaneceu na cabeça de Lewis, "adensando-se e consolidando-se com o passar dos anos"[8], mas, se ele fez outras tentativas de contá-la em forma poética, nada se sabe a respeito. Ele a retomou em

---

*   Gênero teatral semidramático de origem italiana, em voga nas cortes europeias entre os séculos XVI e XVII, com temática mitológica, alegórica ou satírica, representado por personagens mascarados. (N. T.)

março de 1955, quando Joy Davidman Gresham (a mulher com quem ele se casaria no ano seguinte) passou um fim de semana com Lewis e seu irmão. Lewis e Joy "discutiram algumas ideias [para um novo livro]" acerca da história de Cupido e Psique, depois "cada um tomou outro uísque e ficaram trocando ideias sobre o projeto", como ela escreveu em uma carta da época[9]. No dia seguinte, Lewis esboçou um capítulo que ele revisou depois de o discutirem, e passou para o capítulo seguinte. Um mês depois, ele já havia andado três quartos do caminho, e o livro ficou pronto no começo de julho.

Em um ensaio publicado no ano seguinte, Lewis descreve o processo de escrita como algo que implicou o envolvimento de dois lados da personalidade de um escritor: "Na mente do Autor, de vez em quando fervilham ideias com material para uma história [...] Essa fermentação não leva a nada, a menos que seja acompanhada do anseio por uma Forma. [...] Quando essas duas coisas combinam, o impulso do Autor está completo"[10]. O material para essa história vinha fervilhando ou, pelo menos, vinha sendo cozido em fogo brando desde que ele estava na graduação, mas a tentativa de escrevê-lo em forma de poesia nunca levara ao necessário "estalo". Na sobrecapa que ele escreveu para *Till We Have Faces*, Lewis diz: "Na primavera passada, o que parecia ser a forma certa manifestou-se, e de repente os temas se entrosaram"[11]. O "ponto de disparo" parece ter sido a desistência de sua intenção fixa de transformar a história de Apuleio em um poema e, em vez disso, escrevê-la em prosa.

Ocorre, porém, que o "estalo" necessário também implica conteúdo, e as ideias que Lewis e Joy estiveram trocando talvez incluíssem a questão dos temas e da forma. Da primeira vez que Lewis leu a história, diz ele, já sabia que "Apuleio havia entendido tudo errado. A irmã mais velha [...] não conseguiu *ver* o palácio de Psique quando a visitou. Apenas viu rochas e urzes. Quando P[sique] disse que estava lhe servindo um vinho nobre, a pobre irmã viu e experimentou nada além de água da fonte"[12]. Porém, seu entendimento do porquê de ela não conseguir ver era diferente, em 1955, do que havia sido em 1922 ou 1923: "Em minha época pré-cristã, ela estaria do lado certo e os deuses do lado errado"[13]. No começo da década de 1920, Lewis estava apenas começando a emergir de seu período *"New Look"** materialista e ainda não queria saber de "flertar com nenhuma ideia do sobrenatural, nada de ilusões românticas"¹⁴. Portanto, ele acreditava que a irmã mais velha estava no caminho certo porque não havia nenhum palácio para ela ver e nenhum vinho para degustar.

Setenta e seis versos das primeiras tentativas de uma recriação poética sobrevivem¹⁵. Neles, o objetivo de Lewis era defender a irmã mais velha da acusação de que sua inveja da saúde e da boa sorte de Psique levou esta última ao exílio e à infelicidade: "A história de Psique é injustamente contada/ E metade da verdade ocultada por todos os que/ Defendem Apuleio". O verdadeiro motivo do sacrifício de Psique foi uma tentativa supersticiosa de diminuir a estiagem e a escassez de víveres, mas uma versão diferente foi transmitida às sucessivas gerações, "material inferior/ e caluniador", para proteger os membros da tribo que tomaram a decisão de sacrificar Psique. "Alguma juventude poética", mais provavelmente o irmão gêmeo de Psique, Jardis, transferiu a culpa da tribo para as duas irmãs mais velhas, acusando-as de invejarem Psique, "Mas tudo isso/ só enfatiza um ponto de vista/ e é mal contado".

As primeiras tentativas de Lewis não deram certo não apenas porque ele não havia encontrado a forma certa, mas também porque ele não tinha o tema certo. Os versos remanescentes concentram-se nas ações humanas, sem deixar espaço para os deuses: "algum auxiliar veio" e resgatou Psique quando ela foi deixada na montanha. Os que contaram a história antes "falam do espírito do vento/ abrindo os braços nebulosos de par em par", mas parece claro que o narrador do poema acha que a verdadeira explicação deve ser mais racional e naturalista.

Composição: forma e sumário

O tema que surgiu em 1955, que "veio de um estalo" em forma de ficção em prosa, inverte sua abordagem anterior. Uma vez mais, a irmã mais velha está do lado errado, e os deuses do lado certo. A irmã mais velha ainda não consegue ver o palácio nem degustar o vinho, mas

---

* Expressão pouco usada atualmente, criada pelo estilista francês Christian Dior em 1947 a partir do inglês *new*, "novo", e *look*, "visual", para designar um estilo de roupas femininas com saias longas, amplas e franzidas. Por extensão, o termo também é usado para designar preferência popular nos mais variados contextos, desde o político até o dos novos meios de comunicação em geral. (N. T.)

agora Lewis reconhece que isso se deve ao fato de que "coisas espirituais são espiritualmente percebidas"[16]. As irmãs de Psique não podiam ter visto o palácio do rei porque elas não acreditavam em mistérios divinos. Lewis diz que sua intenção sempre fora usar a irmã mais velha como narrador em primeira pessoa[17], supostamente como alguém de fala confiável, uma vez que "ela deveria estar no lado certo". Uma ideia-chave, quando o romance começou a concretizar-se, era fazer da irmã um narrador não confiável. Quase todas as outras histórias de Lewis são narrativas em terceira pessoa, nas quais o narrador oferece um ponto de vista confiável para orientar o leitor. Em *Till We Have Faces*, a irmã mais velha, que Lewis chama de Orual, escreve aquilo que ela acredita ser um relato rigorosamente exato e verdadeiro de sua vida, mostrando como os deuses a haviam tratado de modo injusto. Cabe ao leitor ir aos poucos reconhecendo suas faltas e enganos de si mesma, sem a ajuda de um narrador confiável.

A versão lewisiana da história tem como local de ação um país imaginário, Glome, dois ou três séculos antes do nascimento de Cristo. Os mitos geralmente têm um contexto vago, criando, portanto, certo grau de universalidade. A atenção volta-se para o que acontece, e não para o tempo e lugar específicos em que evoluem os acontecimentos. Não é esse o caso em *Till We Have Faces*: o mundo ficcional é crucial para o efeito do livro. Em carta a Clyde Kilby, Lewis chamou o livro de "uma obra de (suposta) imaginação *histórica*. Um palpite sobre como teriam sido as coisas em um pequeno e bárbaro Estado situado na fronteira do mundo helênico, com a cultura grega apenas começando a influenciá-lo"[18]. Doris T. Myers afirma que o livro é um romance, uma combinação de ficção histórica, trazendo uma descrição crível e detalhada da vida na época em que se passam os acontecimentos, e ficção moderna, com sua abordagem e caracterizações narrativas baseadas em paradigmas psicológicos do século XX[19].

O modo escolhido por Lewis para recontar o mito apuleiano começa com a morte da mãe de Orual, depois do que o pai dela, Trom, rei de Glome, casa novamente e sua esposa morre ao dar à luz um bebê (Psique). Orual, sem atrativos mas inteligente, ama intensamente a bela Psique e age como sua mãe, enquanto despreza a irmã do meio, Redival (um personagem bem menor na versão de Lewis). Quando Psique se torna jovem, é tão bela que as pessoas começam a cultuá-la, em vez de cultuar a deusa da natureza local, Ungit (o equivalente de Vênus para elas). Depois de uma epidemia de peste no meio de uma grande estiagem e escassez de alimentos, o Sacerdote de Ungit diz ao Rei que a situação só vai melhorar se Psique for sacrificada ao filho de Ungit, o "Bruto", ficando em uma montanha, ao desabrigo e amarrada a uma árvore sagrada. O Rei consente que assim seja.

Algum tempo depois, quando Orual vai sepultar os ossos de Psique, ela encontra a irmã em um vale paradisíaco, na outra margem do rio, cheia de vida, mas, ao mesmo tempo, usando roupas que, para Orual, não passam de farrapos. Psique convida Orual para conhecer seu palácio, mas Orual não consegue vê-lo, assim como não vê os trajes magníficos que Psique afirma estar usando – e Psique chega a confessar que jamais viu o marido que lhe deu aquelas roupas e em cujo palácio ela vive, e que dorme com ela à noite. Quando Orual visita a irmã novamente, ela força Psique, ameaçando suicidar-se, a acender uma vela de cera à noite e ver o rosto do marido. Orual convence a si mesma de que isso será para o bem da própria Psique, ainda que, a essa altura, o leitor já terá percebido que ela está extremamente enciumada por alguém ter tomado seu lugar na vida de Psique, excluindo-a de uma esfera da existência da irmã.

Em obediência a Orual, ainda que contrariando sua própria vontade, Psique acende a vela e vê o deus em toda a sua beleza divina. Ele acorda e a repreende; aos prantos, ela é mandada para o exílio. Quando Psique parte, Orual tem um deslumbrante relance do marido da irmã e ouve-o dizer que ela também "será Psique". Em seu retorno a Glome, Orual não conta para Raposa, seu tutor e amigo grego, nada do que aconteceu na montanha, e começa a usar um véu para ocultar seu rosto e seus sentimentos dos demais. Pouco depois de seu retorno, o Rei morre e Orual sucede-o no trono. Ela começa a participar intensamente de todas as atividades oficiais e torna-se cada vez mais a Rainha (com forte perfil masculino) e cada vez menos Orual (uma mulher e uma pessoa), e o tempo passa rapidamente.

Muitos anos depois, ela ouve de um sacerdote de Essur, um país vizinho, uma história sagrada sobre Psique. A essa altura, com a liberdade e amplitude com que ele reconta o mito, Lewis incorpora uma menor reformulação da história de Cupido e Psique como um simples mito da natureza, com a morte de Psique no outono e sua volta à vida na primavera. Orual vê nesse relato sua própria história – mas diz que quem o contou estava errado, porque (como Apuleio) ele diz que as duas irmãs visitaram Psique e, como conseguiram ver o palácio, ficaram com inveja de Psique. Orual decide escrever sua própria versão da história para pôr os fatos em seu devido lugar e mostrar como os deuses foram injustos com ela: isso é o que estivemos lendo até o momento como primeira parte de *Till We Have Faces*. Contudo, no processo de escrita, Orual descobre quão autoiludida ela esteve e como ela, de fato, "devorou" as pessoas, sobretudo Psique, Raposa e Bardia, o soldado que por muitos anos a serviu lealmente como conselheiro. Ela resolve escapar por meio do suicídio, mas novamente um deus intervém e a impede de cometê-lo, dizendo-lhe que "morra antes de morrer"[20]. Em uma série de visões, ela "torna-se Psique" ao ajudar a irmã com as tarefas aparentemente impossíveis que ela deve cumprir. Ao longo de tudo isso, Orual aprende a pensar nos outros e não apenas em si; portanto, ela morre para o eu, como o deus disse que ela deveria fazer. No processo de aprender o amor altruísta, ela torna-se bela como Psique e ganha a salvação[21].

Orual

Lewis orgulhava-se com razão do desenvolvimento que dera ao personagem Orual. Como afirmou em uma carta, "Acredito ter feito o que nenhum outro autor do sexo masculino fez antes – falar pela boca de uma mulher *feia* e viver dentro de sua mente em um livro inteiro"[22]. Margaret Hannay descreve Orual com exatidão ao dizer que ela é, "de longe, o personagem mais plenamente desenvolvido que Lewis criou"[23], uma mulher complexa e multifacetada que incorpora aspectos de Janie Moore (a mãe de um amigo do Exército com quem Lewis morou por mais de trinta anos) e de Joy Gresham, mas também alguns aspectos do próprio Lewis.

Como Lewis antes da conversão, Orual vê-se lançada em uma tensão entre discurso racional e crença religiosa[24]. O verbo *acreditar* é repetido dezenas de vezes em *Till We Have Faces*, como quando Orual diz: "Se eu estivesse de olhos fechados, teria acreditado que o palácio dela era tão real quanto este"[25]. Orual está dividida entre os ensinamentos de Raposa, um estoico que tenta confiar na "sabedoria grega" (a razão) e a fé do velho Sacerdote de Ungit, com sua devoção à deusa e seu "entendimento das coisas sagradas", como os rituais e sacrifícios. Durante boa parte de sua vida, Orual nega a existência dos deuses ou nega sua justiça e bondade caso eles realmente existam. O que ela deve finalmente admitir é que sua resistência aos deuses não era uma incapacidade de acreditar neles, mas uma relutância em aceitá-los porque ela não queria compartilhar Psique com mais ninguém, nem mesmo com uma divindade. Em sua carta a Clyde Kilby, Lewis compara a situação com o que provavelmente esteja acontecendo na cidade de qualquer pessoa naquele momento: "Alguém torna-se cristão ou, em uma família já aparentemente cristã, faz alguma coisa como, por exemplo, tornar-se missionário ou entrar para uma ordem religiosa. Os outros padecem de um sentimento de ultraje. O que eles amam está sendo tirado deles!"[26].

Lewis usou o personagem Orual para dar concretude às ideias sobre o amor que ele inicialmente esboçou em suas cartas dos primórdios da década de 1940[27], depois incorporou-as a *The Great Divorce*[28], expandiu-as em inúmeras cartas na década seguinte[29] e publicou-as em forma de livro, *The Four Loves*[30], quatro anos depois de *Till We Have Faces*. Ele fez a ligação explicitamente na carta a Kilby acima citada: "Orual é (não um símbolo, mas) um exemplo, um 'caso' de afeição humana em sua condição natural: verdadeira, carinhosa e sofredora, mas, em longo prazo, tiranicamente possessiva e pronta para se voltar para o ódio quando o objeto de seu amor não mais lhe pertencer".

As ideias de Lewis são estruturadas por quatro palavras gregas para "amor". As três primeiras, em *The Four Loves*, ele chama de "amores naturais", amores arraigados em nossa natureza humana: *storgē* (afeição), *filia* (amizade) e *erōs* (amor romântico). Os amores naturais são coisas boas, mas sujeitos à degradação. A confortabilidade da *storgē* pode reduzir-se a insensibilidade ou rispidez, ou sua necessidade de doação pode degenerar em possessividade e ciúme. A *filia* pode levar a um sentimento de orgulho porque outros são excluídos de um grupo de amigos. E as emoções exaltadas que caracterizam *erōs* podem ser erroneamente entendidas como transcendência e podem transformar o "estar apaixonado" em uma espécie de religião. Os amores naturais não são autossustentáveis. Sem ajuda, irão se tornar autocentrados até finalmente descambar para o desamor e terminar como uma espécie de ódio.

O ponto fundamental de Lewis sobre o amor é que, para que os amores naturais não deixem de ser amores, eles devem ser impregnados de um amor superior e por ele transformados. A quarta palavra grega para amor é *agapē*, o amor divino, o amor altruísta. Os amores naturais, diz Lewis, devem morrer para viver: "Todo amor natural irá ressurgir e viver para sempre nessa terra [o Céu]", diz George MacDonald em *The*

Great Divorce, "mas nenhum irá voltar à vida enquanto não tiver sido sepultado"[31]. Só *agapē* pode salvar os amores naturais de si mesmos, pode fazê-los viver. No uso cristão, *agapē* é o amor altruísta de Deus pela humanidade; contudo, graças a um dom divino, Deus também permite que os humanos ampliem esse amor, levando-o a Deus e aos outros seres humanos.

Essas ideias são expressas de forma literária em *Till We Have Faces*. O livro mostra como todos os amores de Orual tornam-se possessivos e destrutivos: sua afeição maternal por Psique (*storgē*), sua amizade por Raposa (*filia*) e seu desejo por Bardia (*erōs*), sublimado mas ainda assim verdadeiro, vão perdendo força até que deixam de ser realmente amores. A esposa de Bardia vai ao cerne da questão quando diz a Orual, depois da morte de Bardia: "Começo a pensar que você nada sabe sobre o amor"[32]. Orual deve admitir suas falhas e reconhecer como ela tem tratado aqueles que a amaram – como ela tem "devorado [a si própria] com a vida de outros homens; e de mulheres também"[33]. Ela deve começar a entender que "um amor [como o dela] pode ser formado por noventa por cento de ódio e, ainda assim, referir-se a si mesmo como amor"[34]. Orual deve tornar-se capaz de ver-se claramente, a fim de que possa receber o dom do amor superior. Durante boa parte de sua vida ela usou um véu para ocultar sua personalidade. O véu dá-lhe autoridade pública como Rainha e permite que ela encubra o seu eu: ela não tem rosto nem identidade, e, portanto, nenhuma maneira de relacionar-se verdadeiramente com um deus, ou com outras pessoas. Só quando ela tira o véu, vê-se diante de seu verdadeiro eu e ganha um "rosto", torna-se-lhe possível encontrar Deus, sem defesas, desculpas ou fingimentos, pois "como [Deus] pode encontrar-nos face a face enquanto não tivermos um rosto?"[35]. Ao remover o véu, ao morrer para si mesma, ela se torna capaz de viver para os outros: "Nunca mais a chamarei de minha", diz ela a Psique, "mas tudo que houver de mim será seu"[36].

Sacrifício e mito

Morrer para si próprio é um sinônimo de sacrifício, um dos motivos centrais de todo o livro. Aparece pela primeira vez na referência ao "cheiro de sangue dos templos [...] e de gordura queimada e cabelo chamuscado" que está impregnado no corpo do velho sacerdote: "O cheiro de Ungit"[37]. O pai de Orual "fez grandes sacrifícios a Ungit"[38] durante a gravidez da jovem Rainha para assegurar-se de que nasceria um menino, e sacrifícios são feitos na noite do nascimento da criança. Essas referências vão culminar na Grande Oferenda, que deve ser feita para purgar a terra, pôr fim à peste e trazer a chuva necessária. A "sabedoria grega" de Raposa rejeita o sacrifício. Segundo ele, a madeira de que uma cama é feita não exerce nenhum efeito sobre o fato de que a criança nela concebida venha a ser do sexo masculino ou feminino: "Essas coisas ocorrem por causas naturais"[39]. Quando a chuva cai, Raposa afirma que a Grande Oferenda nada tem a ver com isso: "Aquele vento sudoeste atravessou milhares de quilômetros de mar e terra. O tempo do mundo inteiro teria de ter sido diferente desde o começo se aquele vento nunca houvesse soprado"[40].

Por sua vez, o velho Sacerdote sustenta, em uma frase fundamental, que a sabedoria grega "não traz nenhuma chuva nem faz vicejar o milho; o sacrifício faz as duas coisas"[41]. Em *Miracles: A Preliminary Study*, Lewis argumenta que o descer e o reascender do Rei Milho* nas religiões naturais reproduz um padrão conhecido, escrito em todo o mundo, evidente na vida vegetal, na vida animal e em nossa vida moral e emocional: "Morte e Renascimento – descer para ascender – é um princípio-chave"[42]. Essa é a essência da história contada pelo sacerdote de Essur, que vê a jovem deusa Psique como uma Rainha Milho. Orual interrompe-o um pouco antes de ele ter proferido a palavra crucial: "Então [na primavera] tiramos seu véu negro, e eu troco meu manto negro por um branco, e oferecemos..."[43]. Sua palavra seguinte teria sido *sacrifícios*.

O Rei Milho e o sacrifício fluem naturalmente nos domínios do mito, uma questão central em qualquer discussão sobre *Till We Have Faces* como "Um Mito Recontado". O *Oxford English Dictionary* define mito como uma narrativa tradicional que implica a existência de seres ou forças sobrenaturais, que incorpora e provê uma explicação, sobretudo das causas ou origens, de algo como a história primitiva de uma sociedade, uma crença ou ritual religioso, ou um fenômeno natural. Em *Till We Have Faces*, é ao mito que Orual se refere quando diz que há "uma história sagrada" que explica por que os porcos são uma abominação para Ungit[44]. Para Lewis, como para seu amigo J. R. R. Tolkien, os mitos têm origem divina e comunicam um tipo profundo e

---

*   Cf. nota na p. 122.

universal de realidade: eles constituem "um vislumbre da verdade divina, real apesar de desfocada, que incide sobre a imaginação humana"⁴⁵. Em algum outro texto em que faz eco a Tolkien, Lewis define mito como um tipo particular de narrativa que transmite "um permanente objeto de contemplação"⁴⁶. Um mito, diz ele, "atinge-nos em um nível mais profundo do que nossos pensamentos, ou mesmo nossas paixões, problemas e velhas certezas, até que todas as questões sejam reabertas e, em geral, ele nos abala e nos deixa mais plenamente despertos do que estamos durante a maior parte de nossa vida"⁴⁷.

Os mitos oferecem não apenas entendimento intelectual da verdade, mas uma poderosa experiência imaginativa dela. Uma maneira de esclarecer o efeito do mito dá-se mediante um conceito que Lewis aprendeu com o filósofo Samuel Alexander (1859-1938), que se tornou de enorme importância para ele: a distinção entre Contemplação (análise de alguma coisa a partir de fora) e Fruição (experiência direta de alguma coisa a partir de dentro)⁴⁸. Para Lewis, o ponto crucial é que os dois não podem ocorrer simultaneamente: assim que nos afastamos para analisar, perdemos o imediatismo da experiência direta. Em seu ensaio "Meditation in a Toolshed", Lewis explica o material técnico de Alexander mais simplesmente, usando a metáfora de um raio de luz solar reluzindo através de uma fresta sobre a porta de um galpão para guardar ferramentas. Podemos olhar para a centelha de luz quando ela entra no galpão e ilumina partículas de poeira no ar (contemplar o raio de luz), ou podemos ficar sob a luz que incide diretamente sobre nossos olhos e erguê-los (desfrutá-los) na direção de sua fonte, o Sol, que também ilumina o mundo fora do galpão: "Você tem uma experiência de uma coisa quando a acompanha com o olhar, e outra quando se limita a olhar para ela"⁴⁹.

Os mitos permitem que os leitores desfrutem (vivenciem diretamente) coisas de valor permanente que, em outras circunstâncias, eles poderiam apenas contemplar (examinar a partir de fora). Como Lewis afirma em seu ensaio "Myth Became Fact": "Na fruição de um grande mito, chegamos o mais perto possível de experimentar, como uma concretude, aquilo que, sob outros aspectos, só pode ser entendido como uma abstração"⁵⁰. Ao lermos sobre o mito, a atenção não deve se voltar para seu "significado" (o conhecimento), mas para o "gosto" de realidade que ele oferece: "O que o mito faz fluir para você não é a verdade, mas sim a realidade (a verdade é sempre *sobre* alguma coisa, mas a realidade é aquilo *sobre o que* a verdade diz respeito)"⁵¹.

TILL WE HAVE FACES

É esse o caso de *Till We Have Faces*. Os primeiros parágrafos indicam que essa história vai tratar de algumas das questões mais profundas e universais com as quais todo ser humano se depara: se os deuses existem ou não e, se existem, como são e por que coisas ruins acontecem com pessoas boas. Lewis havia examinado essas questões em suas obras expositivas, como *The Problem of Pain*, *Mere Christianity* e *Miracles*, tentando oferecer respostas que ajudassem o leitor a entender o que ele precisava saber. Em *Till We Have Faces*, em vez de significados abstratos ("Só palavras, palavras; ser levado à batalha contra outras palavras"[52]), Lewis oferece uma experiência imaginativa que dá aos leitores um gosto de realidade. A defesa que Orual faz de sua vida é, em um nível profundo, uma busca por um Deus oculto.

Kallistos Ware escreve que, em comum com a tradição ortodoxa, Lewis "tinha uma aguda percepção do ocultamento de Deus, do inexaurível mistério do Divino". Ele chama isso de o *leitmotiv* de *Till We Have Faces*[53]. Michael Ward afirma que esse *insight* é aplicável à visão teológica geral de Lewis; sua ênfase contínua são a onipresença e a proximidade despercebidas de Deus: "A característica principal de sua espiritualidade é o exercício da consciência da Fruição, a fim de vivenciar essa divindade oculta"[54]. Por conseguinte, em *Till We Have Faces*, Orual se queixa de que os deuses não se mostram nem dão sinais de si, e só falam por meio de enigmas[55]. Da mesma maneira, em sua busca por Psique, Orual e Bardia chegam ao "vale secreto do deus"[56]. As palavras do sacerdote de Ungit resumem bem o tema: "Os deuses [...] ofuscam nossos olhos. [...] Lugares sagrados são lugares escuros. [...] A sabedoria sagrada não é clara e sutil como a água, mas espessa e escura como o sangue"[57].

O mito é a maneira perfeita de lidar com a divindade oculta. Ao situar a história antes da época de Cristo, Lewis elimina a possibilidade de abordar o cristianismo diretamente. Ele oculta o que é, na verdade, um tema central, mas não deixa de incluir referências oblíquas que antecipam o cristianismo, por meio de frases como "É apenas a percepção de que um devesse morrer por muitos"[58] e "Pergunto a mim mesmo se os deuses sabem o que significa ser um homem"[59]. Mais importante ainda, a ênfase no sacrifício na história, tanto no culto pagão a Ungit quanto nos sacrifícios pessoais dos personagens, aponta para o sacrifício de Cristo. Cristo, como Lewis escreveu em *Miracles*, "é como o Rei Milho, pois este é um retrato d'Ele"[60]. Os acontecimentos em Glome, situados antes do nascimento de Cristo, antecipam sua chegada: "O essencial de tudo a que as religiões naturais dizem respeito parece, de fato, ter acontecido uma vez"[61]. O leitor compartilha a experiência de Orual: quando ela busca o Deus oculto, o leitor também está buscando o papel do cristianismo na história supostamente pré-cristã.

O papel do cristianismo participa sutilmente, mas de maneira evidente, do motivo do sacrifício. Orual pensa nos sacrifícios como rituais vazios: "O dever de minha condição de rainha que mais me irritou era ir frequentemente à morada de Ungit e participar de sacrifícios"[62]. Ela segue o pensamento de Raposa ao negar a eficácia dos sacrifícios religiosos, e não reconhece os outros tipos de sacrifício que são evidentes à sua volta. Eles são evidentes nas atitudes autossacrificiais de Psique, quando ela arrisca a própria saúde para trazer a cura durante a peste, e nas de Raposa e Bardia, que altruisticamente dedicam suas vidas ao bem de Glome e Orual, sua Rainha. Eles são evidentes na própria Orual, embora ela não tenha a menor consciência deles, uma vez que se dedica ao seu povo e ao seu país, e depois faz as tarefas de Psique para ela. Em sua carta a Kilby, Lewis chama Psique de "exemplo de *anima naturaliter Christiana* [alma cristã por natureza]": "Em certos aspectos, ela é como Cristo, não porque seja um símbolo d'Ele, mas porque todo homem ou mulher de boa índole é como Cristo. Com o que mais eles poderiam ser parecidos?"[63]. Em certos aspectos, Orual também é como Cristo, mas ela precisa tornar-se ainda muito mais semelhante a Ele, aprendendo a importância do "princípio universal da *Vicariedade*": "Todas as coisas estão em dívida para com todas as outras, são sacrificadas a tudo o mais, dependentes de tudo o mais"[64]. É esse princípio "com raízes profundas no cristianismo"[65] que introduz a teologia cristã em *Till We Have Faces* de maneira menos direta, porém mais profunda e sutil, do que em algumas das histórias anteriores de Lewis.

Orual iniciou sua jornada desejosa de respostas, mas no fim das contas ela não encontra respostas, mas sim o motivo pelo qual suas dúvidas e perguntas não foram respondidas: "Agora sei, Senhor, por que não dais nenhuma resposta. Vós sois a resposta. Diante de vosso rosto as perguntas se desvanecem. Que outra resposta seria suficiente?"[66]. Em muitos casos, as pessoas leem as obras de Lewis em busca de respostas e explicações. Talvez um dos motivos de *Till We Have Faces* ser o livro menos conhecido de Lewis esteja no fato de nele não haver respostas ou explicações. Em vez disso, a obra permite que o leitor, ao identificar-se imaginariamente com Orual, experimente a realidade vivenciada por ela. Quando Orual estava no palácio do deus sem conseguir ver a construção, Psique disse: "É possível que [...] algum dia também aprendas a ver"[67]. E, de fato, Orual aprende a ver – a história termina com uma série de sonhos, visões ou "imagens"[68]. Do mesmo modo, o leitor deve aprender a ver o que o mito lhe permite ver – ou vivenciar – qual é a essência do cristianismo, em vez de apenas ouvir relatos sobre ele.

Notas

1. Lewis disse sobre isso: "Acredito mesmo que seja esse meu melhor livro" (CLIII, p. 873, CLIII, p. 1040, 1148, 1181, 1214); "É o que prefiro dentre todos os meus livros": citado em Charles Wrong, "A Chance Meeting", em *Remembering C. S. Lewis: Recollections of Those Who Knew Him*, org. James T. Como (São Francisco, Ignatius Press, 2005), 206; cf. 212.
2. "Julgar por resenhas e vendas continua a ser o maior dos meus defeitos": carta a Herbert Palmer, 17 nov. 1957 (CLIII, p. 897; cf. CLIII, p. 808, 812, 829, 835, 836, 1040, 1148, 1181). Lewis estava sendo excessivamente rigoroso. De quinze resenhas contemporâneas que li, apenas cinco colocam reservas (em geral, que a segunda parte é menos bem-sucedida do que a primeira), mas mesmo essas (com exceção da resenha da *New Yorker*) são bastante elogiosas.
3. Uma exceção das avaliações críticas uniformemente positivas do livro encontra-se em Sally A. Bartlett, "Humanistic Psychology in C. S. Lewis *Till We Have Faces*: A Feminist Critique", *Studies in the Literary Imagination* 22:2 (outono de 1989), 185-98. Ela afirma que, embora o entendimento psicológico que Lewis demonstra ter de seus personagens seja bem fundado, as soluções que ele oferece para suas crises emocionais não funcionariam em nosso mundo.
4. Cartas a Arthur Greeves, 28 jan. e 13 maio 1917 (CLI, p. 268, 304-05).
5. AMR, p. 30. Ele foi mais bem-sucedido no dia seguinte (AMR, p. 31).
6. AMR, p. 142.
7. AMR, p. 266.
8. Carta a Jocelyn Gibb, 29 fev. 1956 (CLIII, p. 715).
9. As citações foram extraídas de uma carta de Joy Davidman Gresham a William Gresham, 23 mar. 1955, publicada em *Out of My Bone: The Letters of Joy Davidman*, org. Don W. King (Grand Rapids, Eerdmans, 2009), 242.
10. "Sometimes Fairy Stories May Say Best What's To Be Said", EC, p. 526.

11. Lewis inclui esse texto de sobrecapa em carta a Jocelyn Gibb, 29 fev. 1956 (CLIII, p. 715).
12. Carta a Katharine Farrer, 2 abr. 1955 (CLIII, p. 590). Cf. também sua anotação em diário de 9 set. 1923 (AMR, p. 266).
13. Carta a Christian Hardie, 31 jul. 1955 (CLIII, p. 633).
14. SBJ, p. 162.
15. "The Lewis's Papers: Memoirs of the Lewis Family, 1850-1930", vol. VIII, p. 163-67, atualmente na Wade Collection, Wheaton College, Illinois. Os fragmentos foram publicados como "On Cupid and Psyche" em Don W. King, *C. S. Lewis, Poet: The Legacy of His Poetic Impulse* (Kent, OH, Kent State University Press, 2001), 269-71.
16. "Transposition", EC, p. 273, aludindo à Primeira Epístola aos Coríntios, 2,14*.
17. Carta a Christian Hardie, 31 jul. 1955 (CLIII, p. 633). Os fragmentos remanescentes da versão poética são narrados em terceira pessoa, talvez porque sejam segmentos introdutórios.
18. Carta a Clyde S. Kilby, 10 fev. 1957 (CLIII, p. 830).
19. Doris T. Myers, *Bareface: A Guide to C. S. Lewis's Last Novel* (Columbia, MO, University of Missouri Press, 2004), 3-4. Porém, cf. Mara E. Donaldson, "Orual's Story and the Art of Retelling: A Study of *Till We Have Faces*", em *Word and Story in C. S. Lewis*, org. Peter J. Schakel e Charles A. Huttar (Columbia, MO, University of Missouri Press, 1991), 157-70.
20. TWHF, p. 291.
21. Para discussões de temas e estratégias narrativas, cf. Peter J. Schakel, *Reason and Imagination in C. S. Lewis: A Study of "Till We Have Faces"* (Grand Rapids, Eerdmans, 1984), disponível on-line em http://hope.edu/academic/english/about/facultyprofiles/schakel/cslewis/head-TWHF.htm), e o capítulo sobre *Till We Have Faces* no livro ainda inédito de Charles A. Huttar, *"This Will Never Do": C. S. Lewis's Reworking of Literary Traditions*.
22. Carta a Mary Willis Shelburne, 4 mar. 1956 (CLIII, p. 716).
23. Margaret Patterson Hannay, *C. S. Lewis* (Nova York, Ungar, 1981), 125.
24. "Dark idolatry and thin enlightenment at war with each other and with vision": carta a Jocelyn Gibb, 29 fev. 1956 (CLIII, p. 715).

---

*   "Mas o homem natural não aceita as coisas do Espírito de Deus, pois para ele são loucuras. Nem as pode compreender, porque é pelo Espírito que se devem ponderar". *Bíblia Sagrada*. (N. T.)

25. TWHF, p. 150.
26. Carta a Clyde S. Kilby, 10 fev. 1957 (CLIII, p. 831).
27. Cf. CLII, p. 408, 464, 511, 530, 616-17.
28. GD *passim*.
29. Cf. CLII, p. 788, CLIII, p. 119, 247, 393, 428.
30. Cf. a discussão de Caroline J. Simon (capítulo 11 deste volume).
31. GD, p. 88-89.
32. TWHF, p. 275.
33. TWHF, p. 275.
34. TWHF, p. 277.
35. TWHF, p. 305.
36. TWHF, p. 316-17.
37. TWHF, p. 19.
38. TWHF, p. 21.
39. TWHF, p. 18.
40. TWHF, p. 93.
41. TWHF, p. 58.
42. M, p. 116.
43. TWHF, p. 255.
44. TWHF, p. 216.
45. M, p. 138 n. Em contraste com Lewis e Tolkien, os antropólogos e psicólogos do século xx apresentam explicações tipicamente naturalistas ou estruturalistas do desenvolvimento dos mitos. Lewis desdenha dessas explicações, fazendo com que Arnom, o novo Sacerdote de Ungit, "fale como um filósofo sobre os deuses" (243), como quando ele responde à pergunta de Orual, "quem é Ungit?", dizendo que "ela significa a terra, que é o útero e a mãe de todas as coisas vivas" (281-82).
46. EIC, p. 43-44. Tolkien diz que as narrativas míticas falam sobre "coisas permanentes e fundamentais": "On Fairy-Stories", em *Essays Presented to Charles Williams*, org. C. S. Lewis (Oxford, Oxford University Press, 1947), 77.
47. GMA, p. xxxii.
48. A explicação mais completa e clara de Lewis pode ser encontrada em SBJ, p. 205-07.
49. "Meditation in a Toolshed", EC, p. 608.

50. "Myth Became Fact", EC, p. 140.
51. "Myth Became Fact", EC, p. 141.
52. TWHF, p. 319-20.
53. Kallistos Ware, "God of the Fathers: C. S. Lewis and Eastern Christianity", em *The Pilgrim's Guide: C. S. Lewis and the Art of Witness*, org. David Mills (Grand Rapids, Eerdmans, 1998), 56, 58.
54. Michael Ward, *Planet Narnia: The Seven Heavens in the Imaginations of C. S. Lewis* (Nova York, Oxford University Press, 2008), 227.
55. TWHF, p. 142-43, 159, 258-59.
56. TWHF, p. 109.
57. TWHF, p. 58.
58. TWHF, p. 69.
59. TWHF, p. 74.
60. M, p. 119.
61. M, p. 118. Um momento decisivo da volta de Lewis ao cristianismo ocorreu quando um ateu, T. D. Weldon, disse a ele certa noite: "Coisa estranha, [...] todo aquele palavrório de [James G.] Frazer sobre o Deus Moribundo. Coisa estranha. Chega quase a parecer que realmente já aconteceu alguma vez" (SBJ, p. 211). Mais tarde, isso tornou-se o ponto central de "Myth Became Fact": "O coração do cristianismo é um mito que também é um fato. O antigo mito do Deus Moribundo, *sem deixar de ser mito*, desce do céu das lendas e da imaginação para a terra da história. *Acontece* – em uma data e lugar específicos" (EC, p. 141).
62. TWHF, p. 243.
63. Carta a Clyde S. Kilby, 10 fev. 1957 (CLIII, p. 830). O latim é da *Apologia* de Tertuliano, 17,6.
64. M, p. 122.
65. M, p. 122.
66. TWHF, p. 319.
67. TWHF, p. 130.
68. TWHF, p. 319.

Poeta
Malcolm Guite

O alcance e a profundidade do envolvimento de Lewis com a poesia enquanto erudito e crítico é inquestionável. *The Allegory of Love* e *A Preface to Paradise Lost* continuam a ser guias definitivos e amplamente lidos quando se pretende conhecer e desfrutar o que há de melhor na poesia medieval e renascentista. Seu estilo, lucidez e absoluta riqueza de ilustrações fornecem relances de uma mente dotada de imensa cultura e de um homem apaixonado tanto pela substância quanto pela técnica da poesia. Por outro lado, tentativas do próprio Lewis de escrever poesia são quase desconhecidas e têm recebido pouca atenção dos meios acadêmicos. Só existe um livro importante sobre sua poesia[1], além de um pequeno grupo de artigos ou capítulos na maciça literatura secundária sobre Lewis. No melhor desses, que contém análises apuradas de alguns poemas de Lewis, Charles Huttar escreve: "Por volta dos trinta anos, parece que Lewis já havia se [...] estabelecido como um poeta menor. Como adversário de uma importante revolução no gosto lítero-poético, ele jamais alcançará uma posição mais alta"[2].

Chegou a hora de revisitar esse juízo de valor emitido muitos anos atrás, e ver com outros olhos a produção poética de Lewis. Esse grande expoente da arte poética nos outros teria sido, ele próprio, um versificador medíocre? Neste capítulo, proponho-me a rever nossa avaliação de Lewis mediante um reexame de sua suposta aversão a T. S. Eliot e ao modernismo, que até hoje lhe negam a condição de um poeta moderno bem-sucedido, e através da leitura de sua poesia em outros quatro contextos que assumiram nova importância desde a morte de Lewis, e que podem ser indicativos dessa "revolução do gosto" que Huttar exclui de sua avaliação.

Primeiro, porém, precisamos deixar clara a variedade e a extensão das composições em verso de Lewis. Ao longo de toda a sua vida, ele escreveu tanto poesia lírica quanto poesia narrativa. Seus dois volumes publicados em vida foram *Spirits in Bondage: A Cycle of Lyrics* (1919) e o longo poema narrativo *Dymer* (1926, reimpresso em 1950). Muitos desses poemas foram publicados em periódicos, geralmente com pseudônimos. Alguns também foram publicados como parte de sua obra alegórica, *The Pilgrim's Regress*. Os versos foram reunidos e publicados postumamente em 1964 e em uma segunda edição ampliada, que incluía a totalidade de *Spirits in Bondage*, em 1994; e alguns, ainda que não todos, dentre seu considerável *corpus* de poemas narrativos, encontram-se em *Narrative Poems* (1969). Alguns poemas não coletados em nenhum desses livros estão espalhados nos três volumes de suas coletâneas de cartas, e outros estão agora disponíveis nos apêndices ao estudo *C. S. Lewis: Poet*, de Don W. King. Algumas obras remanescentes, em geral de menor qualidade, mas que incluem sua tradução dos quatro primeiros livros da *Eneida*, foram publicadas há alguns anos*.

Portanto, foi só nas últimas décadas que tivemos uma oportunidade de examinar a obra poética de Lewis em toda – ou quase toda – sua amplitude e fazer uma avaliação dela, e o termo "amplitude" aqui usado não é mera força de expressão. Os poemas abrangem tudo, desde a poesia da Grande Guerra, matizada pela influência de Yeats e dos simbolistas franceses, até a poesia satírica e epigramas nos moldes de Horácio e Juvenal, poemas de grande eloquência retórica, à maneira de Chesterton, delicadas elegias, complexas experiências métricas e panegíricos pseudopagãos lado a lado com castos exemplos meditativos do exame de consciência cristão. O conjunto de poemas narrativos é igualmente amplo. *Dymer* é um mito emblemático de rebelião, morte e ressurreição, escrito em nove cantos de rima real. *The Queen of Drum* consta de cinco cantos de metros mistos, em uma estranha combinação de comentários políticos sobre a ascensão do fascismo com uma profunda meditação sobre o País das Fadas e, portanto, sobre o papel da imaginação tanto na religião quanto na

---

* *C. S. Lewis's Lost Aeneid*: Arms and the Exile. Edited with an Introduction by A. T. Reyes. New Haven e Londres, Yale University Press, 2011 (N. E.)

vida pública. Há um longo fragmento de verso arturiano chamado *Lancelot*, que talvez esteja demasiado em dívida para com Tennyson para demonstrar grandes poderes da parte de Lewis, e a seguir um belo poema em 742 versos aliterativos, intitulado *The Nameless Isle* por seu organizador. A obra trata em profundidade e com forte simbolismo da reconciliação e harmonia dos poderes divididos da razão e da imaginação, um tema tão central a toda a obra de Lewis, como veremos mais adiante. O estudo de King também inclui um fascinante fragmento de um longo poema autobiográfico narrativo, ou seja, com as mesmas características de seu modelo, o poema *Prelude*, de Wordsworth. Tudo isso requer uma reavaliação e uma releitura muito mais profundas do que o espaço permite, sobretudo à luz das grandes transformações culturais que ocorreram desde a morte de Lewis. Os avanços em economia, ciências e consciência ecológica, assim como as mudanças no modo como apreciamos a poesia e o papel que atribuímos à imaginação na formação de todo o nosso conhecimento, significam que hoje estamos em condições de apreciar o elemento profético na obra de Lewis e vê-lo mais como um antecipador presciente de nossas preocupações atuais do que como um erudito medieval que se havia fechado em fantasias do passado. No restante deste ensaio, esboçarei algumas das linhas de pesquisa que uma reavaliação consciente pode seguir de perto.

Como afirmei há pouco, sugiro cinco contextos específicos que nos permitam reavaliar a poesia de Lewis e seu lugar no cânone mais amplo da poesia do século xx: (1) Eliot e o modernismo; (2) a poesia de guerra; (3) Yeats e a escrita irlandesa; (4) consciência e protesto ecológicos; e finalmente (5) o debate contemporâneo entre razão e imaginação como modalidades de conhecimento. No caso desse último contexto, nossa leitura de Lewis se fará acompanhar por seus amigos Inklings, dedicando uma atenção especial a seu empenho em discernir e incorporar sentido a novas estruturas míticas e imaginativas que eles chamavam de "mitopoese", e que estava no cerne de todo o seu esforço.

Lewis, Eliot e Modernismo

Os leitores dos *Collected Poems* de Lewis deparam-se já na primeira página com um poema intitulado "A Confession" que, em um pri-

meiro momento, parece ser pouco mais que uma longa e petulante*
estocada em Eliot e, em particular, a "The Love Song of J. Alfred
Prufrock"[3], com Lewis assumindo a *persona* tosca do "homem comum",
uma *persona* que lhe cabia bem na apologética, mas não é nada apropriada à sua poesia:

> Sou tão vulgar, as coisas que os poetas veem
> Insistem em ser invisíveis para mim.
> Por vinte anos, forcei meus olhos ao máximo
> Para ver se a noite – qualquer noite – poderia sugerir
> Um paciente anestesiado sobre uma mesa;
> Tudo em vão. Simplesmente não consegui[4].

Não é um bom começo, nem a abertura que Lewis provavelmente teria escolhido para sua coletânea de poemas se ele a tivesse publicado ainda em vida. A afirmação põe o leitor na busca de uma obstinada beligerância que é exatamente a caricatura de Lewis que predominava nos círculos literários e em boa parte do mundo acadêmico. E torna-se ainda pior devido ao fato de os leitores sensíveis da poesia de Eliot saberem perfeitamente bem que o símile por ele usado pretende sugerir o estado interior de Prufrock, e não descrever o pôr do sol, algo que o próprio Lewis também sabia[5].

Essa abertura impertinente dos *Collected Poems* poderia sugerir que "Eliot e o modernismo" formam um contexto do qual Lewis excluiu-se deliberadamente, embora seja o contexto mais importante para uma reavaliação criteriosa de sua poesia. É fato conhecido que Lewis não se deixou convencer pela revolução na técnica e na sensibilidade poéticas introduzida por *Prufrock and Other Observations* em 1917, e que ele fez de Eliot e sua poesia o *locus* e o símbolo daqueles aspectos do

---

* Petulância talvez seja, aqui, o menor dos males. Lewis está ironizando um dos poemas daquele que tem sua posição consolidada como o maior poeta do século xx, T. S. Eliot. Além disso, as posições críticas de Eliot, estabelecidas em textos críticos sobre outros poetas ou em textos de crítica e teoria literária durante quatro décadas, firmaram posições que vieram a constituir os fundamentos da crítica de poesia ao longo do século xx. O poema/objeto de escárnio de Lewis é "The Love Song of J. Alfred Prufrock", que assim se inicia: "Let us go then, you and I,/ When the evening is spread out against the sky/ Like a patient etherized upon a table; [...]". Aqui, a tradução de Ivan Junqueira: "Sigamos então, tu e eu,/ Enquanto o poente no céu se estende/ Como um paciente anestesiado sobre a mesa; [...]". T. S. Eliot, *Poesia*, 6. ed. (N. T.)

mundo "moderno" aos quais ele vinha tentando fazer oposição e criticar. Também é de conhecimento geral que ele teve algumas contendas acadêmicas públicas com Eliot como crítico, sobretudo no que diz respeito ao lugar ocupado por Milton no cânone, mas também sobre a rejeição modernista* ao romantismo. Lewis culpava I. A. Richards como teórico, e Eliot como poeta, por um ataque a "reações insensíveis" (termo de Richards) que, para Lewis, abalou o cerne e o objetivo mesmos da poesia europeia[6]. Mas isso é só metade da história, pois mais tarde Lewis e Eliot vieram a conhecer-se bem, conciliando muitas de suas diferenças e encontrando muita coisa em comum através – mas também para além – de sua conversão comum à fé cristã. George Watson chega mesmo a dizer que a "amarga campanha inicial de Lewis contra o modernismo literário foi radicalmente equivocada. Não levou em consideração o profundo anglicanismo de Eliot, não muito distante daquele do próprio Lewis, ou o profundo tradicionalismo do modo como Eliot via o passado. Lewis e Eliot foram adversários que quase poderiam ter sido irmãos de sangue"[7].

Essa ideia precisa ser um pouco mais aprofundada. Lewis havia sido marginalizado como poeta como resultado direto de seu autodistanciamento do modernismo literário, que era o caminho central dos melhores dentre os poetas que lhe eram contemporâneos, mas, quando realmente olhamos para a agenda modernista, e em particular para os critérios de Eliot para a criação poética efetiva e original, podemos ver que o próprio Lewis estava comprometido com tarefas semelhantes, com um grau de sucesso que pode ser avaliado exatamente por esses critérios. Em "Tradition and the Individual Talent" ["Tradição e talento individual"][8], Eliot escreveu que o poeta moderno deve escrever com consciência

> não apenas da longevidade do passado, mas de sua presença; o sentido histórico estimula um homem a escrever não apenas com sua própria geração abrigada em seu ser, mas com um sentimento de que a totalidade da literatura europeia desde Homero e, nela incluída, toda a literatura de seu próprio país têm uma existência simultânea e configuram uma ordem simultânea [...] Nenhum poeta, nenhum artista praticante de outras artes, tem sua significação completa por si só [...] O que ocorre quando uma

---

*   Cf. nota na p. 44.

nova obra de arte é criada é algo que acontece simultaneamente com todas as obras de arte que a precederam[9].

Essa importante passagem, tão determinante para a poesia do século XX, dá-nos algumas ideias-chave para ler e entender Lewis como um moderno (apesar de si mesmo).

Lewis certamente tinha o senso histórico de que fala Eliot. Ele vivia e respirava a poesia criada desde Homero até seu próprio tempo, conhecia de cor muitas obras de grande parte dos maiores poetas, e sua obra tanto em poesia quanto em prosa é pródiga em alusões a todo o cânone europeu, bem como aos ecos dele provenientes. Embora Lewis tenha começado sua carreira poética, a exemplo de Eliot, com pastiches e arcaísmos, ele avançou rapidamente para um diálogo mais maduro e diversificado com os poetas do passado. Em um poema como "The Turn of the Tide"[10], por exemplo, ele mantém um incessante diálogo com "Ode on the Morning of Christ's Nativity", de Milton, não apenas ecoando-a, mas reimaginando-a e recriando-a em linguagem contemporânea. Na verdade, Huttar afirmou que "The Turn of the Tide" tem como ponto de partida o debate entre Lewis e Eliot sobre até que ponto e em que sentidos os poetas modernos podem ser influenciados por Milton sem se deixarem corromper pela imitação de seu estilo[11].

A concepção eliotiana de que a literatura institui uma ordem simultânea na qual cada novo escritor revela significação e sentido em autores que o antecederam também é útil para a abordagem da poesia de Lewis. Mais adiante, argumentarei que a obra dos poetas da Grande Guerra, as realizações da poesia irlandesa nos anos posteriores à morte de Lewis e o surgimento de uma literatura de consciência ecológica introduziram, todos, uma mudança no modo como hoje conseguimos ler Lewis. Como afirmava Eliot, o passado é "alterado pelo presente tanto quanto o presente é alterado pelo passado"[12].

Outra das ideias-chave de Eliot é que o poeta serve ao trabalho em vez de dar vazão a sua personalidade ou perspectivas privadas. Assim, Eliot escreve sobre o poeta ideal: "O que acontece é uma contínua abdicação de si mesmo, do modo como ele é no momento, para sair em busca de alguma coisa mais valiosa. O progresso de um artista é um autossacrifício contínuo, uma contínua extinção de sua personalidade"[13]. Lewis teria concordado plenamente, e é isso, de fato, o que ele vinha argumentando em *The Personal Heresy*[14].

Outra preocupação comum e concreta entre Lewis e os modernistas encontrava-se na arena do mito e da estrutura mítica. Eliot, Pound e Joyce não estavam, como supunha Lewis, ignorando ou denegrindo os grandes mitos do mundo antigo em uma busca pela novidade tão somente moderna. Eles trabalhavam com o mito não como uma "decoração poética" de superfície, mas como uma estrutura interna substancial e artisticamente formativa, como Joyce faz com *Ulisses* e Eliot com a estrutura mítica do Rei-Pescador em *The Waste Land**. Ora, isso era exatamente o que Lewis vinha fazendo, e sua obra-prima de publicação póstuma, *Till We Have Faces*, é exatamente uma reformulação de material mítico para expressar intuições e dilemas contemporâneos.

A divergência de Lewis com os modernistas era menos sobre a importância da poesia em si, dentro da tradição mais ampla, do que sobre forma e prosódia. Erradamente, Lewis culpou Eliot pela eliminação da rima e da metrificação na poesia inglesa, e pela aparente desconfiança com que ele via a beleza e o prazer. Ele atacou Eliot quando o verdadeiro objeto de sua rejeição era o indisciplinado *vers libre*. Mas a batalha terminou, e não precisa mais voltar a ser travada de nenhum dos lados. A voga do "verso livre" associado ao nome de Eliot já está no fim; veja-se o domínio do soneto por Geoffrey Hill, e a retomada da *terza rima* por Derek Walcott[15]. Esses desenvolvimentos fazem que a defesa lewisiana das formas tradicionais se pareça, em certos aspectos, mais o trabalho de um pioneiro do que elucubrações de um poeta de importância secundária.

Contudo, o sentido definitivo e mais importante em que Lewis e Eliot foram "adversários que quase poderiam ter sido irmãos de sangue" encontra-se em sua preocupação comum com a natureza da linguagem em si, seus limites e possibilidades, e as responsabilidades do poeta pelo desenvolvimento e aprofundamento do modo como nós a usamos:

---

*   No Brasil, *The Waste Land* teve várias traduções, das quais as mais conhecidas são: "A Terra Inútil", de Paulo Mendes Campos; "A Terra Gasta", de Idelma Ribeiro de Lima; "A Terra Desolada", de Ivan Junqueira (*T. S. Eliot – Poesia*, 6. ed.) e "A Terra Devastada", de Ivo Barroso (*T. S. Eliot Teatro*, vol. 2) e Thiago de Mello (*A terra devastada e os homens ocos*, edição bilíngue, Santiago, fora de comércio, 1964). (N. T.)

Uma vez que nossa preocupação era a linguagem, e a linguagem
[nos levava

A purificar o dialeto da tribo [...]

Essas palavras de "Little Gidding"¹⁶*, que Eliot se imagina compartilhando com Dante, também se aplicariam igualmente a uma conversa entre Eliot e Lewis (que, por acaso, também tinha em comum uma paixão por Dante como o supremo poeta e guia dos outros poetas¹⁷). É revelador comparar os lugares, na poesia de Eliot e Lewis, em que ambos tratam dos problemas e possibilidades da linguagem em termos semelhantes. Para os dois, a chave está na relação entre Palavra e palavras, entre o Logos (o *Criador* joanino**: transcendente, não fragmentado, o sentido por trás de todo o sentido) e o grande número de palavras derivadas da *criatura* (fragmentada e precisando ser refeita constantemente).

Em "Burnt Norton"***, por exemplo, Eliot escreve sobre as dificuldades de usar a linguagem presa ao tempo diante do eterno:

    As palavras desfiguram-se,
    Estalam e às vezes quebram-se sob o peso,
    Sob a tensão, resvalam, deslizam, perecem,
    Degeneram com imprecisão, não ficam em seu lugar,
    Não permanecem em repouso.
    [...]
    A Palavra no deserto
    É muito assediada pelas vozes da tentação [...]¹⁸

São essas, precisamente, as preocupações do próprio Lewis. Em "The Country of the Blind"¹⁹, uma parábola em forma de poema que, estranhamente, antecipa as experiências de Seamus Heaney em *The Haw*

---

*   Little Gidding é o nome de uma igreja localizada em Huntingdonshire, no Reino Unido. (N. T.)

**   Relativo a João, o Evangelista. (N. T.)

***   Nome de um castelo situado no Condado de Gloucester, Inglaterra. A construção original foi destruída por um incêndio em meados do século XVII, de onde o nome Burnt Norton (*burnt* é o particípio passado de *burn*, "incendiar", "queimar"). (N. T.)

*Lantern*²⁰*, Lewis revisita o clichê segundo o qual "em país de cegos, quem tem olho é rei" e sugere, ao contrário, que aquele que tem olho seria um pária nesse país, sempre mal compreendido porque ele não teria palavras que descrevessem sua experiência e precisaria, então, falar metaforicamente, mas a metáfora em si seria esvaziada de seu sentido. É como se ele

> Soubesse demais para ser claro, não conseguisse explicar. As palavras –
> Vendidas, estupradas, lançadas aos cães – agora não mais podiam ser úteis²¹.

Como Eliot, Lewis reconhece as dificuldades inerentes ao uso da linguagem, mas não se desespera. Os dois permitem que a linguagem dê testemunho de suas próprias inadequações e aponte para além de si mesma. Assim, Eliot acrescenta entre parênteses, no ponto culminante de "The Dry Salvages"**:

> Tudo isso são apenas hipóteses e conjeturas,
> Hipóteses seguidas por conjeturas [...]²²

Lewis encontra esperança em uma linguagem que reconheça suas limitações e leve ao silêncio, como na tocante conclusão de "The Apologist's Evening Prayer":

> Pensamentos são como moedas. Que eu não confie, em vez
> De confiar em Ti, na imagem gasta e esmaecida que eles têm
>   [de Tua face.

---

*   O título dessa coletânea de poemas do irlandês Seamus Heaney (1939-2013), de difícil tradução, remete à fruta do pilriteiro (*haw*, *hawthorn*), um importante símbolo do enfrentamento do inverno, além de símbolo da dignidade dos irlandeses do Norte. A imagem da lanterna evocada pelo título é uma referência à história tradicional do filósofo grego Diógenes de Sinope (412/403-324/321 a. C.), que, segundo esse relato, percorria as ruas de Atenas com ela acesa em plena luz do dia, para ver se encontrava um homem honesto. (N. T.)

**   Outro título de difícil tradução, uma vez que *dry* significa "seco", e *salvages* são "coisas salvas de naufrágios, incêndios etc." Em nota, Eliot explicou tratar-se de um topônimo, um pequeno grupo de rochas com um farol, ao largo da costa nordeste do Cabo Ann, em Massachusetts. Eliot conhecia o lugar, e o poema associa a imagem do Cabo Ann à infância do poeta, que costumava velejar nas proximidades. (N. T.)

De todos os meus pensamentos, até daqueles que sobre Ti
[venha a ter,
Ó tu, belo silêncio, desce sobre mim e vem me libertar [...]²³

E ele expressa uma esperança semelhante em "Footnote to All Prayers":

todos os homens são idólatras que clamam inutilmente
A um ídolo surdo, se Vós os tomásseis pelo que dizem.
Não aceiteis, ó Senhor, nosso sentido literal, e traduzi
Nossa metáfora claudicante em Vossa grandiosa
Linguagem atemporal²⁴.

Os dois poetas queriam que a linguagem nos levasse a seus próprios limites, e ambos usam palavras portadoras de urgência, impelindo-nos para além deles mesmos²⁵.

Um estudo mais completo das longas e complexas relações entre Lewis e Eliot – pessoais, poéticas e críticas – seria de grande utilidade para tentar uma maior aproximação entre Lewis e a corrente principal da poesia inglesa moderna, que a prática e a teoria de Eliot tanto ajudaram a canalizar e descobrir novos caminhos, e da qual se considera, erradamente, que Lewis se afastou e se excluiu.

LEWIS COMO UM POETA DA GUERRA

Como Wilfred Owen, Siegfried Sassoon e, sobretudo, seu futuro amigo J. R. R. Tolkien, Lewis participou ativamente da Grande Guerra. Ao contrário de Owen e Sassoon, Lewis nunca foi formalmente considerado um dos "Poetas da Guerra", ainda que tenha escrito e publicado muitos poemas inspirados em sua experiência de guerra. Uma vez mais, podemos agora olhar para trás e ver as coisas de modo diferente. Obras recentes de T. A. Shippey e John Garth²⁶ mostram exaustivamente quanto da escrita fantástica supostamente "livre de influências" de Tolkien foi uma reação profundamente sentida a seu período nas trincheiras, e pode ser lida com um novo entendimento, como "poesia de guerra". Lewis também deve ser visto como um do grupo que Shippey chama de "autores traumatizados"²⁷. Ele lida diretamente com sua experiência de guerra em *Spirits in Bondage*, e indiretamente em *Dymer*. "French Nocturne (*Monchy-le-Preux*)" é um bom exemplo da abordagem direta e também mostra o jovem Lewis, fortemente ateu na época e profundamente desconfiado de poetagens fáceis, usando exatamente o tipo de técnica poética simbolista que Eliot havia usado em "Prufrock" dois anos antes, em que se atribui à paisagem "exterior" um matiz mais simbólico do que naturalista, tornando-se um emblema da sensibilidade deslocada do próprio poeta:

> A pálida lua verde cavalga sobre nossa cabeça.
> As mandíbulas fortes e violentas de uma vila saqueada,
> Ali fora, nas montanhas, acabam de engolir o sol,
> E uma enfurecida faixa de seu sangue precipitou-se
> Para a esquerda e a direita ao longo do horizonte sombrio[28].

Embora "horizonte sombrio" seja uma inversão canhestra, demasiado evocativa da "poetagem" vitoriana, o restante dessa estrofe é surpreendentemente moderno. A imagem do sol poente como uma longa faixa de sangue é estranhamente similar à imagem implícita na noite de Eliot, "que se estende no céu/ Como um paciente anestesiado sobre uma mesa"[29], e é usada com propósitos muito semelhantes. "Nocturne" termina com uma atmosfera de total desolação: a Lua, por tanto tempo o símbolo de esperança ou de beleza para os poetas, é apenas "uma pedra" e, no que diz respeito aos poetas sonhadores e sua humanidade,

> Que direito tenho eu a quaisquer sonhos?
> Sou um lobo. De volta ao mundo outra vez
> E à linguagem de companheiros embrutecidos que já foram
> [homens.
> Nossa garganta pode rosnar por matança, mas não pode cantar[30].

Depois de *Spirits in Bondage* veio *Dymer*. É um livro contaminado por arcaísmos e deslizes de dicção poética parnasiana, às quais ele se viu obrigado por sua decisão de manter a coisa toda em rimas reais, e também enfraquecido, para alguns leitores, pela obscuridade do mito autocriado que forma sua trama[31]. Contudo, foi um veículo por meio do qual, em trechos de intensidade lírica, ele conseguiu incorporar as imagens mais horrendas da guerra, mais ou menos como Tolkien mais tarde incorporaria o imaginário das trincheiras na paisagem dos Pântanos dos Mortos da Terra Média. Por exemplo, essa descrição da terra devastada em que a última batalha de Dymer acontece:

Era uma terra em ruínas. Os cepos estilhaçados
De árvores partidas erguiam-se de um lamaçal sem fim,
Sem flores e sem relva: protuberâncias pegajosas
Dividiam os poços secos. Contra o cinza,
Um vilarejo devastado se escancarava[32].

Lewis foi posto à margem dos poetas da guerra, mas esse segmento de sua obra qualifica-o a ser lido e publicado em antologias ao lado de nomes mais conhecidos, e isso está começando a acontecer. Ele foi incluído, por exemplo, em uma antologia recente da poesia de guerra irlandesa, *Earth Voices Whispering*[33].

LEWIS, YEATS E A TRADIÇÃO IRLANDESA

Essa antologia leva-nos ao próximo contexto em que podemos avaliar a realização poética de Lewis. Obras recentes sobre ele começaram a vê-lo cada vez mais como um escritor irlandês[34], a ver que sua percepção da paisagem e da linguagem provém tanto de sua infância em County Down e de visitas frequentes à ilha onde nasceu quanto de Oxford, onde ele morou depois de matricular-se na universidade em 1917[35]. Sua atitude para com Yeats é um bom padrão de aferimento aqui, além de lançar novas luzes sobre a abordagem lewisiana do modernismo.

Em carta a seu amigo Arthur Greeves, de Belfast, na qual o jovem Lewis descobre Yeats pela primeira vez como um poeta "desconhecido", ele escreve: "Descobri aqui um autor que fala diretamente ao meu coração, do qual estou certo de que você gostaria muito, W. B. Yeats. Ele escreve peças e poemas de raro engenho e beleza sobre nossa antiga mitologia irlandesa"[36]. Isso é fascinante, tanto por situar as primeiras tentativas poéticas de Lewis, que têm, igualmente, as qualidades e os defeitos do movimento Celtic Twilight*, quanto por mostrar sua forte identificação literária e imaginativa com a Irlanda: "*nossa* antiga mitologia irlandesa". No desenvolvimento poético posterior de Lewis, Yeats faz nova aparição como o mago em *Dymer*[37]. Primeiro, Dymer sente

---

*   Movimento também conhecido como Irish Literary Revival ("Reflorescimento da Literatura Irlandesa"), do qual William Butler Yeats fazia parte. The Celtic Twilight ("O crepúsculo celta") é também o título de uma coletânea de histórias de Yeats, de 1893, ilustrando o misticismo irlandês e sua crença em fadas, fantasmas e espíritos. (N. T.)

sua aproximação em versos que evocam ligeiramente "[The Lake] Isle of Innisfree", com sua "clareira estrepitosa de abelhas"*:

> ele ouviu o barulho das abelhas
> E viu, lá longe, na sombra azulada entre
> Os elmos imóveis, alguém caminhando sobre a relva[38].

Ainda mais interessante é o prefácio em prosa que Lewis escreveu 24 anos depois, quando *Dymer* foi reeditado. Tendo se desculpado por fazer do mago evocatório de Yeats um dos vilões da história, ele continua a prestar homenagens a Yeats, o que também nos diz muito sobre sua teoria e prática pessoais:

> Uma vez que seu ilustre nome se apresenta à nossa apreciação, permitam-me a oportunidade de render homenagem a seu gênio; um gênio tão poderoso que, tendo primeiro revitalizado e transformado a tradição romântica que ele encontrou quando esta já estava praticamente em seu leito de morte (e inventou um novo tipo de verso branco durante o processo), em seguida foi capaz de enfrentar uma das mais implacáveis revoluções literárias que já conhecemos, embarcar em uma segunda carreira e, praticamente sozinho, pôr fora de campo a maior parte dos modernos, em seu próprio jogo[39].

Há muita coisa sobre o que refletir aqui. É uma boa avaliação de Yeats, mas imagino que também se trate de uma confissão do fracasso das ambições do próprio Lewis. Sem dúvida, *Dymer* foi uma tentativa de Lewis revitalizar e transformar a tradição romântica a seu próprio modo, mas, se sua tentativa fracassou na poesia, ela foi mais que bem-sucedida em seus romances em prosa posteriores. É interessante vê-lo louvar Yeats por sua inovação métrica, pois é no tocante a sua grande paixão pela métrica, prosódia e habilidade verbal, sua obsessão por variedades de rimas imperfeitas que Lewis é mais irlandês do que nunca.

Os leitores de poemas como "A Metrical Experiment" e "Two Kinds of Memory" ficarão impressionados pelos efeitos, às vezes fascinantes,

---

* No original, *bee-loud-glade* (literalmente, "clareira-ruidosa-abelhas"). O autor do ensaio alude à sensação auditiva resultante da combinação de dois sons idênticos (*bee* / *bee*): *bee-loud-glade*, de Yeats, e *the noise of bees*, de Lewis. (N. T.)

mas mais comumente sutis e despercebidos em uma primeira leitura, de seu padrão sonoro. Esse padrão vai muito além da rima final comum, concentrando todas as possibilidades de eco e alusão, daquele diálogo entre esperança e memória que é inerente à própria rima, daquilo que Lewis chama de "esporte que mistura/ Som e sentidos, em sutil padrão,/ Palavras em laço conjugal"[40]. Huttar tem uma análise apurada de algumas dessas coisas, chamando atenção para o fato de que bem mais de um quarto dos poemas em sua coletânea póstuma "exemplifica seu fascínio pelas maneiras mais improváveis como as palavras podem ecoar umas às outras"[41].

Lewis pode ser comparado, com bons resultados, com alguns poetas irlandeses contemporâneos (Michael Longley, por seu respeitado classicismo, Seamus Heaney pelo engenho, forma, musicalidade e atenção ao particular, que só sutilmente se revela como instância emblemática do universal; Derek Mahon, pela voz satírica concisa que se transforma inesperadamente em elegia), mas, nessa questão de prosódia, de pura destreza e atenção ao som do poema, a comparação mais próxima é com Paul Muldoon[42]. Em suas Clarendon Lectures de 1998[43], Muldoon chama nossa atenção para a criação da rima imperfeita como uma "rima caracteristicamente irlandesa", o que para ele significa rimar palavras como *dean* e *gain*, que "parecem cair bem com certo 'modo de ser irlandês' do idioma"[44].

Essas semelhanças são interessantes à luz da correspondência de Lewis com outros poetas sobre o mesmo assunto. Ele era um admirador da obra de Ruth Pitter e, em correspondência com ela, confessa: "Estou apaixonado pelas sutilezas métricas – não como um jogo: a verdade é que em geral desejo ardentemente um metro, assim como um homem deseja ardentemente uma mulher"[45], uma ideia que seria um deleite para Muldoon, em cuja obra a interação entre tensão verbal e erótica é fundamental. Refletindo sobre essa consonância em técnica entre Lewis e Muldoon, Adam Crothers, um poeta irlandês que atualmente pesquisa a prosódia de Muldoon, comenta: "T. S. Eliot sugere que o fantasma de um pentâmetro iâmbico assombra todos os versos da poesia inglesa; parece que o fantasma da rima final muldooniana (que viaja no tempo) assombra a poesia de Lewis"[46].

Lewis, Barfield e ecologia profunda

A quarta estrutura por meio da qual podemos continuar nossa reavaliação dos progressos poéticos de Lewis é aquela da consciência ecológica, profecia ou protesto. Para todas as diferenças a que ele e Barfield chegaram em "Great War"[47], Lewis permaneceu convicto da tese de Barfield de que a humanidade moderna havia perdido uma consciência primária, participativa, e de que nosso modo de consciência atual levou a uma crise de significado para nós mesmos e para nosso meio ambiente[48]. Tanto Barfield quanto Lewis acreditavam que essa trágica alienação da natureza poderia ser superada, ainda que de maneiras diferentes. Para Barfield, essa superação poderia se dar a partir da "evolução da consciência" cristã; para Lewis, ela se daria com uma morte catastrófica e um renascimento da humanidade e da natureza centrados e moldados na morte e ressurreição de Cristo. Os dois, no entanto, queriam usar o poder da linguagem para fazer aquela "sentida mudança de consciência", como Barfield a definiu em *Poetic Diction*[49], para começar a efetuar mudanças para um "agora" melhor.

Os leitores de poemas como "The Future of Forestry", de Lewis, irão reconhecer uma voz antecipada de protesto ecológico e talvez irão se recordar do excelente poema de Larkin, "Going, Going":

> Pensei que duraria o meu tempo –
> A sensação de que, para além da cidade,
> Sempre haveria campos e fazendas,
> Onde os boçais da cidade subiriam
> Nas árvores ainda por tombar;
> [...]
> Pela primeira vez, senti
> Que isso não ia durar,
>
> Que, antes que eu possa aproveitá-la, toda essa
> Efervescência estará emparedada,
> A não ser nos lugares turísticos –
> Primeira favela da Europa: um papel
> Que não será difícil de conseguir,
> Com um elenco de vigaristas e vadias.
>
> E será esse o caminho da Inglaterra [...][50]

Assim escreveu Larkin em 1972; já em 1938, porém, Lewis havia escrito:

> Que será feito da lenda sobre a idade das árvores
> Quando a última delas tombar na Inglaterra?
> Quando o concreto predominar e a cidade conquistar
> O coração do campo; quando pistas de rodagem
> Onde antes havia fazendas se estendem,
> Linhas de bondes onde antes corriam regatos,
> E as vitrines de lojas feericamente iluminadas,
> Desde Dover até Wrath, já tiverem turvado nossos olhos?[51]

Porém, enquanto o poema de Larkin é o único nesse gênero (e, além do mais, foi financiado pelo Departamento do Meio Ambiente), o mesmo não acontece com Lewis. Por trás dos poemas de protesto de Lewis há uma profunda exploração exatamente desses modos alterados de consciência que são exigidos pelos expoentes contemporâneos da "ecologia profunda"; tanto em verso quanto em prosa, Lewis é insuperável em sugerir esse tipo de coisa. Em "The Adam at Night", por exemplo, ele tenta imaginar e expressar a ideia de Barfield de uma participação humana original e não decaída em uma consciência cósmica mais ampla, sugerindo uma reintegração do microcosmo interior da percepção e da consciência humanas com o macrocosmo exterior dos fenômenos naturais, em uma linguagem que antecipa fortemente o primeiro florescimento da ecologia profunda nos escritos da contracultura dos anos 1960:

> ele entreabriria
> A porta de sua mente. Para ele fluiriam pensamentos
> Distantes dos cotidianos. Ele voltaria para junto da Terra, sua
> [mãe.
> Ele se fundiria com a natureza[52].

Em "Pan's Purge", Lewis exprime em verso algo muito semelhante ao cenário que, anos depois, seria sugerido por James Lovelock na hipótese de Gaia e em *The Revenge of Gaia*[53]. Eis o começo do poema:

> Sonhei que todas as intenções da humanidade despótica
> Haviam finalmente esmagado a natureza sob os pés do homem [...]

Mas então vem a reação, e a Natureza, aqui personificada em Pã e não em Gaia, "chegou com nevascas e naufrágios, para destruir o homem"[54]. Assim, da especulação sobre a consciência primitiva e por conta de advertências sobre o perigo presente, até as tentativas pessoais de sugerir novos modos de conhecer e sentir dos quais precisamos para responder à nossa crise ambiental, Lewis como poeta está à frente de seu tempo e isso o torna profundamente importante para o nosso[55].

The Inklings e a mitopoese

Isso nos leva ao contexto final para a reconsideração das conquistas de Lewis. Lewis e Barfield tinham profunda consciência da aguda e inter-relacionada crise de significado espiritual, por um lado, e da catástrofe ambiental do outro, que constituem o legado do século xx. O grande projeto de ambos, juntamente com alguns dos outros membros dos Inklings, em particular Tolkien e Charles Williams, era resolver a ruptura cada vez maior entre exterior e interior, racional e imaginativo, microcosmo e macrocosmo[56]. Eles pretendiam fazê-lo mediante o uso da capacidade da linguagem poética, em verso e prosa, de efetuar uma "mudança notória de consciência" para intensificar e aprofundar nossa consciência ao reencantar o desencanto", remitologizar um mundo desmitologizado[57].

Lewis havia percebido o sintoma principal da crise do século xx, uma ruptura paralisante entre razão e imaginação, porque ele a encontrou nas profundezas de sua própria psique. Ele então expressou isso em prosa, refletindo não apenas sobre a divisão de sua própria mente, mas também a divisão da cultura em sentido mais abrangente:

> Era esse, então, o estado de minha vida imaginativa; oposta a ela, havia a vida de meu intelecto. Os dois hemisférios de minha mente estavam no mais agudo contraste possível. Por um lado, um oceano cheio de ilhas de poesia e mito; por outro, um "racionalismo" falastrão e superficial. Quase tudo que eu amava, acreditava ser imaginário; quase tudo que acreditava ser real, parecia-me penoso e sem sentido[58].

Essa dicotomia da visão entre razão e imaginação também é o tema de um de seus melhores poemas, "Reason", provavelmente escrito em fins da década de 1920 ou primórdios dos anos 1930, cujos primeiros quatorze versos apresento a seguir:

> Imóvel na acrópole da alma encontra-se a razão,
> Uma virgem, armada*, comunicando-se com luz celestial,
> E aquele que peca contra ela maculou sua própria
> Virgindade: nenhuma água tornará suas vestes brancas;
> Tão clara é a razão. Mas quão escura, imaginativa,
> Calorosa, escura, obscura e infinita, filha da Noite:
> Escuro é seu semblante, a beleza de seus olhos está
> Ofuscada pelo sono, e seus sofrimentos são antigos, e seu deleite.
> Não tentes Atena. Não agraves as férteis dores de
> Deméter, nem te rebeles contra teu direito materno.
> Ó, quem harmonizará em mim tanto a virgem como a mãe,
> Quem conciliará em mim as profundezas e as alturas?
> Quem fará o frágil toque exploratório da imaginação
> Reportar alguma vez o mesmo, como visão do intelecto?[59]

Há muitas coisas notáveis acontecendo nesse poema. Primeiro, há o senso de espaço interior, de altura e profundidade na psique em si. A alma, a Atenas interior, tem suas alturas, sua Acrópole, mas também profundidades e cavernas. Em segundo lugar, há a representação simbólica dos poderes, no que diz respeito à alma, dos poderes distintos da razão e da imaginação na forma das duas deusas, Atena e Deméter. Não temos aqui nenhuma alusão verborrágica típica do classicismo setecentista, mas uma nova maneira de imaginar simbolicamente o eu interior em que forças mais do que pessoais, talvez mais do que humanas, estão em atuação, e é extremamente significativo que esses dois poderes figurem como femininos, pois o apelo nos versos 11-12 ("Ó, quem harmonizará em mim tanto a virgem como a mãe,/ Quem conciliará em mim as profundezas e as alturas?") concentra sutilmente os ecos de sua própria resposta. Esses versos assinalam e dão uma nova significação ao paradoxo da encarnação, que está no cerne da fé integrativa que Lewis estava prestes a adotar quando escreveu esse poema. As deusas pagãs devem ser *ou* vir-

---

* Ao nascer, a deusa Atena já estava investida de armadura e capacete, e emitiu um vigoroso brado de guerra. (N. T.)

gens *ou* mães, mas a Virgem Maria, em quem os *numina** delas devem ser subordinados à fé cristã, é ao mesmo tempo virgem *e* mãe. Em e através do "*Ecce ancilla Domini*" de Maria, a anuência arquetípica de toda fé, Cristo, o conciliador, vem ao mundo – aquele que não apenas harmoniza o homem com Deus e o tempo com a eternidade, mas é também, ele próprio, a harmonia de toda "largura, e comprimento, e profundidade, e altura" (a linguagem do poema certamente bebeu na fonte da Epístola aos Efésios, 3,17-19)**. Contudo, esses são, sem dúvida, nada além de ecos antecipatórios; do modo como é construído, o poema testemunha um impasse e aponta para uma esperada "harmonia" que ainda não chegou. Quando chegar, se chegar, então, e só então – nas palavras do dístico final –, o poeta poderá dizer "e não enganar,/ E dizer categoricamente que EU ACREDITO"[60].

O modo como Lewis resolveu esse impasse foi ao mesmo tempo espiritual, teológico e literário, e nos leva à essência tanto de sua fé cristã quanto de sua teoria e prática poéticas. Na pessoa de Jesus Cristo, ele vê a religação das dimensões de nosso ser dividido. A grande tarefa de Lewis no nível pessoal e devocional foi a obediente e humilde reintegração de suas capacidades racionais e imaginativas sob a orientação da Palavra formadora e criativa de Deus encarnado em Cristo, mas isso também se tornou sua vocação como escritor. Em sua teoria poética não há lugar para a falsa "originalidade", para uma visão fragmentada ou discriminadora, porque a tarefa do poeta, do modo como ele a vê, não consiste simplesmente em comentar em privado nossa atual desintegração da sensibilidade, mas em reaprender as "respostas convencionais", profundas e inocentes, a tudo que é "dado" por Deus. Como Cristo é o Logos e constitui, em si mesmo, uma *mimesis* (imitação) do Pai, segue-se que uma volta à *mimesis* poética pode se tornar uma espécie de *imitatio Christi*[61].

---

*   Plural do latim *numen*, significa divindades ou forças sobrenaturais que habitam determinado local ou coisa, ligando-se, assim, a momentos da vida ou das atividades humanas. (N. T.)

**   "17. Que Cristo habite pela fé em vossos corações, arraigados e consolidados na caridade, 18. a fim de que possais, com todos os cristãos, compreender qual seja a largura, o comprimento, a altura e a profundidade; 19. isto é, conhecer a caridade de Cristo, que desafia todo o conhecimento, e sejais cheios de toda a plenitude de Deus";.

Conclusão

Lewis tem sido às vezes rejeitado como arcaico e excêntrico, mas, vistas em retrospecto, suas realizações em poesia, bem como em outros campos, são muito mais contemporâneas, muito mais agudamente afins às crises da modernidade do que se tem reconhecido. Há ligações múltiplas e complexas entre sua obra e a de dois de seus grandes contemporâneos, Yeats e Eliot. Talvez Lewis não seja um grande poeta no mesmo sentido em que eles o são, mas ele é muito melhor do que o longo esquecimento de sua poesia poderia sugerir. Há uma coerência que permeia todo o seu empenho em qualquer campo. Em uma visão de conjunto, essas realizações constituem uma tentativa de reintegração redentora da razão e da imaginação, as modalidades desalentadoras de nosso ser e de nossos saberes. Sua poesia, portanto, merece ser relida, ser mais amplamente estudada e inserida nas antologias poéticas. Ela é o epítome concentrado de um projeto de reintegração oportuno, mas até agora incompleto.

Notas

1. Don W. King, *C. S. Lewis, Poet: The Legacy of His Poetic Impulse* (Kent, OH, Kent State University Press, 2001).
2. Charles A. Huttar, "A Life-long Love-affair with Language", em Peter J. Schakel e Charles A. Huttar (orgs.), *Word and Story in C. S. Lewis* (Columbia, MO, University of Missouri Press, 1991), 86.
3. T. S. Eliot, "The Love Song of J. Alfred Prufrock", em *Collected Poems 1909-1962* (Londres: Faber & Faber 1974), 13.
4. CP, p. 15.
5. Cf. Huttar, "A Life-long Love-affair with Language", 94-97.
6. Cf., por exemplo, PPL, p. 54-58.
7. George Watson, "The High Road to Narnia", *American Scholar*, inverno de 2009, 89-95.
8. Publicado pela primeira vez em *The Egoist* em setembro de 1919, o mesmo ano em que Lewis publicou *Spirits in Bondage*.
9. *Selected Prose of T. S. Eliot*, org. Frank Kermode (Londres, Faber & Faber, 1975), 38-39.
10. CP, p. 63.
11. Cf. Charles Huttar, "C. S. Lewis, T. S. Eliot, and the Milton Legacy:

The Nativity Ode Revisited", *Texas Studies in Literature and Language* 44 (outono 2002), 324-48.

12. Eliot, *Selected Prose*, 39.
13. Eliot, *Selected Prose*, 40.
14. PH, p. 4.
15. Cf. Geoffrey Hill, *Tenebrae* (Londres, Faber & Faber, 1978) e Derek Walcott, *Omeros* (Londres, Faber & Faber, 1990).
16. Eliot, *Collected Poems*, 218.
17. "Em seu ensaio sobre Dante, Eliot diz que considera o último canto do Paraíso 'o mais alto ponto que a poesia já atingiu'. Penso como ele": "Shelley, Dryden, and Mr Eliot", SLE, p. 203.
18. Eliot, *Collected Poems*, 194.
19. CP, p. 47-48.
20. Seamus Heaney, *The Haw Lantern* (Londres, Faber & Faber, 1987); cf. poemas como "From the Frontier of Writing" e "From the Canton of Expectation".
21. CP, p. 48.
22. Eliot, *Collected Poems*, 213.
23. CP, p. 143.
24. CP, p. 143.
25. No caso de Lewis, um bom exemplo é "At the Fringe of Language", o último capítulo de *Studies in Words*.
26. T. A. Shippey, *J. R. R. Tolkien: Author of the Century* (Londres, HarperCollins, 2001); John Garth, *Tolkien and the Great War: The Threshold of Middle-earth* (Londres, HarperCollins, 2003).
27. Shippey, *J. R. R. Tolkien, Author of the Century*, p. xxxi.
28. CP, p. 168.
29. Eliot, *Collected Poems*, 13.
30. CP, p. 168.
31. Cf. George Sayer, "C. S. Lewis's Dymer", *SEVEN: An Anglo-American Literary Review* I (1980), 94-116.
32. NP, p. 87.
33. *Earth Voices Whispering: An Anthology of Irish War Poetry, 1914-1945*, org. Gerald Dawe (Belfast, Blackstaff Press, 2009).
34. Por exemplo, Ronald W. Bresland, *The Backward Glance: C.S. Lewis and Ireland* (Belfast, Institute of Irish Studies, The Queen's University of Bel-

fast, 1999).
35. Acerca do sofrimento emocional dessa e de outras transições, cf. "Leaving Forever the Home of One's Youth" (CP, p. 245) e "Angel's Song" (CP, p. 121).
36. Carta a Arthur Greeves, 5 jun. 1914 (CLI, p. 59).
37. Lewis explicita a conexão entre o mago e Yeats em seu prefácio à edição de 1950 de *Dymer*; cf. NP, p. 6.
38. NP, p. 54.
39. NP, p. 6.
40. "The Planets", CP, p. 26.
41. Huttar, "A Life-long Love-affair with Language", 87.
42. Isso não quer dizer que Muldoon e Lewis estariam de acordo entre si sobre vida ou teologia, mas que ambos têm a mesma sincera ludicidade com a língua e paixão pela forma.
43. Paul Muldoon, *To Ireland, I* (Oxford, Oxford University Press, 2000).
44. Muldoon, *To Ireland, I*, 116.
45. Carta a Ruth Pitter, 10 ago. 1946 (CLII, p. 735).
46. Correspondência pessoal com o autor.
47. Para uma apresentação dessa importante troca de ideias, cf. Lionel Adey, *C. S. Lewis's "Great War" with Owen Barfield* (Victoria, BC, English Literary Studies, University of Victoria, 1978; nova ed., Wigton, Cumbria, Ink Books, 2000).
48. Para outras informações sobre as teorias da consciência de Barfield, cf. *Poetic Diction: A Study in Meaning* (primeira publicação em 1928; 2. ed., Londres, Faber & Faber, 1952) e *Saving the Appearances: A Study in Idolatry* (Londres, Faber & Faber, 1957); para uma coletânea de ensaios sobre as implicações dessas teorias para nossa atual crise de ecologia e significado, cf. *The Rediscovery of Meaning, and Other Essays* (Middletown, CT, Wesleyan University Press, 1977).
49. Barfield, *Poetic Diction* (2. ed.), 178.
50. Philip Larkin, *High Windows* (Londres, Faber & Faber, 1974), 21-22.
51. "The Future of Forestry", CP, p. 75.
52. CP, p. 59.
53. James Lovelock, *The Revenge of Gaia: Why the Earth is Fighting Back – and How We Can Still Save Humanity* (Londres, Penguin, 2007).
54. CP, p. 19.

55. Para uma exploração desses temas na obra ficcional de Lewis, cf. Matthew Dickerson e David O'Hara, *Narnia and the Fields of Arbol: The Environmental Vision of C. S. Lewis* (Lexington, KY, University Press of Kentucky, 2006).
56. Para um admirável relato do grau de colaboração que havia entre os Inklings, cf. Diana Glyer, *The Company They Keep: C. S. Lewis and J. R. R. Tolkien as Writers in Community* (Kent, OH, Kent State University Press, 2007).
57. O espaço de que disponho não me permite fazer uma análise mais completa dos muitos exemplos da "prosa poética" de Lewis, aqueles momentos de sua prosa nos quais ele se ergue sobre a linguagem prosaica e obtém efeitos próximos da poesia. Para um exemplo dessa prosa poética em *Perelandra*, e do modo como Ruth Pitter a expressou em versos, cf. King, *C. S. Lewis, Poet*, capítulo 9 e apêndice 1.
58. SBJ, p. 138.
59. CP, p. 95.
60. CP, p. 95.
61. Cf. "Christianity and Literature", EC, p. 411-20.

Bibliografia

Principais obras de C. S. Lewis

The Abolition of Man (Glasgow, Collins, 1984 [1943]).
The Allegory of Love: A Study in Medieval Tradition (Oxford, Oxford University Press, 1958 [1936]).
All My Road Before Me: The Diary of C. S. Lewis, 1922-1927, org. Walter Hooper (Londres, HarperCollins, 1991).
Arthurian Torso (Londres, Oxford University Press, 1948).
Boxen: The Imaginary World of the Young C.S. Lewis, org. Walter Hooper (Londres, Collins, 1985).
Collected Letters, Volume I, org. Walter Hooper (Londres, HarperCollins, 2000).
Collected Letters, Volume II, org. Walter Hooper (Londres, HarperCollins, 2004).
Collected Letters, Volume III, org. Walter Hooper (Londres, HarperCollins, 2006).
The Collected Poems of C. S. Lewis, org. Walter Hooper (Londres, Fount, 1994).
The Dark Tower and Other Stories, org. Walter Hooper (Londres, Collins, 1977).
The Discarded Image (Cambridge, Cambridge University Press, 1964).
English Literature in the Sixteenth Century, Excluding Drama (Oxford, Clarendon Press, 1954).
Essay Collection, org. Lesley Walmsley (Londres, HarperCollins, 2000).
An Experiment in Criticism (Cambridge, Cambridge University Press, 1961).
The Four Loves (Glasgow, Collins, 1991[1960]).
George MacDonald: An Anthology (São Francisco, HarperCollins, 2001 [1946]).
The Great Divorce: A Dream (Glasgow, Collins, 1982 [1945]).

A Grief Observed (Londres, Faber & Faber, 1966 [1961]).
The Horse and His Boy (Glasgow, Fontana Lions, 1980 [1954]).
The Last Battle (Glasgow, Fontana Lions, 1981 [1956]).
Letters, org. W. H. Lewis (Londres, Geoffrey Bles, 1960), ed. rev., org. Walter Hooper (Londres, Fount, 1988).
The Lion, the Witch and the Wardrobe (Glasgow, Fontana Lions, 1982 [1950]).
The Magician's Nephew (Glasgow, Fontana Lions, 1981 [1955]).
Mere Christianity (Glasgow, Collins, 1990 [1952]).
Miracles: A Preliminary Study (Londres, Geoffrey Bles, 1947).
Miracles: A Preliminary Study, ed. rev. (Glasgow, Collins, 1980 [1960]).
Narrative Poems, org. Walter Hooper (Londres, HarperCollins, 1994).
Of This and Other Worlds, org. Walter Hooper (Londres, Collins, 1982).
Out of the Silent Planet (Londres, Pan, 1983 [1938]).
Perelandra (Londres, Pan, 1983 [1943]).
The Personal Heresy. A Controversy (Londres, Oxford University Press, 1965 [1939]).
The Pilgrim's Regress: An Allegorical Apology for Christianity, Reason and Romanticism (Glasgow, Fount, 1980 [1933]).
Prayer: Letters to Malcolm (Londres, Collins, 1983 [1964]).
A Preface to Paradise Lost (Oxford, Oxford University Press, 1984 [1942]).
Present Concerns: Ethical Essays, org. Walter Hooper (Glasgow, Collins, 1986).
Prince Caspian: The Return to Narnia (Glasgow, Fontana Lions, 1981 [1951]).
The Problem of Pain (Glasgow, Collins, 1983 [1940]).
Reflections on the Psalms (Glasgow, Collins, 1984 [1958]).
Rehabilitations and Other Essays (Londres, Oxford University Press, 1939).
The Screwtape Letters (Glasgow, Collins, 1982 [1942]).
Selected Literary Essays, org. Walter Hooper (Cambridge, Cambridge University Press, 1969).
The Silver Chair (Glasgow, Fontana Lions, 1981 [1953]).
Spenser's Images of Life, org. Alastair Fowler (Cambridge, Cambridge University Press, 1967).
Studies in Medieval and Renaissance Literature, org. Walter Hooper (Cambridge, Cambridge University Press, 1966).
Studies in Words (Cambridge, Cambridge University Press, 1960).

Surprised by Joy: The Shape of My Early Life (Glasgow, Collins, 1982 [1955]).
That Hideous Strength: A Modern Fairy-tale for Grown-ups (Londres, Pan, 1983 [1945]).
Till We Have Faces: A Myth Retold (Glasgow, Collins, 1985 [1956]).
Undeceptions: Essays on Theology and Ethics, org. Walter Hooper (Londres, Geoffrey Bles, 1971). Conhecido nos Estados Unidos como *God in the Dock*.
The Voyage of the "Dawn Treader" (Glasgow, Fontana Lions, 1981 [1952]).

Principais obras sobre C. S. Lewis

ADEY, Lionel, *C. S. Lewis' "Great War"* with Owen Barfield (Wigton, Cúmbria, Ink Books, 2002).

_____, *C. S. Lewis: Writer, Dreamer and Mentor* (Grand Rapids, Eerdmans, 1998).

_____, "Medievalism in the Space Trilogy of C. S. Lewis", *Studies in Medievalism* 3 (1991), 279-89.

ANSCOMBE, G. E. M., "Reply to Mr C. S. Lewis's Argument that 'Naturalism' is Self-Refuting", em *Collected Philosophical Papers. Vol. II: Metaphysics and the Philosophy of Mind* (Minneapolis, University of Minnesota Press, 1981), 224-32.

ATHERSTONE, Andrew (org.), *The Heart of Faith: Following Christ in the Church of England* (Cambridge, Lutterworth Press, 2008).

AVIS, Paul, *God and the Creative Imagination: Metaphor, Symbol and Myth in Religion and Theology* (Londres, Routledge, 1999).

BAGGETT, David, Gary R. Habermas e Jerry Walls (orgs.), *C. S. Lewis as Philosopher: Truth, Goodness and Beauty* (Downers Grove, IL, IVP Academic, 2008).

BARBOUR, Brian, "Lewis and Cambridge", *Modern Philology*, 94:4 (maio 1999), 439-84.

BARFIELD, Owen, *Owen Barfield on C. S. Lewis*, org. G. B. Tennyson (Middletown, CT, Wesleyan University Press, 1989).

_____, *Poetic Diction: A Study in Meaning*, 2. ed. (Londres, Faber & Faber, 1952).

BARRINGTON-WARD, Simon, "The Uncontemporary Apologist", *Theology* 68 (1965), 103-08.

BARTLETT, Sally A., "Humanistic Psychology in C. S. Lewis's *Till We Have Faces*: A Feminist Critique", *Studies in the Literary Imagination* 22:2 (outono de 1989), 185-98.

BENNETT, J. A. W., *The Humane Medievalist: An Inaugural Lecture* (Londres, Cambridge University Press, 1965).

BEVERSLUIS, John, *C. S. Lewis and the Search for Rational Religion*, 2. ed. (Amherst, Nova York, Prometheus Books, 2007).

BRESLAND, Ronald W., *The Backward Glance: C. S. Lewis and Ireland* (Belfast, Institute of Irish Studies, 1999).

CAMPBELL, David C., e Dale E. Hess, "Olympian Detachment: A Critical Look at the World of C. S. Lewis's Characters", *Studies in the Literary Imagination*, 22:2 (outono 1989), 199-215.

CANTOR, Norman F., *Inventing the Middle Ages: The Lives, Works, and Ideas of the Great Medievalists of the Twentieth Century* (Cambridge, Lutterworth Press, 1991).

CARNELL, Corbin Scott, *Bright Shadow of Reality: C. S. Lewis and the Feeling Intellect* (Grand Rapids, Eerdmans, 1974).

CARPENTER, Humphrey, *The Inklings: C. S. Lewis, J. R. R. Tolkien, Charles Williams, and Their Friends* (Londres, HarperCollins, 2006).

CHRISTENSEN, Michael J., *C. S. Lewis on Scripture: His Thoughts on the Nature of Biblical Inspiration, the Role of Revelation, and the Question of Inerrancy* (Nashville, Abingdon, 1989).

COLE, Darrell, "C. S. Lewis on Pacifism, War, and the Christian Warrior", *Touchstone: A Journal of Mere Christianity* 16:3 (abril 2003); disponível em http://touchstonemag.com/archives/article.php?id=16-03-045-f

COMO, James T., *Branches to Heaven: The Geniuses of C. S. Lewis* (Dallas, Spence Publishing, 1999).

_____ (org.), *Remembering C. S. Lewis: Recollections of Those Who Knew Him* (São Francisco, Ignatius Press, 2005).

CUNEO, Andrew P., "Selected Literary Letters of C. S. Lewis" (tese de doutorado, Universidade de Oxford, 2001).

CUNNINGHAM, Richard B., *C. S. Lewis: Defender of the Faith* (Filadélfia, Westminster Press, 1967).

DAIGLE, Marsha A., "Dante's *Divine Comedy* and the Fiction of C. S. Lewis" (tese de doutorado, Universidade de Michigan, 1984).

DERRICK, Christopher, *C. S. Lewis and the Church of Rome: A Study in Proto-ecumenism* (São Francisco, Ignatius Press, 1981).

DICKERSON, Matthew; David O'Hara, *Narnia and the Fields of Arbol: The Environmental Vision of C. S. Lewis* (Lexington, University Press of Kentucky, 2006).

DORSETT, Lyle, *Seeking the Secret Place: The Spiritual Formation of C. S. Lewis* (Grand Rapids, Brazos Press, 2004).

DOWNING, David C., *Into the Region of Awe: Mysticism in C. S. Lewis* (Downers Grove, IL, InterVarsity Press, 2005).

_____, *Planets in Peril: A Critical Study of C. S. Lewis's Ransom Trilogy* (Amherst, MA, University of Massachusetts Press, 1992).

DURIEZ, Colin, *J. R. R. Tolkien and C. S. Lewis: The Story of Their Friendship* (Stroud, Sutton Publishing, 2003).

EDWARDS, Bruce L. (org.), *C. S. Lewis: Life, Works and Legacy*, 4 vols. (Westport, CT, Praeger, 2007).

_____ (org.), *The Taste of the Pineapple: Essays on C. S. Lewis as Reader, Critic and Imaginative Writer* (Bowling Green, OH, Bowling Green State University Popular Press, 1988).

EDWARDS, Michael. "C. S. Lewis: Imagining Heaven", *Literature and Theology* 6 (junho 1992), 107-24.

FOSTER, Brett, "An Estimation of an Admonition: The Nature of Value, the Value of Nature, and *The Abolition of Man*", *Christian Scholar's Review* 27 (1998), 416-35.

FOWLER, Alastair, "C. S. Lewis: Supervisor", *Yale Review* 91 (2003), 64-80.

FRESHWATER, Mark Edwards, *C. S. Lewis and the Truth of Myth* (Lanham, MD, University Press of America, 1988).

FRIESEN, Garry L., "Scripture in the Writings of C. S. Lewis", *Evangelical Journal* I (1983), 17-27.

GIBB, Jocelyn (org.), *Light on C. S. Lewis* (Londres, Geoffrey Bles, 1965).

GILCHRIST, James K., "2nd Lieutenant Lewis", *SEVEN: An Anglo-American Literary Review* 17 (2000), 61-77.

GLOVER, Donald E., *C. S. Lewis: The Art of Enchantment* (Athens, OH, Ohio University Press, 1981).

GLYER, Diana Pavlac, *The Company They Keep: C. S. Lewis and J. R. R. Tolkien as Writers in Community* (Kent, OH, Kent State University Press, 2007).

GRAHAM, David (org.), *We Remember C. S. Lewis: Essays and Memoirs* (Nashville, Broadman & Holman Publishers, 2001).

GREEN, Garrett, *Theology, Hermeneutics, and Imagination* (Cambridge, Cambridge University Press, 2000).

GREEN, Roger Lancelyn, e Walter Hooper, *C. S. Lewis: A Biography*, ed. rev. (Londres, HarperCollins, 2002).

GRESHAM, Douglas, *Lenten Lands: My Childhood with Joy Davidman and C. S. Lewis* (Londres, HarperCollins, 1988).

GUITE, Malcolm, *Faith, Hope and Poetry: Theology and the Poetic Imagination* (Aldershot, Ashgate, 2010).

GUROIAN, Vigen, *Tending the Heart of Virtue: How Classic Stories Awaken a Child's Moral Imagination* (Oxford, Oxford University Press, 1998).

HALDANE, J. B. S., "Auld Hornie, F. R. S.", *Modern Quarterly* (outono 1946), 32-40.

HARRIES, Richard, *C. S. Lewis: The Man and His God* (Londres, Collins, 1987).

Hauerwas, Stanley, "Aslan and the New Morality", *Religious Education* 67:6 (nov. 1972), 419-29.

HILDERS, Monika, "The Foolish Weakness in C. S. Lewis's Cosmic Trilogy: A Feminine Heroic", *SEVEN: An Anglo-American Literary Review* 19 (2002), 77-90.

HIMES, Jonathan B. (org.), com Joe R. Christopher e Salwa Khoddam, *Truths Breathed through Silver: The Inklings' Moral and Mythopoeic Legacy* (Newcastle upon Tyne: Cambridge Scholars Publishing, 2008).

HOLMER, Paul, *C. S. Lewis: The Shape of His Faith and Thought* (Nova York, Harper & Row, 1976).

HOOPER, Walter, *C. S. Lewis: A Complete Guide to His Life and Works* (São Francisco, HarperCollins, 1996).

HOWARD, Thomas, *C. S. Lewis, Man of Letters: A Reading of His Fiction* (Worthing, Sussex: Churchman Publishing, 1987).

HUTTAR, Charles A., "C. S. Lewis, T. S. Eliot, and the Milton Legacy: The Nativity Ode Revisited", em *Texas Studies in Literature and Language*, 44:3 (outono 2002), 324-48.

_____, (org.), *Imagination and the Spirit* (Grand Rapids, Eerdmans, 1971).

JACOBS, Alan, *The Narnian: The Life and Imagination of C. S. Lewis* (Nova York, HarperCollins Publishers e Londres: SPCK, 2005).
JEFFREY, David Lyle, "C. S. Lewis, the Bible, and Its Literary Critics", *Christianity and Literature* 50 (2000), 95-109.
KEEFE, Carolyn (org.), *C. S. Lewis: Speaker and Teacher* (Londres, Hodder & Stoughton, 1971).
KERBY-FULTON, Kathryn, "'Standing on Lewis's Shoulders': C. S. Lewis as Critic of Medieval Literature", *Studies in Medievalism*, 3:3 (inverno 1991), 257-78.
KILBY, Clyde S., *The Christian World of C. S. Lewis* (Grand Rapids, Eerdmans, 1968).
_____ e Marjorie Lamp Mead (orgs.), *Brothers and Friends: The Diaries of Major Warren Hamilton Lewis* (Nova York, Ballantine Books, 1982).
KING, Don W., *C. S. Lewis, Poet: The Legacy of His Poetic Impulse* (Kent, OH, Kent State University Press, 2001).
KORT, Wesley, *C. S. Lewis: Then and Now* (Nova York, Oxford University Press, 2001).
LEWIS, W. H., *Brothers and Friends: The Diaries of Major Warren Hamilton Lewis*, org. Clyde S. Kilby e Marjorie Lamp Mead (São Francisco, Harper & Row, 1982).
_____, "The Lewis Papers: Memoirs of the Lewis Family, 1850-1930", II vols., Wade Center, Wheaton College, Wheaton, IL (inédito).
LINZEY, Andrew, "C. S. Lewis's Theology of Animals", *Anglican Theological Review* 80 (1998), 60-81.
LOADES, Ann, "C. S. Lewis: Grief Observed, Rationality Abandoned, Faith Regained", *Journal of Literature and Theology* 3 (1989), 107-21.
LOBDELL, Jared, *The Scientifiction Novels of C. S. Lewis: Space and Time in the Ransom Stories* (Jefferson, NC, McFarland, 2004).
LUCAS, J. R., "The Restoration of Man", *Theology* 98 (1995), 445-56.
MANLOVE, C. N., *C. S. Lewis: His Literary Achievement* (Londres, Macmillan, 1987).
_____, *The Chronicles of Narnia: The Patterning of a Fantastic World* (Nova York, Twayne, 1993).
MARSHALL, Cynthia (org.), *Essays on C. S. Lewis and George MacDonald* (Lampeter, Edwin Mellen Press, 1991).

MARTIN, Thomas L. (org.), *Reading the Classics with C. S. Lewis* (Grand Rapids, Baker Academic, 2000).

MARTINDALE, Wayne, *Beyond the Shadowlands: C. S. Lewis on Heaven and Hell* (Wheaton, IL, Crossway Books, 2005).

MASTROLIA, Arthur, *C. S. Lewis and the Blessed Virgin Mary* (Lima, OH, Fairway Press, 2000).

MATTHEWS, Kenneth, "C. S. Lewis and the Modern World" (Universidade da Califórnia, Los Angeles, 1983).

MCGILLIS, Roderick (org.), *George MacDonald: Literary Heritage and Heirs* (Nova York, Zossima Press, 2008).

MEILAENDER, Gilbert, *The Taste for the Other: The Social and Ethical Thought of C. S. Lewis*, 2. ed. (Grand Rapids, Eerdmans, 1998).

MENUGE, Angus J. L. (org.), *C. S. Lewis, Lightbearer in the Shadowlands: The Evangelistic Vision of C. S. Lewis* (Wheaton, IL, Crossway Books, 1997).

MILLER, Laura, *The Magician's Book: A Skeptic's Adventures in Narnia* (Nova York, Little, Brown and Co, 2008).

MILLS, David (org.), *The Pilgrim's Guide: C. S. Lewis and the Art of Witness* (Grand Rapids, Eerdmans, 1998).

MILWARD, Peter, *A Challenge to C. S. Lewis* (Londres, Associated University Presses, 1995).

MONTGOMERY, John Warwick (org.), *Myth, Allegory and Gospel: An Interpretation of J. R. R. Tolkien, C. S. Lewis, G. K. Chesterton, Charles Williams* (Minneapolis, Bethany Fellowship Inc., 1974).

MOODIE, C. A. E., "C. S. Lewis: Exponent of Tradition and Prophet of Post-modernism?" (Universidade da África do Sul, 2000).

MORRIS, Francis J., "Metaphor and Myth: Shaping Forces in C. S. Lewis's Critical Assessment of Medieval and Renaissance Literature" (Universidade da Pensilvânia, 1977).

_____, e Ronald C. Wendling, "Coleridge and 'The Great Divide' between C. S. Lewis and Owen Bartfield", *Studies in the Literary Imagination*, 12:2 (outono 1989), 149-59.

MUSACCHIO, George, "Fiction in *A Grief Observed*," em *SEVEN: An Anglo-American Literary Review* 8 (1987), 73-83.

MYERS, Doris T., *Bareface: A Guide to C. S. Lewis's Last Novel* (Columbia, MO, University of Missouri Press, 2004).

_____, *C. S. Lewis in Context* (Kent, OH, Kent State University Press, 1991).

NEWELL, Roger J., "Participatory Knowledge: Theology as Art and Science in C. S. Lewis and T. F. Torrance" (Universidade de Aberdeen, 1983).

NICHOLI JR, Armand M., *The Question of Gods: C. S. Lewis and Sigmund Freud Debate God, Love, Sex, and the Meaning of Life* (Nova York, Free Press, 2002).

NORWOOD JR, W. D., "C. S. Lewis' Portrait of Aphrodite", *Southern Quarterly*, 8 (1970), 237-72.

PATRICK, James, *The Magdalen Metaphysicals: Idealism and Orthodoxy at Oxford, 1901-1945* (Macon, GA, Mercer University Press, 1985).

PEARCE, Joseph, *C. S. Lewis and the Catholic Church* (São Francisco, Ignatius Press, 2003).

POE, Harry Lee, e Rebecca Whitten Poe (orgs.), *C. S. Lewis Remembered* (Grand Rapids, Zondervan, 2006).

PURTILL, Richard L., *C. S. Lewis's Case for the Christian Faith* (Nova York, Harper & Row, 1981).

PYLES, Franklin Arthur, "The Influence of the British Neo-Hegelians on the Christian Apology of C. S. Lewis" (Universidade Northwestern, 1978).

REPPERT, Victor, *C. S. Lewis's Dangerous Idea: In Defense of the Argument from Reason* (Downers Grove, IL, InterVarsity Press, 2003).

ROBSON, W. W., *Critical Essays* (Londres, Routledge & Kegan Paul, 1966).

ROSSI, Lee D., *The Politics of Fantasy: C. S. Lewis and J. R. R. Tolkien* (Epping, UMI Research Press, 1984).

ROWSE, A. L., *Glimpses of the Great* (Lanham, MD, University Press of America, 1985).

SAYER, George, "C. S. Lewis's *Dymer*", *SEVEN: An Anglo-American Literary Review I* (1980), 94-116.

_____, *Jack: A Life of C. S. Lewis*, 2. ed. (Londres, Hodder & Stoughton, 1997).

SCHAKEL, Peter J., *Imagination and the Arts in C. S. Lewis* (Columbia, MO, University of Missouri Press, 2002).

_____, *Reason and Imagination in C. S. Lewis: A Study of 'Till We Have Faces'* (Grand Rapids, Eerdmans, 1984).

_____ (org.), *The Longing for a Form: Essays on the Fiction of C. S. Lewis* (Kent, OH, Kent State University Press, 1977).

_____ e Charles A. Huttar (orgs.), *Word and Story in C. S. Lewis* (Columbia, MO, University of Missouri Press, 1991).

SCHOFIELD, Stephen (org.), *In Search of C. S. Lewis* (South Plainfield, NJ, Bridge Publishing, 1983).

SCHWARTZ, Sanford, *C. S. Lewis on the Final Frontier: Science and the Supernatural in the Space Trilogy* (Nova York, Oxford University Press, 2009).

SHIPPEY, T. A., *J. R. R. Tolkien: Author of the Century* (Londres, HarperCollins, 2001).

SMITH, Robert Houston, *Patches of Godlight: The Pattern of Thought of C. S. Lewis* (Athens, GA, University of Georgia Press, 1981).

SPRAGUE, Duncan, "The Unfundamental C. S. Lewis: Key Components of Lewis's View of Scripture", *Mars Hill Review*, 2 (maio 1995), 53-63.

SPUFFORD, Francis, *The Child that Books Built* (Londres, Faber & Faber, 2002).

SWIFT, Jennifer, "A More Fundamental Reality than Sex: C. S. Lewis and the Hierarchy of Gender", *Chronicle of the Oxford University C. S. Lewis Society*, S.1 (2008), 5-26.

TALIAFERRO, Charles, "A Narnian Theory of the Atonement", *Scottish Journal of Theology* 41 (1988), 75-92.

TANDY, Gary L., *The Rhetoric of Certitude: C. S. Lewis's Nonfiction Prose* (Kent, OH, Kent State University Press, 2009).

TAYLOR, Kevin T., e Giles Waller (orgs.), *Christian Theology and Tragedy: Theologians, Tragic Literature, and Tragic Theory* (Aldershot, Ashgate, 2011).

THORSON, Stephen, "Knowing and Being in C. S. Lewis's 'Great War' with Owen Barfield", *CSL: The Bulletin of the New York C. S. Lewis Society* 15:1 (nov. 1983), 1-8.

TONNING, Judith E., "A Romantic in the Republic: Some Critical Comments about the Abolition of Man", *Chronicle of the Oxford University C. S. Lewis Society* 5 (2008), 27-39.

TRAVERS, Michael (org.), *C. S. Lewis: Views from Wake Forest* (Wayne, PA, Zossima Press, 2008).

URANG, Gunnar, *Shadows of Heaven: Religion and Fantasy in the Writings of C. S. Lewis, Charles Williams and J. R. R. Tolkien* (Londres, SCM Press, 1971).

VAN LEEUWEN, Mary Stewart, *A Sword Between the Sexes? C. S. Lewis and the Gender Debates* (Grand Rapids, Brazos Press, 2010).

VAUS, Will, *Mere Theology: A Guide to the Thought of C. S. Lewis* (Downers Grove, IL, e Leicester: InterVarsity Press, 2004).

WALKER, Andrew, "Scripture, Revelation and Platonism in C. S. Lewis", *Scottish Journal of Theology* 55 (2002), 19-35.

_____, e James Patrick (orgs.), *A Christian for All Christians: Essays in Honour of C. S. Lewis* (Londres, Hodder & Stoughton, 1990).

WALSH, Chad, *C. S. Lewis: Apostle to the Skeptics* (Nova York, Macmillan, 1949).

_____, *The Literary Legacy of C. S. Lewis* (Londres, Sheldon Press, 1979).

WARD, Michael, *Planet Narnia: The Seven Heavens in the Imagination of C. S. Lewis* (Nova York, Oxford University Press, 2008).

WATSON, George, "The Art of Disagreement: C. S. Lewis (1898-1963)", *Hudson Review* 48 (1995), 229-39.

_____, "The High Road to Narnia", *American Scholar*, inverno 2009, 89-95.

_____, *Never Ones for Theory? England and the War of Ideas* (Cambridge, Lutterworth Press, 2000).

_____ (org.), *Critical Essays on C. S. Lewis* (Aldershot, Scolar Press, 1992).

WHITE, William Luther, *The Image of Man in C. S. Lewis* (Nashville, Abingdon Press, 1969).

WIELENBERG, Erik J., *God and the Reach of Reason: C. S. Lewis, David Hume, and Bertrand Russell* (Cambridge, Cambridge University Press, 2008).

WILLIAMS, Rowan, "*That Hideous Strength*: A Reassessment", palestra para a Sociedade C. S. Lewis da Universidade de Oxford, 5 out. 1988 (gravação de áudio, Wade Center, Wheaton College, Wheaton, IL).

WILSON, A. N., *C. S. Lewis: A Biography* (Nova York/Londres, Norton/Collins, 1990).

WOLFE, Brendan, e Judith Wolfe, *C. S. Lewis and the Church* (Londres, T & T Clark, 2011).

Índice remissivo

Nota: as entradas referentes a obras de C. S. Lewis estão em **negrito**.

Abolition of Man, The, 51, 149-50, 154-5, 157, 223, 227, 229
"Adam at Night", 384
Adams, Marilyn McCord, 330n49
afeição, 184, 190, 195, 333, 359
"After Aristotle", 81
"Ten Years After", 84
agapē, 118, 184, 188, 193-4, 359-60
Agostinho, Santo, 68-9, 86, 93, 115, 140, 191, 194, 241, 244, 288, 290, 348
Alain de Lille, 70
alegria, 317, 319, 322, 326, 328
alegoria, 20-2, 79, 263, 281-4, 341-2, 344, 347
    do amor, 20-21
    medieval, 20-21
Alexander, Samuel, 362
Allegory of Love, The, 20, 79, 120, 282, 287, 298, 369
amizade, 184, 190, 195, 333, 359
Amor
    a Deus, 184-5, 187, 191, 324
    ao subpessoal, 184-5
    apreciativo, 184, 187
    cortês, 20, 31, 192
    definição de Lewis do, 185-6
    natural, 185-6, 188, 194, 359
    taxonomias do, 185-6
    cf. também afeição; *agapē*; *erōs*; amizade; Amor-Doação; Amor-Necessidade
Amor-Doação, 187, 193
amor erótico *cf. erōs*
Amor-Necessidade, 187, 194, 322
Amor romântico *cf. erōs*
"Angel's Song", 390n35
aniquilacionismo, 325
Anscombe, G. E. M. (Elizabeth), 335, anseio, 349, 352n34 *cf. também Sehnsucht*
Anselmo de Canterbury, 205
"Anthropological Approach, The", 39
Apolinário, 122
apologética cristã, 261, 286, 335, 372
"Apologist's Evening Prayer, The", 377
Apóstolos, Atos dos, 207
Apuleio, 76, 84, 353-5, 357
Aquino, São Tomás de, 140, 168, 194-5, 241, 244
Aristóteles, 27, 31, 37, 39, 72n37, 75, 79, 83, 152, 156, 228, 244, 288, 333
Arnold, Matthew, 39
arturiano, mito, 306, 371
askesis, 349-50
"As the Ruin Falls", 199n34
Atanásio, São, 86, 115-6, 121
atemporalidade divina, 171, 181n9
Aulén, Gustaf, 119
Aurélio Clemente Prudêncio, 79
Austen, Jane, 40, 58
Autor, o, e o Homem, 336
Ayres, sargento Harris, 239

Babel, Torre de, 302, 308-9, 311
Bacon, Francis, 62
Barfield, Owen, 32, 43, 293n15, 383-5, 390n48

Bartel, T. W., 331n49
Barth, Karl, 2, 10-11, 119
Bartlett, Sally A., 365n3
Berdan, J. M., 56
Beyond Personality, 111
Bíblia, 94-105
    autoridade da, 170
    "como literatura", 94
    traduções da, 97
    verdade da, 102
Versão Autorizada (do rei Jaime), 97
bíblica moderna, crítica 94-7
Bios, 117, 119
biotecnologia, 161
Blake, William, 25, 48, 67
Blish, James, 314n37
"Bluspels and Flalansferes", 37, 216n8
Boccaccio, Giovanni, 24
Boécio, 28, 77, 170, 173, 138, 287
Buber, Martin, 126n6
Bultmann, Rudolf, 95
Bunyan, John, 98, 283-4
burocracia, 308

Calcídio, 69, 76
Calvino, João, 103
calvinismo, 65, 66
Cappellanus, Andreas, 20
caráter moral, 156
Caridade *cf. agapē*
Carpenter, Humphrey, 335
casamento, 192, 198n26, 198n27, 212, 214-15, 217n28, 311
"Caught", 221
Céu, 177-8, 194-5, 310-11, 316-9
Chartres, Escola de, 21
Chaucer, Geoffrey, 21-24, 77
Chesterton, G. K., 238, 311
"Christianity and Culture", 52n2
"Christianity and Literature", 38, 51, 229
Christianity Today, 2
Cícero, 76, 77, 244
cientificismo, 299, 307
Clarke, Susanna, 341
Claudiano, 28, 79

"Cliché Came Out of Its Cage, A", 81
Clube Socrático [Socratic Club], 128n52, 335
Coghill, Nevill, 23
Cole, Darrell, 241
Coleridge, Samuel Taylor, 33, 37, 282, 290, 295n49
Colet, John, 30
Collected Poems of C. S. Lewis, The, 371-2
comando divino, ética do, 140
Como, James, 3-4
"Confession, A", 371
conflitos morais, resolução dos, 153-4, 242-3, 247
consciência, 242, 247
consciência (surgimento da),131
contemplação, 362
    Copérnico, Nicolau, 61
Coríntios, Epístola aos, 87n15, 234n25, 235n48, 273n36, 366n16
cosmologia, 60, 69-70, 299, 300, 347
"Country of the Blind, The", 376
Credo Niceno, 346
Cristo, a cruz de, 86, 119, 161, 180, 231, 248, 258, 260, 262-3, 270-1, 342
Cristologia Logos-Sarx [Verbo-Carne], 121, 129n60
crítica das fontes, 95
crítica formal, 95
Crothers, Adam, 382
Cupido e Psique, 84-5, 353
Daly, Mary, 236n49
Dante Alighieri, 20, 31, 78, 83, 194-6, 266-9, 300, 376
"Dante's Similes", 87n35
Dark Tower, The, 302
Darwin, Charles, 135-7, 139-41
darwinismo social, 299
Davidman, Joy, 7, 214, 354
Dawkins, Richard, 131, 144, 311
"De Audiendis Poetis", 37
de Caussade, Jean-Pierre, 168
"De Descriptione Temporum", 37, 56-7, 67, 69

"De Futilitate", 233n5
de Guilleville, Guillaume, 23
de Lorris, Guillaume, 21, 35n11
Delta, 38
de Meun, Jean, 21, 35n11
demônios, 25, 28, 119, 188, 302, 305, 306, 320, 324
Dennett, Daniel, 140
"De Profundis", 256
de Rougemont, Denis, 192, 197n18
diabo, *cf.* Satã
Dilthey, Wilhelm, 55-6, 59, 63, 69
direito natural, 150, 155, 163n6, 177, 229, 242, 246 *cf. também* Tao
Discarded Image, The, 27-8, 37, 60, 69-70, 76, 86, 228, 295n51, 300-1, 347
distributivismo, 311
"dourado", estilo, 29
dualismo, 119
Dymer, 257-8, 370, 378-81
Dyson, H. V. D. ("Hugo"), 8, 258, 298

Early English Text Society (EETS), 23
Eclesiastes, Livro do, 102
Édipo, 80-81
educação moral, 155-6
Efésios, Epístola aos, 213, 234n25
Eisner, Thomas, 158
Eliot, T. S., 37, 41-2, 58, 369, 373, 375, 382, 389n17
Elizabeth II, rainha, 210
encarnação, 85, 100, 108n33, 121-2, 171, 173, 175, 207, 209, 386
English Literature in the Sixteenth Century, 28-31, 37, 60-6, 228, 286, 307, 309
"Equality", 229
erös, 184, 188, 190, 192-3, 198n26, 359-60 *cf. também* sexo
"Escape", 257
Espírito Santo, 233n8
Ésquilo, 77, 83
Estácio, 76, 79
estoicismo, 150, 192, 358
eternidade, 77, 142, 220, 324-5, 387
    cf. também atemporalidade, divina

Eucaristia, 177, 178, 208, 209
Eurípides, 75
Evangelhos, 95-6, 170, 258
"evolução criativa", 299, 305, 311
"Evolutionary Hymn", 146n15
Experiment in Criticism, An, 37, 43-5, 79, 81
expiação, 122
"Expostulation, An", 314n37

Fadas, país/mundo das, 341-2, 370
Farrer, Austin, 120, 262
Felipenses, Epístola aos, 222
"Fern-seed and Elephants" *cf.* "Modern Theology and Biblical Criticism"
ficção científica, 84, 203, 303-6, 311, 314n37, 337
Ficino, Marsilio, 61-2
fidalguia, 241, 249, 251
filia (*philia*) *cf.* amizade
Filmer, Kath, 290
"Five Sonnets", 199n34, 260, 265, 269
"Footnote to All Prayers", 378
Ford, David F., 13n5
"Forms of Things Unknown", 89n73
"Four-letter Words", 34n
Four Loves, The, 183-197, 228, 257, 286
"French Nocturne (*Monchy-le-Preux*)", 378
Freud, Sigmund, 57, 80
fundamentalismo, 94, 96
"Future of Forestry, The", 383

Garth, John, 389
gênero, 190, 201-15
Gênesis, Livro do, 103, 226
"Genesis of a Medieval Book, The", 37
Gower, John, 21, 22
Grahame, Kenneth, 333
Graves, Robert, 80
"Great Divide, The", 57-9
Great Divorce, The, 191, 194-5, 224, 232, 273n40, 315-28, 360
Green, Roger Lancelyn, 343
Greeves, Arthur, 380

Gresham, Joy, cf. Davidman, Joy
Grief Observed, A, 192, 214, 260, 269-71, 286
guerra, 6, 237-251
guerra, poesia de, 371, 378, 380
guerra justa, teoria da, 241

Haldane, J. B. S., 299, 303, 312n7
Hamilton, Florence Augusta ("Flora")
    cf. Lewis, Florence Augusta ("Flora")
Hannay, Margaret, 358
Hardie, W. R. F., 75
Havard, Robert ("Humphrey"), 205
Heaney, Seamus, 377, 382
Heródoto, 75
Hesíodo, 83
hierarquia, 26, 195, 223-4, 228-9
Hilders, Monika, 311
Hill, Geoffrey, 375
Hölderlin, Friedrich, 280
Homero, 75, 78, 79, 86, 244, 249, 374
honra, cf. fidalguia
Hooker, Richard, 235n44, 241
Hooper, Walter, 339
Horácio, 33, 74, 77, 370
Horse and His Boy, The, 225, 339, 342, 346-7, 351n18
Humanismo e Renascimento, 60-6, 153
Huttar, Charles, 369, 374, 382

idealismo, 7, 121, 125
Igreja
    como Noiva de Cristo, 209, 284
    espírito partidário na, 8-9, 169-70
Igualdade, jurídica e política, 223-5, 228
Imaculada Conceição, 94
imaginação, 70, 132, 229, 282, 285, 290
impassibilidade divina, 173
Inácio de Loyola, Santo, 166-9, 171, 173, 176-80, 350
Inferno, 167, 191, 194, 266-8, 315-28
Inklings, The, 32, 371, 385
"Inner Ring, The", 197n15
"Interim Report", 198n27, 215n2

intuições morais, 154, 221, 242, 247
"Is English Doomed?", 252n20
"It All Began with a Picture", 312n3
"Jacksploitation", 4, 14n7
Jerônimo, São, 103
João, Primeira Epístola de São, 200n55
João, Evangelho Segundo São, 115, 207-8
João da Cruz, São, 165
Johnson, Samuel, 57, 142
Jonas, livro de, 104
"Joy" (conforme definição na autobiografia de Lewis, *Surprised by Joy*), 7, 47, 51, 279-80, 285, 292n8
    cf. também *Sehnsucht*
"Joy" (poema de Lewis), 285
Joyce, James, 375
"Joys that Sting", 199n34
Juliana de Norwich, 209
justiça, 152
Juvenal, 370

Kant, Immanuel, 168
Keats, John, 43, 77
Kierkegaard, Søren, 10
Kilby, Clyde S., 103, 106n3, 359, 364
King, Donald, 371, 391n57
Kirkpatrick, William T., 75, 289
Krieg, Laurence, 338
Kvanvig, Jonathan, 325

"Lancelot", 371
"Landing, The", 82
Larkin, Philip, 383-4
Last Battle, The, 84, 142, 219, 225, 260, 271, 337, 339, 346-7
Lawrence, D. H., 77
"Learning in War-time", 238-9, 247-9
"Leaving Forever the Home of One's Youth", 293n8, 390n35
Leavis, F. R., 41, 44, 45, 52n2, 67
Le Guin, Ursula, 311
Letters to Malcolm, 9, 120, 165-6, 171, 180
Lewis, Albert James, 6
Lewis, Clive Staples ("Jack")
    controvérsia sobre interpretação de, 4

conversão ao cristianismo, 9, 93, 172, 257
e evangelismo, 2, 14n11, 93, 99, 102, 109-10n66, 176
esboço bibliográfico, xxi, 5-9
e teologia acadêmica, 1-2, 3-5, 9-10, 13n5
Oxford, educação em, 6
popularidade, 1, 4, 12n2, 93
postura teológica geral, 7-8
Primeira Guerra Mundial, experiências na, 6, 237-41, 255, 378-9
professor, carreira como, 19, 132
Lewis, Florence Augusta ("Flora"), 6
Lewis, Joy cf. Davidman, Joy
Lewis, Warren Hamilton ("Warnie"), 6, 153
liberdade humana, 61, 64, 166, 171-2, 320, 320-8
"Lilies that Fester", 234n18
linguagem, degradação da, 308, 311
Lion, the Witch and the Wardrobe, The, 1, 117, 335, 338-40, 344, 347
literatura irlandesa, 371, 374, 380
Li Tim-Oi, Florence, 201, 204
Loades, Ann, 192, 198n26
Longley, Michael, 382
Lovelock, James, 384
"Love's as Warm as Tears", 199n34
Lucano, 76
Lucrécio, 79
Lydgate, John, 22

MacDonald, George, 259, 261, 263, 280
como personagem de *The Great Divorce*, 195, 273n40, 319, 320-1, 324-6, 359
MacKinnon, Donald, 208
Macróbio, 28, 77
Magdalen College, Oxford, 7, 19, 258
Magician's Nephew, The, 119, 268, 269-71, 275, 276, 277
Mahon, Derek, 382
Malvern College, 6, 74
martírio, 251, 253n45

"Meditation in a Toolshed", 127n20, 362
Meilaender, Gilbert, 186-7, 189
meio ambiente, a humanidade e o, 226-7, 371, 374, 383
"Membership", 217n28, 223
Mere Christianity, 2, 12n2, 107n33, 116, 118, 120, 122, 124, 155, 222, 232, 317, 363
metáfora, 8, 99, 205, 216n8, 227, 282-4, 290-1, 293n15
"Metre", 77
"Metrical Experiment, A", 381
Miller, Walter M., Jr., 314n37
Milton, John, 19, 24-27, 31, 41, 67, 77, 281, 239, 337, 373-4
Paradise Lost, 24-7, 67-8, 78, 300, 303, 315-28
Milton Society of America, 337
Miracles, 146, 154, 217n37, 335, 351n9, 361, 363
misticismo, 174
mito, 8, 48, 79-80, 95, 99, 104, 190, 229, 258, 297, 311, 356, 360-3, 367n45, 368n61, 375
mitopoese, 371, 385
Moberly, R. C., 123
modernismo, 39, 44, 59, 69, 71, 369, 371, 380
"Modern Man and His Categories of Thought", 235n40
"Modern Theology and Biblical Criticism" (também conhecido como "Fern-seed and Elephants"), 38
Moore, G. E., 7
Moore, Janie, 358
morais
conhecimento das verdades, 154, 242, 246
conteúdo das verdades, 150-7
intuições, 154, 220, 242, 246-7
resolução dos conflitos, 154, 242, 246
moral
caráter, 156
educação, 156

More, sir Thomas, 63, 64
Muers, Rachel, 13n5
Muldoon, Paul, 382, 390n42
  mulheres
   direito ao voto, 202
   e educação superior, 202
   ordenação das, 201, 204-11
Murdoch, Iris, 155
"Must Our Image of God Go?", 217n39
Myers, Doris T., 356
"Myth Became Fact", 362, 368n61

Nacherlebnis, 56, 59, 69
Nameless Isle, The, 371
Narnia, The Chronicles of [As crônicas de Nárnia],13n2, 47, 83, 250, 312n3, 333-50
  origens da série, 334-8
  seqüência dos livros individuais, 339-40
  tema central de, 344-6
Narrative Poems, 370
naturalismo metafísico, 131-44
  argumento da moral contra o, 136-40, 143
  argumento da razão contra o, 132-6, 143, 145n12
  estrito ou científico, 132-5, 139-40
  lato, 131, 134-5, 139
"Nearly They Stood", 330n39
"Necessity of Chivalry, The", 241
"Neoplatonism in Spenser's Poetry", 216n19
neoplatonismo, 61, 235n34, 311, 314n38
Nesbit, Edith, 333, 335
"New Learning and New Ignorance", 29, 60-6, 307
Nygren, Anders, 193-4

"Ode for New Year's Day", 256
"Old Poets Remembered", 199n34
"On Being Human", 120
"On Ethics", 150
"On Living in an Atomic Age", 138, 141
"On Period Tastes in Literature", 37

"On Three Ways of Writing for Children", 37, 349
"opaco", estilo, 29
Orfeu e Eurídice, 80
Orwell, George, 311
Out of the Silent Planet, 297-9, 301-3, 305-6, 347
Ovídio, 35n11, 77
Owen, Wilfred, 378
Oxford, corpo docente na época de Lewis dos cursos de literatura de, 19-20
Oxford History of English Literature, The, cf. *English Literature in the Sixteenth Century*
Oxford, Sociedade Pacifista de, 237

pacifismo, 237-51
  cristão, 245, 248
  liberal, 246, 253n31
"Pains of Animals, The", 234n30
panenteísmo, 125
"Pan's Purge", 384
panteísmo, 125, 175
"Parthenon and the Optative, The", 37
Pascal, Blaise, 102
patriotismo, 225, 240
Pentecostes, 207
Perelandra, 113, 115, 117, 125, 142, 203, 212, 252n18, 285, 303-5, 311, 342, 347
perichoresis (pericórese),113, 126, 127n10
Personal Heresy, The, 25, 37, 42, 45, 375
Petrarca, 20
Pico della Mirandola, Giovanni, 61-2
Pigmalião, mito de, 116
Pilgrim's Regress, The, 9, 82, 279, 281-5, 287, 292, 370
Píndaro, 83
"Pindar Sang", 81
Pittenger, Norman, 120
Pitter, Ruth, 382
"Planets, The", 301, 347
Platão, 69, 75, 80, 82-3, 85-6, 162
Plotino, 76

ÍNDICE REMISSIVO

poesia, 41-6, 49, 79, 88n39, 369
"Poison of Subjectivism, The", 51, 162n5, 163n6
pós-modernismo *cf.* "teoria"
Potter, Beatrix, 333
Pound, Ezra, 375
prece, 114, 166-79
    pelos mortos, 178
    pelos santos, 171
    peticionária, 172-3
    teologia da, segundo Lewis, 174
Preface to Paradise Lost, A, 24-7, 37, 67, 78, 228, 304, 315-28, 369
"Prelude to Space", 314n37
Price, H. H., 96, 128n52
"Priestesses in the Church?", 204-11
Prince Caspian, 83, 250, 253n45, 338, 339, 343, 345, 347-8
"Private Bates", 252n20
Problem of Pain, The, 213, 256, 260, 268, 270, 320
Projeto Genoma Humano, 159
Pseudo-Dionísio, 77, 113, 181n11
Psique *cf.* Cupido e Psique
"Psychoanalysis and Literary Criticism", 39
Pullman, Philip, 219-20, 225, 352n34
purgatório, 194, 321
puritanismo, 63-4

Queda, A, 26, 68-9, 169, 220, 223, 229, 231, 235n40, 235n44, 300-1, 304, 311, 342
Queen of Drum, The, 370

Racine, Jean, 63
racismo, 225
Raleigh, sir Walter, 67
Ransom Trilogy, The, 297-312, 347-8
Rastell, John, 30
"Reason", 82, 385
Reflections on the Psalms, 99
Rei Milho, mito do, 122, 361, 363
Reitan, Eric, 330n49
"Religion and Rocketry", 225
"Reply to Professor Haldane", A 312n6

ressurreição, 103, 120, 170, 178, 257-8, 263, 271, 370, 383
retórica, 279, 286-7
revelação divina, 107n33
Richards, I. A., 373
Robertson, D. W., 34n11
"Roi S'Amuse, Le", 82
Roman de la Rose, 21, 26, 31
romantismo, 7, 26, 40, 49, 279, 373
Rorty, Richard, 131-3
Ruse, Michael, 139
Russell, Bertrand, 7, 257
Russell, Mary Doria, 314n37
Rute, Livro de, 103

sacerdócio, 202, 204-11
sacrifício, 257-8, 262-3, 360-1, 363-4
Salmos, 105, 263
São Marcos, Evangelho Segundo, 263
São Mateus, Evangelho Segundo, 245, 263
São Paulo, 259
Sassoon, Siegfried, 378
Satã, 24-6, 34, 67, 78, 166-7, 302-3, 315-28
Saurat, Denis, 32
Sayer, George, 205
Schleiermacher, Friedrich, 325
Schumacher, E. F., 314n35
"Science Fiction Cradlesong", 314n37
Scott, sir Walter, 58
Screwtape Letters, The, 76, 150, 153, 161, 165-7, 180, 224, 240, 308, 310, 337
Scrutiny, 391, 52n2
secularizante, 40
Sehnsucht, 7, 47, 280-1, 349 *cf. também* "Alegria" (conforme definição em *Surprised by Joy*)
"Sermon and the Lunch, The", 218n42
sexo, 27, 124, 169, 234n26 *cf. também eros*
Shadowlands, 1, 9, 256, 265
Shakespeare, William, 116, 244, 343
    Hamlet, 259

"Shelley, Dryden and Mr Eliot", 49, 389n17
Shelley, Percy Bysshe, 46, 77
Shippey, T. A., 378
Sidney, sir Philip, 30, 37, 343
Silver Chair, The, 310, 339-40, 345, 347
Skeat, W. W., 23
Smith, J. A., 75
Sociedade Pacifista de Oxford, 237
Space Trilogy, The cf. Ransom Trilogy, The Spenser, Edmund, 19, 21, 30-1, 47-9, 192
Faerie Queene, The, 23, 47, 192, 341
Spenser's Images of Life, 31
Spirits in Bondage, 220, 256, 370, 378
Stephens, James, 75
storgē cf. afeto
Studies in Medieval and Renaissance Literature, 31
Studies in Words, 42, 77, 308, 389n25
surgimento (da consciência),131, 135-6, 139
Surprised by Joy, 7, 33, 47, 167, 233n5, 238, 279-92, 394n38
Swift, Jennifer, 314n35

Talbott, Thomas, 327-8, 331n53
"Talking about Bicycles", 238
Tao, 120-5, 202n26 cf. também direito natural
Taylor, Charles, 235n34
Taylor, Richard, 136
"teoria" (teoria literária pós-moderna), 39, 45, 50
Thackeray, William Makepeace, 257
That Hideous Strength, 151, 157, 161, 203, 211, 223, 297-8, 302, 306-10
Till We Have Faces, 81, 84-6, 194, 200n52, 232, 285, 353-65, 365n3
Tillyard, E. M. W., 25, 32, 37
Tolkien, J. R. R., 8, 32, 205, 258, 290, 297, 300-2, 305, 310, 341, 361, 367n45, 378-9, 385

Senhor dos anéis, O, 75
Toynbee, Polly, 219, 225, 231
Traherne, Thomas, 48
Traversi, Derek, 32
Trindade, 111, 115, 186, 209, 213, 260, 264, 317, 328
  como dança,113-4, 117, 125-6, 222, 317
Tucídides, 75
"Turn of the Tide, The", 374
"Two Kinds of Memory", 381

Última Ceia, 207
universalismo, 325-7
Usk, Thomas, 21-2

verdades morais
  conhecimento das,155-6, 242-3, 246
  conteúdo das, 150-7
verso livre, 375
vida após a morte, 140-3
Virgem Maria, 94, 206-7, 387
Virgílio, 25, 57, 78, 80, 83, 86, 244, 249
virtude moral, 156, 197, 198, 202n37
virtudes teológicas, 247
"Vision of John Bunyan, The", 284
"Vitrea Circe", 82
"Vivisection", 234n30
Voyage of the "Dawn Treader", The, 84, 338-39, 342, 345, 347-8

Wain, John, 294n38
Walcott, Derek, 375
Walsh, Chad, 335
Ward, Michael, 249, 253n45, 294n38, 338, 345, 347, 351n9, 363
Ware, Kallistos, 363
Watson, George, 373
"**Weight of Glory, The**", 48, 115, 142, 180, 193, 231, 292n8
Weil, Simone, 192-3
Weldon, T. D., 368n61
Wells, H. G., 298-9, 303, 311

"What Chaucer Really Did to *Il Filostrato*", 34-5n11
"Why I Am Not a Pacifist",237, 247-8, 252n14
Williams, Bernard, 142
Williams, Charles, 24, 32, 67, 298, 311, 385
"Willing Slaves of the Welfare State", 234n18
Wilson, A. N., 335
Wilson, Edward O., 139
Wittgenstein, Ludwig, 7
Wordsworth, William, 46, 48-9, 244, 280, 292n8, 371
Worm Ouroboros, The, 75, 349

"Xmas and Christmas", 78

Yeats, W. B., 75, 370-1, 380-1, 388
Yoder, John Howard, 246, 253n31

Zizioulas, John, 117-8
Zoe, 117, 121, 124

1ª edição julho de 2015 | **Fonte** Bookeyed Martin/Adobe Garamond Pro
Papel Daolin 68g/m² | **Impressão e acabamento** Imprensa da Fé